TOM CLANCY

# FEINDKONTAKT

TOM
CLANCY

UND

MIKE MADEN

# FEINDKONTAKT

THRILLER

Aus dem Amerikanischen von Karlheinz Dürr
und Reiner Pfleiderer

HEYNE

Die Originalausgabe erschien unter dem Titel
*Enemy Contact*
bei G.P. Putnam´s Sons, New York



MIX
Papier | Fördert gute Waldnutzung
FSC® C014496

Penguin Random House Verlagsgruppe FSC® N001967

Redaktion: Werner Wahls


Satz: satz-bau Leingärtner, Nabburg
Druck und Bindung: GGP Media GmbH, Pößneck
Printed in Germany
ISBN 978-3-453-27460-0

www.heyne.de

# Hauptpersonen

## REGIERUNG DER VEREINIGTEN STAATEN

JOHN PATRICK »JACK« RYAN: Präsident der Vereinigten Staaten
SCOTT ADLER: Außenminister
MARY PATRICIA »MARY PAT« FOLEY: Direktorin der Nationalen Nachrichtendienste (DNI)
ROBERT BURGESS: Verteidigungsminister
ARNOLD »ARNIE« VAN DAMM: Stabschef des Präsidenten

## DER CAMPUS/HENDLEY ASSOCIATES

GERRY HENDLEY: Direktor von Hendley Associates und Campus
JOHN CLARK: Operationsleiter
DOMINGO »DING« CHAVEZ: Leitender Außenagent
JACK RYAN JR.: Außenagent (Campus) und Finanzanalyst (Hendley Associates)
GAVIN BIERY: Leiter der Abteilung für Informationstechnologie
BARTOSZ »MIDAS« JANKOWSKI: Außenagent
LISANNE ROBERTSON: Logistik- und Transportleiterin

## CLOUDSERVE, INC.

ELIAS DAHM: Gründer, Inhaber und CEO
AMANDA WATSON: Abteilungsleiterin Design Engineering; Projektleiterin Sicherheit der Intelligence Community (IC) Cloud
LAWRENCE FUNG: Stellvertretender Abteilungsleiter Design Engineering; Teamleiter der Red-Team-IC-Hacker-Gruppe

# Weitere Personen

LILIANA PILECKI: Agentin des polnischen Inlandsgeheimdienstes ABW (Agencja Bezpieczeństwa Wewnętrznego, Agentur für Innere Sicherheit)

DEBORAH DIXON: US-Senatorin (Rep.); Vorsitzende des Ausschusses für Auswärtige Beziehungen des US-Senats

AARON GAGE: Gründer und CEO von Gage Capital Partners; Ehemann von Deborah Dixon

CHRISTOPHER GAGE: CEO von Gage Group International und Gründer von Baltic General Services; Sohn von Aaron Gage und Stiefsohn von Deborah Dixon

RICK SANDS: Ehemaliger Soldat des 75th Ranger Regiment (Infanterieregiment der US-Armee)

*Aut inveniam viam aut faciam.*
Wo ein Wille ist, ist auch ein Weg.

# 1

## PARTIDO DE BAHÍA BLANCA, ARGENTINIEN

Er war ein Skorpion.

Nie war Unteroffizier Salvio auf diese Tatsache stolzer gewesen als in diesem Moment. Er blickte auf die Uhr.

Drei Minuten bis zum Ziel.

Wie seine Männer trug auch er eine Kampfweste und einen ballistischen ATE-Kevlar-Helm mit Nachtsichtoptik und war mit einer Glock-17-Pistole im taktischen Beinholster und einem M4A1-Karabiner bewaffnet.

Das Heulen der beiden Turbomecca-Triebwerke des EC145 Eurocopters füllte die schwach beleuchtete Kabine. Salvios Einheit, ein kleiner Trupp von Spezialeinsatzkräften der Grupo Alacrán – der Skorpion-Gruppe –, war die beste Einheit der Argentinischen Nationalgendarmerie, vielleicht sogar ganz Argentiniens.

Grupo Alacrán war die wichtigste Antiterroreinheit Argentiniens. Wie die israelische Jamam – die paramilitärische Spezialeinheit der israelischen Grenzpolizei, mit der Salvios Team im Ajalon-Tal trainiert hatte – galten seine Männer als die blutige Spitze des Speeres.

Salvio reckte drei Finger in die Höhe. Sein vertrauter Adjutant und Stellvertreter Acuña bestätigte das Zeichen mit knappem Nicken und wölfischem Grinsen. Die beiden Männer hatten im Kampf gegen bewaffnete Mafiabanden und radikale

Islamisten in La Triple Frontera, der Grenzregion zwischen Brasilien, Paraguay und Argentinien, gemeinsam die Krallen gewetzt. Das Dreiländereck war schon seit Langem eine Bastion des grenzüberschreitenden Handels mit Drogen, Waffen und Menschen, der sowohl von internationalen Kartellen als auch von lokalen Banden kontrolliert wurde, eine Region, in der Gewalt und Kriminalität von Jahr zu Jahr schlimmer wurden. Der Bürgerkrieg im Libanon hatte außerdem Zehntausende Libanesen in diese abgelegene Gegend verschlagen, unter ihnen viele Mitglieder der Terrororganisation Hisbollah.

Und mit der Hisbollah kam der Iran.

Verdammt, dachte Salvio, hatten nicht sogar Osama bin Laden und Chalid Scheich Mohammed, der Chefplaner der Anschläge vom 11. September, vor Jahren La Triple Frontera besucht?

Salvio war überzeugt, dass seine Regierung es niemals schaffen würde, die Banden auszumerzen. Sie schaffte es nicht einmal, die Flut der Gewalt einzudämmen. Aber bald nachdem bin Laden in der Gegend aufgetaucht war, war plötzlich eine Menge Geld und Technologie aus den USA hereingeflossen und hatte den Krieg gegen den Terror auch nach La Triple Frontera gebracht. Das hatte wenigstens das Wachstum dieses hässlichen Krebsgeschwürs für ein paar Jahre in Schach gehalten. Bis sich die Aufmerksamkeit der Amerikaner wieder einem anderen Weltproblem zugewandt hatte. Inzwischen befand sich die Hisbollah hier im Dreiländereck wieder auf dem Vormarsch. Nach Süden.

Dieser Nachteinsatz war der beste Beweis dafür.

Die Aufklärungseinheit der Nationalgendarmerie hatte vor zwei Tagen einen libanesischen Hisbollah-Kommandeur in der Region identifiziert, und die CIA hatte die Sichtung bestätigt. Aber dann hatte die CIA in der Nähe der Küstenstadt Bahía Blanca auch noch einen aktiven Offizier der berüchtigten iranischen Quds-Brigade entdeckt, der Eliteeinheit für Auslandseinsätze, die zur Iranischen Revolutionsgarde gehörte – und von diesem Moment an hatten Salvios Befehlshaber und die CIA Blut gerochen.

Obwohl die argentinische Regierung dagegen protestiert hatte, sollte nächste Woche in Bahía Blanca eine Zusammenkunft junger Chassiden stattfinden. Hunderte junger ultraorthodoxer Juden aus allen Teilen des Landes würden daran teilnehmen. Ein perfektes Anschlagsziel.

Und ein iranischer Kommandeur der Quds-Brigade würde den Überfall anführen.

Die Hisbollah hatte in Argentinien schon viele Menschen ermordet. Mehr als hundert Juden waren in den 1990er-Jahren bei zwei Bombenattentaten ums Leben gekommen.

Die Terrormiliz hatte keinen Zweifel daran gelassen, dass sie etwas Derartiges jederzeit wieder tun könne.

Die beiden Terroristen hielten sich in einer kleinen, verlassenen Pferderanch nur sechsundzwanzig Kilometer nördlich der Stadt versteckt. »Gefangen nehmen – lebend«, lautete der einzige Befehl, den Salvio für diese Mission vom *comandante mayor* erhalten hatte. Das sei eine Chance, das Hisbollah-Netzwerk endlich zu zerschlagen, hatte der Kommandant hinzugefügt. Damit könne man die verdammten iranischen Hunde endlich in den Arsch treten.

Und so hatten Salvio und sein Trupp auf ihrer Basis in Ciudad Evita ihre Ausrüstung zusammengepackt, und Salvio hatte 23 seiner besten Männer für den Einsatz ausgewählt. Die drei Eurocopter flogen auf drei verschiedenen Flugvektoren, wobei sie die direkten Flugrouten vom Stützpunkt zum Ziel vermieden. Das hieß allerdings, dass die Helis bis zum Maximum ihrer Reichweite gehen mussten, aber schließlich hatte es keinen Zweck, es den Tangos zu leicht zu machen, die womöglich schultergestützte MANPADs mit sich führten. Auf jeden Fall würde Salvios Heli vor dem Rückflug aufgetankt werden müssen.

»Zwei Minuten«, tönte die Stimme des Piloten aus Salvios Headset. Prüfend blickte sich Salvio in der Kabine um. Tarabini, Gallardo, Zanetti, Crispo, Birkner, Hermann. Seine Boys waren noch jung, aber gut ausgebildet, gute Schützen und *duros*. Alle erwiderten seinen Blick mit zuversichtlichem Grinsen. Wie hungrige Wölfe in einem Rudel.

Sein Rudel.

»Licht aus«, befahl er dem Piloten. Die schummrig rote Kabinenbeleuchtung erlosch.

Salvio schaltete seinen Kommunikationskanal ein. »Bravo One, hier Alpha One. Lagebericht.«

Sein Scharfschützenteam – ein Scharfschütze und ein Beobachter – war bereits auf dem flachen offenen Feld, von dem die Farm umgeben war, in Stellung gegangen. »Freie Sicht auf die Farm. Keine Bewegung. Keine Lichter. Klar zum Angriff, Sir.«

»ETA neunzig Sekunden«, sagte Salvio und fügte auf Englisch hinzu: *»Stay frosty!«* Er klickte sich aus. Wie jeder andere Argentinier in seinem Alter war auch er mit amerikanischen Filmen aufgewachsen, aber tatsächlich war es sein »Black Hat«-Ausbilder in der Fallschirmspringerschule Fort Benning gewesen, der ihn mit diesem Befehl angebellt hatte.

Zeit, die Puppen tanzen zu lassen.

Salvio befahl den Piloten, ihre Helis in der Nähe des verwahrlosten Farmhauses in NATO-»Y«-Formation auf zwölf, vier und acht Uhr zu landen. Dabei halfen ihm Fotos, die eine Überwachungsdrohne am Vortag aufgenommen hatte. Rund um die Ranch standen nur wenige Bäume und Büsche, nur ein paar dicht beieinanderstehende Mesquitebäume versperrten teilweise den Blick auf die Fenster. Ein paar baufällige Schuppen standen verstreut um das Haupthaus, und der Zaun war an mehreren Stellen umgefallen. Die Ranch hatte eindeutig bessere Zeiten gesehen.

Die drei Eurocopter schwebten in fast perfekter Synchronisation bis auf knapp einen Meter über dem hart gestampften Boden herab, fast 100 Meter vom Haus entfernt. Salvio sprang zuerst, dicht gefolgt von seinen Männern. Kaum schlugen ihre Stiefel auf dem Boden auf, als sie auch schon lossprinteten. Während die Skorpion-Operateure auf das Haupthaus zustürmten, stiegen die Hubschrauber mit brüllendem Lärm sofort wieder hoch, um in größerer Höhe weite Überwachungsschleifen zu fliegen. Vor dem blauschwarzen Nachthimmel zeichnete sich das alte Farmhaus nur als grauer Schatten ab.

Salvio war auf vier Uhr gelandet. Flüsternd erteilte er seinem Team über das Comms seine Befehle, obwohl er sich darauf verlassen konnte, dass seine Männer auch ohne ihn wussten, was sie zu tun hatten.

»Bravo One, wir sind auf dem Boden«, meldete er dem Scharfschützenteam. »Bereit für Feuerschutz? Kommen.«

»Bereit für Feuerschutz, Sir.« Das Schützenteam lag auf sechs Uhr, die große Barrett-M95-Repetierbüchse war direkt auf die Haustür gegenüber gerichtet und bereit, jeden *cabrón* mit .50-BMG-Patronen zu löchern, der dem Schützen vor das Nachtsichtgerät geriet.

Salvios Team rückte zuerst geduckt in langsamem Trab vor, genau wie die beiden anderen Teams. Hier draußen auf der grasbewachsenen Ebene war kaum Deckung zu finden, weshalb die Hubschrauber Salvios Trupp relativ nahe am Ziel hatten absetzen müssen. Er hatte sich für einen Nachtangriff entschieden, in der Hoffnung, dass die Kämpfer im Haus keine Nachtsichtgeräte hatten.

Jetzt rannten die vierundzwanzig Soldaten schnell aus drei Richtungen auf das Haus zu, die Waffen entsichert, die Patronen schussbereit in der Kammer. Schwere Stiefel stapften die Stufen zu der halb morschen, um das Haus verlaufenden Veranda hinauf, gingen rechts und links neben den Fenstern und den beiden Türen in Deckung und zogen die Ringe der Blendgranaten.

Salvio war neben der Vordertür in Stellung gegangen. Arabische Musik plärrte blechern aus einem Radio irgendwo im Haus. Er flüsterte einen weiteren Befehl in sein Mikro. Scheiben splitterten, als die Schockgranaten gleichzeitig durch sechs Fenster geworfen wurden. Die Männer kniffen die Augen zu und rissen die Münder auf, als die Granaten explodierten.

Mit ihren schweren Stiefeln traten sie die Türen ein. Die Skorpions stürmten in die dunklen Räume. Das taktische Licht an Salvios Glock 17 und die herumgeschwenkten Lichter an den Karabinern seiner Männer erhellten das Wohnzimmer.

»Sicher!«, hörte Salvio einen seiner *sargentos* aus einem der Hinterzimmer brüllen. Kurz danach folgten weitere »Sicher!«-Rufe. Acuña erschien; die herumzuckenden Lichtstrahlen blitzten in seinen Augen, aber die Enttäuschung war ihm klar anzumerken.

»Alle Räume gesichert, Sir. Niemand hier.«

Salvio fluchte und schob die Glock ins Holster zurück. *Wo zum Teufel waren diese Scheißkerle?*

*»Aquí!«,* rief einer der Soldaten aus der Küche. Salvio und Acuña stürmten hinüber. Der Gefreite Gallardo stand in einer kleinen Nebenkammer und hielt sein Waffenlicht auf den Boden gerichtet: eine Falltür. Salvio riss die Tür hoch, zog gleichzeitig die Pistole und schaltete deren taktisches Licht ein.

»Gallardo, Hermann, mir nach«, befahl Salvio knapp und stieg in den dunklen Schacht hinunter.

Salvio und seine beiden Männer kehrten mit leeren Händen in die Küche zurück. Der Tunnel unter der Falltür war ungefähr 70 Meter lang und führte zu einem der leeren, baufälligen

Schuppen draußen. Die Terroristen waren anscheinend durch den Tunnel geflohen, ohne vom Scharfschützenteam bemerkt worden zu sein.

Salvio kontaktierte die Piloten der Helikopter, die mit Nachtsichtgeräten und Wärmekameras ausgestattet waren. »Seht ihr was?«

»Nein, nicht mal ein Kaninchen.«

Verdammt!

Er hätte die Gefangennahme der beiden Terroristen unverzüglich dem *comandante mayor* melden sollen, doch jetzt würde der Alte ganz schön sauer sein. Salvio hatte nichts in der Hand außer seinem eigenen Schwanz. Nicht gerade das, was sie im Hauptquartier von ihm erwarteten.

Wütend bellte Salvio seine Befehle. Er würde diese Bruchbude auseinandernehmen, vielleicht fand er dabei irgendwelche Hinweise. Irgendetwas, womit er dem HQ beweisen konnte, dass der ganze Einsatz nicht völlig vergeblich gewesen war.

Sie nahmen das Haus von oben bis unten auseinander, schlitzten Matratzen auf, kippten den Inhalt von Schubladen, Schränken und Kommoden auf den Boden, rissen Dielen heraus. Als sie damit fertig waren, glich das Haus einem Trümmerfeld nach einem Tornado.

Ganz sicher war jemand hier gewesen – es lagen jede Menge Abfälle und Zigarettenkippen herum, und die verdreckte Toilette war nicht gespült worden.

Aber sie fanden nicht mal den kleinsten Hinweis, den Salvio als Trophäe hätte mit zurücknehmen können.

Während seine Männer herumstanden, Wasser aus ihren Trinkblasen tranken und Proteinriegel verschlangen, beorderte Salvio die Helikopter für die Extraktion des Teams herbei. Es blieb ihm nichts anderes übrig, als wieder in die Kaserne in Ciudad Evita zurückzukehren und Feierabend zu machen.

Zehn Minuten später landeten die drei Eurocopter, und ihre Rotoren wurden langsamer. Um den Rotorblättern aus Karbonfaser auszuweichen, liefen Salvios Männer geduckt zu den Maschinen hinüber und drängten sich hinein. Sie mussten noch Platz schaffen für den Sniper und seinen Beobachter, die am Vortag sechs Kilometer zu Fuß zurückgelegt hatten, um nicht entdeckt zu werden. Der Sniper setzte sich vor Salvios Füßen auf den Boden.

Wenigstens waren seine Männer gut drauf, tröstete sich Salvio. Sie lachten und frotzelten einander, wie es junge Männer eben machen, um nach einem Kampfeinsatz das aufgestaute Adrenalin wieder abzubauen.

Auch wenn dabei kein einziger Schuss abgefeuert worden war.

»Bereit, Leutnant?«, fragte der Pilot.

*»Let's get back to the barn«*, antwortete Salvio auf Englisch, noch so ein Spruch, den sein Ausbilder in Fort Benning immer geknurrt hatte. »*Rápido.*« Salvios Sohn war Stürmer und sollte heute mit seinem *fútbol*-Team antreten. Mit ein bisschen Glück würde das Auftanken der Helis reibungslos ablaufen, dann könnte Salvio noch rechtzeitig zum Spiel wieder zu Hause sein.

Die Turbinen heulten auf, als die Eurocopter gleichzeitig abhoben, sich in den warmen, sternenfunkelnden Nachthimmel schwangen und in einer Reihe zurückflogen.

Einen Herzschlag später schrillten in allen Helis die Warngeräte los.

Raketenanflug.

Salvio packte einen Haltegriff, gleichzeitig kippte der Heli jäh nach unten, um der Rakete auszuweichen, während automatisch eine Düppelwolke hinausgeblasen wurde. Durch die Tür des Bordschützen musste Salvio mit ansehen, wie ein feuriger Strahl heranraste, in einen seiner Helis einschlug und in einer Wolke aus flammendem Metall explodierte.

Das Letzte, was Salvio hörte, war das urgewaltige Brüllen der hochexplosiven Ladung, die seinen Helikopter auseinanderriss und ihn und fast alle anderen auf der Stelle tötete. Die wenigen schreienden Überlebenden starben, als sie mit dem brennenden Wrack fünfhundert Meter tiefer auf dem Boden aufschlugen.

Innerhalb von nur dreißig Sekunden wurde Salvios gesamte Skorpion-Einheit ausgelöscht.

Konzeptbeweis Nummer eins.

# 2

## CRISFIELD, MARYLAND

Jack hielt am Straßenrand vor dem bescheidenen einstöckigen, weiß gestrichenen Einfamilienhaus an und schaltete den Motor aus. Erinnerungen stürmten auf ihn ein. In seinem ersten Jahr im College war er zum ersten Mal hier gewesen – damals hatte Corys Mum den beiden Collegestudenten einen schmackhaften Rinderbraten vorgesetzt. »Damit ihr groß und stark werdet«, hatte sie gesagt. »Greift zu, ihr werdet es brauchen, wenn ihr heute hinausrudern wollt.« Mit dem Ruderboot, das Corys Dad selbst gebaut hatte, waren sie auf den Daugherty Creek hinausgerudert. Die Rudertour war eine der schönsten Erinnerungen, die ihn mit Cory verbanden.

Corys Familie gehörte zu dem, was man untere Mittelschicht nennt, und passte genau zu dem kleinen Haus, in dem sie wohnte – solide, zuverlässig, robust und alles andere als trendy oder elegant. Cory war ein guter Freund gewesen, und die Erinnerung an ihren gemeinsamen Roadtrip im zweiten Studienjahr, bei dem sie auch ein paar Viertausender in Colorado bestiegen hatten, brachte ihn noch heute zum Schmunzeln.

Jack fühlte sich unbehaglich, als er auf die Haustür zuging; zu viele Jahre waren vergangen, seit er und Cory sich zuletzt gesehen hatten. Geplant hatten sie es mehrmals, aber immer war etwas dazwischengekommen. Cory war erst im fünften Semester gewesen, als sein Vater starb. Er hatte seinen Traum vom Jurastudium aufgeben müssen und stattdessen den kleinen Baumarkt seines Vaters übernommen, um sich auch um seine kranke Mutter kümmern zu können. Damals hatte Jack ihn ein paar Mal besucht, aber Cory war so beschäftigt gewesen, dass sie nur bei einem Kaffee im Laden ein wenig hatten plaudern können. Nach seinem erfolgreich abgeschlossenen Studium hatte Jack zielstrebig seine Karriere weiterverfolgt, während Cory ... Nein, es gab keine Missgunst, keinen Neid. Damals waren sie an einer Weggabelung angekommen und hatten unterschiedliche Lebenswege eingeschlagen.

Jack hatte seinen Traumjob bei Hendley Associates und beim Campus gefunden.

Und Cory füllte Baumarktregale mit Holzschrauben und Vogelfutter.

Corys Mutter war vor ein paar Jahren gestorben, aber Jack hatte die Beerdigung verpasst – er hatte sogar erst ein gutes Jahr danach von ihrem Tod erfahren. Eigentlich hatte er Cory damals anrufen wollen, um ihm sein Beileid auszusprechen, aber weil seit ihrem Tod schon so viel Zeit verstrichen war, war es ihm einfach zu peinlich gewesen.

Peinlich, in der Tat.

Bist schon ein wahrer Freund, Arschloch.

Jack drückte auf den Klingelknopf. Kurz darauf öffnete eine Pflegerin mittleren Alters in makelloser Krankenhauskleidung die Tür. Jacks Blick fiel auf ihr Namensschild am Kragenaufschlag: Mary Francis war Krankenschwester – und Nonne. Sie lächelte.

»Sie müssen Jack sein. Cory erwartet Sie schon.«

»Danke, Schwester.«

Jack folgte ihr durch den schmalen, sauberen Flur. Die alten Dielen knarrten unter seinem muskulösen Hundert-Kilo-Körper.

»Wie geht es ihm?«, fragte Jack leise, als seien sie in einer Kirche.

»Den Umständen entsprechend«, antwortete sie in normaler Lautstärke. »Er wird nicht mehr lange leiden müssen.«

An den Flurwänden hing ein Dutzend Familienfotos in einfachen, billigen Rahmen. Ein Foto zeigte Jack und Cory neben dem Ruderboot. So viele Jahre war das her.

»Hier hinein, bitte.« Die Nonne öffnete eine der Türen und trat zurück. Eine Aufforderung, allein einzutreten.

Jack zögerte eine Sekunde. Im Moment wäre er lieber mit ungeladener Pistole in eine afghanische Tora-Bora-Höhle gestürmt, als sich dem zu stellen, was ihn vermutlich in diesem Zimmer erwartete.

»Jack. Da bist du ja.«

Cory lächelte breit und ließ das Kopfteil des Bettes hochfahren, sodass er fast aufrecht saß. Er streckte Jack die Hand entgegen. Er war stark abgemagert, strahlte aber trotz seiner blassen Gesichtsfarbe Wärme und Freundlichkeit aus.

Jack seufzte innerlich erleichtert auf. Rasch trat er neben das Bett und nahm Corys kraftlose Hand. Jack war über 1,80 Meter groß, stark und muskulös, jetzt noch mehr als damals, als sie noch Schulkameraden gewesen waren. Aber Cory war damals 1,85 Meter groß gewesen und hatte hundertzehn Kilo gewogen. Hatte mit seinem Lacrosse-Team sogar einmal die Meisterschaft in seinem Bundesstaat gewonnen. Ein richtiger Draufgänger. Kaum zu glauben, dass diese gebrechliche Erscheinung in dem Krankenbett derselbe Mann war, der den damals neunzig Kilo schweren Jack auf dem Rücken über zweieinhalb Kilometer einen Berghang in Colorado hinuntergetragen hatte, nachdem sich Jack den Knöchel verstaucht hatte. Jetzt wog Cory sicherlich weit weniger als die Hälfte seines damaligen Gewichts und war so schwach, dass er kaum noch den Arm heben konnte.

»Schön, dich wiederzusehen, Cory.«

»Tut mir leid, dass du so weit fahren musstest. Ich weiß doch, wie beschäftigt du bist.«

Cory sah, dass Jack verlegen das Gesicht verzog. »Tut mir leid, ich hab's nicht so gemeint. Aber ich kann mir denken, dass man bei einer Firma wie Hendley Associates locker auf eine Achtzigstundenwoche kommt.«

»Stimmt. Manchmal stelle ich ein Feldbett im Büro auf, um mir das Pendeln zu ersparen.«

»Glaube ich dir aufs Wort.« Cory ließ sich wieder zurücksinken, offenbar strengte ihn das Gespräch stark an.

Jack blickte sich im Zimmer um, während Cory versuchte, eine bequemere Position zu finden und die Befestigung der IV-Kanüle auf dem Rücken seiner blutunterlaufenen, mageren Hand wieder festzudrücken. An der Wand gegenüber hing ein großes Kruzifix, daneben das Hochzeitsfoto seiner Eltern. Cory war ein Einzelkind.

Auf dem Nachttisch, neben Medizinfläschchen und Medikamenten, stand eine gerahmte Gebetstafel, eine Novene zur »Mutter der Immerwährenden Hilfe«. Auf der anderen Seite des Bettes stand ein fahrbares IV-Gestell, an dem ein Tropfenbeutel hing.

»Gefällt mir, wie du dich hier eingerichtet hast«, sagte Jack.

»Meine Innenarchitektin nennt es Medical Modern Style. So ähnlich wie in *Mad Men*, nur gibt's hier Pillen statt Alk.«

»Ich sollte sie dringend mal anrufen.«

»Warte noch ein paar Wochen. Ich weiß, wo du dann das ganze Zeug hier zum Schnäppchenpreis bekommen kannst«, sagte Cory augenzwinkernd.

Jack schmunzelte. Er kannte niemanden, der so witzig sein konnte wie Cory. Oder so furchteinflößend, wenn er dann doch mal zuschlagen musste. Fäuste wie Vorschlaghämmer an einem mächtigen Baumstamm. Zwei Biker in einer Bar im Jackson Hole hatten Corys robuste Seite auf äußerst schmerzhafte Weise kennengelernt.

Jack fühlte sich plötzlich unsicher; sein Vollbart und der dichte Haarschopf waren das absolute Kontrastprogramm zu Corys kahlem Schädel. Die Chemotherapien mochten Cory das dichte blonde Lockenhaar geraubt haben, aber das Feuer in seinen braunen Augen hatten sie ihm nicht nehmen können.

Cory versuchte, den Plastikbecher mit Eiswasser vom Nachttisch zu nehmen, konnte ihn aber nicht erreichen. Jack füllte den Becher noch weiter auf und reichte ihn Cory.

»Danke.« Cory sog das kühle Wasser mit einem Strohhalm ein.

Jacks Blick schweifte noch einmal zu der gerahmten Gebetstafel: *O Mutter von der Immerwährenden Hilfe, gewähre mir, dass ich immerfort deinen mächtigsten Namen anzurufen vermöge; denn dein Name ist der Schutz der Gläubigen im Leben und ihr Heil im Sterben …*

»Besuchst du oft den Gottesdienst, Jack?«

»Ich? Nicht oft genug. Und du?«

»Wäre ein bisschen schwierig, das Bett in die Kirche zu bugsieren. Wozu habe ich eine eigene Nonne?«

Jack blickte noch einmal zu dem großen Kruzifix hinüber. Er erinnerte sich daran, wie die Mädchen in der Klasse auf Cory geflogen waren und wie viele Bierkrüge er hatte leeren können, ohne betrunken zu werden. »Ich sehe, dass du zum Glauben gefunden hast.«

»Der Krebs hat mich zuerst gefunden, den Glauben bekam ich umsonst dazu.«

»Gut zu hören«, sagte Jack.

Cory war der leichte Zynismus in Jacks Stimme nicht entgangen. »Ja, schon gut, ich weiß. Schnell noch gläubig werden, dann ist man auf der sicheren Seite. Aber mir ist es wirklich ernst damit. Wenn einem die eigene Sterblichkeit bewusst wird, fängt man an, über die Ewigkeit nachzudenken.«

»Ja, das kann ich mir vorstellen.« Jack erwähnte nicht, dass er selbst in den letzten Jahren oft genug dem Tod ins Auge geblickt hatte. Aber der Blick in den schwarzen Abgrund einer Pistolenmündung hatte ihn nicht zu einem gläubigen Menschen gemacht.

»Mach es besser als ich, Jack. Warte nicht, bis dich so etwas aufweckt.«

»Jetzt klingst du genau wie meine Schwester.«

»Ich mochte deine Schwester. Wie geht's ihr?«

»Sie ist Ärztin geworden, genau wie unsere Mom. Arbeitet sogar im selben Krankenhaus. Hat einen guten Burschen geheiratet.«

»Freut mich für sie. Und deine Familie – sind alle okay? Ich schaue in letzter Zeit kaum noch Nachrichten.«

»Es geht allen gut. Danke, dass du fragst.«

Cory hustete heftig. Kämpfte dicke Schleimpfropfen in seiner Kehle hinunter. Plötzlich verkrümmte er sich, schnappte heftig nach Atem, und sein Gesicht lief vor Anstrengung rot an.

Jack nahm rasch die Nierenschale vom Nachttisch und hielt sie Cory vor den Mund, während er gleichzeitig Corys knochigen Rücken stützte. Nach mehrmaligem Husten spuckte Cory endlich einen Klumpen gelblichen Schleim in die rosa Plastikschale.

Die Krankenschwester stürzte ins Zimmer.

»Cory?« Rasch trat sie ans Bett, während Jack Cory langsam wieder zurückgleiten ließ. Sie nahm Jack die Schale aus der Hand. »Könnten Sie einen Moment draußen warten, Jack?«, fragte sie, während sie Cory den Mund abwischte.

»Kein Problem.«

Cory schüttelte den Kopf und hob schwach die Hand. »Nein, warte, Jack. Es geht mir schon wieder besser.«

»Bist du sicher? Ich habe genug Zeit.«

Die Nonne hielt ihm den Becher an die Lippen, und Cory

trank noch einen weiteren Schluck Wasser. Entsetzt sah Jack, wie viel Mühe es Cory kostete, bevor er sich wieder auf das Kissen zurücksinken ließ und erschöpft seufzte.

»Ich bin direkt vor der Tür«, sagte die Nonne. »Aber ruf mich bitte, *bevor* du mich brauchst, nicht erst hinterher, okay?«

Cory lächelte. »Versprochen.«

Sie zog die Tür leise hinter sich zu.

»Also, Jack ... Erinnerst du dich noch an die Viertausender, die wir in Colorado erstiegen haben?«

»Selbstverständlich. Auf der Fahrt hierher musste ich wieder daran denken.«

»Waren gute Zeiten, Mann. Kann dir gar nicht sagen, wie oft ich daran zurückgedacht habe, während ich Zementsäcke und Dachlatten zählte. Hat mir durch manche schlimme Zeit geholfen.«

Schuldbewusst wich Jack Corys Blick aus.

»Tut mir echt leid, Cory. Ich hätte schon längst mal ...«

»Oh, Mann, nein! Das wollte ich damit nicht sagen. Nur, dass es mir eine Menge bedeutet, damals diese Berge bestiegen zu haben. So hoch hinauf! Die saubere Luft. Die Stille.«

»Ja, das waren gute Zeiten damals.«

»Ich hatte viel Zeit, über mein Leben nachzudenken, während ich hier lag, verstehst du? Was ich getan habe, was ich nicht getan habe. Und um ehrlich zu sein, ich würde nicht viel ändern wollen. Verstehe mich bitte nicht falsch. Einen wirklich wichtigen Fall vor dem Obersten Gerichtshof zu vertreten, wäre natürlich fantastisch gewesen, aber es hat eben nicht sein sollen.«

»Es muss schwer für dich gewesen sein.«

»War es manchmal, aber meistens war es ganz okay. Ich habe getan, was ich tun musste, und das hieß, dass ich mich um meine Familie gekümmert habe. Du hättest für deine Familie dasselbe getan. Das weiß ich mit Sicherheit.«

Jack nickte. Natürlich hätte er das. Es gab nichts, was er für seine Familie nicht tun würde.

»Und deshalb – ich bedaure nichts. Außer vielleicht einer einzigen Sache. Davon habe ich dir noch nie erzählt, aber ich habe meinem Dad zwei Dinge versprochen, als er auf dem Sterbebett lag. Ich bin stolz darauf, dass ich ein Versprechen halten konnte – ich habe letztes Jahr endlich mein Jurastudium an der Georgetown University abgeschlossen.«

»Das ist absolut super! Gratuliere!«

Jack streckte ihm die Hand hin. Cory schüttelte sie, so gut er konnte.

»Danke, Mann. Und übrigens *summa cum laude*.«

»Habe von dir nichts anderes erwartet.« Und das stimmte: Cory hatte schon immer einen messerscharfen Verstand gehabt.

»Aber das andere Versprechen habe ich nicht gehalten. Und das bringt mich um.«

»Du siehst tatsächlich beschissen aus. Aber ich dachte, das sei der Krebs«, witzelte Jack und hoffte, Cory ein wenig zum Lachen zu bringen.

Das gelang ihm auch.

»Autsch, Mann«, sagte Cory und rieb sich den Bauch, »mach das nicht noch mal. Tut echt weh.«

»Tut mir leid.«

»Ist gelogen.«

»Ja, stimmt.«

Sie stießen die Fäuste zusammen. Wieder Freunde. Fürs Leben.

Solange es noch dauern mochte.

»Also – welches Versprechen hast du nicht gehalten?«

Und Cory erzählte es ihm.

Jack zuckte mit keiner Wimper.

»Das ist viel verlangt«, gab Cory am Ende zu. »Aber es fiel

mir sonst niemand ein, den ich hätte fragen können. Und erst recht niemand sonst, der es durchziehen könnte. Aber ich hasse es, meinen Dad zu enttäuschen, verstehst du?«

»*Yeah*, verstehe ich gut. Aber ich denke, dass auch er es verstehen würde.«

»Würde er wahrscheinlich. Aber es geht dabei um mich. Ich will mein Versprechen halten. Und du bist meine einzige Chance.«

Jack kämpfte die Tränen zurück, die sich plötzlich in seine Augen drängten.

»Es wird mir eine Ehre sein.«

Schwester Mary Francis brachte eine Flasche zwölfjährigen Macallan-Whisky und zwei Gläser herein. Cory hatte die Flasche eigens für diesen Moment gekauft. Der kranke Mann trank ein paar Schlucke Wasser aus seinem Glas, während sich Jack durch ein paar Fingerbreit Whisky kämpfte. Sie lachten zusammen, erzählten sich Erinnerungen, wie es alte Schulkameraden tun, aber als es draußen allmählich dunkelte, fielen Cory vor Erschöpfung immer häufiger die Augen zu.

Als Cory sanft zu schnarchen begann, verließ Jack leise das Zimmer.

Schwester Mary Francis brachte ihn zur Haustür.

»Rufen Sie mich bitte an, wenn er irgendetwas braucht«, sagte Jack und gab ihr seine Visitenkarte. Sie gab ihm ihre Karte.

»Das mache ich. Gute Heimreise, Jack. Und Gott segne Sie dafür, dass Sie gekommen sind.«

Nur dreieinhalb Stunden später, als Jack an seinem Schreibtisch saß und über einer Konzernbilanz brütete, klingelte sein Telefon. Überrascht und bestürzt nahm er den Anruf entgegen.

Cory Chase war gestorben.

# 3

## WASHINGTON, D.C.
## RUSSELL SENATE OFFICE BUILDING

Arnie van Damm, Präsident Ryans Stabschef, saß im Büro der Senatorin Deborah Dixon. Zwischen ihnen stand ein massiver, handgeschnitzter antiker Schreibtisch, aber tatsächlich trennte sie noch viel mehr voneinander.

Als Vorsitzende des Ausschusses für Auswärtige Beziehungen des US-Senats und ehemalige Vorsitzende des Unterausschusses Europa und Regionale Sicherheitskooperation zählte Senatorin Dixon zweifellos zu den mächtigsten Mitgliedern des Senats und hatte vermutlich den größtmöglichen Einfluss auf die Gesetzgebung im Bereich der Außenpolitik. Verträge überlebten oder starben unter ihrer Aufsicht.

Dieses Mal jedoch war die Gesetzesvorlage nicht einfach »gestorben«, sondern war bewusst gekillt worden – gewissermaßen mit einer Kugel in den Kopf und anschließend ausgeblutet –, und zwar von Dixon persönlich, einer republikanischen Partei*freundin!* Dabei hätte die Abstimmung genau nach der Linie der Partei laufen sollen – nur hatte sich Dixon nicht daran gehalten, sondern hatte mit den oppositionellen Demokraten gestimmt.

Arnie war wütend. Aber noch wichtiger war, dass auch Präsident Ryan wütend war, ebenso Außenminister Scott Adler, Verteidigungsminister Robert Burgess und der Stabschef der U.S. Army. Der Präsident hatte persönlich über Monate hinweg den bilateralen Vertrag mit Polen sorgfältig geplant und ausgehandelt, der vorsah, auf polnischem Staatsgebiet eine ständige Präsenz der U.S. Army aufzubauen und zu unterhalten. Die Basis war als vorgeschobene Verteidigungsstellung gegen die russischen Expansionsbestrebungen in der Region geplant, eine Maßnahme, zu der sich die USA im Hinblick auf die Stärkung der Abwehrkräfte der NATO veranlasst sahen, zumal aus amerikanischer Sicht das militärische Engagement der Westeuropäer noch immer ungenügend war.

Als Stabschef des Weißen Hauses gehörte es zu Arnies Aufgaben, die Räder auf dem Capitol Hill immer gut geschmiert zu halten, damit die Gesetzesvorlagen reibungslos durchliefen, und natürlich galt das auch für die Vorlage, die Dixon gerade eben gekillt hatte. Die Senatorin war immer eine gute Freundin und verlässliche Kollegin gewesen. Jedenfalls hatte das Arnie bis heute Morgen geglaubt. Während er seine Stahlrandbrille putzte, versuchte er, sich wieder zu beruhigen.

»Du bist echt süß, wenn du wütend bist, Arnie. Hat dir das schon mal jemand gesagt?« Dixon war sechsundfünfzig Jahre alt und gab sich Mühe, wie sechsunddreißig auszusehen, was ihr auch fast gelang. Pilates fünfmal die Woche, Botox dreimal jährlich, eine strenge Paleo-Diät und der beste Hairstylist im gesamten District of Columbia machten natürlich eine Menge aus, aber gute Gene waren auch recht nützlich. Sie war eine äußerst attraktive Frau, ein Hingucker, aber ihren politischen Erfolg verdankte sie letztendlich nicht ihrer fantastischen Erscheinung, sondern ihrem messerscharfen Verstand.

Na gut, zum größten Teil jedenfalls.

»Ich sehe wütend besser aus als sonst? Dann muss ich jetzt gerade der schönste Mann der Welt sein, Deborah. Ein verdammter Adonis! Ich dachte, wir hätten einen Deal?« Arnies kahler Schädel war vor Wut rosa angelaufen.

»Nun, dann hast du dich eben getäuscht. Wir haben lange

genug darüber diskutiert, und ich habe gründlich über alles nachgedacht, was du gesagt hast. Der Unterausschuss hat die Angelegenheit von allen Seiten betrachtet, auch die Pro- und Kontra-Aussagen der Experten. Aber wie du weißt, Arnie, muss ich meinen Job machen. Ich bin gewählte Senatorin, nicht irgendein Apparatschik unserer Grand Old Party. Als solche soll ich ›beraten und abstimmen‹ und nicht gehorsam mit dem Schwanz wedeln, wenn Ryan oder seine Leute pfeifen.«

»Nette Rede, Deborah. Die hast du doch nicht selbst geschrieben, oder?«

»Erspar mir den Scheiß, Arnie. Also: Was willst du?«

»Zuerst einmal eine öffentliche Entschuldigung. Du hast den Präsidenten in peinlichster Weise vorgeführt – schon im kommenden Monat ist ein Gipfel mit dem polnischen Präsidenten in Warschau geplant, bei dem die beiden Präsidenten den ersten Spatenstich des Projekts machen wollen.«

»Erstens: Ich werde mich nicht dafür entschuldigen, dass ich meinen verfassungsgemäßen Pflichten als Senatorin nachkomme, auf die ich einen Amtseid geleistet habe. Und zweitens: Schieb mir nicht die Schuld zu, nur weil du schon voreilig die goldene Schaufel für die Grundsteinlegung von Fort Ryan bestellt hast, die nun eben nicht stattfinden wird.«

»Verdammt, Deborah, das ist nicht fair, und das weißt du auch. Niemand fordert dich auf, deine Pflichten zu vernachlässigen. Aber wenn du Bedenken hast, hättest du damit zu uns kommen sollen, wir hätten bestimmt eine Lösung gefunden. Aber du hast dich nicht gerührt. Was zum Teufel ist passiert?«

»Nichts ist ›passiert‹, Arnie – außer, dass ich eben meiner Sorgfaltspflicht nachgekommen bin.«

»Und was hast du mit deiner ›Sorgfaltspflicht‹ entdeckt, das wir nicht längst bis zum Überdruss ausdiskutiert hatten?«

»Ach, komm schon, Arnie. Reden wir doch wie Erwachsene miteinander. Die ganze Sache ist doch nur eine Hurra-Veranstaltung, ein gigantisches Mediengedöns. Der Vertrag schickt den Russen genau die falschen Signale zur falschen Zeit. Es ist höchste Zeit für eine Deeskalation, ganz besonders jetzt, wo gerade ein neuer Präsident an die Macht gekommen ist. Gebt ihm die Chance, sich einzuarbeiten. Wenn wir eine vorgelagerte Militärbasis direkt an der Grenze seiner Einflusssphäre aufbauen, wird er sich doch gezwungen sehen, entsprechend zu reagieren! Wenn er nichts tut, werden die Hardliner im Kreml seinen Kopf fordern – bildlich gesprochen oder vielleicht sogar tatsächlich.«

»*Si vis pacem, para bellum*«, antwortete Arnie und beugte sich näher. »Wenn du den Frieden willst, bereite den Krieg vor.«

»*Si vis pacem, para pacem*«, gab sie scharf zurück. »Wir sollten es zur Abwechslung mal mit Diplomatie versuchen statt mit Provokationen.«

»Wir sind hier nicht die Aggressoren. Wir sind weder in Litauen noch in der Ukraine einmarschiert.« Damit meinte Arnie die jüngsten russischen Einfälle in diese Länder, die von diesen vor allem mit amerikanischen Waffen zurückgeschlagen oder zumindest aufgehalten werden konnten. »Aber das weißt du doch. Ich frage dich noch einmal: Was soll das alles?«

»Ich denke, ich habe mich absolut klar ausgedrückt. Dass Ryan den Vertrag bilateral mit Polen aushandelte, verärgert unsere wichtigsten NATO-Verbündeten, vor allem Deutschland und Frankreich, und provoziert nur noch einen weiteren Krieg mit den Russen. Wir rücken immer näher an ihre Grenzen heran, obwohl wir genau das Gegenteil versprochen hatten.«

»Die Russen suchen ständig nach Ausreden …«

»Nein, Arnie. Betrachte das doch einmal aus ihrem Blickwinkel. Die Russen ließen die deutsche Wiedervereinigung zu, aber erst, nachdem die NATO zugesichert hatte, nicht weiter nach Osten zu expandieren. Und was passierte dann? Deutschland wurde wiedervereint – was übrigens der schlimmste strategische Albtraum der Russen war, zumindest in Europa –, und die NATO erweiterte sich trotzdem nach Osten.«

»Das stimmt nicht. Oder hast du die NATO-Russland-Grundakte von 1997 nicht gelesen? Außerdem passierte das alles lange vor Ryans Präsidentschaft.«

»Aber er steht dazu. Oder hat er etwa unsere NATO-Verpflichtungen in Osteuropa verringert? Kroatien? Albanien? Dann auch noch Montenegro! Um Himmels willen, Arnie, glaubst du wirklich, wir brauchen Montenegro für die strategische Tiefenverteidigung in Europa? Spar dir die Antwort, wir beide kennen sie doch längst. Und die Russen kennen sie auch. Du bist doch eines von Präsident Ryans Wunderkindern. Dann sag mir doch, was du tun würdest, wenn du Russe wärst und die Situation genau umgekehrt wäre?«

»Ich würde jedenfalls nicht meine Nachbarn überfallen.«

»Wirklich nicht? Wenn Kuba plötzlich Atomraketen aufstellen würde? Oder wenn die Russen ihre Bear-Bomber auf Luftstützpunkten in Kanada stationieren würden? Würdest du dann dem Präsidenten raten, geduldig abzuwarten? Weil man das nicht als Bedrohung ansehen könne?«

»Aber wir sind nicht die Russen!«

»Russen!« Dixon schüttelte den Kopf und winkte mitleidig ab. »Was habt ihr Neokonservativen nur mit Russland? Das ist doch heute nichts weiter als eine riesige Tankstelle für Öl und Gas und mit Atomwaffen, die sie nie einsetzen werden. Bestenfalls eine drittklassige Macht.«

»Sag mal, Deborah, welche Farbe hat der Himmel in deiner Welt? In meiner ist er blau, und in meiner Welt ist Russland eine aggressive und extrem gefährliche Atommacht, die immer weiter expandieren wird, wenn niemand sie aufhält. Die Deutschen werden das ganz bestimmt nicht wagen. Aber die Polen – oder zumindest werden sie uns helfen, die Russen aufzuhalten.«

»Unser derzeitiger Verteidigungshaushalt ist zehnmal größer als der Russlands und auch noch deutlich größer als die gesamten Verteidigungsausgaben der nächsten acht Länder, einschließlich Russland und China. Und, verdammt, unser Verteidigungsbudget ist dreimal größer als der gesamte Rest der NATO-Länder zusammengerechnet. Glaubst du im Ernst, ein weiterer amerikanischer Stützpunkt in Polen macht da noch einen Unterschied?«

Arnie seufzte. »Wir waren doch früher einer Meinung? Jetzt verstehe ich dich nicht mehr. Sag mir ganz offen und ehrlich, was du eigentlich willst?«

»Was ich will?« Dixon stand auf. »Ich sag dir, was ich will. Einen Bourbon on the rocks. Willst du auch einen?« Ohne auf eine Antwort zu warten, ging sie zu ihrer Büro-Minibar hinüber.

Während Dixon Eiswürfel in ihr Glas fallen ließ, strich sich Arnie nachdenklich über den kahlen Schädel. *Was für ein Spiel trieb diese Frau?*

Geistesabwesend glitt sein Blick über die Wände. Er kannte die Fotos – Dixon mit Königen und Präsidenten, mit dem Papst und mit einer Reihe bekannter Wirtschaftsbosse. Auf einem Foto hielt sie einem zweifach Amputierten im Walter-Reed-Militärkrankenhaus tröstend die Hand. Ein anderes Foto zeigte sie im Cockpit eines F-35-Kampfflugzeugs, und auf einem weiteren Foto klebten ihre Augen am Periskop eines Jagd-U-Boots der *Los Angeles*-Klasse.

Außerdem gab es auch Fotos von Hilfsprojekten, die vom Dixon-Gage Charitable Trust in Afrika und überall auf der Welt finanziert wurden.

Die Fotowand sagte alles. Deborah Dixon war eine sehr erfolgreiche Abgeordnete, eine teilnahmsvolle Politikerin, eine außenpolitische Expertin und, nach ihrem maßgeschneiderten Fendi-Anzug und den Manolo-Blahnik-Pumps zu urteilen, eine Frau mit teurem Geschmack, die einen schwerreichen Mann geheiratet hatte.

Aber sie war zweifellos auch sehr ehrgeizig.

Dixon setzte sich wieder hinter ihren Schreibtisch und nippte an ihrem Bourbon. »Wo waren wir stehen geblieben?«

»Ich will, dass dir eins klar wird: Mit dieser Sache kommst du nicht durch. Präsident Ryan ist entschlossen, den Vertrag verabschieden zu lassen. Er hat sich um deine Zustimmung bemüht, aber du hast ihn in die ausgestreckte Hand gebissen. Das war ein schwerer Fehler, vor allem für eine Person, die ihre Augen auf den höchsten Preis richtet.«

Dixon schnaubte verächtlich. »Verdammt, Arnie, ich habe mal jemanden vom Reinigungspersonal im Weißen Haus überrascht, als er sich an den Schreibtisch des Präsidenten setzte. Zeig mir jemanden in dieser Stadt, der nicht die ›Augen auf den höchsten Preis richtet‹. Die Frage ist nur, was würde irgendeiner dieser Menschen tun, wenn er den Preis tatsächlich erringen würde?«

»Die Nation gegen alle Feinde verteidigen, innere und äußere. Jedenfalls hoffe ich das.«

»Ah, wenigstens dabei sind wir einer Meinung. Aber der Teufel steckt immer im Detail.«

»Schau mal, Deborah. Du willst für das Amt des Präsidenten kandidieren? In Ordnung. Aber mit Ryans Unterstützung würde es dir entschieden leichter fallen als ohne.«

»Und das könntest du heute schon zusichern?«

Arnie schüttelte den Kopf. »Das kann ich nicht, wie du genau weißt. Der Präsident wird die Person unterstützen, die er für am besten geeignet hält.«

»Dann ist die Entscheidung doch wohl klar, oder nicht?«

»Es wäre ein Fehler, gegen die Agenda des amtierenden Präsidenten für die Präsidentschaft zu kandidieren, vor allem, wenn man derselben Partei angehört.«

»Du weißt, dass ich keine typische Parteifunktionärin bin und auch nie war. Ich bin unabhängig.«

»Gut – dann kandidiere eben als Unabhängige!«

»Mit null Chancen? Nein danke. Ich brauche natürlich die Nominierung durch die Republikanische Partei, wenn ich gewinnen will.«

»Dann achte darauf, wie du dich verhältst, warte deine Chance ab und folge der Agenda des Präsidenten!«

Dixons blasiertes Lächeln verschwand. Ihr Gesicht lief rot an vor Wut.

»Soll das ein Ratschlag sein? Klingt eher wie eine Warnung!«

»Nur ein guter Rat. Aber überlege dir gut, welche Konsequenzen es hat, wenn du ihn nicht befolgst.« Arnie stand auf. »Ich muss zu einer Besprechung, Senatorin. Danke, dass du dir die Zeit genommen hast.« Er drehte sich um und ging, ohne auf ihre Antwort zu warten.

Dixon lehnte sich zurück und drehte das Whiskyglas zwischen den Fingern. Innerlich kochte sie vor Wut. Präsident Ryan war sauer. Na schön, das hatte sie erwartet. Das gehörte zu dem Preis, den sie zu zahlen bereit war. Aber sie hatte auch gar keine andere Wahl. Soweit es den Vertrag mit Polen betraf, hatte man ihr glasklare Anweisungen gegeben.

Allerdings hatte sie nicht die Absicht, auf ihre Chance zu warten.

Nachdenklich nippte sie ein wenig Whisky. Der Gedanke, dass Ryan hinter ihr her sein könnte, schickte ihr einen kalten Schauder über den Rücken.

Aber die Alternative war noch viel schlimmer.

# 4

## TEHERAN, IRAN
## MINISTERIUM FÜR NACHRICHTENWESEN (VAJA)

Zufrieden?

Mehdi Mohammadi, der iranische Minister für das Nachrichtenwesen, dessen Ministerium auch die iranischen Geheimdienste unterstellt waren, saß nun schon seit mehr als einer Minute unbeweglich vor dem Computermonitor und starrte diese Frage an. Obwohl sie nur aus einem einzigen Wort bestand, war sie höchst interessant und barg ungeahnte Möglichkeiten.

Und Gefahren.

Dass unten am Bildschirmrand eine Countdown-Uhr gnadenlos die Sekunden heruntertickte, war alles andere als hilfreich, um eine solche Entscheidung zu treffen. Noch zweiundvierzig Sekunden.

»Herr Minister?« Der bärtige junge Techniker lächelte hoffnungsvoll. Er mochte seinen Job. Aber noch lieber mochte er es, weiteratmen zu dürfen. Beides geriet in Gefahr, wenn er Mohammadi verärgerte.

»Ich überlege noch.« Mohammadi strich sich mit der guten Hand über den Bart.

Tatsächlich jedoch war er hochzufrieden. Die Intel von CHIBI war genauso gut wie versprochen. Vielleicht zu gut.

Einerseits hatten die Informationen es den Al-Quds-Brigaden ermöglicht, eine Falle zu stellen und die argentinischen

Kreuzzügler auszulöschen, wodurch die Tür in Argentinien für weitere Operationen der Hisbollah weit aufgestoßen wurde – vielleicht sogar für den ganzen Subkontinent. Das würde die Amerikaner und Israelis noch weiter von ihrem Krieg gegen den Allerhöchsten Herrn ablenken, den sie ohnehin nicht gewinnen konnten.

»Dreißig Sekunden, Herr Minister.«

»Ich bin nur auf einem Auge blind und kann die Uhr noch ganz gut selbst lesen!«

Das Ministerium für Nachrichtenwesen der Islamischen Republik Iran – *Wezārat-e Eṭṭelā'āt-e Ǧomhūrī-ye Eslāmī-ye Īrān,* (abgekürzt VAJA) – war früher im Englischen besser als VEVAK bekannt gewesen. Es war die größte, mächtigste und finanziell am besten ausgestattete Behörde des Iran, und Mohammadi war unmittelbar dem Obersten Führer Ajatollah Yasseri unterstellt. Selbst der mächtige Expertenrat durfte sich nicht in seine Arbeit einmischen. Im Nahen Osten stand sein Geheimdienst nur dem israelischen Mossad nach; weltweit war er den Geheimdiensten der Großmächte fast ebenbürtig. Nachrichtendienstliche Erkenntnisse – in seiner Branche *Intelligence* genannt – waren heutzutage der Schlüssel zu buchstäblich allem. Mohammadis »Unbekannte Soldaten des Imam Zaman« führten überall auf der Welt geheime Aufklärungsoperationen durch. Aber geheimdienstliche Informationen von solcher Qualität hatten sie noch nie beschaffen können.

Diese Art von Informationen wird alles verändern.

*Intelligence* von wahrhaft unschätzbarem Wert.

Aber wie war CHIBI an diese Erkenntnisse gekommen? Mohammadi hatte eine einzige, anonyme E-Mail erhalten; selbst seine besten Techniker hatten den Absender nicht herausfinden können. Die Mail enthielt ein sehr schlichtes Angebot. »Eine kostenlose Probe« war ihm darin versprochen worden.

Mohammadi hatte das zuerst für eine Falle gehalten, für

irgendeinen komplizierten Schwindel, durch den ihm die Amerikaner oder die Israelis Informationen über die Operationen der Quds-Einheiten und der Hisbollah in Lateinamerika entlocken wollten.

Aber nicht einmal die Amerikaner würden zwei Dutzend argentinische Spezialkräfte für nichts weiter als ein Täuschungsmanöver opfern.

Es war einfach alles zu gut, um wahr zu sein. Aber bekanntlich wusste Allah, wie er den Verstand der Ungläubigen verwirren konnte. Und wie jeder Geheimdienstprofi wusste, waren die größten Spionageerfolge im Kalten Krieg nicht durch die traditionellen Spionagemethoden erzielt worden, sondern einfach dadurch, dass irgendwelche Leute durch die Tür der Gegenseite spazierten und freiwillig ablieferten, was immer sie wussten – Leute, die das entweder aus ideologischer Überzeugung taten oder weil sie sich von ihrem Ego oder ihrer Gier verführen ließen.

War das auch hier der Fall? Oder war es wirklich nur eine aufwendig und verdammt clevere Falle, um die Revolution zu vernichten? Und wenn es so war – wer steckte dann dahinter?

Die Operationen gegen den sogenannten »Persischen Frühling« hatten in einem totalen Fiasko geendet. *Dank sei Allah, dass ich von Anfang an dagegen gewesen war,* dachte Mohammadi. Aber bei diesem Streit hatte sich damals dieser Narr Ghorbani durchgesetzt. Sein Tod war sicherlich Allahs gerechte Strafe gewesen, aber die Russen hatten sich bei dieser fehlgeschlagenen Operation schwer die Finger verbrannt. Vielleicht suchten sie jetzt nach einer Art Vergeltung für Reza Kazems Versagen?

Würde Mohammadi diese Gelegenheit nicht nutzen, verlöre er womöglich das mächtigste Schwert, das ihm Allah jemals in die Hand geben würde, um die Kreuzfahrerfeinde Allahs zu besiegen. Allah würde es ihm womöglich niemals verzeihen, wenn er dieses großzügige Angebot ausschlug.

Und sicherlich würde ihm auch der Ajatollah nicht verzeihen, es abgelehnt zu haben. Mohammadis gesundes Auge, das nicht von den brutalen Folterknechten der SAVAK – des berüchtigten Geheimdienstes des Schahs – geblendet worden war, zuckte kurz zu dem Techniker, der direkt neben ihm saß. War dem jungen Mann klar, dass sein Leben in den nächsten paar Sekunden auf der Kippe stand?

Aber es gab noch eine weitere Möglichkeit. Könnte dies nicht das Schwert des Teufels sein, das auf das Herz der Islamischen Republik zielte? Würde er, Mohammadi, am Ende nicht selbst das Schwert aus dem Feuer ziehen und in das Herz der Revolution stoßen, wenn er sich dazu verleiten ließe, auf Informationen zu vertrauen, die von dem Ungläubigen am anderen Ende dieser Computerverbindung geliefert wurden?

Kein Lohn ohne Risiko. So würden es die Amerikaner sehen, oder nicht?

Mohammadi berührte den Stumpf aus verschmolzenen Knochen und verbranntem Gewebe, der von seiner linken Hand übrig geblieben war. Noch so ein Geschenk der CIA und des vom Mossad ausgebildeten SAVAK-Abschaums, die gemeinsam versucht hatten, die iranische Revolution im Keim zu ersticken. Sein Hass auf die Amerikaner und Juden kannte keine Grenzen. Aber Allah hatte sein Leiden genutzt, um ihn so hart wie den Stumpf an seinem Arm zu machen. Aus den heiligen Schriften hatte er viel gelernt, aber nichts war so wichtig wie die Wahrheit, dass es im Paradies keine Feiglinge gab.

Er blickte wieder auf die Uhr. Noch vier Sekunden.

»Schreib: ›Ja, zufrieden‹«, befahl Mohammadi knapp.

Der Techniker seufzte innerlich und tippte die Antwort schnell ein.

Der Austausch erfolgte in Englisch, der Sprache, die CHIBI benutzte. Als junger islamischer Gelehrter war Mohammadi nach Kanada geflohen, um dem mörderischen Zugriff des Schahs zu entkommen. Während seiner Jahre in Kanada hatte er Französisch und Englisch gelernt – bis ihn schließlich die SAVAK-Agenten aufgespürt und nach Teheran zurückverschleppt hatten. Dort hatten sie ihn dann einem intensiven »Verhör« unterzogen.

Auch das war ein Beweis für die allwissende Führung Allahs in seinem Leben.

»Und jetzt frage: ›Wie viel?‹«

Der Techniker gab die Frage ein.

Die Antwort erschien sofort auf dem Monitor.

Sie kennen die Bedingungen.

»Nennen Sie Ihren Preis«, ließ Mohammadi antworten.

Sie kennen die Bedingungen.

»Lassen Sie mich wenigstens wissen, gegen wen ich biete.« Mohammadi befürchtete, bei der Auktion von einem anderen Bieter überboten zu werden, der diese Informationswaffe am Ende gegen die Islamische Republik einsetzen könnte. Andererseits wollte er auch nicht zu viel bezahlen müssen. Die iranische Wirtschaft lag derzeit am Boden. Um die Auktion in London zu gewinnen, würde Mohammadi den Ajatollah um sündhafte hohe Beträge bitten müssen. Aber was wäre, wenn die anderen Mitbieter weit weniger mächtig waren als sein eigenes Ministerium und folglich viel weniger bieten würden?

Sie kennen die Bedingungen.

CHIBI war ganz offensichtlich sehr vorsichtig. Weder Grammatik noch Wortwahl oder argumentative Logik gaben Mohammadi auch nur den geringsten Hinweis auf CHIBIs Identität.

»Feinde der Revolution?«

Sie kennen die Bedingungen.

Natürlich kannte er sie. Absolute Anonymität der Bieter war zugesichert worden. Aber die anderen Bieter mussten sicherlich andere große Geheimdienste sein, die gegen die Amerikaner kämpften. Wer sonst würde das haben wollen, was CHIBI zu verkaufen hatte?

Ja oder nein?

»Ja. Ich werde zum von Ihnen genannten Termin einen Vertreter nach London entsenden.«

Nähere Anweisungen erhalten Sie in Kürze.

CHIBI verschwand vom Display. Irgendeiner der unzähligen digitalen Dschinns, die in der Wildnis des Dark Web herumgeisterten.

Ein kalter Blick aus Mohammadis geblendetem Auge sorgte dafür, dass der Techniker aus dem klimatisierten Raum floh. Der Chef des iranischen Geheimdienstes blieb allein in dem unterirdischen Bunker zurück, umgeben von einem Dutzend großer, leise summender Monitore, und rieb sich nachdenklich den Armstumpf.

CHIBI war ein Genie. Schon ein einziges, geheimes Gebot in einer anonymen Auktion würde dem Anbieter maximalen Profit garantieren. Und wenn CHIBI anderen Interessenten »kostenlose Proben« von derselben Qualität wie für die Sache in

Lateinamerika angeboten hatte, war bei der Auktion ein scharfer Wettbewerb zu erwarten – und entsprechend hohe Gebote.

Er musste dringend mit dem Obersten Führer sprechen. Mohammadi stand auf und strich die Falten seiner Klerikerrobe glatt.

Keine Frage, die iranische Volkswirtschaft befand sich auf Talfahrt. Er würde deshalb seine gesamten Überredungskünste brauchen, um beim Obersten Führer die riesige Summe lockerzumachen, die er benötigte, um in London Erfolg versprechend mitbieten zu können.

»Unschätzbar« war eben nicht billig zu haben.

Inschallah.

# 5

## FORT MEADE, MARYLAND
## NSA-HAUPTQUARTIER

Tote Ratten. Manchmal auch Tauben. Aber tote, ausgetrocknete Ratten waren besser. Wir gossen scharfe Soßen darüber, um die herumstreunenden Katzen abzuschrecken, und stopften dann die Filmrollen oder Transpositionschiffren hinein. Das waren unsere toten Briefkästen. So oder so ähnlich machten wir es damals in Moskau.«

Mary Pat Foley, die Direktorin der Nationalen Nachrichtendienste, kurz DNI, lehnte sich in ihrem Sessel an dem langen Mahagoni-Konferenztisch zurück, von diesen Erinnerungen fast überwältigt. Ihr Ehemann Ed Foley war der jüngste Leiter der Außenstelle Moskau gewesen, den die CIA jemals in die sowjetische Hauptstadt geschickt hatte. Mary und Ed hatten dort zusammengearbeitet. Hatten ihre Kinder mit nach Moskau genommen und dort großgezogen. Das war gegen Ende der 1980er-Jahre gewesen. Im Kalten Krieg.

So lange war das nun schon her.

Mary Pat ließ den Blick rundum gleiten. Die meisten hatten ein höflich-reserviertes Lächeln aufgesetzt. Zweifellos aus Nachsicht, der Chefin gegenüber.

Sie waren alle so jung, diese Gesichter. Die meisten so um die vierzig, ein paar sogar noch jünger. Mit ihr am Tisch saßen die Leiter oder Leiterinnen der Sicherheitsabteilungen sämtlicher sechzehn Dienste, die sich an der Intelligence Community (IC) Cloud beteiligten, oder ihre Stellvertreter. Rechts neben ihr saß auch ein Vertreter ihrer eigenen Behörde, des Office of the Director of National Intelligence, kurz ODNI. Die Jalousien an den Glaswänden des Konferenzraums waren herabgefahren worden, sodass die vielen NSA-Analysten, die im Großraumbüro an ihren Workstations saßen, keinen Einblick hatten. Vollständige Sicherheit ringsum.

Einst war sie bei derartigen Besprechungen die Jüngste gewesen. Mittlerweile war sie meistens die Älteste.

Wann hat sich das geändert?, fragte sie sich.

Tage, Wochen, Monate flogen immer schneller dahin.

Das jüngste Gesicht saß ihr direkt gegenüber, am anderen Ende des langen Tisches. Amanda Watson war nicht nur die jüngste der Teilnehmenden, sondern auch die attraktivste Frau im Raum. Naturblond und mit durchtrainierter Figur sah die dreiunddreißigjährige Computerspezialistin wie eine Moderatorin von Fox News aus; tatsächlich war sie jedoch die leitende Entwicklungsingenieurin von CloudServe und die wichtigste Architektin der IC-Cloud. Außerdem war Watson für die Sicherheit der IC-Cloud zuständig und leitete persönlich das »Red Team«, eine Gruppe begnadeter Hacker, die unablässig versuchten, die IC-Cloud zu hacken, um potenzielle Hardware- oder Software-Schwachpunkte aufzudecken, die die Sicherheit der Cloud gefährden könnten. Wer wäre besser dafür qualifiziert als die Frau, die das erste »unhackbare« Cloud-Netzwerk der Welt entwickelt hatte?

»Ratten? Klingt ziemlich eklig«, sagte Watson mit einem perfekt konstruierten Lächeln. »Aber vermutlich hat es funktioniert?«

»Ganz wunderbar.«

Foley scannte noch einmal die Gesichter. Sie suchte nach einer Möglichkeit, ihr Argument verständlich zu machen. Sie war sich ziemlich sicher, dass der Durchschnitts-IQ hier am

Tisch sehr viel höher war als ihr eigener, und Watsons IQ war vermutlich überirdisch. *Wie komme ausgerechnet ich auf die Idee, diese Intelligenzbestien noch belehren zu wollen?*

Die Entscheidung, sämtliche Erkenntnisse aller Nachrichtendienste in einer einzigen »Cloud« zusammenzuführen, war von Leuten getroffen worden, die viel smarter als sie selbst waren und die sowohl ihr als auch Präsident Ryan versichert hatten, dass das die Zukunft der Datenverarbeitung in der Welt der Nachrichtendienste sei – ein System zur gemeinschaftlichen Nutzung aller Informationen bei größtmöglicher Sicherheit. Tatsächlich bestand diese »Cloud« nur aus langen Reihen von Servern in einer Hochsicherheitseinrichtung. Hier gab es keine Firewalls und Revierkämpfe mehr, die eine Bundesagentur daran hindern konnten, sich Zugriff auf alle entscheidenden Erkenntnisse zu verschaffen, die einer der anderen Dienste gesammelt hatte. Keine verpassten Gelegenheiten mehr. Keine katastrophalen Fehlschläge mehr. Alles, was die Behörden der Intelligence Community taten, würde nun auf die neue IC-Cloud hochgeladen – nicht nur ELINT (die elektronische, nicht kommunikativ genutzte Aufklärung), sondern auch SIGINT (die durch Erfassung und Analyse der elektronischen Signale und Kommunikationen gewonnenen Erkenntnisse) und sogar die Informationsgewinnung durch menschliche Quellen (HUMINT), wozu auch Spionage zählte. Jede und jeder mit der erforderlichen Sicherheitsfreigabe würde darauf zugreifen können. Fortan würden alle immer auf demselben Kenntnisstand sein. Für den Informationsaustausch zwischen allen Agenturen, Behörden und Organisationen der Nachrichtendienstgemeinde würde die gemeinsam genutzte und gepflegte IC-Cloud um ein Vielfaches effizienter sein, enorme Kosten einsparen und außerdem die Sicherheit der Computernetzwerke verbessern, weil sich die Zahl und Komplexität der Hardware und der Zugriffsknotenpunkte verringern würden.

Auf dem Papier war das definitiv eine brillante Idee.

Und alles würde sicherer sein als jemals zuvor. Behaupteten sie jedenfalls. Einer von Mary Pats Assistenten hatte ihr das mit einem einfachen Beispiel erklärt: Statt einer Anzahl von kleinen, im ganzen Land verstreuten Bankfilialen, von denen jede einzelne jederzeit von Bankräubern überfallen werden könnte, hätte man dann nur noch eine einzige Einrichtung, sozusagen ein gigantisches, hochgesichertes elektronisches Fort Knox, in dem die »Goldbarren« – die gesammelten Erkenntnisse aller Nachrichtendienste – sicher verwahrt würden.

Und niemand konnte jemals in Fort Knox einbrechen.

Oder?

»Ratten waren besser, weil niemand Ratten mag, nicht einmal die Kommunisten, und erst recht nicht tote Ratten, die überall um die Mülltonnen herum lagen.«

Watsons makellos gezupfte Augenbrauen zogen sich leicht zu einer unausgesprochenen Frage zusammen. *Was wollen Sie damit sagen?*

»Sie alle sind Digital Natives«, fuhr Foley fort. »Sie sind mit diesem digitalen Kram aufgewachsen, das ist für Sie wie eine zweite Muttersprache. Sie können sich untereinander problemlos über ›Hadoop Cluster‹ und ›BitLockers‹ oder ›SaaS‹ unterhalten. Dagegen besteht meine Generation aus Digital Dinos.«

»Dinos, Ma'am?«, fragte der junge Analyst von einer der FBI-Abteilungen für Datensicherheit.

»Dinosaurier. Es ist mir einfach zu mühsam, allen immer zu erklären, dass ich ein digitaler Dinosaurier bin, weil ich erst spät begonnen habe, mich mit digitaler Datenverarbeitung zu befassen. Ich weiß natürlich, dass das die Zukunft ist – oder besser gesagt, es ist sogar schon die Gegenwart –, aber ich bin und bleibe analog. Funktioniert für mich besser.«

»Ich versichere Ihnen, Madame Director, dass die IC-Cloud

um ein Vielfaches besser funktionieren wird als jedes analoge System«, beteuerte Watson. Das war nicht übertrieben. Bei der heutigen Quartalsbesprechung hatten sie zwei Stunden damit zugebracht, die schon jetzt erstaunlichen Erfolge des Systems noch einmal genau zu analysieren. Perfekte Operationsfähigkeit, null Sicherheitslücken.

Foley tippte auf ihr Tablet. »Ich weiß, dass es funktioniert. Ihre Daten beweisen es.«

»Trotzdem machen Sie sich Sorgen«, stellte Watson fest. Unter den Anwesenden war sie die Einzige, die aus dem Privatsektor kam. Die Zukunft ihrer Firma CloudServe hing davon ab, dass sie ihre Klienten – die bundesstaatlichen Behörden – zufriedenstellte.

»Eine Berufskrankheit«, erwiderte Foley mit müdem Lächeln. In letzter Zeit schlief sie nicht mehr gut, auch das hatte mit ihrem Beruf zu tun. Was beunruhigte sie? War es ihre eigene Unsicherheit, die ihr Sorgen bereitete? Dass sie womöglich mit all diesem Technobabbel nicht mehr Schritt halten konnte? Oder spürte sie einfach nur ihr Alter?

Es wäre nicht schwer, jemanden wie Watson einfach als jung und hübsch abzutun. Frauen in Foleys Alter machten das häufig, allerdings aus den falschen Gründen. Bei Frauen galten Jugend und Schönheit immer noch als karrierefördernde Attribute. Aber in Watsons Fall wäre das ein Fehler. Foley hatte sich den Lebenslauf der Frau genau angesehen.

Watson war ohne jeden Zweifel brillant.

Was Watson für die Ryan-Administration besonders interessant gemacht hatte, war ihr bedingungsloser Patriotismus, eine in den privilegierten Vorstandsetagen großer Konzerne in der Bay Area von San Francisco beklagenswert seltene Einstellung. Amanda Watsons Bruder, Kyle »Rex« Watson, hatte als Scharfschütze in der Delta-Spezialeinheit gedient und war zusammen mit seinem Beobachter »Mutt« vor ein paar Jahren bei einem Auslandseinsatz ums Leben gekommen. Seit seinem Tod hatte sich Watson unermüdlich für verwundete Veteranen und ihre Familien eingesetzt und für ihre wohltätige Arbeit zahlreiche Auszeichnungen erhalten.

Niemand hier am Konferenztisch zweifelte an Watsons Kompetenz, an ihrer Intelligenz oder an ihrem Patriotismus, und Foley zuallerletzt. Aber es war nicht Watson, die Foley Kummer bereitete.

Vor ein paar Jahren war die wichtigste Einheit der Cyber-Kriegsführung der Chinesen, das sogenannte Ghost Ship, auf dem chinesischen Festland bei einer wahrhaft heroischen Bombenoperation durch Kampfpiloten des U.S. Marine Corps vernichtet worden. Aber seither hatten die Chinesen die Zahl ihrer Kader und ihre Fähigkeit zur elektronischen Kriegsführung und Cyberspionage noch weiter ausgebaut, wozu auch die berüchtigte Einheit 61398 der Volksbefreiungsarmee gehörte, die gängige Bezeichnung für die Cyberkriegs-Einheit, die sich mutmaßlich mit Spionage und Sabotage von Computersystemen beschäftigte. Das konnte längst niemanden mehr sonderlich überraschen, denn Festland-China brachte Jahr für Jahr mehr als vier Millionen Absolventen der sogenannten STEM-Disziplinen (Science, Technology, Engineering, Mathematics) hervor. Außerdem waren viele Tausende STEM-Studenten und -Absolventen in den Vereinigten Staaten chinesische Staatsbürger. Tatsächlich waren nicht wenige von ihnen beim Ausspionieren der amerikanischen Unternehmen und Forschungsinstitute, in denen sie beschäftigt waren, ertappt worden.

Schätzungen zufolge verloren amerikanische Unternehmen durch Cyberspionageprogramme Urheberrechte im Wert von ungefähr dreihundert Milliarden Dollar – Programme, durch die auch Konstruktionspläne für hochentwickelte amerikanische Waffensysteme gestohlen werden konnten, darunter sogar für den Lockheed Martin F-35 »Lightning II«, ein Tarnkappen-Mehrzweckkampfflugzeug der fünften Generation.

»Die chinesische Armee hat in letzter Zeit durch Spezialeinheiten ihre APT-Fähigkeiten sehr stark ausgebaut«, sagte Foley. Mit dem Akronym ATP (Advanced Persistent Threat) meinte Foley die fortgeschrittene andauernde Bedrohung durch effektive Angriffe auf kritische IT-Infrastrukturen und geschützte Daten von Behörden und Unternehmen aller Branchen. »Ganz besonders haben sie in KI-gestützte Hackerangriffe investiert, deren Häufigkeit und Reichweite exponentiell zugenommen haben. Sagen Sie, Mrs. Watson, macht Ihnen das keine Sorgen?«

»Doch, natürlich macht mir das Sorgen. China ist ohne jeden Zweifel die größte Bedrohung unserer Cybersicherheit, mit der wir es zu tun haben. Aber die Russen liegen nicht weit zurück, und das gilt auch für die Nordkoreaner, die Iraner … die Liste ist schier endlos. Aber die IC-Cloud ist ein standardisiertes, automatisiertes Cloud-Computersystem, das durch Air-Gapping besonders geschützt ist und seine Nichtanfälligkeit für derartige Angriffe bewiesen hat, wie Ihnen bereits bekannt sein dürfte, Madame Director.«

»Gut, aber was mir nachts den Schlaf raubt, Amanda«, setzte Foley noch einmal an, »ist die Tatsache, dass die gesamten Informationen und Erkenntnisse, die unsere Nachrichtendienste gewonnen haben, in *einer einzigen* IC-Cloud gespeichert und analysiert werden. Aber unsere IC-Community ist auch international äußerst eng verknüpft, besonders mit dem Five-Eyes-Programm, außerdem mit dem Club de Berne und mit INTCEN, dem Intelligence Analysis Centre der Europäischen Union. Kurz gesagt, der gesamte westliche nachrichtendienstliche Apparat würde gefährdet, sollte die IC-Cloud jemals kompromittiert werden. Ich werde einfach das Gefühl nicht los, dass es für unsere Gegner eine riesige Verlockung darstellen würde, wenn wir alle unsere Eier in einen einzigen Korb legen würden. Die Zahlen sprechen nämlich nicht für uns. Die Intelligence Community wehrt gegenwärtig Jahr für Jahr Zigmillionen Angriffe ab – und dafür möchte ich allen hier am Tisch danken –, aber wenn auch nur ein Angriff auf die IC-Cloud erfolgreich wäre, nur ein einziger, würden wir den katastrophalsten Zusammenbruch der Nachrichtendienste in der Menschheitsgeschichte erleben.«

Watson nickte geduldig. »Verzeihen Sie, aber ich glaube, dass die Zahlen sehr wohl für uns sprechen. Ich meine, wenn Millionen von Angriffen jährlich fehlschlagen, ist das doch der Beweis, dass die IC-Cloud ihren Job perfekt ausführt, und es gibt jeden Grund für die Annahme, dass sie das auch in Zukunft tun wird.«

Watson lehnte sich zurück, stützte die Ellbogen auf die Armlehnen und legte die Fingerspitzen dachförmig aneinander. »Glauben Sie mir, Madame Director, Sie sind nicht die Einzige, die mitten in der Nacht mit Panikattacken aufwacht. Deshalb arbeiten meine Red-Team-Hacker so intensiv daran, jede potenzielle Verwundbarkeit aufzuspüren. Meine Abteilung ist ständig dabei, sowohl die Hardware als auch die Software zu analysieren und upzudaten, die unsere Nachrichtendienste verwenden, und es gibt keine Codezeile und kein Schaltplan-Upgrade, das nicht über meinen Schreibtisch geht. Ich prüfe alles doppelt und dreifach, obwohl es auch von meinem Team schon gründlich getestet wurde – und es ist das beste Team der Welt, möchte ich hinzufügen. Um ein bekanntes Wort zu zitieren – Sie müssen sich vor nichts fürchten außer vor der Furcht selbst.«

»Sie klingen ziemlich zuversichtlich.«

»Natürlich kann ich Ihnen nicht versprechen, dass die Sonne morgen früh zuverlässig aufgeht, aber ich bin überzeugt, dass die IC-Cloud genauso zuverlässig ist.« Watson beugte sich wieder ein wenig über den Tisch. »Ich liebe dieses Land viel zu sehr, um es einem Risiko auszusetzen. Wenn es jemals auch nur den Hauch eines potenziellen Problems geben sollte, werden Sie es als Erste erfahren, Madame Director. Darauf gebe ich Ihnen mein Wort.« Watson lächelte warm. »Bis dahin sollten Sie diese Sorgen mir überlassen.«

Foley nickte nur müde. Sie nahm an dieser Sitzung teil, weil sie Zusicherungen brauchte, und Watson gab ihr wenigstens ein paar.

»Ich versuche es, so gut ich kann. Ich schleppe auch genug andere Sorgen mit mir herum.« Sie wandte sich wieder an die Runde. »Danke Ihnen allen, dass Sie sich die Zeit genommen haben, und für Ihre Aufmerksamkeit.« Sie erhob sich. »Vor allem Ihnen, Mrs. Watson. Bitte grüßen Sie Elias von mir. Die Sitzung ist beendet.«

Während die anderen Teilnehmenden den Raum verließen, fragte Watson: »Darf ich Sie noch kurz sprechen?«

Foley lächelte. »Natürlich.«

Als sich der Konferenzraum leerte, kam Watson um den Tisch herum. Beide zogen es vor, stehen zu bleiben – schließlich hatten sie während des Meetings stundenlang sitzen müssen.

Foley bewunderte die jüngere Frau. Sie hatte die Akte über Amanda Watsons Sicherheitsüberprüfung genau gelesen.

Watson hatte die Graduate School der UC Berkeley mit dem Master in Informationstechnik bereits im zarten Alter von achtzehn Jahren als Beste ihres Jahrgangs abgeschlossen. Das gesamte Silicon Valley hatte sich sofort um sie gerissen. Und der Direktor der NSA war sogar persönlich an die Westküste geflogen, um sie für seine Behörde zu gewinnen, nachdem sie eine heimlich durchgeführte FBI-Sicherheitsprüfung mit fliegenden Fahnen bestanden hatte. Aber Watson hatte dem NSA-Boss einen Korb gegeben und sich stattdessen für ein deutlich lukrativeres Angebot entschieden, das ihr Elias Dahm unterbreitet hatte – verführt nicht nur vom Geld, sondern auch vom allseits bekannten sexuellen Charisma des Playboys Dahm.

Gemeinsam hatten sie in den folgenden zehn Jahren eines der weltweit größten und vertrauenswürdigsten Cloud-Computing-Unternehmen aufgebaut. Dahm, auch er ein brillanter Computerspezialist, war der erfolgreiche Verkäufer, der stets für die richtigen Schlagzeilen sorgte, während Watson als Technikgenie im Hintergrund blieb. Die beiden bildeten eine modernisierte Version der Jobs-Wozniak-Dynamik, die die Apple-Firmengeschichte geprägt hatte.

Während Elias Dahm zu anderen romantischen und geschäftlichen Beziehungen weitersprang – vor allem mit seiner neu gegründeten Raketensparte SpaceServe –, sorgte Watson dafür, dass in der CloudServe-Entwicklungsabteilung nichts aus dem Ruder lief. Watson gehörte zwar nicht dem CloudServe-Vorstand an, war aber laut dem Organigramm der Firma nach Dahm, dem Chief Operation Manager und dem Finanzdirektor die viertwichtigste Person. Sie besaß CloudServe-Aktien im Wert von fast zweihundertvierzig Millionen Dollar. Die Firma war ebenso ihre Schöpfung wie die Dahms, zumindest nach ihrer intellektuellen Herkunft, wenn auch nicht in rechtlicher Hinsicht.

»Womit kann ich Ihnen helfen, Amanda?«

»Es dauert nicht lange. Elias hat mich gebeten, mich zu erkundigen, wie unsere Chancen beim JEDI-War-Cloud-Projekt stehen.«

Damit meinte Watson ein Infrastrukturprogramm für die Verteidigung, welches das Verteidigungsministerium in Auftrag geben wollte. Mit der JEDI War Cloud würden die rund vierhundert Datenzentren des Ministeriums zu einem einzigen integrierten, cloudbasierten System mit Echtzeitüberwachung sämtlicher Aktivitäten zusammengeführt werden.

Auch die großen Tech-Konzerne – Google, Amazon, Microsoft – wetteiferten um den JEDI-Großauftrag, aber bei diesem Wettbewerb war CloudServe sozusagen auf der Innenbahn unterwegs, was die Firma der erfolgreichen Implementierung der IC-Cloud zu verdanken hatte. Watson war zwar keine geborene Verkäuferin, aber natürlich war ihr bewusst, dass auch sie jede Einflussmöglichkeit nutzen musste, um die Chancen ihres Unternehmens beim Wettbewerb um den riesigen JEDI-Auftrag zu verbessern.

»Sehr schade, dass Elias heute nicht hier sein konnte«, sagte Foley, ohne ihre Verärgerung darüber völlig verbergen zu können. Schließlich war die US-Regierung CloudServes größter Auftraggeber, und wenn Dahms Firma den Zuschlag für das War-Cloud-Projekt erhielt, würden zweifellos noch weitere wichtige Aufträge folgen.

»Er hat mich gebeten, ihn zu entschuldigen, Madame Director. Der nächste Start einer SpaceServe-Rakete findet schon in zwei Wochen statt und erfordert seine gesamte Aufmerksamkeit. Außerdem«, setzte Watson lächelnd hinzu, »bin ich als Technikingenieur ohnehin viel besser als er. Es schien mir einfach wichtiger, dass ich heute bei dem Meeting dabei war.«

»Sie und Ihr Team machen einen fantastischen Job. Sie sollen wissen, dass ich das sehr schätze, was Sie trotz all der Bedenkenträger, die heute mit am Tisch saßen, erreicht haben.«

»Das Lob hat die gesamte Community verdient. Bei dieser Show haben Sie wirklich Ihre besten Leute im Einsatz. Ich versicherte Ihnen, dass wir uns nicht zurücklehnen werden. Sie haben absolut recht, wenn Sie sich wegen der Chinesen und all den anderen Bösewichten dort draußen Sorgen machen. Sie sind unerbittlich, aber wir sind es auch.«

»Bitte richten Sie Elias Grüße von mir aus. Ich hoffe, der Start verläuft reibungslos.«

»Und was darf ich ihm in Bezug auf unser War-Cloud-Angebot ausrichten?«

»Sagen Sie ihm, dass inzwischen alle Angebote vorliegen und derzeit geprüft werden, genau nach Vorschrift.«

»Ja, natürlich. Ich werde es ihm ausrichten.«

Sie schüttelten sich die Hände. »Gute Heimreise, Amanda.«

Foley widerstand der Versuchung, der jüngeren Frau mütterliche Ratschläge mit auf den Weg zu geben – etwa, dass eine Schulmädchen-Vernarrtheit in den Quarterback der Schulmannschaft selten zu einer dauerhaften Beziehung führen wird.

# 6

## BERLIN, DEUTSCHLAND

Dieter Hansemann kam aus der U-Bahn-Station Blissestraße. Es war spät; er hatte den letzten Zug genommen. Er schob die Hände tief in die Manteltaschen, als ihm der kalte Nachtwind entgegenschlug, und ging in südlicher Richtung los, bis er das mexikanische Restaurant an der Ecke erreichte, wo er nach links in seine Straße abbog.

Die Buchprüfungen, über denen er seit einem Monat brütete, hatten sich zu wahren Marathonsitzungen entwickelt, die bis spät in die Nacht dauerten, und hatten dem fünfunddreißigjährigen Banker alles abverlangt. Aber sie waren die Mühe wert gewesen. Er stand kurz davor, das Projekt, mit dem er beauftragt worden war, endlich festzuklopfen.

Sehr kurz davor.

Alte Ulmen säumten die schmale Straße auf beiden Seiten, die Stämme leicht zur Straße hin geneigt, und reckten ihre dicht belaubten Äste hoch und weit über den Asphalt, sodass sie sich in der Straßenmitte berührten, wie die Flügel der beiden Cherubim auf der Bundeslade.

Wohnblocks säumten die Straße auf der rechten Seite; links führte sie an einem kleinen, eingezäunten Park entlang, durch den er gerne joggte, wenn er tatsächlich einmal die Zeit dafür freimachen konnte. Er freute sich schon auf den Tag, an dem er seine Laufroutine wieder aufnehmen konnte. Er hoffte, dass das schon bald der Fall sein würde, bevor in einem oder zwei Monaten der erste Schnee fiel.

Als er an einem der Parkeingänge vorbeiging, hörte er aufgeregte Stimmen. Eine Frau schrie, deutlich zu hören über einer rauen, tiefen Männerstimme mit schwerem Akzent. Dieter blieb wie angewurzelt stehen und spähte in den nachtdunklen Park hinein. Vage konnte er in einiger Entfernung ein Paar ausmachen, von Dieters Standpunkt aus halb hinter den Büschen verborgen. Ein groß gewachsener Mann, der den Arm hob und, laut in einer Sprache fluchend, die Dieter für Arabisch hielt, auf die Frau einschlug.

Dieter zögerte. Nichts durfte seine Arbeit gefährden. Aber schon nach einem Atemzug verdrängte sein Ehrgefühl alle anderen Bedenken, und der sportliche, kräftige Banker stürmte auf das miteinander streitende Paar zu.

Als er näher kam, brüllte er »Aufhören!« und rannte, ohne seinen Lauf zu verlangsamen, geradewegs auf den Mann zu, der jedoch größer und kräftiger gebaut war als er selbst. Die Frau schrie »Hilfe!«, doch der bärtige Mann versetzte ihr mit dem Handrücken einen brutalen Schlag ins Gesicht. Sie stürzte wimmernd zu Boden, während der Bärtige herumwirbelte und sich Dieter entgegenstellte, ein schiefes Grinsen im Gesicht – und ein scharfes Messer in der Hand.

Der Banker ließ sich davon nicht aufhalten. Er duckte sich kurz nach links, dann nach rechts und zwang so den Bärtigen, das Standbein zu wechseln. Noch einmal duckte er sich nach links, und in dem Moment, als sein Gegner erneut das Standbein wechselte, griff er ihn blitzschnell an, blockte mit dem linken Unterarm den schwachen Abwehrschlag des anderen und ließ den rechten Ellbogen gegen die Schläfe des Bärtigen krachen.

Dieters wuchtiger Schlag und der ungestüme Aufprall brachten den Bärtigen aus dem Gleichgewicht. Er stürzte rücklings zu Boden; das Messer wurde ihm aus der Hand geschleudert. Bei dem Deutschen hatte inzwischen seine Nahkampfausbildung die Regie übernommen. Er warf sich auf den Bärtigen, klemmte dessen Brustkorb zwischen die Schenkel, hielt seinen Hals mit dem linken Oberarm auf den Boden gepresst und ließ eine Serie harter Schläge mit dem rechten Ellbogen direkt in das Gesicht des Bärtigen krachen, die dieser allerdings teilweise abschwächen konnte.

Hansemanns wütender Angriff endete abrupt, als ein glühend heißer Schmerz durch seinen Rücken zuckte. Instinktiv richtete er sich auf und versuchte, die Wunde zu erreichen, doch schon wurde ihm die scharfe Messerklinge ein zweites Mal zwischen die Schulterblätter getrieben – dieses Mal jedoch durchtrennte sie das Halsmark. Er war tot, bevor er mit dem Gesicht auf dem Boden aufschlug.

»Wurde auch höchste Zeit!«, stieß der Bärtige wütend hervor und rieb sich das anschwellende Gesicht.

Die Frau hielt ihm die Hand hin, um ihm beim Aufstehen zu helfen.

»Ich nehme ihm sein Scheißzeug ab«, sagte sie und wischte die blutige Klinge an Dieters Tweedmantel sauber.

Sie durchsuchte seine Taschen und nahm die Wertgegenstände an sich – Geldbörse, iWatch, iPhone und ein goldenes Kettchen mit Kreuz, das er um den Hals trug.

Sie blieb noch einen Moment neben ihm in der Hocke und betrachtete den Toten. »Schade«, sagte sie mit leichtem Bedauern, »er sieht gut aus. Ein *sehr* schöner Mann.«

»Los, verschwinden wir.« Der Mann strich sich über das schmerzende Gesicht.

»Warte.« Sie rollte Dieter mit der Spitze ihres Stiefels auf den Rücken und fotografierte sein lebloses Gesicht mehrmals mit ihrem Galaxy-Handy.

»Okay. Jetzt können wir gehen.«

Sie gingen schnell quer durch den Park, aber sie rannten nicht, um nicht unnötig Aufmerksamkeit auf sich zu ziehen. An einem der nördlichen Parkausgänge stiegen sie in einen dort geparkten silbernen 5er-BMW, Baujahr 2018, und fuhren davon, wobei sie sich streng an die Geschwindigkeitsregeln hielten.

Das Paar wusste, dass die Berliner Polizei zu der Folgerung gelangen würde, Hansemann sei Opfer eines Raubüberfalls mit Todesfolge geworden. Die nächsten Überwachungskameras befanden sich weit vom Tatort entfernt, und es gab keine Augenzeugen. Erst wenn die Kripo erfuhr, dass Hansemann als verdeckter Ermittler für das Bundeskriminalamt (BKA) gearbeitet hatte, würde man schlussfolgern, dass er gezielt ermordet worden war – aber das hieß noch lange nicht, dass die Kripo auch den Grund für den Mord erfahren würde.

Hansemanns Leiche: Konzeptbeweis Nummer zwei.

# 7

## WASHINGTON, D.C.
## OVAL OFFICE

Präsident Ryan saß auf einem der neu gepolsterten Ledersessel mit dem Rücken zum Resolute Desk. Sein Jackett hing am Kleiderständer. Er hatte die Krawatte gelockert und hielt einen Becher Cold-Brew-Kaffee in der Hand. Es war ein grauenhaft langer Tag gewesen, und die Nachrichten, die ihm Arnie van Damm gerade übermittelte, machten den Tag noch länger.

Verteidigungsminister Robert Burgess und Außenminister Scott Adler saßen sich auf den Chesterfield-Couches gegenüber, während sich Arnie dem Präsidenten gegenüber auf einen anderen Ledersessel gesetzt hatte. Auch die beiden Couches waren neu; im Unterschied zu den alten Couches versanken die Besucher nicht mehr in dem weichen karamellfarbenen Leder. Zwischen den beiden Couches lag der runde silberne Teppich mit dem in kräftigen Farben eingewebten Präsidentensiegel.

»Das kann man ihr nicht vorwerfen«, sagte Adler. »Der Senat ist doch nur ein Wartezimmer mit hundert kleinen Möchtegern-Präsidenten.«

»Ich mache ihr nicht zum Vorwurf, dass sie ehrgeizig ist«, sagte Ryan. Innerlich war er immer noch aufgebracht über die völlig unberechtigten, voreingenommenen und bösartigen Angriffe durch Senatorin Chadwick während der letzten paar

Monate. Chadwick war eitel und skrupellos, aber wenigstens gehörte sie der oppositionellen Partei an. »Aber auch der größte Ehrgeiz muss Grenzen haben. Man wird ja wohl von Dixon Loyalität gegenüber der eigenen Regierung erwarten können, auch wenn sie selbst Präsidentin werden will.«

Alle im Raum wussten, dass Ryan nie das Amt des Präsidenten angestrebt hatte. Ein zum Selbstmord entschlossener japanischer Flugkapitän war der Grund gewesen, warum es Ryan damals ins Oval Office verschlagen hatte. »Aber noch ist sie nicht Präsidentin«, fügte Ryan nach kurzer Pause hinzu, »und ihr Versuch, bei dem Vertrag mit Polen meine außenpolitische Agenda zu torpedieren, gefällt mir ganz und gar nicht.«

»Ich verstehe nur nicht, warum Dixon das macht«, sagte Burgess. »Wir haben sie doch immer gut informiert und auf dem Laufenden gehalten.«

»Vielleicht hätten wir sie stärker in den Vordergrund rücken sollen«, meinte Adler. »Sie sieht sich nun mal gerne in den Medien und auf Instagram Live.«

Ryan zuckte die Schultern. »Wir haben ihr die Möglichkeit angeboten, ihre Meinung zu dieser Sache zu präsentieren. Aber sie sagte, sie hätte andere Prioritäten in der Gesetzgebung. Ich habe daraus gefolgert, dass sie daran kein Interesse hat, aber nicht, dass sie den Vertrag grundsätzlich ablehnt. Vielleicht hat sie uns irgendwelche Signale geschickt, die wir nicht erkannt haben?«

»Ausgeschlossen.« Arnie schüttelte den Kopf. »Ich habe während der ganzen Zeit den Kontakt zu ihrem Büro aufrechterhalten. Nie auch nur eine Andeutung, dass sie Probleme mit unserer Gesetzesvorlage haben könnte. Und, offen gesagt, sie verhält sich verdammt illoyal.«

Ryan konnte ein Lächeln nicht unterdrücken. Sein Stabschef war der loyalste Mensch, den er kannte, eine Tugend, die

Ryan sehr schätzte, von dem scharfen Verstand ganz abgesehen, der in Arnies blassblauen Augen immer wieder aufblitzte.

»Loyalität? Die ist inzwischen in dieser Stadt so selten geworden wie die Ehre – und das Schamgefühl ist schon vor langer Zeit mit dem Expresszug aus der Stadt geflohen«, sagte Adler.

»Also muss etwas passiert sein«, sagte Arnie nachdenklich.

»Was zum Beispiel?«, fragte Adler.

»Jemand hat Dixon eine kleine Warnung geschickt«, mutmaßte Arnie, zog ein Taschentuch heraus und putzte seine Brillengläser.

»Soll heißen?«

»Soll heißen, dass sie nicht ganz sauber ist.«

»Holla, jetzt mal langsam. Das ist ein ziemlich heftiger Vorwurf«, sagte Ryan.

Arnie tippte sich an einen Nasenflügel. »Ich kann es förmlich riechen, Sir.«

»So hübsch Ihre Nase auch ist, als Kronzeugin vor Gericht nützt sie uns nichts. Haben Sie denn irgendwelche Beweise?«, fragte Ryan. Bei Besprechungen, die nicht unter vier Augen stattfanden, benutzten die beiden alten Freunde immer die förmliche Anrede.

»Nein, keinen einzigen. Aber der gesunde Menschenverstand und die drei Jahrzehnte in diesem Sumpf von einer Stadt haben mich das eine oder andere gelehrt. Dixon ist uns brutal in die Parade gefahren – das politische Gegenstück zu einem Unfall mit Fahrerflucht. Aber warum? Was hat sie davon? Und das, obwohl ihr doch klar sein muss, was sie riskiert, wenn sie den Präsidenten verärgert.«

Ryan schüttelte den Kopf. »Ich bin kein Mafiaboss, Arnie. Ich halte die oberste Exekutivgewalt in Händen und versuche nur, das zu tun, was für dieses Land und für unsere nationale Sicherheit wichtig und richtig ist. Es ist doch nicht so, dass ich jetzt ein Kopfgeld auf sie aussetzen will!« Ryan trank einen

Schluck Cold Brew. »Aber eins kann ich Ihnen versichern: Wenn Dixon in irgendeine schmutzige Sache verwickelt ist oder etwas getan hat, das diesem Land schadet, werden wir sie dafür zur Rechenschaft ziehen.«

Arnie unterdrückte ein Lächeln. Er kannte seinen Boss und langjährigen Freund besser als jeder andere in Washington, D.C. Ryan war alles andere als ein rachsüchtiger Mensch – für ihn war Politik nichts Persönliches. Aber er hatte ein ausgeprägtes Gerechtigkeitsempfinden, und wenn jemand das bedrohte, was er liebte, scheute er vor keinem Kampf zurück. Nein, Präsident Ryan würde niemanden aus dem Hinterhalt angreifen, aber wenn er sich wehren musste, war mit ihm nicht zu spaßen.

Der Verteidigungsminister beugte sich auf der Couch ein wenig vor. »Ich stimme Arnie zu. Auch deshalb, weil mir kein plausibler Grund einfällt, warum sie dieses Gesetz torpediert. Die Polen bezahlen die Basis und ihren Unterhalt, die NATO bekommt eine vorgelagerte Verteidigung, und auf die Russen wirkt das Ganze hoffentlich wie ein warnender Zeigefinger – eine sichtbare, kinetische Abschreckung, um sie von weiteren Aggressionen abzuhalten.«

*»Cui bono,* Gentlemen?«, fragte Ryan. Diese Frage hatten ihm die Professoren an der Jesuitenuniversität in Georgetown immer wieder eingebläut. »Darauf läuft es immer wieder hinaus. Solange wir nicht in Erfahrung bringen können, was dabei für Dixon herausspringt, sollten wir versuchen herauszufinden, wer sonst noch von ihrer Entscheidung profitieren könnte.«

»Nun, in erster Linie die Russen natürlich«, sagte Burgess. »Sie wollen keine gepanzerte US-Division direkt vor ihrer Haustür haben.«

»Ich glaube nicht, dass die Russen hinter dieser Sache stecken«, meinte Ryan. »Niemand im Senat hat sich entschiedener als Dixon für noch strengere Sanktionen gegen Russland ausgesprochen. Wer käme sonst noch infrage?«

»Wenn ich es mir recht überlege, sind die Deutschen nicht gerade begeistert davon – wir mussten sie praktisch zur Unterschrift tragen«, antwortete Burgess.

»Das gilt aber auch für die Franzosen«, warf Adler ein.

Arnie runzelte die Stirn. »Wenn die Basis die NATO stärkt, warum sollten dann Deutschland und Frankreich dagegen sein?« Van Damm war hauptsächlich auf Innenpolitik und Gesetzgebung fokussiert; die Außenpolitik überließ er lieber den Schwergewichten in Ryans Kabinett.

»Weil sie es nicht mit Moskau verderben wollen. Deutschland vor allem ist massiv von russischem Gas abhängig«, erklärte Adler. »Aber realistisch betrachtet ist das Handelsvolumen Deutschlands oder Frankreichs mit Russland nicht signifikant.«

»Aber den Handel gibt es noch«, wandte Burgess ein. »Trotz aller Probleme mit Russland in den letzten Jahren.«

Adler nickte. »Stimmt, aber das ist nichts Neues. Im Kalten Krieg waren die Europäer nur allzu glücklich darüber, dass wir Milliarden Dollar ausgaben, um die NATO abwehrbereit zu halten, während sie ihren Handel mit den Sowjets immer weiter ausbauten. Ich weiß nicht, ob das die Europäer zu Scheinheiligen macht – oder uns einfach nur zu Einfaltspinseln.«

»Könnte nicht beides zutreffen?«, sagte Ryan ironisch.

»Wenn wir ehrlich sind, können wir nicht immer nur die Europäer beschuldigen«, sagte der Verteidigungsminister. »Schließlich verwenden wir russische RD-180-Triebwerke in unseren Atlas-Raketen.« Das war nur einer der vielen ärgerlichen Kompromisse, die man in der modernen Welt hinnehmen musste.

Ryan runzelte die Stirn. Ein Gesetz unterzeichnen zu müssen, durch das die russischen Raketentriebwerke von den

Sanktionen gegen Russland ausgenommen wurden, hatte einen bitteren Geschmack in seinem Mund hinterlassen, obwohl es damals unvermeidlich gewesen war. »Das müssen wir ändern, Arnie. Setzen Sie das bitte auf die Tagesordnung für die Sitzung des Sicherheitsrats morgen.«

»Wird gemacht.«

Burgess fragte: »Wenn es also nicht um den Handel der Europäer mit Russland geht, warum wehren sich dann die Franzosen und die Deutschen gegen den Vertrag für die Basis?«

»Bleiben wir fair – zwar haben sie den Vertrag zuerst abgelehnt, ihn aber dann doch unterschrieben«, sagte Adler.

»Gut, aber warum haben sie gezögert?«

»Ich denke, es ging ihnen in erster Linie nicht um die Basis, sondern um Polen. Die Bürokraten in Brüssel machen sich viel mehr Sorgen über den Nationalismus in Europa als über die russische Expansionspolitik, und Polen ist nun mal stark auf sich selbst bezogen – es ist eines der Länder mit dem stärksten Nationalismus in Europa.«

»Und aus Sicht der Europäischen Union gefährden die nationalistischen Bewegungen die Vertiefung der europäischen Integration«, ergänzte Ryan.

»Weil diese Bewegungen nicht einfach nur die Integration bremsen, sondern sie sogar rückgängig machen wollen. Der Brexit, die Italiener, die Ungarn – überall schärfen die Bauern ihre Mistgabeln.«

»Und sie sehen in einem bilateralen Vertrag zwischen zwei NATO-Mitgliedern eine Bedrohung für eine Europäische Union ohne Grenzen?«

»Das wird offiziell nicht so deutlich gesagt, aber in den europäischen Medien klang es recht klar durch«, antwortete Adler. »Es hat schon immer ein radikales Element gegeben, das in der NATO ein Hemmnis für die europäische Integration sieht, vor allem deshalb, weil die NATO so stark auf unsere

Beteiligung angewiesen ist – und auf unseren finanziellen Beitrag.«

Verteidigungsminister Burgess schmunzelte. »Im vergangenen Jahr lagen sechs von sechs deutschen Diesel-U-Booten im Trockendock – und die Bundeswehr hatte nur fünfundneunzig Leopard-2-Panzer einsatzbereit. Die Russen verfügen über zwanzigtausend Panzer und Schützenpanzer, entweder einsatzbereit oder in Reserve. Viele Hubschrauberpiloten der Bundeswehr müssen ihre Flugübungen mit privaten Hubschraubern absolvieren, weil die militärischen nicht flugbereit sind, und bei den Franzosen sieht es auch nicht besser aus, dort sind derzeit nur die Hälfe der Flugzeuge und ein Viertel der Hubschrauber flugbereit. Und vergessen wir nicht den Zwischenfall vor ein paar Jahren, als die Deutschen bei der Ausbildung Besenstiele statt echter Gewehre einsetzten, weil nicht genug Gewehre zur Verfügung standen.«

Adler schüttelte den Kopf. »Weder Deutschland noch Frankreich oder ein halbes Dutzend anderer NATO-Partner wenden genug Geld für ihre Streitkräfte auf und erfüllen daher ihre Verpflichtung nicht, die sie gegenüber der NATO eingegangen sind. Wir mussten von Anfang an die Zeche zahlen, obwohl die EU neben China im internationalen Handel unser größter Konkurrent ist.«

»Wenn Sie auf einer Party von allen Leuten in den Hintern getreten werden, tragen Sie wahrscheinlich ein Schild auf dem Rücken, auf dem ›Kick me‹ steht«, witzelte Adler.

»Wie wollen sie sich gegen die Russen verteidigen, wenn die NATO nicht einsatzbereit ist?«, fragte Arnie.

»Sie wären überrascht, wenn Sie wüssten, wie viele Europäer glauben, dass die russische Feindseligkeit nur durch die Aggressivität Amerikas und der NATO provoziert wird. Man müsse nur die NATO abschaffen, dann würde sich das Problem Russland von allein lösen, meinen sie.«

»Es gibt auch Amerikaner, die so denken«, warf Arnie ein.

»Aber dürfen wir daraus schlussfolgern, dass Dixon nach der Pfeife tanzt, die in Berlin und Paris geblasen wird?«, fragte Burgess.

»Ich denke, es könnte noch schlimmer sein«, meinte Ryan. »Letzten Endes komme ich doch wieder auf meine Frage zurück: Wem nützt es, wenn der Armeestützpunkt in Polen nicht gebaut wird?«

»Vielleicht geht es gar nicht um den Stützpunkt. Vielleicht geht es vor allem um uns«, sagte Adler nachdenklich.

Ryan nickte, immer noch der Universitätsprofessor. »Gut, nehmen wir das mal an. Aber was schließen Sie daraus?«

»Es gibt eine schier unendlich lange Liste von Leuten, die auf unsere Kosten profitieren würden«, fuhr Adler fort.

»Ja, aber wer steht Ihrer Meinung ganz oben auf der Liste – von den Russen abgesehen?«

»Die Chinesen, keine Frage«, sagte Burgess.

»Genau.«

»Tut mir leid, Mr. President«, mischte sich Arnie wieder ein, »aber ich kann nicht ganz folgen. Was würde es China nützen, wenn der Deal nicht zustande käme?«

»China geht es um die ›Belt and Road Initiative‹«, antwortete der Außenminister. »BRI ist ein gigantisches Infrastrukturprojekt der Chinesen, das zwei Drittel der Weltbevölkerung und ungefähr die Hälfte des globalen Bruttoinlandsprodukts durch neue Straßen, Schienen und Schifffahrtsrouten miteinander verknüpfen soll. Es soll sich in Nord-Süd-Richtung von Neu-Delhi bis Murmansk und in Ost-West-Richtung von Schanghai bis Lissabon erstrecken. Wir müssen es uns als eine modernisierte Version der uralten chinesischen Seidenstraße vorstellen. Natürlich sind die Chinesen so freundlich, den teilnehmenden Ländern großzügige Kredite über viele Milliarden Dollar zu gewähren, damit diese vor allem chinesische Unternehmen mit dem Bau der ganzen Großprojekte beauftragen können – zu Wucherzinsen, wohlgemerkt.«

»Im Gegensatz zu uns – wir zahlen uns in den Ruin, weil wir viele Waren und Dienstleistungen praktisch verschenken«, sagte Arnie.

Der Präsident nickte grimmig. »BRI ist der Chinesische Traum – die Maßnahme, durch die China plant, sich die globale Vorherrschaft zu sichern.«

»Wie wollen sie das mit ihren Billigwindeln und Armbanduhren schaffen?«, fragte Arnie.

»Was wissen Sie noch vom Unterricht über europäische Geschichte?«, fragte Ryan.

»Nicht so viel wie gewisse Leute mit einem Doktortitel in Geschichtswissenschaft, die das Fach an der Naval Academy unterrichtet haben, denke ich mal.«

»Die alten Perser träumten von einem Reich, das sich von Asien bis Europa erstrecken sollte, und das hätten sie auch geschafft, wenn sie nicht von ein paar sturen Griechen daran gehindert worden wären. Und nach den Persern haben das auch andere versucht – Napoleon, Kaiser Wilhelm, Hitler, Stalin. Nichts wäre mächtiger als Europa und Asien zu einem Gebilde vereint – Eurasien. Das entspricht recht genau der sogenannten Heartland-Theorie, die Halford Mackinder schon Anfang des letzten Jahrhunderts formulierte: Wer immer Eurasien beherrscht, beherrscht die Welt. Und genau das will die amerikanische Sicherheitspolitik nun schon seit über hundert Jahren verhindern.«

»Die Chinesen haben ganz sicher nicht die militärischen Mittel, das zu erreichen«, wandte Burgess ein. »Oder jedenfalls noch nicht.«

»Aber sie haben die wirtschaftlichen Mittel«, erwiderte Ryan. »Und die nötige Entschlossenheit. Wie sagte Lenin? ›Die Kapitalisten werden uns noch den Strick verkaufen, mit dem wir sie aufknüpfen.‹ Die neue Seidenstraße ist ein sehr cleveres und profitables Projekt, mit dem sich China und Russland gegen uns verbünden, und sie verwirklichen es direkt vor unseren Augen, und die meisten Globalisten in Westeuropa feuern sie dabei an.«

Ryan beugte sich vor. »Und vielleicht auch ein Mitglied unseres Senats.«

»Damit wären wir wieder beim Thema Dixon«, sagte Arnie. »Also dort, wo Sie uns haben wollten.«

»Ja, das sehe ich jetzt auch so«, nickte Adler. »Vielleicht nicht sie selbst, sondern ihr Ehemann … Wie heißt er noch gleich?«

»Aaron Gage«, antwortete Ryan. »Gründer und CEO von Gage Capital Partners. Seine Firma macht mit ihren China-Geschäften eine Menge Geld.«

»Nicht nur mit China, er macht auch Geschäfte mit allen möglichen Leuten«, ergänzte Arnie. »Gage und auch Dixon selbst sind Multimillionäre, und das ist vor allem seinen Geschäften zu verdanken.«

»Haben Sie ein Problem mit Millionären, Arnie?«, fragte Ryan schmunzelnd. Er gehörte selbst dem reichsten Prozent der Bevölkerung an.

»Nicht mit Millionären, die ihr Geld auf altmodische Weise in der Privatwirtschaft verdient haben, *bevor* sie in die Politik gingen«, gab Arnie zurück.

»Wir denken also, Dixon setzt sich in der Gesetzgebung für chinesische Interessen ein, damit die Firma ihres Mannes davon profitiert?«, fragte Burgess.

»Sie wäre nicht die Erste. Die ganze Stadt stinkt nach völlig legaler Vetternwirtschaft«, sagte Ryan. Damit meinte er Dutzende von Geschwistern, Kindern, Ehepartnern und sonstigen Verwandten, die aktiv die Entscheidungsprozesse auf dem Capitol Hill zu beeinflussen suchten – wenn auch niemals direkt durch ihre Verwandten, sodass zwar nicht gegen den Wortlaut der gesetzlichen Bestimmungen verstoßen wurde, wohl aber gegen deren Geist.

»Geld regiert die Stadt«, sagte Arnie. »Als Senatorin muss Dixon genau wie jeder andere ihrer Kollegen jeden Tag im Durchschnitt vierzehn- oder fünfzehntausend Dollar an Wahlkampfspenden einwerben, jeden Tag, solange sie im Amt ist, sonst kann sie ihre Wiederwahl vergessen.«

Ryan schüttelte den Kopf. »Es geht hier nicht um Wahlkampffinanzen, Arnie. Es geht um das ganze verdammte System, die Amigo-Geschäfte mit Familienmitgliedern, die Drehtüren zwischen Wahlämtern und Vorstandsetagen, die Spenden an Wohltätigkeitsfonds der eigenen Familien. Lobbyisten, die plötzlich Mitarbeiter von Politikern werden, und umgekehrt. Neulich habe ich gelesen, dass sich fast ein Drittel der ehemaligen Abgeordneten als Lobbyisten registrieren ließen – und ein ziemlich großer Teil von ihnen lässt sich gar nicht registrieren, ist aber ständig auf irgendwelchen Cocktailpartys präsent und nutzt die alten Beziehungen für irgendwelche Geschäfte. Das mag alles völlig legal sein, aber auch legale Korruption ist Korruption, vor allem, wenn es um die Leute geht, die Gesetze verabschieden, durch die solche Praktiken überhaupt erst legal werden. Ich hasse das, und das ist auch der Grund, warum der Kongress jeden Tag weniger funktional wird.«

»Das ist so, weil wir den Bock zum Gärtner gemacht haben, Mr. President«, sagte Adler.

Ryan fuhr sich frustriert durch die Haare. »Den Kampf müssen wir uns für später aufsparen«, murmelte er und griff nach dem Kaffeebecher, in dem nur noch kleine Reste der Eiswürfel klirrten.

»Ich weiß, dass Sie von meinem Riecher nicht viel halten«, sagte Arnie, »aber ich denke trotzdem, dass wir uns Dixons Familienfinanzen ein bisschen genauer anschauen sollten.«

»Glauben Sie allen Ernstes, dass eine amtierende Senatorin der Vereinigten Staaten auf der Lohnliste der Chinesen steht?«, fragte der Verteidigungsminister skeptisch.

»Ich würde niemals Gelder aus dem Staatshaushalt ohne plausiblen Grund gegen eine gewählte Amtsinhaberin einsetzen«, sagte Ryan. »Das wäre nicht nur unethisch, sondern käme auch in der Öffentlichkeit nicht gut an. Wie würde es aussehen, wenn ich eine FBI-Ermittlung gegen eine voraussichtliche Präsidentschaftskandidatin anordnen würde, mit der ich politische Meinungsverschiedenheiten habe? Habe ich mich klar genug ausgedrückt?«

»Glasklar, Mr. President«, nickte Arnie. Seine blauen Augen glitzerten hinter den dicken Brillengläsern. »Aber würde es Ihnen etwas ausmachen, wenn ich mich ein wenig umhöre?«

# 8

## PEKING, CHINA

Chen Xing legte den Hörer auf.

Der Verräter war tot.

Eine unschöne Nachricht.

Als Leiter der ultrageheimen Division für Internationale Terrorabwehr des chinesischen Ministeriums für Staatssicherheit war Chen ein Mann, vor dem man sich fürchten musste. Ein Narr war er allerdings nicht. Bei seiner Arbeit waren Fakten die besten Waffen. Seine Untergebenen hatten nur eins zu fürchten: einen Fehlschlag. Aber für das Überbringen schlimmer Nachrichten war keine Strafe vorgesehen.

Aus der Perspektive eines Geheimdienstes bedeutete der Tod eines verräterischen Physikers recht wenig. Elektroschocks und Ultraviolettstrahlung hatten aus dem Mann bereits alles herausgequetscht, was möglich war. Sie waren allerdings für seine bislang unentdeckt gebliebene Herzkrankheit zu viel gewesen.

Der Wissenschaftler hatte kein Netzwerk gehabt, das man vernichten konnte, und keine Familie, mit der man ihn unter Druck hätte setzen können. Chen hätte sich allerdings gewünscht, dass der Mann noch eine Weile am Leben blieb, um ihn noch ein wenig länger leiden zu sehen. Denn nichts bereitete so viel Freude wie ein verzweifelt schluchzender Gefangener, der sich ein fantastisches Geständnis nach dem anderen ausdachte, in der Hoffnung, die Folterqualen aufzuhalten, die keinem anderen Zweck dienten, als Schmerzen zuzufügen.

Chen hatte herausgefunden, dass der schluchzende Bastard sein eigenes Land verraten hatte. Im Gegenzug hatte man ihm die kanadische Staatsbürgerschaft und ein bescheidenes zweistöckiges Haus in einem Vorort von Vancouver versprochen.

Dafür hatte der Physiker einen einzigen Auftrag ausführen müssen: Daten zu sammeln, wo und wann immer sich die Gelegenheit dazu bot, aber stets peinlichst genau auf seine persönliche Sicherheit zu achten. Der Wissenschaftler hatte im Quantum-Science-Satellite-Programm der Universität für Wissenschaft und Technologie in Hefei gearbeitet. In dieser Funktion hatte er sich täglich mit unschätzbar wichtigen Staatsgeheimnissen befasst, die er an den Stellvertreter des kanadischen Handelsattachés weitergeleitet hatte, der jedoch ein verdeckter Agent des Canadian Security Intelligence Service war, des wichtigsten zivilen Nachrichtendienstes der kanadischen Regierung.

Sein kanadischer Agentenführer hatte den Fehler gemacht, einer Aufforderung der CIA nachzukommen, den Amerikanern spezifische Informationen über einen der kürzlich durchgeführten Programmtests zu beschaffen. Zu Chens grenzenloser Überraschung war eines Morgens auf seinem verschlüsselten Telefon eine Textnachricht eingegangen, die er nicht angefordert hatte. Absender war CHIBI, und die Mitteilung enthielt eine Kopie der Datenanforderung der CIA, den Namen und die Adresse des Physikers sowie den genauen Ort, an dem die Daten hinterlegt würden. Außerdem enthielt die SMS ein Angebot.

Es kam außerordentlich selten vor, dass ein ausländischer Agent mit tatsächlich brauchbaren Informationen gewissermaßen durch die Vordertür hereinspazierte. Andererseits wusste Chen, dass einige der größten Spionagecoups der Geschichte genau so stattgefunden hatten – etwa John Walker, Chief

Warrant Officer der U.S. Navy und Kommunikationsexperte, der CIA-Agent Aldrich Ames, der FBI-Agent Robert Hanssen oder Jonathan Pollard, ein ziviler Nachrichtenoffizier der Navy, um nur einige zu nennen.

Aber natürlich war CHIBI nicht wortwörtlich in Chens Büro spaziert. Vielmehr entstand der Kontakt durch eine kurze digitale Ankündigung und angehängte, brauchbare Informationen, die sich als ausgesprochen wertvoll erwiesen. Dennoch fand Chen an CHIBIs Angebot keinen großen Gefallen.

Unter anderen Umständen wäre Chen von der Möglichkeit begeistert gewesen, mit einer nachrichtendienstlichen Goldmine wie CHIBI weiterhin zusammenzuarbeiten. Aber CHIBI verlangte kein Geld – oder jedenfalls nicht sofort – und auch keine sonstigen Gegenleistungen, nicht einmal in Form von Informationen. Chen konnte in dieser mysteriösen Person weder Verbitterung noch eine ideologische Motivation für einen derartigen Verrat erkennen. Ego? Keine Frage. Kein Mensch, der nicht ein völlig übersteigertes Selbstwertgefühl besaß, würde den Mut aufbringen, sich mit dem fast allmächtigen Ministerium für Staatssicherheit der Volksrepublik China auf ein derart gefährliches Spiel einzulassen.

Nur besaß CHIBI offenbar kein übersteigertes, aufgeblähtes Ego. CHIBI war so gut, wie er sich präsentierte. Chens Genossen im Büro 7 war es bisher nicht gelungen, ihn auf digitalen oder anderen Wegen zu lokalisieren, und das bedeutete, dass CHIBI über hervorragende, wenn nicht sogar unüberwindliche OPSEC-Kompetenzen verfügte. Was wiederum ein gleichermaßen wirksames offensives Bedrohungsprofil implizierte, wie Chens Technikexperten warnend vermuteten. Würden sie versuchen, weiter in CHIBIs Umfeld vorzudringen, würde das womöglich einen gefährlichen Gegenangriff provozieren, vielleicht sogar einen, den das Ministerium für Staatssicherheit momentan nicht wirksam abwehren könnte.

Was also war zu tun? Sollte Chen CHIBIs Einladung zur Teilnahme an der Auktion annehmen oder die Gelegenheit ungenutzt verstreichen lassen?

Chen glaubte nicht, dass kriminelle Organisationen geheimdienstliche Operationen durchführen konnten. Die dafür erforderlichen Ressourcen waren einfach zu gewaltig, um von einer unabhängigen privaten Organisation aufgebracht werden zu können, von einem einzelnen Individuum ganz zu schweigen, wie begabt auch immer dieser Mensch sein mochte.

Wer sonst außer einem anderen Geheimdienst würde ihn mit einem derart ungewöhnlichen Angebot kontaktieren? Von einer kanadischen Organisation konnte er sich das nicht vorstellen. Die Kanadier würden unter keinen Umständen ihre eigenen Agenten opfern wollen, erst recht nicht für diesen eigenartigen »Konzeptbeweis«. Das würde nicht nur ihren sentimentalen Vorstellungen von den sogenannten Grundrechten des Einzelnen widersprechen, sondern sie auch in den Augen all der Leute diskreditieren, die sie in Zukunft als potenzielle Agenten anwerben wollten. Im Spionagegeschäft war Vertrauen nun mal die wichtigste Währung, vor allem in der operativen Feldarbeit.

Aus denselben Gründen kamen wohl auch die Amerikaner und die anderen großen westlichen Geheimdienste nicht als Kandidaten infrage. Die Russen, so gut sie auch sein mochten, verfügten nicht über diese Fähigkeiten, da war sich Chen völlig sicher. Dasselbe galt für die Nordkoreaner, die Iraner und die Inder.

Wenn es kein Geheimdienst war, der mit Chens Organisation konkurrierte – wer konnte es dann sein?

CHIBI war ein gefährliches Rätsel und womöglich ein Einzelgänger. Ein einzelnes Individuum, das die »Schlüssel zum Königreich« besaß, wie es in dem Angebot hieß.

Und dann war da noch der Name, CHIBI. Das war offensichtlich eine Anspielung auf die Schlacht von Chibi, auch als Schlacht am Roten Felsen bekannt. Der Name war jedem chinesischen Schüler so vertraut wie westlichen Schülern die Schlacht bei den Thermopylen oder von Azincourt. Die Schlacht von Chibi hatte vor 1800 Jahren stattgefunden und war die Verkörperung von Sunzis Prinzip, dass Kriegsführung auf List und Täuschung beruhe. Ein Krieg, in dem die kleinere Macht die größere überwand. Chibi war der Prüfstein des gesamten strategischen Denkens Chinas, sowohl in militärischer als auch in ökonomischer Hinsicht.

Hieß das, dass CHIBI tatsächlich ein Chinese sein konnte?

Unmöglich.

Oder vielleicht doch?

Das Angebot war ganz offensichtlich verlockend – uneingeschränkter Zugang zu den Quellen der Nachrichtendienste des Westens –, aber Chen lehnte das Angebot, an der Auktion in London teilzunehmen, dennoch ab, aus einem ganz einfachen Grund.

Er hasste Rätsel … vor allem solche, die ihn das Leben kosten konnten.

# 9

## HOCH ÜBER DEM MONONGAHELA NATIONAL FOREST, WEST VIRGINIA

Wie ein Pfeil zog die Bombardier Global 8000, CloudServes eleganter Business-Jet, über den Nachthimmel. Ihr einziger Passagier lag bequem ausgestreckt in einem der luxuriösen Ledersessel.

Watson hatte die High Heels abgestreift und hielt ihren ersten Wodka Tonic in der Hand, während sie ihre Notizen von der Besprechung mit Foley noch einmal durchsah.

Ihr Smartphone meldete mit einer vertrauten Melodie einen Anruf.

»Wie ist es gelaufen?«, erkundigte sich Dahm. Watson hörte seinen schweren Atem.

»Sie hassen die Cloud, wir sind gefeuert, und du landest im Knast.«

»Haha. Witzig. Und im Ernst?«

»Es hätte viel besser laufen können, wenn du da gewesen wärst.«

»Das bezweifle ich. Du bist das Gehirn in unserem Laden. Ich bin nur das hübsche Gesicht.«

»Ja, klar. Deshalb haben auch alle gefragt: ›Wo ist Elias? War er dieses Jahr beim Burning Man? Wann startet seine nächste Rakete?‹ Echt, manchmal komme ich mir vor wie Mick Jaggers PR-Agentin.«

»Du weißt doch, wie es ist. Alles dreht sich ums Marketing.«

*Ja, aber das stimmt nur, wenn man etwas zu vermarkten hat,* hätte sie am liebsten gesagt. »Foley wollte dich wirklich dabeihaben. Ich hatte den Eindruck, dass sie verärgert ist.«

»Foley kann mich mal. Ich habe viel zu tun und kann meine Zeit nicht mit irgendwelchen bescheuerten Meetings vergeuden.«

*Ach, aber ich schon?,* hätte sie am liebsten bissig erwidert.

»Was hat sie über unser War-Cloud-Angebot gesagt?«, wollte Dahm wissen.

»Dass unser Angebot gründlich geprüft wird, genau wie alle anderen.«

»Verdammt. Wir brauchen diesen Auftrag!«

Watson wusste, warum er so frustriert war. In der Hightechbranche war der Cashflow der alles entscheidende Faktor, und gerade jetzt war CloudServe auf neuen Cashflow besonders dringend angewiesen. »Foley ist nicht Verteidigungsministerin. Sie kann das nicht entscheiden.«

»Aber sie hört das Gras wachsen. Ganz sicher könnte sie für uns ein paar Strippen ziehen, wenn sie wollte.«

»Sie kommt mir ehrlich vor, nicht korrupt.«

»Wozu zum Teufel zahle ich gigantische Honorare für eine ganze Armee von Lobbyisten, wenn sie nichts erreichen?«

»Für diese Dinge bist du zuständig, nicht ich. Aber du könntest sie anrufen und sie ein wenig beruhigen.«

»Beruhigen? Worüber?«

»Sie macht sich Sorgen über die Sicherheit der Cloud.«

»Dafür hat sie auch allen Grund, wenn etwas schiefläuft.«

Watson wollte aufbrausen, beherrschte sich aber. »Ich sorge dafür, dass das nicht passiert.«

»Weiß ich doch, das musst du mir glauben. Ich bin dein größter Fan.«

Auch diese Bemerkung ließ Watson durchgehen. Sie signalisierte dem Steward mit dem leeren Glas, ihr den zweiten Drink einzuschenken.

Wieder hörte sie sein schweres Atmen. Sie runzelte die Stirn, eher verärgert als besorgt. »Alles okay? Es hört sich an, als hättest du Probleme beim Atmen.«

»Nein, alles in Ordnung. Mir geht's gut.«

## MARIN COUNTY, KALIFORNIEN

Elias stand auf dem gepflegten Rasen seiner Villa hoch auf den Klippen der Pazifikküste, während er über sein Headset mit Watson telefonierte, die dreitausend Kilometer entfernt im Flugzeug saß.

Er war breitschultrig und sah besser aus als so mancher Hollywoodstar. Momentan trug er das volle Kendo-Outfit – schwarze *gi*-Jacke, *hakama*-Hose, Körperschutz. In der freien Hand hielt er noch immer das *shinai*, das Bambusschwert, mit dem er gerade den Kampfsport trainiert hatte. Sein *sensei*, ein japanischer Kendo-Meister, stand ein wenig abseits, rauchte eine Marlboro und wartete auf das Ende des Telefonats, um mit der Übung fortfahren zu können.

Geistesabwesend schwang Elias das Schwert durch die Luft, während er redete. Eine plötzlich aufkommende Ozeanbrise ließ die zwei Dutzend Tiki-Fackeln auflodern und fuhr mit lautem Rascheln durch die uralten Zypressen. Elias' helle, durchdringende Augen glichen dem Graublau des Pazifik, dessen Wellen sich weit unten an den Felsklippen brachen.

»Sonst noch was?«, fragte er.

»Es sind keine drei Wochen mehr bis zur TechWorld-Konferenz. Hast du dich schon darauf vorbereitet?«

»Ich wurde vorbereitet geboren.«

»Haha. Du solltest das nicht auf die leichte Schulter nehmen,

Elias. Schließlich wird von dir als Keynote-Speaker ein herausragendes Impulsreferat erwartet.«

»Ich arbeite daran.« Elis richtete das Bambusschwert auf seinen *sensei*. Der Japaner nickte nur knapp, schnippte die Zigarettenkippe weg und griff nach Maske und Schwert.

»Hör mal, Amanda, ich muss aufhören. Nimm dir doch morgen mal einen Tag frei. Das hast du dir verdient.«

»Ich wünschte, ich könnte so einfach mal einen Tag blaumachen.«

»Ruf mich nach der Landung an, damit ich weiß, dass du gut angekommen bist.«

»Mache ich. Danke.«

In ihrer Stimme lag leichtes Bedauern, gemischt mit Sehnsucht. Genau der Unterton, den sich Elias wünschte. Als er das Gespräch beendete, hatte er sie schon wieder fast vergessen.

Während die beiden Männer erneut die Handschuhe anzogen, deckte Elias seinen Lehrer in perfektem Japanisch mit einer ganzen Reihe von technischen Fragen über die sich wiederholenden Bewegungs- bzw. Schnittübungen ein, *suburi* genannt. Er konnte die nächste Übungsrunde kaum erwarten – mit jedem Schlag seines Bambusschwerts schlug er auf den gigantischen Berg von Sorgen ein, der sich drohend immer höher vor ihm auftürmte.

# 10

## ALEXANDRIA, VIRGINIA
## HENDLEY ASSOCIATES

Jack Ryan junior saß vor dem Monitor, starrte die Excel-Tabelle an und kratzte sich hinter dem Ohr. Nichts juckte dort, es war nur eine nervöse Angewohnheit. Aber seit jener Nacht in Afghanistan, als ihm das Ohr bei der Explosion einer Haftbombe fast abgerissen worden war, wurde er das Gefühl nicht mehr los, dass es jederzeit wieder abfallen könnte. Zwar hatte ihm ein Drogenhändler, der zum Islamischen Staat gehörte, das Ohr mit neun Stichen und Katzendarm wieder angenäht, aber seither fanden seine Finger wie von selbst den Weg zurück zur Narbe, und seine Zunge tastete sich automatisch zu der Lücke, die ein schon in seiner Kindheit ausgeschlagener Zahn hinterlassen hatte. Oder die Zunge berührte den Zahn, der bei der Explosion beschädigt, aber inzwischen überkront worden war.

Die Prellungen, Muskelzerrungen und sonstigen Schmerzen, die er bei jener Mission erlitten hatte, waren inzwischen wieder vollständig abgeklungen. Es war einer der brenzligsten Einsätze gewesen, an denen er je beteiligt gewesen war, und er war einfach nur dankbar, dass er ihn überlebt hatte. Und sogar noch dankbarer war er, dass Ysabel Kashani wieder in sein Leben zurückgekehrt war.

Gewissermaßen.

Ysabel hatte die Operation in Afghanistan gemeinsam mit

Jack durchgemacht, hatte danach für kurze Zeit in Moskau gearbeitet und war dann wieder nach London zu ihrer Familie zurückgekehrt – wohl um sich von all den Strapazen zu erholen, vor allem aber, um sich darüber klar zu werden, wie es in ihrem Leben weitergehen sollte, und das galt auch für ihre Beziehung zu Jack. Als Jack ihr in Afghanistan wieder begegnete, hatte sie für das Büro der Vereinten Nationen für Drogen- und Verbrechensbekämpfung gearbeitet, aber nach allem, was dort geschehen war, konnte sie nicht mehr in die Region zurückkehren, weder in ihr Heimatland Iran noch nach Afghanistan.

»Ich brauche einfach noch ein wenig Zeit, Jack«, hatte sie gesagt, und in Wahrheit galt das auch für ihn selbst. Er hatte geglaubt, sie sei verheiratet und hätte ein Kind – eine clevere Deckung, auf die er bei seiner Suche in den sozialen Medien gestoßen war –, und wie ein vollkommener Idiot hatte er die Story geschluckt, ohne ihren Wahrheitsgehalt zu überprüfen. Er hatte geglaubt, sie für immer verloren zu haben, doch jetzt war sie plötzlich wieder da. Weder sie noch er selbst war sich sicher, was das bedeutete oder was die Zukunft bringen würde.

Das war einer der vielen Gründe, warum er für den jüngsten Arbeitsauftrag so dankbar war.

Jack rieb sich das müde Gesicht. Es war spät, höchste Zeit, aufzuhören. Die Zahlen und Spalten der Tabelle wimmelten über den Monitor wie Ameisen auf einem Müsliriegel. Schon seit Stunden brütete er über diesen elektronischen Tabellen und versuchte, aus dem Datenlabyrinth schlau zu werden, das dieses Unternehmen mit den vielen Geldtransfers zwischen seinen internationalen Bankkonten konstruiert hatte, und die Frage zu lösen, warum die Daten im 10-K-Jahresbericht, den jedes börsennotierte Unternehmen einreichen musste, mit den Kalenderdaten nicht übereinstimmten. Es lag auf der Hand, dass hier etwas faul war.

Jack arbeitete als Finanzanalyst für die Investmentfirma

Hendley Associates, der »weißen«, öffentlich sichtbaren Seite des Unternehmens, gleichzeitig aber auch als Feldagent für den Campus, der »dunklen« Seite der Firma. Der Campus war eine inoffizielle Geheimdienstorganisation, die im Namen der Vereinigten Staaten Missionen ausführte, für die traditionelle Sicherheitsorganisationen nicht eingesetzt werden konnten oder durften.

Aber solange Jack nicht operativ unterwegs war, arbeitete er hier an seinem Schreibtisch für das Finanzhandelsunternehmen, um den Ruf von Hendley Associates als eine der führenden Investmentfirmen zu mehren. Denn letztendlich verdiente Hendley Associates das Geld, mit dem die vielen verdeckten Operationen des Campus finanziert wurden.

Jack hatte seine berufliche Laufbahn als Finanzanalyst begonnen und liebte diese Arbeit. Aber würde er sich zwischen seinen beiden Jobs entscheiden müssen, würde er den des Feldagenten bevorzugen. Tatsächlich genoss er aber auch die Zeiten, in denen er als Finanzanalyst arbeitete. Die ruhige Arbeit am Schreibtisch aktivierte andere Teile seines Gehirns und baute den Stress und Adrenalinüberschuss seiner Kampfeinsätze ab.

Aber Jack brauchte diesen Stress auch. Er hatte kein Problem damit, bei gefährlichen Einsätzen seinen Teil zu übernehmen. John Clarks Trainingsmethoden hatte er es zu verdanken, dass er sich bislang in taktischen Situationen ganz ordentlich geschlagen hatte – obwohl es natürlich noch viel zu lernen gab. Aber im Umgang mit Handfeuerwaffen war er mittlerweile sehr geübt und geschickt, ebenso in Close Quarters Battle – dem Kampf auf nahe und nächste Entfernung mit allen Mitteln, wozu auch der direkte Nahkampf zählt, einschließlich des Kampfs mit dem Messer.

Aber wie bei seinem Vater war das eigene Gehirn Jacks beste Waffe.

Gedankenabwesend strich sich Jack über den sauber getrimmten Bart, während sein Blick über den Monitor glitt und die Tabellen nach Hinweisen absuchte. Diese Nuss musste er knacken, bevor er sich wieder dem anderen Projekt zuwandte, das er zu analysieren hatte, eine Investmentofferte in Dubai, die ihm immer mehr wie ein zwielichtiges Geschäft vorkam.

Er und sein Vater hatten viele Gemeinsamkeiten, aber in letzter Zeit hatte sich Jack des Öfteren über sein eigenes Leben Gedanken gemacht, eine Art Bestandsaufnahme. Sein Vater, damals Lieutenant im U.S. Marine Corps, war ungefähr in Jacks jetzigem Alter gewesen, als er aus gesundheitlichen Gründen den Dienst hatte quittieren müssen. Danach hatte er Jacks Mom geheiratet, mit ihr zwei Kinder bekommen, als Börsenhändler bei Merrill Lynch ein Vermögen verdient, nebenher seinen Doktor in Geschichtswissenschaft gemacht, an der Naval Academy unterrichtet und war dann für die CIA tätig geworden.

Wenn er sich das Leben als eine Art Wettlauf mit seinem Vater vorstellte, hatte ihn sein alter Herr längst abgehängt. Verdammt, Jack dachte manchmal sogar, er sei in den Startblöcken hängen geblieben. Er nahm die Lesebrille ab und rieb sich den Nasenrücken, um die Kopfschmerzen zu vertreiben, die hinter seinen Augäpfeln zu pochen begonnen hatten. Als das Telefon schrillte, blickte er verblüfft auf die Uhr. Zu spät für normale geschäftliche Anrufe. Auf dem Display leuchtete Gerry Hendleys Nummer auf, Jacks Boss. Jacks Vater hatte Gerry Hendley vor Jahren dazu überredet, die Firma Hendley Associates und den Campus zu gründen.

»Hallo, Gerry.«

»Jack, haben Sie einen Moment Zeit?«

»Ja, natürlich. Ich komme sofort.«

Gerry Hendley, ein ehemaliger Senator aus South Carolina, begrüßte Jack mit einem freundlichen Schulterklopfen und wies auf einen der Besucherstühle vor seinem makellos aufgeräumten Schreibtisch. Er selbst setzte sich auf den anderen Besucherstuhl.

»Danke, dass Sie sofort kommen konnten, Jack«, sagte Hendley mit seinem weichen Südstaatenakzent. »Ich weiß, dass Sie bei dem Dubai-Projekt unter Druck stehen. Haben Sie schon erste Ergebnisse erzielen können?«

»Dad sagte immer, wenn etwas zu gut aussieht, um wahr zu sein, ist es wahrscheinlich so. Ich kann nur noch nicht genau sagen, was daran faul ist.«

»Ich weiß, dass Sie so hartnäckig sein können wie Ihr Vater, und das ist bei solchen Problemen eine Tugend. Kaffee?«

»Nein danke. Womit kann ich Ihnen helfen?«

Hendleys maßgeschneidertes Hemd mit den Doppelmanschetten und den diamantbesetzten Manschettenknöpfen sah so makellos aus wie sein silbern glänzendes volles Haar. Der frühere Senator war selbst ein äußerst scharfsinniger Finanzexperte und hatte sein Unternehmen zu einer der profitabelsten Beratungsfirmen der Finanzbranche gemacht. Aber seine eigentliche Leidenschaft galt noch immer der nationalen Sicherheit. Wie Jacks Vater war auch Hendley ein Patriot der alten Schule, was er auch jederzeit offen bekannte. Noch wichtiger war, dass diese Einstellung nicht nur auf Worten, sondern auch auf Taten beruhte. In seinem Bürosafe bewahrte er einhundert vom Präsidenten unterzeichnete Blanko-Begnadigungen auf – für seine Mitarbeiterinnen und Mitarbeiter. Keine einzige war für ihn selbst bestimmt.

»Ich hatte soeben ein langes und sehr interessantes Telefonat mit Arnie van Damm. Haben Sie schon gehört, was sich heute in Dixons Komitee abgespielt hat?«

»Nein, tut mir leid. Ich war zu sehr in die Geschäftsberichte vertieft.«

»Ich will Sie nicht mit den Details langweilen, aber um die komplizierte Geschichte auf den Punkt zu bringen: Arnie und ich machen uns Sorgen, dass sich Senatorin Dixon für chinesische Interessen einsetzt.«

Jack runzelte die Stirn. »Wow. Das ist ein schwerer Vorwurf.«

»Tatsächlich ist es im Moment eher ein Gefühl, eine vage Vermutung.«

Jack nickte. Wenn sein Vater schon echte Beweise hätte, würde die Frau bereits in der Untersuchungshaft auf ihren Prozess warten, ob sie Senatorin war oder nicht. »Bestimmt wäre sie nicht die Einzige. In D.C. ist heutzutage eine Menge chinesisches Geld im Umlauf.«

»Aber doch wohl kaum unter Leuten mit so viel Macht wie Senatorin Dixon. Wenn das stimmt, hätten wir ein riesiges Problem.«

Jack nickte noch einmal. »Hm. Aber warum erzählen Sie mir das?«

»Ich weiß, dass Sie bis über beide Ohren in Arbeit stecken und dass Sie ein paar Tage Urlaub beantragt haben. Trotzdem möchte ich Sie bitten, alles andere beiseitezulegen und sich Dixons finanzielle Situation genauer anzuschauen.«

Jack rutschte verlegen auf dem Stuhl hin und her. Das Dubai-Projekt abzuschließen hatte für ihn absolute Priorität, aber auch der kurze Urlaub war ihm wichtig. Er hatte dem sterbenden Cory ein Versprechen gegeben und war entschlossen, es zu halten.

»Wir haben doch eine ganze Gruppe von Finanzanalysten, die alle genauso gut wie ich sind oder sogar noch besser. Kann nicht einer von ihnen diese Sache übernehmen?«

Hendley bedachte ihn mit einem breiten Lächeln. Perfekt

ausgerichtete Zähne mit Porzellanveneers strahlten auf. Auf Jack wirkte Hendley manchmal wie eine Mischung aus freundlichem Großvater und einem weißen Hai. »Sie verfügen über die genau richtige Kompetenz für diesen Job, mein Junge. Sie haben eine Hartnäckigkeit, die man nicht einfach erlernen kann, und, was noch wichtiger ist, auch den politischen Verstand, der Ihnen sagt, wann Sie vorsichtig agieren müssen, wenn Sie wissen, was ich meine.«

»Mit anderen Worten, ich soll auch in ihrer Wäscheschublade herumwühlen, darf mich aber nicht erwischen lassen.«

»Nicht den Hauch eines Verdachts dürfen Sie erregen. Erst recht nicht nach dem Chadwick-Fiasko. Wir müssen das auf kleinster Flamme kochen.«

Niemand in der Familie Ryan konnte Senatorin Chadwick sonderlich gut leiden. Bis vor Kurzem hatte Chadwick ihre irrationale, völlig ungerechtfertigte Abneigung gegen Präsident Ryan nicht nur im privaten Kreis, sondern auch in den Medien kundgetan. Dem Präsidenten war es gelungen, ihre Vorwürfe klug und umsichtig von sich zu weisen. Im Grunde war auch ihre Anschuldigung, Präsident Ryan halte sich eine »persönliche Killertruppe«, so dumm und unglaubhaft, dass sie allen außer den stursten Ryan-Hassern fast komisch vorkommen musste – wenn sie der Wahrheit nicht gefährlich nahe gekommen wäre. Denn der Campus war in der Tat eine Geheimwaffe für schnelle Eingriffe, die Jacks Vater zur Verfügung stand, um das Nationalinteresse zu verteidigen, wenn andere Ressourcen nicht eingesetzt werden konnten. Aber der Campus konnte nur effektiv arbeiten, wenn er im Verborgenen blieb. Und das musste auch so bleiben.

Jack seufzte frustriert. »Verstehe.«

»Ich würde Sie nicht darum bitten, wenn es nicht von höchster Wichtigkeit wäre oder wenn ich diesen Job jemand anders anvertrauen könnte. Sie kennen ja Ihren Vater. Er würde nicht im Traum daran denken, das FBI gegen eine gewählte Amtsperson ermitteln zu lassen, solange keinerlei plausible Beweise vorliegen.«

»Und ich soll diese Beweise aufspüren.«

»Das bringt es auf den Punkt.«

»Es kommt zu einem sehr ungünstigen Zeitpunkt.«

»Bei wirklich wichtigen Dingen ist das meistens der Fall.«

Jack nickte zögernd. »Dann werde ich mich wohl daranmachen müssen. Haben Sie irgendeinen Vorschlag, wo ich anfangen soll?«

»Sie werden bei der Senatorin ganz sicher keine Hinweise auf Aktivitäten entdecken, die auf den ersten Blick zu erkennen sind. Und sie wird auf keinen Fall gegen irgendwelche Gesetze verstoßen. Ich würde mich daher zuerst einmal mit ihrem Mann Aaron Gage befassen. Er hat im Laufe der Jahre sehr viele Geschäfte mit den ChiComs durchgeführt und ist auch an der Belt-and-Road-Initiative beteiligt. Seine Investmentfirma ist sehr stark in diesen Infrastrukturprojekten engagiert. Ich vermute, dass das ein guter Ausgangspunkt wäre.«

Jack stand auf. »Ich fange sofort damit an.«

# 11

## WASHINGTON, D.C.

Die herrschaftliche zweistöckige Villa im Tudor-Revival-Stil stand auf einem Hügel im exklusiven Wohnviertel Kalorama Heights; hügelabwärts grenzte das Anwesen an einen Park. Die massiven Mauern aus handbehauenem Naturstein und das antike gusseiserne Tor waren eher dekorativ als funktional, passten jedoch perfekt zum Gesamtbild der Fünf-Millionen-Dollar-Residenz. Für ihre persönliche Sicherheit vertrauten Senatorin Dixon und ihr Ehemann Aaron Gage auf die diskreten Dienste einer privaten Sicherheitsfirma, die das Anwesen mit ehemaligen Soldaten von Spezialeinheiten rund um die Uhr bewachten.

Nachdem die aus Guatemala stammende Haushälterin das Geschirr des späten Abendessens – chilenisches Wolfsbarschfilet mit Erbsen-Minz-Püree – abgetragen hatte, goss Dixon zwei Fingerbreit Scotch on the rocks für sich und ihren Ehemann ein, die sie in der intimen Atmosphäre von Aarons Bibliothek zu sich nahmen.

»War ein langer Tag«, seufzte Dixon, ließ sich neben Aaron auf das Sofa fallen, legte die Füße auf seinen Schoß und trank einen Schluck.

»Und wurde sicherlich noch länger, als Arnie van Damm auftauchte«, schmunzelte Aaron Gage, während er ihr mit seinen starken Händen die Füße massierte.

Mit seinen zweiundsiebzig Jahren war Gage sechzehn Jahre älter als seine Frau, aber der Finanzguru hielt sich fit, indem er sich täglich der Folterroutine auf seinem fünfzehntausend Dollar teuren »Total Body«-Crosstrainer unterwarf. Das Ehepaar besaß mehrere Wohnsitze in verschiedenen Teilen des Landes, und in jedem Haus stand eine solche Fitnessmaschine.

Als sie sich kennenlernten, war Dixon, die ihren Master of Business Administration am Wharton College gemacht hatte, Vizepräsidentin für Marketing in einer kleinen Firma gewesen, die kurz zuvor von Aarons Unternehmen übernommen worden war. Gage hatte gerade eine schmerzhafte und schmutzige Scheidung hinter sich und war daher nicht an einer neuen Beziehung interessiert. Dixon jedoch war ledig, attraktiv und brillant, und die Chemie zwischen ihnen stimmte von Anfang an perfekt. Sie fanden ihren Spaß miteinander und aneinander, nicht nur in der Vorstandsetage, sondern auch im Schlafzimmer. Vom ersten Tag an entwickelte sich zwischen ihnen eine unglaublich starke Partnerschaft, die sich für beide als ausgesprochen nützlich erwies.

»Schlau von dir, nicht in die Politik zu gehen«, sagte Dixon nach einem weiteren Schluck.

»Alles ist Politik«, erwiderte Gage und drückte beide Daumen in ihr Fußgewölbe. »Und bei allem geht es um Finanzen. Ich werde nur besser bezahlt. Willst du über etwas Bestimmtes sprechen?« Er griff nach seinem Glas.

»Arnie war sauer – nicht einfach nur verärgert, sondern richtig wütend. Das heißt, dass auch Ryan wütend ist, und das macht mir eine Menge Angst.«

»Angst? Dir? Seit wann macht dir irgendetwas Angst?«

»Seit ich beschlossen habe, selbst POTUS zu werden.«

»Ryan nähert sich dem Ende seiner Amtszeit, er ist schon jetzt eine Lame Duck. Und er hat sich eine Menge Feinde gemacht. Darüber haben wir doch schon öfters gesprochen.«

»Aber er lässt sich nicht von irgendwelchen Ruhestandsplänen ablenken. Er ist immer noch völlig auf seinen Job fixiert, scharf wie ein Laserstrahl. Ich will nicht seine nächste Zielscheibe werden.«

»Warum solltest du auch? Du hast alles richtig gemacht. Ein Dutzend Anwälte von den besten Kanzleien hier und im Ausland haben alles auf Herz und Nieren geprüft und abgesegnet. Unsere Sache ist luft- und wasserdicht. Ryan kann gegen den Wind schreien, so laut er will. Das kann uns scheißegal sein.«

Dixon trank einen weiteren Schluck Whisky. »Ich mache mir nicht Sorgen um mich selbst.«

Das Schweigen hing über ihnen wie Nebel.

Gages gute Stimmung verflog. Sie hatte eine alte Wunde berührt. »Ich würde mir über Christopher keine Sorgen machen.«

»Ich habe keinen Namen genannt.«

»War auch nicht nötig.« Gereizt kippte Gage den gesamten Rest Scotch hinunter.

Nach der Scheidung von seiner an Alkoholismus leidenden Ex-Frau hatte Gage das alleinige Sorgerecht für seinen einzigen Sohn Christopher zugesprochen bekommen. Dixon hatte verstanden, dass Gage nur im Zweierpack mit seinem Sohn zu haben war, aber Stiefmutter zu sein hatte ihre dürftigen mütterlichen Instinkte auf eine harte Probe gestellt. Die lästige Pflicht wurde ein wenig leichter, nachdem sie Christopher in eine Privatschule gegeben hatten.

Trotz seines hohen IQ und seiner vielversprechenden sportlichen Fähigkeiten hatte der junge Mann ein Faible für schlechte Entscheidungen und noch schlechtere Freunde entwickelt, was dazu führte, dass er von mehreren Eliteschulen verwiesen wurde. Nur teuren Anwälten und dicken Bündeln an Bargeld war es zu verdanken, dass dem schwierigen Jungen die eigentlich wohlverdienten Gefängnisstrafen erspart blieben.

Ein beinahe tödlicher, durch Trunkenheit am Steuer verursachter Unfall in seinem ersten Studienjahr hatte Christopher anscheinend endlich auf den richtigen Weg gebracht. An der Stanford Graduate School of Business legte er ein Prädikatsexamen ab, trat in den väterlichen Konzern ein und arbeitete sich innerhalb eines Jahrzehnts zum CEO von Gage Group International hoch, einer Konzerntochter mit Schwerpunkt auf Projekte der öffentlichen Infrastruktur und Logistik. Zum gegenwärtigen Zeitpunkt leitete Christopher in Polen sein eigenes Unternehmen, Baltic General Services.

Aber Dixon blieb misstrauisch. Der Junge – inzwischen ein achtunddreißigjähriger Geschäftsmann, wie sie sich immer wieder klarmachen musste – war allzu oft mit knapper Not an Katastrophen vorbeigeschrammt, und Dixons Gedächtnis reichte weit zurück.

Aaron konnte jähzornig sein. Es war nicht ratsam, sich mit ihm anzulegen, und das galt sogar auch für Dixon selbst.

Sie zog ihre Füße von seinem Schoß zurück, stand auf, nahm sein Glas und ging zur Bar hinüber. »Wie läuft es in Polen?«, fragte sie über die Schulter.

»Christopher macht seinen Job gut. Im Moment sondiert er noch das Umfeld und stellt Kontakte her.«

Dixon goss Scotch in beide Gläser. »Er ist ein cleverer Junge. Du wirst stolz auf ihn sein.« Sie kehrte zur Couch zurück und reichte Aaron sein Glas.

»Ich wünschte nur, er würde sich endlich irgendwo niederlassen und heiraten. Ich möchte mit meinen Enkeln noch Ball spielen, bevor ich senil werde.«

»Vielleicht findet er eines dieser schönen, langbeinigen polnischen Mädchen.«

»Bestimmt sucht er so eifrig, wie er nur kann«, schmunzelte Aaron und trank einen Schluck.

Der Apfel fällt nicht weit vom Stamm, dachte sie.

»Ich werde ihn bitten, dort drüben vorsichtig zu sein. Du verstehst meine Position, nicht wahr?« Sie lächelte. »Unsere Position.«

Gage nahm noch einen Schluck. »Er weiß, welche Linien er nicht überschreiten darf.«

Dixon stand noch immer neben der Couch und schaute auf ihn hinab. »Auch wenn sich die Linien ständig verschieben?«, fragte sie über den Rand ihres Glases hinweg.

»Solange wir es sind, die die Linien verschieben, sollte das kein Problem sein.«

»Aber begreift er denn, was auf dem Spiel steht?«

»Er ist mein Sohn, oder nicht?«

»Gott sei Dank.« Dixon lächelte. »Danke, dass du dir meine Sorgen angehört hast. Es war ein langer Tag.« Sie leerte ihr Glas.

Auch Gage kippte den Rest. »Glaube mir, Christopher macht das gut.« Er stand auf und reckte sich gähnend. »Ich gehe schlafen. Und du?«

»Ich muss noch ein paar Papiere für die Komiteesitzung lesen, aber ich komme bald nach.«

Gage beugte sich zu ihr und küsste sie auf die Wange. »Gute Nacht.«

Als er die Treppe zum Schlafzimmer hinaufstieg, nahm er sich vor, gleich morgen früh seinen Sohn in Polen anzurufen.

Bevor es zu spät war.

# 12

## SAN FRANCISCO, KALIFORNIEN

Der scharlachrote Porsche 911 Targa 4S glitt auf seinen reservierten Stellplatz in der Tiefgarage des Glas-Stahl-Gebäudes in der Nähe des Embarcadero.

Lawrence Fung, ein schlanker, gut aussehender Dreißigjähriger, eilte von seinem Fahrzeug zum Lift, die Laptoptasche eng an den Körper gepresst. Wütend stieß er den Zeigefinger auf den sogenannten Anholer, als könne er so die Lifttür zwingen, sich sofort zu öffnen. Er warf einen Blick auf die TAG Heuer, die auf seinem schmalen Handgelenk überdimensioniert wirkte.

Mist!

Endlich glitt die Tür auf, und der Lift brachte ihn schnell zum zwölften Stock hinauf, auf dem sich sein geräumiges Apartment mit Blick über die Bay befand. Fung tippte den Code auf dem Tastenblock der schlüssellosen Apartmenttür ein, aber das Schloss gab nur einen Piepton von sich. Er verfluchte sich selbst für sein Ungeschick. Noch einmal gab er den Code ein, und dieses Mal war ein Klicken zu hören. Er stieß die Tür auf, kickte hinter dem Eingang seine Kalbslederschuhe von den Füßen und warf den Autoschlüssel sowie seine schmale Geldbörse aus Polycarbonat in die Silberschale auf dem handgeschnitzten Konsolentisch im Flur.

Barfuß rannte Fung über das Bambusparkett zur Küche. Es war ihm klar, dass ihm nur noch wenige Minuten Zeit blieben.

Er war praktisch fast am Verhungern, aber er hatte jetzt gerade nicht genug Zeit, um sich etwas zu essen zuzubereiten; es reichte nicht einmal für eine Tasse Tee. Er riss die Tür des Viking-Kühlschranks auf, nahm eine Flasche Bio-Proteinshake heraus und trank sie gierig leer, während er hinüber zum Schlafzimmer ging.

Er ließ sich auf seinen Schreibtischstuhl fallen und bootete gerade den Desktop-PC, als sein Timer piepte. Fung ignorierte die atemberaubende Aussicht auf die hell beleuchtete Bay Bridge, die tief unter ihm durch den leichten Nebel über dem Wasser schimmerte. Er öffnete Skype, scrollte durch seine Kontakte und klickte das Videosymbol an. Sein Gesicht erschien in einem kleinen Fenster auf dem Monitor. Was er sah, gefiel ihm nicht; er fuhr sich durch die Haare und rieb die Lippen, um sich ein wenig präsentabler zu machen. Im selben Moment trillerte und summte die internationale Telefonverbindung. Ein weiteres Bild erschien.

»Liebster«, sagte Fung. »Es ist wunderbar, dich zu sehen.«

Ein hübsches, aber schmollendes Gesicht schien den breiten Monitor fast zu sprengen. Torré war ein junger Mann gemischter Abstammung – koreanisch, haitisch und irisch. Noch vor ein paar Jahren hätte er mit seinem exotischen Aussehen als Model großen Erfolg haben können, aber diese Karriere war durch seine starke Drogenabhängigkeit schon nach kurzer Zeit ruiniert worden. Jetzt erholte er sich vom Entzug und richtete seinen Ehrgeiz auf ein ganz anderes Ziel, denn inzwischen war er überzeugt, dass er wieder in der Drogenhölle landen würde, wenn er seine Modelkarriere weiter verfolgte.

»Hallo, Larry. Wie geht's dir? Du siehst müde aus.«

Fung unterdrückte seinen Ärger über die VoIP-Technologie. Torrés Lippen bewegten sich nicht synchron mit seiner Stimme, wie in einem schlechten Kung-Fu-Film, die außerdem knisternd und knackend aus den Lautsprechern kam. Schlechte Verbindung.

»Du fehlst mir.«

Torrés düstere Miene hellte sich ein wenig auf. »Du mir auch.«

Fungs Herzschlag setzte kurz aus. Das Gesicht auf dem Monitor war immer noch hübsch – sogar richtig schön. Er hatte schon fast vergessen, wie sehr ihm Torré fehlte. Die Sonne fiel in Streifen durch die Palmenwedel hinter der offen stehenden Glastür hinter Torré, und das Rauschen der Meereswellen klang krächzend und unecht aus den Lautsprechern.

»Thailand sieht großartig aus.«

Torré seufzte. »Ja, wahrscheinlich ist es auch so.«

»Ist es so schlimm?«, fragte Fung schmunzelnd, um die Stimmung ein wenig aufzuhellen.

»Und wie ist es bei dir in der Stadt?«

»So wie immer. Hektisch, überfüllt, kalt. Auf jedem Gehweg Scheiße und eine Menge Spritzen, mehr als früher.« Schnell fügte Fung hinzu: »Kann es kaum erwarten, dich zu besuchen.«

»*Yeah*, das wäre super.« Torré rutschte auf dem Stuhl hin und her und rückte den Kragen seiner leinenen Klinikjacke zurecht.

»Super« war es anscheinend keineswegs.

»Stimmt etwas nicht?«, erkundigte sich Fung besorgt.

»Ein paar Freunde fliegen morgen für eine Woche nach Tokio.«

Fung runzelte besorgt die Stirn. »Sie werden wieder zurück sein, bevor du überhaupt merkst, dass sie weg waren.«

»Ich weiß. Aber hier ist es manchmal so langweilig! Ich hasse es, dass ich mir den ganzen Spaß entgehen lassen muss.«

»Kann ja nicht so teuer sein.«

»Ich habe diesen Monat schon alles ausgegeben.«

»Oh. Wow.«

»Aber mach dir keine Sorgen. Ich weiß, wie es ist. Du hast schon so viel für mich getan.«

Das ist noch sehr milde ausgedrückt, dachte Fung.

Die Kosten für Torrés Geschlechtsumwandlung stiegen immer weiter. Schon die Hormontherapie war sündhaft teuer, und die Operation würde noch viel kostspieliger werden. In Thailand wurden mehr Operationen zur Geschlechtsumwandlung durchgeführt als in jedem anderen Land auf der Welt, gefolgt von – ausgerechnet – der Islamischen Republik Iran, wo Homosexualität als vom Koran verboten angesehen wurde. Dort bot das Regime schwulen Männern die »Gelegenheit«, ihr Geschlecht umwandeln zu lassen, andernfalls müssten sie mit harten Gefängnisstrafen rechnen.

Vor die Wahl zwischen Thailand und dem Iran gestellt, hatte sich Torré für das südostasiatische Paradies entschieden. Beide Länder boten billigere Alternativen zu allem, was in den Vereinigten Staaten angeboten wurde, wo sich allein die rein medizinischen Behandlungskosten auf sechsstellige Beträge summierten. Leider ersparte das Fung keinen einzigen Dollar, weil Torré auch in Thailand beharrlich an seinem Lebensstil festhielt, der Fung teurer zu stehen kam als die gesamten Klinikrechnungen.

»Du hast doch noch die Kreditkarte, nicht wahr? Die kannst du benutzen.«

»Bist du sicher?«

»Absolut. Warum soll man sich nicht auch mal ein wenig Spaß gönnen?«

»Es ist mir so peinlich, dich darum bitten zu müssen … Danke! Du bist einfach der Beste.« Torré lächelte schüchtern. Es sah einfach reizend aus. Offenbar begann die Hormontherapie allmählich zu wirken. Im Moment sah Torré vollkommen androgyn aus. Fung konnte sich kaum vorstellen, wie wunderschön der Schmetterling sein würde, der in den nächsten Monaten aus seinem zarten karamellfarbenen Kokon schlüpfen würde.

Fung hoffte, dass das Eis zwischen ihm und Torré nun aufgetaut sein würde, sodass sich ihr Gespräch endlich *interessanteren* Themen zuwenden könnte – wenn auch nur virtuell. Sein Herz pochte vor freudiger Erwartung. Doch bevor er den Mund wieder öffnen konnte, leuchtete das Display seines Smartphones auf: eine verschlüsselte Textnachricht war eingegangen.

Was? Jetzt?

»Hey, Babe«, sagte Fung hastig, während er noch geschockt auf das Handy starrte, »ich muss aufhören, es ist gerade etwas dazwischengekommen. Vielleicht können wir morgen noch mal miteinander sprechen?«

»Ich rufe dich aus Tokio …«

Aber Fung hatte das Gespräch bereits beendet, wandte sich vom Computer ab und öffnete die Textnachricht auf dem Smartphone.

# 13

Warum nicht?,

fragte CHIBI in der Dialogbox.

Fung starrte den Cursor an, der auf seinem Display blinkte. Was sollte er darauf antworten? Die Wahrheit, dachte er.

»Ich habe Angst.«

Wovor?

»Ich weiß, dass ich beobachtet werde«, gab Fung ein.

Sie beobachtet doch alle.

»Sie wissen, was ich meine. Sie verhält sich sehr misstrauisch. Überprüft meine Log-ins immer zwei- oder dreimal.«

Verstehe. Ich will auf keinen Fall, dass Sie sich unnötigen Risiken aussetzen.

Fung seufzte erleichtert. Er hatte gehofft, dass sich diese Beziehung im Laufe der Zeit verändern würde. Er wollte sie auf keinen Fall beenden, obwohl sie nicht richtig war. Aber gerade deshalb wollte er sie voll auskosten.

»Danke, dass Sie meine Sorgen verstehen. Vielleicht beim nächsten Mal«, tippte er ein.

Leider wird es kein nächstes Mal geben.
Ich brauche jemanden, auf den ich mich verlassen kann, gerade dann, wenn es für mich besonders wichtig ist.

Fungs Magen drehte sich fast um vor Angst. Er würde CHIBI verlieren. Sein Daumen flog über die virtuelle Tastatur auf dem Display.

»NIEMAND kann Ihnen das geben, was ich habe.«

Aber welche Rolle spielt das denn noch, wenn Sie es mir nicht mehr geben wollen?

»Ich habe nicht gesagt, dass ich es nicht tun will. Ich sage nur, dass ich es nicht tun kann. Nicht jetzt sofort.«

Warum? Weil sie Sie beobachtet? Das können Sie nicht mit Sicherheit wissen. Vielleicht werden Sie sich nie völlig sicher fühlen. Und vielleicht werden Sie mir nie wieder helfen können. Ich verstehe Ihre Bedenken, aber ich kann nicht einfach abwarten.

»Hören Sie auf, Ihre Spielchen mit mir zu spielen. Ich hasse das.«

Ich spiele keine Spielchen mit Ihnen. Ich bin Ihr Freund. Aber auch ich habe Verpflichtungen, die ich erfüllen muss. Wenn Sie mir nicht helfen wollen, ist das okay. Wir können trotzdem Freunde bleiben. Aber Sie werden doch bestimmt nicht wollen, dass ich Probleme bekomme?

»Was für Probleme?«

Ah – wer spielt jetzt Spielchen?

Fung verfluchte sich selbst. Er spielte jetzt wirklich auch selbst Spielchen. Andererseits war ihm klar, dass eine Menge auf dem Spiel stand. Das konnte gar nicht anders sein, mit all dem Geld, das dabei eingesetzt wurde. Aber er verspürte auch Angst, nackte Angst.

Wenn da nicht das Geld wäre … das verdammte Geld.

»Tut mir leid, Sie haben recht. Ich will nicht, dass Sie Probleme bekommen.«

Machen Sie sich um mich keine Sorgen. Sie tun schon so viel für so viele Menschen. Ich will nicht, dass Sie deshalb alles riskieren. Ich komme zurecht. Es gibt immer auch andere Optionen.

»Aber keine Optionen, die besser sind als ich. Gut, ich mache es, ein letztes Mal. Ich will Sie nicht im Stich lassen.«

Nein. Ich glaube nicht, dass das eine gute Idee ist. Vertrauen Sie Ihrem Instinkt.

»Bitte – ich habe nur einen schlechten Tag erwischt, das ist alles. Ich will es machen.«

Aber Sie sagten doch, dass es dieses Mal besonders riskant werden könnte?

»Nicht mehr als bei den letzten Aufträgen.«

Ich glaube Ihnen nicht. Wie wäre es damit: Ich zahle Ihnen einen Extrabonus von 25K für diesen Job. Würde das dabei helfen, Ihre Bedenken zu zerstreuen?

*O ja, verdammt.* Fung konnte es kaum glauben. »Dazu kann ich nicht Nein sagen. Das ist sehr großzügig.«

Aber nur, wenn Sie sich ganz sicher sind. Sie sollten sich nicht vom Geld verführen lassen.

»Das tue ich auch nicht. Ich bin sicher, dass es keine Probleme geben wird.«

Danke. Sie retten mir buchstäblich das Leben.

»Mache ich doch gerne. Schicken Sie mir die genaueren Anweisungen.«

Und CHIBI schickte Fung die genaueren Anweisungen.

Absolut machbar, sagte sich Fung, nachdem er alles gelesen hatte. Aber ein paar Vorsichtsmaßnahmen konnten nicht schaden. Er wurde beobachtet. Das spürte er. Andererseits brauchte er das Geld, und *diese* Sache brauchte er auch. Das hier war etwas Geheimes, etwas Wichtiges – das ganz große »Fickt euch!« für alle in seiner Umgebung. Für alle, die an ihm und seinen Fähigkeiten zweifelten.

Er würde alles tun, um diesen Auftrag zu behalten.

Fung fuhr mit der Zunge über die Lippen. *Fünfundzwanzigtausend Dollar Extrabonus!* Die konnte er gut gebrauchen. Klar, er konnte gut mit Zahlen umgehen, aber nicht mit Geld – oder jedenfalls nicht mit dem Geldausgeben. Ihm war völlig klar, dass er die Kontrolle verloren hatte. Je mehr er verdiente, desto mehr gab er aus. Zwar zahlte er stets alle Rechnungen, aber immer erst in letzter Minute.

Und CHIBI wusste das. Das war sicherlich einer der Gründe, warum sich der mysteriöse Auftraggeber an Fung herangemacht hatte. Der Kontakt hatte Fung zuerst nackte Angst eingejagt.

Dass er beobachtet worden war, dass ihn jemand so genau wie ein Insekt unter dem Mikroskop studiert hatte, dass er auf die Probe gestellt worden war … Es war ihm unangenehm, eigentlich sogar richtig peinlich. Denn schließlich war er ein Experte für Cybersicherheit – verdammt, er, selbst ein Profi-Hacker – war gehackt worden! Das war ein sauberer Trick, denn Fung war sich absolut sicher gewesen, dass niemand Einblick in seine persönliche Finanzlage nehmen konnte. Oder jedenfalls nicht auf seiner Seite. Aber CHIBI musste diese Versager in seiner Bank ausgetrickst haben, um Fungs Giro- und Hypothekenkonten und wer weiß was sonst noch auszukundschaften.

Sein erster Instinkt war gewesen, die Sache sofort zu beenden. Alles zu löschen, abzutauchen. Zu seiner Chefin zu gehen und ihr zu erklären, was geschehen war, so peinlich und erniedrigend das auch sein würde. Oder vielleicht sogar seinen Freund in der Cyber-Division des FBI anzurufen. Auch das wäre natürlich beschämend, aber vielleicht würde der FBI-Mann wissen, wie Fung sich diesem Arschloch CHIBI entziehen konnte, ohne seinen Job zu verlieren. Beides wäre ein cleverer Ausweg aus diesem Schlamassel gewesen.

Aber irgendetwas hielt ihn davon ab. CHIBI hätte Fung jederzeit ausrauben, seine Konten leer räumen oder Fungs Dienste erpressen können. Aber CHIBI hatte nichts dergleichen getan. Er hatte nur einfach mit Fung reden wollen.

Und das hatten sie dann auch getan.

Nachdem Fung seinen ersten Schock und seine Beschämung überwunden hatte, erwärmte er sich allmählich für die Vorstellung, dass dieser mysteriöse Fremde so genau über ihn Bescheid wusste. Ein Fremder mit erstaunlichen Fähigkeiten. Ein Meisterhacker, der sich an ihn – Fung – gewandt und ihn um Hilfe gebeten hatte. Nie hatte es Drohungen gegeben. Nur Geld.

Und natürlich war da noch der Nervenkitzel.

Der Thrill, dass CHIBI höchstwahrscheinlich ein chinesischer Agent war. Vielleicht sogar von der Einheit 61398. Nein, nicht vielleicht – es konnte gar nicht anders sein. Diese Jungs waren die Besten.

Fung selbst war in Alameda, Kalifornien auf die Welt gekommen – als ein sogenanntes Ankerbaby und mit voller Absicht. Denn Fungs Mutter war im siebten Monat der Schwangerschaft von Guangzhou in die Staaten eingereist. Zusammen mit vier anderen schwangeren chinesischen »Geburtstouristinnen« hatte sie in einem Zimmer in einem illegalen »Maternity Hotel« gewohnt, das in einem Vorort von Alameda lag. Das Hotel gehörte einer aus China ausgewanderten Hebamme, die ihren verzweifelten Landsfrauen exorbitante Zimmerpreise abknöpfte und ihr Einkommen nicht ans Finanzamt meldete. Der 14. Zusatzartikel zur Verfassung der Vereinigten Staaten, bei dessen Verabschiedung im Jahr 1868 globale Flugreisen noch nicht einmal erahnt werden konnten, sollte sicherstellen, dass jedes in den Staaten geborene Kind automatisch die amerikanische Staatsbürgerschaft erhielt. Zehntausende chinesischer Mütter hatten in den letzten zwei Jahrzehnten dieses skurrile Gesetz ausgenutzt, darunter auch Fungs Mutter, die bei der Einreise ihre Schwangerschaft verschwiegen und bezüglich der geplanten Aufenthaltsdauer gelogen hatte. Zwei Lügen, die bedeuteten, dass ihre eigene Einreise illegal erfolgt war, weshalb sie zwei Monate nach der Niederkunft in ihr Heimatland abgeschoben wurde. Nach nicht einmal zwei Jahren durften sie und ihr Mann legal und mit gültigen Visa in die Staaten auswandern, was teilweise Lawrence Fungs illegal erworbener Staatsbürgerschaft zu verdanken war, teilweise aber auch durch entfernte Verwandte gesponsert wurde, die bereits in Kalifornien lebten.

Die Fungs lebten sich erfolgreich in ihrem neuen Land ein, jedenfalls anfänglich. Fungs Mutter war Bauingenieurin, sein

Vater Wirtschaftswissenschaftler, und schon nach einem Jahrzehnt hatten sie die ersten paar Sprossen der amerikanischen Traumleiter erklommen. Fungs Eltern sprachen Mandarin, aber der kleine Lawrence lernte recht schnell auch Kantonesisch, das seine Freunde sprachen, die von Hongkong in die Staaten ausgewandert waren. Der Bekanntenkreis seiner Eltern blieb jedoch auf die anderen chinesischen Familien begrenzt, die in der Bay Area lebten – und das waren nicht wenige.

Fungs Eltern lehrten ihn all die Mythen und Geschichten, mit denen sie selbst aufgewachsen waren, darunter auch solche, in denen die Kommunistische Partei Chinas als Avantgarde der Revolution gegen den imperialistischen Westen verherrlicht wurde.

Seine Eltern hatten das Rote China nicht aus ideologischen Gründen verlassen, sondern aus grünen – Dollarscheine, um es genauer auszudrücken.

Äußerlich und in rechtlicher Hinsicht war Lawrence Fung »so amerikanisch wie Apfelkuchen«, hörte heimlich Alanis Morissette, Jay-Z und Limp Bizkit und rauchte nach der Schule mit seinen nichtasiatischen Inlineskater-Freunden Joints. Innerlich jedoch war er chinesisch bis ins Mark. Er fühlte sich der großen Han-Diaspora zugehörig. Im Laufe der Jahre erkannte er immer deutlicher, dass das 21. Jahrhundert China gehörte – und zweifellos auch die Jahrhunderte danach. Tief im Herzen glomm noch immer die Hoffnung, dass ihn sein Vaterland eines Tages rufen würde.

Mit sechzehn Jahren informierte Lawrence seine ultratraditionalistischen Eltern darüber, dass er schwul sei. Sie verstießen ihn. Mit siebzehn zog er aus dem Elternhaus aus – genau genommen warfen sie ihn aus dem Haus – und schrieb sich für den Studiengang Mathematik an der UC Berkeley ein. Für einen jungen Asiaten war das damals keineswegs einfach, da er zahlreiche Vorurteile überwinden musste, die gegenüber Asiaten bestanden, zumal deren Noten und Prüfungsergebnisse überdurchschnittlich waren und die sich auch außerschulisch stärker betätigten als andere ethnische Gruppen. Von der finanziellen Unterstützung durch die Eltern abgeschnitten, musste er seinen Lebensunterhalt und alles andere durch Studiendarlehen und weitere Kredite finanzieren, und das galt auch für seine häufigen Auslandsreisen und den luxuriösen Lebensstil, den er für sich, seine Freunde und seine Liebhaber finanzierte, sowie für seinen Highend-Computer und die teure Stereoanlage – und für das Allerbeste: Autos.

Als Fung von der Universität abging, war er mit fast dreihunderttausend Dollar verschuldet. Einer gesetzlichen Bestimmung zufolge dürfen zu Bildungszwecken aufgenommene Darlehen nicht durch eine Privatinsolvenz reguliert werden. Nach Fungs Auffassung war das ein weiterer Grund, die US-Regierung zu hassen.

In den ersten Jahren ließ er sich mehrmals von sogenannten Unicorns im Silicon Valley anheuern, Hightech-Start-ups, die schon nach schnellem Aufstieg mit einer Milliarde Dollar bewertet wurden, oft aber weder entsprechende Umsätze noch Gewinne vorweisen konnten und somit letztendlich scheiterten. Fungs Fachkollegen kommentierten seine Unicorn-Vorliebe mit viel Häme – Leute, die nach Fungs Ansicht nicht einmal einen Kindercomputer bedienen konnten. Aber Fung scheffelte dabei genug schnelles Geld, um seinen Schuldenberg vollständig abzahlen zu können und seinen ohnehin üppigen Lebensstil noch üppiger zu machen. Erst als er seinen Traum von einem schnellen Megahit bei einem weiteren Start-up begraben musste, beugte er sich der Realität und heuerte in einem ehrenwerten, aber eben langweiligen Unternehmen namens CloudServe an. Zwei Jahre war das nun schon her, und in dieser Zeit verdiente er zum ersten Mal in seinem Leben gutes und ehrliches Geld.

Geld, das er, einem inneren Zwang gehorchend, ausgeben musste.

CHIBI wusste das alles. Und noch viel mehr. Aber das machte Fung nichts aus. Es war sogar eine gewisse Erleichterung. Es war zutiefst befriedigend. Mit diesem mysteriösen Bruder auf der anderen Seite des Planeten empfand Fung eine Vertrautheit wie mit niemandem sonst. Es war ein dunkles und gefährliches Geheimnis, das er streng gegenüber allen Menschen in seiner Umgebung abschottete, auch gegenüber jenen, die ihn gut zu kennen glaubten. In dieser Hinsicht würde er sich nie outen. Niemals. Und auch CHIBI würde das nicht tun. Wem würde das denn nützen?

Natürlich befürchtete Fung, eines Tages aufzufliegen. Der Gedanke, für viele Jahre ins Gefängnis gehen zu müssen, stürzte ihn immer wieder in Angst und Schrecken. Schon die bloße Vorstellung, er könne von Leuten überführt werden, die ihm weit unterlegen waren, empfand er als zutiefst beschämend und erniedrigend. Er wusste, weder seine Eltern noch er selbst würden die Schande ertragen können, die dann über ihn und auch über sie niedergehen würde.

»Das kann ich machen«, tippte er ein.

Danke nochmals.

CHIBI loggte sich aus.

Auch Fung tat es. Er hatte die Verbindung zu seinem mysteriösen Freund noch einmal retten können. Aber dafür steckte er nun tief in der Scheiße.

Ertrank förmlich darin.

Und trotz aller Prahlerei: Dieses Mal würde man ihn wahrscheinlich erwischen.

Wie zum Teufel sollte er diese Sache durchziehen?

Am liebsten hätte er Torré angerufen und ihm sein Herz

ausgeschüttet. Aber sein Liebhaber war in letzter Zeit so verdammt launisch gewesen, und die schlechte Internetverbindung machte jedes Gespräch zu einer frustrierenden Erfahrung. Und selbst wenn Torré sich meldete, was sollte Fung ihm dann erzählen? Nein, er würde Torré aus allem heraushalten müssen, um ihn zu schützen – für alle Fälle.

Fung seufzte. Es spielte eigentlich keine Rolle. Sein Schicksal im Leben war offenbar, dass er die Last anderer Menschen ganz allein tragen musste. Diese Bürde musste er eben einfach akzeptieren.

Er stand auf, schlurfte zum Badezimmer und stellte sich unter die Dusche. Kurz schoss ihm der Gedanke durch den Kopf, sich unter der großen, dampfenden Regendusche Entspannung zu verschaffen, aber selbst dafür war er zu müde. Stattdessen goss er sich ein Glas Beringer Private Reserve Cabernet Sauvignon ein und warf zwei Ambien-Tabletten ein, die ihm beim Einschlafen helfen sollten. Dann ließ er sich erschöpft und niedergeschlagen ins Bett fallen.

# 14

## WASHINGTON, D.C.

Aaron Gage betrat seine Bibliothek und schloss die Tür hinter sich. Die Haushälterin würde erst in einer Stunde kommen, er hatte also das Haus ganz für sich. Reichlich Zeit, bis ihn sein Fahrer für die Fahrt zum Flughafen abholte, von wo er mit seinem Privatjet zum Hauptsitz seines Unternehmens fliegen würde.

Vor fünf Jahren hatte Gage Capital Partners das Hauptquartier nach Dallas, Texas verlegt. Gage mochte weder die Stadt noch ihre Bewohner besonders und das Klima erst recht nicht, aber davon abgesehen, war es eine großartige Stadt für Geschäfte. Texas hatte extrem niedrige Konzessionsabgaben und erhob keine Einkommensteuer, beides Vorteile, die bei Gage besonders gut ankamen. Steuern waren für die kleinen Leute und für all die Idioten, die zu dumm waren, um zu wissen, wie man sie vermeiden konnte.

In letzter Zeit war er nicht mehr allzu oft in der Zentrale, die sich in einem 22-stöckigen Bürohaus im Stadtzentrum befand. Das Alltagsgeschäft wurde von einem Kader von Vizepräsidenten und deren Untergebenen gemanagt. GCP beschäftigte eine kleine Armee von talentierten quantitativen und technischen Analysten und auf Vertragsrecht spezialisierten Anwälten, die direkt von den besten Hochschulen rekrutiert worden waren. Sie erledigten das ganze Jonglieren mit Zahlen und Daten, fertigten Verträge aus und durchsuchten rund um die Uhr das Netz nach neuen Marktgelegenheiten; außerdem erschnüffelten sie Steuerlöcher oder kreierten sie selbst, wofür sie auch intensive und enorm hilfreiche Lobbyarbeit betrieben.

Als junger Mann war Gage selbst mit derartigen Aktivitäten sehr erfolgreich gewesen, aber jetzt langweilten sie ihn. Seine ersten zehn Millionen hatte er in der Investmentberatung für große Familienkonzerne, Pensionsfonds und Superreiche gemacht. Aber schon bald hatte er entdeckt, dass das *richtige* Geld woanders zu holen war.

Wobei man *richtig* recht locker definieren musste.

Er verhandelte über den Erwerb großer Kommunalanleihen, über Warentermingeschäfte und Aktienoptionen und presste das letzte Viertelprozent an Zinserträgen, Honorarnachlässen oder Steuerermäßigungen heraus, wo immer es möglich war. Bald waren es Zigmillionen Dollar, die er für seine Klienten herausholte, und über üppige Honorare und Provisionen letztendlich auch für sich selbst.

Aber das *wirklich große Geld* hatte die Regierung. Der Sozialismus war tot, aber das galt auch für den Kapitalismus. Die liberalen Regierungen des Westens nahmen Kredite in Höhe von vielen Billionen Dollar in Form von digitalem Kunstgeld auf – Einsen und Nullen, die von den Computern der Zentralbanken praktisch aus dem Nichts kreiert wurden –, um Wählerstimmen zu kaufen, statt ihre Staatshaushalte zu sanieren, wodurch sie kommenden Generationen aberwitzige Schuldenberge aufbürdeten, die diese niemals würden zurückzahlen können.

Gage hatte daraus gefolgert, dass es entschieden lukrativer war, Geschäfte mit den Leuten zu tätigen, die Geld erschufen, statt mit dem gemeinen Volk, das nur Kleingeld zusammenkratzen konnte.

Doch Zentralbanken und Regierungen waren nicht die Einzigen, die den Reichtum schufen. Kriminelle Syndikate saugten

Zigmilliarden Dollar aus öffentlichen und privaten Schatztruhen, und viele weitere Milliarden wurden durch illegalen Handel erwirtschaftet.

Aaron Gage wollte so viel von diesem freien und schmutzigen Geld haben, wie er nur kriegen konnte. Millionär zu sein war heutzutage nichts Besonderes mehr. Er wollte Milliarden.

Gage Capital Partners spielte in seinen Plänen eine Schlüsselrolle. Die Firma agierte auch weiterhin unter dem Deckmantel konventioneller und völlig legitimer Geschäfte. Das war zugleich auch die Plattform, die es Gage ermöglichte, der wirklich entscheidenden Aktivität nachzugehen: der Pflege strategischer Beziehungen zu den wirtschaftlichen und politischen Eliten überall auf der Welt. Diese Beziehungen öffneten Türen und ebneten seinen Geschäften den Weg, ständig noch mehr Macht und Einfluss zu gewinnen, sodass auch sein eigener Reichtum stetig weiterwuchs und nun selbst zur Quelle von Macht und Einfluss wurde.

Das war das größte Spiel, das es gab, und seine Gattin hatte sich als wertvolles Rad in diesem Getriebe erwiesen. Sie kannte ihre Rolle und spielte sie gut, auch wenn sie die wahre Dimension seiner Vision nicht voll begriffen hatte.

Sein Sohn Christopher jedoch sah das große Bild, machte sich Gage klar, als er in einen großen Nebenraum trat, der hermetisch gegen elektronische Abhörtechniken abgeschirmt war.

Sicher, der Junge hatte in seiner Jugend ein paar schwere Fehltritte begangen, aber Gage wusste, dass es viel leichter war, einem Hengst den Sattel aufzulegen, als ein Maultier in ein Rennpferd zu verwandeln. Christopher war eigenwillig, aber smart – verdammt smart. Als Gage es endlich geschafft hatte, durch den hormonell bedingten pubertären Nebel im Hirn seines Sohnes zu dringen, wurde ihm bald klar, welche Gedankenwelt hinter Christophers dunklen, undurchdringlichen Augen allmählich Gestalt annahm.

Seine Frau hatte allen Grund, sich Sorgen zu machen. Auch nachdem Christopher endlich Vernunft angenommen hatte, spielte er bei allem, was er tat, immer mit vollem Risiko.

Endlich stellte sein Smartphone die Verbindung zu Christophers verschlüsseltem Telefon her, und Gage hörte das lange Signal eines europäischen Telefons.

»Hallo, Vater.«

»Kannst du frei sprechen?«

»Ja, ich bin zu Hause.«

»Es geht um diesen ›Urlaub‹, der bald stattfinden soll – den du seit einiger Zeit planst?«

»Ja. Was ist damit?«

»Nun, ich möchte, dass du ihn verschiebst.«

»Warum?«

»Schlechter Zeitpunkt. Deine Mutter …«

»Die Senatorin ist nicht meine Mutter.«

»Deine Stiefmutter hat momentan zu viele andere Dinge im Kopf.«

»Sie hat immer zu viele andere Dinge im Kopf. Sie ist Senatorin.«

»Im Moment ist sie aber ganz besonders beschäftigt. Gerade jetzt ist der Urlaub nicht möglich.«

»Aber sie wollte doch gar nicht mit uns in Urlaub gehen, dachte ich?«

»Will sie auch nicht. Aber es bedeutet, dass es auch für mich ein schlechter Zeitpunkt ist.«

Christopher schwieg eine Weile, während er über die neue Situation nachdachte.

Aaron fügte hinzu: »Wir holen das später nach. Nur eben nicht jetzt.«

»Du verstehst meine Situation nicht. Ich habe die Tickets bereits gekauft. Die Buchungen sind bestätigt. Und es gibt keine Rückerstattung.«

»Das lässt sich nicht ändern.«

»Die Leute, mit denen ich die Vereinbarungen getroffen habe, werden extrem enttäuscht sein!«, rief Christopher gereizt.

»Ich glaube, du hast mir nicht richtig zugehört. Du sagst diesen verdammten Urlaub ab! Noch heute! *Capisce?*«

»*Yeah*, klar. Hab's verstanden.«

»Gut. Ich melde mich bald wieder. Pass auf dich auf.«

»Du auch.«

Gage beendete das Gespräch. Und lächelte.

Ein verdammter Hengst.

Man musste Christophers Zügel nur stramm genug halten.

# 15

## SAN FRANCISCO, KALIFORNIEN

Fung stand an seiner Workstation in seinem eigenen gläsernen Büro im dritten Stock. Das Büro war eine besondere Anerkennung für seine Arbeit und signalisierte auch den Sonderstatus, den er in dem Unternehmen genoss. Der überdimensionale Monitor stand mit der Rückseite zur Tür auf seinem Schreibtisch. Die übrigen Mitglieder seines Teams waren zum Mittagessen in das neue Restaurant gegangen, das ein paar Straßenblocks entfernt war und asiatische Fusionsküche anbot. Fung hatte mit der Begründung abgelehnt, dringende Termine einhalten zu müssen, außerdem habe er einen schwachen Magen. Beide Ausreden stimmten. Mehr als dreihundert ungelesene E-Mails hatten sich in seinem Postfach angesammelt, und sein Reizdarm brachte seine Eingeweide zum Brodeln. Warum zum Teufel hatte er sich darauf eingelassen? Der Extrabonus von fünfundzwanzigtausend Dollar war einen Dreck wert, wenn er dafür irgendwo in einem Hochsicherheitsknast verrotten musste.

Wieder ließ er den Blick durch das jetzt leere Großraumbüro schweifen. Die meisten Schreibtische waren verlassen; die paar Programmierer, die noch arbeiteten, waren kleine Blender, die sich als Profis ausgaben und sich mit einem Projekt für eine Lebensmittelkette im Nordosten abrackern mussten.

Diese Loser.

Fungs Finger schwebten über der Tastatur. Ein paar Anschläge, und er würde sich wieder unsichtbar und körperlos auf den Desktop des National Reconnaissance Office schleichen. Das NRO, einer der militärischen Nachrichtendienste, war direkt mit einem der wichtigsten Kommunikationssatelliten der CIA verlinkt. Sobald Fung den Zugriff eingerichtet hatte, würde er in der Lage sein, die Daten eines bestimmten Computers des NRO zu spiegeln, ohne dass der betreffende Operator es bemerkte oder die Sicherheitsalgorithmen alarmiert wurden, die die Aktivitäten dieser Workstation überwachten. Es war sozusagen eine heimliche Nachahmung des vom Apple-Tech-Support genutzten Screen-Sharing, der Übertragung des Bildschirminhalts, durch die dem Support bei einem Serviceabruf der Fernzugriff auf den Computer eines Nutzers ermöglicht wurde.

Tatsächlich blieben Fungs Aktivitäten auch den NRO-Zugriffsprotokollen automatisch verborgen, sodass die digitalen Fingerabdrücke, die er rein theoretisch hinterlassen haben könnte, nirgendwo aufgezeichnet wurden.

Obwohl er wusste, dass er nicht erwischt werden konnte, und obwohl die Transaktion mit einem sechsstelligen Gesamtbetrag auf seinem Konto belohnt werden würde, zögerte Fung. Seine Chefin war schließlich nicht auf den Kopf gefallen: Als Gegnerin wäre sie ihm ebenbürtig. Was wäre, wenn sie über Nacht irgendein neues Sicherheitspaket hochgeladen hatte? In diesem Fall würde er geradewegs in eine Falle tappen.

»Larry? Ich dachte, Sie sind beim Mittagessen?«

Fung fuhr fast aus der Haut. Amanda Watson, seine unmittelbare Vorgesetzte bei CloudServe, stand in der Tür.

»Oh! Amanda. Hi.« Er tippte schnell auf eine Taste, die einen falschen Desktop auf den Monitor lud.

Watson runzelte besorgt die Stirn. »Alles okay? Sie sehen aus, als hätten Sie gerade ein Gespenst gesehen.«

»Sorry. Fühle mich heute nicht besonders gut.« Fung spürte, dass ihm ein paar Schweißperlen auf die Stirn traten.

»Sie sehen tatsächlich krank aus. Vielleicht sollten Sie nach Hause gehen und sich ein wenig ausruhen. Ich kann es mir nicht leisten, meine Nummer zwei zu verlieren.«

»Nicht so schlimm, wirklich nicht. Ich brauche nur ein paar Aspirin.«

»Ich habe eine Packung im Schreibtisch. Soll ich sie holen?«

»Äh, ja, bitte. Wenn es Ihnen nichts ausmacht. Wäre super.«

Watson lächelte. »Mache ich gerne. Bin sofort zurück mit dem Aspirin und einem Fiji.«

»Danke.«

Fung schaute ihr nach, während sie zum Pausenraum ging, um eine Flasche Fiji-Wasser zu holen.

Verdammt, das war knapp.

Aber plötzlich verspürte er den Drang, laut loszulachen.

Die dumme Bitch hatte keinen blassen Schimmer, wie nahe sie an dem Mann dran war, der ihre angeblich »unhackbare« Cloud gehackt hatte. Sie kannte die Schwachstellen des Systems und hatte ihr Red Team, zu dem auch Fung gehörte, beauftragt, sie auszumerzen. Im Laufe des Jahres hatte Watson verschiedene Angriffsszenarien sowie einige Strategien vorgeschlagen, mit denen sich diese potenziellen Szenarien auskundschaften ließen. Was sie allerdings nicht wusste, war, dass es Fung bereits gelungen war, einen einzigen, winzigen Spalt im System aufzuspüren, durch den er vor ungefähr einem Monat hatte eindringen können. Das hatte ihm einen Dopaminschub von geradezu epischer Dimension beschert. Er hatte das System geschlagen! Was bedeutete, er hatte auch Watson geschlagen! Sein erster Drang war gewesen, sofort in ihr Büro zu stürmen, ihr seinen Durchbruch triumphierend unter die Nase zu reiben und ihr damit zu zeigen, wer denn nun wirklich die cleverste Person im Gebäude war.

Aber das hatte er nicht getan.

Warum hätte er es ihr auch sagen sollen? Es sollte sein eigenes, süßes Geheimnis bleiben. Ein hämischer Triumph über seine Chefin hätte ihm zwar Befriedigung verschafft, sie wäre jedoch nur von kurzer Dauer gewesen. Aber den goldenen Schlüssel vor ihr und allen anderen geheim zu halten? Das war mehr als nur befriedigend. Es gab ihm das Gefühl absoluter Überlegenheit.

Und als ihn dann CHIBI immer wieder kontaktiert und ihn gebeten hatte, für einen richtig großen Haufen Greenbacks etwas für ihn zu finden? Ohne dabei jemals erwischt werden zu können?

Das war sogar noch besser als Sex.

Aber in letzter Zeit hatte er das Gefühl, dass Watson misstrauisch geworden war. Sie ließ ihn kaum mehr aus den Augen. Wusste sie etwas? Nein, das war unmöglich. Dann wäre er längst im Gefängnis gelandet. Aber vermutete sie etwas? Vielleicht.

Wieder schaute Fung zu der Seth Thomas Mid-Century Sunburst Clock an der Wand hoch – natürlich ein Original. Die Zeit lief ihm davon; sein Auftrag war an einen ganz bestimmten Termin gebunden. Aber er wusste auch, dass Watson in ein paar Minuten zu ihrem Pilatestraining aufbrechen würde. Wenn es um ihren Pilateskurs ging, war sie pünktlicher als die Atomuhr. Fung beschloss, noch ein wenig zu warten und in der Zwischenzeit ein paar Schlucke kühles Fiji-Wasser zu genießen.

Watson kehrte wieder zurück, reichte ihm eine Flasche Wasser und eine kleine Packung Aspirin.

»Danke.«

»Gern geschehen.« Watson lehnte sich an den Türrahmen. »Sie tun so viel für so viele Menschen. Sind Sie sicher, dass Sie auch für sich selbst genug tun?«

»Ich muss nur ein wenig Schlaf nachholen, das ist alles.«

»Kann ich Ihnen irgendwie helfen?« Sie wies mit einem Kopfnicken auf seine Workstation.

»Wenn hier irgendjemand schon genug um die Ohren hat, dann sind Sie das. Aber danke für das Angebot.«

»Ich kann Ihnen jemand zur Unterstützung schicken.«

»Alle hier haben mehr als genug zu tun. In ein paar Stunden bin ich über den Berg. Danach gehe ich vielleicht nach Hause.«

Watson zuckte die Schultern. »Gut. Zögern Sie nicht, mich zu fragen, wenn Sie etwas brauchen. Wir gehören doch alle zum selben Team, nicht wahr?«

»Absolut.«

Watsons iWatch summte. »Oh. Pilates ruft.«

»Viel Spaß dabei.« Fung zwinkerte ihr zu. »Sie wissen ja, wo Sie mich finden können.«

Watson zwinkerte ihm ebenfalls zu und eilte zu ihrem Tisch zurück, um ihre Autoschlüssel zu holen. Kaum hatten sich die großen Lifttüren endlich hinter ihr geschlossen, als sich Fung wieder seinem Monitor zuwandte.

Höchste Zeit, sich an die Arbeit zu machen.

# 16

## DANZIG, POLEN

Sie waren Prinzlinge.

Christopher Gage, Stiefsohn der Senatorin Deborah Dixon, einer der mächtigsten Frauen der Welt, und Hu Peng, Sohn eines hohen Parteifunktionärs und eines der Direktoren der größten staatlichen Bank Chinas.

Beide Männer waren Ende dreißig und hatten viele Gemeinsamkeiten, die auch andere Prinzlinge überall auf der Welt mit ihnen gemein hatten, nicht zuletzt einen inneren Drang, sich als Erben ihrer jeweiligen Königreiche würdig zu erweisen.

Gages Vater hatte sich zwar gefreut, als Christopher seinen Abschluss an der Alma Mater geschafft hatte, die auch sein Vater schon besucht hatte, aber davon abgesehen war es fast unmöglich, den alten Herrn zufriedenzustellen. Pengs Situation war nicht viel besser, möglicherweise sogar noch schlimmer. Er hatte darauf bestanden, sich innerhalb der klobigen Stahlwände des Europäischen Solidarność-Zentrums zu treffen, das in der Nähe des Danziger Hafens lag, und ihre Smartphones in ihren Büros im neunten Stock des Citi Handlowy-Gebäudes in Gdynia zurückzulassen, das ungefähr zwanzig Kilometer entfernt war. Gage stand allen elektronischen Kommunikationsgeräten skeptisch gegenüber und traf gewisse Vorsichtsmaßnahmen. Peng jedoch war in dieser Hinsicht geradezu paranoid. Vor allem, wenn Angelegenheiten diskutiert wurden, die seine Vorgesetzten verärgern oder, was noch schlimmer war, seinem Vater zu Ohren kommen könnten.

Und es war auch Peng, der Christopher Gage die zwar umständliche, aber nützliche Praxis der Gegenobservation beibrachte. Und ihn lehrte, sein peripheres Sehen zu trainieren, um in den Spiegelungen von Büro- oder Schaufenstern nach Beschattern Ausschau zu halten.

Sie blieben vor den beiden großen Sperrholztafeln stehen, auf denen die streikenden polnischen Arbeiter 1980 ihre einundzwanzig Forderungen an die kommunistische Regierung festgehalten hatten – das polnische Gegenstück zur Amerikanischen Unabhängigkeitserklärung und der Bill of Rights, in einem Dokument zusammengefasst. Diese Forderungen und die Weigerung der Arbeiter, sie aufzugeben, führten zur Gründung der unabhängigen Gewerkschaft Solidarność und markierten den Anfang vom Ende des Kommunismus, zuerst in Polen und bald danach auch in den anderen ost- und südosteuropäischen Ländern, einschließlich der Sowjetunion.

Sowohl Gage als auch Peng trugen englischsprachige Museum-Tourguides, hatten aber den Ton ihrer Headsets ausgeschaltet. Um nicht belauscht werden zu können, blieben sie in der Nähe einer Gruppe Schulkinder stehen, die anscheinend nur zum Schwatzen ins Museum gekommen waren.

»Tut mir leid«, sagte Gage auf Englisch, »aber ich kann nichts dagegen machen.«

»Es ist alles bereits angelaufen …«

»Das habe ich ihm erklärt!« Als Christopher Pengs besorgten Gesichtsausdruck sah, fügte er schnell hinzu: »Natürlich nicht im Detail.«

Pengs Blick schweifte unablässig durch die Halle. Es wäre nicht schwierig gewesen, in einem Land wie Polen chinesische Beschatter zu entdecken. Peng kannte sämtliche Beamten im chinesischen Konsulat in Danzig vom Sehen, darunter auch die Agenten des Ministeriums für Staatssicherheit, die hier stationiert waren, aber heute ließ sich niemand blicken. Allerdings würden seine Vorgesetzten in einem europäischen Land ganz sicher keine chinesischen Agenten einsetzen, um ihn beschatten zu lassen.

»Hast du ihm erklärt, in welche Schwierigkeiten wir geraten, wenn wir die Sache jetzt abblasen?«

»Nicht genau«, gab Gage zu.

»Vielleicht solltest du das tun«, sagte Peng, während sie dem plappernden Schülerpulk zum nächsten Ausstellungsstück folgten. Pengs britischer Akzent verriet, dass er die Sprache von chinesischen Lehrern erworben hatte, die in Oxford studiert hatten, und dass er selbst zwei Jahre lang in Londoner Pubs abgehängt und mit englischen Girls geschlafen hatte, während er an der London School of Economics studierte.

»Es muss doch noch alternative Routen geben?«

»Bei dieser Sache kann man nicht einfach einen anderen Bus nehmen! Es gibt keinen Plan B.«

»Nun, dann geht es eben nicht. Sage es ab.«

»Nur weil es dir dein Vater befohlen hat? Oder war es deine Mutter?«

»*Stief*mutter. Ihr kannst du das nicht vorwerfen. Ryan ist der Schuldige. Er will sie wohl ärgern.«

»Dann muss sie sich eben selbst um Ryan kümmern. Du hast im Moment viel größere Sorgen. Und ich auch.«

»Du kennst meinen Vater nicht.«

Peng bedachte ihn mit einem finsteren Seitenblick. »Und du nicht meinen.«

Sie schlenderten zu einer Ecke hinüber, weg von den Schülern. Aber der unablässige Lärm echote durch die ganze Halle.

Peng senkte die Stimme. »Du bist hier achttausend Kilometer von deinen Eltern entfernt. Niemand hält ihnen ein Messer an die Kehle, wie es in meiner Heimat geschehen würde. Außerdem wird diese Lieferung kein Problem sein. Es ist alles arrangiert, und es wurde an alles gedacht. Wir müssen uns nur noch ein paar Tage lang gedulden. Niemand wird etwas erfahren.«

Nun ließ auch Gage den Blick durch den Raum schweifen, als rechnete er damit, dass sein Vater jeden Augenblick in die Halle stürmen würde. Tatsächlich verstand sein Vater nicht genau, was hier los war, was auf dem Spiel stand – auch Christophers Leben. Aber der Lohn für all das würde riesig sein und bot die Chance, endlich aus dem langen Schatten seines Vaters heraustreten zu können. Und vielleicht sogar seine Anerkennung zu gewinnen.

Ein Fehlschlag war keine Option.

Christopher war ein umsichtiger Planer und hatte für eine Reihe von Sicherungsmaßnahmen gesorgt. Die wichtigste Sicherung war seine heiß geliebte Stiefmutter, ob es ihr gefiel oder nicht.

Nur wusste sie nichts davon.

»Gut, okay. Aber Gott sei uns gnädig, wenn uns die Sache um die Ohren fliegt.«

Peng lächelte. »Das kann nicht passieren, wie denn auch? Wir beide – du und ich – sind die einzigen Menschen in ganz Polen, die darüber Bescheid wissen. Entspanne dich!« Er drehte sich um. »Komm, wir gehen. Ich bin am Verhungern.«

»Keine Lust auf Essen. Ich brauche was Stärkeres.«

»Es gibt da in der Nähe eine neue Bar, die Mädchen dort sind superheiß.«

Die Prinzlinge nahmen die Headsets ab und gingen zum Ausgang.

# 17

## ALEXANDRIA, VIRGINIA

Jacks Gehirn fühlte sich an wie Watte.

Nachdem er zehn Stunden ununterbrochen über den umfangreichen Ergebnissen seiner Suche in den LexisNexis-Datenbanken gebrütet hatte, wozu Geschäftsberichte, Pfandrechte, Lizenzen und sogar Registrationsdaten von Schiffen und Flugzeugen gehörten, konnte er kaum noch aus den geschwollenen Augen schauen. Es war ungeheuer frustrierend: Aaron Gages geschäftliche Weste war makellos sauber.

Das hatte Jack zwar von Anfang an vermutet, aber er musste bei allem, was er tat, mit höchster Sorgfalt vorgehen. Jack wusste, dass Gage nicht nur smart, sondern auch äußerst vorsichtig war, und er wusste auch, dass Gage die meisten seiner geschäftlichen Aktivitäten im Rahmen seiner Beteiligungsgesellschaft Gage Capital Partners durchführte. Diese Transaktionen mussten nach den für Private-Equity-Gesellschaften geltenden gesetzlichen Bestimmungen nicht in allen Einzelheiten offengelegt werden, gleichgültig, ob die Firmen im Inoder im Ausland tätig waren. Zwielichtigen Akteuren an den Finanzmärkten boten Private-Equity-Gesellschaften wie GCP daher perfekte Möglichkeiten, ihre Aktivitäten zu verschleiern, wenn sie es für nötig hielten.

Jack sah seine einzige Rettung im OSINT – der sogenannten Open Source Intelligence, besser bekannt als Internet. Aber auch das erwies sich als hirnvernebelnde Übung, wie er feststellen musste. Aaron Gage und seine GCP tauchten seit Jahrzehnten oft in den Nachrichten auf, was einer sorgfältig orchestrierten PR-Kampagne zu verdanken war, die sich bis zu Ronald Reagans Präsidentschaft zurückverfolgen ließ.

In den letzten zehn Jahren hatte sich der Schwerpunkt der PR-Arbeit auf sozialverantwortliche Aktivitäten wie den Dixon-Gage Charitable Trust verlagert, eine wohltätige Stiftung, die vor allem Frauenhäuser, Symphonieorchester, Schwerpunktschulen, Forschungsprojekte zur Brust- und Eileiterkrebsbehandlung und eine Reihe anderer Programme förderte, die sich auch für Senatorin Dixons politische Agenda nutzen ließen. Die Stiftung hatte auch den Zweck, das Image der GCP als sozialverantwortliches Privatunternehmen noch heller strahlen zu lassen. Seit ungefähr fünf Jahren weitete die Dixon-Gage-Stiftung ihre Hilfsprogramme auch nach Afrika aus, wo sie den Bau von Schulen, die Erschließung von Trinkwasserquellen und Mikrobanking förderte.

Gerry Hendley hatte Jack jedoch in eine andere Richtung gewiesen: die China-Verbindung. Deshalb richtete Jack nun seine Recherchen auf diesen Aspekt. Um die Dinge in einen breiteren Kontext einordnen zu können, musste er zunächst einmal sein eigenes Wissen über die Handelsbeziehungen zwischen China und den Vereinigten Staaten auffrischen, vor allem für die Zeit seit 2001, als China in die Welthandelsorganisation WTO aufgenommen wurde. Das war auch teilweise der starken Fürsprache seitens der damaligen Kongressabgeordneten Dixon zu verdanken gewesen, die sich sicher gewesen war, dass der Kapitalismus die Volksrepublik China demokratisieren würde. Das Gegenteil war eingetreten. Der »Rote Kapitalismus« hatte vielmehr die Macht der Kommunistischen Partei Chinas gestärkt, nicht nur in China selbst, sondern auch auf der Weltbühne. China hatte seine Mitgliedschaft in der Welthandelsorganisation erfolgreich genutzt, um riesige Auslandsinvestitionen anzulocken und den größten Produktions- und Exportboom in der Weltgeschichte in Gang zu setzen, der aber auf Kosten von mehr als drei Millionen Arbeitsplätzen im Produktionssektor der Vereinigten Staaten ging. Gleichzeitig nutzte China seine enormen Handelsüberschüsse mit den Vereinigten Staaten – jährlich über vierhundert Milliarden Dollar – für ein gewaltiges Aufrüstungsprogramm. Innerhalb einer einzigen Dekade war China zur zweitgrößten Weltmacht geworden, sowohl in wirtschaftlicher als auch in militärischer Hinsicht.

Es war offenkundig, dass die chinesischen Kommunisten, die »Chicoms«, die Handelspolitik einschließlich der chinesischen WTO-Mitgliedschaft und des Seidenstraße-Megaprojekts dafür nutzten, das eigene Nationalinteresse zu fördern. Viele der größten global agierenden chinesischen Konzerne waren tatsächlich staatseigene Unternehmen und somit der Kontrolle durch die Partei unterworfen. Im Unterschied dazu übten amerikanische Unternehmen offenbar nur deshalb Einfluss auf die Außenhandelspolitik der Vereinigten Staaten aus, um sich selbst zu bereichern.

Aber das alles war höhere Politik und lag weit außerhalb des Auftrags, den Jack vor sich hatte. Im Moment musste er sich mit viel kleineren Fischen beschäftigen.

Wie viele amerikanische und europäische Unternehmen hatte sich auch Gage Capital Partners um intensive Geschäftsbeziehungen zu China bemüht und zahlreiche Verträge abgeschlossen.

Warum auch nicht? Schließlich war »Business« das, was Amerika ausmachte! Trotzdem kam es Jack so vor, als würden viele Unternehmen größere Wertschätzung auf ihre Gewinne legen als auf ihren Patriotismus. Die Verlagerung von Produktionsstätten ins Ausland, der Import von Produkten, die von

China subventioniert wurden und daher viel billiger waren als entsprechende amerikanische Produkte, die Verlegung von Konzernzentralen in Niedrigsteuerländer, um nicht die in den Vereinigten Staaten erhobenen Steuersätze zahlen zu müssen oder in Amerika selbst Billiglöhne zu zahlen – all das waren gängige Praktiken, um die Gewinnmargen der Unternehmen zu steigern. Und alles war vollkommen legal, weil Senatoren wie Dixon entsprechende Gesetze schrieben.

Ganz besonders ärgerte sich Jack über die Scheinheiligkeit, die dahintersteckte. Genau die Großunternehmen, die in den USA völlig legal Steuervermeidung betrieben und Arbeitsplätze ins Ausland verlagerten, waren es auch, die am lautesten nach staatlicher Unterstützung und Schutzmaßnahmen gegen feindliche Regierungen und terroristische Gruppierungen riefen – Hilfsmaßnahmen, die von den Steuern amerikanischer Arbeiter und Angestellter bezahlt werden mussten.

Könnte man dabei nicht wenigstens ein Mindestmaß an Loyalität gegenüber der einfachen Büroangestellten, dem Fließbandarbeiter, dem amerikanischen Normalbürger erwarten? Rücksichtnahme auf amerikanische Jobs? Fairness dem amerikanischen Steuerzahler gegenüber?

Anscheinend nicht.

Jack rieb sich das müde Gesicht. Er merkte, dass seine Gedanken immer häufiger in diese langen, spekulativen Seitenwege abschweiften. Er musste sich unbedingt besser konzentrieren.

Ein besonderes Ergebnis seiner OSINT-Recherche weckte sein Interesse. In einem Newsletter des Alumni-Netzwerks der Stanford Graduate School of Business wurde über die Ernennung von Christopher Gage zum CEO der Gage Group International, eines Transport- und Infrastrukturunternehmens, berichtet.

Interessant.

Jack folgte dieser Spur und entdeckte, dass es ausschließlich Christopher Gage gewesen war, der während der letzten drei Jahre nach Peking gereist war.

Was auch immer es sein mochte, das die Gages in China oder gemeinsam mit den Chinesen planten, für Jack stand jedenfalls fest, dass Christopher ganz offensichtlich als Weichensteller oder Vorreiter fungierte.

Gerry hatte Jack auch auf Chinas BRI-Megaprojekt hingewiesen. Aber er hatte auch erwähnt, dass Senatorin Dixon Präsident Ryans Deal mit Polen abgeschossen hatte – und das war der eigentliche Anlass für Jacks Ermittlungen.

Gab es irgendeine Verbindung zwischen dem Seidenstraßen-Projekt und Polen?

Jack beschloss, noch tiefer zu bohren.

Bald entdeckte er, dass die BRI im Begriff stand, in Danzig Fuß zu fassen – wo sich einer der wichtigsten Häfen der Ostsee befand.

Auch interessant.

Die Chinesen stellten Millionenbeträge an Krediten für die nötigen Reparatur-, Umbau- und Renovierungsmaßnahmen der Hafenanlagen, Gleise und Straßen in und um den veralteten Hafen zur Verfügung. Jahrhundertelang war die Stadt eines der größten und reichsten Handelszentren Europas und der Zankapfel großer Mächte gewesen, so etwa des Deutschritterordens, der 1308 die Vorherrschaft über die Stadt erlangte. Mit der neuen Initiative richteten nun die Chinesen ihren Blick auf das Juwel an der Ostsee. Durchaus möglich, dass der Stadt eine neue Blütezeit bevorstand.

Doch dann fand Jack etwas.

Eine kleine Zeitungsnotiz verkündete, dass Christopher Gages neues Unternehmen, Baltic General Services, in Danzig nach einer Immobilie suchte.

Aber war das überhaupt wichtig? Oder war es nur ein Zufall?

Jack notierte die Sache auf einem Klebenotizzettel und heftete ihn an den Rand des Monitors, von wo ihn bereits mehrere andere Notizen anstarrten.

Er konnte nur hoffen, dass ihm eine der Notizen bald weiterhelfen würde.

# 18

## WASHINGTON, D.C.

Sie feuerte zwei .380-Patronen genau zwischen die Augen des Mannes.

»Mein Gott, wie ich diesen Laser liebe!«, seufzte Dixon.

Ungefähr zehn Meter entfernt hing die Papierfigur schlaff im Zielbereich der Schießhalle. Der rote Punkt des unter dem kurzen Lauf montierten Ziellasers ihrer SIG Sauer P238 tanzte noch immer über den Kopf der Zielsilhouette.

»Gute Schüsse, Senatorin.«

»Kein Wunder, Sie haben mich ja ausgebildet, nicht wahr?«, lächelte Dixon.

Dixon und Sandra Kyle waren momentan die einzigen Schützen in der unterirdischen Schießanlage. Dixon zog das private Schießtraining mit Kyle vor, die der Aufgabe nur allzu gern nachkam. Kyle hatte früher *undercover* bei der U.S. Capitol Police gearbeitet und war immer, wenn sich Dixon in Washington, D.C. aufhielt, dem Büro der Senatorin zugeteilt worden. Nachdem die attraktive Afroamerikanerin in den Ruhestand versetzt worden war, hatte sie die Schießanlage erworben und sich auf Kurse zur Selbstverteidigung und zum verdeckten Waffentragen für Frauen spezialisiert. Daneben betrieb sie auch eine private Detektei.

Dixon warf das leer geschossene Magazin aus und repetierte den Verschluss zweimal, um sicherzugehen, dass die Waffe entladen war. Dann legte sie die Pistole auf die Schießablage, die Mündung auf den Zielbereich gerichtet. Erst jetzt nahm sie den Gehörschutz ab.

Auch Kyle nahm den Gehörschutz ab. Der menschenleere, lärmgedämmte Raum war der ideale Ort für ein vertrauliches Gespräch.

»Ich habe ein kleines Problem und möchte, dass Sie sich die Sache mal anschauen«, begann Dixon. Sie mochte den Geruch des verbrannten Schießpulvers, der noch in der Luft hing.

»Kann ich gerne machen.«

»Sollten Sie nicht erst einmal fragen, welches Problem ich habe?«

»Was auch immer es ist«, antwortete Kyle mit einem Schulterzucken, »ich bin Ihnen immer noch etwas schuldig.«

Dixon schüttelte den Kopf. »Sie schulden mir gar nichts. Wenn zwischen uns irgendeine Schuld besteht, dann ist sie auf meiner Seite. Sie haben mich viele Jahre lang beschützt.«

Seit Dixon zur Abgeordneten und später zur Senatorin gewählt worden war, hatte sie zahlreiche Morddrohungen erhalten, von denen die meisten nichts als Wichtigtuerei gewesen waren. Aber ein paar Mal war das Bedrohungsprofil eskaliert, und Kyle war immer zur Stelle gewesen, bei jedem Wetter und zu jeder Tages- und Nachtzeit.

Aber das war Kyles Job gewesen, ihre Pflicht als Beamtin der U.S. Capitol Police. Tatsächlich hatte sie jedoch nie eine akute Kampfsituation erlebt, weder als Personenschützerin für Dixon noch für jemand anders und nicht einmal bei ihrem einzigen aktiven Einsatz bei der Luftraumüberwachung in Kabul. Sie war jedoch sehr gut ausgebildet, durchtrainiert, ausgesprochen loyal und jederzeit bereit, Aufgaben zu übernehmen, die Dixon ihr gelegentlich auftrug. Bisher war es meistens darum gegangen, peinliche Informationen über politische Gegner zu sammeln, die Dixon benötigte.

Als Kyle eines Tages in Virginia angetrunken am Steuer erwischt wurde, hatte sich Dixon für sie eingesetzt und ihr damit nicht nur den Job, sondern auch ihre großzügig bemessenen Pensionsansprüche gerettet. Später hatte ihr Aaron einen zinslosen Kredit gewährt, damit Kyle die Schießanlage in Alexandria erwerben konnte. In der Tat stand Kyle damit auf ewig in Dixons Schuld, was beiden Frauen sehr wohl klar war.

Dixon drückte auf einen Schalter, und die durchlöcherte Papiersilhouette surrte flatternd an einem Stahlseil zum Schießstand heran. Nur ein paar Handbreit von Dixon entfernt kam sie abrupt zum Stillstand.

»Aggressive Schüsse, Senatorin«, meinte Kyle. »Könnte Ihr Problem etwas mit POTUS zu tun haben?«

»Ja, aber nur indirekt.«

Kyle wies mit dem Kinn auf die zerfetzte Zielfigur. »Aber nichts so Dramatisches wie das hier, hoffe ich?«

Dixon lachte. »Wollte nur meine Frustration abreagieren.«

»Solange ich nicht ins Oval Office einbrechen muss, können wir über alles reden. Worum geht es?«

Dixon öffnete die Klammern, mit denen die Zielfigur am Seil befestigt war. »Sie wissen ja, dass Ryan im Innern immer noch ein Pfadfinder ist. Er hat seine eigenen Vorstellungen von Recht und Unrecht.«

»Ja, ich weiß. Ich habe ihn *in action* erlebt.«

»Nun, aus zuverlässiger Quelle ist mir zu Ohren gekommen, dass er im Moment sehr großes Interesse an mir zeigt. Er sieht mich als politische Bedrohung, und ich bin sicher, dass er alles versuchen wird, was er nur kann, um mir irgendwelche schmutzigen Dinge anzuhängen.« Dixon breitete die Zielfigur auf dem Waffentisch aus und betrachtete sie nachdenklich.

»Und? Gibt es denn etwas Schmutziges, das er finden könnte?«

»Nein, natürlich nicht. Aber er wird danach suchen. Durchaus möglich, dass er etwas herausfischt, das absolut sauber ist, sich aber in Dreck verwandeln lässt, wenn es den richtigen Leuten in den Medien zugespielt wird.«

»Wie kann ich Ihnen helfen?«

»Versetzen Sie sich mal für ein paar Minuten in seine Lage und versuchen Sie, meine Frage zu beantworten: Wenn Sie Ryan wären und wegen Ihrer hochtrabenden moralischen Grundsätze keine staatlichen Behörden wie das Finanzamt oder das FBI einsetzen dürften, um schmutziges Material aufzuspüren, das Sie gegen Ihre politischen Gegner verwenden könnten – was würden Sie dann tun?«

»Er ist selbst ein verdammt guter Analyst, wenn ich mich recht erinnere«, meinte Kyle.

»Dazu hätte er vermutlich keine Zeit.«

Kyle tippte sich mit dem rot lackierten Zeigefinger an das Kinn und meinte nachdenklich: »Es gibt da eine Firma, die von Gerry Hendley geleitet wird, Hendley Associates. Haben Sie schon davon gehört?«

»Ja, natürlich. Ein Finanzunternehmen, teuer und exklusiv. Zu seiner Zeit war Hendley auf dem Capitol Hill eine Legende – ist er eigentlich immer noch. Der Senator und ich hatten bei mehreren Gesetzen miteinander zu tun, als ich noch Abgeordnete im Repräsentantenhaus war, bevor er … na ja, Sie wissen schon.«

Kyle nickte. Sie war damals noch Streife gefahren, als sie die Nachricht hörte, dass Gerry Hendleys Frau und seine drei Kinder bei einem furchtbaren Zusammenstoß mit einem Sattelschlepper auf der Interstate 85 ums Leben gekommen seien. Die Tragödie hatte Hendley buchstäblich vernichtet; er hatte im Grunde seine erfolgreiche und vielversprechende Karriere im Senat weggeworfen. Nach einer nur halbherzig geführten Wiederwahlkampagne hatte er eine schwere Niederlage erlitten.

Später hatte er sich jedoch wieder gefangen und schließlich die Finanzfirma Hendley Associates gegründet. Obwohl er den Demokraten angehörte, hatte er sich schon als Senator oft auf die Seite der Ryan-Administration gestellt, vor allem bei Fragen der nationalen Sicherheit, und war bereit gewesen, den kleinlichen Parteienwettstreit dem Gemeinwohl unterzuordnen.

»Ich war damals ehrlich froh, als er wieder Boden unter den Füßen bekommen hatte«, sagte Dixon. Sie hatte Hendley immer bewundert, und obwohl er nicht mehr im Amt war, besaß seine Meinung auf dem Capitol Hill noch immer Gewicht. »Mein Mann sagt, es sei eine erstklassige Firma. Aber was hat das mit meinem Problem zu tun?«

»Hendley beschäftigt auch einen Burschen namens John Clark. Wissen Sie etwas über ihn?«

Dixon schüttelte den Kopf. »Sollte ich?«

»Clark ist ein ehemaliger Navy SEAL und Ex-CIA-Agent. Er ist nicht mehr der Jüngste, aber definitiv immer noch ein Bursche, mit dem man sich nicht anlegen sollte. Und er ist ein guter Freund von Ryan.«

»Wozu braucht eine Finanzfirma einen Ex-Spion? Als Bodyguard?«, fragte Dixon.

»Wäre meine Vermutung. Wahrscheinlich für Hendley.«

»Oder jemand anders, der dort beschäftigt ist?«

»Denken Sie an eine bestimmte Person?«

»Jack Ryan junior arbeitet bei Hendley als Finanzanalyst.« Dixon verspürte plötzlich ein Kribbeln im Nacken. Das könnte eine weitere direkte Verbindung zum Präsidenten sein. Und ein Feldagent wie Clark könnte noch etwas ganz anderes bedeuten. Nachdenklich runzelte sie die Stirn. Vielleicht war Senatorin Chadwick doch auf irgendetwas gestoßen.

Kyle nickte. »Ich fange sofort damit an.«

Dixon faltete die Zielsilhouette zusammen und schob sie in ihre Handtasche.

»Wenn es Hendley Associates auf mich abgesehen hat, möchte ich das sofort erfahren. Aber bleiben Sie diskret. Ich will nicht, dass Gerry erfährt, dass Sie in seinem Umfeld herumschnüffeln. Es würde mich teuer zu stehen kommen, wenn er es herausfinden würde.«

»In Ordnung, Ma'am.«

# 19

## ALEXANDRIA, VIRGINIA

Jack faltete sorgfältig seine Kleider und legte sie in den Reiserucksack, der als Handgepäck zulässig war. In der südlichen Hemisphäre würde es jetzt schon bald recht warm werden, und er wollte kein Gepäck einchecken müssen, schon gar nicht auf einem normalen Linienflug mit mehreren Umstiegen.

Im anderen Zimmer läutete das Telefon. Er blickte auf seine Smartwatch: Gerry Hendley. Jack steckte die AirPods in die Ohren und nahm den Anruf entgegen.

»Hi, Gerry, was ist los?«

»Ich habe gerade den Bericht gelesen, den Sie mir gestern Abend gemailt haben. Ich habe noch ein paar Fragen. Störe ich Sie gerade?«

»Bin am Packen. Fragen Sie ruhig.«

»Sie haben da eine Verbindung zwischen Senatorin Dixons Stiefsohn und diesem chinesischen Partner in Polen entdeckt.«

»Ja, richtig. Aber ich habe da nur ein wenig Rauch entdeckt, kein Feuer.« Jack legte ein weiteres Paar Socken in den Rucksack.

»Aber wenn ich zwischen den Zeilen lese, denken Sie, dass da etwas dran sein könnte?«

»Würde mich nicht überraschen. Aber mit meinen Online-Recherchen komme ich nicht mehr weiter. Deshalb habe ich empfohlen, dass jetzt Gavin die Sache übernehmen sollte. Wenn jemand noch mehr herausfinden kann, ist er es.« Jack zog den Reißverschluss zu.

»Leider sind Gavin und sein Team in eine andere Angelegenheit eingebunden. Deshalb möchte ich, dass Sie hinfliegen und sich vor Ort genauer umschauen.«

»Ich? Aber ich war noch nie in Polen. Ich habe dort keinen einzigen Kontakt, außerdem spreche ich kein Wort Polnisch. Warum schicken Sie nicht Midas? Er spricht fließend Polnisch.«

»Midas ist im Moment im Ausland. Und bevor Sie weiterfragen – Dom und Adara sind in Coronado und trainieren Nahkampf mit ein paar Ex-SEAL-Trainern. Und Ding und Clark sind ebenfalls nicht verfügbar.«

»Weshalb nur ich übrig bleibe.«

»Richtig. Aber machen Sie sich keine Sorgen – ich habe bereits dafür gesorgt, dass Ihnen eine kompetente Kontaktperson zur Seite gestellt wird. Arbeitet beim ABW – der polnischen Version des FBI.«

»Aber, offen gesagt, das kommt sehr ungelegen. Sie haben mir zehn Tage Urlaub genehmigt, Gerry. Morgen früh geht mein Flug.« Jack wollte nicht erwähnen, dass seine Reise kein Erholungsurlaub war, sondern mit dem Versprechen zu tun hatte, das er Cory gegeben hatte.

»Können Sie das nicht ein paar Tage aufschieben?«

»Hm«, murmelte Jack zögernd. Er wollte Gerrys Bitte nicht ablehnen. Aber ihm war auch das Versprechen wichtig, das er Cory gegeben hatte – verdammt wichtig. Er hielt Wort. Immer.

»Äh – ich habe den Flug schon gebucht …«

»Ich erstatte Ihnen natürlich die Kosten für die Umbuchung.«

»Das ist sehr großzügig, aber, na ja, es ist wirklich wichtig.«

»Sind Ihnen ein paar Tage Urlaub wichtiger als das nationale Interesse?«

*Sicher nicht, wenn man es so überspitzt ausdrückt.* »Nein, natürlich nicht. Aber Dixon und irgendwelchen schmutzigen Geschäften hinterherzuschnüffeln kommt mir eher wie ein Krimi von Raymond Chandler vor als eine Sache von nationalem Interesse.«

»Das entscheiden nicht Sie, sondern Ihr Dad.«

Autsch.

»Okay, ich kann meine Reise für ein paar Tage aufschieben. Ich muss dabei keinen Termin einhalten.«

»Gut. Ich habe bereits Lisanne gebeten, Ihren Flug zu buchen. Sie fliegen morgen früh. Lisanne meldet sich mit den Details.«

»Es ist Ihnen aber klar, dass es eine sehr spekulative Vermutung ist, nicht wahr?«

»Das habe ich Ihrem Bericht entnommen. Aber im Moment ist das die einzige Spur, die wir haben.«

»Haben Sie irgendwelche Vorschläge, wo ich ansetzen könnte?«

»Ich muss Ihnen sicherlich nicht erklären, dass D.C. eine sehr politische Stadt ist. Ich will, dass Sie dort drüben sehr leichtfüßig auftreten. Erregen Sie keinerlei Aufsehen, machen Sie keine Andeutungen. Wenn Dixon auch nur einen Hauch von Verdacht schöpft, dass jemand hinter ihr herschnüffelt, oder noch schlimmer, dass Ihr Vater hinter der Sache stecken könnte, würde hier die Hölle losbrechen.«

»Verstehe. Ich werde mein Bestes geben.«

Gerry lachte leise. »Das weiß ich. Deshalb stehen Sie hier auf der Gehaltsliste, mein Junge.«

»Ich melde mich, sobald ich etwas herausfinde.«

Gerry beendete das Gespräch. Jack zog den Reißverschluss wieder auf.

In Polen würde es deutlich kälter sein als dort, wohin er eigentlich hatte fliegen wollen. Und mit einem Rucksack als Reisegepäck konnte er sich bei einer Geschäftsreise als Finanzanalyst ohnehin nicht blicken lassen.

# 20

## SAN FRANCISCO, KALIFORNIEN

Fung stand am Stehpult in seinem Büro. Seine Finger flogen über die Tastatur; er analysierte gerade einen neuen Algorithmus, als sein Telefon dudelte.

Ach du Scheiße.

»Hi, Amanda. Was geht?«

»Macht es Ihnen was aus, in mein Büro zu kommen? Dauert nur ein paar Minuten. Ich muss kurz mit Ihnen über eine Sache reden.«

»Kein Problem. Komme sofort.«

Fung legte auf und schluckte heftig. Erst vor ein paar Tagen hatte er die neuesten Daten an CHIBI gemailt. Seither kein Wort von ihm, aber das war nicht ungewöhnlich. Sobald auf Fungs Konto das Geld einging, würde er wissen, dass CHIBI mit der Lieferung zufrieden war.

Er ließ den Blick durch das Großraumbüro hinter der Glaswand schweifen. Fast alle Schreibtische waren besetzt. Er war sicher, dass ihn alle hassten. Sogar die anderen Mitglieder des Red Teams, dessen Leitung Watson ihm übertragen hatte. Natürlich waren die anderen neidisch. Er konnte sich das hämische Grinsen auf ihren Gesichtern lebhaft vorstellen, wenn das FBI in sein Büro stürmte und ihn, Fung, in Handschellen abführte. Schon der bloße Gedanke war schier unerträglich.

Der Teufel soll euch holen.

Fung zog seine Geldbörse heraus. Vier Kreditkarten. Eine war am Limit. Auf seinem Smartphone hatte er Google Pay installiert, für das er eine fünfte Kreditkarte hinterlegt hatte. In der Börse befanden sich zweihundert Dollar und ein wenig Kleingeld in bar. Er könnte sofort das Büro verlassen, nach Hause fahren, seinen Pass einstecken, ein paar Klamotten packen und verschwinden. Aber wohin könnte er fliehen? Thailand, um mit Torré zusammen zu sein? Nein, das wäre zu riskant – dort würden sie zuerst nach ihm suchen.

»Durchatmen«, mahnte er sich. Auf keinen Fall durfte er jetzt überstürzt reagieren. Watsons Anruf hatte wahrscheinlich gar nichts zu bedeuten.

Wahrscheinlich.

Zögernd näherte sich Fung Watsons Schreibtisch.

Sie telefonierte gerade. Er signalisierte ihr, dass er später wiederkommen werde, aber sie verzog nur kurz das Gesicht, schüttelte den Kopf und deutete auf einen der Besucherstühle vor ihrem Schreibtisch.

Fung ließ sich in die Sitzschale aus laminiertem, nachfederndem Sperrholz fallen. Die Aussicht von Watsons Eckbüro war etwas, wofür sich zu sterben lohnte. Natürlich hatte sie das Eckbüro, schließlich war sie Dahms Favoritin, nicht wahr?

*Fick dich, Watson.* Sie war einfach zu dumm, um zu merken, dass sie ihm, Fung, den Schlüssel zur IC-Cloud überlassen hatte, oder jedenfalls einen Teil davon, wodurch er einen Weg entdeckt hatte, wie er sich Zugriff auf die Daten der CIA-Kommunikationssatelliten verschaffen konnte.

Fungs Blick schweifte zu den gerahmten Fotos, die hinter ihr an der Wand hingen. Die meisten zeigten Watson mit diversen VIPs, darunter Schauspieler, Popstars und Politiker, die Hämmer oder Sägen in den Händen hielten und mit ihr gemeinsam so taten, als würden sie Häuser für die kriegsversehrten und obdachlosen Veteranen zimmern helfen, die von der gemeinnützigen Stiftung Homes for Heroes gebaut wurden, die Watson zu Ehren ihres in irgendeinem bescheuerten Krieg gefallenen Bruders gegründet hatte.

Das größte Foto zeigte Watson, Senatorin Dixon und deren Mann Aaron Gage. Alle drei trugen Schutzhelme und -brillen und strahlten breit in die Kamera. Der Dixon-Gage Charitable Trust war der größte Sponsor von Watsons Homes for Heroes, und Watson sorgte unermüdlich dafür, dass niemand diese Tatsache vergaß. Für sie, aber auch für Dixon und Gage, bedeutete das unschätzbar wertvolle Publicity. *Mann, ich bin ja nicht blöd,* dachte Fung. Auch er selbst hatte Geld für Watsons Stiftung gespendet. Büropolitik und so weiter.

Außerdem hing auch ein gerahmtes Sternenbanner an der Wand, das Geschenk eines Ortsvereins der Disabled American Veterans, mit einer Plakette auf dem Rahmen, wonach die Flagge einst über der USS *Arizona* geweht hatte, einem der Schlachtschiffe, die 1941 vor Pearl Harbor vernichtet worden waren.

Daneben hing ein Schaukasten, in dem die militärischen Abzeichen, Medaillen und Bänder ihres gefallenen Bruders präsentiert wurden, zusammen mit seinem Foto in der Uniform der U.S. Army.

Sah gut aus, der Bursche. Verdammt schade, dachte Fung.

»Tut mir leid, dass Sie warten mussten«, sagte Watson, nachdem sie das Telefonat beendet hatte. »Danke, dass Sie gleich kommen konnten.«

»Kein Problem. Was ist los?«

»Zuerst einmal – wie kommt Ihr Vater mit der Chemo zurecht?«

Wut kochte in Fung hoch. Er konnte nur hoffen, dass sie ihm nicht anzusehen war. Sein Vater hatte sich unbedingt einer experimentellen Krebsbehandlungsmethode unterziehen wollen, die jedoch von seiner Krankenversicherung nicht übernommen wurde. Natürlich hatte er erwartet, dass sein Sohn pflichtgemäß dafür bezahlen würde. Und nicht nur für die Behandlungskosten, sondern auch für eine Kreuzfahrt nach Hawaii, die seine Eltern für den kommenden Monat gebucht hatten.

»Es geht ihm gut.«

»Wenn Sie mir die Bemerkung erlauben – Ihr Gesichtsausdruck zeigte gerade das Gegenteil. Kann ich irgendwie helfen?«

»Sie könnten versuchen, meinen Vater zu überreden, mit dem Rauchen aufzuhören. Er besticht sogar seine Pflegerinnen, damit sie ihn immer wieder mit ein paar Päckchen Newports versorgen. Zwei Pflegerinnen habe ich schon feuern müssen.«

»Eltern«, seufzte Watson kopfschüttelnd. »Schwierig, sie umzuerziehen. Und noch schwieriger, sich neue zu suchen. Tut mir leid.« Sie trank einen Schluck Kräutertee aus einem Keramikbecher mit dem Homes-for-Heroes-Logo, der immer auf ihrem Schreibtisch stand.

»So ist es eben.«

»Und wie geht's Torré?«

Fungs Miene hellte sich auf. »Ich habe gestern Abend mit ihm telefoniert. Bei ihm ist alles in Ordnung. Noch drei Monate Hormonersatztherapie, dann kann er sich operieren lassen.«

»Das klingt wunderbar. Ich freue mich so sehr für Sie beide.«

»Ich würde alles tun, um ihn glücklich zu machen. Ich wünschte nur, er wäre nicht so weit weg von hier. Aber Thailand ist für ihn wirklich die beste Wahl.«

Watson beugte sich ein wenig vor. »Sie sind ein sehr großzügiger Mensch, nicht wahr?«

Fung deutete auf die Fotos an der Wand hinter ihr. »Wir alle hier versuchen zu helfen, so gut wir können, nicht wahr?«

Watson lächelte und lehnte sich wieder zurück. »Ja, ich denke schon. Aber von Ihnen könnte ich noch viel lernen.«

»Das sagen ausgerechnet Sie? Vielleicht müssen Sie mir irgendwann zeigen, wie man eine eigene Stiftung gründet.«

»Klar doch, jederzeit.« Sie griff nach ihrer Börse und zog eine Visitenkarte heraus. »Scott Shelby ist Jurist und zertifizierter Wirtschaftsprüfer. Er hat den gesamten Papierkram für Homes for Heroes erledigt. Der perfekte Mann für solche Fragen.«

Fung betrachtete die Karte aus Höflichkeit so lange wie nötig, sagte artig »Danke« und steckte sie ein.

So weit, so gut.

»Ich habe noch nichts darüber gehört, wie Ihre Besprechung in D.C. lief«, sagte er.

»Oh, gut. Sehr gut sogar. Die IC-Cloud ist luft- und wasserdicht und läuft wie eine Schweizer Markenuhr. Und darüber wollte ich heute mit Ihnen sprechen.«

Jetzt kommt es.

»Worüber genau?«

»Über die Sicherheit der IC-Cloud. Sie ist zu gut.«

»Und das ist ein Problem?«, fragte Fung verblüfft.

»Ja. Für die IC-Community, aber auch für uns.«

»Warum denn das?«

»Ich habe allmählich das Gefühl, dass manche dieser Abteilungsleiter ein wenig zu selbstzufrieden werden. Sie müssen daran erinnert werden, dass sie genauso für ihre eigene Sicherheit verantwortlich sind wie wir.«

»Sicher, das wäre sinnvoll. Aber inwiefern betrifft das uns?«

»Wenn Foley und die Abteilungsleiter sämtlicher Geheimdienste zu glauben anfangen, dass sie unverwundbar sind, gibt es für sie keinen Grund mehr, unsere Dienstleistungen in Anspruch zu nehmen. Oder jedenfalls nicht für die Sicherheit. Und ich muss Ihnen ja nicht erst erklären, dass wir den größten Teil unserer Gewinne mit Serviceleistungen erzielen, nicht mit dem Hardware- oder Softwareumsatz.«

»Soll heißen, wir sind wie Polizisten, die ins Büro des Bürgermeisters einbrechen, damit er merkt, dass es zu viel Kriminalität gibt und er mehr Geld einsetzen muss, um die Polizisten gut zu bezahlen?«

»Genau, oder noch besser, dass er mehr Polizisten braucht. Deshalb wollte ich mit Ihnen über den nächsten Red-Team-Angriff reden. Wie weit sind wir mit dem PassPrint-Programm?«

Watson meinte damit ein CloudServe-Forschungsprojekt, das von Fung geleitet wurde. Ziel des Projekts war es, auf der Grundlage von Fingerabdrücken, die durch künstliche Intelligenz generiert wurden, einen »PassPrint-Masterkey« zu entwickeln.

Theoretisch ist jeder menschliche Fingerabdruck einzigartig, weshalb, ebenfalls theoretisch, nur der Mensch, dem dieser Fingerabdruck gehört, einen Zugang passieren kann, der durch einen biometrischen Fingerabdruckscanner gesichert wird. Die Nachrichtendienstgemeinde hatte längst auf volle biometrische Sicherheitsverfahren umgestellt; die dabei verwendeten Fingerabdruckscanner waren auf dem höchsten und neuesten Stand der Technik.

Dennoch wies jede biometrische Identifizierungsmethode auch Lücken auf, sogar die teuersten Systeme, die von der Bundesregierung in Washington, D.C. bevorzugt eingesetzt wurden, und das galt auch für das System, das auf Watsons Desktop und Laptop installiert war.

Fingerabdrucksensoren funktionieren so ähnlich wie ein Virenscanner im Computer – durch den Vergleich von Dateninputs: Ein Finger wird auf einen Sensor gelegt, der ein Abbild der Papillarlinien des Fingers als biometrische Messdaten erfasst und mit einer Datenbank abgleicht, in der die sogenannten »Referenzabdrücke«, also die Fingerabdrücke aller Zugangsberechtigten, gespeichert sind. Ergibt der neue Scan einen Treffer, schaltet das System den Eintritt für die betreffende Person frei.

Das Problem besteht nun darin, dass meistens keine *vollständigen* Fingerabdruckscans an die Datenbank geliefert werden, aus welchen Gründen auch immer. In den meisten Fällen liegt der Fehler bei den jeweiligen Personen, etwa, weil sie fettige oder ölverschmierte Finger auf den Scanner legen oder weil die Scannerscheibe zu klein oder teilweise verschmutzt ist. Aber der Fehler beeinträchtigt dann auch das Ergebnis am anderen Ende des Prozesses: Mit ölverschmierten Fingern oder schmutzigem Scannerglas lassen sich eben nur *teilweise* korrekte Abdrücke erfassen.

Folglich können biometrische Scanner nur Teilabdrücke mit Teilabdrücken vergleichen.

Wie gesagt, man ist sich heutzutage fast sicher, dass jeder *vollständige* menschliche Fingerabdruck einzigartig ist. Aber *Teile* von Fingerabdrücken – Schleifen, Bogen, Wirbel – weisen erstaunliche Ähnlichkeiten auf.

Das Red Team hatte sich zum Ziel gesetzt, diese potenziellen Lücken auszunutzen. Das Team wollte ein auf künstlicher Intelligenz basierendes Programm entwickeln, das aus Millionen falscher beziehungsweise gefälschter Fingerabdrücke einen einzigen, universellen Abdruck, einen »PassPrint-Masterkey«, generierte, so ähnlich wie die Generalschlüsselkarten, mit der die Zimmerreinigung jedes Hotelzimmer aufschließen kann, auch wenn jede Tür durch einen eigenen Schließcode gesichert ist. Indem das Team genügend digitale Schleifen, Bögen und Wirbel kreierte, würde der damit erzeugte PassPrint-Masterkey genügend Fingerabdruck-Ähnlichkeiten aufweisen, um jedes biometrische System auszutricksen.

»Gestern Abend habe ich die letzten Simulationen durchgeführt«, antwortete Fung und fügte lächelnd hinzu: »Ich glaube, wir haben einen Sieger gefunden.«

»Das ist fantastisch! Auch deshalb, weil ich inzwischen den perfekten Weg entdeckt habe, wie wir den PassPrint-Masterkey einsetzen können.«

# 21

»Den PassPrint einsetzen?«, fragte Fung erstaunt. »Wie denn?«

»Bei der Konferenz mit Foley in Fort Meade habe ich einen Analysten kennengelernt – Steve Hilton. Sehr still, aber sehr smart. Er arbeitet im Office of Intelligence and Analysis, also im Nachrichtendienst des Finanzministeriums, und leitet dort die IT-Abteilung. In der Kaffeepause kamen wir ins Gespräch. Er erwähnte beiläufig, dass seine Abteilung einen neuen Drucker anschaffen wolle, aber der übliche Papierkram sei irgendwo in der Verwaltung hängen geblieben, deshalb würde der Drucker erst in zwei Wochen geliefert.«

Fung hob leicht genervt die Augenbrauen. *Komm endlich auf den Punkt, dumme Gans.* »Okay?«

»Ich möchte seinem Wireless-Printer einen Wurm einpflanzen, der dann von dort auf seinen Computer springt.«

»Wie denn? Sämtliche Bundesbehörden haben ihre Wireless-Geräte unangreifbar gemacht.« Fung runzelte fragend die Stirn. »Aber das wissen Sie doch längst.«

Watson nahm das Kompliment mit bescheidenem, fast schüchternem Lächeln entgegen.

Schon bei ihren ersten Besprechungen mit Foley und dem IC-Cloud-Komitee hatte Watson auf die schier unglaubliche Tatsache hingewiesen, dass bislang in der Bundesregierung samt ihren Behörden kein umfassendes Programm installiert worden sei, das sicherstellen könne, dass in zivilen oder militärischen Systemen keine Schaltkreise mit schadhafter oder mutwillig schädigender Funktionalität verbaut seien. Beispielsweise könnten amerikanische Kampfjets Raketen auf chinesische Kampfjets abfeuern, die durch Mikrochips gesteuert würden, die im Auftrag der Volksbefreiungsarmee entwickelt worden seien – und in die Fehlfunktionen einprogrammiert seien. Derartige bösartige Schaltkreise, wenn es sie denn gäbe, könnten auch anderswo verbaut werden, etwa in militärischen Kampfsystemen, in der Medizintechnik, in Kommunikationsnetzwerken und natürlich auch in den Computern, die überall in den Büros der Nachrichtendienste eingesetzt werden.

So unüberwindbar das Problem auch erscheinen mochte, machte sich Watson noch mehr Sorgen über die Tatsache, dass in sämtlichen staatlichen Behörden buchstäblich Millionen Geräte im Einsatz waren, in denen potenziell derartige Spionageanwendungen verborgen sein könnten.

Und natürlich stellte die US-Regierung die Geräte nicht selbst her, die in einem modernen Büro- oder Behördenalltag verwendet wurden. Drucker, Telefonanlagen, Computermonitore, Thermostate für Klimaanlagen und andere kommerzielle, auf den Märkten frei verfügbare Gerätschaften wurden von Tausenden Privatunternehmen produziert und vertrieben. Viele, wenn nicht sogar die meisten, wurden nicht nur im Ausland hergestellt, sondern enthielten in aller Regel auch Software oder Firmware, die ohne jegliche Sicherheitsvorgaben entwickelt wurden.

Und noch schlimmer war, dass die meisten dieser Geräte für drahtlose Funktionen geschaffen worden waren, nicht nur für den automatisierten Machine-to-Machine-Informationsaustausch (also zwischen Endgeräten wie Computer, Drucker, Fahrzeugen und so weiter) und die dafür nötigen Software-

und Firmware-Updates, sondern auch für die Energieversorgung, Arbeitssicherheit und Produktivität.

Weltweit umfasst das sogenannte Internet of Things (IoT) derzeit rund zwanzig *Milliarden* Geräte, und ihre Zahl wächst Jahr für Jahr exponentiell weiter an, Schätzungen zufolge bis Ende der 2020er-Jahre auf über fünfzig Milliarden. Zigmillionen dieser Geräte sind in den Vereinigten Staaten im Gebrauch, und es ist zu vermuten, dass ein beträchtlicher Teil davon bereits von ausländischen Akteuren mit böswilligen Absichten kompromittiert wurde.

Watson konnte keine Lösung für das erstgenannte Problem der kompromittierten integrierten Schaltkreise anbieten. Erst später erfuhr sie, dass DARPA, eine mit Forschungsprojekten befasste Behörde des Verteidigungsministeriums, mit dem TRUST-Projekt einen Plan für die Entwicklung von Technologien eingeleitet hatte, die sicherstellen sollen, dass die verwendeten integrierten Schaltkreise vertrauenswürdig waren.

Watson hatte jedoch eine sehr praktische Lösung für die Nachrichtendienstgemeinde in Bezug auf das Problem des kompromittierten IoT: sämtliche Geräte abzustoßen und mit zertifizierten und durch IoT-Sicherheitsprotokolle geschützten Geräten ganz neu anzufangen. Natürlich war das eine extrem teure Lösung, sie käme aber weitaus billiger als der Schaden, der durch eine kompromittierte Nachrichtendienstgemeinde verursacht würde.

Foley stimmte dieser Überlegung zu, und unter ihrer Führung gelang es, auch die Haushaltsausschüsse des Parlaments zu überzeugen. Inzwischen war der kostenintensive Säuberungsprozess nahezu vollendet.

Kurz gesagt, war es jetzt nicht mehr möglich, dass Watsons IoT-Wurm das System erfolgreich angreifen könnte.

Und wenn doch?

»›Unangreifbar‹ ist genau das, was ich meine«, fuhr Watson

fort. »Foley und ihre Leute glauben, dass das IoT-Problem jetzt gelöst sei. Das bedeutet, dass sie sich gar nicht mehr darum kümmern, also werde ich sie von dort aus angreifen.«

»Wie denn? Jede Firma, die eine Bundesbehörde beliefert, muss deren vorgeschriebene biometrische Sicherheitssysteme durchlaufen. Einen Wurm einzuschleusen wäre völlig unmöglich, es sei denn ... oh, verdammt.« Fung grinste plötzlich. »Unser Bursche wird unseren PassPrint benutzen, um durch die Sicherheitsprüfung zu kommen.«

»Ganz genau. Sobald der kompromittierte Drucker installiert ist, wird unser hilfreicher Mr. Hilton unseren Wurm sozusagen persönlich in ihr System einschleusen.«

»Und sobald der Wurm in seinem Computer sitzt, wird er sich im ganzen Gebäude und dann – verdammt! – in der gesamten IC-Cloud ausbreiten. Gott, wie ich das liebe!«

Und er liebte es tatsächlich. Bei diesem ganzen Spionagezeug kriegte er einen Ständer. Darum liebte er diesen Job. Und was noch besser war: Watson schnüffelte nicht hinter ihm her, weil sie misstrauisch geworden war. Es war ungefähr so, als hätten Watson und er tantrischen Sex, ohne dass sie wusste, dass er längst mit ihrem Freund schlief.

Der reine Wahnsinn.

Watson fügte hinzu: »Mir ist natürlich klar, dass das eine sehr unsichere Sache ist und dass es viele Faktoren gibt, die schiefgehen können, aber wenn wir es schaffen, können wir den Vertrag über die mehrjährige Zusammenarbeit mit den Bundesbehörden endlich festklopfen, um den wir seit Wochen kämpfen.«

»Was Sie da machen, ist besser als jeder Spionageroman von John le Carré. Ich bin total beeindruckt.«

»Danke.«

Fung stand auf. »Ich fange sofort damit an.« Er wandte sich zur Tür, denn er war tatsächlich scharf darauf, mit diesem

Projekt anzufangen, das nicht nur aufregend war, sondern ihm auch die Gelegenheit bot, Watson von seinen sonstigen Aktivitäten abzulenken.

»Oh, Moment«, sagte Watson. »Da ist noch eine Sache.«

Fung drehte sich um und grinste. »Ja?«

»Als ich gestern Nacht im Bett lag, fiel mir plötzlich wieder ein Problem ein, das wir noch nicht gelöst haben. Deshalb bin ich heute Morgen früher als sonst ins Büro gekommen und habe meine Aufzeichnungen durchgesehen. Aber eine Lösung habe ich noch nicht gefunden.«

»Welches Problem meinen Sie?«

»Wir hatten einmal vermutet, auf den Kommunikationsterminal der CIA könnte ein Hackerangriff versucht worden sein.« Watson runzelte die Stirn. »Wenn es jemand geschafft hätte, den Terminal zu hacken, hätte er die gesamten gesicherten Informationen der Intelligence Community einsehen können. Das wäre tatsächlich eine weitere Katastrophe.«

Mit »weitere Katastrophe« bezog sich Watson auf den erfolgreichen Angriff, der ein paar Jahre zuvor auf das gesicherte Internet-basierte Kommunikationsprogramm der CIA im Iran verübt worden war. Ein Doppelagent und eine lächerlich einfache Google-Suche hatten das System kompromittiert. Dasselbe Programm wurde auch in China eingesetzt, wo es wenig später zu einem weiteren erfolgreichen Angriff kam. Bevor der Hackangriff auch nur bemerkt wurde, waren Agenten, Infrastruktur und Netzwerke des Geheimdienstes in beiden Ländern aufgeflogen, wodurch sämtliche Spionageoperationen weltweit in akute Gefahr gerieten. Infolge der Angriffe landeten eine Reihe unschätzbar wertvoller Feldagenten entweder im Gefängnis oder wurden eliminiert; Jahrzehnte mühsamer Feldarbeit waren mit einem Schlag zunichtegemacht worden.

Die Bundesbehörden hatten daraufhin die Internet-basierten

Systeme aufgegeben und stattdessen einen laserscharfen Fokus darauf gerichtet, die gesamten Kommunikationen der Intelligence Community hinter den undurchdringlichen virtuellen Mauern der IC-Cloud zu verbergen.

Was wäre, wenn auch dieses System inzwischen gehackt worden wäre?

»*Yeah*, eine Katastrophe, ganz sicher«, echote Fung, dessen Hirn so fieberhaft arbeitete, wie sein Herz hämmerte.

Aber Panik tötet den Verstand, und Fungs Verstand war seine stärkste Waffe. Er atmete tief ein und aus, um seinen wild pochenden Herzschlag wieder unter Kontrolle zu bekommen.

Denk nach, verdammt!

Weiß sie etwas? Oder fischte sie blind im Trüben? Testet sie meine Reaktion? Will sie mich zu einem Geständnis treiben?

Nein. Wenn sie etwas sicher wüsste, hätte sie mich längst in Handschellen abführen lassen. Es steckt keine Böswilligkeit dahinter, sondern einfach nur Dummheit.

Schließlich hat sie selbst mich auf die Lücken im System hingewiesen – nur deshalb bin ich überhaupt darauf gestoßen und konnte die Schwachstellen ausnutzen. Sie hat sich wieder daran erinnert, und jetzt will sie, dass die Lücken geschlossen werden, das ist alles.

»Ja, stimmt! Ich erinnere mich. Wir dachten damals, dass das Problem etwas mit dem Code zu tun hätte, der es einem externen Gerät ermöglichen könnte, die Spiegelungsfunktion zu lesen. Aber ich habe das mehrmals überprüft: Es gab da kein Problem. Das Sicherheitsprotokoll war nur in einem anderen Teil des Scripts.«

»Haben Sie es getestet?«

»Ja.«

»Wie? Sie haben doch gar keinen Fernzugriff auf die NRO-Geräte? Oder sind Sie selbst nach Virginia gefahren?«

»Nein. Dafür hatte ich keine Zeit, ich stand hier zu sehr unter Druck. Ich habe nur einfach den Code auf einen unserer Simulatoren hier hochgeladen und habe dann versucht, ihn von meiner Workstation aus zu hacken. Ist mir nicht gelungen.«

»Und Sie glauben, das reicht?«

»Ich würde mein Leben darauf verwetten.«

»*Wow.*« Watson seufzte erleichtert auf. »Das nimmt mir einen Stein vom Herzen. Ich werde das in meinen Aufzeichnungen vermerken. Danke, dass Sie sich darum gekümmert haben.«

Fung zuckte die Schultern. »Ich mache nur meinen Job.«

Watson lehnte sich zurück und betrachtete ihn aufmerksam. »Sie sind immer einen Schritt voraus, stimmt's?«

Fung lächelte. »Ich gebe mir Mühe, Boss, wirklich.«

# 22

## ST. PETERSBURG, RUSSLAND

Der Hafenkomplex von St. Petersburg ist rund um die Uhr geöffnet; er ist der geschäftigste Hafen am Finnischen Meerbusen, einer lang gestreckten Bucht der Ostsee zwischen Finnland, Estland und Russland.

Mit einer Umschlagmenge von jährlich rund sechzig Millionen Tonnen ist der Hafenkomplex der zweitgrößte Hafen Russlands, aber angesichts der vielen westlichen Sanktionen, die gegen Russland verhängt wurden, bedeutete das nicht mehr viel. Rotterdam – Europas größter Tiefwasserhafen – verzeichnet einen siebenmal höheren Güterumschlag. St. Petersburg sieht jede Art von Schiffsverkehr, darunter auch große Kreuzfahrtschiffe, Öltanker und RoRo-Schiffe. Aber der größte Teil des Güterumschlags erfolgt durch Containerschiffe mit ihren sogenannten ISO-Containern, also den genormten Stahlbehältern, die für mehrere Transportformen (Schiff, Bahn, Lkw) verwendet werden können.

Die großen Stahlkisten haben den kommerziellen Seefrachtverkehr revolutioniert und die Be- und Entladung von Schiffen auf Lkws enorm beschleunigt. Das ist der Grund, warum heute Schätzungen zufolge mehr als fünfundzwanzig Millionen Container weltweit im Umlauf sind.

Mehrere Tausend Container standen, sauber geordnet und gestapelt, im First Container Terminal des Hafens. An diesem

Spätnachmittag war es allerdings nur ein einziger Container, der Zollinspektor Sergei Burutin besonders große Sorgen bereitete.

Der Container, den er jetzt vor sich hatte.

Burutin stand auf der Plattform einer Rollleiter. Der fragliche Container war der mittlere in einem drei Container umfassenden und daher acht Meter hohen Stapel. Der Stapel wiederum gehörte zu einer der vier geordneten Reihen, die durch gelbe Linien und Zahlen markiert waren. Auch die übrigen bunten Stapel von Tausenden Stahlcontainern im gesamten Cargo-Areal waren ähnlich präzise organisiert, sodass das Areal wie ein gigantisches englisches Gartenlabyrinth aussah. Jeder einzelne Container war durch einen ISO-Code gekennzeichnet – der Internationalen Organisation für Normung. Eine Containernummer besteht aus einem Buchstaben- und Zahlensystem, das Auskunft über das Herkunftsland, den Containertyp, den Eigentümer und die Seriennummer gibt und mit einer Kontrollziffer endet.

Die Nachtluft war kühl und feucht, die Sterne hielten sich hinter einer niedrig hängenden Wolkendecke versteckt, die in den gelblichen Widerschein der grellen Sodiumlampen der Hafenanlagen gebadet war. Männerstimmen überbrüllten den Lärm der rumpelnden Kräne, das Klappern der Stahlcontainer und das Aufheulen von Dieselmotoren in der Anlage, die sich in vollem Betrieb befand.

Schmuggelbekämpfung war die wichtigste Aufgabe des Inspektors. Er warf noch einmal einen Blick auf die Anzeige auf seinem RFID-Handgerät und schaute zu der an einem Lampenmast angebrachten Überwachungskamera hinauf. Die Kamera war seit mehr als vierzig Tagen außer Betrieb, wie in dem Wartungsbericht stand, den Burutin vor Beginn seiner Schicht gelesen hatte.

Seltsam.

Die Kamera deckte die Operationen in einem ungefähr tausend Quadratmeter großen Umfeld ab und war für Burutins Abteilung absolut unverzichtbar, zumal sie ohnehin personell unterbesetzt war, wofür Burutin die Bürohengste in Moskau verantwortlich machte. Er selbst war neu in diesem Bereich des Hafens – genau genommen war heute sein erster Arbeitstag als neu ernannter Zollinspektor –, konnte sich aber nicht vorstellen, dass man sich ausgerechnet hier im Hafen von St. Petersburg weniger Gedanken über den illegalen Handel mit Waffen, Chemikalien oder Menschen machte als in der Zollakademie.

»Gibt's ein Problem, *Towarischtsch*?«, rief ein Mann von unten herauf.

Burutin drehte sich um. Ein großer, bärtiger Mann in beigem Seemannsoverall und leichtem Wintermantel näherte sich Burutins Leiter und grinste breit zu ihm herauf. Ihm folgte ein schmächtiger Asiate, einen halben Kopf kleiner als der Bärtige und ähnlich gekleidet.

Burutin stieg die Leiter hinunter, schüttelte die ausgestreckte Hand des Bärtigen und ließ den RFID-Reader, den er in der linken Hand hielt, sinken.

»Ich heiße Woroschilow.« Der Bärtige deutete mit dem Daumen über die Schulter auf einen rostigen, blau-weiß gestrichenen Frachter, der hundert Meter entfernt am Dock lag. Der Frachter lag hoch im Wasser, offenbar waren noch keine Container verladen worden. »Bin Käpt'n der *Baltic Princess*«, erklärte er und wies mit einer Kopfbewegung auf den Asiaten. »Mein Erster Offizier, Mr. Wu.«

Wu nickte und lächelte undurchdringlich.

Die schmale Hand des glatt rasierten jungen Inspektors wurde von Woroschilows mächtiger Pranke fast zerquetscht. Burutin erwiderte den Händedruck, so stark er nur konnte. »Sergei Burutin, zu Diensten.«

»Wir kennen uns noch nicht«, stellte der Kapitän fest.

»Mein erster Tag heute.«

»Hier in Petersburg?«

Burutin drückte die Brust ein wenig vor, um seine Unsicherheit zu überspielen. »Überhaupt.«

»Gratuliere. Ist ein wichtiger Job.«

»Danke.«

»Aber wo ist Oleg? Er sollte doch heute Abend Dienst haben?«

»Inspektor Konew hat sich heute krankgemeldet. Ich vertrete ihn.«

»Oleg ist ein guter Mann. Sorgt dafür, dass hier alles reibungslos abläuft.«

»Ich habe ihn noch nicht kennengelernt.« Angeblich schlief Konew seinen Rausch aus, wie ihm einer der Kollegen im Büro erklärt hatte. Kam bei Konew wohl öfters vor.

Der kräftige russische Kapitän wiegte nachdenklich den Kopf hin und her. Schließlich deutete er zu dem roten Stahlcontainer hinauf. »Sah so aus, als hätten Sie ein Problem mit dem Container dort?«

»Ja, stimmt tatsächlich.«

Burutin stieg wieder die Leiter hinauf. Die beiden Türen waren mit einem normalen Containerschloss gesichert, aber die vier vertikalen Schlossstangen waren nicht gesichert, wie es üblich gewesen wäre. Aber einer der Griffe der vertikalen Schlossstangen war mit einer Anti-Terror-Spezialsicherung verschlossen, die auch als C-TPAT-Bolzenplombe bezeichnet wurde. Die zertifizierte Bolzenplombe enthielt einen RFID-Chip und war durch beide Laschen gezogen. Auf dem RFID-Chip waren alle Daten gespeichert, die zur Identifizierung des Containerinhalts, seiner Herkunft und seines Bestimmungsorts benötigt wurden.

In den meisten Fällen befestigten oder entfernten die Reedereien die C-TPAT-Bolzenplombe selbst, um sicherzugehen, dass der Transport gut und zuverlässig erfolgte. Container, die von einer Behörde überprüft werden mussten, konnten danach mit neuen Bolzenplomben versiegelt und entsprechend identifiziert werden.

Burutin richtete den pistolenförmigen RFID-Reader erneut auf die Bolzenplombe, stieg wieder hinunter und zeigte dem russischen Kapitän die Anzeige auf dem Reader. Das Display zeigte eine Fehlermeldung.

»Sehen Sie? Der Inhalt des Containers stimmt nicht mit meiner Datenbank überein.« Die drei Männer standen immer noch am Fuß der Leiter.

»Und was heißt das?«

»Der Container wurde gestern von meiner Abteilung inspiziert und von uns versiegelt, aber das ist nicht die Plombe, die gestern von uns angebracht worden ist, wie der Reader meldet. Und das ist illegal.«

Der Erste Offizier deutete auf den Reader. »Vielleicht funktioniert Ihr Reader nicht richtig?«

»Die Fehlermeldung bezieht sich auf ein Problem mit der Plombe, nicht auf ein Problem mit dem Reader selbst.«

»Dafür gibt es sicherlich eine einfache Erklärung. Aber ich versichere Ihnen, dass der Inhalt legal registriert und der Container gestern von Oleg – Entschuldigung, von Inspektor Konew – gemeinsam mit mir inspiziert wurde.«

»Das bezweifle ich nicht. Aber das ändert nichts daran, dass die Bolzenplombe seither ausgetauscht worden ist.«

»Unmöglich. Sie konnte nicht ausgetauscht werden. Ich bin für die gesamten Frachtoperationen zuständig. Darüber würde ich Bescheid wissen.«

Der Inspektor lächelte schmallippig. Durchaus möglich, dass man ihn hier nur auf die Probe stellen wollte. In der Akademie hatte man sich erzählt, dass das manchmal vorkam.

»Ja, darüber müssten Sie Bescheid wissen, nicht wahr? Trotzdem muss ich darauf bestehen, dass der Container noch einmal geöffnet und inspiziert wird.«

»Dafür haben wir nicht mehr genug Zeit. Das würde viel zu lange dauern. Wir müssten auf einen Gabelstapler warten, wenn wir überhaupt so schnell einen auftreiben könnten, der nicht gerade im Einsatz ist, und dann beide Container – den obersten und unseren – herunterholen. Aus unserem Container müssten wir sämtliche Kisten mit Maschinenteilen herausziehen, damit Sie sie überprüfen können. Das würde Stunden dauern, und wir müssen in einer halben Stunde mit dem Laden anfangen.«

»Es tut mir leid, aber ich muss mich an die gesetzlichen Vorschriften halten. Entweder inspiziere ich den Inhalt, oder Sie müssen den Container hier stehen lassen.«

»Auch das wäre nicht möglich.« Woroschilow schmunzelte. »Aber ich sehe, dass Sie gut ausgebildet wurden. Und das respektiere ich natürlich. Schließlich bin ich selbst ein qualifizierter Profi in unserem Geschäft, und ich nehme die Sicherheit meiner Fracht sehr ernst. Ich zeige Ihnen gerne mein Kapitänspatent, damit Sie sehen, wie ernst es mir damit ist.«

Der Russe griff in seine Manteltasche, holte eine dicke Lederbörse heraus und hielt sie dem Inspektor hin. Burutin öffnete sie. Auf der einen Seite steckte Woroschilows Schiffsführerschein, mit Foto, Rang und Schiffsklasse. Auf der anderen Seite steckte ein dickes Bündel Rubelscheine mit hohem Nennwert. Ungefähr ein Monatsgehalt in Burutins Gehaltsklasse.

»Sieht jetzt alles okay aus?«, fragte Woroschilow mit breitem Lächeln.

Der Inspektor blickte noch einmal auf das Geldbündel. Er hatte erst vor Kurzem geheiratet, das Paar lebte in einem viel zu kleinen Ein-Zimmer-Apartment, zusammen mit Burutins Schwiegermutter, die auf der Couch schlafen musste. Das Geld war eine große Versuchung, und zweifellos würde noch mehr kommen, wenn er sich bei dieser Sache kooperativ zeigte. Konew musste mit diesem Mann schon vor langer Zeit ein Amigo-Geschäft vereinbart haben. Mafia vielleicht? Aber das war Burutin egal. Sein Vater hatte ihn anders erzogen.

Der Inspektor schüttelte den Kopf und gab dem muskulösen Kapitän die Börse zurück. »Tut mir leid, aber ich muss meine Pflicht tun.«

»Das verstehe ich vollkommen«, nickte Woroschilow. »Auch mir tut es wirklich leid.«

In Burutins Augen blitzte es blendend weiß auf, als der schwere Schraubenschlüssel auf seinen Hinterkopf krachte. Der glühende Schmerz ließ sein Nervensystem aufflammen, dann stürzte er auf den kalten, nassen Asphalt.

Sanftes Schaukeln brachte ihn wieder zu Bewusstsein. Zuckend öffneten sich seine Augen.

Sein Kopf schmerzte unerträglich, es war, als würde mit einem Hammer auf sein Gehirn eingeschlagen, jeder Herzschlag trieb einen weiteren Nagel in die hintersten Nischen seines Schädels. Er war knapp davor, wieder bewusstlos zu werden. Das Schaukeln fühlte sich an, als würde ihn die weiche Hand seiner Frau an einem kalten, frostigen Morgen mit sanftem Rütteln zum Aufstehen drängen.

Je mehr sein Bewusstsein zurückkehrte, desto schärfer drang ein chemischer Gestank in seine Nase. Auch der Rest seines Körpers protestierte, Arme, Beine, jeder Muskel, jede Sehne schrien vor Schmerzen. Vor allem aber seine Handgelenke. Fesseln? Er blickte darauf hinunter, aber es war zu dunkel, um etwas zu erkennen.

Er drehte den schmerzenden Kopf ein wenig zur Seite und entdeckte eine Reihe von unregelmäßigen, fahlen Lichtflecken. Löcher? Man hatte sie in die Wand direkt vor seinen

Augen geschlagen. Noch eine leichte Drehung des schmerzenden Nackens – auch über ihm waren Löcher zu erkennen.

Jetzt erst spürte er die verkrümmte Haltung seines Körpers – fast wie ein Fötus, die Schultern stießen auf beiden Seiten gegen eine glatte, runde Wand oder Fläche. Die Beine? Nach hinten gebogen und gefühllos.

Er versuchte die dominante linke Hand anzuheben, aber sie ließ sich nicht bewegen; offenbar waren seine Hände gefesselt und klemmten zwischen seinem Körper und der Wand. Stöhnend gelang es ihm, beide Hände zusammen an der öligen, runden Wand vor ihm hinaufzuschieben, bis er die Löcher vor seinen Augen ertasten konnte. Scharfkantiges, kaltes Metall.

Ich liege in einem Stahlfass.

Panik schoss wie ein Stromschlag durch jede Faser seines Körpers. Hektisch begann er zu keuchen.

»Ruhig bleiben, Idiot«, flüsterte er durch zusammengebissene Zähne. »Denke nach!«

Die Schaukelbewegung sagte ihm, dass er transportiert wurde. Wie? Ein Auto? Nein, es wäre zu klein. Ein Lkw. Er blickte nach oben. Benommen, wie er war, konnte er aus den schwachen Lichtstreifen, die durch die Löcher kamen, nicht folgern, wo er sich befand.

Die Löcher … wozu?

Luftlöcher.

»Gut«, sagte er sich. Sie wollten nicht, dass er erstickte. Das war schon mal etwas. Aber wohin brachten sie ihn? Wo sie ihn töten konnten? Nein, das hätten sie längst tun können. »Gut«, flüsterte er noch einmal vor sich hin.

Aber er konnte nicht einfach hier drin liegen bleiben, verkrampft und gebrochen im Dunkeln. Was sollte, was *konnte* er tun?

Er schob die Hände noch höher, bis er den Deckel über dem Kopf berührte. Vielleicht könnte er den Deckel hochstoßen?

Er drückte, so stark er konnte, dagegen; Schmerz schoss durch Hände und Arme. Der Deckel gab nicht nach. Beine und Rücken fühlten sich taub an, sie nutzten ihm so gut wie gar nichts mehr. Er schob die Hände an die Löcher …

»Verdammt!« Die scharfen Kanten schnitten wie Glasscherben durch seine Fingerspitzen. Wie von selbst zuckten die Hände zurück, und durch die abrupte Bewegung schossen die Schmerzen doppelt stark durch seinen verkrümmten und geschundenen Körper.

»Hallo! HALLO! Hört mich jemand?«

Das Stahlfass kippte plötzlich nach vorn und kam klappernd zum Stillstand. Seine Stirn prallte gefährlich nahe unter den scharfkantigen Löchern gegen die Fasswand.

Ruckartig zog Burutin den Kopf zurück. Ihm wurde plötzlich klar, dass das Fass bisher geneigt gestanden hatte; jetzt stand es aufrecht.

Und still.

Was hatte das zu bedeuten?

Das Fass wurde mit metallischem Kreischen ein paar Handbreit über einen Stein- oder Betonboden gestoßen und stand wieder still.

»He! HILFE! Helft mir! HOLT MICH RAUS!«

Wieder wurde das Fass vorangeschoben. Burutin wurde gegen die Stahlwand gedrückt, als würde er auf ein Bett gelegt. Einen Herzschlag später schoss ihm ein kalter Schauder über den Rücken. Sein Magen verkrampfte sich, als sich sein Körper plötzlich schwerelos von der Stahlwand löste und sekundenlang zu schweben schien.

Was zum Teufel …?

Im Bruchteil einer Sekunde wurde sogar seinem benommenen Verstand klar, was das bedeutete. Er riss den Mund zu einem Schrei auf …

WUMMS!

Die runde Stahlwand krachte gegen Burutins Gesicht wie ein Vorschlaghammer. Sein Nasenbein brach. Eiskaltes Wasser schoss in fingerdicken Strahlen durch die Löcher herein, von unten, von den Seiten, dann auch von oben, und füllten das Fass schnell.

Burutin schrie und heulte, kickte mit den gefesselten Füßen gegen die Stahlwand und den Fassboden, den man mit grobem Beton ausgegossen hatte, um das Fass noch schwerer zu machen. Er hämmerte mit gefesselten Fäusten gegen den Deckel, bis die scharfkantigen Löcher Hände und Finger bis auf die Knochen zerschnitten hatten. Doch alles war vergeblich. Der Deckel gab keinen Millimeter nach.

Das Wasser strömte noch schneller herein. Das schwache, fahle Licht verblasste völlig. Das Fass richtete sich auf, der beschwerte Fassboden zog es nach unten, während sich unter dem Deckel noch ein kleines Luftpolster bildete, gerade groß genug, dass Burutin in der Dunkelheit noch einen Todesschrei ausstoßen konnte, bevor das Fass endgültig unter die Oberfläche sank.

Der Tod kam langsam. Seine Schreie wurden durch das eiskalte Wasser erstickt, das er im Kampf um Atemluft in seine Lungen saugte und das in seine Stirnhöhlen drang. Gefangen in der eisigen Dunkelheit, blind, schien ihm eine brutale Hand die Brust einzudrücken, bis das eisige Salzwasser durch seine verzweifelt nach Luft gierende Kehle in seine Lungen schoss. Seine Trommelfelle platzten, als das Fass immer weiter in die schwarze Tiefe sank.

Etwa dreihundert Meter tiefer setzte das Fass auf dem felsigen, schlammigen Grund auf. Burutins lebloser Mund war zu einem ewigen, stillen Schrei aufgerissen, doch nichts war über ihm als das erbarmungslose Meer.

# 23

## SAN FRANCISCO, KALIFORNIEN

Fung stand an seinem Stehpult und programmierte. Oder hätte programmieren sollen. Er war erschöpft, hauptsächlich vor Sorge. Das Gespräch, das er zwei Tage zuvor mit Watson geführt hatte, ging ihm noch immer nach. Als er ihr Büro verließ, um sich dem IoT-Drucker-Projekt zu widmen, war er davon überzeugt gewesen, dass er ihre Neugier in Bezug auf die NRO-Workstation befriedigt hatte.

Doch im Lauf der Tage waren ihm Zweifel gekommen. Möglicherweise hatte die große Erleichterung darüber, dass er nicht auf der Stelle verhaftet worden war, sein Urteilsvermögen getrübt. Im ersten Moment hatte er befürchtet, eine Panikattacke zu bekommen. Doch dann hatte er ihre Fragen zufriedenstellend beantworten können und nicht mehr daran gedacht, bis er in der Nacht schweißgebadet aufgewacht war.

War es ein Zufall, dass ihn Watson ausgerechnet nach der Workstation gefragt hatte, von der er Informationen stahl? Sicher, sie hatte ihn ursprünglich damit beauftragt, die Workstation auf ihre Sicherheit hin zu überprüfen, und so war es verständlich, dass sie in der Sache bei ihm nachhakte. Sogar natürlich. Zumindest hatte er das zu dem Zeitpunkt gedacht.

Doch dann ging ihm etwas anderes auf: Ebenso natürlich wäre es, dass sie ihn verdächtigte, in den Computer einzubrechen, denn sie selbst war es ja, die ihn auf Lücken im System hingewiesen hatte.

War sie ihm also doch auf der Spur?

Nein. Unmöglich.

Fung starrte aus dem Fenster. Es war spät, doch in dem Gebäude gegenüber brannten immer noch Büroleuchten, wenn auch nicht viele. Er fragte sich, wie viele jetzt wohl noch programmierten wie …

Er erschrak fast zu Tode, als es an seine Glastür klopfte.

»Larry? Noch da?« Watson streckte den Kopf herein.

»Ja, aber langsam ist mein Tank leer.«

Sie trat in sein Büro. »Es ist Samstagabend. Sie sollten sich amüsieren.«

»Ich amüsiere mich«, erwiderte er und deutete auf einen Duplikatdrucker, der neben seinem Schreibtisch stand. »Ich liebe diesen Spionagescheiß. Und überhaupt, das sagt ja die Richtige.«

Sie schnaubte. »Schätze, wir sind die Letzten im Büro.«

»Haben Sie keine Verabredung oder so?« Fungs Augen wanderten über ihren Körper. Wäre er nicht schwul, würde er voll auf sie abfahren.

»Morgen gehe ich mit einem alten College-Freund wandern, auf dem Mount Tamalpais.«

»Ist er süß?«

Sie wäre beinahe errötet. »Sehr. Haben Sie morgen etwas vor?«

»Nur ausschlafen. Und ein bisschen mit Torré skypen.«

»Freut mich zu hören. Grüßen Sie ihn von mir.«

»Das werde ich.«

»Machen Sie bald Schluss. Auch die bösen Jungs brauchen ihren Schlaf.«

»Wird gemacht. Gute Nacht.«

»Gute Nacht.« Watson machte kehrt und verließ das Büro

in Richtung Aufzüge. Fung sah zu, wie sie einstieg und sich umdrehte. Sie warf einen letzten verstohlenen Blick herüber, doch er fing ihn auf. Sie winkte linkisch und rang sich ein Lächeln ab. Fung lächelte zurück, während die Aufzugstüren zuglitten.

Dumme Gans.

Dachte schon, die geht überhaupt nicht mehr.

Zeit für eine kleine Rückversicherung.

Er stieg aus seiner Programmiersoftware aus und griff auf die Überwachungskameras des Gebäudes zu. Auf seinem Stockwerk, wo ein Großteil der CloudServe-Sicherheitsüberprüfungen durchgeführt wurde, gab es keine. CloudServe war in puncto Kamera-Hacking so paranoid wie alle anderen auf dem Planeten. Doch die Kameras, die der Sicherheitsdienst des Gebäudes in der Lobby installiert hatte, zeigten, dass die beiden diensthabenden Wachleute an der Empfangstheke saßen und somit keine Gefahr bestand, dass sie unerwartet hier oben aufkreuzten.

Fung flitzte rüber in Watsons Büro, machte vorsichtshalber aber kein Licht an. Er fuhr ihren Computer hoch und zog das PassPrint-Gerät hervor. Der Computer erkannte ihren Fingerabdruck oder interpretierte einen der vielen unzähligen gefälschten Abdrücke, die durch das Gerät scrollten, als einen der ihren.

Einmal im Rechner drin, griff er auf das Mirroring-Programm im NRO-Computer zu. Doch anders als bei seinem eigenen Setup wurde sein Log-in hier nicht automatisch gelöscht, sodass die Zeit, die er jetzt dort verbrachte, ebenso protokolliert wurde wie ihre.

Er blickte sich in dem dunklen Büro um und dann hinaus auf den hell erleuchteten Flur. Niemand zu sehen. *Gut.* Er wandte sich wieder dem Bildschirm zu. Vielleicht fand sich etwas, das CHIBI gebrauchen konnte. Doch das Einzige, was der BRO-Schirm im Moment zu bieten hatte, war ein Gespräch über eine für den nächsten Tag geplante Lieferung rumänischer AK-47 an eine Tuareg-Milizeinheit, wobei die Waffen von einer Maschine der italienischen Luftwaffe abgeworfen werden sollten.

*Interessant,* dachte Fung. Da er dafür aber nicht bezahlt wurde, verwarf er den Gedanken, mit der in seiner großen analogen Heuer-Uhr versteckten digitalen HD-Videokamera eine Aufnahme zu machen. Selbst am helllichten Tag war es für ihn die natürlichste Sache von der Welt, die Ellbogen auf den Schreibtisch zu stützen, die Hände zu verschränken und wie in Gedanken versunken den Bildschirm zu betrachten, während er einfach den Finger nach oben schob, mit einem Druck auf die Krone der Uhr die Aufzeichnung startete und die Dateien auf einer hinter dem Zifferblatt verbauten 1-Terabyte-Platte speicherte. Selbst wenn ihn jemand beobachtete, was allerdings nie vorkam, würde der Betreffende niemals ahnen, was er gerade tat.

Die harmlos aussehende Uhr war ein fantastisches Gerät, das ihm CHIBI, sein chinesischer Hacker-Freund, geschickt hatte. Fung konnte der beiliegenden Anleitung nur zustimmen, in der es hieß, dass die Video-Uhr eine viel sicherere Methode der Datenübertragung sei als das Herunterladen von Dateien auf auffällige Speichersticks, ob drahtlos oder sonst wie. Und davon abgesehen: Je weniger Aktionen man an einem Computer durchführte, desto besser. Der NRO könnte eigene Sicherheitssysteme installiert haben, ohne dass er davon wusste.

Doch die nächsten Minuten brachte Fung damit zu, den Nachrichtenverkehr zwischen der CIA und anderen Behörden, darunter auch Informationen von Feldagenten, zu durchstöbern. Er suchte nichts Spezielles, er wollte nur möglichst viele belastende Fußabdrücke hinterlassen. Sollte jemals Alarm geschlagen werden, würde es Watson sein, die Dreck an den Schuhen hatte, nicht er.

Zehn Minuten später fuhr er den Computer wieder herunter und wischte sorgfältig alles ab, worauf er Fingerabdrücke hinterlassen haben konnte. Der Flur war immer noch leer, und so kehrte er an seinen Schreibtisch zurück und lud die Sicherheitsprotokolle des Gebäudes hoch. Er scrollte durch die Liste der Leute, die das Gebäude verlassen hatten, und fand Watsons Namen. Sie war um 21.28 Uhr gegangen. Er sah auf seine Uhr. Sie zeigte 21.49 Uhr. Er würde fünf Minuten brauchen, um hier klar Schiff zu machen, und knappe zehn Minuten, um in die Lobby hinunterzufahren und das Haus zu verlassen. Er legte noch ein paar Minuten drauf und veränderte Watsons Check-out-Zeit auf 22.14 Uhr. Sein eigener Rechner verwischte alle digitalen Spuren, die er auf dem Sicherheitscomputer des Gebäudes hinterließ, daher bestand keine Gefahr, dass er in die Sache mit hineingezogen wurde.

Zufrieden schaltete er den Computer aus und machte sich mit federnden Schritten auf den Weg in die Lobby. Sein Escort-Service hatte für ihn in einer knappen Stunde ein Date mit Roberto, seinem Favoriten, arrangiert, für eine Wochenendsause in der Hochzeitssuite des Fairmont.

Fung war heiß.

Roberto sollte sich besser auf etwas gefasst machen.

# 24

## DISTRIKT AFRIN, SYRIEN

Hauptmann Akar studierte seine Karte im Schein der Innenbeleuchtung seines Kobra-Kommandofahrzeugs, der türkischen Version des Humvee. Der Kommandant der Spezialkräfte »Maroon Berets« konnte vor einem Gefecht nie schlafen, selbst wenn die Kräfteverhältnisse so ungleich waren wie hier.

Er ließ der Heizung wegen den Motor laufen, denn es war eine kalte Nacht. Er nahm wieder einen tiefen Zug von seiner Zigarette und sah auf die Uhr. Erst kurz nach drei. Der Angriff auf das schlafende Dorf sollte in zwei Stunden beginnen, begleitet von Luftnahunterstützung durch in Italien entwickelte T129A-Atak-Hubschrauber. Ein Zug seiner besten Kommandosoldaten führte eine Gruppe von hundertfünfzig tschetschenischen Fanatikern an – ehemaligen IS-Kämpfern, die jetzt auf türkischer Seite gegen das syrische Regime kämpften.

Seit zwei Wochen überfiel seine gemischte Einheit regimefreundliche Dörfer hinter den Linien, schoss alles nieder, was sich ihnen in den Weg stellte, steckte Häuser und Bauernhöfe in Brand und überließ die Frauen der Gnade oder Ungnade der tschetschenischen Monster. Sein Auftrag lautete, jeden bewaffneten Widerstand zu brechen und die ländlichen Gebiete an der Nordgrenze zu terrorisieren, um die widerspenstige syrische Armee zu demoralisieren. Mit etwas Glück würde sich sein Land diesen Teil des Grenzgebiets innerhalb der nächsten Monate einverleiben.

Seine kampfesmüden Soldaten schliefen noch in der Scheune und den Nebengebäuden des kleinen, geräumten Gehöfts, das sie später am Tag niederbrennen würden. Er beschloss, ihnen noch ein paar Minuten Ruhe zu gönnen. Sie hatten sich die Bäuche vollgeschlagen, nachdem gestern eine in Incirlik stationierte Lockheed C-130 Hercules Nachschub für sie abgeworfen hatte: Proviant, Wasser und Munition, mehr als genug, um ihren Terrorfeldzug fortzusetzen.

Der Hauptmann gähnte und streckte sich. Es wurde Zeit, die Wachposten zu kontrollieren und sich noch eine Tasse starken schwarzen Kaffees zu holen. Er stieg aus dem Wagen in die kalte Nachtluft hinaus und zertrat seinen Zigarettenstummel im trockenen Staub. Die Nacht hatte eine dichte Decke aus funkelnden Sternen über den samtschwarzen Himmel gebreitet. Der Anblick raubte ihm fast den Atem. Ein Jammer, dass unter dieser stillen Schönheit so viel Hässliches gedeihen sollte.

Aber war es nicht Allahs Wille?

## ÖSTLICHES MITTELMEER

Kapitän Zweiten Ranges Nikulin studierte die Live-Wärmebilder der Drohne auf seinem LCD-Bildschirm in der von leisem Summen erfüllten Operationszentrale. Die Projekt-21631-Raketen-Korvette *Wyschni Wolotschok* war eines der modernsten Schiffe der Bujan-M-Klasse und von der Schwarzmeerflotte der Russischen Föderation eigens für diese Sondermission abgestellt worden.

Die aus großer Höhe aufgenommenen Schwarz-Weiß-Wärmebilder zeigten die Temperaturunterschiede der Bodenziele. Auf zwei Gebäuden glühten Schornsteine vor Hitze. Vier Wachposten – jedenfalls die Teile von ihnen, die nicht von Uniformen bedeckt waren – hoben sich wie weiße Gespenster vom dunklen, kalten Boden ab. Einer stand abseits von den anderen an einer dunklen Stelle, mit einer größer werdenden Pfütze zu seinen Füßen. *Pisst wie ein Kuh,* dachte Nikulin. *Genieße es, solange du noch kannst.*

Ein besonders heller Fleck auf dem Bildschirm erregte die Aufmerksamkeit des Hauptmanns: ein Fahrzeug mit laufendem Motor, der vor Hitze weiß glühte.

Die Wärmebilder lieferten die visuelle Bestätigung für die Anwesenheit der Banditenkolonne, von der der FSB berichtet hatte. Und was noch besser war: Der GLONASS-Peilsender, den ein FSB-Agent in dem aus der Luft abgeworfenen Munitionsnachschub implantiert hatte, funktionierte nach Auskunft seines Offiziers für elektronische Kampfführung einwandfrei.

Zwei Bestätigungen waren seines Erachtens mehr als genug. Es wurde Zeit.

Nikulin gab seinem Feuerleitoffizier den Befehl. Der Alarm wurde ausgelöst.

Das erste von acht vertikalen Startrohren explodierte in einem grell blendenden Feuerblitz, als das Startbooster des Kalibr-Marschflugkörpers vom Typ SS-N-30 unter ohrenbetäubendem Getöse zündete und, einen weißen Abgasstrahl hinterlassend, in den sternenübersäten, dunklen Morgenhimmel jagte. Sieben weitere Raketen folgten in rascher Folge.

Sekunden später wurden die Booster abgeworfen, und die Turbofan-Marschtriebwerke starteten. Die mit GLONASS-Satellitennavigation ausgestatteten Überschall-Lenkwaffen, die auf Geschwindigkeiten von über einer halben Meile in der Sekunde beschleunigen konnten, würden das Ziel in

Nordsyrien in weniger als vier Minuten erreichen und mit ihren jeweils vierhundertfünfzig Kilo schweren, hochexplosiven Sprengköpfen zerstören.

## DISTRIKT AFRIN, SYRIEN

Hauptmann Akar stand am Heck des Mercedes Axor und trank den Rest seines dampfenden schwarzen Kaffees, während sich sein übernächtigter Feldwebel eine Zigarette anzündete. Er hob die Kanne hoch. »Noch einen, Herr Hauptmann?«

»Nein, sonst muss ich nur pinkeln«, antwortete Akar. Er klopfte dem Feldwebel auf die Schulter und grinste. »Es wird Zeit, die Männer zu wecken.«

Der Feldwebel nickte beflissen, und die rot glühende Spitze seiner Zigarette wippte in der Dunkelheit.

Die beiden Männer wandten sich zum Gehen, blieben aber wie erstarrt stehen. Das unverwechselbare Dröhnen von Turbofan-Triebwerken ertönte in der Ferne.

»Hauptmann …«

Die erste Rakete schlug ein und verdampfte die beiden Männer in einer Explosion, die den Boden erschütterte und den Himmel taghell erleuchtete. Sieben weitere folgten in ebenso vielen Sekunden.

Die letzten Explosionen des brennenden Munitionslasters hallten noch Minuten später von den flachen Hügeln wider. Inmitten der Flammen gellten die Schreie der wenigen überlebenden Verwundeten durch die Nacht.

Konzeptbeweis Nummer drei.

# 25

## WASHINGTON, D.C.

»Ich habe ihn verloren«, meldete Tyler.

Sandra Kyle stellte ihr Handy stumm und fluchte.

Tyler war der letzte Neuzugang ihres Teams. Momentan waren sie unterbesetzt, und das Ryan-Projekt hatte absoluten Vorrang, denn Senatorin Dixon stand für sie an oberster Stelle. Kyle hatte angenommen, dass eine einfache Beschattung für einen ehemaligen Pinkerton-Detektiv wie Tyler kein Problem sei.

Offenbar hatte sie sich geirrt.

Der aknenarbige Mitarbeiter hatte seine Zielperson verloren. Sie hob die Stummschaltung des Handys wieder auf. »Hat er bemerkt, dass Sie ihm gefolgt sind?«

»Ich glaube nicht. Er ist eine Überwachungserkennungsroute abgefahren.«

»Nur so zum Spaß?« Kyle konnte sich nicht vorstellen, dass Clark eine bestimmte Strecke abgefahren war, nur um festzustellen, ob er beschattet wurde.

»Das ist das übliche Prozedere bei hochrangigen Zielpersonen in einem Umfeld mit hoher Gefährdung.«

»Ich würde Clark nicht als hochrangige Zielperson bezeichnen. Und Washington, D.C. ist nicht gerade die Grüne Zone in Bagdad.«

»Vielleicht ist ja nicht Clark die hochrangige Person.«

»Wer hat mit ihm im Wagen gesessen?«

»Ein unbekannter Mann. Ende zwanzig, vielleicht Anfang dreißig. Bart. Kurzes schwarzes Haar, ordentlich geschnitten. Blaue Augen. Weit über eins achtzig groß. Sportlich gebaut, an die hundert Kilo. Hatte eine Ledertasche und eine Computertasche dabei.«

Kyle trommelte mit den Fingern auf den Schreibtisch. Sie ließ im Kopf ein paar Dates Revue passieren. Alles bis auf den Bart passte.

Tatsächlich hatte sie Jack Ryan junior – damals noch College-Student – kennengelernt, als sie noch bei der Capitol Police war. Ein netter Junge. Attraktiv. Und ein Bücherwurm, wie sie sich erinnerte. In Georgetown, oder? Ja, genau. Genau wie sein alter Herr. Das bedeutete, er war clever.

Es war gar nicht so abwegig, dass jemand wie er für einen Finanzladen wie Hendley Associates arbeitete. Gerry Hendley und Präsident Ryan kannten einander schon ewig. Sie konnte sich gut vorstellen, wie der Präsident zum Telefon griff und Gerry bat, ihm einen Gefallen zu tun und seinen Jungen einzustellen. Auch für Hendley eine gute Connection.

Aber wieso spielte Clark für einen Schlipsträger wie Junior den Chauffeur? Clark musste inzwischen doch über siebzig sein. Zu alt für einen Bodyguard, und davon abgesehen war für derlei Dinge der Secret Service zuständig.

Aber wo zum Teufel war der Secret Service?

Irgendwas war hier faul.

»Haben Sie ein Foto von dem Mitfahrer?«

»Ich schicke es Ihnen.«

Sekunden später summte ihr Handy. Sie sah sich das Foto an.

Ja. Es war Junior, kein Zweifel. Interessant.

Der Präsidentensohn.

»Wo hat Clark ihn abgeholt?«

»In einer Wohnung in Alexandria. Von dort sind sie zu Hendley Associates rübergefahren und runter in die Tiefgarage. Ich konnte ihnen nicht folgen. Etwa zwanzig Minuten später sind sie wieder rausgekommen und nach Westen gefahren.«

»Nach Westen?«

»Ja, hat mich auch überrascht. Ich vermutete, dass sie zum Flughafen wollten. Aber dann fing das Theater mit der Ausweichroute an. Nach drei Kehrtwendungen habe ich abgebrochen, gemäß *meinem* Prozedere.«

Kyle seufzte. Es war einfach nicht möglich, mit nur einem Fahrzeug eine bestimmte Zielperson zu beschatten. Es war richtig gewesen, abzubrechen. Tyler war vielleicht doch kein kompletter Idiot.

»Haben Sie das Kennzeichen des Wagens?«

»Schon unterwegs.«

Wieder summte Kyles Handy. »Gute Arbeit. Sie können für heute Schluss machen.«

»Tut mir leid, dass ich's vermasselt habe, Boss.«

»Das geht auf mein Konto. Ich übernehme jetzt.«

Kyle legte auf und wählte eine andere Nummer. Ein Captain vom D.C. Metro Police Department schuldete ihr einen Gefallen. Letztes Jahr hatte seine Frau Kyles Agentur kontaktiert, um ihren Mann beschatten zu lassen, weil sie glaubte, er habe eine Affäre. Sie wollte Beweise – genauer gesagt ihr Scheidungsanwalt wollte welche. Kyle nahm den Auftrag an, wurde aber nicht fündig.

»Sie sind sicher?«, fragte die Frau des Captains erstaunt und ungläubig.

»Ich habe ihn nie mit einer anderen Frau ertappt«, lautete Kyles ehrliche Auskunft. Ehrlich deshalb, weil sie selbst die Frau war, mit der der Captain schlief, und weil sie von keiner weiteren wusste. Sie hatte dem Captain den Verlust der halben Pension und Anwaltskosten in sechsstelliger Höhe erspart.

»Sandra? Was verschafft mir das Vergnügen?«, fragte der Captain.

»Du musst mir einen Gefallen tun.«

Der Captain kicherte mit heiserer Stimme. »Einen kurzen oder einen langen?«

»Ich dachte, ihr seid wieder zusammen, du und dein Frau?«

»Sind wir auch. Aber du weißt ja, wie das ist.«

»Nun, der Gefallen, um den ich dich bitte, ist vertikaler, nicht horizontaler Natur. Ich möchte, dass du mit dem DAS ein Fahrzeug für mich aufspürst, und zwar so, dass keiner was mitbekommt.«

»Ich wollte gerade Feierabend machen.«

»Es ist wichtig.«

»Dann schieß los.«

Kyle nannte ihm das Kennzeichen, dazu Marke, Modell und Farbe des Fahrzeugs. Außerdem sein vermutliches letztes Fahrziel.

»Wie lange wird es dauern?«

»Hängt davon ab, wo der Wagen am Ende landet. Wenn du mit deiner Vermutung richtig liegst, wahrscheinlich nicht länger als eine halbe Stunde.«

»Danke. Ich bin dir was schuldig.«

»Du weißt, wie du die Schuld begleichen kannst, nicht wahr?«

»In der Horizontalen.«

»Nächsten Dienstag. In meiner Wohnung in Georgetown. Acht Uhr.«

»Abgemacht.« Sie hatte nichts dagegen. Captain Merriweather war eine Kanone im Bett.

Dreiundzwanzig Minuten später rief Merriweather zurück.

»Ich habe dir gerade eine Datei geschickt. Dein Wagen ist vor zehn Minuten am Flughafen Dulles eingetroffen. Er wollte zum Terminal für Privatjets.«

»Danke.«

»Nächsten Dienstag. Nicht vergessen.«

»Ich werde mit Pauken und Trompeten einlaufen.«

Er lachte bei der Vorstellung. »Hoffentlich wecken wir die Nachbarn nicht.«

Sie legte in dem Moment auf, als seine Nachricht eintraf. Es waren lauter Fotos, aufgenommen vom D.C. DAS – dem von Microsoft entwickelten Domain-Awareness-Überwachungssystem, bei dessen Entwicklung die Fernsehserie *Person of Interest* Pate gestanden hatte. Das DAS war ein Überwachungssoftware-Paket, das Tausende von Kameras im Washingtoner U-Bahn-Bereich miteinander vernetzte und dadurch den Strafverfolgungsbehörden ermöglichte, die Bewegungen von Personen und Fahrzeugen in Echtzeit zu verfolgen. Es war sogar möglich, sie vierundzwanzig Stunden zurückzuverfolgen – alles wurde aufgezeichnet, allerdings ließ das Budget der Stadt nur eine eintägige Speicherung der Daten zu.

Die Verfolgung eines Fahrzeugs war besonders leicht, wenn sein Kennzeichen bekannt war. Das DAS lieferte sogar ein durch die Windschutzscheibe aufgenommenes Foto von Clark und Ryan, die auf den Vordersitzen ihres unauffälligen Wagens saßen. Das war genau die Art von Bestätigung, die Kyle brauchte.

Clark war tatsächlich aggressiv gefahren, um entweder einer Beschattung zu entgehen oder einen Verfolger abzuschütteln. Kyle hoffte, dass Ersteres zutraf. Tyler war sich ziemlich sicher gewesen, dass sie ihn nicht bemerkt hatten. Auf dem letzten Foto, das Merriweather geschickt hatte, war zu sehen, wie der Wagen durch das Flughafentor zum FBO-Terminal für Privatjets rollte.

Aber warum Dulles? Zum Reagan National Airport war es von Hendley Associates aus viel näher. Dann erinnerte sich Kyle: Der Reagan National eignete sich nur für Inlandsflüge mit Privatmaschinen. Für Auslandsflüge musste man nach Baltimore oder Dulles. Der Reagan National hatte keine Zoll- und Grenzschutzeinrichtungen, die bei internationalen Flügen in Privatflugzeugen erforderlich waren.

Ryan flog also ins Ausland. Aber wohin?

Das ging aus den Fotos nicht hervor. Aber Kyle hatte eine Idee. Sie sprang zu ihrem Laptop und fing an, ihre bevorzugten Datenbanken zu durchforsten. Innerhalb einer Stunde hatte sie die Lösung. Hendley Associates besaß eine Gulfstream G550. Nachdem sie das Luftfahrzeugkennzeichen ermittelt hatte, war es ein Leichtes, in der Datenbank der Luftfahrtbehörde den eingereichten Flugplan zu finden.

Bingo.

Ryan flog nach Warschau.

Sie rief Dixon an und informierte sie.

Komischerweise wirkte die Senatorin nicht überrascht.

# 26

## BEI RIVAK, TADSCHIKISTAN, NAHE DER AFGHANISCHEN GRENZE

Der große chinesische JAC-Sattelschlepper rumpelte über die schmale Asphaltstraße am Fuß des grauen und rostfarbenen Pamir-Gebirges, das immer höher aufragte, je weiter sie nach Westen fuhren.

Riesige Sandsteinblöcke säumten den Straßenrand. Lin, der Fahrer, stellte sich vor, dass die Felsbrocken vor Jahrhunderten von weit oben herabgestürzt waren – oder vielleicht auch erst heute Morgen. Jeder einzelne davon war groß genug, um seinen schweren roten Diesel-Truck in den blassgrünen Gunt-Fluss auf der anderen Seite der zweispurigen Fahrbahn zu befördern.

Trotz seines gepolsterten und luftgefederten Sitzes hatte er höllische Schmerzen im Rücken nach der langen Fahrt, zu der sie in Kashgar in Xinjiang, Chinas westlichster Provinz, aufgebrochen waren, wo die drei Lkws des Konvois ihre Ladung aufgenommen hatten. Von dem bitteren Tabak, den er seit drei Tagen rauchen musste, hatte er einen trockenen Mund, aber seine nach Erleichterung schreiende Blase hielt ihn davon ab, noch mehr von dem warmen Mineralwasser zu trinken.

Der Lkw-Konvoi sollte in drei Stunden seinen Bestimmungsort erreichen, doch Lin bezweifelte, dass sie es rechtzeitig schaffen würden. Die schmale Straße folgte den Biegungen des Flusses, der sich durch die aufgefalteten Berge schlängelte, deren Gipfel in der Ferne mit Schnee bedeckt waren.

Der vierzigjährige Lin zündete sich noch eine Zigarette an, als er in die nächste lang gezogene Kurve fuhr.

»Schon wieder eine?«, fragte grinsend der Mann auf dem Sitz neben ihm. Er spähte durch ein Fernrohr zu den Bergen hinauf.

»Nervöse Angewohnheit«, antwortete Lin und ließ sein Feuerzeug zuschnappen.

»Ja, die Nerven.«

Lin fand, dass der Franzose ein wenig dem amerikanischen Filmstar Matt Damon ähnelte, teils weil er gehört hatte, wie ihn einer der anderen *laowai* Mathieu genannt hatte. Mit Nachnamen hieß er Cluzet. Er sah aus wie dreißig, höchstens, und trug sein dunkelblondes Haar kurz geschnitten. Im Unterschied zu seinen Freunden war er glatt rasiert, und er hatte die Statur eines Läufers. Eher der unscheinbare Typ, aber ein angenehmer Zeitgenosse. Und er sprach gut Mandarin. Er trug eine Levis, Sportschuhe und ein T-Shirt der University of American Samoa Law School.

Er trug keine Waffe. Nicht einmal ein Messer.

Und er war der Chef.

»Die Berge sind schön, und die Luft ist kristallklar«, sagte Cluzet. »Man kann ewig weit sehen.« Er ließ das Fernrohr sinken.

Sie fuhren um eine scharfe Kurve, und Lin stieg auf die Bremse. Der Laster kam rüttelnd und zischend zum Stehen.

Eine Straßensperre. Zwei verbeulte, offene UAZ-Jeeps aus der Sowjetzeit standen Stoßstange an Stoßstange mitten auf der Fahrbahn. Beide Fahrer brachten Kalaschnikows in Anschlag, und die Männer auf der Rückbank legten sich RPGs auf die Schultern. Jeder der bärtigen Männer trug einen Pakol, die typisch afghanische Wollmütze, auch der größte, ein

Hüne mit finsterem Gesicht, der mindestens eins fünfundneunzig maß und mitten auf der Straße stand, an der Seite eine kurzläufige AKS-74U, die er mit einer Hand am Pistolengriff hielt. Sein dunkles Gesicht war wettergegerbt von den Jahren im Gebirge, sein struppiger Bart von grauen Strähnen durchzogen.

Cluzet zwinkerte Lin zu. »Ich wette, jetzt bist du richtig nervös, stimmt's?«

Lin warf seine Zigarette aus dem Fenster. Die Angst hatte ihm die Sprache verschlagen. Er blickte in den Außenspiegel. Die beiden anderen Laster hinter ihm kamen ruckartig zum Stehen und schaukelten auf den Stoßdämpfern.

»Stell den Motor ab«, befahl Cluzet, sprang aus dem hohen Führerhaus und trat auf den großen Afghanen zu.

*»Salam alaikum«,* grüßte Cluzet vergnügt.

Der grimmige Anführer der Afghanen nickte. *»Wa alaikum salam.«*

»Was wollt ihr?«, fragte Cluzet in passablem Dari, einer der beiden Hauptsprachen hier und jenseits der Grenze in Afghanistan.

Der Afghane konnte seine Überraschung darüber nicht verbergen, dass der Ungläubige seine Sprache sprach. Seine großen Augen verengten sich. »Wie lange bist du schon in meinem Land?«

»Drei Jahre.«

»Hast du gekämpft?«

Cluzet deutete mit dem Kopf auf die russische Militäruhr am Handgelenk des Afghanen. »Du auch, aber nicht gegen die Russen. Zu jung.«

Der Hüne lächelte breit und entblößte ein paar Zahnlücken. »Mein Vater hat viele Russen getötet. Die da hat er einem Offizier abgenommen. Von der 103. Garde-Luftlandedivision.«

Cluzet lächelte zurück und hielt den Arm hoch. Eine große Casio G-Shock prangte an seinem Handgelenk. Er tippte hoffnungsvoll darauf. »Lass uns tauschen. Meine ist viel besser.«

Der Afghane bedachte den kleineren, jüngeren Mann mit einem Schulterzucken. »Ich will deine Uhr nicht. Ich will deine Laster. Oder zumindest das, was drin ist.«

Cluzet lachte. »Du machst Scherze. Die haben nur DVD-Player, Kofferradios und Kinderspielzeug geladen, sonst nichts.« Er deutete mit dem Kopf auf die anderen Bewaffneten. »Und die da sehen mir nicht wie Kinder aus.«

Der Anführer schüttelte den Kopf. »Nein, das sind sie nicht. Das sind Männer, die tun, was ich befehle.«

Cluzet hob beschwichtigend die linke Hand. »Ich greife jetzt in meine Gesäßtasche, um dir etwas zu zeigen. Nicht nervös werden, okay?«

Er ließ ein freundliches Lächeln aufblitzen, schob langsam die Hand in die Gesäßtasche seiner Jeans und zog eine dicke Brieftasche heraus.

Die dunklen Augen des Afghanen richteten sich darauf. Cluzet klappte sie auf und entnahm ihr ein Bündel amerikanischer Zwanzigdollarscheine. US-Dollars waren in diesem Teil der Welt mehr wert als einheimisches Papiergeld. Cluzet hielt dem Afghanen die Scheine hin, und der schulterte seine Waffe. Cluzet gab ihm das Bündel und spähte gleichzeitig zu den Felsen über ihnen hinauf. Das metallische Klicken von Gewehren hatte seine Aufmerksamkeit erregt. Die afghanischen Fahrer hoben nervös ihre Kalaschnikows, als zwei weitere Europäer nach vorn kamen und sich links und rechts neben Cluzet aufpflanzten. Im Unterschied zu Cluzet waren sie mit Pistolen bewaffnet, die in Holstern an ihrer Hüfte steckten.

»Das sind Freunde von mir. Sie wollen euch nichts tun«, sagte Cluzet.

Ohne sich umzudrehen, rief der Anführer der Afghanen nach hinten zu seinen Männern: »Nehmt die Gewehre runter.«

Die Gewehre senkten sich, doch die Blicke blieben hart.

»Alles in Ordnung, Boss?«, fragte der Mann zur Linken von Cluzet, ein Deutscher, auf Englisch.

»Keine Probleme«, antwortete Cluzet auf Deutsch. »Wir sind hier fast fertig.«

Der andere Mann, ein kleiner, bulliger Spanier, lächelte breit und zischte wie ein Bauchredner zwischen den Zähnen hervor: »Sprechen die Typen Englisch?«

»Kein Wort.«

Der Spanier hob seine Stimme, wandte aber kein Auge von den bewaffneten Kämpfern in den Jeeps. »Ich habe da oben zehn Männer gezählt.«

»Dreizehn«, korrigierte ihn Cluzet. »Den Scharfschützen am anderen Flussufer mitgezählt.«

Der Spanier nickte. »Gutes Auge.«

»Vierhundert amerikanische Dollar«, sagte der Afghane schließlich. »Das ist nicht genug.«

»Aber mehr werde ich dir nicht geben.« Cluzet lächelte noch breiter als zuvor. »Nimm es. Bitte.«

»Hältst du mich für einen Schwachkopf? Fahren bewaffnete ausländische Teufel hier durchs Gebirge, um Kinderspielzeug auszuliefern?«

»Hör mal, ich bewundere euch. Ehrlich. Ihr habt euch einen tollen Platz für eine Straßensperre ausgesucht. Eine Engstelle gleich hinter einer unübersichtlichen Kurve. Wirklich sehr clever. Und oben auf beiden Seiten Männer mit Gewehren und RPGs.«

»Dann ist dir ja wohl klar, dass ich euch alle töten und mir nehmen kann, was ich will.«

»Selbstverständlich. Und ich verstehe dich. Wirklich. Du

bist ein Geschäftsmann, genau wie ich. Wir könnten Freunde werden. Es gibt keinen Grund für Gewalt. Nimm einfach das Geld.«

Der Afghane nickte versonnen, während er das Geld einsteckte. »Ja, ich nehme das Geld.« Seine finstere Miene wich einem breiten Grinsen. »Und deine Lastwagen.«

Cluzet schüttelte den Kopf und fuhr sich mit den Fingern durchs Haar. »Das ist wirklich bedauerlich, mein Freund.«

In diesem Moment bemerkte der Afghane das Tattoo auf dem Unterarm des Franzosen. Ein Flügel mit einem Arm und einem Schwert. Er erkannte nicht, was es war: der Arm des Erzengels Michael, des Schutzheiligen des 2e Régiment Étranger de Parachutistes der französischen Fremdenlegion.

»Bedauerlich oder nicht, ich nehme mir, was ich will. Geh zur Seite, sonst töte ich dich. Ich nehme es mir auf jeden Fall.« Er hob seine Waffe. »Ich habe keine Angst vor einem Mann mit dem glatten Gesicht einer Frau.«

Cluzet rieb sich das bartlose Gesicht. »Ja, glatt, wie das von Setara, könnte ich mir vorstellen. Sie ist deine jüngste Frau, nicht wahr? Jedenfalls die schönste. Ich denke, ihr würde mein Gesicht gefallen.«

Der Afghane legte verwirrt die Stirn in Falten. »Du kennst den Namen meiner Frau?«

Cluzets jungenhafter Charme war plötzlich wie weggeblasen. Sein Gesicht wurde so hart wie die Kalkfelsen, die über ihnen emporragten. »Nimm dein Handy, Behzad Khatloni, und ruf sie an.«

»Woher weißt du das alles? Du bist ein Teufel!«

»Es ist mein Job, alles zu wissen. Ruf sie an. Sonst wirst du es bereuen.«

Khatloni ging zu seinem Jeep, und sein Fahrer reichte ihm sein Handy. Er wählte. Im nächsten Moment meldete sich eine panische Frauenstimme.

»Unsere Söhne! Behzad! Bitte!«, schrie die Stimme aus dem Lautsprecher. Jeder konnte es hören.

»Was ist denn los?«

»Ausländer. Ungläubige. Gewehre, Maschinengewehre, Autos. Sie haben uns alle zusammengetrieben. Sie haben gesagt, dass sie uns töten werden.«

»Wie viele sind es?«

»Ich weiß nicht«, rief sie weinend. »Viele.«

Khatlonis Augen weiteten sich vor Wut. Er wandte sich dem Franzosen zu. »Was soll das?«

»Alle deine Kämpfer sind hier. Wenn du in sechzig Sekunden nicht verschwunden bist, werden meine Männer dein Dorf niederbrennen, die Alten töten, deine Frauen vergewaltigen – und deine Söhne.«

Der Afghane riss blitzschnell einen langen Chura-Dolch aus der Scheide, sprang auf Cluzet zu und hielt ihm die Klinge an die Kehle, bevor die beiden anderen Söldner reagieren konnten.

»Pfeif sie zurück!«

Cluzet zuckte nicht einmal. Er konnte Khatlonis stinkenden Atem riechen. »Meine Männer haben ihre Befehle. Sie werden deinen Kindern die Gurgel aufschlitzen, ihre Leichen in eine Mistgrube werfen und auf sie pissen.«

Der Afghane drückte die scharfe Klinge gegen seinen Hals. »Hast du vor gar nichts Angst?«

»Doch, vor Langeweile.«

Die anderen Afghanen wurden unruhig, denn sie fürchteten um ihre eigenen Familien. Cluzets Männer rührten sich nicht, bereit, auf Befehl loszuschlagen.

Der große Afghane suchte Cluzets Augen, die ihn ungerührt ansahen.

»Du bist eine Ausgeburt des Satans.«

»Gut möglich. Dreißig Sekunden.«

Khatloni fluchte und steckte den Dolch wieder weg. Er brüllte seinen Männern Befehle zu. Die Motoren der Jeeps heulten auf, und er wandte sich zum Gehen.

»Noch nicht«, sagte Cluzet.

Der Afghane fuhr herum. »Was ist denn noch?«

»Deine Uhr.«

Khatloni erstarrte. »Bist du verrückt?«

»Deine Uhr. Her damit, sonst rufe ich nicht an.«

»Du würdest wegen einer verfluchten Uhr meine Kinder umbringen?«

Cluzet zuckte verwundert die Achseln. »Ja.«

Mit einem frustrierten Knurren griff der Afghane nach dem Armband der Uhr.

»Ich hasse euch Teufel! Ihr bringt nur Unheil über mein Land.«

»Ja, das tun wir wohl. Aber es ist ein interessanter Zeitvertreib.«

Der Afghane warf ihm die Uhr zu. Cluzet fing sie lachend auf.

»Ruf jetzt endlich an, Ungläubiger.«

Der Spanier griff hinter sich und reichte Cluzet ein Satellitentelefon, während Khatloni in seinen Jeep stieg. Mit röhrenden Motoren und qualmenden Reifen schossen die beiden UAZs davon.

Cluzet wählte die Nummer auf dem Sat-Telefon und fing dabei die verdutzten Blicke seiner beiden Männer auf. Er drehte sich um. Lin saß noch in der Führerkabine des Lasters, starr vor Entsetzen und das Lenkrad so fest umklammernd, dass seine Fingerknöchel weiß hervortraten.

Cluzet wandte sich grinsend dem Deutschen zu.

»Ich finde, das ist hervorragend gelaufen, du nicht?«

# 27

## PROVINZ BADACHSCHAN, NORDOST-AFGHANISTAN

Es war ein klarer, kalter Morgen und der Himmel von so strahlendem Blau, dass Cluzet die Augen wehtaten, als er an seinem heißen Tee nippte und nach oben schaute.

Seine drei Sattelzüge standen unter Zelten aus schweren Tarnnetzen, um die Wärmesignatur der großen Dieselmotoren zu verbergen und den neugierigen Blicken des schulbusgroßen Keyhole-11-Satelliten zu entgehen, der täglich annähernd fünfzehn Minuten lang in einer mittleren Höhe von vierhundert Kilometern über Afghanistan hinwegflog.

Die optischen Sensoren des Satelliten konnten bei Tageslicht Objekte von nur zehn Zentimeter Durchmesser erkennen, waren aber auch in der Lage, Wärmequellen und getarnte Ziele zu lokalisieren. Zwar diente der Satellit in erster Linie der Unterstützung von Militäroperationen der ISAF und der US-geführten internationalen Koalition, doch half er gelegentlich auch bei der Bekämpfung des Drogenhandels durch ISAF und afghanische Sicherheitskräfte. Aufgrund der Abgeschiedenheit ihres Standorts ging Cluzet davon aus, dass sie hier sicher waren, solange der KH-11-Satellit nicht speziell auf sie angesetzt war. Aber man konnte nie vorsichtig genug sein.

Die ersten Posten, die man in der Nacht von den Anhängern ab- und umgeladen hatte, waren Paletten mit »Star-Battles«-Spielen der Marke BEGO – chinesische Billigkopien der bekannten

Star-Wars-Reihe von LEGO. Der Rest waren, wie Cluzet zu Khatloni gesagt hatte, Paletten mit in China hergestellten DVD-Playern und Kofferradios.

Sowie die chinesische Billigware abgeladen war, kam man an die vielen Zweihundertliter-Plastikfässer heran, die chemische Ausgangsstoffe für die Herstellung von Heroin enthielten. Trotz jahrzehntelanger Verbotsbemühungen von Europäern und Amerikanern hatte die afghanische Heroinproduktion ein Allzeithoch erreicht. Auf über zweihunderttausend Hektar – das entspricht etwa zweihundertachtzigtausend Fußballfeldern – wurde Mohn angebaut. Dabei wurden geschätzte neuntausend Tonnen Opium produziert. Sie bildeten die Hauptquelle des weltweit zirkulierenden Heroins.

Zwar herrschte kein Mangel an Mohnpflanzen zur Produktion des Milchsafts, der gewöhnlich von afghanischen Kindern geerntet und beim Trocknen zu Rohopium wurde, doch die weitgehend agrarisch geprägte und dysfunktionale Wirtschaft Afghanistans war nicht in der Lage, Salzsäure, Essigsäureanhydrid und andere chemische Stoffe zu produzieren, die für die ansonsten einfache Herstellung von Heroin erforderlich waren.

Europäische Regierungen hatten die legale Verbringung dieser wichtigen Chemikalien, die in Industrie und Pharmazie zahlreiche Anwendungen fanden, mit Erfolg überwacht und es sogar geschafft, ihrer illegalen Verbreitung einen Riegel vorzuschieben.

Chinesische Regierungsbeamte, die heimlich einem weltweiten kriminellen Netzwerk namens Eisernes Syndikat angehörten, sprangen nur allzu gern in die Bresche. Das Eiserne Syndikat leitete die für die Heroinherstellung benötigten Substanzen unter offizieller Tarnung mit allen erforderlichen Papieren nach Afghanistan um. Ausgangspunkt war Kashgar, eine alte Stadt an der ursprünglichen Seidenstraße Marco

Polos in der westlichsten chinesischen Provinz Xinjiang. Die Stadt war neuerdings in den Genuss beträchtlicher deutscher Auslandsinvestitionen gekommen, darunter der Bau der größten und modernsten Chemiewerke in Zentralasien, deren Leitungspersonal teilweise auf der Gehaltsliste des Eisernen Syndikats stand.

Cluzet und sein Team waren angeheuert worden, um für die Sicherheit der illegalen Chemietransporte zu sorgen, die notwendig waren, um Rohopium in Morphinbase, dann in schwarzes Teer-Heroin und schließlich in reines weißes Heroin, auch »Nummer 4« genannt, umzuwandeln.

Die Zustellung von vier Tonnen Chemikalien war nur die Hälfte von Cluzets gefährlichem Auftrag. Die zweite Hälfte war noch waghalsiger: Er sollte eine Tonne veredeltes Heroin in den Hafen von Danzig bringen. Vertrieb und Verkauf des Endprodukts würden seinen Auftraggebern und ihren afghanischen Produzenten knapp über zweihundert Millionen Dollar Profit einbringen.

Die Afghanen luden die Paletten mit den Radios ab, wozu sie einen verrosteten Gabelstapler Baujahr 1964 benutzten, und karrten sie in einen Lagerschuppen aus Betonblöcken, in dem junge Frauen sofort an die Arbeit gingen. Sie öffneten die Kisten, nahmen die einzelnen Geräte heraus, schnitten die Kartons auf und entnahmen ihnen die sonderangefertigen Digitalradios, wobei sie sorgsam darauf achteten, dass die Verpackung unbeschädigt blieb und keine Bedienungsanleitung verloren ging.

Dann hebelten sie einzelne Radios auf und schoben ein Päckchen Heroin hinein. War das Heroin verstaut, wurde das Gerät in den Verpackungskarton zurückgelegt und der Karton wieder mit Klebeband verschlossen. Dann wurde der Karton mit einem kleinen braunen Aufkleber markiert, rund und unverfänglich. Schließlich wanderte das »Heroinradio« in die Kiste mit den »sauberen Radios« zurück, und das Spiel wiederholte sich. Nur eines von vier Radios barg die illegale Droge. Als die Frauen mit den Radios fertig waren, nahmen sie sich die Paletten mit den DVD-Playern und schließlich die mit den Kinderspielen vor.

Während sie weiter Heroinpäckchen versteckten, luden Männer die schweren Fässer mit den gefährlichen Chemikalien ab und schafften sie mithilfe des ächzenden Gabelstaplers ins Heroinlabor.

Der Afghane, der das mobile Labor zur Heroinherstellung leitete, hieß Akhtar Hayat und war ein vierundzwanzigjähriger grauäugiger Paschtune, der im pakistanischen Peschawar Chemie studiert hatte. Er und Cluzet hatten schon früher zusammengearbeitet.

Cluzets Leute hatten sich im Lager verteilt, reinigten Waffen, aßen oder holten Schlaf nach, darunter auch die Inguschen, die er für den Job angeheuert hatte – mordlustige Verwandte der Tschetschenen aus dem Kaukasus. Zwei Männer hatte er zum Wacheschieben eingeteilt. Aus seinem Walkie-Talkie krächzte es auf Paschtunisch. Einer von Hayats Wachposten meldete sich über Funk.

»Ein Teufelswagen. Zehn Kilometer entfernt.«

Ein »Teufelswagen« – der afghanische Spitzname für die verhassten Mi-35-Hind-Hubschrauber der afghanischen Luftwaffe –, das war keine gute Nachricht für Hayat, wie Cluzet wusste. Hayats kleiner Haufen war keine Taliban-Kampfeinheit im engeren Sinn. Sein Job war es, Heroin zu kochen, zu verpacken und zu versenden. Seine Leute besaßen nur Kalaschnikows und RPG-7 zur Verteidigung gegen Banditen oder rivalisierende Banden. Die raketengetriebenen 40-mm-Granaten der RPG-7 waren zwar leistungsstark genug, auch die Rotoreinheit dieses schwer gepanzerten russischen Helikopters wegzublasen, aber ihre effektive Reichweite betrug nur zweihundert Meter. Jeder

Hubschrauberpilot, der in den letzten vierzig Jahren in Afghanistan geflogen war, wusste, dass er einen entsprechenden Abstand vom Boden einhalten musste, besonders in den Bergen.

Cluzet wartete nicht auf Hayats panischen Ruf. Ein Angriff durch den schwer bewaffneten Helikopter – den seine russischen Erbauer als »fliegenden Panzer« bezeichneten – wäre eine Katastrophe.

Doch ein einzelner Hind war wahrscheinlich nicht mit einem Kampfauftrag unterwegs. Vermutlich unternahm er einen Überwachungsflug – oder sogar nur einen Übungsflug. Aber eine Entdeckung der Operation oder des Konvois, wenn er am Morgen aufbrach, wäre genauso katastrophal.

Beides würde seinen Auftrag in Gefahr bringen, und so etwas nahmen er und das Eiserne Syndikat sehr ernst. Scheitern war keine Option.

Der Hind musste zerstört werden.

Der Wachposten gab durch, aus welcher Richtung der Hind kam. Darauf pfiff Cluzet seiner Nummer zwei, dem Deutschen, einem ehemaligen Feldwebel des Kommandos Spezialkräfte (KSK) namens Manstein. Die beiden Männer rannten zum Heck eines Range Rovers. Cluzet nahm den MANPADS FIM-92B Stinger aus dem Waffentresor hinten im Wagen, und Manstein griff sich Ferngläser mit Entfernungsmesser.

Die beiden erklommen höher gelegenes Gelände, als von den Bergen das unheilvolle Wummern des Hinds widerhallte, dessen Rotorblätter die dünne, kalte Luft peitschten.

»Hab ihn«, sagte Manstein und deutete nach Südwesten. »Ich würde sagen, tausend Meter über unserer Position.«

Den eineinhalb Meter langen Raketenwerfer auf der Schulter balancierend, schraubte Cluzet die Battery Collant Unit in das Griffstück. Die BCU versorgte die Rakete mit Strom aus einer Thermalbatterie und kühlte den Zielsuchkopf mit Argon-Gas auf Betriebstemperatur.

Er hob den Raketenwerfer in die Richtung, in die Manstein zeigte, und spähte über das Visier hinweg.

»Ja, ich sehe ihn. Etwa vier Kilometer entfernt und einen Kilometer hoch.« Locker innerhalb der Reichweite der gefürchteten Stinger.

»Bestätigt.« Manstein hielt sein Fernglas weiter auf den Hind gerichtet.

Cluzet hob die Rakete noch etwas höher und legte das Auge ans Visier. Um den im IR- und UV-Bereich arbeitenden Detektor einzustellen, richtete er das Visier in den blauen Himmel über dem Helikopter, während er den Sicherheits- und Betätigungsschalter gedrückt hielt. Sofort ertönte ein Signalton aus dem kleinen Lautsprecher, und der Vibrator, den er an sein Jochbein drückte, begann sich zu rühren.

Jetzt nahm er den Hind ins Visier. Sobald der Detektor die »negative UV-Strahlung« – das vom Helikopter nicht durchgelassene Licht – erfasst hatte, wurde der Signalton deutlich schriller und verriet Cluzet, dass auch die Rakete das Ziel erfasst hatte.

Mit einem Druck des linken Zeigefingers entriegelte Cluzet die Rakete, worauf ihr Zielsuchkopf dem Helikopter selbstständig zu folgen begann. Dann zog Cluzet den Werfer in einem übertriebenen Winkel nach oben, betätigte den Abzug und hielt ihn gedrückt, bis …

WUSCH!

Der kleine Startmotor der Rakete zündete, trieb die zweiundzwanzig Pfund schwere Rakete aus dem Rohr und wurde ausgestoßen. Das jetzt antriebslose Geschoss sank ein paar Zentimeter, bevor in sicherer Entfernung zu Cluzet der zweite und stärkere zweistufige Feststoff-Raketenmotor zündete und die Rakete mit einer Geschwindigkeit von siebenhundertdreißig Meter pro Sekunde – zehnmal so schnell wie ihr Ziel – auf den Hind zujagte und dabei eine weiße Abgasfahne hinter sich herzog.

Der Hind stieß sofort Flares und Chaffs aus, doch das Zielsuchsystem der Stinger ließ sich davon nicht täuschen. Rund fünf Sekunden nach dem Abschuss zerfetzte der 6,6 Pfund schwere, hochexplosive Splittergefechtskopf den Rumpf des Hubschraubers. Eine zweite Explosion zerriss den Treibstofftank, und das brennende Neuntonnenwrack fiel wie ein Stein Richtung Boden.

Cluzet ließ den Werfer sinken, ein Lächeln auf dem jungenhaften Gesicht. Seine grünen Augen folgten dem fallenden Wrack, bis es tief unter ihnen auf dem Talboden zerschellte.

Die Ironie der Situation blieb ihm nicht verborgen: Er hatte soeben einen russischen Helikopter abgeschossen, den ein Afghane geflogen hatte. Früher waren es Afghanen gewesen, die russische Piloten abschossen.

Aber der Sieger war immer die Stinger.

Plus ça change, plus c'est la même chose.

»Guter Schuss«, sagte Manstein und klopfte ihm auf den Rücken.

»Ein fliegender Betonklotz ist schwer zu verfehlen.«

Cluzet blickte auf die jüngst erworbene russische Fliegeruhr.

»Wir müssen unsere Leute zusammentrommeln und diesen Bergziegen helfen, damit wir fertig werden. Die Ware muss verladen werden, und dann nichts wie weg hier, bevor noch ein Hubschrauber aufkreuzt, um nach den verschollenen Kameraden zu suchen.«

»Den Inguschen wird das nicht gefallen«, sagte Manstein. »Das sind Kämpfer, keine Schauermänner.«

»Von einer russischen 80-mm-Rakete den Arsch aufgerissen zu bekommen, dürfte ihnen noch weniger gefallen«, entgegnete Cluzet. »Los jetzt.«

# 28

## WARSCHAU, POLEN

Jack musste zugeben, dass ein Flug mit der Gulfstream G550 allemal besser war als ein kommerzieller Flug in der ersten Klasse. Kein Schlangestehen an der Sicherheitskontrolle, kein Warten vor dem Boarding, keine hustenden Kids, die Rotz und Bakterien im Flieger verteilten, und keine schnarchenden Sitznachbarn – na ja, außer wenn Ding Chavez irgendwo in der Kabine ratzte.

Für Gerry war es ein teurer Spaß, ihn in einer leeren Maschine rüberzufliegen, aber er hatte so entschieden, und Jack war ihm dafür dankbar. Es ersparte ihm viel Zeit bei einem Auftrag, den er eigentlich gar nicht hatte übernehmen wollen. Er hatte am anderen Ende des Planeten eine Verpflichtung zu erfüllen, und damit auch nur einen Tag länger als nötig warten zu müssen, nervte ihn gewaltig.

Von Flugkapitänin Helen Reid und ihrem Ersten Offizier und Co-Piloten Chester »Country« Hicks mit sicherer Hand gesteuert, setzte der G550-Privatjet sanft auf der Rollbahn des Chopin-Flughafens Warschau auf, Polens größter und wichtigster Flughafen. Reid rollte zu dem kleinen Privatterminal eines örtlichen Fixed-Base-Operators, den die Logistik- und Transportleiterin für Hendley Associates und den Campus damit beauftragt hatte, die Landerechte einzuholen, die Maschine aufzutanken und nötige Wartungsarbeiten durchzuführen.

Jack gähnte und zog sein Sakko an. Der Nachtflug hatte etwas länger als zehn Stunden gedauert, ohne dass die mit zwei Rolls-Royce-Triebwerken ausgestattete Gulfstream hatte zwischenlanden müssen. Ursprünglich hatte Jack unterwegs schlafen wollen, dann aber beschlossen, sich etwas genauer mit den wenigen Unterlagen über Gage Capital Partners und die zwei Dutzend Briefkastenfirmen zu beschäftigen, die, wie er herausgefunden hatte, mit Aaron und seinem Sohn Christopher in Verbindung standen. Eine Stunde vor der Ankunft war es ihm dann doch gelungen, ein Nickerchen einzuschieben, und als er aufwachte, hatte ihm Lisanne einen starken Kaffee hingestellt sowie ein herzhaftes Sandwich mit Truthahnwurst und Ei, das er verschlang, bevor sie landeten.

Es war sehr schade, dass Midas – Bartosz Jankowski – auf den Philippinen festhing, wo er für den Campus einen Auftrag erledigte. Jack hatte den ehemaligen Ranger weder über das Geburtsland seiner Eltern reden hören noch hatte er erwähnt, jemals dort gewesen zu sein. Aber Midas sprach fließend Polnisch und Russisch. Und bei Schießereien war der ehemalige Delta-Aufklärer immer eine große Hilfe. Allerdings war auf dieser Dienstreise allenfalls zu befürchten, dass Jack sich beim Blättern in einem Kontokorrentbuch in den Finger schnitt, sofern er überhaupt eins in die Hände bekam.

»In acht Stunden fliegen wir wieder ab. Besteht die Chance, dass du bis dahin fertig bist? Ich würde dich gern mit zurücknehmen, wenn es dir nichts ausmacht, in London zu übernachten.«

Jack versuchte, seine Enttäuschung zu verbergen. Ysabel war noch in London, wo sie bei ihren Eltern wohnte. Ein Zwischenstopp in London wäre ein guter Vorwand, ohne Einladung bei ihr aufzukreuzen, um herauszufinden, was eigentlich zwischen ihnen lief.

*Falls überhaupt noch was lief,* dachte Jack. Er begann sich zu fragen, ob hinter der Funkstille ihrerseits nicht vielleicht mehr steckte als nur das Bedürfnis nach Ruhe und Erholung. Ihre gemeinsame Zeit in Afghanistan hatte gezeigt, dass sie einander noch mochten. Andererseits aber auch nicht darüber hinwegtäuschen können, dass es noch ungelöste Probleme zwischen ihnen gab. Im Moment vermochte er nicht zu sagen, was am Ende die Oberhand behalten würde.

»Leider nein. Es kann acht Stunden oder acht Monate dauern, bis ich dieser Sache auf den Grund gegangen bin.«

»Kann ich dir irgendwie helfen?«

Jack lächelte. Lisanne wusste, wie man mit Waffen umging, wie man einen Raum sicherte und wie man, allgemein gesprochen, Leuten in den Hintern trat, mal ganz abgesehen davon, dass sie fließend Arabisch sprach. Doch soweit er wusste, verstand sie nichts von forensischer Buchhaltung, daher konnte sie nicht viel für ihn tun, zumal sie sich gar nicht in den Fall eingearbeitet hatte. Aber so war sie nun mal, immer hilfsbereit, egal unter welchen Umständen. Das war nur einer der vielen Gründe, warum sie sich keine bessere Nachfolgerin für Adara Sherman auf dem Posten der Transportdirektorin hätten wünschen können.

»Vielleicht ein kurzes Gebet um Geduld. Was ich vorhabe, erscheint mir wie der Versuch, einen Pudding an die Wand zu nageln.«

»Immer noch besser, als in Louisiana Scheiße zu schaufeln.«

»Kann ich nicht beurteilen. Ich war nie in Louisiana.«

Jack streckte den Kopf ins Cockpit, drückte Reid und Hicks die Hand und dankte ihnen für den tollen Flug, dann reichte ihm Lisanne seine Leder- und seine Computertasche.

»Gutes Gelingen!«

»Und euch einen guten Flug.«

Jack stieg die Stufen zum Rollfeld hinunter. Der dunkler werdende Himmel verhieß Regen, und ein leichter Wind zerzauste sein Haar. Das trübe Wetter störte ihn nicht übermäßig, trug aber auch nicht zur Verbesserung seiner Laune bei. Er ging in den Hangar und ins Büro des Flughafendienstleisters, wo er rasch und problemlos den Zoll passierte – ein weiterer Vorteil bei Privatflügen. Mit seinen beiden Taschen und einem frischen Stempel im Pass trat er durch die Vordertür des Mini-Terminals und hielt nach seinem polnischen Kontaktmann Jerzy Krychowiak Ausschau, einem siebenundfünfzigjährigen ABW-Agenten, mit dem Gerry ein Treffen arrangiert hatte.

Jack trat an den Bordstein und suchte mit den Augen die Straße ab.

Wo zum Teufel war er?

»Jack Ryan?« Eine Frauenstimme.

Jack drehte sich um und fing den selbstbewussten, aber müden Blick einer attraktiven Frau auf, die – blond, blauäugig, ungefähr in seinem Alter – vor einem silbernen Audi A5 Coupé stand, der hinter ihr am Straßenrand parkte. Unter ihrem locker sitzenden blauen Blazer zeichnete sich ein Schulter-Holster ab.

Nicht das, was er erwartet hatte. Aber besser als ein Tritt vor den Kopf.

»Ja, der bin ich.«

Sie streckte ihm die Hand hin. »Hallo, Mr. Ryan. Mein Name ist Liliana Pilecki. Ich bin von der ABW.«

Jack zögerte. Das war höchst ungewöhnlich. »Wo ist Mr. Krychowiak?«

»Er kann leider nicht kommen. Er ist letzte Nacht von einem Auto angefahren worden. Der Fahrer ist flüchtig. Die Ärzte haben ihn vor einer Stunde in ein künstliches Koma versetzt.«

»Das tut mir wirklich sehr leid. Wird er durchkommen?«

»Jerzy ist ein kräftiger Mann. Ich bete, dass er das überlebt.«

*Kein Wunder, dass sie müde aussieht,* dachte Jack. »Sie machen einen mitgenommenen Eindruck. Er muss Ihr Partner sein.«

»Ich habe bei seiner Frau gesessen, während er operiert wurde. Es war eine lange Nacht.«

»War es ein Unfall oder Absicht?«

»Wir ermitteln noch. Der Wagen wurde drei Kilometer vom Tatort entfernt gefunden, völlig ausgebrannt.«

»Wie haben Sie den Wagen identifiziert?«

»Mithilfe von Verkehrsüberwachungskameras. Der Wagen war gestohlen. Den Fahrer konnten wir nicht identifizieren.«

»Ich frage nicht gern, aber würden Sie mir bitte Ihren Ausweis zeigen?«

»Ja, natürlich.« Sie griff in ihre Jackentasche, zog ein kleines Lederetui hervor und reichte es Jack. Natürlich war alles auf Polnisch. Die paar Brocken Russisch, die er konnte, halfen ihm hier nicht weiter.

»Danke.« Er gab ihr den Ausweis zurück. »Hören Sie, Sie haben im Moment viel um die Ohren. Ich kann mir auch ein Uber-Taxi bestellen und …«

»Seien Sie nicht albern. Mein Vorgesetzter hat mich über die Angelegenheit unterrichtet und mir Gerry Hendleys E-Mail-Anfrage geschickt. Ich fahre Sie nur herum und mache, wenn nötig, die Dolmetscherin. Für mich ist das kein Problem. Ehrlich.« Sie runzelte die Stirn. »Haben Sie Mr. Hendleys Nachricht nicht bekommen?«

Mist.

Jack hatte seit der Landung noch nicht sein Handy gecheckt. Er schaltete es ein. Da war die Nachricht. Mit ihrem Namen neben seinem in der Adresszeile.

Planänderung. Agentin Liliana Pilecki wird sich drüben um Sie kümmern. Rufen Sie mich an, wenn es ein Problem gibt.

Jack rieb sich die müden Augen. »Verzeihen Sie, Ms. Pilecki. Ich bin heute Morgen ein bisschen neben der Spur. Ich danke Ihnen, dass Sie mich abholen und meinen lahmen Hintern durch die Gegend kutschieren.«

»Kann ich Ihnen eine Tasche abnehmen?«

»Nein danke, nicht nötig.« Jack verbarg mit dem Handrücken ein Gähnen.

»Sie müssen einen Jetlag haben. Ich setze Sie im Hotel ab, und wir legen dann später am Nachmittag los.«

»Nein, nein, mir geht es gut. Ich würde lieber gleich anfangen.«

»Wie Sie wollen.«

Liliana öffnete den Kofferraum des Audis, und Jack verstaute seine Taschen. Zehn Minuten später fuhren sie auf einer von Bäumen gesäumten, vierspurigen Straße, auf der dichter Pendlerverkehr herrschte, in Richtung Stadtzentrum, dessen moderne Wolkenkratzer in der Ferne emporragten.

»Waren Sie schon einmal in Warschau, Mr. Ryan? Oder in Polen?«

»Bitte nennen Sie mich Jack. Und nein. Es ist das erste Mal.«

Jack sah aus dem Beifahrerfenster. Viel Grün und saubere Straßen. »Eine schöne Stadt.« Ein Unwetter zog auf. Die ersten Tropfen klatschten auf die Windschutzscheibe. Die automatischen Scheibenwischer sprangen an.

»Für mich ist sie vor allem groß. Ich stamme aus einer Kleinstadt bei Krakau im Süden, aber ich lebe sehr gerne hier.«

»Ihr Englisch ist übrigens hervorragend.«

»Danke. Ich habe Verwandte in Chicago. Ich habe dort ein Auslandsjahr an der Highschool gemacht und dann zwei Jahre an der Loyola University studiert, Klavier im Hauptfach und Rechnungswesen im Nebenfach.«

»Interessante Kombination.«

»Rechnungswesen war die Idee meines Vaters. Er war ein sehr praktisch denkender Mensch.«

»Ist er verstorben?«

»Letztes Jahr. Prostatakrebs.«

»Das tut mir leid.«

»Danke.«

»Und wie lange sind Sie schon bei der ABW?«

»Fünf Jahre.«

»Brauchen sie viele Pianistinnen in Ihrer Abteilung?«

Sie lachte. Eine angenehme Überraschung für sie beide.

»Nein, nicht viele. Mein Türöffner war mein Abschluss in Rechnungswesen, auch wenn ich die Prüfung nur mit Ach und Krach bestanden habe.«

Ihr Lachen entblößte schöne Zähne, bemerkte Jack. Und einen Ehering trug sie auch nicht. Aber Bosnien war ihm eine weitere Lehre in Sachen Frauen gewesen, und so nahm er sich vor, sich zu zügeln.

»Und wie sind Sie vom Klavierspielen zum Waffentragen gekommen?«

»Meine Schwester ist in dem Jahr, in dem ich meinen Abschluss gemacht habe, an einer Überdosis Heroin gestorben.«

»Wie furchtbar. Das tut mir sehr leid.«

»Der Tod ist uns in Polen nicht sehr fremd. Trotzdem danke. Nach ihrem Tod fühlte ich mich so ohnmächtig und wütend. Und ich dachte mir, bei der ABW könnte ich etwas Gutes tun. Vielleicht die Schwester von jemand anderem retten. Das war das Mindeste, was ich tun konnte.«

»Drogen sind ein Gift, das die gesamte westliche Welt bedroht«, sagte Jack. »Letzte Jahr sind über 70 000 Amerikaner an einer Überdosis gestorben. Mehr, als im Vietnamkrieg gefallen sind.«

»Auch Europa hat mit dem Problem zu kämpfen, und hier wird es mit jedem Tag schlimmer. Schwerpunkt meiner Arbeit ist die organisierte Kriminalität, deshalb spielen Drogen und Drogengeld bei meinen Ermittlungen eine große Rolle.«

»Und jetzt haben Sie mich an der Backe.«

»So würde ich das nicht sehen. Ich freue mich, Ihnen behilflich zu sein.«

»Das weiß ich zu schätzen.«

Aber wie können Sie mir behilflich sein?, fragte sich Jack. Ich darf Ihnen ja nicht sagen, dass ich nach dem Dreck suche, den eine amerikanische Senatorin am Stecken hat. Und einmal ganz davon abgesehen, dass ihn Gerry zu strengem Stillschweigen verdonnert hatte, widerstrebte Jack die Vorstellung, der Agentin eines ausländischen Geheimdienstes, selbst wenn es ein verbündeter war, Amerikas schmutzige Unterwäsche zu zeigen.

»Ich bin, wenn ich das so sagen darf, ein großer Fan Ihres Präsidenten«, erklärte Liliana. »Er hat den Mut besessen, den Russen die Stirn zu bieten, als die meisten führenden Politiker der NATO-Staaten gekniffen haben.«

»Ich bin auch ein großer Fan von ihm.«

»Und Sie sind Finanzanalyst bei Hendley Associates, richtig?«

»Ja.«

»Interessant, dass Ihr Boss, Mr. Hendley, mit dem Leiter der ABW befreundet ist.«

»Gerry war früher US-Senator. Er kennt eine Menge Leute in aller Welt.«

»Wie ich höre, ist er ein enger persönlicher Freund von Präsident Ryan.«

»Ja, das ist er.«

»Gut, Jack, dann sagen Sie mir: Wo wollen Sie anfangen?«

»Ich bin mir nicht ganz sicher.«

»Könnten Sie mir dann vielleicht sagen, wonach Sie suchen?«

»Ich ermittele, welche Geschäftsbeziehungen ein Unternehmen unterhält, das in Polen unter dem Namen Baltic General

Services LLC registriert ist. Es ist zu hundert Prozent im Besitz von zwei Parteien. Eine davon ist ein Amerikaner namens Christopher Gage. Haben Sie schon mal von ihm gehört?«

»Leider nein. Und warum ermitteln Sie gegen ihn?«

»Ich habe mich schlecht ausgedrückt. Ich stelle keine Ermittlungen im eigentlichen Sinn an. Meine Firma handelt im Auftrag eines Kunden, der mit Gage Geschäfte machen möchte, aber Genaueres über seine Finanzen erfahren will, bevor er in der Beziehung einen Schritt weiter geht. Genügt das als Erklärung?«

»Fürs Erste ja. Und was macht diese Firma namens Baltic General Services in Polen?«

»Das herauszufinden gehört zu meinen Aufgaben. Anscheinend arbeitet sie in Polen mit anderen Firmen zusammen.«

»Was für Firmen?«

»Das weiß ich nicht genau. Sie sind in Privatbesitz wie Baltic General Services und übrigens auch Gages Mutterunternehmen, die Gage Group International. Das ist einer der Gründe, warum ich hier bin. Mir ist nicht klar, was diese Firmen tun – zu Hause sind meine Informationsquellen in Bezug auf polnische Firmen beschränkt. Abgesehen von der Tatsache, dass Gages Unternehmen an ihnen beteiligt sind, haben sie nur eine Gemeinsamkeit: Gage hat die Investitionen über eine deutsche Regionalbank abgewickelt, was doch etwas merkwürdig ist.«

»Wie heißt die Bank?«

»OstBank.«

Liliana zog die Stirn kraus. »Sind Sie sicher?«

»Ja. Warum?«

»Ich bin nicht befugt, Näheres darüber zu sagen, aber so viel kann ich Ihnen verraten: Die Bank ist für meine Behörde keine Unbekannte.«

»Geldwäsche?«

Liliana trommelte mit den Fingern aufs Lenkrad und wog ihre Antwort ab. »Letzte Woche wurde ein Kollege vom deutschen BKA in Berlin ermordet.«

»Und er hat gegen die OstBank ermittelt?«

»Genau.«

»Dann muss ich da ansetzen. Wann machen die Banken hier auf?«

»Erst in einer Stunde.«

»Dann schlage ich vor, Sie fahren mich ins Hotel, und ich springe kurz unter die Dusche und rasiere mich, bevor wir loslegen.«

»In Ordnung. Ich warte solange in der Lobby.«

# 29

Jacks Hotel lag in der Innenstadt, sodass man überall bequem zu Fuß hinkam, was für halb Warschau zu gelten schien. Die helle und moderne Hotellobby war in gedämpften Grau- und Blautönen gehalten und mit weißen Ledersofas und Möbeln im dänischen Stil eingerichtet. Die junge Empfangschefin, eine freundliche Ukrainerin, sprach fließend Englisch. Mit einem strahlenden Lächeln teilte sie ihm mit, dass sein Zimmer bezugsfertig und die Kundenkarte freigeschaltet sei, falls er den Zimmerservice oder andere Dienste in Anspruch nehmen wolle.

»Die Bank öffnet in wenigen Minuten«, sagte Liliana. »Soll ich anrufen und für Sie einen Termin vereinbaren?«

»Für uns, würde ich sagen.«

»Und was soll ich als Grund nennen?«

»Sagen Sie, dass ich für Hendley Associates arbeite, dass wir eine große amerikanische Investmentfirma sind und in Polen Geschäfte machen wollen.« Eilends fügte er hinzu: »Was grundsätzlich ja auch der Wahrheit entspricht. Wenn sich hier Geschäftsmöglichkeiten bieten, möchte Gerry das wissen.«

Liliana lächelte. »Lügen fällt Ihnen schwer, nicht wahr?«

»Ich bin nicht gerade dazu erzogen worden.«

»Sie würden einen miserablen Spion abgeben.«

»Ich kann auch nicht kochen.«

»Und als was soll ich mich vorstellen?«

»Wäre es für Sie okay, wenn Sie sagen, Sie seien hier in Warschau meine persönliche Assistentin?«

»Klingt plausibel. Ich rufe an, während Sie sich frisch machen.«

»Bin in einer halben Stunde wieder da.«

Liliana setzte sich auf eine weiße Couch und zückte ihr Telefon.

Jack nahm mit seinen beiden Taschen die Treppe, um sich in Schwung zu bringen. Doch eigentlich sehnte er sich nach einer weiteren Tasse Kaffee. Vielmehr einer ganzen Kanne.

Fünfundzwanzig Minuten später war er wieder in der Lobby, geduscht und rasiert und in sauberer Kleidung, eine Ledermappe in der Hand und seine Laptop-Tasche über der Schulter. Liliana saß noch auf demselben Sofa und tippte Nachrichten auf ihrem Handy.

»Können wir?«

»Ja.« Liliana stand auf und steckte das Handy ein. »Der Bankmanager heißt Stanislaus Zbyszko. Er erwartet uns.«

»Wunderbar. Bitte nach Ihnen.«

Ein nicht abreißender Strom von Straßenbahnen und Autos beförderte Menschen überallhin, doch auch die Gehwege waren stark bevölkert, obwohl es regnete.

Liliana steuerte geschickt durch den dichten Verkehr auf der sechsspurigen Allee und hielt sogar mit der hellgelben Straßenbahn mit, die auf der siebten Spur in der Mitte rollte. Warschau war eine moderne, pulsierende europäische Großstadt. Bürogebäude säumten die Hauptverkehrsadern, zusammen mit Wohntürmen und glitzernden Wolkenkratzern.

»Wir sind gleich da«, sagte Liliana.

»Die Gebäude in Warschau sehen nagelneu aus, jedenfalls

die meisten.« Der Audi hielt an einer roten Ampel. Jack deutete auf ein Hochhaus auf der anderen Straßenseite. »Ich habe keine Ahnung, was das ist. Sieht aus wie eine monstermäßige Hochzeitstorte.«

»Das ist der Kultur- und Wissenschaftspalast. Er wurde in den Fünfzigerjahren von den Sowjets gebaut. Jahrzehntelang war er das zweithöchste Gebäude in ganz Europa.«

»Es sieht fast so aus wie das Empire State Building, bis auf ein paar merkwürdige Besonderheiten. Auf jeden Fall ist es verdammt groß.«

»Wir Einheimischen nennen es Stalins Penis.«

Jack lachte. Mit so etwas hatte er nicht gerechnet. »Du lieber Himmel, er wirkt ziemlich imposant.«

»Die Russen haben damit eine klare Botschaft gesendet. Schließlich waren wir zu der Zeit eine sowjetische Kolonie.«

»Es hebt sich von der übrigen Architektur ab.«

»Das meiste, was Sie sehen, ist relativ neu. Sie müssen nämlich wissen, dass Warschau fast vollkommen zerstört wurde – dem Erdboden gleichgemacht wie Hiroshima und Nagasaki.«

»Von den Nazis?«

»Ja, und den Russen, die es zugelassen haben. Haben Sie schon mal vom Warschauer Aufstand gehört?«

»Ja, aber nur am Rande. Ausführlich damit befasst haben wir uns nicht.«

»Er zählt zu unseren heroischsten Momenten. 1944 haben sich Tausende Polen gegen die Nazi-Besatzer erhoben. Die Waffen hatten sie selbst gebaut, den Nazis gestohlen oder von den Briten erhalten, die sie aus der Luft abgeworfen hatten. Die Sowjets standen am anderen Ufer der Weichsel und drängten sie dazu, sich zu erheben. Aber dann wurden unsere Kämpfer – die besten des polnischen Untergrunds –niedergemetzelt, weil die Russen nicht eingriffen. Stalin ließ zu, dass die Deutschen sechzehntausend Polen abschlachteten, weil er nicht wollte, dass irgendwelche polnischen Patrioten den Krieg überlebten.«

»Wenn es nach mir ginge, würde ich die Hochzeitstorte in die Luft sprengen und aus den Ziegelsteinen Klohäuschen bauen.«

»Wir lassen sie lieber stehen, als Erinnerung an den russischen Verrat. Sind Sie in Geschichte bewandert?«

»Ich habe auf dem College Geschichte studiert.«

»Das ist gut. Die meisten Amerikaner interessieren sich offenbar nicht dafür. Wie ich festgestellt habe, scheinen die Amerikaner zu glauben, dass der Zweite Weltkrieg am 1. September 1939 mit dem deutschen Einmarsch in Polen begonnen hat, doch dabei vergesst ihr, dass Hitler das nur getan hat, weil er zuvor einen Pakt mit Stalin geschlossen hatte. Der hat uns drei Wochen später selbst überfallen, und Polen wurde in zwei Teile zerlegt wie eine Weihnachtsgans. Die Deutschen wurden besiegt, aber die Russen haben nach dem Krieg ganz Polen für sich behalten. Welche Ironie, finden Sie nicht? Die Briten haben vor dem Krieg Hitler beschwichtigt und nach dem Krieg Stalin. In beiden Fällen haben die Polen den Preis dafür bezahlt. Die Alliierten haben Deutschland wegen Polen den Krieg erklärt, doch am Ende haben sie uns verraten und unser Land den Kommunisten zum Geschenk gemacht. Für euch war der Krieg 1945 zu Ende. Aber für uns? Erst 1989, als der Kommunismus schließlich zusammenbrach. Wir mussten fünfzig Jahre Besatzung erdulden, und am Ende mussten wir uns selbst befreien.«

»Von der Seite habe ich es noch nie betrachtet.«

»Entschuldigen Sie, dass ich so viel rede. Aber Geschichte ist für uns nicht nur ein Unterrichtsfach. Sie ist Teil unseres Alltags.«

Die Ampel schaltete auf Grün, und Liliana gab Gas. »Übrigens, dass so viel Gebäude hier neu sind, liegt daran, dass fast neunzig Prozent der alten im Verlauf des Krieges von den Deutschen zerstört wurden. Nach der Niederschlagung des Aufstands haben sie auf dem Rückzug alles, was noch stand, dem Erdboden gleichgemacht und bei Massenexekutionen zweihunderttausend Zivilisten ermordet.«

Jack wusste nicht, was er sagen sollte. Er konnte sich das Ausmaß der Zerstörung nicht vorstellen, geschweige denn das durch Grausamkeit und Verrat verursachte kollektive Leid.

Liliana bedachte ihn mit einem höflichen Lächeln. »Willkommen in Polen.«

Sie setzten die Fahrt schweigend fort. Ein paar Minuten später bog Liliana in eine andere belebte Straße ab und fuhr auf einen Parkplatz direkt gegenüber einem hoch aufragenden Gebäude, an dem noch gebaut wurde. Sie stellte den Motor ab und zog die Handbremse an.

»Wir sind da.«

Jack schob seinen Laptop unter den Sitz. »Dann mal los.«

# 30

Liliana und Jack fuhren mit dem Aufzug, in dem sie drei gut gekleideten, still lächelnden chinesischen Geschäftsleuten gegenüberstanden, schnell in den siebten Stock hinauf.

Die Aufzugtüren glitten zur Seite, und Liliana und Jack traten hinaus in den Empfangsbereich. Die Büros der OstBank nahmen die gesamte siebte Etage des 22-stöckigen Gebäudes ein. Die drei Chinesen fuhren weiter nach oben.

Der Rezeptionist war ein junger Mann mit Nickelbrille, der in feinem, dunklen Zwirn hinter einem halbrunden Tisch aus Marmor und Stahl saß.

Noch bevor Liliana ein Wort sagen konnte, trat Jack an den Tisch.

*»Dzień dobry«* – Guten Morgen –, sagte er in der Hoffnung, mit seinem furchtbaren Akzent keinen internationalen Konflikt heraufzubeschwören.

*»Dzień dobry.* Wie kann ich Ihnen helfen?«

»Ich habe einen Termin bei Mr. Zbyszko. Mein Name ist Ryan. Er erwartet uns.«

»Ich rufe ihn an. Nehmen Sie doch bitte solange Platz.«

Jack trat vom Tisch zurück. Liliana zog die Augenbrauen hoch. »Ich dachte, Sie sprechen kein Polnisch?«

»Tu ich auch nicht, aber mein Onkel Google hat mir auf dem Flug hierher ein paar Wörter beigebracht. Ich kann nach der

Toilette fragen und mich in aller Form dafür entschuldigen, dass ich ein vertrottelter Amerikaner bin. Das war's dann aber auch schon.«

»Mr. Zbyszko kommt sofort«, sagte der Rezeptionist.

»Möchten Sie vielleicht einen Kaffee? Oder ein Wasser?«

»Nein danke.«

Gleich darauf kam ein schlanker Mann mittleren Alters durch die Glastür. Maßgeschneiderter Anzug, goldene Manschettenknöpfe und eine dazu passende Krawattennadel. Sehr altmodisch, wie Jack bemerkte, im Vergleich zu seinem eigenen Sakko und seiner Freizeithose. Der Mann reichte ihm eine kräftige, aber manikürte Hand. Jack drückte sie.

*»Dzień dobry,* Mr. Ryan. Freut mich, Sie kennenzulernen. Mein Name ist Stanislaus Zbyszko. Ich bin der Bankmanager.« Er reichte Jack seine Visitenkarte.

»Die Freude ist ganz meinerseits, Sir. Das ist meine Assistentin Ms. Pilecki.«

Der Manager gab auch ihr die Hand.

»Wenn Sie mir bitte in mein Büro folgen würden. Hat Ihnen mein Rezeptionist etwas zu trinken angeboten?«

»Ja danke.«

»Gut, dann kommen Sie bitte.«

Der Manager führte sie durch einen großen Raum, der vollgestopft war mit Arbeitsplätzen, an denen geschäftige Broker telefonierten, zu seinem Büro am anderen Ende. Die eigentliche Bank – mit Schaltern und dergleichen – befand sich im Erdgeschoss. Liliana hatte ihn in den regionalen Hauptsitz der OstBank gebracht.

Zbyszko öffnete die Tür und führte sie hinein. »Nehmen Sie bitte Platz.«

Jack und Liliana setzen sich in Bürosessel aus Teakholz und Leder mit niedriger Lehne gegenüber dem breiten, modernen Schreibtisch des Managers, der ebenfalls aus Teakholz war.

»Nehmen Sie es mir nicht übel, Mr. Ryan, aber ich habe mich kurz im Internet über Ihre Firma informiert. Die Liste Ihrer Kunden ist ziemlich beeindruckend.«

»Wir sind zwar ein kleines Unternehmen, aber wir haben eine ganz besondere Klientel. Wir bieten Dienstleistungen im Bereich Vermögensverwaltung und Anlageberatung. Wir sind ständig auf der Suche nach interessanten neuen Möglichkeiten.«

»Eine sehr kluge Entscheidung, hierherzukommen. Polen entwickelt sich immer mehr zur Wirtschaftsmacht. Jedenfalls zu einer der wichtigsten Volkswirtschaften in Mitteleuropa. Erst letzte Woche hat die Londoner Börse verlauten lassen, dass wir der erste ehemalige Ostblockstaat sind, der den Status eines ›entwickelten‹ Landes erreicht hat.«

Jack nickte. »Glauben Sie mir, unsere Firma ist vom marktwirtschaftlichen Reformeifer Ihres Landes sehr beeindruckt. Nicht weniger beeindruckt uns die Tatsache, dass Sie zwar der Europäischen Union angehören, aber der Währungsunion nicht beigetreten sind und Ihre Währung behalten haben, statt den Euro zu übernehmen.«

»Die Beibehaltung unserer Währung ermöglicht uns, die Finanzgeschicke unseres Landes selbst zu lenken und Schwierigkeiten zu vermeiden, vor denen Volkswirtschaften wie Italien jetzt stehen. Und die EU-Mitgliedschaft eröffnet uns den Zugang zum weltgrößten Binnenmarkt. In Polen sind Sie richtig, und Warschau ist das Herz Polens. Und wie kann Ihnen die OstBank weiterhelfen?«

»Wir brauchen natürlich lokale Expertise und Beratung, und Ihre Bank genießt einen hervorragenden Ruf. Sie verfügen über die Art von Beziehungen, die wir suchen, und wir hoffen, dass Sie uns dabei behilflich sind, Kontakte herzustellen.«

»Vielen Dank für die freundlichen Worte. Im Bankgeschäft

dreht sich alles um Beziehungen. Ich hoffe, unsere wird von langer Dauer und gewinnbringend sein. Und was kann ich heute für Sie tun?«

Jack öffnete seine Mappe und entnahm ihr ein notariell beglaubigtes Schreiben mit dem Briefkopf von Hendley Associates, das Jack Ryan Jr. dazu bevollmächtigte, zehn Millionen Dollar auf ein Bankkonto seiner Wahl zu überweisen. Er legte es auf Zbyszkos Schreibtisch. Dann zog er einen schwarzen Kugelschreiber aus der Tasche und fuhr mit einem Klick die Mine aus, bereit, sich auf dem Block in seiner Mappe Notizen zu machen.

»Wie Sie sehen können, sind zehn Millionen Dollar die erste von drei Tranchen, die in den kommenden zwölf Monaten zu investieren ich befugt bin.«

Der Manager überflog das Schreiben ohne erkennbare Reaktion. Das beste Pokerface, das Jack je gesehen hatte.

»Wenn ich heute bei Ihrer Bank einen Scheck über zehn Millionen Dollar einreichen würde, Mr. Zbyszko, was würden Sie mir als Anlage empfehlen?«

Zbyszko legte das Schreiben auf seinen blitzsauberen Schreibtisch. »Ich könnte mir mehrere Möglichkeiten vorstellen, Mr. Ryan. Natürlich hängt alles von Ihrer Risikofreude und Gewinnerwartung ab.«

»Wer nicht wagt, der nicht gewinnt, oder?« Jack lächelte. »Gleichwohl nehmen wir die Sicherheit von Kundengeldern sehr ernst. Unser Anspruch ist eine anständige Rendite bei möglichst geringem Risiko.«

»Wirklich bewundernswert. Wir sind ähnlich konservativ im Umgang mit Kundenvermögen. Im Moment bietet der Immobilienmarkt hier in Warschau hervorragende Investitionsmöglichkeiten. Die Büromieten pro Quadratmeter sind Jahr für Jahr um sechs Prozent gestiegen, Wohnungsmieten um fast neun Prozent. Ihnen ist sicherlich nicht entgangen, dass die

Bauwirtschaft in der Hauptstadt boomt. Abgesehen von dem günstigen Klima für ausländische Investitionen haben wir in Polen über eine Million ukrainische Flüchtlinge, die meisten davon in und um Warschau. Der Wohnungsmangel ist ein Problem – und eine große Chance.«

»Interessant. Ich habe gehört, Polen sei migrantenfeindlich.«

»EU-Propaganda. Wir Polen finden: Wer nicht arbeitet, soll auch nicht essen. Viel zu viele sogenannte Flüchtlinge sind nach Polen gekommen, nur um dann festzustellen, dass unsere Sozialleistungen zu gering sind. Die meisten haben wieder zusammengepackt und sind nach Deutschland weitergezogen, wo die Zuwendungen großzügiger ausfallen und die Auflagen deutlich lockerer bis nicht vorhanden sind.

Abgesehen von der Tatsache, dass die Ukrainer unsere slawischen Brüder sind und eine ähnliche Sprache sprechen, haben sie sich als fleißige Arbeiter erwiesen – die besser sind als viele Polen, wie sich gezeigt hat. Wie Sie also sehen können, heißt die polnische Gesellschaft jeden willkommen, der integrationswillig ist, unsere Sprache spricht und arbeitet, statt Sozialleistungen zu kassieren.«

*Ich muss einen wunden Punkt berührt haben,* dachte Jack bei sich und sagte, das Thema wechselnd: »Immobilien wären auf jeden Fall eine Möglichkeit.« Er machte sich eine Notiz. »Wir investieren auch gern in die Bauwirtschaft.«

»Da gibt es viele Möglichkeiten. Wohnungsbau, gewerblicher und industrieller Bau, öffentliche und private Infrastruktur. Suchen Sie sich etwas aus.«

»Und wie steht es um das Risiko?«

»In dieser boomenden Wirtschaft besteht kein großes Risiko.« Zbyszko lächelte.

»Trotzdem, ein gewisses Risiko besteht immer. Und wir haben festgestellt, dass eine Möglichkeit, das Risiko zu mindern, in der Zusammenarbeit mit anderen Unternehmen besteht.

Wir finden, dass es bei Investitionen, genau wie im Bankgeschäft, vor allem auf langfristige Beziehungen ankommt.«

Zbyszko warf einen verstohlenen Blick auf den Brief auf seinem Schreibtisch. Der US-Dollar war gegenüber dem polnischen Złoty zurzeit außergewöhnlich stark.

»Unsere Juristen können Ihnen bei Partnerschaftsverträgen helfen. Außerdem haben wir eine Abteilung, die auf Fusionen und Übernahmen spezialisiert ist.«

»Perfekt. Wir haben in der Tat schon eine mögliche Partnerschaft ins Auge gefasst. Es geht um ein Unternehmen namens Baltic General Services. Kennen Sie es?«

»Ich bin mir nicht sicher.«

»Ein gewisser Christopher Gage ist einer der Besitzer und der CEO.«

Die Augen des Managers verengten sich.

»Christopher Gage ist der CEO der Gage Group International und der Senior Vice President von Gage Capital Partners, einem sieben Milliarden Dollar schweren Equity-Unternehmen.«

»Ah ja. Jetzt erinnere ich mich. Baltic General Services ist eine gute und seriöse Firma.«

»Ich glaube, sie hat bei Ihrer Bank einen beträchtlichen Kredit aufgenommen, um mindestens ein weiteres Unternehmen hier in Warschau zu erwerben.«

»Welches?«

»Das weiß ich nicht genau. Deswegen bin ich hier. Ich würde es gern erfahren, bevor ich ihnen eine Zusammenarbeit anbiete. An ihren Finanzen oder anderen vertraulichen Informationen bin ich nicht interessiert. Ich interessiere mich nur für die Firmen, die sie erworben haben oder mit denen sie zusammenarbeiten, und für die Finanzlage dieser Firmen.«

»Bedauere, ich glaube nicht, dass das möglich sein wird. Wir legen allergrößten Wert darauf, die Daten unserer Kunden mit Vertraulichkeit zu behandeln.«

»Sie müssen doch eine Due-Diligence-Prüfung durchgeführt haben, bevor Sie Baltic General Services das Geld für die Firmenkäufe geliehen haben. Was ist das für ein Unternehmen, wo ist es geschäftlich tätig, ist es profitabel und so weiter. Nur allgemeine Informationen. Mehr will ich gar nicht wissen.«

»Warum wenden Sie sich nicht direkt an Baltic General Services?«

»Sie sollen nicht wissen, dass wir Erkundigungen einziehen. Wenn sie erfahren, dass meine Firma an einer Partnerschaft interessiert ist, könnten sie auf die Idee kommen, die Kosten einer Zusammenarbeit zu erhöhen. Wenn ich ihre Finanzlage kenne, bevor ich ein Angebot mache, bin ich in einer besseren Verhandlungsposition. Das verstehen Sie doch sicher.«

»Tut mir leid, aber es ist einfach nicht möglich.«

»Können Sie mir wenigstens den Namen der Firma geben, die BGS hier in Warschau unlängst erworben hat?«

Zbyszko lehnte sich in seinem Sessel zurück, legte die Fingerspitzen zusammen und dachte nach. Schließlich sagte er: »Ich werde mit dem regionalen Vizepräsidenten sprechen. Wenn Sie mich für einen Moment entschuldigen würden?«

»Wir warten vorn in der Lobby.«

Jack legte Mappe und Kuli auf den Stuhl, stand zusammen mit Liliana auf und verließ das Büro, während Zbyszko zum Telefon griff.

Jack und Liliana saßen auf einem der beiden Sofas in der Lobby, außer Hörweite des Rezeptionisten. Jack hantierte mit seinem Telefon. Ohne aufzusehen, fragte er Liliana: »Wie ist es Ihrer Meinung nach gelaufen?«

»Mit dem Schreiben und den zehn Millionen Dollar hatten Sie ihn sofort am Haken.« Sie unterdrückte ein Lachen. »Also fair war das nicht.«

Jack steckte sein Telefon in die Jackentasche. »Hoffentlich sitzt der Haken so tief, dass er nicht wegschwimmen kann.«

Lilianas Telefon summte in ihrer Tasche.

»Entschuldigen Sie mich, Jack. Ich muss meine Nachrichten checken.«

»Sicher. Nur zu.«

Er beschloss, dasselbe zu tun, doch er hatte keine neuen bekommen. Er sah, wie der Rezeptionist einen Anruf entgegennahm. Im nächsten Moment rief er herüber:

»Mr. Ryan? Verzeihung, aber Mr. Zbyszko würde jetzt gerne mit Ihnen sprechen.«

Der Manager trat hinter seinem Schreibtisch hervor, bevor die beiden Platz nehmen konnten.

»Es tut mir leid, Mr. Ryan, aber ich habe mit meinem Vizepräsidenten gesprochen und sehe mich leider außerstande, Ihnen über die Finanzen von Baltic General Services Auskunft zu geben. Vertrauen und Datensicherheit sind unser wichtigstes Kapital.«

»Ich verstehe.«

»Doch ich bin autorisiert worden, Ihnen den Namen der Firmen zu nennen, in die Baltic General Services durch unsere Filialen investiert hat.«

»Firmen? Mehr als eine?«

»Ja. Eine hier in Warschau, eine in Krakau und eine in Danzig. Ich maile Ihnen die Einzelheiten binnen einer Stunde.«

»Das ist überaus freundlich von Ihnen.«

»Ich bitte Sie. Unter Freunden ist das doch selbstverständlich.«

Jack nahm seine Mappe und seinen Kuli vom Sessel. Den Brief ließ er als Erinnerung auf Zbyszkos Schreibtisch liegen, dazu reichte er ihm seine Visitenkarte. »Ich freue mich darauf, in nächster Zukunft mit Ihnen zusammenzuarbeiten.«

»Ganz meinerseits!« Zbyszko strahlte und verabschiedete sich mit einem kräftigen Händedruck. »Auf der Karte, die ich Ihnen gegeben habe, stehen meine Durchwahlnummer im Büro und meine private Handynummer. Zögern Sie bitte nicht, mich anzurufen, wenn ich etwas für Sie tun kann.«

»Danke. Das werde ich.«

»Ms. Pilecki«, sagte Zbyszko und gab auch ihr die Hand. »Es war mir ein Vergnügen.«

»Ganz meinerseits.«

Jack und Liliana gingen zum Aufzug, verfolgt von den wachsamen Augen Zbyszkos.

# 31

## BEZIRK KLATOVY, REGION PLZEŇSKÝ KRAJ, TSCHECHIEN

Die Jagdhütte stand am Ufer eines Sees auf einem mehrere Hundert Hektar großen Privatgrundstück in der Šumava, die jenseits der nahen Grenze zu Deutschland Böhmerwald genannt wurde.

Die Herbstluft war bereits kühl, doch das Laub der Bäume erstrahlte noch nicht in leuchtenden Farben. »Ein guter Tag für einen Spaziergang, nicht wahr, Rexi?«, sagte der alte Mann und tätschelte seinem Lieblingsjagdhund, einem Böhmischen Rauhbart, den Kopf.

Der alte Mann war groß und hager, seine Haut vom jahrzehntelangen Rauchen filterloser türkischer Zigaretten vergilbt wie Pergament. Doch trotz seines Alters und seines ausgemergelten Aussehens hatte er noch einen kräftigen, kerzengeraden Rücken und einen Griff wie ein Schraubstock. Er stand im dunklen Flur der Holzhütte, abgetragene Wanderstiefel aus gefettetem, weichen Leder an den Füßen, schlüpfte in eine dicke, wollene Jagdjacke und setzte einen Tirolerhut aus Filz auf.

Sein richtiger Name, Petr Hašek, hatte sich in der Geschichte verloren, als er seine Geheimakten verbrannte, die Akten des Mannes, der als Letzter das »Mordbüro« der Staatssicherheit (ŠtB) der kommunistischen Tschechoslowakei geleitet hatte. Seine Mutter, eine Sudetendeutsche, war bei den ethnischen Säuberungen nach dem Krieg umgebracht worden, was sein slawischer Vater, ein glühender Kommunist und Funktionär, vor der Welt verborgen hatte, um seinen Sohn zu schützen.

Heute war Hašek einfach nur als »der Tscheche« bekannt und Chef der weltweit gefährlichsten und einflussreichsten kriminellen Vereinigung: Das Eiserne Syndikat hatten er selbst und mehrere Kollegen aus den Geheimdiensten ehemaliger Sowjetrepubliken nach dem Fall des Eisernen Vorhangs gegründet. Sie nutzten ihre Expertise im Töten, Einschüchtern und Spionieren, um ein riesiges, weltumspannendes kriminelles Netzwerk zu knüpfen, dem mittlerweile auch viele westliche Kollegen angehörten, die noch im aktiven Dienst standen.

Transnationale Kriminalität war ein Riesengeschäft, und keine Verbrecherorganisation war größer als das Eiserne Syndikat. Würde man das Bruttoinlandsprodukt als Maß zugrunde legen, nähme das transnationale organisierte Verbrechen mit dem von ihm erwirtschafteten Umsatz in der Rangliste der Volkswirtschaften Platz neun ein. Und annähernd ein Fünftel dieses Umsatzes wird im illegalen Drogenhandel gemacht.

Wäre das Eiserne Syndikat ein legales Unternehmen gewesen – was viele seiner Firmen waren –, hätte es auf der Liste der fünfhundert umsatzstärksten Unternehmen der Welt irgendwo zwischen General Electric und der Bank of China rangiert. Seine illegale Aktivität konzentrierte sich auf das schmutzige Geschäft mit Heroin und Methamphetaminen, deren Herstellung und Vertrieb sowie auf den saubereren und schneller wachsenden Bereich der Internetkriminalität, einschließlich Datendiebstahl und Cyberspionage.

Der Tscheche war an diesem Morgen bester Stimmung. Die Nachrichten aus Berlin waren ausgezeichnet. Das BKA verfügte über unzureichende Mittel im Kampf gegen all die europäischen und slawischen Mafiagruppen, globalen Terror-Netzwerke und Spionageattacken auf die deutsche Wirtschaft. Der einzige verdeckte Ermittler, den das BKA gegen seine Organisation eingesetzt hatte, war unlängst bei einem mutmaßlichen Raubüberfall ums Leben gekommen, was die Ermittlungen der Behörde um Monate zurückwerfen, wenn nicht sogar zum Erliegen bringen würde.

Noch wichtiger als die Information selbst waren ihre Quelle und die Aussicht auf praktisch unbegrenzten Zugang zu weiteren.

Allerdings nur zu CHIBIs Bedingungen. Und der Tscheche ließ sich ungern etwas vorschreiben. Seiner eigenen Technikabteilung war es bislang nicht gelungen, diesen CHIBI aufzuspüren oder zu identifizieren. Er war unsichtbar. Aber er war auch allwissend – zumindest schien es so. Was er zu verkaufen hatte, würde seinen Preis wert sein, wie hoch er auch sein mochte. Der Tscheche beschloss – wie von CHIBI gefordert –, einen Bevollmächtigten zu der Londoner Auktion zu schicken.

Der Tscheche nahm seine Lieblingsflinte für die Vogeljagd aus dem Waffenschrank, eine Merkel 303-E Luxus Kaliber 12. Zu Zeiten des Kalten Kriegs in der ostdeutschen Stadt Suhl hergestellt, war die fein gearbeitete Waffe wegen ihrer herausragenden Qualitäten hochbegehrt, sogar im Westen. Und diese spezielle Bockdoppelflinte war obendrein ein Kunstwerk mit handgestochenen Jagdgravuren auf allen Metallteilen und einem Nussbaumschaft mit fein geschnittener Fischhaut und Eichenblatt- und Eicheleinlagen aus Elfenbein.

Der Jagdhund winselte beim Anblick der Merkel und wackelte mit dem kurzen, kupierten Schwanz.

»Aber, aber. Nur Geduld, alter Freund.« Der Tscheche lachte, bis das Handy in seiner Hosentasche vibrierte. Stirnrunzelnd lehnte er die Flinte an die Wand und zog es heraus. Er las die Nachricht:

Prioritätenziel-Alarm: Subjekt #11281961

Der Tscheche tippte auf den Link. Er führte ihn zu einer Reihe von Überwachungsvideos, auf denen Jack Ryan junior zu sehen war, zunächst am Chopin-Flughafen Warschau und später in einem silbernen Audi, der durch Warschauer Straßen fuhr. Jedes Video war mit Datum und Uhrzeit versehen.

Der Tscheche fluchte leise vor sich hin.

Das Eiserne Syndikat hatte überall auf der Welt Zugriff auf staatliche Überwachungskameras, doch es betrieb auch ein eigenes riesiges Kameranetzwerk. Alle Aufnahmen wurden gespeichert und durch syndikatseigene Server mit einer Gesichtserkennungs-Software gejagt, die jedem handelsüblichen System weit überlegen war und denen der größten Sicherheitsdienste in nichts nachstand. Mithilfe seiner flächendeckenden Überwachungstechnik konnte das Eiserne Syndikat Informationen über mögliche Ziele und Konkurrenten sammeln und, was noch wichtiger war, seine kriminellen Machenschaften vor Bedrohungen schützen.

Bedrohungen wie Jack Ryan.

Der Tscheche drückte die Kurzwahltaste für seine Nummer Drei, den Direktor für Operationen. Eine Stimme mit Oxford-Akzent meldete sich:

»Sir?«

»Ich habe gerade Ihre Nachricht erhalten. Warum bin ich nicht früher informiert worden?« Der erste Zeitstempel war über zwei Stunden alt.

»Die Person ist schwer zu identifizieren.«

Der Tscheche wusste, dass das stimmte. Jede Gesichtserkennungs-Software beruhte darauf, dass sie gespeicherte Gesichtsbilder mit neuen Aufnahmen verglich. Fotos von Ryan waren von der amerikanischen Regierung nahezu komplett aus den sozialen Medien entfernt worden, zweifellos, um den Sohn des Präsidenten zu schützen. Die wenigen, die noch öffentlich zugänglich waren, stammten aus einer Zeit, als er noch glatt rasiert, schmaler und jünger war.

»Ist die Zielperson noch in Warschau?«

»Ja. Ich habe ihrer Akte entnommen, dass sie ein vorrangiges Ziel ist, aber weder liquidiert noch gefangen genommen werden soll. Wie soll ich weiter vorgehen?«

»Setzen Sie die Kameraüberwachung fort, bis Sie weitere Anweisungen erhalten.«

»Jawohl, Sir.«

Der Tscheche legte auf. Dass Ryan plötzlich in Europa auftauchte, war unerfreulich. Seinetwegen hatte der Tscheche ein Jahr zuvor unliebsame Bekanntschaft mit John Clark gemacht, der eines Morgens, als er aufwachte, neben ihm am Bett saß und ihm den kalten Stahl eines Pistolenlaufs ans Ohr drückte. Das Eiserne Syndikat hatte damals eine Auftragskillerin auf Jack Ryan junior angesetzt, weil Wladimir Wasilew, der frühere Chef des Syndikats, Rache an ihm nehmen wollte. Jack hatte Wasilews Neffe getötet, und dafür wollte Wasilew seinen Kopf.

Im wörtlichen Sinn.

Clark bot ihm einen Deal an. Clark wollte Wasilew ausschalten, und im Gegenzug sollte der Tscheche den Mordauftrag gegen Jack abblasen. »Das wird Sie nicht nur zum Oberboss machen«, sagte Clark, »Sie können sich auch die Kopfschmerzen ersparen, die am anderen Ende meiner .45er auf Sie warten.«

Der Tscheche willigte ein.

Aber Clark verabschiedete sich mit einer Warnung: Falls Jack jemals etwas zustoßen sollte, werde er wiederkommen und ihn teuer dafür bezahlen lassen. Der Tscheche hatte Clarks Ruf gekannt, noch bevor er ihn an jenem schicksalhaften Morgen persönlich kennenlernte – der ehemalige Navy SEAL und CIA-Agent war in Geheimdienstkreisen des Ostblocks wohlbekannt.

Zu Clarks Ehre musste man sagen, dass er seinen Teil der Abmachung eingehalten hatte.

Aber Loyalität war eine Tugend. Der Tscheche schätzte sie über alles, schon im Interesse der eigenen Selbsterhaltung. Wasilew war sein Boss gewesen, aber auch ein Waffenbruder aus alten Tagen. Ein mordgieriger Egomane am Schluss, dessen Tod im Interesse des Syndikats notwendig und für Hašek persönlich von Vorteil war. Doch die Vorstellung, dass ein amerikanischer Cowboy wie Clark einen Kollegen vom Syndikat ermorden und damit ungestraft davonkommen konnte, war ihm zutiefst zuwider.

Der Tscheche hatte sich an die Abmachung mit Clark gehalten, zumindest bis jetzt. Er wollte Ryan auf der Spur bleiben, denn wo er war, war auch Clark meistens nicht weit. Mit der Ermordung des jungen Ryan würde er den letzten Wunsch seines alten Freundes erfüllen und sich mit der Ermordung Clarks endlich lang ersehnte Genugtuung verschaffen. Aber vorläufig genügte es, an Ryan dranzubleiben. Früher oder später würde sich bestimmt eine Gelegenheit bieten, beide Männer zu erledigen.

Wenn der Tscheche etwas war, dann geduldig.

Er schob seinen schwelenden Zorn beiseite und richtete seine Gedanken auf den bevorstehenden Tag. Er öffnete eine frische Schachtel mit Schrotpatronen und steckte sie ein, dann schulterte er seine Flinte.

Nichts hellte seine Stimmung mehr auf als die Aussicht auf eine erfolgreiche Jagd.

# 32

## WARSCHAU, POLEN

Wohin jetzt?«, fragte Liliana, als sie den Audi startete.

Jack gähnte wie ein Nilpferd. »Ich könnte eine Tasse Kaffee vertragen, während wir auf Zbyszkos E-Mail warten.«

»Ich kenne ein gutes Café. Nicht weit von hier. Der Kaffee ist fantastisch. Und vielleicht möchten Sie ja auch ein oder zwei *pączki*.«

»Wenn das was Süßes ist, bin ich dabei.«

Sie betraten das kleine, gut besuchte Café im Erdgeschoss eines renovierten Gebäudes und schüttelten den Regen aus den Kleidern. Die Luft roch nach Röstkaffee und süßem Gebäck. Jack lief das Wasser im Mund zusammen.

Die Gäste waren überwiegend junge Leute, modisch gekleidete Berufstätige wie Liliana. Fröhliches Gelächter und angeregte polnische Stimmen hallten von den gefliesten Böden wider. Eine sehr gesellige Atmosphäre. Der Regen klatschte gegen das große Panoramafenster, während hinter ihnen neue Gäste hereinkamen, in den kleinen Vorraum traten und ihre Regenmäntel und Schirme ausschüttelten.

»Da hinten ist ein freier Tisch«, sagte Liliana und bahnte sich einen Weg durch das Lokal.

Jack deutete auf eine Tür neben der Theke. »Ich lege einen

Boxenstopp ein.« Er zog eine Kreditkarte aus der Brieftasche. »Gehen Sie doch vor und bestellen schon mal.«

Liliana wies die Karte mit einer freundlichen Grimasse zurück. »Das geht auf mich. Sie sind mein Gast.«

»Das nächste Mal bin ich dran, wenn nichts dazwischenkommt.«

»Was denn zum Beispiel?«

»Eine Krise in den amerikanisch-polnischen Beziehungen«, antwortete Jack augenzwinkernd.

Liliana legte ihre Sachen auf den Tisch und ging dann zur Theke, während Jack die Tür mit einem Kreis und einem Dreieck darauf aufstieß.

In der gefliesten Unisex-Toilette gab es nur ein einziges WC, nagelneu, dazu ein Waschbecken und alles, was sonst noch dazugehörte. Sehr sauber und ordentlich. Aber Jack war nicht hier, Baumaßnahmen zu bewundern.

Er griff in die Tasche und zog ein kurzes Kabel mit einem Lightning-Anschluss am einen und einer 3,5-mm-Audiobuchse am anderen Ende heraus. Dann zückte er sein Handy und seinen Kugelschreiber, verband beide mit dem Kabel und startete die Audio-App auf seinem Telefon. Das von Gavin Biery, Leiter der IT-Abteilung von Hendley Associates und Hacker-Genie des Campus, geschriebene Audio-Programm fand sofort die Datei, die auf dem als Kugelschreiber getarnten Digitalrecorder, den er in Zbyszkos Büro benutzt hatte, gespeichert war, und begann sie herunterzuladen.

Laut Fortschrittsbalken dauerte der Vorgang noch fünf Minuten. Nach dem Download der Audiodatei würde das Programm automatisch eine Voice-to-Text-Software aktivieren und dann, wenn eine andere Sprache als Englisch erkannt wurde, das Dokument automatisch übersetzen.

Das ganze Set-up war Gavins Idee gewesen, und kurz bevor Jack zum Flughafen gefahren war, hatte Gavin im Büro zu ihm gesagt: »Manchmal sind Oldschool-Methoden die besten.« Aber dann hatte der Technik-Guru gegrinst und ihm ein anderes Ausrüstungsteil gegeben. »Doch andererseits sind die neuen Sachen auch ziemlich cool.«

Ein energisches Klopfen an der Tür verriet ihm, dass sein Zeit hier drin um war.

Er steckte alles ein und ließ Gavins Wundertechnik weiter ihre Arbeit machen. Der Tarnung halber drückte er die Spülung und wusch sich mit der minzigen Seife die Hände.

*»Przepraszam«* – Entschuldigung –, rief Jack, das Plätschern des Wassers übertönend, und in der Hoffnung, dass Google ihn nicht im Stich gelassen hatte, fügte er hinzu: »Eine Sekunde.«

Gleich darauf entriegelte er die Tür und öffnete sie. Eine kleine, junge Frau mit kastanienbraunem Haar und John-Lennon-Brille stand vor ihm. Ihre finstere Miene verzog sich zu einem gequälten Lächeln, als sie den gut aussehenden, jungen Amerikaner erblickte.

*»Dzień dobry«,* sagte Jack und schlüpfte an ihr vorbei.

»Dzień dobry.«

Auf der Theke neben der Toilettentür stand ein kleiner Teller mit Ein- und Zwei-Złoty-Münzen darin. Bei seinem Anblick fiel Jack ein, dass es in Europa üblich war, für die Benutzung einer Toilette einen kleinen Obolus an die Person zu entrichten, die sie sauber hielt. Eine Erinnerung blitzte in ihm auf. An eine ältere Frau, die vor Jahren auf einer Toilette im Berliner Bahnhof Zoo mit Schürze und Besen hinter ihm vorbeigeschlurft war, während er sich in einer Reihe besetzter Urinale erleichterte.

Er hatte ihr ein hübsches Trinkgeld gegeben, wie er sich entsann.

Jack fasste in die Tasche, während hinter ihm die Toilettentür in Schloss fiel, doch er hatte kein polnisches Kleingeld. Wie dumm von ihm, dass er vorhin auf der Bank kein Geld gewechselt hatte. Zwei Złoty – ungefähr fünfzig Cent – waren ein gutes Trinkgeld, wie er irgendwo gelesen hatte. Da er aber leider nur Dollarscheine in der Brieftasche hatte, legte er einen davon in den Teller. Wahrscheinlich machte er sich damit zum Narren, aber gar nichts geben war noch schlimmer.

Er suchte den lärmerfüllten Raum nach Liliana ab und entdeckte sie in der hinteren Ecke. Sie winkte lächelnd.

»Wie hat Ihnen der *pączki* geschmeckt?«, fragte Liliana und nippte an ihrem heißen Tee.

Jack schluckte den letzten Bissen hinunter und spülte mit starkem, schwarzen Kaffee nach. »Der beste Jelly-Donut, den ich je gegessen habe. Besonders die Füllung. Nicht zu süß und leicht herb.«

»Das ist Hagebuttenkonfitüre. Die traditionellste Füllung. Aber Sie können *pączki* mit so ziemlich jeder Füllung bekommen.«

»Ich habe meinen Augen nicht getraut, als ich all die Sachen in der Vitrine an der Theke gesehen habe.«

»Polnisches Gebäck ist das beste der Welt. Es kann mit allem mithalten, was Sie in einer französischen Patisserie finden. Sind Sie noch hungrig?«

Die Naschkatze in Jack wollte mehr, und ein Zuckerschub würde vielleicht gegen seinen Jetlag helfen. Aber ihm war auch klar, wie viele Meilen pro *pączki* er würde joggen müssen, um die Kalorien wieder loszuwerden.

»Nein danke. Kommen Sie oft hierher?«

»Ja, aber in Warschau herrscht kein Mangel an guten Cafés und Restaurants. Glauben Sie mir, wir Polen verstehen was vom Essen. Unsere Küche ist ein einzigartiger Mix aus österreichischen, deutschen, russischen und sogar türkischen Einflüssen, aber stets mit einer besonderen polnischen Note.«

»Ich kann es nicht erwarten, sie näher kennenzulernen.«

Das Handy in seiner Tasche vibrierte. Er nahm es heraus. Der übersetzte Text wurde auf dem Bildschirm angezeigt.

*Gavin Biery, du verrückter Hund!,* dachte Jack, als er in dem Dokument las. Das Programm war intelligent genug, um zwischen dem Manager und dem Vizepräsidenten zu unterscheiden, die mit A und B bezeichnet wurden, und Rednerwechsel durch Pausen zu markieren. Die gute Nachricht war, dass der Manager sich überhaupt nach Baltic General Services erkundigt hatte. Und die schlechte: Das High-Gain-Mikrofon hatte auch Teile von dem aufgenommen, was der Vizepräsident gesagt hatte – er hatte am anderen Ende der Leitung förmlich gebrüllt –, und darunter hatte die Übersetzung gelitten.

Jack runzelte beim Lesen die Stirn. Die Sätze ergaben nicht viel Sinn. Aber wenigstens war das Programm in der Lage gewesen, das wichtigste Stichwort herauszufiltern: Christopher Gage.

»Ist das Zbyszkos E-Mail?«

Jack las weiter. »Wie? Äh, nein. Von meiner Firma.«

»Darf ich Sie was fragen?«

»Klar.«

»Ich habe den Eindruck, dass hinter Ihren Nachforschungen mehr steckt, als Sie mir verraten.«

Jack schaute zu ihr auf. Kluge Frau, dachte er. Sie im Ungewissen zu lassen wird nicht einfach sein. »Wie kommen Sie darauf?«

»Ich bin ABW-Agentin und arbeite momentan an zwei verschiedenen Kriminalfällen, doch aus irgendeinem Grund soll meine Aufgabe in der kommenden Woche darin bestehen, Sie in Polen herumzukutschieren, um Ihnen und Ihrer Firma bei einer Investitionsentscheidung zu helfen. Das ergibt für mich keinen Sinn.«

»Was hat denn Ihr Chef gesagt?«

»Dass Sie mich als Dolmetscherin brauchen, notfalls auch als Personenschutz.«

»Das kommt in etwa hin.«

»Mein Onkel in Chicago sagte immer: ›Einem alten Hasen kann man nichts vormachen.‹«

»Mein Vater sagt das Gleiche, nur mit anderen Worten. Deshalb will ich Ihnen ehrlich antworten: Mr. Gage ist möglicherweise dabei, ein verschlungenes Finanznetzwerk aufzubauen. Und ich versuche herauszufinden, wie groß und wie fragwürdig dieses Netzwerk ist. Okay?«

»Okay.«

Sie saßen eine Weile schweigend da und tranken ihren Tee und Kaffee. Jack beobachtete eine polnische Nonne, die unter einem bunten Regenschirm draußen am Fenster vorbeiging. Sie konnte nicht älter als dreißig sein. Er hatte bereits mehrere junge Nonnen und Priester gesehen. Von zu Hause kannte er das nicht.

Just in diesem Moment erschien Zbyszkos E-Mail auf seinem Bildschirm.

»Wenn man vom Teufel spricht. Da ist Zbyszkos E-Mail. Ich schicke sie Ihnen.« Er leitete sie an ihr Handy weiter.

Sie öffnete sie. »Bei dem Verkehr könnten wir in zwanzig, vielleicht dreißig Minuten dort sein.«

»Ich würde mir das gern ansehen.« Jack steckte sein Telefon ein. »Alles gut zwischen uns?«

Lilianas Augen verengten sich. Er konnte sehen, wie es dahinter arbeitete.

»Ja, alles gut.« Und dann: »Für den Moment.«

»Wie wär's, wenn wir gleich hinfahren?«

# 33

Jack verfolgte ihre Fahrtroute auf dem Handy. Er wollte jederzeit wissen, wo er war und wohin er fuhr, und nicht nur, weil er von Natur aus sehr neugierig war, sondern auch aus taktischen Gründen. Er konnte noch die Stimme Clarks hören, der ihm beim Training von Anfang an eingetrichtert hatte: »Junge, die beste mir bekannte Art, um zu vermeiden, dass du ein Sandwich bekommst, auf dem nur Scheiße ist, besteht darin, gar nicht erst in den Laden mit den Scheiß-Sandwichs zu gehen.«

Der morgendliche Berufsverkehr hatte zwar nachgelassen, war aber noch nicht ganz vorbei. Sie fuhren jetzt in die entgegengesetzte Richtung, aus der Innenstadt hinaus und zurück in Richtung Chopin-Flughafen, der südwestlich der Stadt lag.

Jacks einzige Sorge war im Moment die angespannte Stimmung im Wagen. Liliana hatte offensichtlich Misstrauen geschöpft. Und er fragte sich, ob es nicht vielleicht besser wäre, sie loszuwerden und auf eigene Faust weiterzumachen. Sie durfte auf keinen Fall dahinterkommen, was er wirklich vorhatte. Doch auf der anderen Seite hatte sie sich für ihn als echte Hilfe erwiesen.

Außerdem sah sie verdammt gut aus.

Er musste das Eis brechen.

»Auf der Fahrt zum Hotel haben Sie gesagt, Sie hätten an

der Loyola University in Chicago studiert. Das ist doch eine große Jesuitenhochschule.«

»Genau. Ich bin ja auch katholisch.«

»Polen ist das katholischste Land in Europa, nicht wahr?«

»Das ist richtig«, sagte sie stolz. »Sind Sie Katholik?«

»Ja«, antwortete er, allerdings ohne große Überzeugung. Er praktizierte seinen Glauben zwar kaum mehr, doch er war immer noch Teil seines Erbes, genau wie die Schuldgefühle, die er jetzt verspürte, weil er diese Seite seines Lebens vernachlässigte. »Meine ganze Familie.«

»Dann werden Sie ja verstehen, warum Johannes Paul II. bei uns allgegenwärtig ist. Besonders in Krakau. Wir sind sehr stolz auf ihn und darauf, was er für uns und die ganze Welt getan hat.«

»Ich war zu seiner Zeit noch ein Knirps, aber meine Eltern haben ständig von ihm gesprochen. Er war ein großer Mann. Eine Lichtgestalt des 20. Jahrhunderts.«

»Ja, das war er. Der erste polnische Papst. Durch seine Unterstützung der Solidarność-Bewegung hat er zum Ende des Kommunismus in Europa beigetragen. Hier fanden die ersten freien Wahlen hinter dem Eisernen Vorhang statt. Lange vor dem Fall der Berliner Mauer und dem Zusammenbruch der Sowjetunion.«

»Wir könnten mehr von seiner Sorte gebrauchen.«

»Ich habe Anweisung, unsere Gespräche auf ein Minimum zu beschränken, aber ich möchte Ihnen sagen, dass ich Ihrem Präsidenten sehr dankbar dafür bin, dass er versucht hat, in Polen einen dauerhaften amerikanischen Stützpunkt einzurichten.«

»Leider hat der Kongress die Sache verbockt.« Am liebsten hätte er gesagt: »hat Dixon die Sache verbockt«, doch er wollte seine Karten nicht auf den Tisch legen.

»Ja. Anscheinend begreift nur Ihr Präsident die strategische

Bedeutung Polens.« Sie drosselte das Tempo, setzte den Blinker und fuhr auf einen Parkplatz vor einer großen, grauen Lagerhalle aus Beton. Ein Maschendrahtzaun trennte den vorderen vom seitlichen Teil des Geländes, wo sich die Laderampen befanden – Jack zählte mindestens zwölf, und vor jeder stand ein Lkw.

»Da wären wir«, sagte sie und zog die Handbremse an.

Auf der breiten Glastür stand in kleinen, verblassten Klebebuchstaben STAPINSKY TRANSPORTOWE. Liliana drückte die Tür auf und ging hinein, und Jack folgte ihr.

Vor einem bescheidenen Empfangstisch blieben sie stehen. Dahinter saß eine Frau mittleren Alters mit schlecht blondiertem Haar und schaute durch die dicken Gläser einer Brille, die vorn auf ihrer Knubbelnase saß, auf einen Computerbildschirm. Es roch nach kaltem Zigarettenrauch.

*»Dzień dobry«,* grüßte Liliana in singendem Tonfall.

*»Dzień dobry«,* antwortete die Frau halbherzig und spähte mit den traurigen, braunen Augen eines Bassets über den Rand ihrer Brille hinweg.

Liliana begann ein munteres, aber zielgerichtetes Gespräch, dem Jack zwar nicht ganz folgen konnte, dessen Sinn jedoch klar war. Neben seinem Namen hörte er auch etliche Wörter, die in beiden Sprachen ähnlich klangen, darunter auch »Investor«, woraus er entnahm, dass Liliana ihn vorstellte, wie sie zuvor in der Bank vereinbart hatten.

Schließlich schob die Frau ihre Brille auf den Nasenrücken zurück, doch die dicken Gläser sorgten nur dafür, dass ihre ohnehin schon großen Augen jetzt noch riesiger wirkten. Sie drehte sich in ihrem Rollenstuhl, dass es quietschte, beugte sich über ein Mikrofon und drückte einen Taste.

*»Pan Kierownik!« – Herr Direktor –,* dröhnte es aus den Lautsprechern in der kleinen Wartehalle und darüber hinaus.

Die Frau wandte sich wieder ihrem Computer zu, und Liliana drehte sich zu Jack hin. »Es dürfte nicht lange dauern.«

Sie hatte kaum zu Ende gesprochen, da wurde eine Stahltür aufgerissen, und ein älterer, breitschultriger Mann stürmte in die Halle. Sein Hals war zu dick für die billige, breite Krawatte und das Polyesterhemd, die er trug, und sein Bauch sah so hart wie ein Bierfass aus. Jack sah an seinem Gang, dass der Mann keinem Kampf aus dem Weg ging, was auch seine breite, von Adern durchzogene Nase erklärte, die offenkundig schon mindestens einmal gebrochen gewesen war. Selbst wenn er stand, wirkte er wie ein Boxer, leicht nach vorn gebeugt, die Beine leicht angewinkelt, bereit, alles wegzuhauen, was das Leben ihm in den Weg stellte.

Der Mann brüllte die Frau am Empfangstisch an, die nur mit einem nikotingelben Finger in Lilianas Richtung zeigte und etwas murmelte, ohne aufzusehen. Der Mann richtete seine stahlblauen Augen auf Liliana und bellte eine weitere Frage.

Liliana zuckte nicht mit der Wimper und wiederholte lächelnd und mit freundlicher Stimme, was sie bereits der Empfangsdame vorgetragen hatte.

Der Manager wandte sich Jack zu. Er sprach mit starkem Akzent, und seine Stimme klang so, als hätte er mit Essig und Stahlwolle gegurgelt.

»Wir brauchen keine Investoren, also danke und auf Wiedersehen.«

Jack trat auf den älteren, massigeren Mann zu und streckte ihm die Hand hin. Der Manager stutzte bei Jacks erstem Schritt, kniff die Augen zusammen und taxierte den großen Amerikaner.

»Mein Name ist Jack Ryan. Ich freue mich, Sie kennenzulernen, Sir.«

Die respektvolle Geste stimmte den Mann milder, und er schlug widerstrebend in Jacks Hand ein. Polen waren in der

Regel sehr höflich und respektvoll im Umgang, besonders wenn sie glaubten, dass ihr Gegenüber sozial über ihnen stand, was auf Jack eindeutig zutraf, denn er war offenbar ein reicher Investor und Amerikaner.

Die dicken, schwieligen Finger umschlossen Jacks Hand. Gegenseitiger Respekt in Form eines herzhaften Händedrucks.

»Sind Sie Mr. Stapinsky?«, fragte Jack.

»Nein. Mein Name ist Wilczek. Pavel Wilczek. Ich bin hier der Betriebsleiter. Mr. Stapinsky ist der Besitzer. Was genau wollen Sie?«

»Wie meine Assistentin, Ms. Pilecki, bereits erklärt hat, arbeite ich für ein Finanzunternehmen, das …«

»Sagten Sie Pilecki?« Er wandte sich Liliana zu. »Sind Sie verwandt mit …«

»Mein Großonkel.«

Der Mann ließ die breiten Schultern hängen, als gebe er sich geschlagen. Jack hätte schwören können, dass er den Hauch eines Lächelns über das verwitterte Gesicht huschen sah. Der Mann hob einen dicken Arm und deutete mit einer Hand – groß wie ein Baseballhandschuh – auf die Stahltür.

»Kommen Sie bitte mit in mein Büro.«

# 34

Jack und Liliana saßen in Wilczeks beengtem Büro, dessen Stahlregale mit Frachtpapieren und Speditionsunterlagen aus Jahrzehnten vollgestopft waren. Auf dem Schreibtisch stapelten sich fleckige Aktenordner und Versandberichte um eine von Kippen überquellende Radkappe, die in einen Aschenbecher umfunktioniert worden war. Wilczek faltete die dicken Hände über dem drallen Bauch und lehnte sich in seinem Sessel hinter dem ramponierten Stahltisch zurück.

»Ich habe keine Ahnung, Mr. Ryan. Ich habe noch nie von einem Christopher Gage gehört. Vielleicht der Besitzer, aber ich nicht.«

»Können Sie mir wenigstens sagen, in welcher Beziehung Sie zu Baltic General Services stehen? Was tun Sie für sie?«

Der große Mann zuckte mit den Schultern. »Was wir für sie tun? Nichts, soweit ich weiß. Aber sie haben viel für uns getan. Eine kleine Lohnerhöhung für meine Mitarbeiter, ein neues Computersystem, in das sich Mrs. Lewandoska immer noch einzuarbeiten versucht. Einen neuen Getränkeautomaten im Pausenraum.«

»Und wie läuft das Geschäft?«, fragte Jack. »Bei unserer Ankunft habe ich gesehen, dass vor jeder Laderampe ein Lkw steht.«

»Das Geschäft läuft gut. Sehr gut. Aber ich mache nicht

die Buchführung. Darüber kann Ihnen nur Mr. Stapinsky Auskunft geben.«

»Hätte er denn Zeit für ein Gespräch?«

»Mr. Stapinsky lebt in Krakau. Seine Familie stammt aus der Gegend. Er besitzt dort unten Firmen und Immobilien.«

»Was das hiesige Geschäft angeht: Kommen jetzt mehr Lkw? Kriegen Sie mehr Lieferungen?«

Wilczek kratzte sich am Kopf und überlegte. »Ja. Mehr Lkw, mehr Lieferungen. Aber andere als früher.«

»Inwiefern andere?«

Die Federung seines Sessels quietschte wie eine rostige Türangel, als er aufstand. Er klaubte ein großes, aufklappbares Kartonmesser von seinem überladenen Schreibtisch.

Jack stellte sich vor, wie Wilczek damit auf ihn losging, mit seinem Gorilla-Arm in weitem Bogen ausholte und mit der Klinge nach seiner Kehle zielte.

So arbeitete Jacks Gehirn mittlerweile – genau darauf hatten es Ding und Clark trainiert. *Immer vorausschauen*. Wilczek würde in keinem Fall einen leicht zu bezwingenden Gegner abgeben, aber mit einem Messer, mit dem er umzugehen verstand? Es wäre schwierig, dabei unverletzt zu bleiben.

Oder vielmehr, am Leben zu bleiben.

»Folgen Sie mir, Mr. Ryan.«

Die Lagerhalle war voll mit Paletten, die in ordentlichen Reihen an den Laderampen ausgerichtet waren. Gabelstapler fuhren zwischen der Halle und den langen Sattelzügen hin und her und stapelten vorsichtig die Paletten. Ein paar Lagerarbeiter schoben Sackkarren mit unpalettierter Ware. Die Luft roch nach dem Erdgas der Staplermotoren und dem verbrannten Hartgummi ihrer Reifen. Die großen Stapler klapperten und schepperten, wenn sie leer aus den Aufliegern herausgeschossen kamen.

»Sehen Sie?«, fragte Wilczek mit einer ausholenden Armbewegung. »Alles, was wir jetzt kriegen, ist billige Chinaware. Das sind die Geschäfte, die über die ›Neue Seidenstraße‹ abgewickelt werden, von der ständig geredet wird.«

Wilczek zerschnitt mit seinem scharfen Kartonmesser die Plastikumhüllung einer Palette, zog einen Karton heraus, schlitzte das Klebeband auf und brachte ein verpacktes Radio zum Vorschein. Er deutete mit dem Messer auf die Schachtel. »Sehen Sie? Made in China. Alles. Ohne Ausnahme.«

Wilczek brüllte einem seiner Männer zu, er solle das Gerät wieder verpacken, dann führte er Jack und Liliana zu einer der offenen Paletten neben der nächsten Tür. Die Kartons waren mit einer Kombination aus Englisch und Chinesisch beschriftet, manche auch auf Polnisch, Französisch oder Deutsch. Zwei junge Männer luden sie gerade auf schwere Sackkarren um. Sie schienen einen Zahn zuzulegen, als Wilczek nahte. Er knurrte ihnen etwas zu, und der Größere antwortete in unterwürfigem Ton, während der andere mit seiner vollbeladenen Sackkarre zum offenen Schlund des über zehn Meter langen Aufliegers eilte. Der Große wuchtete die letzten Kartons auf seine Karre und jagte ihm nach.

Als sie außer Hörweite waren, kicherte Wilczek. »Ukrainer. Gute Jungs. Fleißige Arbeiter.« Er zwinkerte Jack zu. »Aber sagen darf man ihnen das nicht, sonst arbeiten sie nicht mehr so hart, oder?«

Jack sah sich in der Halle um. Chinesisch konnte er nicht lesen, aber die englischen Aufdrucke verrieten, was die Kartons enthielten: Gettoblaster, Kinderfahrräder, Glaswaren, Damenschuhe, Handwerkzeuge, Dachnägel.

Ein Telefon klingelte über die Lautsprecher, die an der Decke hingen, und im nächsten Moment war die brüllende Stimme der Empfangsdame zu vernehmen. Jack hörte nur die Worte *Pan Kierownik* heraus.

»Wenn Sie mich bitte entschuldigen. Ich muss den Anruf entgegennehmen. Aber bitte schauen Sie in meinem Büro vorbei, wenn Sie gehen.«

»Das werden wir«, sagte Jack.

Sobald Wilczek hinter seiner Bürotür verschwunden war, sagte Jack zu Liliana: »Sie sind ja so still.«

»Haben Sie gefunden, was Sie suchen?«

Jack deutete mit dem Kopf auf eine in Plastik eingeschweißte Palette. »Wenn ich zweihundert Akku-Stichsägen brauchen würde, dann ja. Im Übrigen bin ich verwirrt.«

Die beiden Ukrainer stöhnten und schwatzten, während sie Kartons hinten in den Laster stapelten.

»Ich sehe mich noch etwas um«, sagte Jack.

»Und ich rede mit den beiden Jungs, wenn sie zurückkommen.«

Jack näherte sich dem Heck des halbvollen Aufliegers, als die letzten Kartons verstaut waren. Die beiden Ukrainer eilten mit ihren leeren Sackkarren an ihm vorbei, deren Vollgummireifen über die stählerne Ladeklappe rumpelten. Soweit er es beurteilen konnte, machten die Jungs einen guten Job. Sie verstauten schwere Ware wie Wagenheber und Dachnägel unten im Fahrzeug und leichtere darüber. Er rührte nichts an. Das war auch nicht nötig.

Er verließ den Auflieger wieder und sprang von der Laderampe. Der Auflieger selbst stammte aus chinesischer Produktion, ebenso die große, rote JAC-Zugmaschine. Er blickte kurz nach links und rechts zu den anderen Laderampen. Neben ein paar Volvos und Mercedes entdeckte er noch mehrere in China hergestellte Sattelzüge.

Um sich Sakko und Hose nicht schmutzig zu machen, stieg er die Stahltreppe hinauf, die in die Halle führte.

Er musste grinsen, als er sah, wie die beiden Ukrainer Kartons auf ihre Karren stapelten und dabei mit der schönen Polin flirteten, die einem Plausch offensichtlich nicht abgeneigt war. Dann hatten sie ihre Karren beladen und starteten wieder in Richtung Laster, als Jack zu Liliana trat.

»Sieht so aus, als hätten Sie heute Abend vielleicht ein Date.«

»Zwei, wenn ich's richtig anstelle.« Sie lachte. »Was Interessantes entdeckt?«

»Nichts Besonderes. Was haben Sie herausgefunden?«

»Die beste Kneipe hier in der Gegend gehört dem Onkel des Größeren. Er sagt, er kann dafür sorgen, dass wir das Bier zum halben Preis bekommen, wenn er hier fertig ist.«

»Klingt verlockend. Sonst noch was?«

»Sie beladen und entladen Lkw, mehr nicht. Sie werden bar bezahlt, wahrscheinlich um Steuern zu sparen. Sie sagen, die meisten Lkw fahren in polnische und deutsche Städte, manche aber auch bis nach Italien, Frankreich und Spanien.«

»Sind Sie startklar?«

»Wenn Sie es sind.«

»Verabschieden wir uns noch von Mr. Wilczek.«

»Und dann?«

»Hängt davon ab.«

»Wovon?«, fragte Liliana.

»Von Ihren Plänen für heute Abend.«

Sie lächelte. »Meine ukrainischen Freunde können ein paar Tage warten, denke ich.«

Wilczek hatte gerade den Telefonhörer aufgelegt und zündete sich eine Zigarette an, als Jack und Liliana wieder in sein Büro traten. Er riss eine Schublade auf, fischte eine zerknitterte Visitenkarte heraus und reichte sie Jack.

»Mr. Stapinskys Hauptgeschäftsstelle befindet sich in Krakau. Gewöhnlich ist er dort anzutreffen.«

»Vielen Dank.« Jack steckte die Karte ein.

»Am besten, ich rufe ihn für Sie an.«

»Machen Sie sich bitte keine Umstände.«

»Das macht doch keine Umstände«, sagte der große Mann und drückte mit dem Mittelfinger Ziffern auf dem Telefon. An seinem Zeigefinger fehlte die Kuppe. Die verheilte Wunde sah aus wie geschmolzenes Wachs.

Das Telefon klingelte zweimal, bevor sich am anderen Ende eine weibliche Stimme auf Polnisch meldete. Wilczek stellte knurrend ein paar Fragen, nahm dann einen tiefen Zug von seiner Zigarette und wartete ungeduldig, bis sich die Frau wieder meldete. Wilczek runzelte die Stirn, dankte ihr – vermutete Jack jedenfalls – und legte auf.

»Ich muss Ihnen leider mitteilen, dass Mr. Stapinsky auf Geschäftsreise ist und kein Interesse an Investitionen von Ihrer Seite hat.« Er drückte den Stummel in der Radkappe aus.

»Das ist wirklich schade«, sagte Jack.

»Danke für Ihre Bemühungen«, fügte Liliana hinzu.

Sie schüttelten sich gegenseitig die Hände. Wilczek griff wieder zum Telefon und wählte eine weitere Nummer, während Jack und Liliana das Büro verließen.

Liliana entriegelte den Wagen mit der Fernbedienung, und sie stiegen ein.

»Wohin jetzt?«, fragte Liliana und ließ den Motor an.

»Nach Krakau, natürlich.«

»Stapinsky ist nicht dort. Oder glauben Sie, Wilczek hat uns angelogen?«

»Nicht Wilczek. Stapinsky. Und ich möchte herausfinden, warum.«

»Und wenn er wirklich nicht dort ist?«

»Können wir uns trotzdem ein wenig umsehen. Falls Sie nichts dagegen haben.«

Liliana suchte seinen Blick. »Sie geben wohl nicht so schnell auf, was?«

»Wenn es drauf ankommt, nein.«

Sie zuckte mit den Achseln. »Ist ja auch egal. Mein Auftrag lautet, Sie überall hinzubringen, wo Sie hinwollen. Also fahren wir.«

# 35

Liliana bog in einer Tankstelle ab und rief ihren Vorgesetzten an, während sie den Audi volltankte.

Jack wusste, dass es in Alexandria noch zu früh am Morgen war, um Gerry anzurufen und ihm einen Lagebericht zu geben. An der Ostküste war es sechs Stunden früher, und noch konnte er nicht mit harten Fakten aufwarten. Ob ihn der Abstecher nach Krakau einen Schritt weiterbringen würde, wusste er nicht. Es war nur eine vage Spur, aber die einzige, die er hatte.

Liliana hängte die Zapfpistole wieder an die Tanksäule, drückte die Tankklappe zu und rutschte auf ihren Sitz.

»Fertig?«

»Ich freue mich auf die Fahrt.«

»Ich auch. Und ich glaube, Krakau wird Ihnen gefallen.«

Sie ließ den Wagen an und trat das Gaspedal durch, dass die Reifen qualmten und ein paar Köpfe herumfuhren.

Jack und Liliana fuhren schweigend dahin.

Liliana hatte das Gefühl, dass sie mit ihrem leidenschaftlichen Geschichtsvortrag zu weit gegangen war, und Jack hatte noch mit seinem Jetlag zu kämpfen; seine Augenlider waren bleischwer. Sie konzentrierte sich auf die Straße, und er hing mit der Nase über dem Handy und versuchte, mehr über Stapinsky und seine Geschäfte herauszubekommen.

Abgesehen von ein paar Werbeanzeigen für Firmen, von denen er annahm, dass sie Stapinsky gehörten, oder zumindest einem Mann dieses Namens, fand er nichts. Er konnte nicht einmal eine Verbindung zwischen Baltic General Services und Stapinsky Transportowe herstellen, geschweige denn zwischen Stapinsky und Christopher Gage beziehungsweise Senatorin Dixon, der eigentlichen Zielperson seiner Ermittlungen.

Am liebsten hätte er Gavin auf die Sache angesetzt. Er spürte alles auf, was einen digitalen Fußabdruck hinterließ. Aber Gerry hatte erklärt, dass Gavin für diesen Auftrag nicht zur Verfügung stehe, und so war das keine Option.

Langsam kam ihm das Ganze wie ein sinnloses Unterfangen vor, und dabei hatte er Besseres zu tun, als seine Zeit mit der Jagd nach einem Phantom zu verschwenden. Er hatte eine Verpflichtung gegenüber Cory zu erfüllen. Je früher, desto besser.

Als auch sein nächster Recherche-Versuch in einer Sackgasse endete, gähnte er und legte sich das Handy zwischen die Beine. Er blickte auf die Szenerie hinaus, die am Fenster vorüberzog. Die Betriebe, Einkaufszentren, Lagerhäuser und Plakatwände – manche mit chinesischer Werbung – am Straßenrand wurden mit zunehmender Entfernung von Warschau spärlicher und wichen Traktorenhändlern, Gewächshäusern und Baumschulen.

Liliana deutete auf das Radio. »Musik?«

»Gerne.«

Sie drückte die Bluetooth-Taste an ihrer Audiokonsole. Klaviermusik rieselte aus der Anlage von Bang & Olufsen.

»Chopin?«, fragte Jack.

Liliana lächelte erfreut. »Sie kennen ihn?«

»Nicht gut genug. Ich weiß, dass er der berühmteste polnische Komponist ist.«

»Ich hoffe, es stört Sie nicht. Das Stück ist das Klavierkonzert Nr. 1 in e-Moll. Die Pianistin ist Martha Argerich. Einfach brillant.«

Die Musik passte ideal zu der idyllischen Landschaft, die sich nun draußen zeigte. Blauer Himmel brach durch die graue Wolkendecke, und Sonnenstrahlen brachten die verschiedenen Grüntöne ringsum zum Leuchten.

»Woran denken Sie?«, fragte Liliana.

Jack setzte sich wieder aufrechter hin. Es half ihm nicht, wach zu bleiben, wenn er sich in den weichen Ledersitz fläzte.

»Was können Sie mir noch über die OstBank sagen?«

»Offiziell darf ich Ihnen Folgendes sagen: Die OstBank ist ein deutsches Finanzinstitut mit Sitz in Berlin und Niederlassungen in Deutschland, Italien, Spanien und Polen.«

»Und inoffiziell?«

»Es gibt nichts Inoffizielles. Aber ich nehme an, Sie können Zeitung lesen? Besonders den Wirtschaftsteil?«

»Nicht ohne die Lippen zu bewegen.«

»Haben Sie jemals vom ›russischen Waschsalon‹ gelesen? Vor ein paar Jahren?«

»Helfen Sie meinem Gedächtnis auf die Sprünge.«

»Wegen der russischen Invasion in der Ukraine haben unsere beide Regierungen zusammen mit mehreren anderen westlichen Ländern harte Wirtschaftssanktionen gegen Russland verhängt, aber nicht nur gegen das Land, sondern auch gegen die einzelnen Oligarchen, die Präsident Jermilow zur Macht verholfen haben. Aber kein Russe, der reich ist und es auch bleiben will, lässt sein Geld im eigenen Land. Er muss seine Rubel in Dollar umtauschen und ins Ausland schaffen, bevor die Währung völlig zusammenbricht.«

»Und das unrechtmäßig erworbene Geld zu Spielgeld wird.«

»Der russische Waschsalon war ein raffiniertes Geldwäschesystem, mit dem über zwanzig Milliarden Dollar aus Russland heraus an eigens dafür eingerichtete Briefkastenfirmen geschleust wurden. Zwischen diesen Briefkastenfirmen wurden Scheinkredite ausgestellt, für die russische ›Investoren‹ bürgten. Dann meldeten diese Scheinfirmen Insolvenz an, und westliche Insolvenzgerichte zwangen die ›Investoren‹, die Scheinkredite zurückzuzahlen.«

»Soll das heißen, sie haben einen Weg gefunden, wie sie von unseren Gerichten gezwungen werden konnten, das Geld ins Ausland zu transferieren? Das ist verdammt clever.«

»Laut den Berichten, die ich gelesen habe, wurde in 732 westlichen Banken gewaschenes Geld gefunden. Von kleinen, regionalen Geldinstituten bis zu den größten Branchenriesen ist da alles vertreten. Viele wurden von ihren jeweiligen Regierungen der Mittäterschaft beschuldigt.«

»Und war eine von diesen Banken zufällig die OstBank?«

»Lustig, dass Sie mich das fragen.«

»Ich fasse das als ein Ja auf.«

»Das wäre ein Fehler.«

Jack runzelte verwirrt die Stirn. Was wollte sie ihm damit sagen?

Ach so. Okay.

»Aber das bedeutet nicht, dass die OstBank nicht in irgendein anderes Geldwäschesystem verwickelt gewesen sein könnte. Richtig?«

»Ich überlasse es Ihnen als Finanzanalyst, Ihre eigenen Schlüsse zu ziehen.«

»Und Sie glauben, der deutsche Agent wurde umgebracht, weil er den Machenschaften in der OstBank auf die Spur gekommen ist?«

»Das vermuten wir, aber die deutsche Regierung will es weder bestätigen noch ausschließen. Die OstBank hat einflussreiche Freunde im Bundestag.«

»Banken haben in jedem Parlament einflussreiche Freunde, und sie werden in den wirklich wichtigen Fragen selten zur

Rechenschaft gezogen. Selbst Thomas Jefferson hat gesagt, dass Privatbanken gefährlicher sind als stehende Heere.«

»Merkwürdig, so etwas vom Finanzanalysten einer Private-Equity-Firma zu hören.«

»Ich arbeite mit Geld, ich bete es nicht an. Es ist ein Mittel zum Zweck oder sollte es sein. Für zu viele Leute wird Geld zum Lebensinhalt.«

»Sie reden wie ein Kommunist.«

»Ich rede wie mein alter Gemeindepriester. Soweit ich weiß, heißt es in der Bibel: Die Liebe zum Geld ist die Wurzel allen Übels oder so ähnlich.«

»Das klingt, als hätten Sie Ihren Beruf verfehlt.«

»Ich bin es nur leid, dass Politiker und Unternehmen immer nur das tun, was für sie selbst das Beste ist, und nicht das, was für das Land das Richtige wäre.«

»Das Thema liegt Ihnen offenbar sehr am Herzen. Haben Sie schon mal daran gedacht, in die Politik zu gehen?«

»Ich gehe lieber in die entgegengesetzte Richtung.«

Sie lachte.

Jack war hingerissen. Liliana war schön und intelligent und hatte Sinne für Humor. Aber letztes Jahr hatte er sich in Bosnien-Herzegowina in eine andere Schönheit verliebt und dafür beinahe mit dem Leben bezahlt.

Und dann war da noch Ysabel.

»Mr. Ryan, jetzt erklären Sie mir mal, wie Sie sich Mr. Stapinskys Firmen ansehen wollen, wenn er gar nicht da ist?«

»Nun, wir können einfach in Krakau aufkreuzen, ein wenig herumfragen und versuchen, so viel wie möglich in Erfahrung zu bringen. Vielleicht haben wir auf Anhieb Glück. Oder wir brauchen mehrere Stunden oder sogar Tage. Wochen, verdammt.«

Jack suchte in Lilianas Gesicht nach einer Reaktion, doch da war keine.

»Oder …«, begann er.

»Oder?«

»Falls Sie mich vom Hals haben wollen, damit Sie sich wieder Ihren Fällen widmen können, könnten Sie vielleicht einen Blick in Ihre öffentlichen Steuerdaten werfen und uns ein paar Adressen besorgen.«

»Wer sagt denn, dass ich Sie vom Hals haben will?«

Ihre blonden Haare tanzten im Wind, der durchs offene Fenster wehte, und ihre Augen sahen ihn an. Jack spürte ein vertrautes Kribbeln im Rücken.

Flirtet sie? Vielleicht.

Vielleicht ist es auch ein Test.

»Sie lenken ab. Was sagen Sie dazu?«

»Das ist keine offizielle ABW-Angelegenheit.«

»Das wissen Sie nicht. Wir haben bereits eine Verbindung zur OstBank, die auf polnischem Boden Geschäfte macht und einer Sache verdächtigt wird, die der Grund für die Ermordung eines deutschen BKA-Agenten gewesen sein könnte. Ich bitte Sie ja nur um öffentlich zugängliche Informationen, für die man keinen richterlichen Beschluss braucht. Ich kann auf die polnischen Steuerdaten nicht zugreifen, und mein Polnisch ist ungefähr so gut wie mein Marsianisch.«

Wieder lächelte sie. »Okay. Ich ruf meinen Chef an und hole mir grünes Licht.«

»Es dürfte schneller gehen, wenn Sie das lassen.«

Sie blickte zu ihm herüber. »Einem alten Hasen kann man nichts vormachen, Mr. Ryan.«

Er grinste jungenhaft. »Das würde ich nie wagen.«

»Charmant, witzig, manipulativ. Sind Sie sicher, dass Sie nicht in die Politik wollen?«

»Ich? Gott bewahre.«

Liliana schüttelte ungläubig den Kopf. Nicht zu fassen, dass sie auf sein Süßholzgeraspel reinfiel. Sie gab dem sprachgesteuerten MMI-System des Audis einen Befehl, und eine Nummer wurde angezeigt.

Jack tat so, als höre er nicht hin, doch er hörte hin, denn die beiden Polinnen telefonierten über die fantastische Soundanlage des Wagens miteinander. Er verstand kein Wort.

Aber so weit, so gut.

# 36

Zehn Minuten später zirpte Lilianas Handy. Eine Freundin vom polnischen Finanzamt hatte ihr eine Textnachricht und eine Datei geschickt. Sie öffnete die Datei und las.

»Jetzt haben wir eine Liste von Adressen, die wir aufsuchen können«, sagte sie.

»Perfekt. Wie viele?«

»Vier, sein Haus nicht mitgezählt.«

»Hoffentlich können wir sie schnell abklappern.«

»Haben Sie es so eilig, wieder nach Hause zu kommen?«

»Ich habe viel um die Ohren.« Er war nicht in der Stimmung, ihr von Cory zu erzählen.

»Eine Frau?«

Jack schüttelte lächelnd den Kopf. »Aber nicht doch.«

»Oh. Mehr als eine?«

»Machen Sie Witze? Ich habe nicht mal Zeit für einen Goldfisch.«

»Nie verheiratet gewesen? Keine Kinder?«

»Irgendwann beides, hoffe ich.«

»Familie ist wichtig.«

»Das Wichtigste«, sagte Jack. »Sie ist der Dreh- und Angelpunkt.«

»War Ihr Vater ein guter Vater?«

»Ja. Der beste. Und Ihrer?«

»Der wunderbarste Mann, den ich je gekannt habe.«

»Dann sind Sie eine glückliche Frau.«

Jack fühlte, dass sich etwas in ihm regte. Er bewunderte ihre Loyalität. Sie war eine sehr beeindruckende Frau.

Zeit, das Thema zu wechseln.

»Darf ich Sie was fragen?«

»Klar.«

»Mr. Wilczek war alles andere als ein gutmütiger Knuddelbär, besonders am Anfang. Doch als Sie Ihren Großonkel erwähnten, wurde er recht umgänglich. Was hatte das zu bedeuten?«

»Sind Sie mit der Geschichte des Zweiten Weltkriegs vertraut?«

»Hauptsächlich mit der amerikanischen Version. Mein Großvater hat als Fallschirmjäger in der 101. Luftlandedivision gegen die Deutschen gekämpft.«

»Der Name meines Großonkels war Witold Pilecki. Seine Geschichte ist eigentlich die Geschichte Polens. Wenn Sie verstehen, was für ein Mensch er war, dann verstehen Sie auch das Herz des polnischen Volkes.« Sie hielt inne. »Ich möchte Sie nicht langweilen.«

»Nein, bitte. Erzählen Sie mir von ihm.«

»Seine aktive Militärlaufbahn begann nach dem Ersten Weltkrieg, als er gegen die nach Westen vorstoßenden Truppen der Roten Armee kämpfte.«

»Warten Sie. Helfen Sie mir noch mal auf die Sprünge. Ich bin mit dieser Zeit nicht so vertraut.«

»Nachdem die Bolschewiken die konterrevolutionären weißen Armeen im russischen Bürgerkrieg geschlagen hatten, sahen Lenin und seine Mitstreiter ihre Chance, in Europa einzufallen. Die alliierten Armeen waren erschöpft und die Achsenmächte geschlagen. Lenin befahl Trotzki und Stalin, mit achthunderttausend Mann und dreißigtausend Pferden westliche Gebiete zu erobern. Sie hätten jede Regierung hinwegfegen und ein kommunistisches Reich vom Pazifik bis zum Atlantik errichten können. Nur gab es da ein Problem. Die polnische Armee unter Marschall Piłsudski warf sie 1920 vor den Toren Warschaus zurück. Wir nennen es das Wunder an der Weichsel.«

Jack konnte sich nicht erinnern, im Geschichtsstudium etwas darüber gelesen zu haben.

»Und das war auch nicht das erste Mal, dass Polen die westliche Zivilisation gerettet hat«, sagte Liliana.

»Klären Sie mich auf.«

»1683 zogen Truppen des Osmanischen Reichs ungeschlagen durch Europa bis nach Wien, das sie mit zweihunderttausend Mann belagerten. Doch der polnische König Sobieski stellte ein deutsch-polnisches Entsatzheer zusammen, und trotz großer zahlenmäßiger Unterlegenheit griff er die Türken mit seinen Flügelhusaren an, schlug sie in Flucht und rettete Wien.«

»Warten Sie. Jetzt fällt es mir wieder ein. Die Flügelhusaren waren ganz harte Jungs. Schwere, auf Hochglanz polierte Rüstungen, fünfeinhalb Meter lange Lanzen, auf den Rücken geschnallte Holzbügel, an denen Adlerfedern befestigt waren, die laut raschelten, wenn sie in die Schlacht ritten.«

»Wären König Sobieski und die polnischen Husaren nicht gewesen, wäre möglicherweise ganz Europa von den Muslimen besetzt worden. Danach wurde das Osmanische Reich nie wieder zu einer Bedrohung für das christliche Abendland.«

»Als Abendländer und Christ sollte ich Ihnen wohl dankbar sein.«

»Zweifach. Vielleicht sogar dreifach.«

»Dreifach?«

»Polnische Mathematiker leisteten kurz vor dem Zweiten Weltkrieg wichtige Vorarbeiten, ohne die Turing nicht in der Lage gewesen wäre, den Code der deutschen Enigma zu knacken und seine Dechiffriermaschine zu bauen.«

»Ich hatte ja keine Ahnung. Aber erzählen Sie weiter von Ihrem Großonkel.«

»Er hat im Polnisch-Sowjetischen Krieg an der Front wie auch hinter den feindlichen Linien gekämpft und ist zweimal mit dem Tapferkeitskreuz ausgezeichnet worden.«

»Klingt nach einem Helden.«

»Das war erst der Anfang. Zwischen den beiden Weltkriegen gründete er eine Kavallerieschule, und später befehligte er eine Kavallerie-Schwadron. Er kämpfte gegen die Deutschen, als sie am 1. September 1939 einmarschierten, und dann gegen die Sowjets, als sie am 17. September einmarschierten. Seine Einheit wurde von den Kommunisten besiegt, also floh er nach Warschau und half beim Aufbau der polnischen Heimatarmee in dem von Deutschland besetzten Polen.«

»Hat er den Krieg überlebt?«

»Als einer der Kommandeure im Untergrund hörte er von Gerüchten, wonach in einem Lager namens Auschwitz nahe Krakau schreckliche Dinge geschahen. Das kennen Sie natürlich.«

»Grauenvoll. Unmenschlich.«

»Zu der Zeit dachten die meisten Leute, es sei nur ein weiteres Kriegsgefangenenlager. Meinem Onkel war klar: Wenn er die Wahrheit herausfinden wollte, musste er verhaftet und dort interniert werden.«

»Moment mal, soll das heißen, er ist in ein Konzentrationslager der Nazis *eingebrochen*?«

»Er hat sich von den Deutschen unter einem anderen Namen gefangen nehmen lassen.«

»War er Jude?«

»Nein, er war Christ. Aber er war doch ein Mensch, nicht wahr?«

»Ist er im Lager umgekommen?«

»Nein. Sowie er drin war, organisierte er den Widerstand

und schrieb Berichte, die den Weg nach London fanden. Er schilderte darin die Grausamkeiten und versuchte, die Alliierten davon zu überzeugen, gemeinsam mit dem polnischen Untergrund das Lager zu befreien. Aber Churchill und die anderen glaubten ihm nicht und lehnten ab.«

»Das ist schlimm. Wie hat Pilecki reagiert?«

»Er ist geflohen und hat sich in der polnischen Heimatarmee dafür eingesetzt, das Lager zu befreien, aber sie waren zu schwach, und auch die Russen verweigerten jede Hilfe, obwohl sie schon nahe genug waren, um militärische Unterstützung zu leisten.«

»Wie lange war er in Auschwitz?«

»Fast drei Jahre. Die meisten haben keine sechs Monate überlebt.«

»Und nach seiner Flucht?«

»Hat er beim Warschauer Aufstand mitgekämpft. Sie erinnern sich: Stalin lehnte es ab, die Weichsel zu überqueren und den Aufständischen zu Hilfe zu kommen. 16 000 polnische Kämpfer wurden von den Deutschen massakriert, sodass die Russen nach Kriegsende in Polen die Kontrolle übernehmen konnten.«

»Klingt so, als wären auch die Russen nie Freunde des polnischen Volkes gewesen.«

»Mein Großonkel hätte Ihnen darin zugestimmt. Nach dem Aufstand geriet er in deutsche Kriegsgefangenschaft, wurde dann aber von den Amerikanern aus dem Lager befreit. Nach dem Krieg kehrte er in die Heimat zurück, die jetzt von den Russen besetzt war. Er schloss sich der Widerstandsbewegung gegen den Sowjetkommunismus an und begann Nachforschungen zu dem Massaker im Wald von Katyn anzustellen.«

»Das war noch während des ›Sitzkriegs‹, nicht wahr?«

»Ja. Im Jahr 1940 ermordeten die Russen im Wald von Katyn 20 000 polnische Soldaten und Intellektuelle und begruben sie in Massengräbern. Stalin leugnete und schob den Nazis die Schuld zu.

Schließlich nahmen die Russen meinen Onkel fest. Er wurde gefoltert und 1948 nach einem Schauprozess schließlich ermordet und in einem anonymen Grab verscharrt. Es dauerte bis zum Sturz des Kommunismus in Polen, ehe die Welt von Witold Pileckis Geschichte erfuhr, obwohl sie Menschen, die ihn persönlich gekannt hatten, natürlich vertraut war.«

»Und Mr. Wilczek?«

»Er hat mir erzählt, dass sein Großvater an der Seite meines Großonkels gegen die Deutschen gekämpft hat und dass mein Großonkel ihm sogar das Leben gerettet hat.«

Jack schüttelte den Kopf. »Jetzt verstehe ich, wenn Sie sagen, dass Geschichte für Sie nicht nur ein Schulfach ist, sondern Teil Ihres Alltags.«

»Was vielleicht auch der Grund ist, warum ich so viel darüber rede. Verzeihen Sie.«

»Sie müssen sich nicht entschuldigen. Es ist faszinierend und gleichzeitig schmerzvoll. Sie müssen sehr stolz auf Ihre Familie sein.«

»Name und Ehre einer Familie sind alles, finden Sie nicht auch?«

»Ohne Frage.«

Sie fuhren jetzt auf einer zweispurigen Straße nach Süden. Es herrschte viel Verkehr. Hauptsächlich Pkws, aber auch ziemlich viele Laster, die in beiden Richtungen unterwegs waren.

»Sie haben gesagt, Sie wüssten es zu schätzen, dass mein Land jenseits von NATO-Verpflichtungen in Polen eine Militärbasis errichten will. Warum? Weil Sie nicht darauf vertrauen, dass Ihnen Deutschland und Frankreich bei einer weiteren russischen Invasion zu Hilfe kommen würden? So ähnlich wie im Sitzkrieg?«

»Würden Sie darauf vertrauen? Wann haben sie ihre NATO-Verpflichtungen eingehalten? Die Franzosen und Deutschen könnten uns nicht vor einer russischen Invasion schützen, selbst wenn sie wollten.«

»Aber dass wir Ihnen zu Hilfe kommen, darauf vertrauen Sie?«

»Ich vertraue Präsident Ryan, ja.« Sie lächelte. »Ihrem Kongress weniger.«

»Bedauerlich, dass Sie das so sehen.«

»Ist es denn so verkehrt?«

Jack schüttelte den Kopf. »Nein, Sie haben ja recht.«

Liliana klopfte ihm auf die Schulter. »He, glauben Sie bloß nicht, wir Polen hätten etwas gegen Amerika. Wir lieben es. Wie Sie wissen, war unser Land 123 Jahre lang von allen europäischen Landkarten getilgt. Wir wurden von den Großmächten Österreich-Ungarn, Russland und Preußen aufgeteilt und geschluckt. Aber es war Präsident Wilson, der nach dem Ersten Weltkrieg einen unabhängigen polnischen Staat forderte. Deswegen können wir dieses Jahr unseren hundertsten Geburtstag feiern. Wir lieben Amerika, und wir wissen, dass wir uns auf euch verlassen können, wenn es drauf ankommt.«

»Solange Präsident Ryan etwas zu sagen hat, könnt ihr euch auf uns verlassen, ja.«

# 37

## KRAKAU, POLEN

Jack und Liliana standen im Norden der Stadt auf der zweispurigen Straße im Stau. In beiden Richtungen herrschte sehr viel Verkehr.

Es war kaum zu glauben, dass eine Stadt mit fast 800 000 Einwohnern so kleine Straßen hatte, doch auf der anderen Seite schien es in Polen weitaus mehr öffentliche Verkehrsmittel zu geben als in den Vereinigten Staaten. Zumindest in diesem Teil der Stadt sah Jack keine Wolkenkratzer. Hauptsächlich niedrige Wohnblöcke, Einfamilienhäuser und Geschäfte. Alles war ordentlich und sauber, genau wie in Warschau. Vielleicht noch ordentlicher. Die Architektur war etwas anders. Jack wusste, dass er von Budapest im Süden und Wien im Südwesten ungefähr ebenso weit entfernt war wie von Warschau im Norden. Daher war es möglicherweise der Einfluss Österreich-Ungarns, den er hier spürte.

»Hier sieht alles so ordentlich und gepflegt aus. Ich nehme an, Krakau wurde im Krieg ebenfalls zerstört und dann wieder aufgebaut, oder?«

»Die Stadt wurde das letzte Mal während des Mongolensturms im 13. Jahrhundert zerstört. Für die Nazis war Krakau die ›deutscheste‹ Stadt in Polen, deshalb haben sie sie geschont. Sie hatten sogar ihren Verwaltungssitz hier und nicht in Warschau. Hier findet man jede Menge Geschichte, auch deutsche Geschichte, was von den Deutschen besonders geschätzt wird.«

Die Liste, die Lilianas Freundin beim Finanzamt geschickt hatte, enthielt nur fünf Adressen und Einkommensteuerbescheide, und Liliana hatte sie bereits in Google Maps markiert.

»Wo wollen Sie anfangen?«, fragte Liliana.

»Bei der interessantesten Adresse. Seinem Haus.«

Liliana mied das Stadtzentrum und folgte der Ringstraße nach Westen, dann nach Süden. Sie überquerten die breite Weichsel und fuhren weiter nach Süden. Liliana gab zu, dass sie ohne Navi Mühe gehabt hätte, Stapinskys Wohngegend zu finden, die am Rande eines Waldschutzgebietes lag. Die Häuser hier waren größer als üblich, hatten einen unverkennbar alpenländischen Einschlag und standen auf großen, stark bewaldeten Privatgrundstücken. Aus amerikanischer Sicht war es eine typische Mittelschichtssiedlung, aber Liliana versicherte ihm, dass sich der Durchschnittsverdiener solche Immobilien nicht leisten konnte.

Die Frauenstimme aus dem MMI-System des Audis dirigierte sie auf einen Schotterweg, der in einer S-Kurve durch eine Baumgruppe führte.

Ein zweistöckiges Haus stand auf der Kuppe eines kleinen Hügels. Ein Neubau, nach den frischen Bauholzresten und Farbeimern zu urteilen, die säuberlich auf einer Seite gestapelt waren.

Ein ziemlich großer Mann mit beginnender Glatze und Bart warf gerade Tumi-Taschen hinten in einen blauen Mercedes G-Klasse, einem kastenförmigen SUV, den Jacks Vater als hochpreisigen Tonka-Truck bezeichnet hatte. Der kugelrunde Bauch des Mannes wölbte sich unter einem türkis-schwarzen Trainingsanzug von Adidas mit den berühmten drei Streifen an den Ärmeln.

Doch es waren die beiden großen, schwarzbraunen Rottweiler im Garten, die ihre Aufmerksamkeit erregten.

Oder war es umgekehrt?

Bellend und zähnefletschend kamen die beiden muskelbepackten Wachhunde auf den Audi zugestürmt.

Der Mann stellte seine Taschen ins Gras und blinzelte hinter seiner Brille hervor auf den fremden Wagen, der seine Auffahrt heraufrollte.

Liliana trat auf die Bremse und brachte den Audi in dem Moment zum Stehen, als die kräftigen Vorderpfoten der schwarzbraunen Monster gegen das Fahrerfenster klatschten und vom heißen Atem und Geifer aus ihren großen schnappenden Mäulern die Scheibe beschlug.

Liliana griff nach der Pistole in ihrer Jackentasche, doch ein scharfer Pfiff des Mannes ließ die Hunde zurückprallen, als wären sie an der Leine weggerissen worden. Wild mit den Stummelschwänzen wedelnd, stürmten sie zu ihrem Herrn und machten völlig synchron links und rechts von ihm »Platz«.

Der Mann lächelte.

Liliana wandte sich an Jack. »Sollen wir?«

»Solange Sie die Pistole haben, geht's mir gut.«

Sie drückte die Entriegelung. Langsam öffneten sie die Türen und stiegen aus. Jede hektische Bewegung vermeidend, traten sie näher. Die beiden Rottweiler-Rüden, jeder gut 50 Kilo geballte Muskelkraft und scharfe Zähne, waren Nachkömmlinge einer Hunderasse, so wird vermutet, die römische Legionen erstmals vor 2000 Jahren in diese Gegend gebracht hatten.

»Mr. Ryan, nehme ich an?«, sagte der Mann.

»Mr. Stapinsky«, antwortete Jack. Der Mann bot ihm nicht die Hand. Jack ihm auch nicht.

Stapinsky wandte sich an Liliana. »Und Sie müssen Ms. Pilecki sein.«

»Ja.«

»Laut meiner Sekretärin war Pavel von ihnen sehr beeindruckt. Jetzt sehe ich, warum.«

»Er ist ein netter Mensch.«

Stapinsky lachte. »Nett? Ich habe schon viel über ihn sagen hören, aber ›nett‹ noch nie. Es ist noch nicht lange her, da sind wir abends in eine Kneipe gegangen, und er hat sich volllaufen lassen. Irgend so ein junger Blödmann hat seine Frau beleidigt, und keine Minute später hat ihn Pavel gegen ein Fenster geworfen. Zum Glück ist die Scheibe nicht zerbrochen, sonst wäre der Kerl wie ein Kohlkopf geschreddert worden.«

»Das klingt doch sehr galant.«

»Schon möglich, nur war Pavel nie verheiratet. Aber wie kann ich Ihnen nun helfen? Es geht um Investitionen?«

Jack schielte kurz zu den hechelnden Hunden hinüber, die ihn nicht aus den Augen ließen. Er reichte Stapinsky seine Visitenkarte, darauf hoffend, dass ihm der Arm nicht von einem nervösen Kieferpaar abgebissen wurde.

»Ich bin Analyst bei Hendley Associates, einer Private-Equity-Firma. Wir suchen nach Anlagemöglichkeiten in Polen, vor allem aber streben wir Partnerschaften mit gut geführten lokalen Unternehmen an.«

Stapinsky hielt die Karte zwischen den Daumen und Zeigefingern beider Hände und las angestrengt durch seine dicken Brillengläser.

»Ich habe noch nie von Ihrer Firma gehört, tut mir leid.« Er gab Jack die Karte zurück.

»Bitte, behalten Sie sie.«

Stapinsky stopfte sie in die Tasche wie ein schmutziges Papiertaschentuch.

»Wir gehören zu den erfolgreichsten Private-Equity- und Investment-Unternehmen in den Vereinigten Staaten. Wir möchten ins Ausland expandieren.«

»Polen ist eine kluge Wahl. Unsere Wirtschaft boomt, und wir liegen im Herzen Europas. Aber eins würde mich interessieren: Wir haben Tausende florierende Unternehmen in Polen, wie kommen Sie ausgerechnet auf meines?«

»Ich habe Recherchen angestellt, Mr. Stapinsky. Das ist mein Job.«

»Als Finanzexperte müssten Sie dabei festgestellt haben, dass ich keine Investoren brauche.«

»Sie meinen, keine *neuen,* richtig?«

»Wovon reden Sie?«

»Meines Wissens ist Baltic General Services unlängst eine Partnerschaft mit Ihnen eingegangen und unterstützt Ihr Unternehmen mit Geld und diversen Dienstleistungen.«

»Ja und?«

»Hat man Sie aufgekauft? Oder haben Sie fifty-fifty gemacht?«

»Ich bin nicht geneigt, mit Ihnen über die Modalitäten zu sprechen. Aber sagen Sie mir, was interessiert Sie denn so an meiner Firma?«

»Darüber würden wir gern mit Ihnen sprechen, wenn Sie ein paar Minuten Zeit für uns hätten.«

»Wie Sie sehen, bin ich im Begriff, für längere Zeit zu verreisen.«

»Wo soll es denn hingehen?«

»Das geht Sie nun wirklich nichts an.« Stapinsky wuchtete eine weitere Tasche in den Kofferraum.

»Es wird nur ein paar Minuten dauern, und ich denke, Sie werden es nicht bereuen.«

»Was Sie so alles denken.«

»Ich denke zum Beispiel, dass zehn Millionen Dollar Ihre Zeit wert sind.«

Stapinskys Augen weiteten sich.

»Das ist die Summe, die ich investieren muss. Noch heute, wenn möglich.«

»Ich denke, ich kann ein paar Minuten erübrigen. Kommen Sie doch bitte herein.«

Hab ich dich.

Sie saßen auf einem grünen Ledersofa in Stapinskys Bibliothek, deren Regale von Büchern, hauptsächlich Paperbacks, überquollen. Die Einbände waren makellos, als wäre ihr Inhalt nie gelesen worden. Bei den englischen Titeln handelte es sich um Wirtschaftstexte und literarische Klassiker. Bei den russischen auch. Die polnischen Buchtitel konnte er nicht lesen, aber er nahm an, dass für sie dasselbe galt.

»Darf ich?«, fragte Jack und deutete auf ein Regal neben dem Schreibtisch.

»Wenn es sein muss«, brummte Stapinsky, während er süßlich riechenden Tabak in eine italienische Bruyère-Pfeife stopfte.

Jack zog Hemingways *Wem die Stunde schlägt* aus dem Regal.

»Großartiges Buch. Ich liebe den Film. Haben Sie ihn gesehen?«

»Mehrmals. Die Bergman ist ein Traum.« Stapinsky zündete die Pfeife an.

»Aber die Darstellerin der Pilar stiehlt ihr die Show. Wie hieß sie noch gleich?«

»Ich habe nicht die leiseste Ahnung.«

Stapinsky wandte sich seinem jungen Dienstmädchen zu, das mit einem Tablett in der Hand den Raum betrat. Die Ukrainerin brachte Tassen mit Instantkaffee und Biscoff-Kekse, die noch in Plastik verpackt waren.

Jack stellte das Buch ins Regal zurück, während Stapinsky die junge Frau mit einer Handbewegung fortscheuchte.

»Ich liebe diese Kekse«, sagte Liliana. »Die bekommt man häufig in Flugzeugen.«

Stapinsky blies eine blaue Rauchwolke in die Luft und setzte ein schmieriges Lächeln auf. »Wir haben den Alleinvertrieb für Biscoff-Produkte in Polen.«

»Beeindruckend.«

Jack setzte sich neben Liliana. Stapinsky deutete auf den Kaffee und die Kekse. »Bitte, bedienen Sie sich.«

»Danke.« Jack trank einen Schluck von der Plörre.

Stapinsky verschränkte seine langen Finger und lehnte sich, die Pfeife zwischen die gelblichen Zähne geklemmt, über seinen Schreibtisch nach vorn.

»Also, Mr. Ryan, was genau schlagen Sie mir vor?«

# 38

»Ist es so gelaufen, wie Sie es sich vorgestellt haben?«, fragte Liliana, als sie aus Stapinskys geschwungener Ausfahrt herausfuhr.

»Eine Sekunde«, sagte Jack, der sich gerade AirPods in die Ohren steckte. »Ich muss kurz was überprüfen.« Er drückte eine Kurzwahlnummer auf seinem Handy, wobei er darauf achtete, dass Liliana den Bildschirm nicht einsehen konnte.

Ein Klingeln später wurde die Verbindung zu der Wanze hergestellt, die Jack in Stapinskys Bücherregal hinter einem Buch versteckt hatte, das der Mann offensichtlich nie gelesen hatte. Tatsächlich hatten die meisten Bücher im Regal ungelesen ausgesehen. Wahrscheinlich waren sie nur Fassade und sollten Besucher beeindrucken.

Jack lauschte einen Moment, dann lächelte er. *Das hat ja nicht lange gedauert,* sagte er sich.

Stapinsky telefonierte bereits mit jemandem, und zwar auf Englisch, sodass keine Übersetzung nötig war. Jacks Handy zeichnete das Gespräch auf, falls er es später noch einmal abhören wollte.

»Was ist so lustig?«, erkundigte sich Liliana und bog auf die schmale Asphaltstraße ein, die nach Krakau zurückführte.

Jack drückte auf Pause. »Nur eine Voicemail aus der Firma.

Ich bin gleich so weit.« Er drückte wieder auf Play und hörte sich den Rest des Gesprächs an.

*Er wollte wissen, ob ich einen Investitionspartner suche … Natürlich habe ich verneint, aber er wollte mir die Sache unbedingt vortragen … Natürlich … Natürlich nicht … Ich gebe Ihnen Bescheid, wenn er mich wieder kontaktiert … Ja, umgehend … Auf Wiederhören, Mr. Gage.*

»Hab ich dich schon wieder«, sagte Jack. Jedenfalls war das eine Bestätigung, dass Gage und Stapinsky einander kannten. Nicht dass es von besonderer Bedeutung gewesen wäre, und mit Sicherheit ließ sich daraus auch keine Verbindung zu Senatorin Dixon ableiten. Aber wer weiß? Vielleicht würden sie später ein noch interessanteres Gespräch führen. Falls ja, würde die Wanze es automatisch aufnehmen und an Jacks Telefon übermitteln.

»Was?«, fragte Liliana.

Jack schloss die App, zog die AirPods heraus und sagte: »Ach, nichts Wichtiges. Nur was von der Arbeit.«

»Und das Gespräch mit Stapinsky? Ist es nach Plan gelaufen?«

»Absolut.«

»Aber er hat doch nichts gesagt und Ihnen kein Angebot gemacht.«

»Genau das habe ich erwartet.«

Natürlich hatte ihn das Gespräch genervt. Stapinskys blasierte Neureichen-Arroganz war unerträglich und gleichzeitig sehr aufschlussreich. Die meisten Menschen verloren den Halt, wenn sie schnell zu viel Geld kamen, besonders wenn es kein verdientes Geld war. Das Problem war nicht das Geld; schnelles Geld verstärkte nur vorhandene Charakterfehler. Stapinsky war wahrscheinlich schon immer arrogant gewesen, ein eigennütziger Kotzbrocken, aber jetzt brauchte er daraus keinen Hehl mehr zu machen. So wenig wie aus seiner Gier. Die Aussicht auf leicht verdiente zehn Millionen Dollar hatte genügt, um Jack und Liliana an den Baskerville-Hunden vorbei ins Baskerville-Haus zu bringen.

»Was war dann der Zweck des Gesprächs?«, fragte Liliana, die durch einen kleinen Wald fuhr, der die schmale Straße auf beiden Seiten säumte. Er sah aus wie eine Art Park oder Schutzgebiet.

»Das ist eine gute Frage.« Und das war sie in der Tat. Jack wusste, dass seine Antwort über seine unmittelbare Zukunft entscheiden würde. Entweder würde er die Chance bekommen, die Nuss zu knacken, die ihm Christopher Gage auf den Teller gelegt hatte, oder für einige Zeit in einen polnischen Knast wandern. Alles hing davon ab, wie weit er Liliana vertrauen konnte.

Oder ob er ihr überhaupt vertrauen konnte.

Sein Dad hatte ihn vor Jahren gelehrt, dass Menschenkenntnis eine der wichtigsten Fähigkeiten im Leben sei. Dad behauptete, dass er den Charakter eines Menschen innerhalb von sechs Sekunden beurteilen könne. Bis Bosnien hätte Jack dasselbe von sich sagen können. Jetzt war er sich nicht mehr sicher. Und wieder saß er in einem fremden Land in einem Wagen mit einer schönen Frau, die eine Pistole besaß, mit der sie ihm das Gehirn wegpusten konnte. Aida hatte es jedenfalls versucht. Und Liliana?

»Fragen Sie mich als Freundin oder als ABW-Agentin?«

»Oh.« Sie lächelte. »Ich wusste nicht, dass wir Freunde sind.«

»Sind wir es denn nicht?«

»Wir kennen uns doch erst ein paar Stunden.«

»Gibt es in Polen eine erforderliche Mindeststundenzahl für Freundschaft? Vielleicht eine Bescheinigung, die ich mir besorgen muss?«

»Wie wär's, wenn wir das bei einem Essen vertiefen?«

»Sie können meine Gedanken lesen.«

»Wunderbar. Ich kenne da ein Restaurant.«

Mit seinen unverputzten Ziegelwänden, Terrazzo-Bodenfliesen und weißen Stofftischdecken vereinte das Kuchnia u Doroty den Charme der alten Welt mit modernem Lebensgefühl. Das Lokal war offensichtlich ein Treffpunkt für Einheimische und bot deftige Hausmannskost.

Die Wirtin begrüßte Liliana mit einem Kuss, dann tauschten sich die beiden in einem rasenden Wortschwall über die Ereignisse der letzten Zeit aus, dem Jack auch dann nicht hätte folgen können, wenn er des Polnischen mächtig gewesen wäre. Liliana stellte ihn ihrer Freundin vor, die ihn in perfektem Schulenglisch willkommen hieß, jedoch nicht ohne ihrer Freundin einen verschwörerischen Blick zuzuwerfen, den diese mit einem kurzen Kopfschütteln beantwortete.

Die Wirtin führte sie eine Treppe hinab zu einem Tisch abseits der anderen Mittagsgäste und brachte ihnen Speisekarten.

»Hunger?«, fragte Liliana.

Jack ergriff die Karte. »Am Verhungern. Flugzeugkekse sind nicht so mein Ding.«

»Meins auch nicht. Was für ein knausriges Arschloch.«

»Habe ich eigentlich schon erwähnt, wie gut Ihr Englisch ist?«

»Haben Sie schon mal polnisch gegessen?«

»Nein, von den *pączki* mal abgesehen.«

»Dann dürfen Sie sich auf einen wahren Festschmaus freuen. Haben Sie was dagegen, wenn ich für Sie bestelle?«

»Ich bitte darum.«

Fünfzehn Minuten später landeten Platten mit dem ersten Gang auf dem weißen Tischtuch wie F/A-18F Super Hornets auf dem Deck eines Flugzeugträgers. Sie teilten sich jedes Gericht. Liliana erklärte, während Jack schon mal reinhaute.

»*Buraczki*«, sagte sie und deutete auf eine Schüssel mit Rote-Bete-Salat. »Ein guter Einstieg.«

»Als Nächstes *gołąbki*.« Liliana schmunzelte, als Jack über die Kohlrouladen – die eher viereckig waren – herfiel. Die Kohlblätter, so dünn und durchscheinend wie Pergamentpapier, waren um eine Füllung aus Hühner- und Schweinehack und Reis gewickelt und mit Tomatensauce übergossen.

»Unglaublich.« Jack nahm noch einen Schluck von dem süffigen Starkbier.

Hervorragend.

Der nächste Gang kam. »*Bigos*. Ein altes Nationalgericht.« Sie erklärte, dass es sich dabei um einen Eintopf mit Sauerkraut – »nicht so sauer wie das deutsche« – und verschiedenen Wurstsorten, Schweinefleisch und Speck handelte, bei dem alles zusammen mit Zwiebeln, Knoblauch, Paprika und anderen Gewürzen gegart wurde.

Sie hatte recht. Das Sauerkraut schmeckte eher pikant als sauer und harmonierte perfekt mit dem Fleisch. Seine einzige Sorge war, dass er jetzt schon fast satt war.

»Nun kommt mein Lieblingsgericht. *Placki ziemniaczane z gulaszem*.«

»Sie haben leicht reden«, kommentierte Jack und trank von seinem Bier. Es schmeckte so gut, dass er ernsthaft mit dem Gedanken spielte, ein zweites zu bestellen, doch ihm war klar, dass ihn Liliana dann huckepack die Treppe hinauftragen und auf den Rücksitz des Audis würde verfrachten müssen.

Liliana schob ihm den Teller hin. »Kartoffelpuffer mit Gulasch, wobei das Gulasch anders ist als das ungarische.«

Die Kartoffelpuffer waren groß und dick und mit butterzarten Schweinefleischstücken beladen, die in einer weiteren Tomatensoße schwammen und mit einem Klacks saurer Sahne gekrönt waren. Sein Magen meldete, dass er am Anschlag sei, doch seine Geschmacksknospen flehten ihn an, weiter zu spachteln, bis der Teller leer war.

Die Geschmacksknospen behielten die Oberhand.

Ein weiteres Nachspülen mit dem Dunkelbier leerte das Glas fast bis zur Neige und beanspruchte den letzten Rest an verfügbarem Platz in seiner Speiseröhre.

Er war voll bis oben hin.

Bis der Nachtisch kam.

*»Racuchy«,* sagte Liliana. »Apfelpfannkuchen.« Dick, herzhaft und mit Puderzucker bestreut. Jack tauchte jeden Bissen vorher in ein Auflaufförmchen mit Himbeer-Sahne-Soße.

Schließlich gabelte er den letzten Bissen vom Teller und schwenkte seine Serviette wie eine weiße Fahne. Er stellte eine kurze Berechnung an. Er würde an die 30000 Crunch-Übungen machen müssen, um die Kalorien, die er jetzt intus hatte, wieder loszuwerden.

Aber das war es ihm wert.

»Die Rechnung, bitte.«

»Wie machen Sie das?«, fragte Jack, als sie neben der schmalen, von Bäumen gesäumten Straße vor dem Restaurant standen.

»Was?«

»So essen, wie Sie essen, und trotzdem so aussehen.«

»Ich nehme das als Kompliment.«

Jack spürte, wie ihm die Hitze ins Gesicht stieg. »Ich meine, Sie müssen einen Wahnsinnsstoffwechsel haben.«

»Der Trick dabei ist, dass man nicht bei jeder Mahlzeit so viel isst, wie es die meisten Amerikaner tun. Und natürlich Sport.«

»Ich könnte jetzt ein Fitnessstudio gebrauchen.«

»Wie wär's mit einem Spaziergang als Alternative? Zwei von Stapinskys Immobilien liegen nur zwanzig Minuten von hier entfernt.«

»Dann los.«

»Gut. Bei der Gelegenheit kann ich Ihnen etwas von der Altstadt zeigen.«

Liliana führte ihn nach Norden in Richtung Altstadtzentrum. Die Luft war feucht und kühl, aber angenehm. Jack war froh, dass er sich die Beine vertreten konnte. Die letzten sechzehn Stunden hatte er größtenteils sitzend verbracht.

»Der Stadtteil, in dem wir uns jetzt befinden, heißt Kazimierz. Hier war früher das jüdische Viertel. Im vierzehnten Jahrhundert herrschte König Kazimierz der Große. Auch damals wurden die Juden in Europa verfolgt. Er bot ihnen Zuflucht, und das jüdische Leben in Polen florierte bis zum Zweiten Weltkrieg. Leider leben heute nur noch wenige Juden hier. Doch Kazimierz wurde in den letzten Jahren wieder zum Leben erweckt. Es gibt viele Kunstgalerien, Restaurants, Craft-Bierbrauer und Hipster. Es ist mein Lieblingsviertel.«

Je näher sie dem Altstadtzentrum kamen, desto mehr Fußgänger bevölkerten die Straßen, vor allem Touristen. Schließlich gelangten sie auf den Hauptmarkt, einen der größten mittelalterlichen Plätze in Europa. Dort wimmelte es von Touristen, die die Marienkirche mit ihren hoch aufragenden, das Zentrum beherrschenden Türmen bestaunten und ihr gegenüber die Tuchhallen, eine Drehscheibe des internationalen Textilhandels seit der Renaissance, wie ihn Liliana informierte.

»Bei Ihrem nächsten Besuch müssen Sie unbedingt einen hiesigen Führer nehmen, Jack – das Königsschloss Wawel ist nur einen Katzensprung entfernt, es ist das Herz Polens, unsere Westminster Cathedral. In der Wawel-Kathedrale wurden unsere großen Könige und Königinnen bestattet.«

Bunte Pferdekutschen reihten sich vor der Marienkirche und warteten auf Fahrgäste, und die Cafés und Kaffeehäuser rings um den Platz waren mit Touristen gefüllt, darunter viele Chinesen.

Zehn Minuten später standen sie in einer schmalen Seitenstraße nördlich des Hauptmarkts vor einem kleinen, zweistöckigen Haus. Das Erdgeschoss war grau gestrichen und beherbergte ein Lebensmittelgeschäft, das Obergeschoss war beige.

»Laut Steuerunterlagen gehört Stapinsky das ganze Haus. Und wie aus seinen Einkommensteuererklärungen hervorgeht, kassiert er Miete von zwei Parteien im Obergeschoss und von dem Lebensmittelhändler im Erdgeschoss.«

»Der Laden ist also nicht seiner?«

»Nein.«

»Sind die Mieteinkünfte hoch?«

»Angemessen.«

Jack betrat den bescheidenen Laden. Mit seinem schlichten weißen Fliesenboden, seinen nackten Neonröhren und zwei Registrierkassen machte er wenig her. Nach amerikanischen Maßstäben war er winzig. Wenige Gänge, ein halbes Dutzend Kunden. Die beiden Längswände waren mit einem breiten Sortiment an heimischen und importierten Bieren und Weinen sowie Wodkas und Whiskeys bestückt.

»Müssen Sie noch mehr sehen, Jack?«

»Nein. Nehmen wir uns das nächste Haus vor.«

# 39

Von dem Lebensmittelgeschäft aus gingen Jack und Liliana nach Westen und durchquerten eine schmale Parkanlage mit Spazierwegen, die fast die ganze Altstadt umschloss. Dann folgten sie einer belebten, vierspurigen Straße namens Westerplatte nach Süden, wobei sie unter anderem an einem Dominikanerkloster vorbeikamen. Schließlich gelangten sie an ein vierstöckiges Wohnhaus im neoklassizistischen Stil, das in einer sehr ruhigen und schönen, von Bäumen gesäumten Straße lag. Um hineinzukommen, brauchte man eine elektronische Schlüsselkarte, doch ein älteres Ehepaar kam gerade heraus und nahm keine Notiz davon, dass Jack und Liliana durch die halb offene Tür schlüpften.

Im Haus war es ruhig bis auf die Klänge einer energisch, aber gut gespielten Geige in einem der oberen Stockwerke und dem fröhlichen Gelächter kleiner Kinder hinter der nächsten der beiden Türen im Erdgeschoss. Auf den Briefkästen standen nur polnische Namen. Die alten Marmorfußböden waren sauber und die dunklen Holztüren und Lampen poliert.

»Vier Etagen mit je zwei Wohnungen«, sagte Liliana mit leiser Stimme. »Stapinsky gehört das ganze Haus.«

»Sieht nicht nach einer Drogenhöhle oder einem Trainingscamp für Terroristen aus, oder?«

»Ist es das, was Sie suchen?«

»Nicht direkt.«

Liliana runzelte die Stirn. »Sind Sie sicher, dass Sie Finanzanalyst sind?«

»Ich möchte nicht, dass meine Investoren in etwas Illegales verwickelt werden.«

»Natürlich nicht. Gibt es hier noch etwas zu sehen?«

»Nein.«

Nach fünfzehn Gehminuten waren sie wieder bei Lilianas Audi. Sie fuhren zu den letzten beiden Adressen.

Die erste entpuppte sich als winziger Schnapsladen – »Alkohole« stand auf dem Schild. Er war kaum größer als eine Telefonzelle und an einen Supermarkt angebaut, der nur zehn Minuten von dem Wohnhaus entfernt lag. Der Laden bot Jack kaum genug Platz, um den Kopf hineinzustrecken und sich umzusehen, wobei er dem Blick des zerrauften Mannes hinter der kleinen Glastheke auszuweichen versuchte, der ihn finster anstarrte. Jede Ecke und jeder Winkel war mit Hochprozentigem vollgestopft, hauptsächlich aromatisierte Wodkas sowie irische und amerikanische Whiskeys, und zumeist in Flaschen, die so klein waren, dass sie in eine Jacken- oder Handtasche passten.

Auch ihre letzte Station war nicht weiter bemerkenswert: Kraków Candy, ein kleiner Laden mit einer großen Auswahl an verpackten Süßigkeiten, importierten und inländischen.

»Der Laden gehört Stapinsky. Nach dem von ihm angegebenen Reingewinn zu urteilen, würde er vermutlich mehr verdienen, wenn er ihn vermieten würde«, sagte Liliana.

»Wohin jetzt?«, fragte sie, als sie den Wagen entriegelte.

»Zurück nach Warschau.«

»Wohin genau?«

»Setzen Sie mich an meinem Hotel ab, wenn es Ihnen nichts ausmacht. Ich lasse mir heute Abend noch mal alles durch den Kopf gehen, dann machen wir morgen weiter.«

»Wie Sie wollen.«

Sie fuhren auf der S7, auf der sie gekommen waren, zurück in Richtung Warschau. Der Himmel verdunkelte sich, als sie die Stadtgrenze von Krakau passierten. Zehn Minuten später prasselte Regen auf die Windschutzscheibe, und die Scheibenwischer verrichteten komplett asynchron zu der Musik von Dave Brubeck, die Liliana auf ihrer Audioanlage abspielte, ihre Arbeit.

Jack unterdrückte sein drittes Gähnen nach ebenso vielen Kilometern.

»Mir setzt der Jetlag auch immer zu«, sagte Liliana. »Machen Sie ruhig ein Nickerchen, wenn Sie mögen.«

»Danke, aber ich bleibe jetzt lieber wach. Sonst wird er mir die ganze Zeit zu schaffen machen.« Der Verkehr in ihrer Richtung hatte deutlich nachgelassen.

»Was glauben Sie, wie lange werden Sie in Polen bleiben?«

»Eine Woche. Einen Monat. Wer weiß.«

»Und wie finden Sie mein Land?«

»Bislang bin ich beeindruckt. Ihrer Wirtschaft geht es viel besser, als ich dachte.«

»Ja, wir versuchen in allen Bereichen zu wachsen, vor allem bei der Industrieproduktion, und wir versuchen unsere Exporte zu steigern.«

»Was halten Sie von der Initiative ›Neue Seidenstraße‹?«

Liliana schüttelte den Kopf. »Die macht mir Sorgen. In der Theorie klingt das alles ja ganz gut – offene Handelswege zwischen China und Europa, von denen alle profitieren. Doch in der Realität überschwemmen die Chinesen unsere Märkte mit Industrieerzeugnissen, und wir exportieren nach China nur Schweinefleisch und Milchprodukte.«

»Und die Chinesen spielen nicht gerade fair, oder?«

»Sie sollten das doch wissen. Nehmen Sie nur das massive Handelsdefizit Ihres Landes gegenüber China.«

»Es überrascht mich, dass Sie das internationale Handelsgeschehen verfolgen.«

»Wieso? Weil ich in der Strafverfolgung tätig bin? Glauben Sie mir, in unserer Abteilung sprechen wir ständig über solche Dinge.«

»Warum?«

»Haben Sie in letzter Zeit die Nachrichten verfolgt? Überall in Europa gibt es Krawalle und Proteste. In Griechenland liegt die Jugendarbeitslosigkeit bei über vierzig Prozent, in Italien und Spanien bei über dreißig und in Portugal bei annähernd zwanzig Prozent. Das verarbeitende Gewerbe hat unter der letzten Rezension schwer gelitten und sich nie gänzlich erholt, und wenn die Flut der chinesischen Importe weiter anhält, wird es das auch nie.«

»Wollen Sie damit sagen, dass subventionierte chinesische Importe zur Destabilisierung Europas beitragen?«

»Absolut. Was sollen junge Leute ohne Jobs anfangen? Was für eine Zukunft haben sie? Und sehen Sie sich an, wie sich Europa momentan spaltet. Die Länder mit der höchsten Jugendarbeitslosigkeit – Griechenland, Spanien und Portugal – haben radikale sozialistische Regierungen. Das ist nicht die Richtung, die Europa einschlagen muss.«

»Und wie stehen Sie zu ausländischen Investitionen in Ihrem Land?«

»Sie meinen wie von Hendley Associates?« Sie lächelte.

»Um nur ein herausragendes Finanzunternehmen zu nennen, ja.«

»Investitionen, die zum Wachstum unserer Wirtschaft beitragen, kann ich befürworten. Alles, was in Polen Arbeitsplätze und Wohlstand schafft, ist gut für Polen. Aber der Zweck des sogenannten freien Handels scheint doch darin zu bestehen, ein paar Individuen und Unternehmen auf Kosten des übrigens Landes reich zu machen. Der Import billiger Auslandswaren führt zum Export polnischer Arbeitsplätze, und das ist auf lange Sicht nicht nachhaltig.«

»Da stimme ich Ihnen zu. Aber die Welt steuert aktuell in die entgegengesetzte Richtung. Globalisierung lautet die Devise.«

»Ja. Aber wir sind an einem kritischen Scheideweg angelangt, finden Sie nicht?«

»Inwiefern?«

»Ironischerweise wird im Namen des freien Handels Regierungsgewalt immer stärker zentralisiert mit dem Ziel, Grenzen abzuschaffen und nationale Souveränität zu eliminieren. Aber wenn wir unsere nationale Identität verlieren, was bringt uns dann die Mitgliedschaft in der Europäischen Union?«

»Aber wenn es den Wohlstand der polnischen Bevölkerung mehrt, wäre es das nicht wert?«

»Wird es das? Was geschieht denn, wenn Macht zentralisiert wird? Glauben Sie, die größten deutschen und französischen Unternehmen werden Brüssel erlauben, polnische Unternehmen auf ihre Kosten wachsen zu lassen? Oder glauben Sie, dass es genau anders herum sein wird? Nicht in der Theorie – kommen Sie, Sie haben Geschichte studiert. Was geschieht, wenn sich große Unternehmen mit einer starken Zentralregierung zusammentun?«

»Die Reichen werden reicher und die Politiker mächtiger.«

»Faschismus und Sozialismus sind ein und dasselbe.« Liliana fluchte leise in sich hinein. »Verzeihen Sie, ich rede schon wieder zu viel. Das ist unhöflich.«

»Aber es stört mich ganz und gar nicht. Im Gegenteil.«

»Denken Sie daran, wie lange unser Land von der Landkarte verschwunden war. Unter den Besatzern durfte an den Schulen kein Polnisch unterrichtet werden, unseren Kindern wurde die eigene Geschichte vorenthalten. Unter den Nazis war es dasselbe. Wir mussten kämpfen, um unsere Identität zu bewahren, unsere Kultur und unsere Sprache. Das alles wollen wir nicht aufgeben für billige Toaster und chinesisches

Essen, auch wenn ich zufällig für Huhn nach Gongbao-Art schwärme.«

Jack deutete auf ein Auto mit eingeschalteter Warnblinkanlage vor ihnen. Eine ältere Frau stand ohne Schirm im Regen und versuchte vergeblich, ein Ersatzrad aus ihrem Kofferraum zu ziehen.

»Die Arme«, sagte Liliana. »Ich rufe Hilfe.«

»Fahren Sie rechts ran. Das schaff ich schon.«

»Aber es regnet.«

»Und wenn niemand kommt?«

»Na gut.«

Liliana hielt hinter dem Wagen der Frau, einem rostigen VW Jetta, an. Sie drehte sich um und blinzelte gegen den Regen an, der ihr ins Gesicht klatschte.

Liliana und Jack sprangen hinaus und rannten zu ihr hinüber. Liliana stellte sich als Polizeibeamtin und Jack als ihren amerikanischen Freund vor – vermutete er jedenfalls. Er wollte sich nicht lange mit Förmlichkeiten aufhalten. Auch er wurde klatschnass.

Die Frau wollte Jack unbedingt zeigen, was zu tun war, und Liliana versuchte, sie unter den Minischirm zu ziehen, den sie mitgebracht hatte. Schließlich überredete sie die Frau dazu, sich in den Audi zu setzen, bis Jack fertig war. Fünfzehn Minuten, nachdem sie angehalten hatten, war das Reserverad montiert und Jack von Kopf bis Fuß durchnässt und verdreckt, aber zufrieden mit seiner Arbeit.

Der Regen hatte aufgehört. Die Frau bedankte sich bei Jack überschwänglich in einem Wortschwall auf Polnisch, den Liliana hastig übersetzte, dann stieg sie in ihren Wagen. Sie trat das Gaspedal durch und raste davon, wobei sie eine Schlammfontäne aufwirbelte, die Liliana und Jack von oben bis unten vollspritzte.

Sie konnten nur lachen.

Liliana öffnete den Kofferraum des Audis und fischte eine Decke heraus. Sie trockneten sich damit so gut es ging ab, dann stiegen sie in den Wagen und fuhren weiter Richtung Warschau. Liliana drehte die Heizung hoch. Zwanzig Minuten später war Jack fest eingeschlafen und schnarchte, was das Zeug hielt.

# 40

## SAN FRANCISCO, KALIFORNIEN

Watson schaltete ihr Schreibtischtelefon auf Lautsprecher, als die Verbindung hergestellt war. Nach dem vierten Klingeln hob Elias Dahm endlich ab.

»Hallo, Amanda. Was verschafft mir das Vergnügen?«

»Ich habe gerade in meinem Terminkalender nachgeschaut und festgestellt, dass ich den Text für deine Rede noch nicht erhalten habe. Ich sollte doch noch mal drübergehen.« Windgeräusche drangen aus dem Lautsprecher.

»Meine Rede?«

»Für die TechWorld-Konferenz, erinnerst du dich? Die ist in zwei Wochen.«

»Ach ja, klar. Tut mir leid, wo bin ich nur mit meinen Gedanken?«

»Nach den Geräuschen zu urteilen, ist auch der Rest von dir woanders. Wo steckst du dcnn?«

»Ich stehe vor der Industrie- und Handelskammer in Wickenburg. Schnuckliges Gebäude. Das ganze Städtchen ist schnucklig. Weißt du, was ich gerade sehe?«

»Was für ein Wickenburg?«

»Wickenburg in Arizona. Und? Errätst du, was ich sehe?«

Watson hätte am liebsten Obszönitäten ins Telefon gebrüllt. Elias war ein Genie und ein toller Liebhaber, aber vor allem war er ein altkluger, egozentrischer Kindskopf.

»Ich habe keine Ahnung.«

»Ein Texas-Longhorn. Es steht auf dem Gebäude auf der anderen Straßenseite. Es ist ziemlich sicher aus Plastik.«

»Faszinierend. Und deswegen bist du in Whackaburg …«

»In Wickenburg.«

»In Wickenburg, Arizona? Um dir Kühe anzusehen, die auf Häusern stehen?«

»Hab ich dir nicht gesagt, dass ich heute hierherfliegen wollte?«

*Natürlich nicht.* »In deinem Terminkalender steht es nicht.«

»Nicht weit von hier ist ein Stück Land, auf das ich ein Auge geworfen habe. 13 000 Hektar. Ideal für einen Solarpark.«

»Solarpark? Ich dachte, das hätten wir endgültig zu den Akten gelegt.«

Wie viele von Elias Dahms brillanten Ideen waren groß angelegte Solarparks zugleich Zukunftsmodelle und finanzielle Massengräber. CloudServe hatte bereits zwei andere Solarparks betrieben, und an beiden wäre das Unternehmen fast bankrottgegangen.

Elias' Idee war gewesen, alle großen Serverfarmen des Unternehmens mit Solarenergie zu betreiben und den überschüssigen Strom aus eigener Produktion an die Versorgungsunternehmen zu verkaufen. Auf diese Weise hätte sich CloudServe mit kostenlosem Strom versorgt und zusätzlich noch Profit gemacht.

Leider waren die Kosten für ein Kilowatt Solarstrom selbst dann noch unerschwinglich hoch, wenn Subventionen flossen, und keine preisliche Alternative zu fossilen Brennstoffen, allen voran Öl, das sich dank technischer Fortschritte bei der Schieferöl- und Ölsandförderung in den letzten Jahren stark verbilligt hatte. Schlimmer noch: Die Ryan-Regierung hatte sich erfolgreich dafür eingesetzt, die Subventionen für die

Solarindustrie zu streichen. Der Vorstand von CloudServe hatte sich über Dahms Einwände hinweggesetzt und die beiden defizitären Solarprojekte eingestellt.

»Die Zeiten ändern sich, Amanda. Vorstandsmitglieder ändern sich. Märkte ändern sich. Das Klima ändert sich. Aber die Sonne nicht. Sie ist die perfekte Energiequelle, und sie kostet nichts. Wir müssen Teil der Solarrevolution werden.«

Sie biss die Zähne zusammen. Sie hatte weder die Zeit noch die Kraft, die Diskussion wieder aufzuwärmen. Das war nur wieder eins von diesen Luftschlössern, denen Elias Dahm ständig nachhing. Alle Machbarkeitsstudien hatten gezeigt, dass weiteren Investitionen in Solarenergie nur Verluste einbringen würden, zumal die Subventionsquelle versiegt war. Aber Elias Dahm war ein unverbesserlicher Träumer. Sie würde diese Diskussion nicht gewinnen.

»Du musst mir unbedingt alles erzählen, wenn du zurück bist. Aber jetzt muss ich dich daran erinnern, dass bei dieser Konferenz in London viel für uns auf dem Spiel steht. Sie ist für uns der wichtigste Medienevent des Jahres.«

»Ich denke nicht, dass wir Mühe haben, mediale Aufmerksamkeit zu generieren«, konterte Elias. In der Woche zuvor war er auf der Titelseite des Magazins *Fast Company* zu bewundern gewesen und in Joe Rogans Podcast aufgetreten.

»Ich rede von Aufmerksamkeit der positiven Art. Verstehst du? Von der Art, die uns Geld bringt. Ich rede von Leuten aus der Industrie. Von Leuten, die Verträge unterzeichnen. Das bedeutet, wir müssen viele Hände schütteln und viele Egos streicheln.«

»In solchen Dingen bist du einsame Spitze, Amanda. Ich bin davon überzeugt, dass du das hinkriegst.«

*Natürlich kriege ich das hin,* sagte sie sich. *So wie ich jeden anderen Scheiß hier hinkriege, während du Praktikantinnen vögelst und argentinische Polo-Ponys künstlich besamst.*

»Elias, ich brauche bei dieser Sache wirklich deine volle Aufmerksamkeit.«

»Die hast du.«

»Wo ist dann die Rede? Du bist der Hauptreferent, schon vergessen?«

»Sie wird Dynamit. Ich kann es kaum erwarten, sie dir zu zeigen.«

*Was bedeutet, dass du noch keine Zeile geschrieben hast.*

»Wann kommst du zurück?«

»Wir fahren in rund zwanzig Minuten mit dem Geländewagen zu dem Grundstück raus. Ach ... hier gibt es einen In-N-Out-Burger, nur vierzig Minuten die Straße rauf. Wir sollten mal zusammen einen Double-Double essen.«

»Ich bin Veganerin, erinnerst du dich?«

»Seit wann?«

*Geh zur Hölle,* Elias. »Lass dich nur nicht von einer Gila-Krustenechse beißen oder was da sonst so kreucht und fleucht. Und ruf mich an, wenn du in Kalifornien gelandet bist.«

»Wird gemacht.«

»Gute Fahrt.«

Sie beendete das Gespräch, vor Wut kurz vor dem Platzen.

CloudServe war auch ihre Firma. Sie gehörte zu den größten Aktionären – auf dem Papier war sie steinreich. Nur leider durfte sie keinen ihrer Anteile in naher Zukunft zu Geld machen. Und es war gut möglich, dass Elias vorher die Firma an die Wand fuhr.

Elias gehörte zu diesen neuen Finanzgenies, die Unternehmensgewinnen keinen besonderen Wert beimaßen. Das war nur einer der Gründe, warum sich das Kurs-Gewinn-Verhältnis bei CloudServe-Aktien im dreistelligen Bereich bewegte, auch dank aggressiver Bilanzierungspraktiken. Tatsächlich hätte es nahe null liegen müssen.

Statt an Gewinn und Rendite maß Dahm den Erfolg am Cashflow. Der Computing-Dienst von CloudServe war ein margenstarkes Geschäft mit hohem Investitionsbedarf, erwirtschaftete aber als eigenständige Abteilung nach wie vor Gewinn. Eine Belastung für die Firmenkasse waren all die anderen Abenteuer, von denen Elias träumte, darunter sein Herzensprojekt, das Raumfahrtunternehmen SpaceServe. »Nein« war für ihn ein Fremdwort, und seine handverlesenen Vorstandsmitglieder wollten ihm kein Wörterbuch kaufen. Der wilde Ritt mit ihm machte einfach zu viel Spaß.

Watson riss eine Schublade auf und nahm ein Fläschchen mit ätherischem Öl heraus. Sie schüttete ein paar Tropfen auf ihre Handflächen, verrieb sie und legte sich die Hände über Nase und Mund. Sie schloss die Augen, sog mehrmals langsam und tief die nach Lavendel duftende Luft ein und stellte sich vor, sie stünde allein auf einem zuckerweißen Sandstrand unter einem strahlend blauen Himmel. Ihr Atem wurde langsamer. Ihr Puls auch. Ihr Bewusstsein konzentrierte sich ganz aufs Atmen.

Ein. Aus. Ein. Aus.

Langsam und kaum merklich ebbte ihre Wut ab.

Leises Klopfen an den Rahmen ihrer Tür riss sie aus ihrer Trance.

Es war ihre neue Assistentin. Eine Indonesierin mit H1-B-Visum und Kopftuch.

»Was gibt es denn, Masayu?«

»Sie haben einen Anruf auf Leitung zwei, Ms. Watson.«

Watson blickte auf ihr stumm gestelltes Schreibtischtelefon.

»Wer ist es?«

»Mr. Dahm. Er sagt, er habe vergessen, Ihnen etwas zu sagen.«

Watson zwang sich zu einem Lächeln.

»Danke.«

Sie hob ab. Ein Witz, den er gehört hatte. Und den er ihr erzählen wollte, bevor er ihn vergaß. Sie täuschte ein Lachen vor und legte auf.

Sie versuchte es wieder mit dem Lavendelöl.

Es half nicht.

# 41

## WARSCHAU, POLEN

»Wir sind da, Jack«, sagte Liliana und schüttelte ihn sanft.

Jack schreckte aus dem Schlaf hoch, wusste im ersten Moment nicht, wo er war. Instinktiv holte er mit dem rechten Arm zum Schlag aus, doch Lilianas Lächeln setzte seine Instinkte außer Kraft.

»Haben Sie schlecht geträumt?«

Jack fuhr sich übers Gesicht. Er war völlig fertig.

»Wie lange habe ich geschlafen?«

»Ungefähr zwei Stunden. Ich habe ein paar Mal versucht, Sie zu wecken, aber Sie haben sich nicht gerührt.«

Jack setzte sich auf und blickte aus dem Fenster. Sie standen auf dem Vorplatz seines Hotels.

Er schaute an sich hinunter. Alles mit Dreck verschmiert, die Jacke, das Hemd. Die Hose war wenigstens wieder trocken.

»Jetzt, wo Sie wach sind: Wollen Sie reingehen und sich frisch machen, und wir ziehen anschließend wieder los?«

Jack schüttelte den Kopf, sowohl um ihn wieder klar zu kriegen, als auch um etwas zu kommunizieren. »Ich denke, wir können heute nichts mehr tun. Ich mache mir heute Abend einen Plan. Und wir treffen uns morgen früh wieder.«

»Klingt gut.«

»Dann vielen Dank für alles.« Jack streckte ihr die Hand hin. Sie schlug ein.

»Bis morgen. Sagen wir, um acht?«

»Um acht.«

Jack sah Lilianas Wagen hinterher, dann steuerte er auf den Hoteleingang zu. Ein modisch gekleidetes junges Paar kam gerade heraus. Der Mann warf ihm einen giftigen Blick zu, und die Frau kicherte im Vorbeigehen.

Der Mann an der Rezeption zog bei seinem Anblick ein missbilligendes Gesicht. Jack stutzte kurz, ehe ihm dämmerte, dass er wie ein Obdachloser mit Laptop aussehen musste, der unter einer Brücke geschlafen hatte.

Er zog den elektronischen Zimmerschlüssel aus der Brieftasche und ließ sein bestes Gebrauchtwagenhändler-Lächeln aufblitzen. »Ryan, Zimmer 311.«

Der Mann nahm den Kartenschlüssel, blieb aber skeptisch.

»Ich habe einer Dame im Regen beim Reifenwechseln geholfen«, erklärte Jack, während der andere auf seiner Tastatur tippte. »Dabei habe ich mich etwas schmutzig gemacht.«

Jacks unbeschmutztes Passfoto erschien auf dem Bildschirm des Mannes. »Ja. Mr. Ryan. In Ordnung. Benötigen Sie den Reinigungsservice?«

Mann, Sie Einstein, woran haben Sie das gemerkt?

»Das wäre großartig.«

»Bitte legen Sie Ihre schmutzigen Sachen in den Trockenreinigungsbeutel, den sie in Ihrem Zimmer finden, und hängen Sie ihn heute Abend an die Türklinke. Morgen früh um sieben haben Sie alles wieder.«

»Danke.«

Der Mann linste über den Tisch hinweg auf Jacks Füße. »Schuhe auch?«

Jacks braune Oxfords starrten vor Dreck.

»Bitte.«

»Einfach vor die Tür stellen.«

»Setzen Sie es auf die Zimmerrechnung.«

»Ist bereits geschehen.«

Jack nickte dankend und ging zur Treppe. Er war mittlerweile hellwach, aber wenig begeistert von der Vorstellung, jetzt mit jemandem im Aufzug zu fahren.

Noch bevor Jack irgendetwas anderes tat, schloss er die Zimmertür ab und ging zur gegenüberliegenden Wand. Er griff nach unten, zog das quadratische Ladegerät, das er benutzte, um seinen Laptop aufzuladen, aus dem europäischen Adapter und trug es zum Schreibtisch hinüber.

Er schaltete seinen Laptop ein und verband ihn unter Verwendung eines 2in1-USB-Steckers mit dem Ladegerät. Dann rief er ein Programm auf, das den Zugang zu der bewegungsgesteuerten Digitalkamera herstellte, die in dem Ladegerät integriert war, das gleichzeitig als Netzteil für seinen Computer diente. Das winzige Fischaugenobjektiv der Kamera besaß einen Bildwinkel von 180 Grad, der weit genug war, um jede Bewegung im Wohn- und Schlafbereich des Zimmers zu erfassen. Wenn jemand das Zimmer betreten hatte, hatte es die Kamera aufgezeichnet.

Einen ähnlichen Netzteil-Spion, der auch als Ladegerät für seinen Elektrorasierer diente, hatte Jack im Badezimmer angebracht. Den brauchte er sich allerdings gar nicht anzusehen, wenn dieser hier keinen Hinweis auf einen Eindringling lieferte.

Das Programm hatte nur aufgezeichnet, wie Jack am Morgen das Zimmer verlassen hatte und soeben zurückgekommen war. Das letzte Bild zeigte, wie seine durch das Fischauge verzerrte Hand das Gerät umschloss, bevor er es aus der Wand zog.

»Der gute alte Gav«, flüsterte Jack vor sich hin, dankbar für die elektronische Wundertüte, die ihm Biery auf die Reise mitgegeben hatte.

Als Nächstes gönnte sich Jack eine heiße Dusche. Es war ein langer Tag gewesen, den er größtenteils sitzend verbracht hatte, zuerst in der Gulfstream von Hendley Associates und dann in Lilianas Audi. Unterm Strich hatte er nichts über Dixon oder irgendwelche krummen Geschäfte herausgebracht, die sie mit ihrem Stiefsohn Christopher Gage eingefädelt haben könnte. Gage hingegen schien hier in Polen einiges am Laufen zu haben, zumindest mit Stapinsky, der recht harmlos zu sein schien, auch wenn er ein aufgeblasenes Arschloch war.

Er putzte sich in der wohltuend dampfigen Badezimmerluft die Zähne und dachte über das weitere Vorgehen nach. Das Beste, was ihm einfiel, war, Gerry anzurufen.

»Hallo, mein Junge. Wie läuft's da drüben?«

Jack erstattete einen kurzen Tagesbericht, der mit »ich habe nichts vorzuweisen« endete.

»Hören Sie, ich habe Sie nicht da rübergeschickt, um irgendwas zu beweisen. Ich habe Sie rübergeschickt, um festzustellen, ob da etwas zu finden wäre. Und wenn da nichts ist, dann ist da eben nichts. Aber schließlich ist es erst Ihr erster Tag. Seien Sie nicht so streng mit sich.«

»Ich muss noch ein paar Spuren nachgehen. Ich melde mich dann morgen wieder mit dem, was ich habe – oder auch nicht. Auf jeden Fall werde ich eine Liste von Anhaltspunkten haben, denen ich am Computer nachgehen kann, wenn ich zurück bin.«

»Was sagt Ihnen Ihr Bauchgefühl?«

»Na ja, heutzutage bewegen sich alle in der Grauzone. Unternehmen statten ihre Finanzabteilungen mit großen Budgets aus, damit sie bis an die äußersten Grenzen der Legalität gehen, um Steuern zu sparen, was wohl auch klug ist. Es könnte sein, dass Christopher Gage nur nach Regeln spielt, die andere gemacht haben, und dass mir das nicht gefällt, heißt nicht unbedingt, dass er oder seine Stiefmutter sich etwas zuschulden haben kommen lassen.«

»Graben Sie trotzdem weiter.«

»Wird gemacht.«

Jack zog eine Sporthose und ein Sweatshirt an, bevor er sich an seinen Laptop setzte und eine Textnachricht an Liliana schrieb.

> Wäre es möglich, aus der letzten vierteljährlichen Umsatzsteuererklärung von Baltic General Services mehr über das Unternehmen zu erfahren? Mein Gedanke: Könnten sie noch mehr Firmen gekauft haben oder andere Partnerschaften eingegangen sein? Und lässt sich herausfinden, ob Christopher S. Gage weitere Firmen in Polen gegründet hat oder Firmen, die in Polen tätig sind? Ich weiß, das ist keine leichte Aufgabe, aber mir gehen die Ideen aus. Danke noch mal für das fantastische Essen und den exzellenten Fahrservice.
> Ich kann es kaum erwarten ...

Jack riss sich zusammen, löschte »Ich kann es kaum erwarten« und schrieb stattdessen:

> Dann bis morgen um acht.

Er trommelte mit den Fingern auf den Schreibtisch. Er hatte das ungute Gefühl, dass er etwas übersehen hatte. Aber was?

Wie wäre es, eine Liste aller in Polen tätigen chinesischen Unternehmen zu erstellen und mit der Liste der Firmen abzugleichen, mit denen Gage verbunden war? Und dann? Müsste er auch die genauer überprüfen. Aber ohne Gerichtsbeschluss oder eine andere rechtliche Befugnis, die ihm Zugang zu ihren Büchern ermöglichte – und dergleichen war nur mit einem hinreichenden Tatverdacht zu kriegen –, würde er wahrscheinlich nicht sehr weit kommen. Denn schließlich: Würde jemand bei Gerry reinmarschieren und ihn bitten, ihm die Geschäftskonten von Hendley Associates zu zeigen, würde ihm Gerry wahrscheinlich einen Tritt in den Arsch geben und ihn von der Security kurzerhand an die Luft setzen lassen.

Gages amerikanische Steuerunterlagen waren keine öffentlich zugänglichen Dokumente, und wenn Gage mit weniger als zehn Prozent an einer ausländischen Firma beteiligt war, musste er das nicht dem Finanzamt melden.

Jack überlegte weitere zwanzig Minuten, aber ihm wollte nichts mehr einfallen. Trotz der Dusche war er noch nicht ganz klar im Kopf.

Sein Telefon summte. Eine Nachricht von Liliana.

Bin Ihnen einen Schritt voraus. Ich habe in die gleiche Richtung gedacht und telefoniert, während Sie geschlafen haben. Morgen früh dürfte uns eine Liste von Möglichkeiten vorliegen. Soll ich Ihnen einen Kaffee mitbringen?

*Interessant*. Aus welchem Grund sollte sie weiter nachforschen wollen, außer sie war jetzt selbst an Gage interessiert? Um ihm einen Gefallen zu tun? Unwahrscheinlich. Sie war ein Profi – und Patriotin. Falls sie an Gage interessiert war, dann weil sie es für möglich hielt, dass er in etwas verwickelt war, das den Interessen ihres Landes schadete. Wenn dem so wäre, hieße das, dass Gage gegen die Interessen eines engen Verbündeten Amerikas arbeitete. Und dann lohnte es sich, tiefer zu graben.

Einen Schritt voraus? Klingt eher nach zwei oder drei Schritten. Danke dafür. Kaffee und Frühstück werde ich im Hotel zu mir nehmen, bevor Sie kommen, trotzdem danke. Noch einen schönen Abend.

Das Angebot war nett und ganz bestimmt völlig harmlos. Es war Jacks eigenes Sünderherz, das ihm Sorgen machte.

Er rief Ysabels Kontaktdaten auf. *Ich könnte ihr ein paar Zeilen schreiben und abwarten, wie sie reagiert.* Er sah kurz im Chat-Verlauf nach. Das letzte Mal hatte er ihr vor zwei Wochen geschrieben und sich erkundigt, wie es ihr gehe.

Sie hatte bislang auf keine seiner Nachfragen reagiert.

Die wenigen Gespräche, zu denen sie in Afghanistan und im Iran Gelegenheit hatten, wenn sie mal nicht damit beschäftigt waren, sich vor Kugeln und bösen Jungs in Sicherheit zu bringen, waren nicht unbedingt angenehm gewesen. Sie war sauer und das zu Recht. Er hatte gedacht, sie könnten sich wieder versöhnen.

Sah so aus, als hätte er sich geirrt.

Jack schaltete den Computer aus. Vielleicht sollte er die erzwungene Auszeit dazu nutzen, sich die Stadt anzusehen. Er öffnete gerade TripAdvisor auf seinem Handy, um nachzusehen, was die Stadt um diese Zeit zu bieten hatte, als ihm plötzlich bewusst wurde, dass er eigentlich gar nicht in der Stimmung dazu war. Durch die Bars wollte er auf keinen Fall ziehen, und die Museen, die er sich gerne ansehen würde, hatten bestimmt schon geschlossen. Außerdem hatte er auf seinem virtuellen Schreibtisch noch das Dubai-Geschäft liegen, für das noch eine Menge zu tun war. Und er würde sich besser fühlen, wenn er für das gute Geld, das die Firma ihm zahlte, etwas leistete.

Er beschloss, noch drei Stunden zu arbeiten, und wenn er dann noch nicht müde war, wollte er eine Allergiepille einwerfen, damit er schlafen und sich seine innere Uhr auf die morgige Aufgabe einstellen konnte. Vielleicht hatte er ja Glück und konnte schnell wieder nach Hause und seine Reise für Cory neu planen.

# 42

## LUANDA, ANGOLA

Es war das neueste und exklusivste Luxushotel in der Hauptstadt – die mittlerweile wegen der vielen Öleinnahmen erstaunlicherweise zu den teuersten Städten der Welt zählte –, erbaut von einem chinesischen Unternehmen für chinesische Investoren. Bei europäischen und amerikanischen Expats erfreute es sich großer Beliebtheit, auch wenn ihre Zahl derzeit wegen des Regimewechsels abnahm. Die Mehrzahl der Gäste waren chinesische Manager. Hier wurden Geschäfte gemacht und Kontakte geknüpft. Nur wenige Angolaner konnten sich das Hotel leisten.

Nahezu alle Köpfe drehten sich in Richtung der jungen Angolanerin gemischter Abstammung, als sie die weitläufige Lobby durchschritt. Grüne Augen, karamellfarbene Haut, dichte blonde Locken und ein straffer, kurvenreicher Körper, der mit schwereloser Eleganz dem privaten Expresslift zustrebte, der zu den Penthouse-Wohnungen hinaufführte.

Sie schwenkte eine Schlüsselkarte vor der tastenlosen Rufeinrichtung, und Sekunden später öffneten sich die verspiegelten Aufzugstüren.

Sie war mittlerweile Stammgast.

Das vertraute Gesicht des chinesischen Security-Manns mit dem markanten Kinn begrüßte sie mit einem knappen Nicken, als sie in die Kabine trat. Sobald sich die Türen geschlossen hatten, legte er den Stoppschalter des Aufzugs um. Dann tastete er die wohlproportionierte Figur mit einem Handmetalldetektor ab. Sein kalter Blick suchte in ihren Augen Anzeichen von Täuschung oder Angst, fand aber keine.

Zur eigenen Belustigung ließ sie ein verführerisch anzügliches Lächeln aufblitzen, löste damit aber keine Reaktion bei dem stahlharten Wachmann aus. Er durchsuchte ihre Handtasche. Schlüsselkarte, Lippenstift, Pfefferminzbonbons und drei in Goldfolie verpackte Kondome.

Er sprach in das Mikrofon, das an seinem Handgelenk befestigt war.

Der Aufzug fuhr zügig nach oben.

Die Türen öffneten sich im fünfzehnten Stock. Ein zweiter Sicherheitsmann mit Knopf im Ohr empfing sie mit einem Nicken und ohne zu lächeln. Er trat beiseite.

Sie rauschte an ihm vorbei zu der Doppeltür aus Mahagoni. Ein dritter Wächter öffnete einen Flügel, und sie ging hinein.

Auf dem glänzenden Fußboden aus Carrara-Marmor des großen Wohnbereichs blieb sie stehen. Sie spürte den Luftzug, als die schwere Tür hinter ihr geschlossen wurde. Die letzten Strahlen der untergehenden Sonne wurden vom blauschwarzen Atlantik verschluckt, der die ganze Breite des Panoramafensters einnahm.

Fan Min, der CEO von Sino-Angola Energy, erhob sich von der runden, roten Ledercouch in der Mitte des Zimmers, ein Zahnpastalächeln im Gesicht. Der Neunundfünfzigjährige trug eine schwarze Hausjacke, eine schwarze Seidenhose und rote Samtpantoffeln. Sein schlecht gefärbtes schwarzes Haar war mit Pomade nach hinten gestriegelt.

Er fragte sie auf Portugiesisch mit schwerem Akzent, was sie trinken wolle. Sie antwortete, Cola-Rum. Er goss ihr und sich ein Glas voll. Sie dankte ihm. Er nahm seine blaue Pille.

Sie lächelte. Seine dunklen Augen glitten über ihren Körper, während sie trank.

Sie sagte, sie habe eine Überraschung für ihn. Er strahlte wie ein Kind an Weihnachten. Sie zeigte ihm die neuen Kondome, die sie mitgebracht hatte. Drei, verpackt in Goldfolie. Etwas ganz Besonderes.

Ein Lächeln legte seine Augenwinkel in Falten.

Ein ganz besonderes Vergnügen, versprach sie.

Genau wie ihr aufgetragen worden war.

*»Lindo maravilhoso«,* sagte er und schenkte ihr noch einen Drink ein.

Sie setzten sich zusammen auf die rote Ledercouch. Schiffslichter schwebten wie Sterne im Schwarz des Atlantiks dahinter.

Sie leerte ihr zweites Glas Cola-Rum, während er mit langen, zarten Fingern ihre glatte Haut streichelte und dabei immer wieder *»Belezhina«* flüsterte wie ein Mantra.

Bei ihrem dritten Glas lächelte sie ihn zwischen den Schlucken an. Als seine erwartungsvolle Miene sich verfinsterte, entschuldigte sie sich und verschwand im Badezimmer.

Er zog sich ins Schlafzimmer zurück. Seine Männlichkeit spannte die Seide seiner Hose. Er ließ Musik von Céline Dion laufen. Stellte lauter.

Sie hörte es durch die Badezimmerwand. Sie drückte die Klospülung. Bekreuzigte sich, bevor sie die Tür öffnete. Sie versuchte, das Bild ihres jungen Ehemanns aus ihrem Kopf zu verbannen.

Er würde es nicht verstehen. Er war ja fast noch ein Kind.

Es war gutes Geld.

## LOBITO, ANGOLA

Die Hafenstadt rund vierhundert Kilometer nördlich von Luanda schlief zu dieser späten Stunde, ausgenommen die drei chinesischen Wachleute – PLA-Soldaten in Zivil –, die rings um die Baustelle Streife liefen, um sie vor Dieben zu schützen. Die Raffinerie Lobito-1 sollte in sieben Monaten in Betrieb gehen. Sie wäre erst die zweite Raffinerie im zweitgrößten Ölförderland südlich der Sahara, das verrückterweise achtzig Prozent seines Bedarfs an raffinierten Erdölerzeugnissen importierte. Das Lobito-1-Projekt würde erheblich dazu beitragen, dieses Ungleichgewicht zu korrigieren und gleichzeitig die Taschen der korrupten Politikerkaste Angolas füllen.

Chinesische Ingenieurbüros und Baufirmen waren mit der Durchführung des Projekts betraut, das mit dem Export von angolanischem Rohöl und Gold finanziert wurde. Trotz der erdrückenden Arbeitslosigkeit und bitteren Armut in diesem Land, in dem fast vierzig Prozent der Bevölkerung von weniger als 1,25 Dollar am Tag lebte, erlaubten die Politiker in der Hauptstadt den Chinesen, für den Bau der Raffinerie Lobito-1 eigene Arbeitskräfte mitzubringen und damit die Zahl der dreißigtausend bereits im Land beschäftigten Chinesen – und die von einer Million in ganz Afrika – um weitere dreihundert zu erhöhen.

Angola war Chinas wichtigstes Investitionsziel und Exportpartner Nummer eins in Afrika, und der Grund waren die scheinbar unerschöpflichen Ölvorkommen im Land und vor der Küste der ehemaligen portugiesischen Kolonie.

Die angolanischen Ölvorräte waren so begehrt, dass sie sogar den Kalten Krieg in den Hintergrund gedrängt hatten. Im grausamen angolanischen Bürgerkrieg, der zwanzig Jahre lang tobte, wurden amerikanische Ölfirmen, die im sozialistischen Angola Erdöl förderten, von kommunistischen kubanischen

Truppen vor Angriffen durch antisozialistische Rebellen geschützt, die wiederum die amerikanische Regierung unterstützte.

Ihre Loyalität galt nur dem Geld.

Das Lobito-1-Projekt war ein bedeutender Schritt nach vorn, sowohl für die chinesischen Strategieplaner wie auch für die angolanischen Kleptokraten in Luanda. Abgesehen von den großzügigen Entwicklungsgeldern, die größtenteils den Weg in die Taschen maßgeschneiderter Anzüge von Regimeangehörigen fanden, bevorzugte der neue angolanische Präsident chinesische Investitionen, da sich China nicht in die Politik lokaler Regierungen »einmischte«. Westliche Politiker stellten zu viele Fragen zu Einkommensungleichheit, Korruption, Geldwäsche, Vetternwirtschaft, Umweltverschmutzung und anderen lästigen Themen, vor denen die Chinesen die Augen verschlossen.

Aus Empörung über die Habgier der angolanischen Regierung, den räuberischen Neokolonialismus Chinas und die daraus resultierende Ausbeutung der leidenden Bevölkerung formierte sich eine Rebellengruppe, die Nova Frente de Libertação de Angola (NFLA), die Neue Front zur Befreiung Angolas.

Die NFLA hatte alle ihre bisherigen Aktionen auf die weit im Norden gelegene Exklave Cabinda konzentriert, wo die Bewegung entstanden war und ihre Bemühungen darauf richtete, korrupte angolanische Beamte einzuschüchtern und Maßnahmen der Regierung mit gewaltfreien Mitteln zu durchkreuzen.

Bis jetzt.

Das Holzboot war alt, aber robust, genau wie der Fischer, der den knatternden Honda-Außenborder bediente. Seine sehnigen Arme waren straff wie Taue und nach wie vor in der Lage, das fünf Meter lange Fischerboot auf den Atlantik hinaus zu rudern, doch die Ladung, die er heute Nacht unter der gewachsten Segeltuchplane beförderte, machte den Zweitaktmotor unverzichtbar.

Eine Coleman-Laterne baumelte träge hinter dem Heck, ein unwiderstehlicher Köder für die Fische, die im öligen Wasser der Lobito-Bucht lauerten. Im Hafen, wo er den Bauarbeitern morgens Fische verkaufte, die er nachts gefangen hatte, waren sein Zahnlückenlächeln und sein graustoppeliges Gesicht ein vertrauter Anblick. Nur wenige wussten, dass sich unter seinem zerschlissenen Hemd Narben von Schusswunden verbargen, die er sich im Bürgerkrieg zugezogen hatte. Und noch weniger wussten von der Makarow-Pistole, die unter einem öligen Lappen in seinem Boot lag, eine Kriegsbeute, die er einem jungen kubanischen Leutnant abgenommen hatte, den er zwanzig Jahre zuvor mit eine Machete in Stücke gehackt hatte.

Seine schwieligen Hände stellten den Motor ab, als das Boot im frühmorgendlichen Dunkel hinter das verrostete Wrack eines ehemaligen Fischkutters glitt, der im flachen Wasser auf der Seite lag. Er vertäute sein Boot an dem Wrack und löschte die Laterne, bevor er die Segeltuchplane zurückschlug.

Fünf Angehörige eines NFLA-Kommandotrupps glitten vom Boot ins Wasser, wobei sie ihre AKs in Brusthöhe hielten. Trotz der Wärme verhüllten Sturmhauben ihre Gesichter. Der Letzte von ihnen legte dem alten Mann eine Hand auf die Schulter und flüsterte ihm ins Ohr: *»Obrigado, vovô.«*

Danke, Großvater.

Sie wateten zu einer niedrigen Betonmauer mit Maschendrahtzaun, während der Honda-Motor im Dunkeln davontuckerte, drückten sich dagegen und warteten geduckt.

Der Truppführer gab mit der Hand ein stummes Kommando, dann flüsterte er ein zweites in sein Kehlkopfmikrofon. Dreißig Sekunden später ertönte über ihnen das Knirschen chinesischer Stiefel. Im nächsten Moment ertönte oben das Zischen von heißem Blei, das, mit einer Unterschallpatrone aus einem Präzisionsgewehr abgefeuert, wie ein Betonklotz gegen die Brust des Wachmanns prallte und ihn in den Dreck warf, in dem Zigarettenkippen verstreut lagen.

Erneut gab der Truppführer ein Zeichen, und seine Nummer zwei richtete sich auf und schnitt mit einem langen Bolzenschneider ein sauberes Loch in den Zaun. Der Anführer kletterte hinauf und schlüpfte in geduckter Haltung hindurch. Die anderen folgten.

Sorgfältig hinter den im hell erleuchteten Hof gestapelten Stahlrohren und -trägern Deckung suchend, schlichen die Männer fünfzig Meter nach Norden zu einer Reihe von Wohnwagen, die mit annähernd hundert chinesischen Stahlarbeitern vollgepfercht waren. In den Wagen brannte kein Licht.

Der Truppführer hob seine schallgedämpfte Pistole. Das 9-mm-Geschoss durchschlug die Schädeldecke des im Halbschlaf befindlichen Wachmanns, sodass Blut und Knochen gegen die Stahltür spritzten.

Der schallgedämpfte Schuss war das Signal für die anderen. Sie sprangen vor und warfen Handgranaten und geballte Ladungen durch die Fenster. Dann rannten sie so schnell sie konnten an den Unterkünften vorbei, bevor die ersten Granaten explodierten, und weiter in Richtung Nordzaun.

Die letzten Schreie der Arbeiter, die in den lodernden Trümmern lebendig verbrannten, hallten durch die warme Nachtluft, als die Männer zwischen den Betonhütten der schäbigen Favela in den kargen Hügeln oberhalb der Stadt verschwanden.

# 43

## LUANDA, ANGOLA

Er musste dringend pissen.

Fan Min warf die Bettdecke zurück. Er war völlig verschwitzt. Im anderen Bett lag seine dicke Frau, von ihren Schlaftabletten fast komatös, und schnarchte wie eine Kettensäge am Stamm einer Eiche.

Der Ölmanager wälzte sich aus dem Bett, setzte die Brille auf und schlurfte zum Badezimmer. Das linke Bein hatte sich verkrampft, weshalb er humpelte. Mit dem Handrücken wischte er sich die laufende Nase ab, rieb die Hand am Pyjama trocken und stieß die Tür auf, die er hinter sich ins Schloss kickte.

Der Bewegungsmelder schaltete das Licht ein, aber die Birne schien viel zu schwach zu leuchten; er nahm sich vor, sie von einem der Bediensteten austauschen zu lassen. Das Atmen fiel ihm schwer. Er beugte sich vor und hob den Toilettendeckel hoch. Ihm wurde plötzlich schwindelig.

Habe ich ein Grippevirus eingefangen?, fragte er sich.

Er fummelte am Schlitz seiner Pyjamahose, fischte seine schlaffe Männlichkeit heraus und wartete darauf, dass der Urin zu fließen anfing. Inzwischen rann ihm der Schweiß über den Rücken, und die Nase lief noch stärker. Er wischte sich den Schweiß vom Gesicht. Endlich tröpfelte ein wenig Urin in die Toilettenschüssel, aber seine Hand zitterte so stark, dass er die gelbe Pisse überall verspritzte.

Ein lauter Furz entwich seinem Gedärm. Doch der Darmwind ging in einen kurzen, heftigen Schleimausstoß über, und der Raum begann sich zu drehen …

Ein scharfer Schmerz stach in seine Brust. Fan Min schrie, aber kein Ton kam heraus. Er bekam keine Luft mehr. Verzweifelt versuchte er, sich an dem Wandregal über der Toilette festzuklammern, aber das Regal brach aus der Halterung. Fan Min stürzte auf den Boden, wobei sein Kopf hart auf dem Rand des Marmorwaschtischs aufschlug. Blut quoll aus der großen Platzwunde. Der Kosmetikspiegel und die Parfümflaschen zersplitterten auf dem Fliesenboden.

Er presste die Hände auf sein sterbendes Herz, während er in der immer größer werdenden Lache aus Urin und Blut wild um sich schlug. Sein Blickfeld verengte sich, das fahle Licht wich einer zunehmenden Dunkelheit. Mit schäumendem Mund kämpfte er ein letztes Mal um Atemluft, doch vergeblich.

Der Lärm von zersplitterndem Glas und klirrendem Metall riss Fan Mins Frau aus ihrem von den Pillen verursachten Tiefschlaf.

Stöhnend wälzte sie sich aus dem Bett, verfluchte ihren idiotischen Mann und humpelte auf arthritischen Knien zum Badezimmer.

Sie klopfte an die Tür und rief seinen Namen. Keine Antwort.

Sie drehte den Türknauf; die Tür war nicht abgeschlossen. Sie schob sie auf, aber die Tür gab kaum nach.

Jetzt geriet sie in Panik, rief ihn noch einmal und drückte stärker gegen die Tür, die sich nun fast widerwillig eine Handbreit aufschieben ließ.

Durch den Spalt entdeckte sie Fan Min auf dem Boden, mit dem Rücken zur Tür. Adrenalin schoss in ihre wabbligen Arme. Sie quetschte ihren massigen Bauch in den Türspalt, bis er sich so weit geöffnet hatte, dass sie ein Bein hindurchschieben konnte. Ihr nackter Fuß klatschte auf den nassen Boden, Urin und Blut spritzten auf. Aber erst, als die scharfen Glasscherben in ihre Fußsohle schnitten, begann sie panisch zu schreien.

# 44

## WARSCHAU, POLEN

Liliana wartete wie versprochen Punkt acht Uhr vor dem Hoteleingang. Weil er sie ausdrücklich darum gebeten hatte, hatte sie ihm keinen Kaffee mitgebracht.

Zu seiner Enttäuschung hatte Jack feststellen müssen, dass das Hotelrestaurant nur Abendessen anbot, aber TripAdvisor empfahl ihm einen kleinen Kiosk in der Nähe, vor dem ein paar Einheimische Schlange standen, um *pączki* und dampfenden heißen Illy-Kaffee in robusten Pappbechern zu kaufen. Die Allergiepille hatte Jack fast umgehauen, was eine gute Sache war, hatte aber dazu geführt, dass er im Zustand chemischer Umnebelung aufgewacht war. Zwei Becher starken Kaffees waren nötig, bis er wieder klarer denken konnte.

Er riss die Vordertür des Audis auf und ließ sich auf den Beifahrersitz fallen.

*»Dzień dobry.«*

Liliana lächelte. *»Dzień dobry*. Gut geschlafen?«

»Wie ein Stein.«

»Gut. Dann fangen wir gleich an.«

»Wunderbar. Wohin als Erstes?«

»In mein Büro.«

Eine knappe halbe Stunde später saß Jack in Lilianas bescheidenem Büro im dritten Stock eines unscheinbaren Gebäudes in der Ulica Rakowiecka. Weder ein Schild noch eine Aufschrift wies darauf hin, dass sich in diesem Gebäude das Hauptquartier des ABW befand. Es versprühte noch immer den Charme einer Polizeistation aus kommunistischen Zeiten – was es damals auch tatsächlich gewesen war.

Am Haupteingang hatte Jack zunächst die üblichen Sicherheitskontrollen durchlaufen müssen. Sein Pass war eingescannt worden, und man hatte ihm einen Besucherpass ausgehändigt.

Die nächsten vier Stunden brüteten Jack und Liliana über zahlreichen Dateien mit Steuererklärungen, Lizenzen, Anträgen, Geschäftsberichten und Konkursunterlagen.

Jack sprach kein Polnisch, aber die Suchfunktionen auf Lilianas Computer reichten völlig aus, um einfache Suchbefehle für Kombinationen der Namen »Christopher Gage«, »Baltic General Services«, »Gage Group International« und sogar »Gage Capital Partners« durchzuführen. Jack hätte auch gern nach »Dixon« gesucht, wagte aber nicht, den Namen der Senatorin in den Kontext seiner Ermittlungen einzubeziehen – und erst recht nicht auf einem Computer des polnischen Geheimdienstes. Außerdem sagte er sich, wenn sie wirklich etwas Illegales zu verbergen hatte, würde sie das ganz sicher nicht unter ihrem Klarnamen tun.

Die Steuerunterlagen zeigten, wo sich die Büros der Firma Baltic General Services, kurz BGS, in Danzig befanden. »Könnte sein, dass das Gebäude unten am Hafen steht«, meinte Jack und deutete auf eine Stelle im Stadtplan auf dem Monitor.

»Das wird wahrscheinlich eine Art Lagerhaus sein. Vielleicht mit einer Werkstatt für Reparatur- und Wartungsarbeiten. Oder eine Kombination von Werkstatt und Büros.«

Das war wenigstens ein kleiner Hinweis.

Liliana blickte auf die Uhr. »Wie wär's mit Mittagessen? Ich kenne ein gutes Restaurant in der Nähe. Die besten *pierogi* in ganz Warschau.«

Jack zögerte kurz, als ihm einfiel, wie viel Kohlenhydrate er bereits gestern verschlungen hatte, aber es war es wert gewesen.

Was machten schon ein paar Tausend Kalorien mehr oder weniger aus?

»Klingt großartig.«

»Haben Sie schon mal Piroggen gegessen?«

»Nein, noch nie. Aber ich sehe, wie Ihre Augen aufleuchten, wenn Sie *›pierogi‹* sagen, also wird es wohl was Gutes sein.«

Liliana nahm ihr Schulterholster vom Kleiderständer und schlüpfte hinein.

»Neun Millimeter?«, erkundigte er sich, als sie die Waffe in den Gurt steckte.

»Sie kennen sich mit Waffen aus?«

»Ein wenig.«

»Und – schießen Sie gut?«

»Ich hab mir jedenfalls noch nie in den Fuß geschossen. Also bin ich vermutlich nicht so schlecht.«

»Vielleicht kann ich eine Erlaubnis besorgen und Sie später zum Schießstand mitnehmen. Würde Ihnen das gefallen?«

»Ja, das würde mir wirklich Spaß machen.«

»Um auf Ihre Frage zurückzukommen: Ja, es ist eine WIST-94 9-mm, entwickelt und hergestellt in Polen.«

Sie nahm die Waffe noch einmal aus dem Holster, ließ das Magazin herausfallen und zog den Schlitten zurück, um die Kammer zu leeren, wobei eine Patrone herausgeschleudert wurde. Jack fing sie in der Luft auf.

»Gute Reaktion. Hier.« Sie reichte ihm die Pistole, mit dem Griff zuerst.

Er wog die Waffe in der Hand. Polymer und Stahl, genau wie die Glock 19, die er selbst favorisierte. Diese Waffe war jedoch etwas größer, ungefähr wie die Glock 17. Und wie die Glock hatte auch sie eine interne automatische Schlagbolzensicherung, die durch den Abzug entriegelt wurde. Dagegen bevorzugte Jacks Mentor John Clark noch immer die ganz aus Stahl hergestellte Colt .45 1911. »Alte Schule«, wie Clark immer sagte. »Ohne sie wäre ich nicht so alt geworden, wie ich bin.«

Jack hätte gerne das Zielen mit der fremden Pistole ausprobiert und sie vielleicht sogar auseinandergenommen, aber er war hier sozusagen *undercover* unterwegs, daher gab er sich cool.

»Wie viel Schuss hat sie?«

»Sechzehn im Mag, eine in der Kammer – aber die haben Sie im Moment in der Hand.« Sie streckte ihm die geöffnete Hand hin.

»Ach so, ja.« Er gab ihr die Patrone zurück.

Ihre Blicke trafen sich. Jack verspürte ein leichtes Kribbeln im Nacken. Und etwas anderes regte sich. War das ihre Art, mehr über ihn zu erfahren?

Oder war es eine Art Test?

Er lächelte und reichte ihr die Pistole zurück, mit dem Griff voraus.

Sie schob das Magazin wieder ein, zog den Schlitten zurück und legte die Patrone ein, dann nahm sie das Magazin wieder heraus, lud die letzte Patrone ins Magazin, schob es wieder ein und steckte die Waffe in das Holster.

Jack merkte aus ihrem Umgang mit der Waffe, dass sie in einer Schießerei ihre Schüsse zählen würde. Siebzehn Schuss war ihre Zahl, und sie hatte offenbar nicht vor, sich beirren zu lassen.

»Bereit?«

»Sie haben das Kommando, Ma'am.«

Die Warschauer Luft war kühl, aber angenehm, und der Himmel war wolkenfrei. Ein perfekter Tag für einen Spaziergang, besonders für einen, der zum Mittagessen führte.

»Ich kann Ihnen nicht genug danken für Ihre Unterstützung«, sagte Jack.

»Gern geschehen. Es bringt ein wenig Abwechslung in meine normale Arbeitsroutine.«

»Stimmt, beinahe hätte ich vergessen, dass Sie sich als Klavierspielerin ausgeben, aber eigentlich *undercover* für den polnischen Geheimdienst arbeiten. Was ist Ihr aktueller Fall? Nein, lassen Sie mich raten. Die österreichische Mafia schmuggelt Klavierplagiate aus China nach Polen.«

Sie lachte. »Schön wär's. Im Moment arbeite ich an einem hässlichen Fall im Drogenmilieu und habe es außerdem auch mit einem wirklich üblen Menschenschmugglerring zu tun. Diese Typen versprechen jungen Mädchen aus Osteuropa das Blaue vom Himmel und werfen sie dann in eine Hölle, schlimmer als Dantes *Inferno*.«

Jack hätte ihr gern sein Mitgefühl gezeigt. Es war noch nicht sehr lange her, als es auch der Campus mit einem Fall von bandenmäßiger Kinderprostitution in Texas zu tun bekommen hatte, der Jack und das Campus-Team zutiefst erschüttert hatte. Aber Liliana durfte nicht erfahren, dass er für den Campus arbeitete oder dass es die Organisation überhaupt gab. Er musste daher seine Worte genau abwägen.

»Das klingt furchtbar.«

Auf der anderen Straßenseite ging ein Priester in die entgegengesetzte Richtung, der so jung aussah, als hätte er gerade erst mit der Ausbildung begonnen.

Liliana nickte mit grimmiger Miene. »Schlimmer, als Sie sich vorstellen können.«

»Jetzt machen Sie mir Gewissensbisse.«

»Warum?«

»Man hat Sie von Ihrer wichtigen Arbeit an zwei Fällen abgezogen, damit Sie mir helfen, ein paar Firmen zu überprüfen, die wahrscheinlich völlig harmlos sind.«

»Glauben Sie mir, es wird noch genug Schmutz und menschliche Tragödie für mich übrig sein, wenn Sie wieder abgereist sind.«

»Nein, im Ernst: Warum helfen Sie mir?«

»Nicht ich helfe Ihnen – Sie helfen mir.«

»Wie denn das?«, fragte Jack überrascht.

»Wir ermitteln gegen einen fragwürdigen amerikanischen Geschäftsmann und dessen mögliche Geschäftemacherei mit polnischen Staatsbürgern. Erst durch Sie, Jack, sind wir auf diese Vorgänge aufmerksam geworden. Dafür schuldet Ihnen unsere Regierung Dank.«

Jack verzog schmollend den Mund. »Sie machen sich lustig über mich.«

Liliana lachte. »Schmollen steht Ihnen nicht. Und ich mache mich nicht über Sie lustig, warum auch?«

Jack hob die Schultern. »Und wenn sich herausstellt, dass alles nur Schall und Rauch ist?«

»Dafür gibt's ein passendes Sprichwort: ›Wo Rauch ist, ist auch Feuer.‹«

Nichts ist attraktiver als eine Frau mit Verstand und Humor, dachte Jack, und Liliana war offenbar mit beidem reichlich gesegnet.

»Jetzt mal ganz im Ernst«, sagte er. »Sie scheinen wirklich mehr für mich zu tun, als Sie müssten.«

»Das scheint nicht nur so, das ist so.«

»Okay – ich würde wirklich gern denken, dass ich das meiner umwerfend charmanten Art zu verdanken habe, aber ich vermute, es hat eher mit Gerry Hendley zu tun.«

»Um ehrlich zu sein, das stimmt. Mein Boss ist ein großer Fan des Senators. Und sein eigener Boss ebenfalls, und der ist immerhin der polnische Staatspräsident.«

»Und Sie sollen nun einen guten Eindruck auf mich machen, damit ich das Gerry Hendley berichte? Und ihn womöglich überrede, seinen Einfluss im Kongress geltend zu machen, damit das Gesetz über die Einrichtung einer Militärbasis in Polen verabschiedet wird?«

»So ungefähr. Wie ich erfahren habe, wollen sie es ›Fort Ryan‹ nennen.«

»Soll das ein Witz sein? Das wäre der schnellste Weg, um Präsident Ryan dazu zu bringen, die ganze Sache abzublasen. Sie sollten es lieber nach einem Polen benennen. Wie wär's mit Fort Pulaski, nach dem polnischen General, der während der Amerikanischen Revolution im Kampf fiel? Er war der Gründer der amerikanischen Kavallerie, und soweit ich weiß, könnte die First Cavalry Division die erste Einheit sein, die dann auf der neuen Basis stationiert wird. Das wäre ein echter Volltreffer.«

»Für einen Amerikaner kennen Sie sich in der polnischen Geschichte ziemlich gut aus.«

»Leider nur insoweit, als sie unsere eigene Geschichte berührt.«

»Ich werde Ihre Empfehlung weiterleiten.«

Inzwischen waren sie vor dem Restaurant angekommen, das zur Straße hin allerdings kaum breiter schien als die Eingangstür. Jack hielt ihr die Tür auf. Alle Tische in dem winzigen Gastraum waren besetzt. Es war ziemlich laut – lebhafte Gespräche beim Mittagessen, Geschirr klapperte, Gläser klirrten.

Eine junge Bedienung lächelte Liliana freundlich zu, wobei ihr Blick kurz zu Jack schweifte. Sie rief Liliana etwas zu und winkte sie zu sich zum hintersten Teil des Gastraums.

»Sie besorgt uns einen Tisch«, erklärte Liliana, als sie sich zwischen den eng stehenden Tischen durchwanden. Jack murmelte immer wieder *»Przepraszam«*, aber die Störung schien niemandem etwas auszumachen.

Die Bedienung räumte einen kleinen Tisch frei, auf dem

eigentlich Geschirr, Besteck und Servietten »zwischengelagert« wurden, und zog zwei freie Stühle heran.

Liliana bedankte sich herzlich und gab gleich die Bestellung auf. Zehn Minuten später wurde eine große Platte *pierogi* auf den Tisch gestellt. Liliana deutete auf die verschiedenen Piroggen, die entweder mit klein gehackten Pilzen, Rind- oder Schweinehack oder mit süßen Pflaumen gefüllt waren. Dazu tranken sie Mineralwasser.

Als sich die Piroggenplatte allmählich leerte, erkundigte sich Liliana: »Na, habe ich Sie beeindrucken können?«

»Ja, allerdings. Nicht nur Sie selbst, sondern das ganze Land.«

»Polen ist ein großartiges Land. Ein Land, das es wert ist, dafür zu sterben.«

»Denken alle Polen so?«

»Immer weniger meiner Landsleute, muss ich leider sagen. Vor allem die jungen Leute denken anders.«

»Das gilt auch für mein Land«, meinte Jack.

»Sie fühlen sich anderen Dingen stärker verbunden, aber dafür wären sie nicht bereit zu sterben. Wer würde schon sein Leben für die EU oder für die Globalisierung opfern wollen?«

»Ich habe schon gemerkt, dass Sie kein EU-Fan sind, aber die EU wurde doch gegründet, um den Nationalismus in Europa zu überwinden und einen weiteren Krieg zu verhindern, nicht wahr?«

»Wenn nationale Grenzen die Ursache von Kriegen sind, dürfte es doch keine Bürgerkriege mehr geben, oder?«

Jack dachte an seinen Einsatz in Bosnien und Herzegowina, der gerade mal ein Jahr zurücklag, und an den furchtbaren Bürgerkrieg, der in den 1990er-Jahren zwischen den Nachfolgestaaten des ehemaligen Jugoslawien getobt hatte und den Menschen dort noch immer das Leben – und das Zusammenleben – schwer machte.

Liliana schüttelte den Kopf. »Jetzt fange ich schon wieder damit an. Tut mir leid.«

»Sie müssen sich nicht dafür entschuldigen, dass Sie Ihr Land lieben. Ich werde das auch niemals tun.«

Sie signalisierte der Bedienung, dass sie bezahlen wolle.

Dieses Mal übernahm Jack die Rechnung, obwohl Liliana dagegen protestierte.

Am Nachmittag arbeiteten sie sich durch die letzten Berichte und Unterlagen, die sie sich hatten beschaffen können. Die Summe ihrer Entdeckungen am heutigen Tag war ernüchternd: Außer der Tatsache, dass eine geschäftliche Beziehung zwischen Gage und Stapinsky bestand, die ihnen bereits bekannt gewesen war, entdeckten sie nichts Neues. Soweit Jack erkennen konnte, war an den Geschäftsbeziehungen zwischen beiden nichts Illegales.

Obwohl Liliana sämtliche Vorgänge mit einer weiteren Datenbank des ABW überprüfte, in die Jack keinen Einblick gewährt bekam, gewann auch sie keine weiteren Erkenntnisse.

»Ich bin nicht befugt, darüber zu sprechen. Aber ich kann Ihnen sagen, dass ich für Baltic General Services keine legalen Verbindungen zu uns bekannten kriminellen Elementen oder Unternehmen finden kann.«

»Na, das ist doch auch etwas. Gibt es noch etwas, das wir uns anschauen können?«

»Diese Datenbank war die letzte, auf die wir zugreifen dürfen, Jack. Tut mir leid. Was haben Sie jetzt vor?«

Jack hob die Schultern. »Mir fällt nur noch eine Möglichkeit ein. Ich würde mir noch gerne die Liegenschaften anschauen, die Baltic General Services in Gdynia und Danzig besitzt. Ich habe drei Adressen gefunden.«

»Wir können morgen hinfahren, wenn Sie wollen.«

»Ja, das wäre gut.«

Lilianas Telefon klingelte. »Entschuldigen Sie mich bitte für einen Moment. Das ist meine Mutter.«

»Mütter gehen immer vor«, sagte Jack lächelnd und blickte auf die Uhr. Kurz nach 17.30 Uhr.

Sie redete in schnellem Polnisch. Jack versuchte wegzuhören – was eigentlich überflüssig war, da er kein Polnisch sprach. Aber er sah und hörte eben doch, dass sie nur noch flüsterte, sich von ihm abwandte, sich ein paar Schritte von ihrem Schreibtisch entfernte und ihr Tonfall drängender wurde. Schließlich drehte sie sich wieder zu Jack um, deckte aber die Sprechmuschel mit der Hand ab. Sie errötete vor Verlegenheit.

»Entschuldigen Sie, Jack, aber ich muss Sie etwas fragen.«

»Ja, natürlich. Worum geht es denn?«

»Meine Mutter lässt nicht locker. Sie möchte wissen, ob Sie heute zum Abendessen zu uns kommen wollen. Sie schwärmt immer von Ihrem Land und möchte Sie gern kennenlernen.«

Das brachte Jack in eine Zwickmühle. Einerseits war es eine sehr nette Geste, ihn zum Abendessen einzuladen. Andererseits hatte er schon wieder das Gefühl, auf die Probe gestellt zu werden.

»Ich sehe es in Ihrem Gesicht – es ist zu viel verlangt. Ich muss mich entschuldigen.« Liliana nahm die Hand vom Hörer, um ihrer Mutter die schlechte Nachricht mitzuteilen.

»Nein, warten Sie!«

Liliana hielt inne.

Jack lächelte. »Was gibt's denn zum Abendessen?«

# 45

Liliana parkte den Audi am Straßenrand vor einem bescheidenen zweistöckigen Haus nördlich des Stadtzentrums gegenüber einer Grünanlage. Die Straßen hier waren auf beiden Seiten von Bäumen gesäumt, deren Laub sich herbstlich verfärbte und nach den jüngsten Regenfällen die Straßen glitschig werden ließ.

Sie führte Jack durch ein kleines schmiedeeisernes Gartentor und ein paar Stufen zu einer mit schönen Ornamenten verzierten alten Holztür hinauf. Jack hatte unterwegs darauf bestanden, kurz anzuhalten, damit er einen kleinen Blumenstrauß und eine Flasche Merlot kaufen konnte. Liliana schloss die Tür auf, und sofort trieb ihnen das süß-pepprige Aroma von gebratenen Steaks entgegen. Jack lief das Wasser im Mund zusammen.

Im schmalen Flur kam ihnen eine hübsche Frau mittleren Alters entgegen. Offensichtlich kam sie aus der Küche, denn sie trug eine mit Blumen gemusterte Schürze. Sie wirkte fit und gepflegt, und Jack sah sofort, woher Liliana ihr gutes Aussehen hatte. Wenn die paar grauen Strähnen in ihrem hellbraunen Haar und die kleinen Lachfalten um die Augen nicht gewesen wären, hätte man die beiden Frauen für Schwestern halten können.

Jack reichte ihr den Blumenstrauß, und das Gesicht von Lilianas Mutter leuchtete auf wie eine Kerze.

»Oh, wie schön – das wäre wirklich nicht nötig gewesen.«

Nicht nötig, aber ganz bestimmt kein Fehler.

Die Frau reichte ihm die Hand. »Mr. Ryan, ich freue mich sehr, Sie kennenzulernen.«

Ihr Händedruck war warm und fest, noch ein wenig feucht von der Küchenarbeit. »Vielen Dank für die Einladung, Ms. Pilecki. Und bitte, nennen Sie mich Jack.«

»Gerne. In Polen redet man sich meistens mit Vornamen an. Und das formelle Siezen wie in Deutschland klingt im Polnischen viel zu kompliziert. Ich heiße Maria.«

»Wie Madame Curie?«

»Ja, genau. Nur habe ich das Land nie verlassen, außer zum Studium in Oxford.«

Du lieber Himmel. Ein Superhirn.

»Bitte, machen Sie es sich bequem. Ich hoffe, dass Sie einen guten Appetit mitgebracht haben?«

Jack schnüffelte in der Luft. »Mein Appetit nimmt ständig zu.«

»Meine Mutter ist die beste Köchin in ganz Warschau«, warf Liliana ein.

»Kann ich Ihnen etwas zu trinken anbieten? Wein? Bier? Einen Aperitif?«

»Nein danke – damit warte ich noch ein wenig.« Jack überreichte ihr den Wein. »Hätte ich beinahe vergessen.«

»Das war wirklich nicht nötig!«

»Habe ich ihm auch gesagt, *Mama*. Aber er kann ziemlich stur sein.«

Irgendwo im Haus wurde eine Tür zugeschlagen. Leichte, schnelle Schritte waren zu hören.

Liliana beugte sich gerade noch rechtzeitig herab, als ein Blondschopf wie ein geölter Blitz auf sie zu sauste und ihr ungestüm die Arme um den Hals warf.

»Tomasz!« Sie küsste ihn und richtete sich wieder auf.

Jack grinste breit und trat einen Schritt näher. »Und wer ist der kleine Mann?«

»Das ist Tomasz. Mein Sohn.«

Tomasz umklammerte ein Bein seiner Mutter und starrte Jack mit großen, leuchtend blauen Augen furchtlos und prüfend an.

»Tomasz, sei ein guter Junge und sage Hallo zu Jack«, mahnte ihn Liliana. »Jack isst heute Abend mit uns. Bist du hungrig?«

Der Junge nickte heftig.

Seine Großmutter redete schnell auf Polnisch mit ihm. Er streckte die Arme aus, und sie hob ihn hoch.

»Wie alt ist er – zwei Jahre oder schon drei?«

»Zweieinhalb – wird er nächste Woche«, antwortete Liliana stolz.

»Ein hübscher Junge.«

»Danke.«

»Und offenbar ziemlich schlau. Er spricht schon Englisch?«

»Mutter spricht nur Polnisch mit ihm und ich nur Englisch.«

»Das ist wunderbar. Wir hatten im College zwar auch Fremdsprachen, aber bei mir ist nicht viel davon hängen geblieben.«

»Kinder lernen eine andere Sprache leichter, je früher sie damit anfangen, desto besser. Ihr Gehirn ist dann noch sehr aufnahmefähig«, sagte Liliana.

Ihre Mutter inspizierte Tomasz' farbverschmierte Hände. »Damit kommst du mir nicht an den Tisch«, sagte sie und trug den Jungen zum Badezimmer.

»Ich muss mich entschuldigen. Tomasz kann manchmal ein bisschen aufdringlich sein«, sagte Liliana, als sie ihm ins Wohnzimmer vorausging.

»Er war nicht aufdringlich. Er wollte nur wissen, wer der fremde Mann ist. Das ist sein Job, schließlich ist er der Mann im Haus. Wie lange wird sein Vater noch beim Militär sein?«

Liliana starrte ihn mit einer Mischung aus Überraschung und Neugier an. »Wie kommen Sie darauf?«

Jack wies auf ein Foto in einem silbernen Rahmen, das auf dem Kaminsims stand. Es zeigte einen gut aussehenden Soldaten in Uniform. »Er sieht sehr gut aus. Man sieht sofort, wem Tomasz ähnlich sieht.«

»Ja … Tadeusz … war … ein sehr schöner Mann …« Liliana versagte die Stimme.

»O Gott, es tut mir so leid. Wann … was ist passiert?«

»Sechs Monate nach Tomasz' Geburt. Tadeusz war Offizier bei den polnischen Spezialkräften. Er kam bei einem Sondereinsatz im Kosovo ums Leben – es war ein … ein Hubschrauberabsturz …« Sie wandte sich rasch ab und ging zur Tür.

Sie hat es ernst gemeint, als sie sagte, dass der Tod kein Fremder sei.

Plötzlich kam sich Jack wie ein Idiot vor. Liliana war offensichtlich eine noch immer trauernde Witwe und alleinerziehende Mutter – und er, Jack, hatte mit Gedanken gespielt, die in diesem Fall völlig taktlos und unangebracht waren. Am liebsten wäre er in den Erdboden versunken. Jetzt wollte er nur noch weg.

»Ich muss meine Waffe sichern und mich ein wenig frisch machen«, sagte sie, bevor sie das Zimmer verließ. »Bitte fühlen Sie sich wie zu Hause, Jack.«

Jack zögerte kurz, dann trat er in den Flur und wandte sich zur Haustür.

»Jack?«

Er drehte sich um. Maria stand am anderen Ende des Flurs, Tomasz auf dem Arm. Beide starrten ihn verwundert an.

»Kommen Sie, ich bringe Ihnen etwas zu trinken.«

»Ich … möchte wirklich nicht stören …«

»Unsinn.« Sie schnupperte. »O Gott, meine Steaks!« Rasch setzte sie Tomasz ab, deutete auf eine Spielkiste im Wohnzimmer und gab dem Jungen auf Polnisch eine Anweisung. Tomasz lief trällernd ins Wohnzimmer, während Maria in die Küche zurückeilte und Jack über die Schulter zurief: »Entschuldigen Sie, Jack …«

Jack blickte auf Tomasz hinunter, der ein Spielzeug nach dem anderen aus der Kiste warf, offenbar suchte er etwas ganz Bestimmtes. Dann beugte er sich ganz tief über die Kiste und richtete sich mit triumphierendem Grinsen wieder auf, eine Plastikgiraffe und einen Löwen in den Händen, die er Jack entgegenstreckte. »Spielen?«, sollte das heißen.

»Ich? Ja, klar, Kumpel. Spielen wir!«

Jack setzte sich neben ihm auf den Boden, und die beiden spielten ein Safari-Abenteuer.

Nach einer Viertelstunde kam Liliana wieder ins Wohnzimmer zurück. Sie hatte sich umgezogen und frisch gemacht.

»Was treibt ihr zwei denn da?«

Jack saß mit untergeschlagenen Beinen auf den Boden und deutete auf die Giraffe, die auf einem Lkw-Anhänger stand, vor den Tomasz den Löwen gespannt hatte. Daneben lag ein Plastikhammer, der zum Anhänger gehörende Lkw und ein grüner Plastikritter, der sein Schwert über dem behelmten Kopf schwang.

»Wir sind auf einer Safari, aber ein Ritter versperrt uns mit seinem Lastwagen den Weg.«

Liliana lachte und streckte Tomasz die Hand hin. »Komm, es gibt Abendessen.«

»*Nie*«, gab Tomasz halb schmollend zurück.

»Räume alles wieder in die Kiste«, befahl sie. »Du kannst später weiterspielen, wenn Jack nicht mehr da ist.«

»*Nie.*«

»Wir können doch nach dem Essen noch ein wenig weiterspielen?«, bat Jack und kam sich vor wie ein Anwalt, der sich für seinen Klienten einsetzt.

Liliana zuckte die Schultern. »Nur wenn Tomasz seinen Teller leer isst.«

Jack nickte Tomasz zu. »Hey, Kumpel, klingt doch wie ein guter Deal, oder?«

Tomasz grinste und nickte genau wie Jack mit kurzen, knappen Kopfbewegungen.

»Also abgemacht.« Jack stand auf.

Tomasz streckte die Arme aus. Nach Jack.

Jack hob ihn hoch. »Los geht's!« Er warf ihn ein wenig in die Luft. Tomasz kicherte.

»Noch mal!«

»Nach dem Essen, okay?«

»Okay.«

»Wenn ihr mit dem Herumturnen fertig seid, könnten wir endlich essen«, mahnte Liliana.

# 46

Jack und Liliana genossen das Essen, das aus einer *Żurek* genannten Suppe mit Würstchen und geräuchertem Schweinespeck, gefolgt von Marias Steaks mit schmackhaften Beilagen bestand. Tomasz saß neben Jack, der das Steak für den Jungen in kindgerechte Häppchen schnitt.

Maria befahl Alexa, während des Essens sanfte spanische Gitarrenmusik zu spielen. Das Gespräch floss leicht dahin, von Musikvorlieben zu Filmen, zur Geschichte und schließlich auch zu politischen Themen, denen Jack aber schnell auswich, wobei er Unkenntnis und sogar eine leichte Politikverdrossenheit vortäuschte. Er wollte vermeiden, dass die beiden Frauen aufgrund der Namensgleichheit Folgerungen zogen, dass er mit dem Präsidenten verwandt sei, zumal er diesem trotz des Barts immer noch entfernt ähnlich sah. Als sich das Gespräch schließlich dem Thema Wirtschaft zuwandte, in dem sich Maria sehr gut auskannte, hob Liliana beide Hände in die Höhe.

»O nein. Wenn ihr jetzt über Gewinnmargen und protektionistische Importzölle reden wollt, werde ich wohl das Geschirr abwaschen müssen.« Sie stand auf und sammelte Teller und Besteck ein.

Jack stand ebenfalls auf. »Ich helfe Ihnen.«

Aber Maria legte ihm die Hand auf den Arm. »Unsinn. Sie

sind unser Gast. Jetzt kommt zuerst noch der Nachtisch.« Sie flüsterte Tomasz etwas ins Ohr.

Der kleine Junge quiekte fröhlich. *»Szarlotka!«*

Maria befragte Jack intensiv über den amerikanischen Aktienmarkt – schließlich war er Finanzanalyst – und wie sich die Märkte nach der von der amerikanischen Zentralbank angekündigten Zinserhöhung um einen halben Prozentpunkt entwickeln würden. Er beantwortete ihre Fragen geduldig und befragte sie seinerseits über die EZB und deren Aufkauf von Staatsanleihen. So ging es die nächsten zwanzig Minuten hin und her.

Tomasz langweilte sich, hatte es aber irgendwann während des Gesprächs geschafft, sich auf Jacks Schoß zu schleichen. Sein Blick zuckte zwischen den beiden Erwachsenen hin und her, als könne er dem Gespräch Wort für Wort folgen.

Liliana kam aus der Küche zurück und sagte resolut: »Okay, Mutter, hast du uns nicht *Szarlotka* versprochen?«

In dem Moment klingelte der Timer.

»Kommt sofort.« Maria stand auf. »Kaffee?«

»Gern, danke.« Tomasz befühlte Jacks Bart mit seinen kurzen, fettverschmierten Fingern.

»Tomasz! Hör sofort auf damit!«, sagte Liliana streng. »Soll ich ihn nehmen?«

»Nein, nicht nötig. Ich hatte früher oft meinen kleinen Bruder und meine Schwester auf dem Schoß, vor einer Million Jahren. Es fehlt mir ein bisschen.«

Maria trug mehrere Schalen mit großen Stücken *Szarlotka* herein. Auf den warmen Apfelkuchen hatte sie große Kugeln Vanilleeis gelegt, das bereits zu schmelzen begann.

»Mama – das ist wirklich zu viel!«

»Unsinn. Du bist dünn wie eine Bohnenstange. Und Jack hat so viel Muskeln, der verbrennt schon beim Sitzen so viel Kalorien, dass er den ganzen Kuchen allein essen könnte.«

Sie stellte eine kleinere Schale *Szarlotka* mit Eiscreme vor Tomasz' Hochstuhl auf den Tisch.

»Lass Mr. Ryan jetzt in Ruhe, damit er sein Dessert essen kann«, befahl sie auf Polnisch, wie Jack nach ihrem Tonfall und ihren Gesten erriet.

*»Nie«*, gab Tomasz stur zurück. Er beugte sich vor und zog mit seinen kleinen Fingern sein Tischset samt dem Teller zu sich herüber, stieß den Löffel in den Kuchen und hob ihn an den Mund.

»Vorsicht, Kumpel, es ist heiß«, sagte Jack und blies auf seinen eigenen Löffel, um es ihm zu zeigen.

Tomasz schaute ihn fragend an, dann blies er ebenfalls auf seinen Löffel, bevor er ihn in den Mund schob.

»Sie verderben meinen Sohn«, sagte Liliana. »Oder ist es anders herum?«

Jack zuckte die Schultern und lächelte, aß aber weiter. »Mann, der Kuchen schmeckt fantastisch.«

Nach dem Essen spielten Jack und Tomasz ihr Plastik-Safariabenteuer weiter, während Maria und Liliana den Tisch abräumten und in der Küche arbeiteten.

Nach etwa zwanzig Minuten kam Liliana wieder ins Wohnzimmer und erklärte ihrem Sohn unmissverständlich: »Zeit fürs Bett.«

Tomasz schaute bekümmert zu Jack auf. *Hilf mir, Kumpel.*

Jack zuckte die Schultern. »Tut mir leid, kleiner Mann. Wenn dein Boss sagt, es ist Bettzeit, kann man nichts machen.«

Er stand auf, und Liliana nahm ihren Sohn auf den Arm. Der kleine Junge lachte und versuchte, sich freizustrampeln. Doch schließlich brachte sie ihn unter Kontrolle und drehte ihn um, Kopf nach unten. Er quietschte vor Vergnügen.

»Puh, du bist wirklich ein großer Junge – bald bist du zu groß, und Mami kann dich nicht mehr tragen.« Sie schaute Jack kurz an. »Dauert nur ein paar Minuten, dann fahre ich Sie zum Hotel zurück.«

»Nur keine Umstände! Ich nehme ein Taxi.«

»Nein, bitte. Das mache ich gerne. In einer Viertelstunde, okay?«

»Ja, okay.«

Jack setzte sich auf die bequeme Couch, zog sein Smartphone heraus und öffnete das Postfach. Er grinste, als er hörte, dass sich Tomasz im Badezimmer sträubte, sich die Zähne putzen und das Gesicht waschen zu lassen.

Eine kurze Nachricht von Gerry, eingegangen vor ungefähr einer Stunde. Jack öffnete sie.

Alles okay dort drüben?

Jack schrieb zurück.

Alles gut, aber ich habe noch nichts vorzuweisen.
Fahre morgen an die Küste. Melde mich dann wieder.

Vom anderen Ende des Flurs hörte er Stimmen. Die Tür zu Tomasz' Zimmer stand offen. Sie beteten auf Polnisch. Jack fragte sich, ob es dieselben oder ähnliche Gebete waren wie die, die seine Eltern mit ihm gebetet hatten, als er noch ein kleiner Junge gewesen war. Er war erleichtert, dass Liliana und Tomasz ihn nicht eingeladen hatten mitzubeten – er hatte es seit Jahren nicht mehr getan.

Aber warum hätten sie ihn dabeihaben wollen?

Die Gebete verstummten in dem Moment, in dem Jack die letzte Mail gelesen hatte. Liliana und Maria kamen wieder ins Wohnzimmer, und Jack stand auf.

»Noch einen Drink, Jack? Cognac? Wodka?«

Jack klopfte sich auf den Bauch. »Ich habe keinen Millimeter mehr Platz im Magen. Das Essen war fantastisch. Ich möchte mich sehr herzlich für die Einladung und einen wunderbaren Abend bedanken.«

Maria lächelte. »Es war mir ein Vergnügen, Sie kennenzulernen. Passen Sie auf sich auf, Jack, und ich hoffe, dass Sie finden, was immer Sie suchen.«

»Vielleicht.«

»Und, bitte, wenn Sie wieder in Warschau sind, müssen Sie uns besuchen kommen. Unsere Tür steht Ihnen immer offen.«

»Tomasz sagt auch Auf Wiedersehn«, fügte Liliana hinzu. »Am liebsten würde er Sie gar nicht mehr gehen lassen.«

Maria umarmte ihn zum Abschied und flüsterte: »Ich glaube, Sie erinnern ihn an seinen Vater. Oder vielleicht auch nur an das Foto von ihm.«

Jack war nicht sicher, wie er darauf reagieren sollte. Aber er musste zugeben, dass der Junge auch ihn innerlich berührt hatte.

»Es tut mir sehr leid, dass er schon in diesem Alter seinen Vater verlieren musste, Maria. Aber wenigstens hat er Sie und Liliana, und das ist für ihn ein großes Glück.«

Liliana hatte inzwischen ihren Mantel angezogen. »Fahren wir?«

»Ja, fahren wir.«

## 47

### PEKING, CHINA

Chen Xing war ein treuer Parteifunktionär. In China ging alle Macht von der Partei aus, und wer Macht ausüben wollte, musste der Partei angehören. Dabei ging es nicht um ideologische Überzeugungen; die alles überstrahlende Bedeutung des Maoismus als sozialistische revolutionäre Bewegung und Weltanschauung war mit Mao Zedong gestorben. Heute zählte nur noch eins: das nationale Interesse Chinas zu fördern. Wenn Chen überhaupt eine Religion hatte, dann war es diese.

Der Große Vorsitzende Mao hatte gelehrt, dass alle Macht aus den Gewehrläufen komme, und das Ministerium für Staatssicherheit war das Gewehr, das die Kommunistische Partei Chinas in Händen hielt – das Ministerium, in dem Chen Xing die ultrageheime Division für Internationale Terrorabwehr sehr erfolgreich leitete.

Schon als Kind waren ihm von seinem Onkel die Spielregeln der Partei eingebläut worden: »Mandarine in Bauernjacken«, wie der Onkel sie genannt hatte. Kleinliche Egos, Gruppenkonsens und auf andere abgeschobene Verantwortung. Chen beherrschte das Spiel gut und war sogar über die unvermeidlichen Ineffizienzen erhaben, die jede große Bürokratie kennzeichnen. Im Gegensatz zu den meisten anderen Parteifunktionären war Chen jedoch hochgradig talentiert. Seine zähe

Effizienz und die rücksichtslose Ausführung seiner Aufgaben in der Terrorabwehr hatten ihn rasch die Karriereleiter emporklimmen lassen, bis er nun selbst die Abteilung leitete. Seine Untergebenen fürchteten und bewunderten ihn.

Das galt auch für seine eigenen Vorgesetzten.

Nur wenige Menschen in China verfügten über so viel Macht und Einfluss wie Chen. Und einige der Personen, die noch mächtiger waren als er, befanden sich in diesem Augenblick auf der anderen Seite der Tür des Konferenzsaals.

Chen wartete nun schon seit über einer Stunde. Während dieser Zeit war eine Menge verschlüsselter Textnachrichten auf seinem Smartphone eingegangen, mit denen ihn sein nervöser Stab mit dringend benötigten Detailinformationen versorgte. Die letzte Nachricht war ein Toxikologiebericht.

Der Sicherheitsbeamte an der Tür drückte leicht auf den Ohrhörer, dann nickte er Chen zu, wagte jedoch nicht, ihn direkt anzublicken. Chen erhob sich und knöpfte sein Jackett zu. Der Wärter öffnete die breite Tür zum Konferenzraum, und Chen trat ein.

Man lud Chen nicht ein, sich zu setzen, und man bot ihm auch kein Getränk an, nicht einmal Wasser. Auf dem Widescreen an der Stirnseite des Raums war ein HD-Foto zu sehen, eine Nahaufnahme der Überreste eines der Arbeiter, die bei dem Angriff der NFLA getötet worden waren. Der verkohlte Leichnam lag mitten in qualmender Asche auf dem Rücken, einen verschrumpelten Arm mit klauenartig erstarrten Fingern in die Luft gereckt.

Die Mitglieder der Lobito-Arbeitsgruppe saßen mit versteinerten Mienen schweigend um den langen Mahagoni-Konferenztisch. Chen kannte sie alle, entweder persönlich oder zumindest ihre Namen. Die Luft war dick von Zigarettenrauch, so beißend und faul wie die smoggeschwängerte Pekinger Luft draußen vor den Fenstern im sechsten Stock des Büroturms aus grünlich schimmerndem Glas und Stahl.

Chen stand vor ihnen, sein Magen hatte sich verkrampft. Im Leben eines jeden Menschen gibt es Augenblicke, in denen sich alles schlagartig verändert. Ein schwerer Autounfall, ein Lotteriegewinn, die Geburt eines Kindes. Für Chen war die heutige Besprechung einer dieser Augenblicke. Seine Karriere stand auf dem Spiel.

Und sein Leben.

Er ließ den Blick durch den Raum schweifen. Auf dem Tisch standen zahlreiche leere Wasserflaschen und mit Kippen überquellende Aschenbecher. Offenbar war es eine lange Besprechung gewesen. Am Kopfende saß die Vorsitzende des Seidenstraßen-Fonds. Zu ihrer Rechten saßen der Stellvertretende Außenminister, der CEO der staatlichen National Offshore Oil Corporation (CNOOC) – der Muttergesellschaft von Sino-Angola Energy – und der persönliche Sekretär von Staatspräsident Zhao. Zur Linken der Vorsitzenden saßen verschiedene Parteifunktionäre, Vertreter wichtiger Behörden und Repräsentanten von Ministerien und mächtigen staatlichen Unternehmen.

Chen ergriff nicht das Wort; er kannte seinen Platz in der Hierarchie. Das Foto auf dem Widescreen sagte ihm, warum man ihn herbeizitiert hatte, was er allerdings bereits wusste. In Lobito waren achtundsiebzig chinesische Staatsbürger ermordet worden, Dutzende hatten schwere Verletzungen oder Brandwunden davongetragen, und viele von ihnen hatten fast keine Überlebenschancen.

Mehrere Teilnehmer der Besprechung feuerten ihre Fragen hart und schnell auf Chen ab.

»Wer ist für diese abscheuliche Tat verantwortlich?«

»Die NFLA hat sich schon fünfzehn Minuten danach zu dem Anschlag bekannt«, antwortete Chen.

»Wer sind diese Verbrecher?«

»Das wissen wir nicht.«

»Wo befindet sich ihre Basis?«

»Das wissen wir nicht.«

»Wie viele gehören dazu?«

»Das wissen wir nicht.«

»Haben Sie denn überhaupt einen Plan, wie Sie diese Leute aufspüren können?«

»Ich nutze im Moment alle verfügbaren Ressourcen und erschließe auch neue Wege.«

Der Ölmanager beugte sich vor und faltete seine von Leberflecken übersäten Hände auf dem Tisch.

»Die NFLA hat sich auch zu der Ermordung meines Neffen bekannt. Wie haben sie das gemacht?«

»Sie verwendeten ein Nervengift, genauer gesagt eines der Nowitschok-Derivate, die von den Russen entwickelt wurden.«

»Ein Nervengift? Wie das amerikanische VX?«

»Ja, aber mit fünf- bis zehnmal stärkerer Wirkung. Das Gift blockiert die Weitergabe von Impulsen in den Teilen des Nervensystems, die für die Steuerung der Organe und des Blutkreislaufs verantwortlich sind. Neben anderen Symptomen führt es zu Atemlähmung und Herzstillstand. Es handelte sich wahrscheinlich um eine der Varianten A, B oder C. Die Variante D ist ein Pulver, es wurden jedoch keine Pulverreste gefunden.«

»Wie wurde es verabreicht?«

»Durch damit behandelte Kondome.«

»Kondome? Unfug. Seine Frau war unfruchtbar.«

»Er war zuvor mit einer Frau zusammen gewesen.«

»Mit einer Frau? Sie meinen: Mit einer Hure?« Der CEO von CNOOC lief puterrot an. Seine Familienehre stand auf dem Spiel.

»Sie besuchte ihn regelmäßig. Wie man mir berichtete, war

sie außergewöhnlich. Und sehr teuer. Fan Mins Leibwächter hatten sie genauestens überprüft. Sie hatte an diesem Abend keine Waffe bei sich. Es gab daher keinen Grund, sie zu verdächtigen.«

»Aber offenbar doch«, warf die Vorsitzende ein.

Chen wagte nicht, die Verantwortung dafür auf sich zu nehmen. Schon die leiseste Andeutung von Schuldbewusstsein würde wie ein blutiger Köder im Haifischbecken wirken. Er musste extrem vorsichtig vorgehen.

»Die genaueren Umstände müssen von Fan Mins Sicherheitsteam überprüft werden, Genossin Vorsitzende. Wir sind gerne bereit, das Team dabei zu unterstützen.«

Chen brauchte nicht eigens zu erwähnen, dass Fan Mins Sicherheitsteam bei Sino-Angola Energy beschäftigt war, nicht beim Ministerium für Staatssicherheit.

»Woher wollen Sie wissen, dass es ein vergiftetes Kondom war?«

»Wir haben ein unbenutztes Kondom in ihrer Handtasche gefunden. Leider liegt der Kriminaltechniker, der es entdeckte, im Koma.«

»Sie haben hoffentlich die Hure im Gewahrsam?«

»Sie liegt im Leichenschauhaus.«

»Sie haben sie getötet?«, bellte der Ölmanager. »Das war dumm!«

»Sie wurde von einem Betonmischer überfahren und getötet, dreizehn Minuten, nachdem sie Fan Min verlassen hatte, wie aus der Aufzeichnung einer Überwachungskamera zu ersehen ist, die wir sicherstellen konnten. Es handelt sich um Fahrerflucht.«

»Ein Unfall?«

»Höchst unwahrscheinlich.«

Der Stellvertretende Außenminister unterbrach die Befragung. »Wenn Sie die Kameraaufzeichnung haben, müssten Sie doch den Betonmischer leicht finden können?«

»Der Lastwagen war achtzehn Stunden zuvor als gestohlen gemeldet worden. Er wurde drei Kilometer nördlich der Stadt zurückgelassen und ist vollständig ausgebrannt. Darin fanden wir eine verkohlte Leiche, vermutlich der Fahrer.«

Der Ölmanager schüttelte den Kopf. »Warum sollte diese Hure meinen Neffen ermorden wollen?«

»Ich bezweifle, dass sie ihn ermordet hat.«

»Wie meinen Sie das?«

»Es wäre zu gefährlich. Wäre sie nicht von diesem Betonmischer überfahren worden, wäre sie an dem Gift gestorben, das durch die Kondome in ihren Körper eingedrungen sein muss, wie es im toxikologischen Bericht über ihre Leiche heißt.«

»Sie glauben also, sie hätte die Kondome benutzt, ohne zu wissen, dass sie vergiftet waren?«

»Das ist korrekt.«

»Woher hätte sie diese mörderischen Dinge haben können?«

»Wir glauben, jemand hat sie ihr gegeben, eine Person, der sie vertraute. Oder sie wurde dazu gezwungen. Eine logische Vermutung wäre, dass es ihr Zuhälter gewesen sein könnte.«

»Wissen Sie, wer er ist?«

»Ein australischer Staatsbürger. In unseren Datenbanken deutet nichts darauf hin, dass er einem ausländischen Geheimdienst angehört.«

»Aber sicherlich hat er ein Strafregister?«

»In den lokalen Polizeiberichten ist nichts über ihn zu finden. Wir vermuten, dass er Polizisten bestochen hat, damit sie ihn beschützen.«

»Wo ist er jetzt?«

»Das wissen wir nicht.«

»Ihre Vermutung?«

»Er liegt irgendwo verscharrt. Wir erkundigen uns derzeit bei unseren Informationsquellen in Australien.« Chen wandte sich an den General der Volksbefreiungsarmee, der auf der rechten Seite des Tisches saß. »Wir ersuchen formell um Unterstützung durch die Einheit 61398, um die Datenbanken von Fluglinien, Zugverbindungen und anderen Reisemöglichkeiten einsehen zu können.«

Der General lächelte breit und wandte sich an die ganze Runde. »Die Armee steht selbstverständlich bereit, um Ihrem Ministerium aus diesem Chaos herauszuhelfen.«

Chen erstarrte. Das war eine weitere Herausforderung.

»Wir bedauern den Tod der drei Soldaten der Volksbefreiungsarmee. Sie wurden aber getötet, *bevor* der Angriff auf die Raffinerie erfolgte, an einem Ort, an dem keine Sicherheitskameras installiert waren. Dennoch denken wir, dass unsere bescheidenen Anstrengungen schon sehr bald zur Festnahme ihrer Mörder führen werden – mit Ihrer großzügigen Unterstützung.«

Der General kniff bei Chens geschickt verhülltem Vorwurf wütend die Augen zusammen. Denn tatsächlich hatten die Soldaten ihre Pflichten vernachlässigt.

»Aus welchem Grund sollte ein australischer Zuhälter einen chinesischen Ölmanager umbringen wollen?«

»Vermutlich diente er nur als Mittelsmann für die Personen, die Fan Min tot sehen wollten. Wir denken, dass er sehr viel Geld dafür erhielt, die vergifteten Kondome weiterzuleiten und keine Fragen zu stellen.«

Der Sekretär des Präsidenten warf ein: »Und weil er zu viel wusste, hat man auch ihn beseitigt.«

»Genau das ist auch meine Vermutung.«

Damit endete die Befragung.

*So weit, so gut,* dachte Chen. Sein Team in Luanda hatte in dieser kurzen Zeit fantastische Arbeit geleistet. Er konnte nur hoffen, dass es reichen würde.

Die wichtigsten Köpfe in der Runde berieten sich in scharfem Flüsterton. Chen war für seine brutale Aufrichtigkeit bekannt, was bei einem Mann in seiner Position nur selten vorkam. Aber die Ehrlichkeit konnte ihn bestenfalls für kurze Zeit schützen.

Jetzt ergriff die Vorsitzende des OBOR-Fonds wieder das Wort.

»Ich bin nicht sicher, ob Ihnen das volle Ausmaß dessen bewusst ist, was dieser Angriff bedeutet.«

»Vermutlich nicht, Genossin Vorsitzende. Bitte klären Sie mich auf.« Was hätte er sonst sagen können?

Die Vorsitzende erging sich in einem langen Vortrag über das Wesen und die Dimensionen der Seidenstraßen-Initiative und deren lebenswichtige Bedeutung für die zukünftige ökonomische und militärische Entwicklung Chinas.

Danach gab der Stellvertretende Außenminister einen kurzen Überblick über die strategische Rolle Angolas im Rahmen der BRI.

Der CEO des Ölkonzerns CNOOC erläuterte wortreich die Konsequenzen, die sich aus dem Arbeiterstreik in Lobito ergaben, und die katastrophalen Folgen des Baustopps für die Raffinerie und potenziell für jedes andere chinesische Projekt in Angola.

Ein warnender Hinweis, dass Präsident Zhao ein *persönliches* Interesse an dieser schrecklichen Angelegenheit habe, kam von seinem Sekretär, mit besonderer Betonung, wie dringend notwendig es sei, die Täter zu bestrafen, die China diese nationale Demütigung zugefügt hatten, die nun ein schlechtes Licht auf den Präsidenten und letztendlich auf die Partei werfe.

Und zu guter Letzt wurde Chen unmissverständlich klargemacht, welche Strafe für ihn vorgesehen war, sollte er bei der Lösung dieses Problems versagen.

»Ich danke Ihnen.« Mehr sagte Chen nicht.

Mehr *konnte* er nicht sagen.

Die Vorsitzende gab ihm eine einzige Anweisung auf den Weg: »Ziehen Sie jede Strippe, drehen Sie jeden Stein um, zerstören Sie jedes Nest. Tun Sie alles, was Sie tun müssen, um diese Banditen aufzustöbern, die unsere Leute ermordeten, und fegen Sie sie auf der Stelle vom Angesicht der Erde!«

Er verneigte sich leicht in der althergebrachten Weise.

»Das werden wir tun.«

# 48

Was erwarten diese Mistkerle?

Chen schäumte innerlich vor Wut, als er sich zackig umdrehte und zur Tür ging. Der Angriff auf die Raffinerie war vor nicht einmal vier Stunden erfolgt. Kein anderer Geheimdienst auf dem Planeten hätte in dieser kurzen Zeit so viele Antworten liefern können, wie es sein Team geschafft hatte.

Glücklicherweise verfügte das Ministerium für Staatssicherheit praktisch auf dem ganzen afrikanischen Kontinent über hervorragende Informationsquellen, menschliche und technische.

Kaum hatte Chen die Tür hinter sich geschlossen, als er sich auch schon die keineswegs kurze Liste der Agenten in Erinnerung rief, die ihm in Angola zur Verfügung standen. Als er in die Aufzugkabine trat, war ihm bereits klar, dass sie ihm nicht viel nützen würde.

Er hatte keinerlei Zweifel daran, dass es einen Zusammenhang zwischen Fan Mins Tod und dem Angriff auf die Raffinerie geben müsse; schließlich war es Fan Mins Unternehmen, das die Raffinerie baute. Und was noch wichtiger war: Betrachtete man die beiden Ereignisse zusammen, ergab sich eine sehr mächtige politische Botschaft. Um sicherzugehen, hatte Chen seinen besten Operateur beauftragt, Fan Mins

Privatleben zu durchleuchten, um ausschließen zu können, dass irgendeine persönliche Vendetta der Grund für Fan Mins Ermordung war, was Chen jedoch für höchst unwahrscheinlich hielt.

Chens größtes Problem war, dass die NFLA eine relativ neue Gruppierung war, die vor diesem Anschlag keine Gewaltaktionen mit Todesopfern durchgeführt hatte. Chen hatte bisher weder Zeit noch Gelegenheit gefunden, die Organisation zu infiltrieren, geschweige denn ihre Mitglieder, Finanzquellen und Waffenlieferanten zu identifizieren.

Aktuell wurde Chen durch ein ganz konkretes Problem daran gehindert, die Killer zu identifizieren, nämlich durch die Tatsache, dass sämtliche Personen, denen er nützliche Hinweise hätte entlocken können, tot waren.

Wer auch immer den Überfall auf die Raffinerie und die Ermordung Fan Mins durchgeführt hatte, war sowohl bei der Planung als auch bei der Ausführung außerordentlich gründlich vorgegangen. Alle denkbaren Spuren waren vernichtet oder verbrannt; die NFLA musste sehr gut organisiert und diszipliniert sein.

Eigentlich unmöglich, sagte er sich, als sich die Fahrstuhltüren wieder öffneten. Die meisten einheimischen Rebellenbewegungen waren kaum mehr als kriminelle Banden, die sich um eine politische Ideologie oder einen fanatisch-religiösen Glauben scharten. Wenn derartige Gruppen ihre ersten kinetischen Operationen planten und ausführten, agierten sie fast immer unsicher und zögernd. Dagegen ließ die operative Effizienz der NFLA vermuten, dass sie über fortgeschrittenes taktisches Training und Aufklärung verfügte, oder jedenfalls über Kapazitäten, die weit über die Fähigkeiten einer einheimischen Rebellenbande hinausgingen.

Chens Bodyguard-Fahrer öffnete die Hintertür des schwarzen Dienstwagens, einer H7-Limousine der Automarke Hongqi

(Rote Fahne), die in der Tiefgarage genau gegenüber des VIP-Aufzugs auf ihn wartete.

»Zum Büro«, bellte Chen, als er einstieg, ohne sich von seinen Überlegungen ablenken zu lassen.

Die hochentwickelten Fähigkeiten der Angreifer waren vermutlich den Informationen zu verdanken, die von einem höchst effizienten Geheimdienst geliefert worden waren – von den Amerikanern, Franzosen, Briten, Russen oder Israelis –, also von den üblichen Verdächtigen mit den üblichen Motiven.

Wer kam sonst noch infrage? Vielleicht die Südafrikaner. Sie waren schon während des Bürgerkriegs in Angola einmarschiert, um ihre eigenen Interessen in dem Land zu schützen. Aber Chen hielt ihre Beteiligung für äußerst unwahrscheinlich. Nach dem radikalen Regimewechsel in Südafrika hatten die nachrichtendienstlichen Fähigkeiten der Südafrikaner drastisch abgenommen, vor allem in jüngster Zeit.

Was war mit den Nordkoreanern? *Die machten immer und überall Probleme.* Es war aber kaum anzunehmen, dass sie so fern von ihrer Heimat agieren und ihre dürftigen Ressourcen einsetzen würden, nur um ihrem chinesischen großen Bruder eins auszuwischen, zumal sie selbst keinen Nutzen daraus ziehen konnten.

Vielleicht steckte die kubanische DI – Dirección de Inteligencia – hinter diesem Desaster. Eine Zeit lang hatten sich 37 000 kubanische Soldaten an den Kämpfen in Angola beteiligt, und 10 000 von ihnen waren im Bürgerkrieg gefallen. Seither hatte China den Einfluss der Kubaner zurückgedrängt und war an deren Stelle getreten. Wollten die Kubaner ihren früheren Einfluss in der Region wieder zurückgewinnen?

Während die Limousine über Pekings Financial Street rauschte, geriet Chen allmählich in Panik. Natürlich hatte das MSS gewisse Informanten in westliche Geheimdienste eingeschleust oder auf seine Seite gezogen, und man konnte auch jederzeit anderen ansprechbaren Bürokraten Bestechungsgelder anbieten. Aber das würde Zeit kosten, und Zeit war genau das Gut, an dem es Chen momentan mangelte.

Er zündete sich eine Zigarette an. Irgendetwas übersah er. Was konnte es sein? Systematisch ließ er sich jeden Aspekt noch einmal durch den Kopf gehen.

Ein Ort? Ein Name?

Ja! Beides.

»CHIBI«, sagte er plötzlich laut.

»Bitte?«

»Nichts. Fahren Sie weiter.«

Chen drückte auf einen Schalter. Die Sicherheitsscheibe schloss sich, die Fahrerkabine und Rücksitze voneinander trennte.

Er verfluchte sich innerlich. Wie konnte er das vergessen? CHIBI gehörte zu den seltsamsten Erfahrungen seines beruflichen Lebens. Sein Gehirn musste es wie eine traumatische Erinnerung vergraben haben.

Als die Rote-Fahne-Limousine vor dem stalinistischen Marmorbau des Ministeriums für Staatssicherheit anhielt, traf Chen eine Entscheidung.

Er würde sich noch einmal mit CHIBI in Verbindung setzen. Glücklicherweise hatte ihm die rätselhafte Quelle für genau dieses Erfordernis genaue Anweisungen gegeben.

Chen würde seine Besorgnis zum Ausdruck bringen, dass die zuletzt gelieferten Informationen zwar hochwillkommen, aber wahrscheinlich nichts weiter als ein Glückstreffer gewesen seien. Er sei weiterhin daran interessiert, an der Londoner Auktion teilzunehmen, aber brauche dafür noch einen weiteren Konzeptbeweis – einen, den er selbst bestimmen würde: belastbare Informationen über den Lobito-Angriff. Die fünf Soldaten, die den Angriff durchgeführt hatten, waren sicherlich leichter aufzuspüren als die unbekannte Zahl von unsichtbaren Attentätern, die Fan Min eliminiert hatten. Chen war sich sicher, dass er zuerst die NFLA-Angreifer finden müsse; sie würden ihn schließlich zu Fan Mins Mördern führen.

Das war allerdings reichlich spekulativ. Vielleicht war CHIBI an einem Deal auf Gegenseitigkeit gar nicht mehr interessiert? Oder vielleicht konnte er die Erkenntnisse gar nicht liefern, die Chen haben wollte? Vielleicht war CHIBI eine digitale Sexfalle?

Aber sollte CHIBI diesen Fall knacken können, wäre Chens Karriere gerettet – und, was noch wichtiger war, sein Leben.

# 49

## WASHINGTON, D.C.
## AMERICAN POLICY AND SECURITY INSTITUTE (APSI)

Senatorin Dixon erhob sich und ging, begleitet von begeistertem Applaus, zum Rednerpult, neben dem auf beiden Seiten ein Teleprompter installiert war.

Sie schüttelte einem strahlenden Senator Blair die Hand. Blair, ein früherer Vorsitzender des U.S. Senate Select Committee on Intelligence, hatte sie derart überschwänglich als nächste Rednerin eingeführt, dass es wie eine Heiligenverehrung geklungen hatte – ein unverhohlener und reichlich tollpatschiger Versuch, sich nach Dixons Wahl zur Präsidentin der Vereinigten Staaten den Posten des Director of National Intelligence (DNI) zu sichern.

Kannst du dir abschminken, dachte sie. Aber träum weiter.

Auch die übrigen Vorstandsmitglieder des APSI, die lächelnd in der ersten Reihe saßen, rechneten fest mit der Dixon-Präsidentschaft, allerdings aus ganz anderen Gründen. Im Verlauf der letzten drei Jahre hatte Dixon dafür gesorgt, dass der Thinktank an Status und Ansehen gewinnen konnte. Sie hatte Türen zu den militärischen, politischen und ministeriellen Eliten der Volksrepublik China geöffnet, zu denen nur wenige Außenstehende Zutritt bekamen. Der bevorzugte Zugang in China verschaffte dem APSI einen Informationsvorsprung gegenüber den Konkurrenten, der dafür sorgte, dass der Thinktank in Washington, D.C. zu privaten Beratungen mit den wichtigsten Akteuren im Kongress, Pentagon und in der Wall Street eingeladen wurde.

Dank seiner speziellen Expertise in Wirtschafts- und Sicherheitsfragen von Europa bis Asien galt das APSI inzwischen als einflussreichster Thinktank in D.C.

Und was am wichtigsten war: Das APSI war auch finanziell extrem gut aufgestellt. Das Center for East-West Progress and Advancement (CEWPA), eine in Hongkong angesiedelte Nonprofit-Organisation, hatte sich – natürlich völlig uneigennützig – nicht nur bereit erklärt, die gesamten Verwaltungs- und Personalkosten des Instituts zu übernehmen, sondern auch den leitenden Fellows großzügige Gehaltserhöhungen zu gewähren und der Institutsverwaltung fünf neue Personalstellen zu bewilligen. Darüber hinaus hatte CEWPA auch zwei weitere Lehrstühle gestiftet, einen für chinesisch-amerikanische Beziehungen und einen für Ost-West-Friedensforschung. Auch Lixia Yang, die Direktorin des CEWPA, war heute Abend anwesend, begleitet von ihrem Ehemann und ihren zwei hübschen Töchtern.

Senatorin Dixons Rede an diesem Abend würde die Reputation des Instituts noch weiter festigen, denn sie plante, am Ende ihrer Rede ihre Kandidatur für die Präsidentschaft offiziell bekannt zu geben. Die Rede der Senatorin würde außerdem Yangs Status im Vorstand des CEWPA noch größeren Glanz verleihen und, was noch wichtiger war, ihr Ansehen beim Leiter des United Front Work Department aufwerten, einem Organ des Zentralkomitees der Kommunistischen Partei Chinas, das insgeheim die Operationen des CEWPA finanzierte.

»Ladies and Gentlemen«, begann Dixon ihre Rede, »ich danke Ihnen, dass Sie mich so freundlich empfangen haben. Ganz besonders danke ich Lixia Yang und dem CEWPA für ihre Freundschaft und Unterstützung, und vor allem auch Senator

Blair für die vielen Jahre, in denen er unserer Nation gedient hat, und für seine freundliche Einführung.

Seit mehreren Jahren ist es mir eine Freude und ein Privileg, mit APSI zusammenzuarbeiten. Ich weiß, dass ich mich auf die hervorragende Expertise und die praktischen Erfahrungen der Forscher und Fellows des Instituts jederzeit verlassen kann.

Der Einsatz des APSI für Sicherheit, Frieden, Wohlstand und Fortschritt unserer großartigen Republik ist über jeden Zweifel erhaben und unerschütterlich. Heutzutage ist eine besondere Art von Moral und intellektuellem Mut erforderlich, um sich der Flut populärer Trends entgegenzustellen, die ihre Wurzeln in den bekannten Vorstellungen und alten Gewohnheiten haben.«

Dixon legte eine Kunstpause ein, um die Wirkung zu steigern.

»Aber wir alle, die wir heute Abend hier versammelt sind, wissen, dass nicht alles Populäre immer richtig ist und das Richtige nicht immer populär.«

Im bis auf den letzten Platz gefüllten Auditorium brandete Applaus auf.

»Die NATO wurde in der Folge des Zweiten Weltkriegs gegründet, als Europa in Trümmern lag und die gewaltige Sowjetarmee im Begriff schien, über den gesamten Kontinent herzufallen. Das Bündnis sollte ein Bollwerk gegen das sowjetische Imperium und dessen Bestrebungen sein, den Kommunismus im Sowjetstil über den gesamten Erdkreis zu verbreiten. Die Mission der NATO war richtig, edel und gut. Und was noch besser war: sie wirkte. Dem sowjetischen Expansionsdrang Einhalt zu gebieten, bewahrte die Welt nicht nur vor der Vorherrschaft der Sowjets, sondern entblößte auch die Fehler und Widersprüche ihrer Planwirtschaft und führte letztendlich dazu, dass sie von innen her zusammenbrach.

Die sowjetische Aggression einzudämmen, verschaffte Westeuropa genügend Zeit, sich von den Verwüstungen des Krieges zu erholen. Die Europäische Union gehört heute zu den drei größten Wirtschaftsräumen auf dem Planeten, nach China und knapp hinter den Vereinigten Staaten, aber weit vor Russland und Japan.

Kurz gesagt, hat die NATO den Kalten Krieg gewonnen, und dieser Krieg ist auch deshalb vorüber, weil es die Sowjetunion nicht mehr gibt. Man könnte also behaupten, der ursprüngliche Zweck der NATO sei mit dem Untergang der Sowjetunion gestorben. Aber heißt das auch, dass Russland keine Bedrohung mehr darstellt? Wohl kaum. Die russische Aggression ist sehr real. Ich würde sogar behaupten, dass die russische Aggression nach wie vor gegen den Westen gerichtet ist. Die Frage lautet daher, wie wir ihr begegnen sollen?

Der Zweck der NATO ist die Verteidigung Europas, und wir verteidigen Europa nicht, indem wir Kriege führen, sondern indem wir sie verhindern. Doch in den letzten Jahren der Ryan-Administration haben wir nicht nur einmal, sondern sogar zweimal mit den Russen gekämpft. Es ist eindeutig so, dass die Ryan-Administration bei der Verhinderung von Krieg versagt hat.

Fairerweise will ich Präsident Ryan zugestehen, dass er den Russen die Stirn geboten hat, als die Feindseligkeiten begannen. Aber ich werfe ihm auch ausdrücklich vor, zugelassen zu haben, dass die Feindseligkeiten überhaupt ausbrechen konnten. Und warum konnte das geschehen? Auf diese Frage gibt es drei Antworten.

Erstens kommen die größten europäischen NATO-Mitglieder – Frankreich und Deutschland – ihren vertraglichen Verpflichtungen nicht nach, vor allem in finanzieller Hinsicht. Wir haben schon viel zu lange die Rechnung für die NATO bezahlt.

Zweitens sollte die NATO doch eigentlich eine Verteidigungsgemeinschaft sein. Sie hat jedoch den Kreis ihrer Mitglieder ständig erweitert, sodass nun auch Länder dazugehören, die früher dem kommunistischen Block angehörten. Die NATO hat sich kontinuierlich in Richtung der russischen Grenze ausgedehnt. Es ist verständlich, dass selbst eine rational und nüchtern agierende russische Regierung dies als aggressive Vorgehensweise interpretieren müsste. Noch konkreter auf den Punkt gebracht: Ist dem NATO-Bündnis wirklich besser gedient, wenn man sich vertraglich verpflichtet, notfalls für Länder wie Montenegro, Lettland oder Island in einen Krieg zu ziehen?

Der jüngste Versuch der Ryan-Administration, die Vereinigten Staaten unilateral zu verpflichten, eine ständige vorgeschobene Operationsbasis in Polen einzurichten, war der Gipfel der Torheit. Eine solche Basis würde eine völlig unnötige Provokation Russlands darstellen, und das ist der Grund, warum ich dagegen gestimmt habe.«

Das rief erneut starken Applaus hervor.

»Drittens sind auch die Vereinigten Staaten selbst, trotz ihrer aufgeblähten Verteidigungsausgaben – die der Gesamtsumme aller Verteidigungsausgaben der nächsten acht NATO-Länder entsprechen – leider völlig unzureichend darauf vorbereitet, den Kontinent Europa zu verteidigen. Wir bräuchten mindestens zwanzig Kampfbrigaden, um einen Krieg in Europa durchzustehen und zu gewinnen. Im Moment verfügen wir für unsere gesamten weltweiten Verteidigungsverpflichtungen lediglich über fünfzehn, und nur drei davon sind in Europa stationiert. Außerdem befinden sich von den fünfzehn Brigaden nur fünf in voller Kampfbereitschaft. Wie kann das sein? Eine andere Regierung …«

Sie unterbrach sich, und ein strahlendes Lächeln breitete sich auf ihrem schönen Gesicht aus.

»Oder vielleicht sollte ich sagen: Eine *Dixon*-Regierung würde diesen Zustand sofort ändern.«

Donnernder Beifall ließ den Saal förmlich erbeben. Er steigerte sich schnell zu stehendem Applaus. Dixon strahlte vor Freude. Sie genoss den Beifall eine Weile, doch schließlich hob sie die perfekt manikürte Hand und bat um Ruhe.

»Auf dem Capitol Hill habe ich wie kein anderes Parlamentsmitglied für Fragen der Nationalen Sicherheit gekämpft. Ich glaube an eine starke und wirksame nationale Verteidigungspolitik, die unseren Streitkräften die neuesten Waffensysteme und die am besten ausgebildeten Soldaten, Seeleute, Piloten und Marines zur Verfügung stellt. Ich habe unsere strategischen Allianzen auf der ganzen Welt stets wirksam unterstützt. Aber ich glaube auch, dass alle ihren gerechten Anteil an den Lasten tragen müssen. Siebzig Jahre lang hat Amerika den Westen geführt und die Verteidigung Europas mit amerikanischem Geld und, ja, auch mit amerikanischem Blut bezahlt – ist es nicht an der Zeit, dass Europa für seine eigene Verteidigung sorgt?«

Wieder machte sie eine kleine Pause, und wieder brandete Applaus auf.

»Ich betone noch einmal: Die NATO ist ein Verteidigungsbündnis auf Gegenseitigkeit. Nach Art. 5 des NATO-Vertrags ist ein Angriff auf einen Mitgliedsstaat als Angriff auf die gesamte NATO anzusehen. Im Zeitalter der Nuklearwaffen könnte sich daher der nächste Weltkrieg sehr wohl als globaler Holocaust erweisen. Würden die Russen beschließen, in Montenegro, Island oder Polen einzumarschieren, wären wir folglich verpflichtet, Russland den Krieg zu erklären. Ich jedenfalls bin nicht bereit, amerikanische Leben zu opfern, um Montenegro zu beschützen – ganz zu schweigen davon, die Zerstörung unserer gesamten Nation zu riskieren, weil wir durch einen völlig veralteten, unzeitgemäßen, vor siebzig Jahren abgeschlossenen Vertrag dazu verpflichtet wären. Wenn die Europäer nicht kämpfen und sterben wollen, um Europa zu verteidigen, warum sollten dies dann die Amerikaner tun?«

Das war *die* entscheidende Frage. Die Frage, durch die sich Senatorin Dixon von Ryan und den übrigen Neokonservativen seiner Regierung unterschied, von all jenen also, die bereit waren, ihr politisches Gewicht auf einen anderen Kandidaten zu setzen, der mit ihren Überzeugungen übereinstimmte – und sicherlich saßen auch einige von ihnen hier in diesem Saal. Sie musste ihr zentrales Argument noch deutlicher klarmachen.

»Manche werden einwenden, dass wir Europa verteidigen müssten, auch wenn Europa den Job nicht selbst übernehmen will, weil es in unserem eigenen nationalen Interesse liege. Das erinnert mich an die Dominotheorie. Erinnern Sie sich noch daran? Eisenhower, Kennedy und Johnson erzählten uns, wir müssten in Vietnam kämpfen, um zu verhindern, dass der Rest von Südostasien an die Kommunisten fallen würde. Und wir kämpften! Unsere amerikanischen Streitkräfte kämpften tapfer und hervorragend gegen die Kommunisten aus Nord- und Südvietnam. Wir verloren keine einzige Schlacht. Und doch verloren wir den Krieg, auf Kosten von über 50 000 amerikanischen Leben.

Und was war das Ergebnis? Südostasien – Vietnam, Laos und Kambodscha – fielen an die Kommunisten. War unser Land nach diesen Ereignissen in irgendeiner Weise bedroht? Hat sich unsere Lebensweise verändert? Nein. Tatsache ist, dass sich all diese Länder vor Eifer fast überschlagen, mit uns Handel und Geschäfte zu treiben. Die Dominotheorie war zwar richtig – aber letztendlich spielte das keine Rolle.

Wie ich bereits erwähnt habe, ist das, was richtig ist, nicht immer populär. Die NATO war ein großartiger Erfolg, aber ihre Zeit ist vorüber. Der Zweck amerikanischer Außenpolitik sollte sein, den Interessen des amerikanischen Volkes zu dienen, nicht den Interessen der Europäer.

Wir brauchen neue Partnerschaften, neue Allianzen, neue Denkweisen. Die Ryan-Doktrin will unsere militärischen Verpflichtungen in Europa ausweiten, verwandelt dabei aber die NATO in einen gegenseitigen Selbstmordpakt. Wir brauchen eine neue Art von Führung. Wir brauchen eine neue Weltordnung, in der den Vereinigten Staaten Frieden und Freiheit durch die Kombination von militärischer Stärke und internationaler Zusammenarbeit gesichert werden. China ist ein natürliches Bollwerk gegen die russische Expansion in Europa. Die Zukunft gehört Amerika und China, den beiden stärksten Volkswirtschaften und den beiden stärksten Militärmächten auf diesem Planeten.

Was die NATO für Europa im letzten Jahrhundert erreicht hat, kann durch eine chinesisch-amerikanische Partnerschaft für die ganze Welt erreicht werden, nicht nur in unserer Zeit, sondern auch im nächsten Jahrhundert. Ich bedanke mich für Ihre Aufmerksamkeit.«

# 50

## FRANZÖSISCH GUAYANA
## CENTRE SPATIAL GUYANAIS (CSG)

Die Schwerlastrakete der G-Serie (»Goddard«) von SpaceServe stand auf der erst kürzlich gebauten SS-1-Startplattform. Mit dem geplanten nächtlichen Start sollte die Rakete nicht nur einen, sondern gleich drei der neuesten malaysischen MEASAT-Kommunikationssatelliten in eine geostationäre Erdumlaufbahn auf die Position 91,5 ° Ost bringen. Der Countdown sollte in knapp 30 Sekunden beginnen.

Der Start der Rakete an diesem Abend fand erstmals vom Raumfahrtzentrum Guyana aus statt. Der erste Start dieses Raketentyps war vor acht Monaten vom Weltraumbahnhof Cape Canaveral erfolgt; die Rakete hatte den aserbaidschanischen Intelsat 39 erfolgreich auf die Position 45 ° Ost transportiert.

Zwei Monate danach war die zweite Rakete der G-Serie von der Vandenberg Space Force Base, einem Luftwaffenstützpunkt in Kalifornien, gestartet. Sie hatte einen der neuen AEHF-Kommunikationssatelliten (die Abkürzung bedeutete Advanced Extremely High Frequency) für die Air Force in eine Erdumlaufbahn gebracht. Der Satellit hatte auch geheime Kommunikationssysteme der CIA an Bord, für deren Operation das National Reconnaissance Office zuständig war und die in die IC-Cloud integriert worden waren.

Für SpaceServe war der Start an diesem Abend von größter

Bedeutung. Die malaysische Regierung hatte sich vertraglich verpflichtet, bei einem erfolgreichen Verlauf vier weitere Starts von SpaceServe durchführen zu lassen. Singapur und Thailand zeigten sich ebenfalls stark an dieser außerordentlich erfolgreichen zweiten Generation der SpaceServe-Raketen interessiert. Auch die kleineren SpaceServe-Raketen der N-Serie (»Newton«) waren erfolgreich gewesen, doch tummelten sich auf dem Markt für geringere und mittlere Raketennutzlasten inzwischen zu viele private und staatliche Auftragnehmer, von denen nicht wenige durch Steuergelder subventioniert wurden. Die Zukunft von SpaceServe hing daher vollständig von den Schwerlastraketen der G-Serie ab.

Tatsächlich war die G-Serie die derzeit stärkste Rakete, die weltweit im Einsatz war. Ihre Starteinheit umfasste die zylindrische Hauptstufe (Core) mit zwei seitlich angebrachten Boostern und insgesamt 30 Triebwerken, die beim Start eine Schubkraft von weit über 22 000 Kilonewton erzeugten – was mehr als 16 Airbus-A380-Flugzeugen entsprach.

Ihr wichtigster Konkurrent war die zukünftige europäische Ariane-6-A64-Schwerlastrakete, die aber von gravierenden Entwicklungsproblemen geplagt war, weshalb ihr Erstflug noch eine ganze Weile auf sich warten lassen würde.

Doch die beste Nachricht überhaupt war der Anruf, den Elias Dahm gestern vom Administrator der NASA erhalten hatte. Der oberste Boss der Raumfahrtbehörde hatte ihm mitgeteilt, dass Präsident Ryans Regierung dringend nach Alternativen für die ultrazuverlässige Atlas-V-Rakete suche, weil diese auf das Haupttriebwerk RD-180 angewiesen sei, das in Russland gebaut werde. Eine in Amerika konstruierte Rakete wie die der G-Serie war daher die naheliegende erste Wahl für einen Ersatz. Dahm lehnte zwar die Politik der Ryan-Regierung grundsätzlich ab, hatte aber absolut nichts dagegen, von ihr gut bezahlte Aufträge zu übernehmen.

Der heutige Start würde daher von vielen Regierungen aufmerksam beobachtet werden. Für SpaceServe standen dabei milliardenschwere zukünftige Aufträge auf dem Spiel, darunter auch mehrere Aufträge der US-Regierung. Ein erfolgreicher Start heute Abend war daher so gut wie eine Zukunftsgarantie.

SpaceServe war eine Tochterfirma von CloudServe – und Elias Dahms Lebenstraum: Eine Plattform, die es ihm ermöglichen würde, eine Raketenflotte aufzubauen, die mit den Flotten der Raumfahrtnationen und ihrer privaten Auftragnehmer konkurrieren könnte. Sein ultimatives Ziel war, die erste bemannte Kapsel auf den Mars zu schicken und damit die Kolonisierung des Roten Planeten einzuleiten. Kaum jemand wusste, dass Dahm CloudServe nur als Mittel zu dem einen Zweck gegründet hatte, seine Vision mit SpaceServe Wirklichkeit werden zu lassen.

Die G-Serie war für schwere Nutzlasten bestimmt und letztendlich auch für bemannte Raumflüge geeignet. Dahm hatte faktisch die Zukunft von CloudServe abhängig gemacht vom Erfolg von SpaceServe und insbesondere der G-Serie, wobei er die Vermögenswerte von CloudServe als Sicherheiten für die gewaltigen Kredite eingesetzt hatte, die er für die Finanzierung der kapitalintensiven Operationen seiner Raumfahrtprojekte benötigte. Allein für die Entwicklung der SS-1-Integration und der Startanlagen in Guayana sowie für das Design einer speziellen »SpaceCloud« für sämtliche CSG-Operationen hatte SpaceServe über eine Milliarde Dollar investieren müssen.

Die CSG-Anlagen in Französisch-Guayana waren für den heutigen Start wie geschaffen. Ursprünglich waren sie schon 1964 für die französische Raumfahrtagentur (CNES) gebaut und seither kontinuierlich von französischen, europäischen und sogar russischen Raumfahrtagenturen auf den jeweils neuesten Stand gebracht worden. Sie waren daher für eine große

Bandbreite kommerzieller, wissenschaftlicher und militärischer Satellitenstarts geeignet. Weil CSG auf 5,3 ° nördlicher Breite und somit näher am Äquator lag als jede amerikanische Raketenbasis, waren hier weniger Schubkraft und Treibstoff nötig, um einen Satelliten auf seine geostationäre äquatoriale Position zu bringen, als von einer Abschussrampe in Kalifornien oder Florida. Die Sicherheit der Basis wurde von einem Infanterieregiment der französischen Fremdenlegion gewährleistet.

Elias Dahm stand im SpaceServe Remote Mission Control Center in Fremont, Kalifornien, das gemeinsam mit dem CSG Missionskontrollzentrum den Start überwachte. Unverwandt starrte er auf den 85-Zoll-Monitor. Der Live Feed zeigte die SS-1-Startrampe in Guayana und die darauf turmhoch aufragende, 70 Meter hohe Rakete. 45 kleinere Displays waren an den 15 Workstations ringsum installiert; sie zeigten jeden technischen Aspekt des Startvorgangs, von der Hardware bis hin zur Software. Der Live Audio Feed vom Missionskontrollzentrum in Französisch-Guayana übertrug das Stimmengewirr des Missionsmanagementteams, das schließlich von den Stimmen des Sicherheitsoffiziers und des Raketenstart-Direktors übertönt wurde, die beide die Startfreigabe erteilten.

Die Flugcomputer hatten bereits die Kontrolle des Startvorgangs übernommen. Der Countdown lief in digitalen Ziffern auf dem Screen, war aber auch akustisch zu hören: eine weibliche Stimme sprach Englisch mit schwerem Akzent. Der Audio-Countdown war allerdings reine PR-Show für den Live Internet Feed und eine kleine Verneigung vor der Melodramatik in Fritz Langs Stummfilmklassiker *Frau im Mond* aus dem Jahr 1929.

»Three, two, one … go!«

Dreißig Triebwerke röhrten auf und erhellten den Nachthimmel. Das gigantische Konstrukt erhob sich majestätisch, als sich die sogenannten Hold-down arms und die Versorgungsleitungen von der Rakete lösten.

In beiden Startkontrollzentren brandete Jubel und Applaus auf. Dahm klatschte sich mit den Technikern ab, die um ihn herum saßen. Auf seinem ebenmäßigen Gesicht lag ein breites, triumphierendes Grinsen.

Eine Grafik wurde über das Videobild eingeblendet; es zeigte die telemetrischen Daten wie Geschwindigkeit und Entfernung. Siebzig Sekunden nach dem Start hatte die Rakete bereits eine Höhe von 10,5 Kilometern und eine Geschwindigkeit von 1234,8 Stundenkilometern erreicht – fast Schallgeschwindigkeit.

Noch während der Applaus in seinen Ohren widerhallte, sah Dahm, wie ein gewaltiger Feuerball aus einer der Boosterdüsen herausschoss. Innerhalb einer einzigen Sekunde wurde die gesamte zweite Stufe der Rakete von einer gleißend grellen Explosion eingehüllt.

Im Raum wurde es schlagartig totenstill, als hätte jemand den Ton abgeschaltet.

Mit ruhiger Stimme verkündete der Sicherheitsoffizier, dass er die Selbstzerstörungssequenz einleiten werde.

Einen Augenblick später leuchtete der Nachthimmel auf, so grell wie eine Supernova, verursacht durch brennenden Flüssigsauerstoff und den Raketentreibstoff RP-1. Die meisten brennenden Raketentrümmer regneten harmlos auf den Atlantik herab, aber ein paar Bruchstücke stürzten auf die berüchtigte Teufelsinsel, die man wie vor jedem Raketenstart aus Vorsicht vor genau einem solchen Ereignis evakuiert hatte.

Aufgeregtes Stimmengewirr erfüllte nun plötzlich den Raum und drang aus den Lautsprechern. Dahm stand reglos, starr, allein mitten im Raum; niemand wagte, ihn direkt anzublicken. Sie alle begriffen die Größenordnung dieser Katastrophe, aber niemand verstand sie besser als er.

Mit blutleerem, aschfarbenem Gesicht starrte er auf das Bild auf dem Widescreen.

Noch immer sanken flammende Trümmerteile wie Sternschnuppen durch den Nachthimmel herab und erloschen, als sie auf der kalten, dunklen Oberfläche des Atlantiks aufschlugen.

# 51

## NÖRDLICH VON BEINEU, KASACHSTAN

Cluzets Konvoi, bestehend aus drei blutroten JAC-Sattelzügen, war gut vorangekommen und hatte den langen Weg von den zerklüfteten Gebirgen Afghanistans hinunter in die grüne Vegetation Tadschikistans fast hinter sich gebracht. Aber je weiter sie nach Nordwesten fuhren, desto trockener wurde die Landschaft, bis sie schließlich die ausgedörrten Ränder der schier grenzenlosen Kizilkum-Wüste erreichten, eine höllische, staubtrockene Mondlandschaft, die sich entlang der E40 von Usbekistan bis Kasachstan erstreckte. Da sie bei Nacht fuhren, fühlte es sich an, als seien sie auf dem Meeresgrund unterwegs, wo ringsum nichts als undurchdringliche, bedrückende Dunkelheit herrschte.

In Beineu hatten sie einen Tankstopp eingelegt und waren sofort weitergefahren; die Stadt lag nun schon rund dreißig Kilometer hinter dem Konvoi. Der Zeitplan war eng; sie mussten die Strecke in weniger als 48 Stunden hinter sich bringen. Ein Teil der Extrazulage, die Cluzets Leute erhielten, hing davon ab, dass sie es schafften, rechtzeitig am Ziel zu sein. Noch früher wäre besser, aber daran war jetzt nicht mehr zu denken. Verspätet anzukommen wäre problematisch; *zu spät* wäre fatal.

Die endlosen Meilen, das ständige Röhren der großen Dieselmotoren und die Hitze in der Kabine lullten den früheren Fallschirmjäger in eine Tagträumerei von einer senegalesischen

Frau, die er mal gekannt hatte. Anscheinend befand sich auch der chinesische Fahrer in einem halbhypnotischen Zustand, denn weder er noch Cluzet bemerkten das Stahlband, das quer über der schmalen, zweispurigen Asphaltstraße lag: eine Nagelsperre. Aber dafür hörten sie das Knallen, als die beiden großen Vorderräder platzten. Der Fahrer schreckte hoch und rammte den Fuß mit aller Kraft auf das Bremspedal, als die ersten Reifen auf den spitzen Stahlnägeln förmlich explodierten, gefolgt von den nächsten sechs Reifen. Der Anhänger geriet heftig ins Schlingern, als der gesamte Sattelzug unter donnerndem Lärm schleudernd zum Stillstand kam.

Aus seinen Ohrhörern hörte Cluzet das Geschrei seiner Männer in den beiden anderen Trucks, die alle wissen wollten, was los war.

Bevor Cluzet antworten konnte, leuchtete ungefähr einen halben Kilometer voraus eine Reihe gleißend heller Scheinwerfer auf.

Cluzet hob sein Fernglas an die Augen. Trotz der blendenden Helligkeit glaubte er die Umrisse eines »Technical« ausmachen zu können, eines kleinen Pick-ups mit einem auf der Pritsche montierten Maschinengewehr. Drei Mann, vermutete Cluzet. Ein Mann am MG, einer am Steuer und wahrscheinlich ein dritter im Fahrzeug.

Eine weitere Scheinwerferreihe leuchtete rechts von Cluzet auf, etwa auf drei Uhr, und dann noch eine weitere auf der linken Seite, auf neun Uhr, alle ungefähr einen halben Kilometer entfernt. Cluzet schwang das Fernglas in beide Richtungen. Alle drei Fahrzeuge sahen gleich aus.

Cluzet wollte einen Befehl bellen, aber der Deutsche im hintersten Truck unterbrach ihn. »Hinter uns ist noch einer.«

Sie waren umzingelt.

Die vier Technicals näherten sich langsam, bis sie in ungefähr 60 Metern Entfernung anhielten.

»Was willst du machen, *jefe?*«, kam die Stimme des Spaniers aus Cluzets Ohrhörer. Die beiden anderen Trucks hatten noch rechtzeitig anhalten können; ihre Reifen waren noch intakt.

Der Vertrag mit den inguschischen Söldnern, die ihn als Schutztrupp von Kashgar begleitet hatten, war erfüllt, denn er hatte nur bis zur usbekischen Grenze gegolten. Der Schutztrupp hatte sich in den Bergen Tadschikistans als recht nützlich erwiesen, aber hier draußen auf der endlosen Wüstenebene mussten Cluzet und seine Männer allein zurechtkommen. Mit dem Spanier und dem Deutschen als Beifahrer in den beiden anderen Trucks standen ihm zwei gute Männer zur Verfügung, doch leider waren sie nur mit 9-mm-Pistolen bewaffnet. Drei Pistolen gegen vier Maschinengewehre plus mögliche Automatikwaffen, die die gegnerische Seite vielleicht mitführte, außerdem womöglich noch eine oder zwei RPGs … nein, die Chancen für Cluzets Konvoi standen nicht zum Besten.

Cluzet schaute zu seinem Fahrer hinüber, der mit zitternder Hand versuchte, sich mit dem Feuerzeug eine Zigarette anzuzünden. »Was willst du machen, Chef?«, wiederholte Cluzet die Frage des Spaniers auf Mandarin, aber der Chinese war vor Angst zu keiner Antwort fähig.

»Du hast recht, wir sind am Arsch.« Rasch flüsterte Cluzet in sein Mikro: »Alle bleiben in den Trucks. Keine Dummheiten, okay?«

Aus dem direkt vor ihm stehenden Technical stieg ein Mann aus, dessen Gesicht im grellen Gegenlicht nicht zu erkennen war. Aber an seinen Umrissen sah Cluzet, dass der Mann eine Pistole aus dem Gürtel zog und sie lässig an einer Seite herabhängen ließ. Die unbekümmerte Haltung des Banditen sagte Cluzet, dass es sich um einen erfahrenen, vielleicht sogar arroganten Mann handelte, der vollkommen überzeugt schien, dass dieser Überfall genau wie all seine vorherigen erfolgreich sein würde.

Cluzet schaute den Fahrer an. »Ich oder du?«

»Du«, stieß der Fahrer zwischen nervösen Zügen an seiner Zigarette hervor.

»Okay, dann also ich.« Cluzet seufzte dramatisch, als hätte es jemals eine andere Antwort auf die Frage geben können. Er stieß die Beifahrertür auf und stieg aus.

Draußen trat er in das Scheinwerferlicht seines Trucks und näherte sich langsam dem Anführer der Banditen, ein breites Grinsen auf dem Gesicht. Die Hände hielt er ausgestreckt vor sich, um zu zeigen, dass er weder bewaffnet noch gefährlich war, was aber eher so aussah, als wolle er den anderen von sich fernhalten.

Sie trafen sich auf halber Strecke zwischen den Fahrzeugen. Jetzt, aus der Nähe, waren die Gesichtszüge des Wegelagerers besser zu erkennen. In dieser Gegend waren seit Jahrhunderten mächtige Imperien aufeinandergeprallt; es war, als hätten die unzähligen Kämpfe tiefe Spuren in seinem düsteren Gesicht und seinen mandelförmigen Augen hinterlassen. Sein langes Haar und sein Schnurrbart waren eher braun als schwarz – ein typischer Eurasier mit slawischen und mongolischen Vorfahren.

»Was willst du?«, fragte Cluzet in passablem Russisch.

»Was glaubst du wohl, Arschloch?«, gab der andere in amerikanischem TV-Serien-Englisch zurück.

Er hob die Pistole und zielte auf Cluzets Gesicht.

Cluzet hob die Hände ein wenig höher. »Hey, jetzt mal langsam, Cowboy. Du kannst haben, was du willst.«

»Ich will alles.«

»Das dürfte ein kleines Problem sein.«

»Für mich nicht.« Der Angreifer grinste lässig und entsicherte die Waffe mit dem Daumen. »Ich brauche euch alle nur zu töten, dann nehme ich alles.«

»*Yeah*, so könnte es laufen. Aber bevor du mich tötest, darf ich noch beten?«

Der Mann grinste, wobei ein Goldzahn aufblitzte. »Natürlich. Ich bin selbst ein gläubiger Mensch. Aber mach's kurz.«

Cluzet kniete nieder, hob die Arme noch höher, schloss die Augen und brüllte auf Englisch: »Oh, Michael! Du großer Erzengel hoch oben im Himmel! Wenn du mich hören kannst, dann tu, was ich dir sage, und bestrafe diese gottlosen Heiden mit heiligem Zorn, jetzt sofort, solange ich noch bete, du gottverdammter Hund …«

Die Erde erbebte, als die vier Technicals gleichzeitig in gewaltigen Feuerbällen verschwanden, getroffen von HJ-10 »Red Arrows«, chinesischen lasergelenkten Panzerabwehrraketen mit Infrarot-Zielsuche, die von einer ferngesteuerten CH-4-Rainbow-Drohne abgefeuert wurden. Die Drohne war ein chinesischer Nachbau der ikonischen amerikanischen Predator-Drohne.

Bei den Explosionen zuckte der Bandit heftig zusammen und wirbelte noch rechtzeitig herum, um sehen zu müssen, wie seine Technicals in flammenden Trümmerteilen wie brennende Steppenläufer in die Wüste geschleudert wurden.

Sofort drehte er sich wieder zu Cluzet um und wollte die Pistole hochreißen, aber Cluzet erschoss ihn, bevor er die Waffe in Anschlag bringen konnte. Das 9-mm-Hohlspitzgeschoss schlug genau auf dem breiten Nasenrücken des Banditen ein und tötete ihn auf der Stelle.

Der Spanier joggte heran, die Pistole in der Hand.

»Alles klar bei dir, *jefe?*«

»Alles klar.«

Cluzet stand auf, wandte sich ein wenig ab und sagte in sein Mikro: »Gute Schüsse.«

Das Lob des Franzosen galt dem leitenden Drohnenpiloten

der Star Surveillance, einer legitimen Sicherheitsfirma, die auch ein stiller Partner des Eisernen Syndikats war, von dem sie für genau solche Operationen wie die von Cluzet geleitete beauftragt wurde.

»Danke, Sir.«

»Aber sagen Sie mal – haben Sie gut geschlafen?«

»Sir?«

»Sie müssen geschlafen haben. Wie hätten uns diese Hunde sonst so einfach überraschen können?«

»Sie müssen in Position gegangen sein, bevor unsere Kameras in Reichweite waren. Vorab-Aufklärung gehört nicht zu unserem Missionsprofil. Tut mir leid.«

»Na gut, aber jetzt sitzen wir hier für eine Weile fest. Halten Sie die Augen offen und warnen Sie mich, wenn sich jemand nähert. Verstanden?«

»Laut und deutlich, Sir.«

Cluzet blickte auf seine russische Fallschirmjägeruhr. Die Zeit war nicht auf seiner Seite. Er brauchte sofort acht Truckreifen, stand aber mitten in der Nacht im Niemandsland.

Der Deutsche kam herbei. Er musste Cluzets Gedanken erraten haben. »Wo sollen wir jetzt die Reifen für deinen Truck finden?«

»Ich rufe in Beineu an. Vielleicht können sie uns die Reifen nachschicken.«

»Oder wir könnten deine Ladung auf die beiden anderen Trucks umladen.«

»Das würde Stunden dauern. Und wenn die Polizei auftaucht, während wir mitten im Umladen sind?«

Aus der Dunkelheit hallte ein Schmerzensschrei herüber.

»Soll ich hier bei deinem Truck bleiben, während du mit den beiden anderen weiterfährst? Dann würde wenigstens der größere Teil der Ladung rechtzeitig ankommen, wenn wir uns beeilen.«

»Wie willst du allein dich und die Ladung verteidigen? Ich glaube nicht, dass diese Bastarde allein arbeiten.«

Cluzet hielt seine noch immer rauchende Pistole hoch, eine PAMAS Gl 9-mm. Die vollständig aus Stahl gefertigte Waffe war eine in Frankreich hergestellte Lizenzfertigung der Beretta 92F, mit der er in der Fremdenlegion ausgestattet worden war. Er hatte damit noch nie ein Ziel verfehlt. »Drei Pistolen sind besser als eine, *n'est-ce pas?«*

»Natürlich«, nickte der Deutsche.

»Hol die Feuerlöscher aus den Trucks und lösche die Feuer. Wir machen sonst andere auf uns aufmerksam«, befahl Cluzet.

»Und was machen wir mit den Verwundeten?«

»Erlöse sie von ihren Qualen.« Cluzet legte dem anderen die Hand auf die Schulter. »Aber verschwende keine Munition an sie. Wir werden vielleicht später noch jede Kugel brauchen.«

# 52

## WARSCHAU, POLEN

Lilianas Audi Coupé bog wie vereinbart um Punkt 10 Uhr auf den kleinen Hotelparkplatz ein. Um diese Zeit war der morgendliche Stoßverkehr schon vorüber, aber auf der vierstündigen Fahrt nach Danzig würde dichter Verkehr herrschen. Sie hatte ihm nicht angeboten, ein Frühstück mitzubringen, wofür Jack ihr dankbar war – nicht nur, weil er vom Abendessen und dem Dessert noch satt war, sondern vor allem auch, weil er seine Gier nach etwas Süßem unter Kontrolle bringen wollte. »Gar nicht erst daran denken«, hatte er sich ermahnt, als er um sechs Uhr zu dem kleinen Fitnessraum im Erdgeschoss hinuntergegangen war, wo er so viele Liegestützen mit Strecksprüngen absolvierte, dass ihm beinahe übel geworden wäre.

Dann hatte er gleich noch zwanzig weitere gemacht.

Was er danach wirklich brauchte, war starker, schwarzer Kaffee, und er wusste auch genau, wo er ihn bekommen konnte. Nachdem er sein »Drei S«-Männer-Morgenritual – *»shit, shower, shave«* – hinter sich gebracht hatte, holte er sich seinen Kaffee und kehrte ins Hotelzimmer zurück, um seine Textnachrichten und E-Mails zu beantworten. Er schaffte es sogar noch, ein wenig mehr über das Dubai-Projekt herauszufinden.

Aber als er nun am Hoteleingang stand und zusah, wie der Audi auf den Parkplatz einbog, verspürte er leichtes Unbehagen. Schon am frühen Morgen hatte er überlegt, ob er sie nicht anrufen und ihr sagen solle, dass er lieber allein mit dem Zug nach Danzig fahren wolle.

Nach dem gestrigen Abend war ihm das Einschlafen schwer gefallen. Denn wenn er ganz ehrlich zu sich selbst war, musste er zugeben, dass der kleine Tomasz in ihm ein unbekanntes Gefühl ausgelöst hatte. Der kleine Junge war schon nach ein paar Stunden zu einem guten Freund geworden. Jack mochte Kinder, aber zwischen ihm und Tomasz war eine besondere Verbindung entstanden. Tomasz war wirklich ein ganz besonderer Junge.

Und Jack verspürte auch Mitleid mit ihm. Der arme Junge hatte schon in seinen ersten Jahren die beiden wichtigsten Männer in seinem Leben verloren. Jack konnte nur hoffen, dass ihm Gott schon bald ein paar Asse zuschieben würde – zum Beispiel einen zuverlässigen Mann, der sich in seine Mutter verlieben und dem Jungen ein guter Vater werden würde.

Der Abend war etwas ganz Besonderes gewesen. Maria war eine reizende, sympathische Frau und Liliana außerordentlich attraktiv. Es waren nur ein paar Tage vergangen, aber sie hatten dennoch schon sehr viel Zeit zusammen verbracht. Liliana war klug, arbeitete hart und war ausgesprochen patriotisch gesinnt. Jack hatte nur wenig Geduld mit lauwarmen Typen, vor allem, wenn es um wichtige Dinge ging. »Auf der Mitte der Straße findest du nur tote Stinktiere und den Mittelstreifen«, pflegte sein Großvater Em immer zu sagen. Jack würde es anders ausdrücken, aber auch er war überzeugt: Wer immer den Mittelweg wählt, endet in Mittelmäßigkeit.

Alle drei hatten ihn nicht nur in ihrem Haus willkommen geheißen, sondern auch in ihrem Leben. Er war erstaunt, wie leicht es ihm gefallen war, sich in diese »Fertigfamilie« einzufügen. Aber es hatte sich gut angefühlt. Zu gut.

Es bereitete ihm Unbehagen, er verspürte sogar leichte

Gewissensbisse, denn er wusste schon jetzt, dass daraus nichts werden würde. Für die kleine Restfamilie gab es kein magisches Happy End, oder jedenfalls keines, an dem er, Jack, beteiligt sein würde. Er hatte keine Absicht, in Polen zu bleiben oder sein Leben für eine Frau zu ändern, die er gerade erst kennengelernt hatte. Und auch nicht für ihren erstaunlich frühreifen Sohn.

Es war ihm auch egal, dass sie Tomasz nicht schon früher erwähnt hatte. Warum hätte sie es tun sollen? Feldagenten hielten ihr Privatleben unter Verschluss. Verheiratete Undercover-Agenten trugen im Dienst keine Eheringe – und gute Agenten ließen sich ohnehin nicht auf Affären ein. Man durfte dem Feind nichts geben, womit er einen unter Druck setzen konnte, oder, noch schlimmer, womit man die eigene Familie in Gefahr brachte, indem man offen erzählte, dass man eine Familie hatte. Nein, Liliana hatte sich genau an diese Regeln gehalten.

Aber was war mit ihm selbst? Hatte er ihr gestern Abend etwas vorgespielt? Er hoffte nicht. Es war doch nur ein geselliger Abend gewesen, eine Einladung zum Abendessen, nicht wahr? Er hatte den Abend genossen und sich als guter Gast zeigen wollen, so war er nun mal erzogen worden.

Trotzdem bereitete ihm der Abend dieses seltsame Unbehagen. Hatte er eine unsichtbare Linie überschritten? Sich wie ein Vaterersatz aufgeführt? Wie ein potenzieller Ehemann? Er glaubte nicht. Der Himmel allein mochte wissen, ob er beides eines Tages sein würde. Aber gestern Abend hatte er sich weder um die Rolle des Vaters noch um die des Ehemannes beworben. Da war er sich ganz sicher.

Warum also die Gewissensbisse? Vielleicht, weil er die Dinge mit Ysabel noch nicht eindeutig geklärt hatte?

Verdammt. Er war einfach nicht gut mit diesem ganzen Beziehungskram.

Der Audi hielt an, und der Kofferraum öffnete sich. Jack

warf seine Ledertasche hinein, legte die Laptoptasche daneben. Es war zwar durchaus denkbar, dass er sich schon in den nächsten paar Stunden in Danzig alle Informationen beschaffen konnte, die er benötigte, und sie bis zum Abend wieder in Warschau zurück sein konnten, aber es war besser, vorbereitet zu sein, falls nicht.

*»Dzień dobry«*, grüßte Jack, als er einstieg.

*»Dzień dobry*. Gut geschlafen?«

»Ja, sehr gut. Sie auch?«

»Ja danke.«

Liliana wirkte ein wenig distanziert. Das war doch gut, oder nicht? Oder war es die Quittung dafür, dass er gestern Abend eben doch etwas falsch gemacht hatte?

Sie bog auf die Straße und fädelte sich in den leichten Verkehr ein.

»Sie sagten, wir brauchen ungefähr vier Stunden?«, erkundigte sich Jack.

»Ja. Haben Sie alle Adressen, die Sie brauchen?«

»Im Smartphone gespeichert.«

»Prima. Macht es Ihnen was aus, wenn ich Musik einschalte?«

»Natürlich nicht.« Ein Grund, nicht reden zu müssen.

Was Jack ganz recht war.

Fast eine Stunde lang herrschte Schweigen. Jack hatte die Zeit genutzt, um seine neuen E-Mails zu beantworten und Reiseoptionen für seinen Cory-Trip zu recherchieren.

»Sie sind nicht sehr gesprächig heute Morgen«, sagte Liliana schließlich.

Jack blickte von seinem Smartphone auf. »Nur ein bisschen müde, das ist alles.«

»Sagten Sie nicht, Sie hätten gut geschlafen?«

»Ja, okay, ich habe gelogen.«

Sie grinste. »Ich auch.«

»Habe ich gestern Abend irgendetwas falsch gemacht?«

»Was? Nein!« Sie schaltete die Musik aus. »Ich dachte, wir hätten Sie irgendwie beleidigt.«

»Mich? Nein, überhaupt nicht. Mir hat es sehr gut gefallen. Ich bin zurzeit nur ein bisschen … äh, konfus.«

Liliana lächelte verständnisvoll. »Es gibt also *doch* eine Frau.«

Genau das war die Frage, oder nicht?

»Ich glaube nicht.«

»Ah, ich verstehe. Beziehungen können manchmal ganz schön kompliziert sein.«

»Dann ist alles zwischen uns in Ordnung?«

»In Ordnung? Besser als das. Wir sind Freunde, hoffe ich jedenfalls.«

»Ja, auf jeden Fall.«

Ein paar Minuten lang fuhren sie schweigend weiter. Jack war erleichtert, dass er ihre Freundschaft nicht kaputt gemacht hatte, und Liliana dachte offenbar über irgendetwas nach.

»Diese Frau, Jack – ist sie klug?«

»Ja, sehr.«

»Dann müssen Sie sich über sie keine Sorgen machen. Geben Sie ihr Zeit. Sie wird wohl kaum so dumm sein, Sie ziehen zu lassen.«

Jack grinste und zuckte die Schultern. »Es ist, wie Sie gesagt haben – Beziehungen können ganz schön kompliziert sein.«

»Freundschaften sind einfacher.«

Cory kam Jack wieder in den Sinn. Trotz allem hatte ihre Freundschaft nie gelitten. »Ja, das stimmt wohl.«

»Manchmal ist ein Freund besser als ein Bruder.«

Clark, Dom, Midas, Ding, Adara. Waffenbrüder und -schwestern. Freunde fürs Leben. Und auch Lisanne.

»Stimmt.«

»Ich kann Ihnen nicht genug dafür danken, dass Sie für Tomasz gestern Abend so viel Zeit geopfert haben.«

»Er ist ein großartiger kleiner Junge. Sie können sich glücklich schätzen, so einen Sohn zu haben.«

»Sie haben ihn sehr beeindruckt. Heute Morgen hat er sofort nach dem Aufwachen gefragt, ›Wo ist Onkel Jack?‹ Er wollte wieder mit Ihnen auf Safari gehen.«

»Was haben Sie ihm geantwortet?«

»Dass Mami und Onkel Jack wieder zur Arbeit müssten. Natürlich wollte er mitkommen.«

»Na ja, ist ja auch eine Art Safari, nicht wahr?«

»Ja, vielleicht.«

»Vermutlich waren sich Tomasz und sein Dad auch sehr nahe, ich meine, Ihr Mann?«

»Ja, das waren sie … aber Tadeusz war mein Verlobter, nicht mein Mann. Wir wollten heiraten, sobald er von seinem Einsatz zurückkam.«

»Das klingt fast so, als müssten Sie sich dafür rechtfertigen.«

»Die Kirche lehrt, dass man verheiratet sein sollte, bevor man Kinder bekommt, nicht wahr?«

Jack lächelte. »Kennen Sie das Sprichwort vom ›Glashaus‹? Sie sind nicht die Einzige, die die Reihenfolge umgekehrt hat. Wichtig ist nur, dass ihr einander und euren Sohn geliebt habt. Tomasz muss seinen Vater sehr vermissen.«

»Er war noch sehr klein, deshalb hat er meinen Vater besser gekannt, und sein Tod hat ihn stärker getroffen. Wir haben ein Foto von Tadeusz neben Tomasz' Bett stehen und beten jede Nacht für ihn, aber ich glaube nicht, dass sich Tomasz noch an ihn erinnert.« Das sagte sie sachlich, ohne große Emotionen.

»Das ist hart. Aber Sie und Ihre Mutter machen es großartig mit ihm.«

»Danke. Wir versuchen unser Bestes. Und Sie werden eines Tages bestimmt ein großartiger Vater werden.«

»Na ja, ich habe ein großartiges Vorbild.«

»Muss schwer für einen Sohn sein, dem Vorbild seines Vaters gerecht zu werden.«

Das kannst du wohl laut sagen.

Jack wechselte rasch das Thema. »Waren Sie schon oft in Danzig?«

»Ja. Es ist eine meiner Lieblingsstädte in Polen. Ganz anders als Warschau oder Krakau. Dort spürt man den preußischen Einfluss noch sehr stark. Übrigens kommen wir unterwegs auch in der Nähe von Malbork vorbei, das auf Deutsch Marienburg heißt. Die Burg liegt nicht sehr weit von Danzig entfernt und war im vierzehnten und fünfzehnten Jahrhundert der Hauptsitz des Deutschritterordens.«

»Deutschritterorden? Klingt echt cool.«

# 53

## DANZIG, POLEN

»Maschinen stopp!«, befahl Kapitän Woroschilow.

Wu, sein Erster Offizier, schob mit einer Hand die Doppelgriffe des Maschinentelegrafen auf die Halt-Position. Auf einem modernen Schiff wie der *Baltic Princess* war der Telegraf in Wirklichkeit eine Fernsteuerung, obwohl es im Maschinenraum eine identische Steuereinheit gab: zwei Griffe für zwei Maschinen. Der Telegraf sah eher wie eine kleine Rechenmaschine aus und hatte nichts mehr mit den großen, glänzenden Messingarmaturen gemein, die auf berühmten Schiffen wie der *Titanic* noch zu bewundern gewesen waren.

Sie lagen 20 Seemeilen nordöstlich der Stadt in der Danziger Bucht abseits der Schifffahrtsstraßen und ein gutes Stück von der Route der täglich verkehrenden Fähre Danzig–Stockhom entfernt. Jedes kommerzielle Schiff, welcher Größe auch immer, war verpflichtet, mit dem automatischen Identifikationssystem (AIS) seine PNT-Daten (Position, Navigation, Timing) zu melden. Woroschilows Schiff hatte ein A-Klasse-Gerät der neuesten Bauart an Bord, das kaum noch die Größe eines Laibs Brot hatte und die PNT-Signale über das amerikanische globale Positionsbestimmungssystem GPS empfing und sendete. Dem Elektronischen Kartendarstellungs- und Informationssystem (ECDIS) zufolge, das auch die maritimen Radarinputs anzeigte, befanden sich momentan im Umkreis von fünf Seemeilen keine weiteren Schiffe.

Die Ladung der *Baltic Princess* sollte an diesem Abend in Danzig gelöscht werden. Doch nun hatte Woroschilow die Nachricht erhalten, dass sich der Truck-Konvoi aus Afghanistan um vierundzwanzig Stunden verspäten würde. Für Cluzet mochte das ein Problem sein, aber für Woroschilow war es ein noch größeres. Der Hafen war sehr belebt und der Pier, an dem sein Schiff anlegen sollte, sehr stark ausgelastet. Er konnte nicht einfach anlegen und abwarten, bis sich Cluzet endlich blicken ließ.

Und Woroschilow konnte auch nicht einfach ausladen und vierzehn metrische Tonnen Methamphetamin in einem Lagerhaus zwischenlagern, weil die Gefahr bestand, dass die Ladung entdeckt und beschlagnahmt würde. Es war geplant gewesen, dass der Konvoi und die Baltic Princess genau gleichzeitig eintrafen. Die Ladungen sollten so schnell wie möglich ausgetauscht werden, Schiff und Trucks sollten sofort wieder abfahren. Woroschilows andere Sorge war, dass die Trucks gar nicht ankommen würden, womit die gesamte Aktion hinfällig werden würde.

Bis der Konvoi ankam, waren seine Befehle eindeutig: Die Ladung durfte nicht gelöscht werden. Deshalb parkte er sein Schiff auf offener See und wartete. Er konnte nur hoffen, dass kein übereifriger Kapitän der Küstenwache sein Schiff als verdächtig einschätzen und darauf bestehen würde, für eine Inspektion an Bord zu kommen.

Denn das würde für ihn böse enden. Allerdings auch für Woroschilow sclbst.

Wo bleibt Cluzet?

# 54

## BELVEDERE, MARIN COUNTY, KALIFORNIEN

Elias Dahm saß im Achtern-Cockpit seines eigens für ihn gebauten HH6-Katamarans BFlash, einem Hightech-Boot, das von der Mastspitze bis zu den Rümpfen aus Carbonfasern konstruiert war. Luxuriös ausgestattet sowohl an Deck als auch unter Deck, bestand die attraktivste Komponente in der voll automatisierten, Centerline-Kommandobrücke im Saloon, von der aus man eine fast perfekte Rundumsicht genießen konnte. Mit dem automatisierten Ruder konnte Elias das für Weltumsegelungen geeignete Boot als Einhandsegler steuern, da nicht nur die Großschot und die Segel, sondern auch die gesamte Navigation sowie Motor, Elektronik, Querstrahlruder, Pumpen und viele der übrigen Funktionen vom bequem gepolsterten Kapitänsstuhl aus gesteuert werden konnten.

Man konnte den Katamaran sogar mit dem langen Pinnenausleger im Achtern-Cockpit segeln. Genau hier saß Elias nun im Schalensitz, die Hand locker auf den Kontrollknopf der Segelwinschen gelegt.

Der HH6-Katamaran war für Luxus, Schnelligkeit und hervorragende Handhabbarkeit konstruiert worden. Elias hatte ihn in den CloudServe-Farben Blau-Weiß und mit dem Firmenlogo auf dem Mylar-Carbonfaser-Großsegel liefern lassen.

Die klaren, scharfen Konturen des Katamarans zogen alle

Blicke auf sich, wann immer Elias ihn aus dem Jachthafen hinaussteuerte, doch heute erregte auch eine langbeinige Brünette Aufmerksamkeit, die sich auf den Deckkissen vor ihm rekelte. Sie war die Hauptdarstellerin einer der populärsten Network-Serien. Im Moment verbarg sie ihr Gesicht hinter einer überdimensionalen Sonnenbrille und unter einem breitkrempigen Sonnenhut, stellte jedoch ihre Kurven bestens zur Schau, die gefährlicher waren als die Kurven der Lombard Street auf der anderen Seite der Bucht. Die Morgensonne strahlte hell vom Himmel, und das Cockpit schützte sie gegen den frischen, böigen Wind.

»Elias!«, tönte plötzlich eine Frauenstimme vom Pier herunter.

Dahm drehte sich um und schaute hinauf. Dorothy Stamps, sein Chief Financial Officer, winkte ihm aufgeregt zu. Die Afroamerikanerin wirkte viel jünger als ihre zweiundvierzig Jahre, was sie ihrem schönen, gepflegten Gesicht und ihrer durchtrainierten, athletischen Figur zu verdanken hatte. Die ehemalige Kapitänin des olympischen US-Frauen-Volleyballteams hielt sich vor allem durch Ultramarathons fit, aber ihr Verstand arbeitete schneller als ihre Laufzeiten. Sie hatte sich ein Vollstipendium der Pepperdine University gesichert, wo sie einen doppelten Abschluss in Amerikanistik und Finanzwesen mit Summa cum laude abgelegt hatte; später hatte sie auch noch ihren Master of Business Administration (MBA) in Stanford gemacht.

»Hallo, Dorothy! Was bringt dich hierher?«, rief Dahm zurück. Seine Augen waren stark gerötet und glasig.

Die kurvenreiche Aktrice rührte sich nicht. Im Takt eines alten Guns-'n'-Roses-Songs, den die AirPods in ihren Schädel hämmerten, wiegte sie sich leicht hin und her. Auf einem Tisch in der Nähe stand ein langstieliges Glas mit Weißwein.

»Ich habe dir sieben Nachrichten geschickt! Wir hatten vor zwei Stunden einen Termin!«

»O Gott, das habe ich total vergessen. Tut mir leid. Bin heute Morgen aufgewacht und habe plötzlich gemerkt, dass ich Zeit auf dem Wasser brauche. Hilft enorm, Stress abzubauen.«

»Tut mir leid, was gestern Abend passiert ist.«

»Deshalb bist du doch hier, stimmt's?«

Stamps hatte die Live-Übertragung des Starts verfolgt, wie mindestens zehn Millionen andere, darunter auch eine Reihe von Wall-Street-Analysten.

Der Verlust an Einnahmen, den Dahms Unternehmen allein durch den fehlgeschlagenen Start erlitten hatte, belief sich auf eine fast neunstellige Summe. Rechnete man die Materialverluste hinzu, kam man nach Abzug der Versicherungsleistungen leicht auf das Doppelte. Doch die sogenannten Opportunitätskosten, also der Verlust von Erträgen aus zukünftigen oder potenziellen Aufträgen, ging in die Milliarden. Kein Wunder, dass Dahm so aussah, als hätte er seit 24 Stunden nicht mehr geschlafen, dachte sie.

Dahm hob die Hand, um seine Augen gegen die grelle Sonne abzuschirmen. »Möchtest du nicht an Bord kommen?«

Sie wies mit einer Kopfbewegung auf die Brünette. »Sieht so aus, als hättest du schon genug zu tun. Es dauert auch nur eine Minute.«

Er schenkte ihr sein berühmtes jungenhaftes Grinsen. Ein so charmantes Lächeln, dass sie bei einem Skiurlaub-Geschäftsflug in seinem Learjet nach Vail all ihre guten Vorsätze vergessen hatte.

Diesen Fehler würde sie nicht noch einmal machen.

»Na gut. Was kann ich für dich tun?«, fragte Elias. »Oder soll ich nur einfach deine Nachrichten abhören?«

»Du weißt genau, was ich dir sagen werde.«

»Ja, das weiß ich. Unsere Schuldenlast erdrückt uns. In einem Monat werden vier Milliarden an kurzfristigen Krediten fällig, und wir haben nicht genug Cashflow, um sie zu decken. Das alles haben wir schon bei der letzten Vorstandssitzung besprochen. Wir können noch weitere Vorzugsaktien herausgeben, um eine Kapitalerhöhung zu finanzieren.«

»Aber der Vorstand hat dem nicht zugestimmt, hast du das schon vergessen? Dadurch würde der Wert der anderen Aktien geschmälert. Und für meine Finanzplanung besonders wichtig ist, dass dadurch auch unsere Schuldenlast noch weiter in die Höhe getrieben würde, obwohl Vorzugsaktien eigentlich finanzielle Beteiligungen am Unternehmensvermögen sind.«

»Dann borgen wir uns einfach mehr Geld, um die fällig werdenden Kredite ablösen zu können.«

»Nach dem, was letzte Nacht passiert ist, hat S&P Global unsere Bonität auf Ramschniveau herabgestuft. Wir müssten für das neue Geld viel höhere Zinsraten zahlen, um die niedrigeren Zinszahlungen der alten Kredite bedienen zu können.«

»Ich könnte meine Risikokapitalanlagen heranziehen. Diese neue riesige Solarfarm hat unglaubliches Potenzial …«

»Elias, du hörst mir nicht zu! Wir können nicht noch mehr Geld borgen, um immer weitere Beteiligungen zu erwerben! Du musst dich endlich der Realität stellen! Es ist höchste Zeit, Beteiligungen und Vermögenswerte zu *liquidieren!* Und mit SpaceServe müssen wir anfangen!«

Der sonst so liebenswerte und charismatische Mann wurde plötzlich düster wie eine Sturmwolke.

»Das kommt nicht infrage!«

»Dir bleibt keine andere Wahl. Alle Beteiligungen, die dir Verluste einfahren, sind wie ein enormes schwarzes Loch, das CloudServe in den Bankrott reißen wird! CloudServe ist dein einziges überlebensfähiges Unternehmen! Du kannst es dir nicht leisten, es zu verlieren. Alles andere muss weg!«

Dahm sprang mit einem gewaltigen Satz auf den Kai hinauf. Stamps wich unwillkürlich zurück, als er an ihr vorbei zum Bug des Katamarans stürmte. Trotz der immer wieder auffrischenden Böen konnte sie an ihm den süßlich-würzigen Duft von Dope riechen.

»Der Analyst von JP Morgan hat mir heute Morgen eine Vorwarnung geschickt!«, schrie sie ihm nach.

Inzwischen war er am Bug angekommen und löste die Festmacherleine, die noch mit dem Haken des Davit verbunden war. Er gab keine Antwort.

Sie ließ nicht locker. »Sie wollen nächste Woche eine große Herabstufung ankündigen, wenn wir bis dahin nicht einen Sanierungsplan vorlegen.«

Dahm warf das Ende des Taus auf das Deck und kam wieder auf sie zu. Sein Gesichtsdruck wirkte entschlossen und wie versteinert.

»Das muss doch wohl der Vorstand entscheiden, nicht wahr?«, sagte er, während er neben ihr niederkniete, um die Leine vom Poller auf der Kaimauer zu lösen. »Und wenn es hart auf hart kommt, wird der Vorstand das tun, was ich sage.« Offenbar fiel es ihm schwer, die Leine zu lösen.

»Ein Vorstandsmitglied hat mich ebenfalls angerufen. Sie sind alle fest entschlossen, die Krise direkt anzugehen, bevor es zu spät ist. Sie wollen sich heute Nachmittag um vier Uhr mit dir in einer Telekonferenz abstimmen.«

Dahm hatte die Leine endlich freibekommen, warf sie aufs Deck und sprang an Bord.

Dort drehte er sich zu ihr um. »Ich nehme an der Telekonferenz teil, aber ich werde keine Anlagen abstoßen. Das wäre eine völlig veraltete Methode.«

»Es ist die einzig richtige Methode, Elias!«

»Kannst du vergessen. Ich verkaufe nicht!« Dahm stürmte zur Kabine, in der sich das automatische Steuerpult befand.

»Dann trete ich zurück«, flüsterte sie ihm nach, als er in der Kabine verschwand.

Sie drehte sich um und ging mit entschlossenen Schritten

davon, begleitet vom Aufheulen der Dieselmotoren. Verstohlen wischte sie sich Tränen der Wut und der Trauer um ihren Freund aus den Augen. Er war wie ein Seemann, der in einen Sturm hinausfuhr, den er nicht wahrhaben wollte. Wie in Longfellows Gedicht »Der Untergang der Hesperus«, dachte sie.

Dann schoss ihr noch eine andere Zeile aus einem anderen Longfellow-Gedicht in den Sinn, an die sie sich vage erinnerte.

Wen die Götter vernichten wollen, den treiben sie zuerst in den Wahnsinn.

Wie hieß das Gedicht gleich noch mal? Genau – »Die Maske der Pandora«. Aber wer sagt das? Ein kalter Schauder rann ihr über den Rücken.

Sie drehte sich um und sah, dass sich der Katamaran vom Kai gelöst hatte und hinaus zum offenen Meer steuerte.

Die Antwort stand auf dem Heck.

Prometheus.

# 55

## GDYNIA, POLEN

Sind Sie sicher?«, fragte Liliana. »Kommt mir wie eine Zeitverschwendung vor.«

Jack zuckte die Schultern. »Warum? Sie arbeiten doch undercover. Manchmal verraten einem die Leute Dinge, ohne es zu beabsichtigen, nicht wahr?«

»Ach so? Dann ist das hier eigentlich eine strafrechtliche Ermittlung? Ich dachte, es sei eine Geschäftsreise?«

»Ich sag' ja nur.«

Sie saßen im Audi mit noch laufendem Motor vor dem Gebäude der Firma Citi Handlowy. Die Firmenwebsite hatte ihnen verraten, dass sich Christopher Gages Büro im 10. Stock befand. Das moderne Bankgebäude bestand aus Stahl und Glas, wie viele andere Geschäftshäuser in Gdynia. Jack hatte mit Gages Sekretärin telefonisch einen Termin für den heutigen Nachmittag vereinbart.

Gdynia lag nur rund 40 Autominuten nördlich von Danzig. Wie die größere Nachbarstadt war auch Gdynia eine Hafenstadt, die gemeinsam mit Danzig und Sopot die Metropolregion Trójmiasto bildete, in der mehr als eine Million Menschen lebten. Die Region wuchs rapide, was einerseits dem Tourismus zu verdanken war – die Skandinavier liebten die Region wegen der sehr viel niedrigeren Preise –, andererseits aber auch den geschäftlichen und beruflichen Möglichkeiten, die sich aus dem Zufluss von chinesischen Investitionen ergaben. Gage hatte daher seine Firmenzentrale ganz bewusst hier angesiedelt.

»Kommen Sie?«

»Wenn es sein muss.« Liliana schaltete den Motor aus. »Aber ich glaube nicht, dass er uns irgendetwas verrät, was Sie nicht bereits wissen.«

»Jack Ryan?«

Christopher Gage erhob sich hinter seinem Schreibtisch. Er hatte ungefähr Jacks Größe und Gewicht. Er trug einen maßgeschneiderten grauen Armani-Anzug, und in seinem tadellos frisierten Haar zeigten sich erste graue Strähnen, ebenso in seinem sauber getrimmten Bart.

Jack lächelte. »Ja.«

»Christopher Gage.«

Jack konnte in Gages Augen kein Anzeichen erkennen, dass er Jacks Familiennamen mit dem Präsidenten in Verbindung brachte. Obwohl der Name Ryan recht häufig vorkam, war es in diesem Fall ein glücklicher Umstand. Zwar waren sie beide Kinder von Washingtoner Politikern, aber Gage war mehrere Jahre älter als Jack. Sie hatten verschiedene Schulen besucht, und durch ihre geschäftlichen Aktivitäten bewegten die Gages sich in völlig anderen Kreisen als die Ryans. Soweit sich Jack erinnerte, waren sich er und Christopher bisher noch nie begegnet.

Sie schüttelten sich die Hände. An der Wand hinter dem Schreibtisch hing ein Dutzend gerahmter Fotos von Projekten der wohltätigen Dixon-Gage-Stiftung. Sie zeigten Christopher mit lächelnden Afrikanern vor Schulen, Trinkwasserbrunnen und Werkstätten für Fahrräder oder Landwirtschaftsmaschinen, die von der Stiftung finanziert worden waren. Jack stellte Liliana vor: »Meine Assistentin, Ms. Pilecki.«

Gage schaute Liliana mit leicht begehrlichem Blick an, aber

sie schüttelte ihm trotzdem die Hand. »Es ist mir ein großes Vergnügen, Ms. Pilecki.«

»Gleichfalls, Mr. Gage.«

»Bitte nehmen Sie Platz.«

Gage wies auf die beiden Ledersessel vor seinem skandinavisch-minimalistischen Schreibtisch. »Darf ich Ihnen etwas zu trinken anbieten? Kaffee? Tee? Oder etwas Stärkeres?«

»Sehr freundlich, aber nein danke.«

»In meinem Terminkalender steht der Vermerk, dass Sie sich hier in Polen nach neuen Investmentmöglichkeiten umschauen wollen. Wie kann ich Ihnen dabei behilflich sein?«

»Ich weiß, dass Sie schon eine ganze Weile hier im Land aktiv sind. Ich wollte nur einfach Ihre Einschätzung oder Ihren Rat hören und von Ihren Erfahrungen profitieren.«

»Meine Erfahrungen? Mein Gott, Sie arbeiten bei Hendley Associates, eine der Spitzenfirmen im Finanzwesen. Warum sollten Sie *mich* um Rat fragen? Übrigens, wie geht's Gerry?«

»Ihm geht's gut. Hat immer noch den schärfsten Intellekt, den man sich vorstellen kann. Und danke für das Kompliment, aber wir sind in Polen nicht aktiv, und Google ist kein Ersatz für praktische Vor-Ort-Erfahrungen.«

»Na gut – mein erster Rat wäre, dass Sie sich darüber mit meinem persönlichen Banker Stanislaus Zbyszko unterhalten sollten.« Ein dünnes Lächeln spielte um Gages Mund. »Aber Sie haben ihn ja bereits kennengelernt, nicht wahr?«

Jack versuchte gar nicht erst, so zu tun, als sei er überrascht – schließlich war beiden klar, dass sich Zbyszko sofort nach Jacks Besuch mit seinem wichtigsten amerikanischen Klienten in Verbindung gesetzt hatte, vor allem, nachdem Jack mit der 10-Millionen-Dollar-Absichtserklärung gewedelt hatte.

»Sehr netter Bursche, aber ein bisschen geizig mit genaueren Informationen. Er hat mir nur ganz allgemein Investitionen in Immobilien vorgeschlagen.«

»Das meine ich auch. Mehr Landfläche wird ja heutzutage nicht mehr produziert, stimmt's?«, fragte er mit süffisantem Grinsen.

*Was für ein Arschloch,* dachte Jack. Laut sagte er: »Sicher, Immobilien bieten großartige Investitionsmöglichkeiten, sind aber nicht sehr liquide, und die Situation hier in Europa ist nun mal, wie soll ich sagen – im Fluss? Wir hatten auf flexiblere Anlagen gehofft, falls sich die Situation ungünstig entwickelt.«

Gage wischte das mit einer lässigen Handbewegung beiseite. »Europa ist derzeit eine bunte Mischung – ein paar produktive Staaten wie Deutschland subventionieren die Drückeberger, beispielsweise die Griechen. Ich persönlich denke, dass dem Euro der Verfall droht, und wenn er zusammenbricht, wird ein Chaos ausbrechen. Dann allerdings könnten sich sehr interessante Möglichkeiten ergeben.«

»Sie haben sich für Polen entschieden. Warum?«, fragte Jack.

»Uns gefiel der Gedanke, dass Polen die eigene Währung behalten wollte, denn für uns ist das eine gute Sache, weil der Złoty im Verhältnis zum Dollar sehr schwach ist. Und die polnische Regierung ist sehr wirtschaftsfreundlich.«

»Klingt ideal.«

»Na ja, für ein paar Sachen haben wir Angebote eingereicht. Aber alles in allem ist bisher nichts Spektakuläres passiert, um ehrlich zu sein.«

»Sie setzen auf Transport und Logistik, richtig? Trucks, Schiffsladungen und so weiter?«

»Stimmt. Sie haben Stapinsky kennengelernt. Ein interessanter Typ, nicht wahr?«

»Netter Bursche, aber ich weiß nicht so recht, ob ich mit ihm ins Geschäft kommen will.«

Gage lachte. »Nein, wahrscheinlich nicht, er ist ein mieser

Bastard – verzeihen Sie mir den Ausdruck, Ms. Pilecki –, aber er ist auch ziemlich clever.«

»Entschuldigen Sie, dass ich so direkt fragen muss – aber was ist denn nun Ihr eigentliches Ziel?«

»Wir haben bewusst sehr langsam und bescheiden angefangen. Ein Logistik-Warenlager in Warschau – Stapinskys Lager, das Sie ja schon gesehen haben – und ein weiteres in Danzig. Wir dachten, wir fangen erst mal mit einer regionalen Logistik- und Distributionsbasis an und expandieren dann in bestimmte Produktionsbranchen. Aber die Chinesen und die Deutschen verdrängen jeden anderen gleich wieder.«

»Hier in der Gegend herrscht offenbar ein richtiger Bauboom, nicht wahr?«

»Wir sind ein bisschen zu spät und mit zu wenig Geld eingestiegen. Nach unseren eigenen Bewertungsmaßstäben bewegen sich die Preise derzeit nicht mehr im normalen Rahmen. Wenn ich heute noch einmal anfangen müsste, würde ich mich vermutlich auf Portugal konzentrieren. Im Moment gibt es dort jede Menge günstige Gelegenheiten, vor allem im Immobiliensektor. Billig kaufen, teuer verkaufen, verstehen Sie?«

»Aber steigen die Chinesen nicht auch in Portugal groß ein? Ich habe gerade erst gelesen, dass sich Portugal an der Seidenstraßen-Initiative beteiligen will.«

»Stimmt, aber es ist noch früh am Tag. Man muss das Eisen schmieden, solange es heiß ist, wäre mein Ratschlag. Hier in Polen sind die besten Deals bereits unter Dach und Fach.«

»Sie haben hier bei BGS einen Partner ins Boot geholt, einen gewissen Hu Peng?«

»Offenbar haben Sie bereits gründliche Nachforschungen angestellt.«

»Wo kommt er her, was ist sein Hintergrund?«

Jack fragte immer weiter, um Gage ein wenig zu verunsichern. Aber Gage ließ sich nicht so leicht aus der Fassung bringen und beantwortete alle Fragen völlig gelassen.

»Er kommt aus der Finanzbranche. Wenn er jetzt hier wäre, könnte er Ihnen das alles viel besser erklären – er hat den Blick fürs große Ganze. Ich bin eher fürs Repräsentieren und für die Akquise zuständig.«

»Na, ich würde behaupten, Sie sind viel mehr als das. Sie haben hier ein eigenes großartiges Portfolio aufgebaut, auch für die Firma Ihres Vaters.«

»Danke. Ich gebe mir Mühe.«

»Ich überlege, ob wir vielleicht irgendeine Art Partnerschaft vereinbaren können? Sie bringen die Expertise ein, wir die Finanzen.«

»Zbyszko sagte mir, Sie planten ein beachtliches Investment? Um die dreißig Millionen?«

»Na ja, das steht so in der Absichtserklärung.« Jack beugte sich leicht vor und zwinkerte Gage zu. »Aber vertraulich, unter uns beiden? Für einen guten Deal würde Gerry das noch verdoppeln.«

Gage hob die Augenbrauen und nickte. »Wow. Bin beeindruckt.«

»Sie kennen Gerry gut genug und wissen, dass er solche Dinge ernst meint«, fügte Jack hinzu. »Ein guter Mann, mit dem man auch gute Geschäfte machen kann.«

»Er muss sehr großes Vertrauen zu Ihnen haben, um Sie mit einem solchen Betrag auf die Reise zu schicken.«

»Danke. Ich gebe mir Mühe«, ahmte Jack lässig Gages eigene Antwort nach. »Und – sind Sie interessiert?«

Gage strich sich nachdenklich über Kinn und Wange. Es war klar, dass der riesige Betrag für ihn eine große Verlockung darstellte. Aber irgendetwas hielt ihn zurück.

»Mann, ich wünschte, Sie wären vor sechs Monaten hier aufgekreuzt. Im Moment sind wir mit mehreren Aufträgen voll ausgelastet, die mir nicht mehr viel Bewegungsfreiheit lassen. Sie haben natürlich recht, dass für eine Firma wie meine nichts besser ist, als direkt vor Ort präsent zu sein. Man muss seine Ziele sehr sorgfältig auswählen und genau wissen, wann man zugreifen muss. Nichts ist schlimmer, als hier in dieser Umgebung mit Geld um sich zu werfen. Die Menschen hier wissen schon seit den Zeiten der Hanse im vierzehnten Jahrhundert, wie man solchen Narren ihr Geld abknöpft. Tut mir wirklich leid.«

»Ja, mir auch.«

»Wie lange bleiben Sie in der Stadt? Ich würde Sie nächste Woche gerne zum Essen einladen.« Gages Blick wanderte zu Liliana; lächelnd fügte er hinzu: »Sie beide natürlich. Wir könnten über Geschäfte sprechen, und ich könnte Sie dann mit ein paar Leuten bekannt machen. Ich würde Ihnen auch gern die Stadt und den Hafen zeigen, aber ich wette, dass Ms. Pilecki eine bessere Stadtführerin ist als ich.«

»Ich reise schon morgen wieder ab, allerdings werde ich vermutlich im kommenden Monat zurückkommen. Dann sollten wir uns unbedingt mal verabreden.«

»Klingt wie ein guter Plan.« Gage stand auf und signalisierte damit, dass für ihn die Besprechung zu Ende war. Er reichte Jack seine Geschäftskarte. »Zögern Sie nicht, mich auch schon vorher anzurufen, wenn Sie Fragen haben. Aber, wie gesagt, Portugal bietet derzeit die besseren Möglichkeiten. Hier in Polen vergeuden Sie nur Ihre Zeit und vielleicht auch das Geld Ihrer Klienten.«

»Danke für den Rat. Ich werde mich genauer darüber informieren.«

Gage reichte auch Liliana seine Karte. »Wenn ich Ihnen irgendwie behilflich sein kann, können Sie mich jederzeit unter dieser Nummer erreichen.«

»Danke, Mr. Gage. Ich weiß das zu schätzen.«

Gages Telefon klingelte.

Jack streckte die Hand aus, und auch Liliana schüttelte Gage die Hand.

»Wir finden allein hinaus. Danke, dass Sie sich die Zeit für uns genommen haben.«

Gage griff nach dem Hörer. »Schön, Sie kennengelernt zu haben, Mr. Ryan. Ms. Pilecki.« Er drückte auf einen Knopf, um das Gespräch entgegenzunehmen, und nickte Jack noch einmal freundlich zu, als dieser die Tür hinter sich zuzog.

Jack und Liliana dankten der Vorzimmerdame, verließen das Büro und traten in die leere Aufzugkabine.

Auf der Fahrt nach unten sagte Liliana: »Ich mag diesen Mann nicht.«

»Warum nicht?«

»Er hat mich mit seinen Blicken ständig ausgezogen.«

»Irgendetwas hat bei diesem Meeting nicht gestimmt.«

»Warum? Weil er Ihr 60-Millionen-Angebot nicht haben wollte?«

»Wenn seine Geschäfte hier nicht so gut laufen, sollte man doch denken, dass er begeistert zugreifen würde, wenn ein Typ auftaucht, der Geld loswerden will, das ihm auf den Nägeln brennt.«

»Auf jeden Fall hat er zugegeben, dass er von unseren Treffen mit Zbyszko und Stapinsky wusste.«

»Gage ist nicht dumm und weiß, dass auch ich nicht völlig blöd bin.«

Der Aufzuggong ertönte, und dic Türen glitten auseinander. In der Lobby herrschte geschäftiges Treiben.

»Was wollen Sie in dieser Sache noch tun?«

»Ich würde mich gerne noch ein wenig in Danzig umschauen, wenn es Ihnen nichts ausmacht, und mir seine beiden anderen Adressen ansehen.«

»Das sollte nicht zu schwierig sein. Ich kenne die Gegend, beide sind nicht weit von hier.«

»Gut. Mit ein bisschen Glück können wir heute Abend wieder in Warschau sein.«

Gage stand am Fenster, das Telefon ans Ohr gepresst, und beobachtete seine Besucher, die in ein silbernes Audi Coupé stiegen und davonfuhren.

»Sie sind gerade abgefahren. Die Sache gefällt mir nicht.«

»Bist du sicher, dass er nicht genau das meint, was er sagt?«, fragte Hu. »Vielleicht sucht er wirklich nur nach neuen Investmentmöglichkeiten?«

»Ich bin nicht völlig blöd, Mann! Eine Firma wie Hendley Associates hat Kontakte und Investmentpartner überall auf der Welt! Wie hoch sind da wohl die Chancen, dass er ausgerechnet hier in meinem winzigen Büro auftaucht und einen neuen Deal vorschlägt? Oder bei diesem Kleinkrämer Stapinsky?«

»Keine Panik, Mann.«

»Ich bin nur realistisch. Wir müssen etwas unternehmen.«

»Habe ich bereits.«

Gage wurde blass. »Was hast du getan?« Junior mochte ein arrogantes Arschloch sein, aber er war immerhin der Sohn des Präsidenten der Vereinigten Staaten. Ihm selbst wäre die Ähnlichkeit nicht aufgefallen, wenn ihn sein eigener Vater nicht vor ein paar Tagen angerufen und informiert hätte, dass Jack Ryan junior nach Warschau geflogen sei – eine Information, die eine von seiner Stiefmutter engagierte Privatdetektei beschafft hatte. Gage hatte seinem Vater versichert, dass die Pläne für den »Urlaub« nicht mehr weiter verfolgt würden, aber das war gelogen. Außerdem arbeitete Junior für Gerry Hendley, und sein Vater hatte Christopher gewarnt, sich niemals mit dem Ex-Senator anzulegen, denn Hendley sei nicht nur trickreich, sondern auch nachtragend und rachsüchtig.

»Nichts Drastisches«, versicherte ihm Hu. »Nur ein bisschen Beschattung. Das habe ich sofort veranlasst, nachdem Ryan den Termin mit dir vereinbart hatte.«

»Ist das denn nötig?« Gage hatte Hu nicht erzählt, wer Junior wirklich war, weil er befürchtete, dass sein chinesischer Partner in Panik geraten und etwas Dummes anstellen würde.

Hu wiederum hatte Gage nicht erzählt, dass Jack Ryan junior aus ihm unbekannten Gründen ganz weit oben auf einer Beobachtungsliste stand, die der Tscheche persönlich aufgestellt hatte, mit der strikten Anweisung, ihn im Auge zu behalten, ihn jedoch auf keinen Fall anzugreifen. Christopher Gage war zwar Hus Partner, aber noch kein Vollmitglied des Eisernen Syndikats, dem sich der chinesische Prinzling stärker verpflichtet fühlte als seinem Geschäftspartner Gage.

»Ryan hat mit Leuten gesprochen, die wir kennen, und ihnen eine Menge Fragen gestellt«, sagte Hu. »Wir beschatten ihn nur, bis er morgen in den Flieger nach Hause steigt, dann müssten wir uns um ihn keine Sorgen mehr machen.«

»Ja, klar. Ergibt einen Sinn, denke ich.« Gage nahm ein Pillenglas aus einer Schreibtischschublade, schob den Deckel mit dem Daumen hoch und warf sich ein paar Pillen gegen Magensäure in den Mund. Er zerkaute sie wie Pfefferminzbonbons.

»Natürlich ergibt das einen Sinn«, sagte Hu. »Mach dir nicht in dein Seidenhöschen und halte die Füße still. Die Sache ist bald vorbei.«

# 56

## SAN FRANCISCO, KALIFORNIEN

Watson saß in ihrem Büro und starrte nachdenklich auf ihren Computermonitor, doch schließlich wanderte ihr Blick zu Fungs gläsernem Büroabteil auf der anderen Seite des Großraums hinüber. Frustriert seufzte sie auf.

Fung war der beste Hacker im Red Team, ihrer handverlesenen Gruppe von Spezialisten für Cyber-Kriegsführung. Das Team hatte die Aufgabe, die IC-Cloud anzugreifen, um auf diese Weise die Schwachstellen und Verwundbarkeiten der Cloud aufzuspüren, bevor sie von den Feinden Amerikas entdeckt würden.

Aber die Gefährdungen und Schwachstellen in einem solchen System hatten viel häufiger menschliche als technische Ursachen. Die Menschen selbst waren die Schwachstelle, wie sie immer wieder hatte feststellen müssen. Ob sie böswillig Hintertüren einprogrammierten oder ob ihnen aus Übermüdung oder Sorglosigkeit Fehler unterliefen, spielte letztendlich keine große Rolle, denn beides lief auf dasselbe Ergebnis hinaus. Watson war jedoch zuversichtlich, dass ihr CloudServe-Team nicht nachlässig gewesen war. Sollten in der Software, die für die Cloud der Nachrichtendienste entwickelt worden war, tatsächlich noch irgendwelche Schwachstellen vorhanden sein, die Angriffsflächen boten, dann waren sie sicherlich nicht der Inkompetenz oder Nachlässigkeit ihrer Team-Mitarbeiter zuzuschreiben.

Wenn es denn ein Problem gab, war es mit Sicherheit einem böswilligen Akteur zuzuschreiben.

Aus ihrer Sicht zeigten sich allerdings bei Fung alle Anzeichen, die einen böswilligen Akteur ausmachten. Bei ihrem Sicherheitstraining war ihr immer wieder ein Akronym eingebläut worden: MICE – Money, Ideology, Compromise, Ego.

Fungs Geldprobleme waren allgemein bekannt; er machte kein Geheimnis daraus, sondern präsentierte sie sogar wie Stigmata oder in seinem Fall wie die Wunden eines selbst ernannten Märtyrers, der sich ständig um irgendwelche armen Seelen kümmern musste, die er an sich zog, darunter auch sein Boyfriend, der sich sozusagen im Übergangsstadium befand. Irgendwie schaffte Fung es nicht einzusehen, dass sein chronischer Geldmangel mit seinem extravaganten Lebensstil zusammenhing. Aber in dieser Hinsicht war er nicht der Einzige. Auf Millionen amerikanischer Familien lastete ein gigantischer Schuldenberg in Billionenhöhe – Studiendarlehen, Autokredite, Kreditkarten, Haushypotheken. Aber machte sie das zu Spionen? Wohl kaum.

Vielleicht wurde Fung in irgendeiner Weise unter Druck gesetzt oder erpresst? Wer sein überempfindliches Ego und sein arrogantes Benehmen genauer kannte, würde sich kaum vorstellen können, dass er von jemand anders ausgenutzt oder missbraucht würde. Zwar war Fungs Lebensstil ziemlich ausgefallen und extravagant. Vor dreißig Jahren wäre er damit in große Schwierigkeiten geraten, aber heutzutage nicht mehr. Und er war auch kein Kandidat für Anschuldigungen im Stil von #MeToo. Aber wer konnte schon wissen, mit welchen Problemen sich manche Menschen in ihrem Privatleben konfrontiert sahen?

Und was war Fungs Ideologie? Dem oberflächlichen Beobachter mochte Fung als politisch neutral erscheinen. Im Büro redete er niemals über Politik, und sicherlich war er auch zu smart, um offen auf die Regierung in Washington, D.C. zu schimpfen. Aber wer privaten Umgang mit ihm hatte, kannte seine festgefügten progressiven Ansichten und wusste, dass er liberale Kandidaten unterstützte. Es wäre bestimmt nicht abwegig zu vermuten, dass er kein großer Fan von Präsident Ryan war und sicherlich auch nicht von Ryans Politik, bei der die Stärkung der USA und ihre Verteidigung im Mittelpunkt standen. Aber hier im Haus teilten wahrscheinlich gut achtzig Prozent der Belegschaft Fungs Meinung und im Umkreis von vierzig Kilometern vermutlich sogar neunzig Prozent. Der Patriotismus war in dieser Stadt mindestens genauso verpönt wie Sandalen mit weißen Socken, und der Nationalismus war so populär wie ein Krebsgeschwür.

Fungs Ego? Das war unübersehbar, wie Watson zugeben musste. Selbst ein Jurastudent im ersten Semester würde Fungs Selbstgefälligkeit an ihm riechen können wie das Creed-Aventus-Aftershave, das er sich jeden Morgen viel zu großzügig ins Gesicht spritzte. Wenn Fungs Ego ein Motivator war, dann war Fung sicherlich hochgradig motiviert. Andererseits: Warum sollte er weniger stolz auf sich sein, als sie auf sich selbst war? Was Software anging, war er ein Virtuose. Hatte ein Michael Jordan oder ein Tiger Woods nicht ebenfalls ein übergroßes Ego? Watson war davon überzeugt. Aber sie würde darauf wetten, dass weder Jordan noch Woods russische FSB-Spione waren.

Zwischen Watson und Fung hatte sich ein freundschaftlich-angespanntes Verhältnis entwickelt. Es war keine einfache Beziehung, aber Watson konnte sich nicht so recht vorstellen, dass Fungs Charakterfehler und persönlichen Marotten etwas mit Spionage zu tun hatten.

Aber ihr Job war es definitiv nicht, diese Dinge wegzuerklären.

Sie würde ihm genauer auf die Finger schauen müssen. Alles Auffällige, Unnormale dokumentieren, selbst wenn das bedeutete, dass er für das größere Ganze geopfert werden müsste. Was sie brauchte, waren Beweise, keine vagen Vermutungen.

Watson wandte sich wieder ihrem Monitor zu und tippte ein paar Befehle ein. Ein weiteres Fenster öffnete sich; es zeigte Fungs Desktop. Mit dieser verborgenen Screen-Mirroring-App konnte sie nicht nur jede Tastatureingabe, sondern auch jede App und jede Website verfolgen, die Fung aufrief, ohne dass er es bemerkte.

Wenn Fung irgendeine Dummheit anstellte, würde sie es sofort sehen und in Echtzeit aufzeichnen.

Fung saß derweil in seinem Büro und starrte auf seinen Monitor, doch dann zuckte sein Blick kurz zu Watson in ihrem gläsernen Eckbüro auf der anderen Seite des großen Raums hinüber. Sie schien konzentriert an ihrem Computer zu arbeiten. Er hätte schwören können, dass sie ihn beobachtet hatte, schrieb es aber seinem immer schlimmer werdenden Verfolgungswahn zu. Wenn er so weitermachte, würden seine Nerven völlig ruiniert sein, noch bevor er es schaffte, Torré nächsten Monat in Thailand zu besuchen.

Fung war damit beschäftigt, ein Softwareprogramm für eine Wireless-Kamera mit Audiogerät zu schreiben. Das Red Team plante, die Geräte an zahlreichen Punkten überall im LED-Beleuchtungssystem des Hauptsitzes des Nachrichtendienstes der U.S. Coast Guard (CG-2) in Washington, D.C. zu installieren. Die Coast Guard Intelligence war einer der 16 Nachrichtendienste, die gemeinsam die Intelligence Community (IC) bildeten, und gewissen Hinweisen zufolge könnte sie für Hackerangriffe möglicherweise besonders anfällig sein. Der Auftrag des Hauptquartiers bestand darin, weltweit die geplanten nachrichtendienstlichen Aktivitäten nachgeordneter Behörden zu unterstützen und gleichzeitig für einen reibungslosen Informations- und Kommunikationsaustausch mit der übrigen

Intelligence Community zu sorgen. Wer es schaffte, den Datenverkehr der CG-2-Behörde zu hacken, würde folglich Zugang zur gesamten Community und zur IC-Cloud haben.

Fung war vollkommen auf ein Interface-Problem konzentriert, für das er dringend eine Lösung finden musste, als sein Smartphone in der Hosentasche vibrierte. Außer Fungs Eltern und Torré kannten nur sehr wenige Menschen diese bestimmte Privatnummer. Seine Eltern riefen selten während Fungs Arbeitszeit an, und Torré hatte ihn seit Wochen nicht auf dieser Nummer angerufen.

Er zog das Telefon heraus. Die Nummer des Anrufers wurde auf dem Display angezeigt, aber Fung kannte sie nicht. Darunter stand eine kurze Textnachricht:

Hallo, Lawrence, ich muss Sie um einen Gefallen bitten.

Fast panisch zuckte Fungs Blick durch das Großraumbüro. Er wusste nicht genau warum, schließlich konnte es niemand hier im Büro sein – wer etwas von ihm wollte, würde einfach zu ihm herüberkommen oder ihn über das interne Telefon anrufen. Ein kalter Schauder lief ihm über den Rücken. Er tippte die Frage ein, obwohl er die Antwort bereits ahnte.

Wer sind Sie?

Ihr alter Freund. CHIBI.

Der kalte Schauder fühlte sich plötzlich an wie ein Vollbad in einem Tank mit Flüssigstickstoff. Fung hatte CHIBI noch nie diese Privatnummer mitgeteilt, und sie war auch in keinem Verzeichnis aufgeführt. Dass er dieses ungesicherte Telefon überhaupt hier im Büro benutzte, war ein schwerer Verstoß gegen die strengen firmeninternen Sicherheitsvorschriften. Ein gewaltiger Adrenalinschub schoss durch seinen Körper. Am liebsten wäre er aufgesprungen und geflohen. Für das FBI stellte der Verstoß praktisch eine Einladung dar, das Büro mit einem Sonderkommando zu stürmen. Sein Entsetzen verwandelte sich in blanke Wut.

Was soll der Scheiß?!

Sorry. Aber ich bin in einer Notsituation
und brauche Ihre Hilfe ASAP.

Wir waren fertig miteinander.
Schon vergessen?

Ja, nun, es ist etwas passiert. Ich muss Sie
noch einmal um einen letzten Gefallen bitten.

Das haben Sie schon letztes Mal gesagt.

Wieder ließ Fung den Blick durch das Großraumbüro gleiten. Watson blickte von ihrer Arbeit auf. Ihre Blicke trafen sich. Sie lächelte ihm zu.

Fung hätte sich beinahe in die Hose gepisst. Er zwang sich zurückzulächeln, wandte sich wieder seinem Monitor zu, legte das Handy so unauffällig wie möglich auf den Schoß und unterbrach die Verbindung.

Ahnte oder wusste sie, dass etwas nicht stimmte? Hatte sie ihn beim Eintippen der Nachrichten beobachtet? Hier im Büro war jede Form privater Telefonaktivität während der Arbeitszeit verpönt. Von den offensichtlichen Sicherheitsbedenken abgesehen, hatten alle viel zu viel zu tun, um Zeit für persönliche Angelegenheiten zu verschwenden.

Fungs Herz hämmerte in seiner mageren Brust. Nur mit Mühe

gelang es ihm, sich wieder auf die Programmbefehle auf dem Monitor zu konzentrieren, als könne er damit CHIBI vertreiben.

Wieder vibrierte das Handy. Er fürchtete sich vor dem, was passieren könnte, wenn er nicht antwortete. Er beugte sich tiefer über die Tastatur, als müsse er etwas auf dem Monitor genauer anschauen, während er heimlich das Smartphone wieder einschaltete. Wieder wurde die ihm nicht bekannte Nummer angezeigt, darunter die Message:

Das war nicht sehr nett.
Wir sind doch noch Freunde, oder nicht?

*Shit. Was jetzt?* War das eine versteckte Drohung? Was würde CHIBI tun, wenn sie keine »Freunde« mehr wären?, fragte sich Fung. *Ja, total beschissene Freunde.*

Natürlich sind wir das. Ich wurde
beobachtet und musste auflegen.

Von wem?

Watson. Sie sitzt in ihrem Büro und
beobachtet mich. Tut sie IMMER.

Vielleicht ist sie verliebt.😍

Sie steht nicht auf schwulen Asiaten.

Dann sollten wir uns kurz fassen. Ich will,
dass Sie sofort mit einer Suche anfangen.
Ich kann Ihnen nicht sagen, wie wichtig diese Sache
für mich ist, und sie ist extrem zeitkritisch.
Ich bin bereit, Sie entsprechend zu bezahlen.

Es ist gerade sehr ungünstig. Ich stecke mitten
in einem großen Projekt mit harter Deadline,
alle sind hier im Büro, und Watson sitzt
mir praktisch im Nacken.

Sie haben mich nicht richtig verstanden.

Nein, SIE haben mich nicht richtig verstanden.
Ich will nicht im Knast landen! Auf keinen Fall!
Eher bringe ich mich um. Meine Eltern würden es
nicht überleben. Torré würde vor Scham versinken.

Sie gehen nicht ins Gefängnis.
Wer sollte es schon herausfinden?

Watson! Ich sage Ihnen doch, sie hat
Verdacht geschöpft. Ich spüre es!
Die Schlampe ist schlimmer als ein Pitbull.

Machen Sie sich um Watson keinen Kopf.

Sie haben gut reden.

Ja, habe ich. Passen Sie auf, was passiert.

Fung starrte weiter auf den Monitor, konzentrierte sich aber auf sein peripheres Blickfeld. Mit einer leichten Kopfbewegung seitwärts sah er, wie Watson aufstand, ihr Büro verließ und geradewegs zu ihm herüberkam.

Fungs Herzschlag beschleunigte sich. Was jetzt? Alles gestehen? Watson niederschlagen und fliehen? Er wünschte, er hätte ein Messer in Griffnähe. Er würde ihr die Kehle durchschneiden und …

»Lawrence?«

Fung tat so, als sei er überrascht. Sie hielt ihr Smartphone in der Hand und sah besorgt aus.

»Oh, hi, Amanda. Was ist los?«

»Tut mir leid, Sie damit belasten zu müssen, aber es ist etwas passiert, und ich muss mich darum kümmern. Macht es Ihnen etwas aus, so lange hier im Büro für mich die Stellung zu halten?«

»Nein, nein, kein Problem. Ich bin noch eine ganze Weile hier. Diese Codierung hier macht mich wahnsinnig.«

Sie lächelte. »Ich denke, Sie werden eine Lösung finden. Tun Sie doch immer. Danke.«

»Ist alles in Ordnung? Kann ich irgendwie helfen?«

»Nein, nicht nötig. Ich muss zur Bank – könnte sein, dass jemand mein Konto gehackt hat. Ich habe gerade eine SMS bekommen.«

»Ach du Scheiße. Echt jetzt? So etwas kann einen wirklich nerven.«

»Wir können es bestimmt klären. Aber ich muss mich jetzt sofort darum kümmern.«

»Ja, klar. Gehen Sie nur. Ich bin hier, machen Sie sich keinen Kopf. Und rufen Sie mich an, falls Sie etwas brauchen.«

Watson nickte und ging zum Fahrstuhl. Kaum hatten sich die Lifttüren geschlossen, als sein Handy auch schon vibrierte.

*Shit*. Hatte CHIBI etwa eine Videokamera hier im Büro? Wie konnte er …?

Fung fühlte sich plötzlich wie ein in die Enge getriebenes Tier. Wenn CHIBI Watson so einfach manipulieren konnte, würde er wohl auch ihn, Fung, manipulieren können. Das hatte CHIBI mit dieser kleinen Show doch beweisen wollen, oder nicht?

Verzweiflung legte sich über ihn wie eine kalte, nasse Decke.

Er las CHIBIs Text.

Also dann: Das hier muss ich haben.

Fung las alles genau durch und prägte sich die Details ein. Er hatte noch nie von einer Organisation namens NFLA gehört, auch Lobito-1 sagte ihm nichts, und ein Land namens Angola kannte er nur aus Kreuzworträtseln. Aber die Aufgabe war klar beschrieben; er glaubte einen Weg zu kennen, wie er möglichst schnell an die Informationsdaten kommen konnte. Oder jedenfalls hoffte er es. Noch nie hatte er CHIBI so angespannt erlebt.

Und das machte CHIBI extrem gefährlich.

# 57

## GDYNIA – DANZIG, POLEN

Jack und Liliana machten sich auf den Weg nach Danzig. Lilianas Blick zuckte immer wieder zum Rückspiegel.

»Problem?«, fragte Jack.

»Ein Mann in einem schwarzen Mercedes folgt uns seit Gages Büro.«

Jack schaute in den rechten Außenspiegel. »Ich sehe ihn nicht.«

»Er ist ungefähr acht Autos hinter uns, auf der rechten Fahrspur. Ich glaube, ich kenne den Mann.«

»Vermutlich keine angenehme Bekanntschaft?«

»Er heißt Goralski. Ex-ABW. Ein echter Brutalo. Wurde rausgeworfen, weil er sich von einem lokalen Mafiaboss bestechen ließ – oder jedenfalls in den Verdacht geriet. Konnte ihm aber nie nachgewiesen werden. Jerzy, mein Partner, hatte ihn immer im Verdacht, dass er mit unserem neuen Fall zu tun hat.«

»Und jetzt beschattet er uns? Das ist interessant. Was können Sie mir über den Fall sagen, an dem Sie und Jerzy arbeiten?«

»Unsere Informanten haben uns von einer neuen Heroin-Pipeline berichtet, die von China über Afghanistan nach Polen verläuft. Hier wird der Stoff dann auf den Rest Europas verteilt. Wir wissen noch nicht, wer wie wo, aber die deutschen

Kollegen sind auf eine Spur gestoßen und glauben, dass die OstBank darin verwickelt sein könnte.«

»Wie verwickelt?«

»Die OstBank ist möglicherweise an einer Investmentgruppe beteiligt, die Chemiefabriken in China baut.«

»Und der deutsche BKA-Agent wurde ausgeschaltet, weil er dieser Verbindung nachging? Und jetzt Jerzy ...«

»Das war kein Unfall. Ich bin mir jetzt ganz sicher.«

»Und dieser Clown im Mercedes verfolgt uns seit unserem Meeting mit Gage, und Gage steht mit der OstBank in Verbindung und investiert jetzt in Lagerhäuser und Verteilungszentren.«

Liliana warf Jack einen kritischen Blick zu, als sähe sie ihn zum ersten Mal. »Sie sind kein Finanzanalyst, habe ich recht?«

»Wie kommen Sie darauf? Natürlich bin ich das! Sie können gern Hendley Associates anrufen, wenn Sie mir nicht glauben wollen.«

Sie schaltete den Blinker ein, offenbar wollte sie zwei Spuren überqueren, um zur nächsten Ausfahrt zu gelangen.

»Was haben Sie vor?«, fragte Jack.

»Ich greife mir diesen Bastard und kicke ihm in die Eier, bis er mir sagt, warum er Jerzy umbringen wollte.«

»He, warten Sie mal. Das sollten wir uns gut überlegen.«

»Da gibt's nichts zu überlegen.«

»Aber sicher. Sie haben keinen handfesten Beweis. Ihn fertigzumachen verschafft Ihnen vielleicht für einen Moment ein gutes Gefühl, macht aber unsere Chancen kaputt, diesen ganzen kriminellen Geschäftsring zu sprengen.«

»Das Risiko muss ich eben eingehen.«

»Was würde Ihnen Jerzy jetzt raten? Rache üben – oder den Fall lösen?«

Sie warf Jack einen vernichtenden Blick zu. Zwar blitzten

ihn ihre blauen Augen wütend an, aber sie schien sein Argument einzusehen.

»Okay. Er darf seine Eier behalten«, brummte sie. »Vorerst.«

»Einen Augenblick.« Jack zog sein Smartphone heraus und aktivierte den Online-Kartendienst.

Schweigend fuhren sie ein paar Minuten auf der dreispurigen Straße weiter. Liliana entschied sich für die langsamere, aber kürzere Strecke in Richtung des Danziger Stadtzentrums, in dessen Nähe sich Gages Lagerhaus befand. Die Ostsee war nicht weit entfernt; die Luft war kühler, aber immer noch angenehm. Je näher sie dem Stadtzentrum kamen, desto traditioneller wurden die Gebäude, wie Jack auffiel, sogar die neu gebauten Häuser ahmten den Backsteinstil nach oder waren Fachwerkhäuser, die Jack an Ansichtskarten deutscher Städte erinnerten.

Liliana blickte wieder in den Rückspiegel und fluchte auf Polnisch. »Ich habe ihn verloren.«

»Perfekt.«

»Was? Wieso ›perfekt‹?«

Jack blickte nach vorn auf die Straße und deutete auf eine Ausfahrt. »Nehmen Sie die nächste Ausfahrt.«

Sie bog ab, und Jack dirigierte sie zu einem riesigen Einkaufszentrum, der Galeria Metropolia, und dort auf den Parkplatz eines großen Kinokomplexes.

»Jetzt bitte langsam fahren, aber nicht anhalten«, sagte Jack, während er die Reihen geparkter Autos aufmerksam absuchte.

»Was machen wir hier?«

»Ich wollte schon immer *Deadpool Two* mit polnischen Untertiteln sehen.«

»Was?«

Jack wies auf eine freie Parkbox. »Halten Sie da an.«

Liliana bog auf die Stellfläche ein. »Und jetzt?«

»Passen Sie genau auf, ob Goralski sich blicken lässt.«

Jack stieg aus und ließ den Blick über den Parkplatz schweifen. Niemand war in der Nähe. Auch Liliana stieg aus und suchte den schwarzen Mercedes. Er war nirgends zu sehen.

Jack bückte sich und strich mit der Hand unter dem Heck-Stoßfänger des Cabrios entlang. An der linken Seite des Stoßfängers murmelte er: »Hab ihn.«

Er zeigte Liliana ein kleines magnetisches Gerät.

»Ein GPS-Tracker«, sagte Liliana. »Deshalb hat er sich abgehängt. Er braucht gar keinen visuellen Kontakt.«

»Genau. Und jetzt passen Sie auf.«

Jack duckte sich und rannte quer über den Platz zu einem silbernen Audi mit deutschen Kennzeichen hinüber. Dort vergewisserte er sich noch einmal, dass er von den Parkplatzwächtern nicht beobachtet wurde, und heftete den Tracker auf der rechten Seite unter den vorderen Stoßdämpfer des deutschen Autos. Dann rannte er wieder zu Lilianas Auto zurück und stieg ein.

»Hoffen wir, dass der Deutsche zwei Filme hintereinander anschaut und dann Heimweh bekommt.«

»Netter Trick. Solche Sachen lernt man bei euch im Wirtschaftsstudium?«

»Nein, bei den Pfadfindern. Fahren Sie los – aber nehmen Sie die Ausfahrt am anderen Ende, nur für den Fall, dass unser Freund in der Nähe ist.«

Sie fuhren zu der ersten Adresse, die in den Steuerakten aufgeführt war, behielten aber die Außenspiegel ständig im Blick, um sicherzugehen, dass Goralski Jacks kleinen Trick nicht durchschaut hatte. Als zusätzliche Maßnahme gab Liliana das Kennzeichen von Goralskis Mercedes an die automatisierte Kennzeichenerkennung des ABW weiter und ließ den aktuellen Standort des Fahrzeugs lokalisieren. Als sie dabei erwähnte, dass der Mercedes mit der Fahrerflucht nach Jerzy Krychowiaks »Unfall« zu tun haben könnte, erhielt die Anfrage höchste Priorität. Sobald der Mercedes an einer der Verkehrsüberwachungskameras vorbeifuhr, auf deren Aufzeichnungen die ABW Zugriff hatte, würde eine automatisierte Information an Lilianas Smartphone geschickt.

Bei der ersten Adresse der Liegenschaften, die Gage in Danzig besaß, handelte es sich um genau das, was in den Steuerunterlagen beschrieben war: eine Tankstelle für Autos und Trucks in unmittelbarer Nähe der Autobahn 91, direkt südlich des Stadtzentrums. Sie fuhren einmal um das gesamte Viertel herum, in dem die Tankstelle lag, konnten aber nichts Auffälliges entdecken. Schließlich parkten sie und traten in den sauberen Minimarkt, der ein überraschend breites Warenangebot führte und zu dem ein kleines Restaurant gehörte. Auch hier gab es nichts Ungewöhnliches zu sehen.

Danach fuhr Liliana ins Stadtzentrum. Auf dem Weg zur letzten Adresse auf ihrer Liste kamen sie am Europäischen Zentrum der Solidarität vorbei.

»Ja, ich weiß. Das sparen wir uns für nächstes Mal auf«, versprach Jack, bevor Liliana auch nur ein Wort über das berühmte Museum sagen konnte.

Das Museum befand sich auf dem Gelände der berühmten Danziger Werft, in der Lech Wałęsa und die Gewerkschaft Solidarność die Streikbewegung angeführt hatten, die letztendlich den Sturz der kommunistischen Regierung mitverursacht hatte. Die Werft ist heute viel kleiner als in ihren Glanzzeiten unter den Kommunisten, wird aber immer noch betrieben. Die Skyline wurde von riesigen Kränen beherrscht, an denen die für den Neubau oder die Wartung von Schiffen benötigten, viele Tonnen schweren Stahlplatten hingen. Auf den Kais reihten sich weitere Gebäude und Ausrüstungen für das Beladen oder Löschen der Schiffsladungen. Die gesamte Werft zog sich am Ufer der Toten Weichsel entlang, eines Nebenflusses der Weichsel, die in die nahe Ostsee mündete.

Das Werftgelände schien völlig ungesichert, jedenfalls konnte Jack kein Sicherheitspersonal entdecken und auch keine Überwachungskameras. Gabelstapler und Lkws rumpelten über den abgenutzten Straßenasphalt zwischen teilweise halb verfallenen Gebäuden, die größtenteils aus Backsteinen und Eisen zu bestehen schienen.

»Die Gebäude, die in Ordnung sind, wurden wahrscheinlich noch von den Preußen vor dem Ersten Weltkrieg gebaut«, erklärte Liliana. »Die baufälligen Schuppen haben die Kommunisten gebaut.«

Sie bogen in eine der Zufahrtsstraßen ein, wo sie langsamen Gabelstaplern und sonstigen Transportern entweder hinterherfahren oder ausweichen mussten. In vielen der Werkstätten oder Lagerhäuser wurde gearbeitet; Paletten wurden auf- oder abgeladen, Schweißbrenner sprühten Funken, Schweißdrähte glühten. Überall war Hämmern, Klappern und Befehlsgebrüll zu hören.

Liliana musste einem Gabelstapler ausweichen, der mit einer Ladung Stahlröhren aus einer Einfahrt herausgeschossen kam, und wurde kurz darauf fast von einem Lieferwagen gerammt, der mit Acetylen- und Sauerstoffflaschen beladen war und ihr auf der engen Straße die Vorfahrt nahm.

»Gages Lagerhaus ist gleich dort vorn«, sagte sie, obwohl Jack es selbst sehen konnte, da es auf dem Navi des Audis markiert war.

»Ganz am Ende der Straße«, nickte Jack.

Hinter ihnen war ein überlautes Hupen zu hören. Jack warf einen Blick zurück: Knapp 30 Meter hinter ihnen hupte ein roter JAC-Sattelzug einen Gabelstapler an, der ihm die Weiterfahrt versperrte. Der Truck glich dem Sattelzug, den Jack im Lagerhaus in Warschau gesehen hatte, aber er war nicht sicher, ob es sich um dasselbe Fahrzeug handelte. Durch die Spiegelung auf der Windschutzscheibe konnte er Fahrer und Beifahrer nur undeutlich ausmachen, glaubte aber, dass ein Chinese am Steuer saß. Auf dem Beifahrersitz saß ein Weißer, der die Füße mit den schweren Stiefeln lässig auf die breite Ablagefläche auf dem Armaturenbrett gelegt hatte. Jack meinte auch zwei weitere Trucks zu sehen, die dem ersten Fahrzeug langsam folgten.

In dem Moment, als Liliana vor dem Lagerhaus anhalten wollte, schoben zwei muskulöse Männer die beiden riesigen grünen Schiebetore auf. Sie starrten den Audi unter ihren gelben Schutzhelmen misstrauisch an. Einer brüllte etwas über die Schulter zurück. Jack erhaschte einen Blick in die riesige, höhlenartige Lagerhalle, in der Gabelstapler herumfuhren und vollbepackte Paletten auf gewaltige Stahlregale hoben. Aber Jacks Aufmerksamkeit wurde sofort von einem Schiff in Anspruch genommen, das in der schwächer werdenden Abendsonne nicht weit vom Lagerhaus an der Kaimauer vertäut war und gerade entladen wurde.

Ein wahrer Riese von einem Mann kam aus dem Halbschatten des Lagers und blieb vor dem weit geöffneten Tor stehen. Mit seinem blonden Bürstenhaarschnitt und den breiten Schultern hätte er als Dolph Lundgrens jüngerer Bruder durchgehen können, nur war er noch größer und entschieden hässlicher als der Schauspieler. Die Fäuste, groß wie Vorschlaghämmer, hatte er in die Hüften gestützt, sodass die Ellbogen wie Stahlträger seitwärts herausragten – eine eindeutig drohende Haltung, die den Fremden im Audi galt. Und nicht weniger drohend wirkte die Pistole, die sich an seiner Hüfte unter dem Arbeitshemd deutlich abzeichnete.

»Freunde von Ihnen?«, fragte Jack.

»Ich würde gerne seinen Waffenschein sehen. Hat er wahrscheinlich nicht.«

»Das würde uns mit unserem wichtigeren Problem nicht weiterhelfen. Wir müssen herausfinden, was in diesem Lagerhaus abgeht. Und ich würde mich auch ganz gern auf dem Schiff umsehen, das da gerade entladen wird.«

»Dunkel wird es erst in zwei Stunden. In dieser Straße wäre eine verdeckte Überwachung kaum möglich.«

»Wir kommen zurück, wenn es dunkel ist. Vielleicht können wir dann mehr herausfinden.«

Mit lautem Hupen kam der Sattelzug heran. Wieder drehte sich Jack um. Der Chinese am Steuer versuchte gar nicht erst, seine Ungeduld und Gereiztheit zu verbergen. Die Stiefel des Beifahrers lagen immer noch auf der Ablage.

Wieder ließ der Truck ein langes, wütendes Hupen hören.

*»Osioł«,* schimpfte Liliana und gab so heftig Gas, dass der Audi Kies und Dreck hochschleuderte.

Der Muskelprotz und seine Kumpel am Schiebetor brüllten dem Audi wütende Schimpfwörter hinterher.

»Ich hoffe, Sie sind hungrig, Jack. Ich kenne da ein Restaurant, nicht weit von hier.«

»Bin am Verhungern. Beim Essen können wir besprechen, wie wir weiter vorgehen.«

Jack war sich sicher, dass ihm das Essen schmecken würde – und dass sein Plan Liliana *nicht* schmecken würde.

Cluzets Stiefel lagen auf dem breiten Armaturenbrett des JAC-Trucks, mit dem er fast durch ganz Zentralasien gefahren war. Sein Rücken schmerzte, und in seinem Schädel pochten erbarmungslose Kopfschmerzen. In diesem Zustand konnte er für nichts Geduld aufbringen, schon gar nicht für Touristen, die sich verfahren hatten. Sie waren grade mal ein paar Meter vor dem Endziel einer wahrhaft knochenbrechenden Fahrt über mehr als 6000 Kilometer. Er kam mit einem Tag Verspätung an, was ihn und seine Männer den Extrabonus kosten würde.

Noch ein paar Stunden mehr würden ihnen womöglich eine Kugel in den Hinterkopf einbringen.

»Hupe noch mal!«, befahl er dem Fahrer. Lin nickte; der Truck stieß ein langes, wütendes Hupen aus. Der silberne Audi gab Gas und raste in einer Wolke von Straßenstaub davon.

Der Chinese lachte. »Das hat ihnen Angst gemacht!«

Aber Cluzet hatte sich aufgesetzt und starrte dem Audi nach.

Lin schaltete in einen niedrigen Gang, und der Truck ruckte vorwärts.

Etwas stimmte nicht mit dem Audi. Aber Cluzets Migräne pochte inzwischen so stark, dass er keinen klaren Gedanken mehr fassen konnte. Er fischte eine Packung Tylenol aus dem Handschuhfach, warf drei Tabletten ein und begann zu kauen. Die Druckluftbremsen zischten, und der Truck kam vor den geöffneten Lagerhaustoren zum Stehen. Cluzet hatte einen seiner Männer vorausgeschickt, einen riesigen skandinavischen Muskelberg namens Hult, der immer noch dem Audi wütend nachstarrte.

Cluzet stieg aus der Kabine, streckte sich und gähnte. Er schüttelte Hult die Hand, und die beiden tauschten sich über die jüngsten Ereignisse aus. Hult war damit einverstanden, das Ausladen und die Neubeladung der Trucks zu beaufsichtigen, um Cluzet Zeit für ein gutes Essen, ein sauberes Bett und zwei einsatzfreudige Huren zu geben, bevor sich der Konvoi am nächsten Morgen wieder auf die Rückfahrt machte.

# 58

## DANZIG, POLEN

Jack und Liliana parkten in einem Parkhaus direkt am Ufer der Mottlau, die sich durch die Altstadt und damit mitten durch den touristischen Bezirk schlängelte.

Lilianas Smartphone summte. »Goralski ist anscheinend auf der E75 in südlicher Richtung unterwegs. Könnte sein, dass er nach Warschau will. Lässt sich jetzt noch nicht sagen.«

»Wohin er fährt, ist mir egal, Hauptsache, er ist nicht mehr in Danzig.«

Sie gingen zu Fuß zu Lilianas hiesigem Lieblingsrestaurant. Es hieß Machina und befand sich im Erdgeschoss eines hoch aufragenden Gebäudes im gotischen Stil. »Hier gibt's die beste Pasta in der ganzen Stadt«, versprach sie.

Jack und Liliana wollten außer Sicht bleiben, weshalb sie sich für einen Tisch im Innern des Lokals entschieden, statt sich zu den Gästen im Freien zu setzen, die zwischen zwei wärmenden pyramidenförmigen Gaskaminen ihr Abendessen einnahmen. Jacks Gnocchi mit Pesto, geräuchertem Schinken und frischem Mozzarella waren die besten Gnocchi, die er jemals gegessen hatte, und das Dessert – Quitten-Tiramisu mit Amaretto – war absolut perfekt. Er ignorierte die große Auswahl von Biersorten und bestellte stattdessen eine Flasche Mineralwasser. Liliana hatte sich für Ravioli mit Spinat-Ricotta entschieden; statt eines Desserts bestellte sie ein Glas House Merlot.

Während des Essens sprachen sie die Erkenntnisse durch, die sie bisher gesammelt hatten, und versuchten, weitere Informationen damit in Verbindung zu bringen. Jack erzählte ihr alle Details über Christopher Gage und die BGS, an die er sich noch erinnern konnte. Doch im Grunde versuchte er nur, ein wenig Zeit zu schinden. Aber auch ihm war klar, dass Liliana ihm nicht mehr richtig zuhörte.

»Woran denken Sie?«, fragte er schließlich. Sie mussten nicht flüstern, denn das Lokal war gut besucht, und die Einheimischen und Touristen genossen den Abend. Die vier Frauen am Nachbartisch hatten bereits drei Flaschen Wein geleert und plauderten und lachten wie Schulmädchen.

»Ich sollte schon längst nicht mehr hier sitzen. Ich sollte Goralski noch heute Abend verhaften und verhören lassen.« Sie warf einen Blick auf ihr Smartphone. »Er fährt definitiv nach Warschau.«

»Und wenn er nicht reden will?«

Sie trank den letzten Schluck Merlot. »Glauben Sie mir, er wird reden, wenn ich mit ihm fertig bin.«

»Vielleicht, vielleicht auch nicht. Oder er erzählt Ihnen nichts als Lügen. Aber wenn er und seine Leute Profis sind, haben sie sicherlich ein gegenseitiges Meldesystem vereinbart. Wenn Sie ihn verhaften, werden seine Kumpel oder Anführer sofort wissen, dass er aufgeflogen ist. Die ganze Sache ist größer, als wir bisher wissen.«

Liliana stieß einen langen, frustrierten Seufzer aus. »Ja, Sie haben recht. Aber ich könnte wenigstens jetzt gleich einen Durchsuchungsbeschluss für das Lagerhaus beantragen.«

»Und Sie meinen, irgendein Richter wird einen Beschluss unterschreiben, nur weil Sie glauben, dass der große Typ illegal eine Waffe im Gürtel stecken hat? In den Staaten könnte man damit keinen Richter überzeugen.«

»Nein, hier wahrscheinlich auch nicht.«

»Also, ich hätte da eine Idee«, begann Jack vorsichtig. »Noch ein Glas Wein?«

»Ich sehe schon jetzt, dass mir Ihre Idee nicht gefallen wird.«

»Es ist eine gute Idee. Sie müssen mir nur vertrauen.«

»Sie wollen heute Nacht dort einbrechen, stimmt's?«

»Ich muss«, sagte Jack. »Sie haben keinen überzeugenden und legalen Grund für einen Durchsuchungsbeschluss. In dem Lager finde ich vielleicht einen Grund.«

»Ich kann nicht zulassen, dass Sie etwas Rechtswidriges tun, Jack. Mein Boss würde mir den Kopf abreißen, wenn Sie dabei erwischt würden.«

»Ich werde nicht erwischt. Und ich begehe auch keinen bewaffneten Raubüberfall. Das ist nichts weiter als unbefugtes Betreten eines Grundstücks. Ich beschaffe Ihnen den Beweis, den Sie brauchen, um den Durchsuchungsbeschluss zu bekommen, und damit knacken wir diese Nuss. Wenn meine Vermutung stimmt, ist das Schiff genauso schmutzig wie alles andere in diesem Lagerhaus. Damit schlagen wir zwei Fliegen mit einer Klappe.«

»Aber ich komme mit.«

»Auf gar keinen Fall. Wenn wir etwas entdecken und dann irgendwie durchsickert, dass Sie illegal in das Lager eingebrochen sind, werden alle unsere Beweise verworfen.«

Liliana beugte sich ein wenig weiter über den Tisch. Das Licht der Kerzen tanzte in ihren Augen, aber ihr Blick war kalt und ernst.

»Sagen Sie mir die Wahrheit, Jack. Sind Sie bei der CIA? Beim Militär?«

Jack faltete die Hände, beugte sich ebenfalls vor und schaute sie ebenso eindringlich an. Er senkte die Stimme.

»Wenn Sie mich fragen, ob ich Klavier spielen kann, ist die Antwort nein.«

Liliana starrte ihn düster an, doch plötzlich begriff sie die Doppeldeutigkeit und musste lachen. Laut genug, dass die vier Damen am Nachbartisch herüberschauten und lächelten. Jack hob sein Wasserglas und prostete ihnen ironisch zu. »Sie hat Ja gesagt.«

Die vier Frauen schauten sich an, dann klatschten sie begeistert, hoben ebenfalls die Gläser und gratulierten auf Englisch und Polnisch.

Liliana errötete augenblicklich und starrte Jack trotz ihres gezwungenen Lächelns wütend an. »Ich habe zu gar nichts Ja gesagt!«

»Aber die Damen glauben es. Sie wissen nur nicht, wozu Sie Ja gesagt haben.« Jack stand auf. »Wir müssen los.«

Er half Liliana in ihren Mantel und winkte den lächelnden Damen zu, die ihnen noch einmal ihre Glückwünsche nachriefen.

# 59

Nach dem Abendessen holten Jack und Liliana ihre Taschen aus dem Audi und gingen zu einem Hotel, das auf der anderen Flussseite stand.

Obwohl es nicht touristische Hochsaison war, herrschte im Hafenviertel lebhaftes Treiben. Die Restaurants am Flussufer waren gut besucht, und immer mehr Lampen wurden eingeschaltet. Es war ein Postkartenpanorama, das Jack an jedem anderen Abend schön gefunden hätte, aber heute Abend waren er und seine Begleiterin vollauf damit beschäftigt, ihre Pläne für das Eindringen in das Lagerhaus zu besprechen und die weiteren Schritte zu vereinbaren, die sie am nächsten Morgen unternehmen wollten.

Sie gingen an einem grauenhaft kitschig als »Piratenschiff« verzierten Ausflugsschiff vorbei, das gerade angelegt hatte und die letzten Touristen aussteigen ließ. »What shall we do with a drunken sailor«, allerdings auf Polnisch, tönte ohrenbetäubend laut aus den Schiffslautsprechern, während die Crew das Schiff für die Nacht vertäute. Liliana erklärte, dass das Schiff tägliche Ausflugsfahrten an der Westerplatte vorbei anbot – einer Halbinsel zwischen der Ostsee und dem Danziger Hafenkanal. Hier hatten die Deutschen am 1. September 1939 ein polnisches Munitionslager beschossen und damit den Zweiten Weltkrieg begonnen.

Die Mottlau teilte sich hier und bildete zwei Flussinseln. Jenseits des Piratenschiffs reckten sich Baukräne auf einer der Flussinseln in den Abendhimmel. Das Flussufer war dicht gesäumt von vielen offenbar neuen Gebäuden, die die Architektur des siebzehnten Jahrhunderts nachzuahmen versuchten.

Jack hatte das Hotel nach einer Empfehlung in TripAdvisor ausgewählt. Es war ein authentischer, aber völlig renovierter königlicher Getreidespeicher mit vier Stockwerken. Den Fotos zufolge war das Zimmer mit einem großen Doppelbett für Liliana und einer Couch für Jack möbliert. Die Couch war lang genug, sodass sich Jack trotz seiner 1,85 Meter in voller Länge ausstrecken konnte.

Wie Jack war sich auch Liliana nicht sicher, ob die Gegenseite nicht bereits herausgefunden hatte, dass die ABW gegen sie ermittelte, zumal jetzt mit Goralski ein ehemaliger ABW-Agent für sie arbeitete. Nach einigem Zögern war sie damit einverstanden, dass sich Jack an der Rezeption mit seinem Decknamen und seinem von Gavin erzeugten Pass anmeldete und das Zimmer in bar bezahlte. Er würde sie dann später als seinen »Gast« in das Zimmer schleusen – mit einem vielsagenden Augenzwinkern und einem großzügigen Trinkgeld für den Mitarbeiter an der Rezeption –, sodass sie ihre wahre Identität nicht preisgeben musste.

Nachdem er die Rechnung beglichen hatte, brachte er ihr Gepäck auf das Zimmer, steckte ein paar der Geräte in die Taschen, die ihm Gavin mitgegeben hatte, und trat wieder auf die Straße hinaus, wo Liliana auf ihn wartete. Sie hatte gute Nachrichten: Goralski war immer noch mit seinem Auto unterwegs, schien aber nicht nach Warschau, sondern in Richtung Łódź zu fahren. Wer nach Prag oder Wien wolle, würde dieselbe Route nehmen, erklärte sie, aber es sei noch nicht klar, wohin Goralski letztendlich fahre.

Mit ein wenig Glück würde Goralski an diesem Abend nicht

mehr zurückkehren. Das war gut. Sie hatten genug andere Sorgen und konnten gut auf einen ehemaligen ABW-Agenten verzichten, der zur Tür hereinstürmte, wenn sie es am wenigsten erwarteten.

Liliana war Polizistin und Patriotin. Als sie und Jack endlich in das Hotelzimmer zurückkehrten, bekam sie allmählich kalte Füße.

Jack wies zu Recht darauf hin, dass sie nicht in das Lagerhaus einbrechen und Informationen sammeln dürfe, die sich später als nutzlos erweisen würden, weil kein Durchsuchungsbeschluss vorgelegen hatte. Und was noch schlimmer wäre: Sie würde ihren Job verlieren, der für sie nicht nur eine Erwerbsquelle war – er war ihre Berufung. Wie konnte sie der Nation besser dienen, die sie so sehr liebte?

Aber Jacks Vorschlag, dass er allein in das Lager einbrechen würde, war keinesfalls weniger problematisch. Er war ein Ausländer, der ohne Befugnis in eine polnische Liegenschaft eindrang. Aber Jack erinnerte Liliana daran, dass Gage genau wie er selbst Amerikaner und Hu Peng chinesischer Staatsbürger sei und dass beide die Eigentümer des Lagerhauses seien.

»Schauen Sie, ich werde nichts stehlen, versprochen. Ich will nur diese beiden Dinger hier irgendwo anbringen.« Er zeigte ihr zwei kleine drahtlose Überwachungskameras mit Nachtsichtfähigkeit. Mit ihren eigenen SIM-Karten und Sendern konnten sie Video- und Audiosignale live auf Jacks Smartphone übertragen oder sie auf der Campus-Cloud speichern, die von Gavin gemanagt wurde. Die Campus-Cloud war natürlich nichts weiter als eine Datenspeicheranlage, das heißt, Reihen um Reihen von nüchternen Servern aus Metall, die von der weltweit führenden Gesellschaft für diese Art von Technologie entworfen, entwickelt und gebaut wurden:

CloudServe.

Noch im Hotelzimmer stellte Jack die beiden Kameras so ein, dass sie mit der Aufzeichnung begannen, sobald sie durch ihre Bewegungsmelder aktiviert wurden. Er konnte die Kameras jederzeit selbst ein- oder ausschalten oder sie so programmieren, dass sie zu bestimmten Zeiten aktiviert wurden. Lithium-Ionen-Batterien und zusätzliche Solarzellen lieferten die Energie für mindestens hundert Stunden ununterbrochene Aufzeichnung. Das war mehr als genug Zeit, um mögliche kriminelle Aktivitäten zu identifizieren, die in dem Lagerhaus stattfinden mochten.

»Ich installiere die Kameras, und schon bin ich wieder draußen. Zwanzig, höchstens dreißig Minuten«, versicherte Jack.

»Sie bringen mich in eine sehr schwierige Lage.«

»Das machen Freunde nun mal hin und wieder«, lächelte Jack, während er die Kameras einpackte. »Vertrauen Sie mir. Rein und raus.«

Liliana seufzte, aber die möglichen Verbindungen zum internationalen Drogensyndikat, gegen das sie und Jerzy ermittelt hatten, sowie den vermutlichen Mordanschlag auf Jerzy konnte sie nicht ignorieren. Außerdem war es eine relativ geringe Straftat, die Jack hier begehen würde. Sie nickte zögernd.

Liliana rief Tomasz an, um ihm gute Nacht zu wünschen, und der kleine Junge bestand darauf, dass auch Jack kurz ans Telefon kam. »Mami kommt morgen wieder nach Hause, Süßer«, versprach sie ihm. Sie zögerte das Telefonat noch ein wenig hinaus, musste es dann aber beenden, als ihre Mutter Tomasz resolut den Hörer wegnahm, ihrer Tochter gute Nacht wünschte und den Kleinen ins Bett brachte.

Jack und Liliana stellten ihre Wecker auf Mitternacht und versuchten, noch ein wenig Schlaf zu finden.

Danzig gilt als sehr sicher, und das galt auch für diesen Stadtteil und sogar zu dieser späten Stunde. Statt zum Auto zurückzugehen, es herbeizuholen und in sicherer Entfernung vom

Lagerhaus zu parken, war es entschieden einfacher und schneller, den 20-minütigen Weg vom Hotel zum Hafen und zum Lagerhaus der Firma Baltic General Services zu Fuß zurückzulegen.

Im Hafen selbst war von der Hektik, die tagsüber geherrscht hatte, nichts mehr zu spüren, und auch die vielen Reparatur- und Schiffsbauarbeiten waren zum Stillstand gekommen, nur ein paar am Pier liegende Schiffe waren hell erleuchtet und wurden be- oder entladen.

Die vielen Werkstätten in der schmalen Straße, in der sich Gages Lagerhaus befand, lagen still und verlassen da. Die Straße selbst war nur schwach beleuchtet, aber der Halbmond spendete genug Licht, sodass sie nicht über die eigenen Füße stolperten. Der Himmel war wolkenlos, die Luft kühl, aber wenigstens regnete es nicht. Die Wetter-App auf Jacks Smartphone hatte für später in der Nacht Regen angekündigt, aber im Moment herrschten ideale Bedingungen.

Sie blieben im Schatten der Mauern, so gut es ging. Jack konnte keine Überwachungskameras entdecken. Ein einziger Streifenwagen fuhr vorbei, allerdings viel zu schnell für eine Patrouillenfahrt, wahrscheinlich reagierte er auf einen Notruf.

Hinter einem großen blauen Abfallcontainer gingen sie in Deckung, um die Lage zu sondieren. Das Lagerhaus befand sich genau gegenüber auf der anderen Straßenseite. Die großen grünen Tore waren geschlossen; nirgendwo brannte Licht, und es drangen keine Geräusche zu ihnen herüber. Auch der riesige Truck, der sie so wütend angehupt hatte, war nirgends zu sehen, auch keine anderen Fahrzeuge.

Jack steckte einen der Drahtlos-Ohrhörer in ein Ohr und schaltete sein Smartphone auf stumm. »Rufen Sie mich an, sobald jemand auftaucht. Ich bleibe nicht lange, zwanzig Minuten höchstens, wenn ich erst mal drin bin.«

»Mir ist überhaupt nicht wohl bei der ganzen Sache.«

»Je schneller ich reingehe, desto schneller bin ich wieder da.«

»Versprechen Sie mir, dass Sie nicht versuchen werden, auf das Schiff zu gelangen.«

Jack reckte zwei geschlossene Finger in die Höhe. »Großes Pfadfinder-Ehrenwort.«

Die flackernde Sodium-Straßenlampe hoch oben an der verwitterten Backsteinfassade des Gebäudes hinter ihnen ließ ihr besorgtes Gesicht immer wieder geisterhaft gelblich aufleuchten.

»Bitte seien Sie vorsichtig, Jack.«

»Bin ich immer.«

Jack vergewisserte sich dreifach, dass niemand in Sicht war, dann huschte er hinter dem Container hervor und zur Ecke des Lagerhauses hinüber. Im düsteren Licht sah er, dass die grünen Tore mit einem Vorhängeschloss gesichert waren. Er hatte zwar sein Lockpicking-Set dabei – diese Lektion hatte er in Singapur gelernt –, aber die Größe und das Gewicht der beiden Torflügel waren problematisch, weil sie beim Öffnen vermutlich einen Höllenlärm verursachen würden. Und wahrscheinlich waren sie nicht nur verschlossen, sondern auch alarmgesichert.

Er versuchte, die kleine Nebentür an der linken Seite zu öffnen. Der Türgriff ließ sich nicht bewegen, und auch die Tür selbst war mit einem überdimensionierten Panzerriegel und einem mächtigen Vorhängeschloss gesichert.

Mist.

Er warf einen Blick nach oben. Unter den zwölf Glasfenstern befanden sich vorragende Fenstersimse; eines der Fenster stand offen, aber alle waren gegen Einbrecher mit Eisengittern gesichert. Selbst wenn er eine Leiter finden würde, könnte er nicht durch ein Fenster in das Gebäude einsteigen. Bestenfalls könnte er eine Kamera an dem offen stehenden Fenster anbringen, aber auch nur, wenn er dort hinaufkam. Außerdem würde, wer immer das Fenster offen gelassen hatte, es am Morgen vielleicht wieder schließen und dabei die Kamera entdecken. Das war definitiv keine Option.

Jack sah nur noch eine Möglichkeit: auf der anderen, zum Pier gelegenen Seite in das Gebäude zu gelangen. Er schlich um das noch immer dicht belaubte Geäst eines gefällten Baumes herum, den man gegen die Hausmauer geschoben hatte, und suchte sich einen Weg über die Hoffläche, die als eine Art Müllhalde genutzt wurde und daher mit alten Röhren, Eisenschrott, Gerüstteilen und zerbrochenen Backsteinen übersät war.

Er bewegte sich so schnell und still, wie er konnte, bis er endlich an der hinteren Ecke des Gebäudes ankam. Dort blieb er einen Moment lang unbeweglich stehen, den Rücken an die Mauer gepresst, und lauschte. Das kalte Flusswasser plätscherte gegen den stählernen Rumpf des Schiffes, das er schon früher am Tag gesehen hatte. Scharfer Zigarettengestank drang ihm in die Nase, aber er hörte weder Schritte noch Stimmen.

Er kauerte sich nieder und schob den Kopf vor, bis er um die Ecke spähen konnte. Das Heck des Schiffes war nur ungefähr sechs Meter entfernt und ragte mindestens ebenso hoch über dem Pier auf; BALTIC PRINCESS und ST. PETERSBURG waren in großen weißen Lettern auf dem Heck deutlich zu erkennen. Noch weiter oben leuchtete ein Topplicht am Mast, und in der Brücke schimmerte eine schwache Nachtlampe.

Dann entdeckte er das Glimmen einer Zigarette auf dem Hecküberhang. Im schwachen Licht des Topplichts konnte er eine Gestalt ausmachen. Er zog das Nachtsicht-Monokular heraus und fokussierte es auf die Stelle. Jetzt sah er die Gestalt deutlicher: ein relativ kleiner Mann mit dunkler Jacke und einer Rollmütze auf dem Kopf, der lässig an der Reling lehnte und in die Dunkelheit hinaus starrte. Wenn er die einzige Nachtwache war, würde Jack später kein Problem haben, an Bord zu gelangen, trotz des gegenteiligen Versprechens, das er Liliana gegeben hatte. Doch zuerst musste er irgendwie in das Lagerhaus kommen.

Aufmerksam schwenkte er das Monokular über die gesamte Länge des Schiffsdecks, konnte aber niemanden sonst entdecken. Er blickte auch den Pier entlang, der sich am Flussufer erstreckte. Ein Stück weit entfernt lag ein weiteres Schiff vertäut; auch darauf leuchteten ein paar Lampen, aber nichts rührte sich. Danach wandte er sich wieder dem Wächter auf dem Hecküberhang zu – gerade noch rechtzeitig, um zu sehen, dass der Mann seine Kippe über Bord ins Wasser schnippte, sich umdrehte und in einer der Aufbauten verschwand.

Das war Jacks Chance. Rasch rannte er um die Ecke. Er konnte sein Glück kaum fassen: Eine der beiden Türen hier auf der Rückseite des Lagers stand ungefähr einen halben Meter weit offen – der Spalt war gerade breit genug, um sich seitwärts hindurchschieben zu können. Jemand war wohl zu faul oder zu nachlässig gewesen, um sie völlig zu schließen.

Jack schlich vorsichtig bis zur Tür, duckte sich daneben nieder und lauschte. Nichts. Auch seine Nase nahm weder Schweißgeruch noch Zigarettenrauch wahr.

*Wer nicht wagt, der nicht gewinnt,* dachte er und musste unwillkürlich grinsen, als er sich vorsichtig durch den Türspalt schob.

Die Lagerhalle enthielt zwar ein paar Reihen aufeinandergestapelter Paletten, war aber ansonsten fast völlig leer. Das schwache Topplicht vom Schiff draußen drang kaum in die dunkle, höhlenartige Halle. Noch immer hatte er keinerlei Geräusche gehört. Er zog sein Smartphone heraus, aktivierte die Taschenlampe und schlich zur hinteren Wand, um dort eine der Kameras anzubringen.

Als er an den ersten Palettenstapeln mit Betonsäcken vorbeikam, hörte er plötzlich das kaum wahrnehmbare Rascheln von Kleidern und spürte einen schwachen Luftzug. Instinktiv duckte er sich, sodass die herabschwingende Faust seinen Kopf nur streifte, aber die Wucht und Schnelligkeit des Arms waren doch stark genug, um ihn einen halben Schritt zur Seite taumeln zu lassen.

Jack fing sich sofort wieder, schnellte herum und übertrug den Schwung der Bewegung in einen harten linken Aufwärtshaken. Seine Faust krachte gegen den mächtigen Brustkasten des Riesen, den er am frühen Abend am Tor hatte stehen sehen.

Jeden Mann von normaler Größe hätte der Schlag zurücktaumeln lassen, doch der Riese hatte ebenfalls zu einem Linkshaken angesetzt; seine granitharte Faust krachte mit voller Wucht auf Jacks rechtes Ohr, wodurch der Ohrhörer tiefer in den Gehörgang getrieben wurde. Das harte Plastikteil grub sich scharf in das weiche, empfindliche Gewebe.

Jack stieß unwillkürlich einen Schmerzensschrei aus, konnte aber die Energie und den Adrenalinschub in einen Handkantenschlag umsetzen, der auf den Kehlkopf gezielt gewesen war, den Gegner aber nur knapp darunter in den Übergang von der Kehle zum Schlüsselbein traf. Der Riese schnappte zwar nach Luft, griff aber weiter an, bis –

*Knack!* Am Eingang wurde eine Pistole abgefeuert. Der harte, scharfe Knall wirkte wie ein Messerstich in Jacks Ohren, während das 9-mm-Geschoss in einen Zementsack direkt über dem Kopf des größeren Mannes einschlug.

»Stopp! *Policja!*«, brüllte Liliana vom Eingang herüber. Hinter dem taktischen Licht ihrer Pistole war sie nur als schwarzer Schatten auszumachen.

Beide Männer fuhren herum. Liliana kam langsam näher.

»Jack? Alles in …«

Doch bevor sie die Frage zu Ende bringen konnte, tauchte hinter ihr eine Schattengestalt mit hocherhobenem Schlagstock auf und griff Liliana an. Der Schlag auf ihren Kopf war so hart, dass ihr die Pistole aus der Hand flog und über den Betonboden schlitterte, wobei das taktische Licht wie ein Stroboskop über die Palettenstapel zuckte.

Bewusstlos brach sie zusammen. Jack schrie, »Lil!« und wollte ihr zu Hilfe kommen, wurde aber schon nach zwei Schritten selbst von einem mächtigen Schlag auf den Kopf getroffen. Sein Schädel schien mit einem blendenden Schmerz förmlich zu explodieren. Er verlor das Bewusstsein, noch bevor er auf dem ölverschmierten Boden aufschlug.

# 60

## OSTSEE

Jeder Schlag seines Herzens schoss scharf wie eine Nadel durch Jacks Schädel.

Zuckend öffneten sich seine Augen, als der Gestank einer Säure in seine Nase stieg. Zuerst sah er nichts in der Dunkelheit, außer gelegentlich aufflackernden, schwachen Lichtern. Er spürte Schmerzen in den Händen und machte sich klar, dass sie gefesselt waren, vermutlich mit starken Kabelbindern. Mühsam hob er sie an, bis sie an eine runde, kalte, ölige Stahlwand stießen.

Es dauerte eine Weile, bis ihm klar wurde, dass er sich in einem Stahlfass befand. Panik überkam ihn; er riss die Augen weit auf, all seine Sinne plötzlich aufs Höchste angespannt. Sein Gleichgewichtssinn registrierte ein leichtes, wellenartiges Schaukeln. Das Fass befand sich in Bewegung.

Ein Schiff? Auf dem Meer …

Der beißende Chemiegestank war kaum zu ertragen. Die Augen tränten, Schleim rann ihm aus der Nase, panikartig begann er zu keuchen. Von draußen hörte er Männerstimmen, raues Gelächter, Gebrüll.

Ein ohrenbetäubender Schlag auf den Fassdeckel riss ihn aus seiner Benommenheit. Stahl scharrte mit metallischem Knirschen über Stahl, und plötzlich flog der Deckel auf.

Cluzets grinsendes Bauernjungengesicht schaute auf Jack

herab. Das harte Sodiumlicht vom Mast umgab seinen Kopf wie ein Heiligenschein.

»Holt ihn raus«, befahl Cluzet den Männern, die Jack nicht sehen konnte.

Raue Hände packten ihn an den Armen, wobei sie ihm fast die Schultergelenke ausrenkten, und hoben ihn fluchend und stöhnend aus dem Fass. Das schwere Stahlspundfass rührte sich kaum von der Stelle, als sie Jacks schweren Rumpf über den Fassrand zerrten – er war zu groß, um ihn völlig aus dem Fass zu heben. Sie wuchteten seine Beine über den Rand der Tonne, aber sie waren völlig gefühllos geworden und knickten unter ihm weg. Jack brach auf dem Deck zusammen.

»Helft ihm auf die Beine!«, rief Cluzet.

Jack schüttelte den Kopf, um seine Benommenheit loszuwerden, aber das war ein schwerer Fehler. Es fühlte sich an, als würde sein Gehirn gegen die Schädeldecke geschleudert. Die beiden Männer hievten ihn hoch und hielten ihn fest. Jack verspürte eine kühle Meeresbrise und roch salzige Luft. Kribbelnde Schmerzen breiteten sich in seinen Beinen aus, als das Blut wieder zu zirkulieren begann, aber das Licht war so grell, dass er kaum die Augen öffnen konnte.

»Jack? Hörst du mich?«, fragte Cluzet.

Eine Hand packte Jacks Haarschopf und riss seinen Kopf nach hinten. »*Jefe* redet mit dir!«, bellte ihn ein Mann mit spanischem Akzent an.

»Wer zum Teufel ist Jack?«, stieß Jack hervor und zwang sich, die Augen vollends zu öffnen.

Soweit er erkennen konnte, standen sie auf dem Heck eines Schiffs – der *Baltic Princess*, vermutete er. Am wolkenlosen Himmel funkelten Millionen Sterne, und der silbern glänzende Halbmond schimmerte auf dem Meer. Aber Jacks Blick wurde sofort von einem weiteren Fass mit Luftlöchern angezogen, das neben

Cluzet auf dem Deck stand. Dicht am Rand des Decks, dort, wo sich keine Reling befand.

Cluzet grinste. Er kratzte sich mit der Klaue eines Stemmeisens am bartlosen Kinn, als müsse er nachdenken. Jack sah die Tätowierung auf dem Unterarm des Franzosen: ein Flügel mit Arm und Schwert. Der Mann gehörte zu den Fallschirmjägern der Fremdenlegion. Oder war es gewesen.

Ein harter Bursche also.

»Jack? Jack!« Lilianas Stimme klang gedämpft und hohl aus dem Fass. Sie hämmerte verzweifelt gegen die Fasswand.

»Siehst du? Sie ruft nach Jack. Aber wie heißt du? Im Hotel bist du unter dem Namen Paul Gray gemeldet, und das Passbild zeigt eindeutig deine Fresse. Jetzt bin ich wirklich total verwirrt.«

»Mach dir um mich keine Gedanken. Weißt du, wer sie ist?«

»*Oui, oui, certainement*. Meine Freunde haben euch beide schon eine ganze Weile auf dem Schirm. Dein kleiner Trick mit dem GPS-Tracker war einfach lächerlich. Sie heißt Liliana Pilecki und ist beim polnischen ABW. Habe ich recht?«

Jack schenkte sich die Antwort. Sein verschwommener Blick fiel auf einen großen, bärtigen Mann, der etwas abseits stand. Er trug einen beigen Marineoverall mit Kapitänsepauletten auf den Schultern.

Cluzet grinste wie ein Pferd. »Und sie ist deine Freundin, Jack, stimmt's? Eine sehr schöne Frau.«

Der Deutsche und der Spanier lachten hämisch.

»Ich frage dich noch einmal: Wer bist du, Jack?«

»Was zum Teufel willst du?«

Cluzet versetzte dem Fassdeckel mit dem Stemmeisen einen harten Schlag und starrte Jack wütend an.

»Ich stelle hier die Fragen, *friendo*, nicht du.«

Die Hand in Jacks Haar packte noch fester zu, sodass ihm fast ein großes Büschel ausgerissen wurde.

»Sag mir, dass ihr nichts geschieht, dann sage ich dir, wer ich bin.«

Cluzet ließ das Stemmeisen fallen. Es klapperte über das Deck, während er herumwirbelte, das Fass mit beiden Händen am oberen Rand packte und es seitwärts so weit kippte, dass die obere Hälfte über die Bordkante ragte.

Liliana schrie.

»OKAY, OKAY! ICH SAG DIR, WER ICH BIN!«

Cluzet ließ das Fass mit lautem Klappern wieder in seine aufrechte Stellung zurückkippen und hob das Stemmeisen vom Deck auf.

»Sag mir deinen Namen, Jack. Deinen vollen Namen. Und lüge nicht. Ich werde es merken.«

»Mein Name ist John Patrick Ryan … junior. Jack ist die Kurzform von John.«

Cluzet zuckte leicht mit den Schultern. »Siehst du, Jack? War doch gar nicht so schwer, oder?«

»Und wer bist du?«

»Oje, jetzt fängt er schon wieder an, Fragen zu stellen.« Cluzet drehte sich wieder zu Lilianas Fass um.

»Stopp, bitte! Wird nicht wieder vorkommen.«

Cluzet grinste. »Ich spiele nur ein wenig mit dir, John Patrick Ryan junior. Aber was soll ich mit ihr machen? Oder mit dir?«

»Sie arbeitet bei der polnischen Agentur für Innere Sicherheit und damit für die polnische Regierung. Wenn du ihr auch nur ein Haar krümmst, wird man euch gnadenlos jagen.«

Cluzet wandte sich zum Kapitän um, der immer noch abseits stand. »Sehen Sie? Das ist doch wirklich sehr eindrucksvoll!«

Statt einer Antwort grinste Kapitän Woroschilow und nickte.

Der Ex-Fallschirmjäger drehte sich abrupt wieder um und richtete den Zeigefinder auf Jack.

»Jeder andere Mann in deiner Lage würde versuchen, den

eigenen Arsch zu retten. Du nicht. Du hättest sagen können, du seist amerikanischer Staatsbürger oder dass du mächtige Freunde hast, die dich schützen, zum Beispiel Senator Hendley. Hast du aber nicht gesagt. Und warum nicht, frage ich mich?«

Wieder flog ein zweideutiges Lächeln über das knabenhafte Gesicht. »CIA vielleicht? Oder DEA?«

Jack ersparte sich die Antwort.

»Aber nein, ich glaube nicht, Jack. Diese Sicherheitstypen arbeiten immer im Team. Aber du arbeitest allein, oder sollte ich sagen, allein mit der Frau hier? Nein, nein, es muss noch einen anderen Grund geben, der dich davon abhält, dich selbst zu retten. Ich zerbreche mir den Kopf, was der Grund sein mag?« Cluzet ging einen Moment lang nachdenklich hin und her. »Weißt du, Jack, unser Schicksal ist immer eng mit unserer Treue, unseren Verpflichtungen verbunden. Meinst du nicht auch?«

Jack antwortete nur mit einem vernichtenden Blick.

»Natürlich meinst du das auch. Die meisten Menschen sind nur sich selbst gegenüber loyal. Sicher, manche werden behaupten, auch loyal zu ihren Familien oder Freunden zu sein, aber nach meiner Erfahrung werfen sie solche Loyalitäten ziemlich schnell über Bord, wenn man sie hart genug unter Druck setzt. Den meisten Leuten ist die eigene Haut mehr wert als alles andere auf der Welt.«

Cluzet trat näher an Jack heran. »Aber du, Jack? Bei dir bin ich mir nicht so sicher. Liliana hier hat mir erzählt, du hättest mit Finanzen zu tun – bist ein Analyst bei irgendeiner spießigen Finanzfirma, richtig?«

»Yeah.«

»Typen wie du denken immer nur ans Geld. Aber beim Geld geht es in Wirklichkeit immer um Macht, und bei Macht geht es um das eigene Ego, Passt das zu dir, Jack?«

Jack wusste, dass der Mann an seiner Antwort nicht wirklich interessiert war.

»Einige wenige sind nobel genug, um keinerlei Loyalitäten zu haben, nicht einmal sich selbst gegenüber. Das sind die wirklich Edlen, Jack. Männer, die sich nicht an die Absurditäten dieses Lebens klammern und sich keinerlei Illusionen über das nächste Leben machen. Nur solche Männer sind wirklich frei.«

Cluzet trat noch einen Schritt näher. »Bist du so einer, Jack?« Cluzet schnüffelte an Jacks Kleider und verzog angewidert das Gesicht, als ihm der ekelhafte, chemische Gestank in die Nase stieg. Er schüttelte den Kopf. »Nein, wahrscheinlich nicht.«

Wieder ging Cluzet auf dem Deck hin und her. »Liliana hat uns alles erzählt, na ja, mit ein wenig Nachhilfe. Wir haben sofort alle Transportrouten und Verteiler umorganisiert. Du weißt nicht viel, und was du weißt, ist jetzt völlig nutzlos.«

Der Franzose schlug sich lässig mit dem Stemmeisen auf die Handfläche.

»Du kannst uns nichts mehr anhaben, Jack, aber wir können *dir* richtig wehtun.«

# 61

Mir wehtun?«, fragte Jack. »Vielleicht, oder vielleicht auch nicht. Wie wär's, wenn du deinen Gorillas befehlen würdest, die Pfoten von mir zu lassen? Wenn nur wir beide die Sache unter uns ausmachen? Oder hast du keine Eier in der Hose?«

»Oh, Eier? Ja, klar habe ich Eier in der Hose, Jack, große, dicke Stahleier.«

Cluzet griff blitzschnell an. Er riss ein Springmesser aus der Tasche, ließ es aufspringen und drückte die rasiermesserscharfe Klinge gegen Jacks linke Wange, knapp unter dem Auge.

Jack zuckte nicht zurück.

Cluzet grinste und schnitt mit einer schnellen, fließenden Bewegung Jacks Plastikfesseln durch, ohne die Haut zu berühren.

»Besser so?«

Cluzet steckte das Messer wieder in das Holster, während Jack die gefühllos gewordenen Handgelenke massierte, bis das Blut mit leichtem Kribbeln wieder frei fließen konnte.

»Mach dir über meine Eier keine Sorgen, Jack. Liliana wird noch eine Menge Spaß damit haben, bis ich mit ihr fertig …«

Jack brüllte wütend und wollte sich auf Cluzet stürzen, aber Cluzets Männer rissen ihn im letzten Moment zurück.

Cluzet grinste noch breiter. »Oh, oh, Jack! Das ist wohl dein wunder Punkt, stimmt's?«

Die beiden anderen Männer lachten.

»Wie frustriert musst du dich fühlen«, fuhr Cluzet fort, wobei er mit dem Stemmeisen wie mit einem Florett vor Jacks Brust herumfuchtelte. »Jetzt stehst du da, ein junger, reicher Amerikaner, offenbar ziemlich stark und, wie ich vermute, auch mit einiger Erfahrung im Nahkampf, wie du gerade mit deinem Angriff auf meinen guten alten Hult bewiesen hast. Und trotzdem bist du jetzt so hilflos wie ein neugeborenes Kätzchen! Du Ärmster musst mitansehen, wie deine Freundin in einem Fass eingesperrt ist und dein ganzes privilegiertes Leben in meiner Hand« – er schlug sich zur Betonung wieder mit dem Stemmeisen auf die Handfläche – »liegt! Und niemand kann etwas für dich tun! Nur ich.« Er lachte rau über den eigenen Scherz. »Macht mich das zu deinem Retter, Jack, was meinst du?«

»Was zum Teufel willst du?«

»Was ich will? Vielleicht will ich für meine Sünden büßen?«

Jack runzelte verwirrt die Stirn. »Du redest nur Scheiß, Mann.«

»Komm mal her. Ich zeige dir einen kleinen Trick.«

Cluzet nickte den beiden Männern zu. Sie hielten Jack fest gepackt, als sie ihn näher zu Lilianas Fass stießen.

Der Franzose hielt theatralisch das Stemmeisen hoch. »Schau genau zu, wie ich das mache – passt du auch genau auf, Jack? Das ist sehr wichtig.«

»Ich passe genau auf.«

»Gut. Also: Schau mal.«

Cluzet schob die Klaue des Eisens unter den Außenhebel, mit dem der Spannring des Deckels fest verschlossen war.

»Siehst du? Der Klemmhebel sitzt so fest, dass man ihn mit

der Hand nicht aufbekommt. Das hier ist ein Chemiefass – da darf kein Tropfen herauskommen, verstehst du? Deshalb brauchen wir dieses Eisen hier, um das Fass zu öffnen.«

Mit einer ruckartigen Bewegung sprengte er den Hebel auf, der Metallspannring lockerte sich, und Cluzet hob den Deckel vom Fass.

»Hallo, meine Schöne! Hast du mich vermisst?«

Liliana spuckte wie eine Kobra in sein grinsendes Gesicht.

Jack verspannte sich. Ihr Haar war blutverschmiert, die Oberlippe blutverkrustet, die Nase offenbar gebrochen und blaurot angeschwollen. Doch ihre Augen sprühten förmlich vor trotziger Wut.

»Lil!« Jack wollte sich losreißen, um ihr zu helfen, aber die beiden Schlägertypen hielten ihn mit eisernen Griffen zurück. Jack kämpfte, war aber noch immer zu sehr geschwächt, um sich befreien zu können.

»Jack …«

Lilianas Schrei brach ab, als Cluzet den Deckel wieder auf das Fass schmetterte und die Klampe des Spannrings schloss. Ihr wütendes Fluchen war nur noch gedämpft zu hören, während sie mit den Fäusten gegen den Deckel hämmerte.

»Kämpft wie eine Löwin, die Schlampe«, sagte Cluzet und wischte sich den Speichel vom Gesicht.

»Du musst ein erbärmlicher Feigling sein, dass du eine wehrlose Frau verprügelst. Oder hast du vielleicht einen Mami-Komplex?«

Cluzets Schlag mit der Rückhand schleuderte Jacks Kopf brutal zur Seite. Cluzet hob das Eisen hoch über den Kopf, um einen tödlichen Schlag auf Jacks Schädel niedergehen zu lassen, doch dann zögerte er.

»Oh, Jack, ich muss schon sagen, das war clever. Ist schon eine ganze Weile her, dass ich die Beherrschung verloren habe.« Er grinste und senkte das Eisen wieder. »Macht Spaß mit dir.

Aber du hast mir gerade eine Frage gestellt – Was zum Teufel will ich?«

Cluzet ging wieder auf dem Deck hin und her. »Einerseits will ich eigentlich nur eins – zuschauen, wie mein Freund Hult dich totprügelt. Das wäre wirklich sehr … *unterhaltsam.* Andererseits gibt es ein paar Leute, die sich sehr für dich interessieren und nicht wollen, dass dir etwas Schlimmes geschieht. Aber ehrlich, Jack, diese Leute sind mir scheißegal. Wenn ich dich am Leben lasse, dann nur, weil ich es will. Die Frage ist daher, was mir mehr Spaß machen würde?«

»Ist das der Moment, an dem ich um Gnade flehen soll? Das kannst du vergessen.«

»Nicht mal für Liliana?«

Jack starrte ihn wütend an. »Lebend bin ich für dich mehr wert als tot.«

»Aber gilt das auch für *sie?«*

»Wenn wir hier einen Deal machen, dann gilt er auch für sie, sonst gibt es keinen Deal, und das heißt, kein Geld für dich.«

»Ja, keine Frage, sie ist Teil des Deals. Und du hast recht, bestimmt würde dein reicher Senatorenfreund ziemlich viel Geld für dich springen lassen. Wenn ich dich am Leben lasse, muss er als Gegenleistung sofort damit aufhören, uns zu verfolgen. Ich bin sicher, dass dein Freund John Clark schon die nötigen Absprachen für dich getroffen hat.«

In jeder anderen Lage hätte Jack jetzt triumphierend grinsen müssen. *Du gehörst zum Eisernen Syndikat!* Wie sonst hätte Cluzet Kenntnis von dem Deal haben können, den John Clark im vergangenen Jahr mit dem Tschechen vereinbart hatte? »Ich denke, das dürfte kein Problem sein.«

»Wunderbar. Komm mal hier rüber.« Cluzet wies mit einer Kopfbewegung zur Reling.

Jack trat an die Reling, doch Cluzets Männer blieben dicht neben ihm. Er warf einen Blick auf das Wasser hinunter. Das

Schiff war mit gut neun Knoten oder so unterwegs, schätzte er nach der weiß leuchtenden Heckwelle im rabenschwarzen Wasser.

»Bist du ein guter Schwimmer, Jack?«

»Geht so.«

»Aber das Problem ist: Das Wasser hat grade mal fünf Grad Celsius. Selbst ein starker Schwimmer kann in dieser Temperatur höchstens zehn Minuten lang durchhalten. Zuerst bekommst du Muskelkrämpfe, der Körper wird taub. Deine Kleider saugen sich mit Wasser voll und werden schwer wie Blei. Außerdem könnte es sein, dass dir ein Sprung aus dieser Höhe schlagartig die Luft nimmt und du mit dem Bauch voller Wasser absäufst, bevor du auch nur ein paar Schwimmzüge machen kannst.«

»Oder ich sterbe vor Langeweile, weil ich mir die ganze Nacht lang den Scheiß anhören muss, den du von dir gibst.«

Der Deutsche holte mit der geballten Faust aus, aber Cluzet stoppte ihn mit einem einzigen Blick.

»Du könntest mir ziemlich viel Geld einbringen, deshalb wäre ich vielleicht zu unserem Deal bereit. Aber vorher wirst du mir versprechen müssen, dass du nicht zu fliehen versuchst, bevor wir im Hafen anlegen. Ich will selbst bestimmen, wann und wo ich dich Senator Hendley übergebe. Also denke erst gar nicht daran, über Bord zu springen. Ich möchte schließlich nicht, dass dir etwas passiert.«

»Ich bin kein Idiot. Warum sollte ich das tun?«

Cluzet runzelte die Stirn. »Ja, das wäre wirklich sehr dumm, nicht wahr?«

»Was ist mit Liliana?«

»Ach so, ja, die arme Liliana. Die dürfen wir natürlich nicht vergessen.«

Cluzet ging zu ihrem Fass hinüber und klopfte mit dem Stemmeisen leicht auf den Deckel, als müsse er eine schwere

Entscheidung treffen. Dann drehte er sich wieder um und schaute Jack spöttisch an.

»Liliana darf ebenfalls weiterleben. Aber zuerst musst du dich entscheiden.«

Er warf Jack das Eisen in hohem Bogen zu.

Gerade als das Eisen den Gipfelpunkt seiner Flugbahn durchflog, drehte sich Cluzet wieder um und stieß Lilianas Fass über die Bordkante. Sie schrie, aber ihre Schreie waren nur gedämpft zu hören und verstummten abrupt, als das Fass im Wasser aufschlug.

# 62

## OSTSEE

»Lil!«

Jack bekam das heranfliegende Stemmeisen zu fassen und rannte auf unsicheren, wackeligen Beinen über das Deck, wo das Fass gestanden hatte …

Und sprang.

»Viel Glück, Jack. Meine ich ehrlich!«, brüllte ihm Cluzet hinterher, aber Jack hörte nichts mehr, als er der schwarzen Wasserfläche entgegenstürzte.

Sein langer Fall durch die nachtkalte Luft fühlte sich wie ein HALO-Sprung an, mit den Füßen voraus. Er legte die Arme eng an den Körper, schloss die Knie und richtete die Zehen nach unten – und betete, dass ihm beim Aufschlag nicht das Stemmeisen aus der Hand gerissen würde.

Seine Füße schlugen so hart auf die Wasseroberfläche auf, dass es sich anfühlte, als sei er durch eine Glasscheibe gebrochen. Die geballte Wucht von Geschwindigkeit und Gewicht bewirkte, dass er wie ein Pfeil ins Wasser schoss und Salzwasser in seine Nase getrieben wurde. Das eiskalte Wasser traf hart wie ein Schlag auf seinen bereits lädierten Schädel. Sein Griff um das Eisen lockerte sich, aber schiere Willenskraft verhinderte, dass es ihm entglitt.

Sobald er spürte, dass das Wasser seinen Sturz genügend abgebremst hatte, kraulte er, außer sich vor Wut und Angst, wieder nach oben. Er brauchte mehrere kräftige Armbewegungen, um wieder an die Oberfläche zu kommen, wo er Schleim und Salzwasser aus der Nase schnaubte, bevor er nach Luft schnappte.

Er drehte den Kopf gerade noch rechtzeitig, um zu sehen, dass die Lichter der *Baltic Princess* ausgeschaltet wurden. Das Schiff war jetzt nur noch ein gigantischer stählerner Schatten, der in der Dunkelheit davonglitt. Nur die schwach schimmernde Heckwelle der beiden Schiffsschrauben markierten ihre Fahrt.

Schnell drehte sich Jack wieder um und entdeckte das Fass in ungefähr 30 Metern Entfernung; es lag noch aufrecht im Wasser, war aber bereits zur Hälfte eingesunken. Verzweifelt, wie ein Besessener, kraulte er durch das Wasser, aber das Stemmeisen verlangsamte die Schwimmbewegungen der rechten Hand. Er durfte es nicht fallen lassen, um schneller schwimmen zu können, konnte sich auch nicht die Zeit nehmen, seine Jacke oder die Schuhe abzustreifen. Wütend kickte er durch das Wasser, wühlte das Wasser ringsum hoch auf, das so eiskalt war, dass es Arme und Beine bereits gefühllos machte, vor allem aber sein Gesicht.

Als er näher kam, hörte er Lilianas verzweifelte Schreie.

»LIL! Ich komme!«, brüllte er, während er mit äußerster Kraft weiterschwamm. Ihre Verzweiflung trieb seinen wilden Kampf gegen die Wellen noch weiter an – in jeden Schwimmzug legte er seine ganze Kraft, während das Salzwasser in den Augen brannte, die Lungen in Todesangst nach Luft schnappten und er instinktiv versuchte, Kälte, Schmerzen, Verzweiflung niederzukämpfen … bis seine linke Hand plötzlich hart gegen das Fass stieß, das jetzt nur noch zu einem Drittel aus dem Wasser ragte und schnell weiter sank. Rings um das Fass schäumten die aufsteigenden Luftblasen.

»LIL! HALTE DURCH!«

»JACK? JACK!«

Nur Sekunden blieben ihm.

»ATEM ANHALTEN!«, schrie er, während er mit der linken Hand die Klampe des Spannrings zu fassen bekam und mit der rechten die Klaue des Stemmeisens unter die Klampe rammte.

Aber das Fass sank immer tiefer, und die Eisenklaue rutschte wieder unter der Klampe hervor, als der Deckelrand unter der Oberfläche verschwand und Jack unter Wasser zog. Er schaffte gerade noch einen halben Atemzug, bevor das kalte Wasser über seinem Kopf zusammenschlug, während die letzten Luftblasen aus dem Fass an seinen Ohren vorbeistiegen.

Der Auftrieb drückte das Eisen erneut von der Klampe weg, doch Jacks linke Hand klammerte sich mit der Kraft der Verzweiflung an den Fassrand und gab ihm in der fast völligen Dunkelheit den einzigen Orientierungspunkt. Wieder trieb er die Eisenklaue unter die Klampe, doch das Fass sank nun immer schneller in die Tiefe, der zunehmende Druck stach in seine Trommelfelle wie die Zacken eines Eispickels. Seine Lungen schienen zu brennen, als er das Stemmeisen als Hebel gegen die Klampe benutzte, aber die Klaue fand nicht genügend Halt und rutschte wieder heraus.

Ein drittes Mal rammte er die Klaue unter die Klampe. Inzwischen schmerzte sein Schädel, als würde er vom Wasserdruck wie in einem Schraubstock zerquetscht. Er legte die letzte Kraft in seinen längst erschöpften Arm, versuchte verzweifelt, genug Hebelwirkung gegen den stählernen Verschlussring zu bekommen, aber die Anstrengung nahm ihm die letzten Sauerstoffreserven, bis …

Selbst unter Wasser war ein metallischer Knall zu hören, der Deckel gab nach. Er spürte, dass Liliana den Deckel vollends wegschob.

Jack ließ das Stemmeisen los und packte ihre Hände, seine Lunge presste die letzten Reste schaler Atemluft heraus, während ihre Augen voll Verzweiflung und Hoffnung zugleich durch die Dunkelheit schimmerten.

Plötzlich verspürte er einen starken Ruck in den Händen, und ihr Gesicht verzerrte sich in entsetzlicher Todesangst.

Jacks Augen brannten vom Salzwasser, und doch konnte er schemenhaft das Fass sehen, das weit unter ihr tiefer sank – und die fahl schimmernde Kette, die sich vom Fass zu ihrem Knöchel spannte.

Ihre linke Hand entglitt ihm, aber er hielt ihre andere Hand fest. Zusammen wurden sie vom Fass immer weiter in die Tiefe gezogen. Jack wehrte sich nicht mehr.

Niemals würde er ihre Hand loslassen.

Doch sie tat es, mit einer letzten, verzweifelten Anstrengung, einem scharfen Ruck ihrer kleinen, im Wasser schlüpfrigen Hand.

Jack versuchte in Panik, sie wieder zu fassen zu bekommen, aber sie war bereits weiter hinuntergesunken.

Die Hoffnung in ihren Augen war von reiner Todesangst verdrängt worden.

Sie schrie Jack etwas zu. Ein Wort.

Er konnte es nicht hören, nicht verstehen.

Sie streckte beide Hände nach ihm aus, eine flehentliche Bitte, ein Gebet, und während sich ihr blondes Haar wie ein Heiligenschein um ihr Gesicht legte und ihre flehenden Augen verhüllte, versank sie in der ewigen Dunkelheit.

# 63

Nun musste auch Jack sterben.

Bewegungslos trieb er in der eiskalten Ostsee, mehrere Meter unter der Oberfläche. Sein mit Sauerstoff unterversorgtes Gehirn trübte sich ein, und die brennenden Lungen flehten um einen letzten, wässrigen Atemzug.

Aber er weigerte sich.

Wie ein Engel schien ihn der schimmernde Halbmond zu sich zu winken. Jack stieß die Arme nach oben, als ob er das Wasser packen und sich daran festklammern könne. Seine Kleider, schwer wie bleierne Gewichte, hielten ihn fest, zogen ihn abwärts, die verkrampften Beine ließen sich kaum noch bewegen, aber er kämpfte und schlug und kickte, immer noch gut fünf Meter unter der Oberfläche.

Mit jeder Faser seines Körpers kickte und kämpfte er sich nach oben, aber die Anstrengung war so groß, dass sie ihn den letzten, kümmerlichen Rest Sauerstoff kostete. Der Drang wurde übermächtig; ein krampfartiges Zucken riss ihm den Mund auf, und ein Schwall Wasser drang ein, gerade als er durch die Oberfläche brach. Er hustete das üble Gemisch von Schleim und Salzwasser aus, keuchend, spuckend. Dann drehte er sich auf den Rücken und rang keuchend um Atemluft, bis sich sein panisches Atmen ein wenig beruhigte.

Er blickte sich um, suchte den schwarzen Horizont ab. Seine

Zähne klapperten vor Kälte. Nichts – nur ein einziges Licht in der Ferne. Wie groß … wie weit …? Spielte keine Rolle. Er hatte die Wahl: entweder sofort aufzugeben und wegen Unterkühlung zu ertrinken, oder noch ein paar Sekunden zu schwimmen und zu ertrinken.

Schwimmen wäre vielleicht besser.

Er brüllte, rief ein zweites und dann noch ein drittes Mal um Hilfe. Es gab keinerlei Anzeichen, dass ihn jemand gehört hatte. Er wusste, dass das Wasser seine Stimme weit tragen würde, aber wenn ihn ohnehin niemand hören konnte, spielte das keine Rolle.

Wieder hustete er Meerwasser aus; Nebenhöhlen, Kehle, alles brannte vom Salzwasser. Er versuchte, die Jacke auszuziehen, schaffte es aber nicht. Auch die Schuhe auszuziehen würde bestimmt nicht leichter sein, außerdem schien es keine gute Idee, noch mehr nackte Haut dem eiskalten Wasser auszusetzen.

»Wie schnell kannst du laufen?«, stieß er zwischen vor Kälte starren Lippen mit schlecht nachgemachtem australischem Akzent hervor, während er mühsam erste Schwimmzüge in die Richtung machte, in der er ein Licht in der Ferne gesehen hatte. »So schnell wie ein Leopard«, antwortete er sich selbst im Flüsterton. »Dann zeig's uns.« Seine Lieblingszitate aus dem Kriegsfilm *Gallipoli*, die er aus einer vagen Erinnerung an den ersten Film hervorkramte, der ihn zum Weinen gebracht hatte.

Schon nach wenigen Schwimmzügen verblassten seine Gedanken und Erinnerungen. Das Sprintschwimmen hin zu Lilianas Fass hatte ihn erschöpft; jetzt war er völlig ausgelaugt. Die vor Schmerz schreienden Arme und die verkrampften Beine wurden nur noch durch reine Willenskraft angetrieben.

Heiser schrie er zwischen immer schwächer werdenden Schwimmzügen noch ein paarmal um Hilfe, schaffte es sogar, die Hände als Trichter kurz vor den Mund zu halten, obwohl er dadurch noch langsamer wurde. Aber seine Hände waren ohnehin fast völlig taub geworden, und er konnte nur hoffen, dass die völlig gefühllos gewordenen Füße noch irgendwie an den Beinen hingen, die schwer wie Blei am Rest des Körpers zogen.

Er versuchte, den linken Arm hochzurecken, ließ ihn aber sofort wieder ins Wasser zurückfallen – selbst für diesen schwachen Versuch war der Arm viel zu schwer geworden. Schon nach ein paar Kraulbewegungen war er zu einer jämmerlichen Parodie von Brustschwimmen übergegangen, konnte aber zwischen den Schwimmzügen den Kopf nicht weit genug heben, um den Mund über Wasser zu halten. Nach ein paar mühseligen Frog-Kicks verkrampften sich die Beine wie die eines gefesselten Kalbs.

Ein letztes Mal drehte er sich auf den Rücken, streckte die Arme seitwärts aus wie ein Gekreuzigter und bewegte die Unterarme nur so sehr, dass er sich über Wasser halten konnte.

Schier unerträgliche Schmerzen quälten seinen zitternden Körper, Brust- und Rückenmuskeln zuckten unkontrollierbar. Doch die Schmerzen waren jetzt nicht mehr wichtig. Sein trübe gewordener Blick nahm noch einmal den schwarzen Himmel mit seiner unermesslichen Zahl von Sternen auf. Er fürchtete sich nicht vor dem Tod, jetzt nicht mehr, da er unvermeidlich geworden war.

Doch in seinem betäubten Gehirn überstürzten sich plötzlich die Gedanken. Ein Leben zog vor seinen Augen vorbei – aber es war nicht sein Leben.

Liliana.

Er sah ihr Gesicht in der Dunkelheit versinken. Ihr Mund, der ihm ein Wort zuschrie.

Was war es?

Verzweifelt versuchte er sich zu erinnern.

Was war es?

Seine Arme bewegten sich kaum noch im Wasser, nicht mehr

genug, um ihn an der Oberfläche zu halten. Sein Mund schlug mit Salzwasser voll.

Nur noch Sekunden …

Bitte, lieber Gott. Ich muss es wissen.

Das Wort.

Ein Wort.

Ein Wort …

Und plötzlich wusste er es.

Natürlich.

Das einzige Wort, das ihr wichtig war.

Tränen stiegen in seine vom Salzwasser brennenden Augen. Jack weinte.

Tomasz.

Er lächelte.

So müde.

Er schloss die Augen.

Zeit zu schlafen.

# 64

## PROVINZ CABINDA, ANGOLA

Das Lager der NFLA befand sich nicht weit vom Ufer des Lagoa Massabi, auch Lagoa Chicamba genannt. Es bestand lediglich aus drei einfachen Häusern aus Betonschalsteinen, die sich unter dem dichten Baldachin eines Palmenhains aneinander drängten. Die örtlichen Bauern und Lagunenfischer, die ringsum in dieser abgelegenen Gegend lebten, boten der NFLA nicht nur Deckung, sondern dienten ihr auch als eine Art Frühwarnsystem.

In den letzten Jahren war die arme Provinz Cabinda, eine angolanische Exklave im Kongo, von chinesischen Arbeitern förmlich überflutet worden, die sich von den Einheimischen abschotteten und jeden Kontakt vermieden. Sie lebten vor allem an der Atlantikküste, vor der die Offshore-Ölplattformen aus dem Wasser wuchsen. Unter den Einheimischen galten die NFLA-Kämpfer als Helden, die »Angola von der staatlichen Korruption und der chinesischen Vorherrschaft im Land und auf dem ganzen Kontinent befreien« wollten, wie auf ihrem handgedruckten Flugblatt zu lesen stand. Zu den Kämpfern gehörte auch ein ehemaliger Operateur des portugiesischen Auslandsnachrichtendienstes (Serviço de Informações Estratégicas de Defesa, SIED), der die Angriffe der Gruppe koordinierte.

Der Angriff auf das Lagergelände der Chinesen vor vier Tagen hatte das ohnehin hohe Ansehen der NFLA noch weiter gesteigert. Die Einheimischen sahen in ihr eine echte Freiheitsbewegung, die sich die Ideale der Demokratie und der Einkommensgleichheit auf die Fahnen geschrieben hatte und den Sturz des korrupten politischen Systems in der Hauptstadt Luanda herbeiführen wollte.

Seit dem Angriff befand sich die kleine Kommandoeinheit in höchster Alarmbereitschaft, aber erst gestern hatten ihnen ihre Informanten in der Hauptstadt berichtet, dass die korrupten und hoffnungslos inkompetenten angolanischen Sicherheitsbehörden keine Ahnung hatten, wer die NFLA-Kämpfer waren oder wo sich ihr Lager befand.

Ihre Spitzel berichteten voller Schadenfreude, dass auch die Chinesen im Dunkeln tappten und jeden, von dem sie glaubten, er könne ihnen einen Hinweis auf die gesuchten »Schlächter, Killer und Mörder« geben, abwechselnd mit Geld oder mit Drohungen überschütteten, allerdings bisher vergeblich.

Daher war es durchaus verständlich, dass sich die NFLA-Kämpfer an diesem Abend eine kleine, harmlose Feier gönnten – nur ein paar Flaschen Bier und eine Platte gegrilltes Spanferkel, nichts weiter, bevor sie sich schlafen legten.

»Schnelles Schwert«, ein 24 Mann starker Sondereinsatztrupp der Volksbefreiungsarmee Chinas, kam zu Fuß, geleitet von ihren Nachtsichtgeräten sowie von Satellitenfotos, die dem Truppführer vom chinesischen Geheimdienst übermittelt worden waren. Sie waren zehn Kilometer entfernt von einem Harbin-Z-9-Transporthelikopter abgesprungen, einer lizenzierten Variante des französischen Eurocopters AS365 Dauphin. Jedes einzelne Mitglied des Trupps war für diese Art von Einsatz hervorragend ausgebildet und konditioniert – und alle waren scharf auf den Kontakt mit dem Feind, als sie schnell und mühelos zwischen den Bäumen hindurch auf das NFLA-Lager vorrückten.

Um diese Zeit waren nicht einmal die Lagunenfischer noch oder schon wach. Der einzige Hund, dem sie begegneten, wurde mit einem einzigen Schuss aus einer schallgedämpften 22-Kaliber-Pistole in den Schädel zum Schweigen gebracht, bevor er auch nur einmal bellen konnte.

Ansonsten kamen sie unentdeckt an ihr Ziel, huschten geräuschlos an den primitiven Hütten der Dörfler vorbei und rückten auf die drei Häuser des NFLA-Lagers vor.

Auf einen einzigen Befehl flogen Blendgranaten durch die Fenster, die die elf NFLA-Kämpfer und die Frauen, die mit ihnen im Bett lagen, auf der Stelle ausschalteten. Akkurat platzierte 5,8x42-mm-Geschosse, abgefeuert von schallgedämpften QBZ-95B-1-Karabinern, schlugen in ungeschützte Köpfe und zerschmetterten Hirnschalen. Digitalfotos wurden angefertigt, Fingerabdrücke genommen, persönliche und sonstige Gegenstände mit potenziellem Erkenntniswert wurden eingetütet.

Die gesamte Operation, von den Blendgranaten bis zur Extraktion, dauerte nicht einmal sieben Minuten und entsprach genau den Ablaufszenarien des Trainings. Eine Stunde und einunddreißig Minuten später setzte der Z-9-Helikopter wieder auf der Militärbasis in Luanda auf, dem Stützpunkt des angolanischen dreiundzwanzigsten Lufttransportregiments.

Konzeptbeweis Nummer vier, wie angefordert.

### PEKING, CHINA

Chens verschlüsseltes Smartphone klingelte. Ein Direktanruf des Kommandeurs der Operationseinheit »Schnelles Schwert«, der Chen von seinem Satellitentelefon aus anrief. Der Lärm der Z-9-Rotoren übertönte fast alles, sodass der Kommandeur seinen Bericht ins Telefon brüllen musste.

Chen erfuhr zu seiner Erleichterung, dass alle elf identifizierten NFLA-Kämpfer bei dem Angriff getötet worden waren, darunter auch die fünf Männer, die an der blutigen Schlächterei in der Ölraffinerie Lobito-1 beteiligt gewesen waren. Chinesische Opfer waren nicht zu beklagen. Man würde den gefangen genommenen portugiesischen Operateur, dem eine Beteiligung an der Ermordung von Fan Min zur Last gelegt wurde, durchaus nicht unvoreingenommen verhören, da man sein Geständnis der Beteiligung an der Ermordung chinesischer Staatsbürger als Druckmittel gegen Lissabon benötigte, wenn bei einem Wirtschaftsgipfel in der kommenden Woche um bessere Handelsbedingungen gefeilscht würde.

Alles in allem war es eine Operation wie aus dem Lehrbuch – eine, die schon bald an der Ausbildungsakademie der Spezialkommandos als Fallbeispiel verwendet würde. Chen bedankte sich überschwänglich beim Kommandeur der Operation und seinem Team und beendete das Gespräch, wobei er den Göttern, an die er nicht glaubte, dafür dankte, dass er die Z-19-Angriffs- und Aufklärungshelikopter »Black Whirlwind«, die zur Deckung eingesetzt worden waren, nicht benötigt hatte. Die Blue-Arrow-Panzerabwehrlenkraketen des Hubschraubers waren zwar so effektiv wie die amerikanische Hellfire, aber für chirurgische Operationen dieser Art kaum brauchbar. Denn dafür brauchte er Männer auf dem Boden, die ihm die Identität der getöteten NFLA-Killer eindeutig bestätigen konnten, damit er diese Informationen in seinen Bericht an seine Vorgesetzten in der Lobito-Arbeitsgruppe aufnehmen konnte.

Und was noch wichtiger war: Die von CHIBI gelieferten Informationen hatten sich erneut als zuverlässig erwiesen und waren nicht nur für China, sondern vor allem auch für seine eigene Karriere von unschätzbarem Wert. Er, Chen, hatte eindeutig das Potenzial unterschätzt, das CHIBIs ursprünglichem Angebot zugrunde lag. Diesen Fehler musste er umgehend korrigieren.

Chen rief die Nummer der Frau auf, die an der Spitze seiner Eliteeinheit APT15, alias JADE SMOKE, stand. APT15 war eine vorgeblich »in Privatbesitz befindliche« Cloud-Hacking-Einheit mit Sitz in Hongkong, die von Chens ultrageheimer Abteilung finanziert wurde. Sie meldete sich schon nach einem Klingelton.

»Sir?«

»Waren Sie«, fragte Chen, »schon jemals in London?«

# 65

## WASHINGTON, D.C.

Foley las den letzten Bericht noch einmal. Irgendwas fehlte. Die Zahlen lagen auf dem Tisch, aber sie gingen nicht auf.

Sie sprach fließend Russisch. Mary Patricia Kaminsky Foley hatte die elegante Form der Sprache auf dem Schoß ihres Großvaters gelernt und als Außenagentin in Moskau gedient, als ihr Mann Ed die dortige CIA-Station leitete. Sie kannte die Sprache, die Menschen und die Politik so gut, wie jemand Außenstehendes sie nur kennen konnte in einem Land, von dem Churchill gesagt hatte: »Russland ist ein Rätsel, verpackt in einem Mysterium im Buch der sieben Siegel.«

Als Russland-Expertin im Kalten Krieg kannte sie die operative Vergangenheit des Landes in Afrika. Angola, eine ehemalige portugiesische Kolonie, war zwar mit Moskaus Unterstützung an die einheimischen Kommunisten gefallen, dann aber zu Castros Spielwiese auf dem Kontinent und zum Schauplatz einer massiven kubanischen Militärintervention geworden. Zur damaligen Zeit hatte Amerika einen Dominoeffekt in Afrika befürchtet. Was aus heutiger Sicht beinahe albern anmutete. Von Lobito oder der NFLA hatte sie noch nie gehört. Aber der Tod chinesischer Staatsbürger in Angola war ein Alarmsignal. Ihr Bauchgefühl sagte ihr, dass sie DEFCON 3 auslösen sollte.

Zehn Tage zuvor hatten vom Iran unterstützte Hisbollah-Aktivisten ein argentinisches Sondereinsatzkommando vom

Himmel geschossen. Auch das bereitete ihr Kopfzerbrechen. Ebenso die Tötung türkischer Maroon-Berets in Syrien – eine unerhörte Provokation durch die Russen.

Und dann die Sache mit dem NFLA-Kommando, das innerhalb weniger Tage aufgespürt und mit einem einzigen gezielten Angriff ausgelöscht worden war. So gut konnte die nachrichtendienstliche Aufklärung der Chinesen in Afrika doch nicht sein, oder? Die CIA hatte von der NFLA nicht das Geringste gewusst, bis vor wenigen Tagen der portugiesische Nachrichtendienst die NATO kontaktiert und um eine Konsultation ersucht hatte.

Anders als in Spionagefilmen wurde im wahren Leben gewöhnlich nicht mit höchstem Einsatz gespielt. In Friedenszeiten Gegner umzubringen war eine ernste Eskalation und eine offene Einladung zu einem Vergeltungsschlag, der in der Regel ungleich gewalttätiger und zerstörerischer ausfiel, um von weiteren Grobheiten abzuschrecken. Aus diesem Grund war die Ermordung des deutschen BKA-Agenten durch einen unbekannten Dienst so beunruhigend. Doch die drei anderen Gewaltaktionen stimmten nicht weniger bedenklich.

Die vier Angriffe waren in unterschiedlichen Weltregionen erfolgt – Südamerika, Naher Osten, Afrika und Europa. Die drei Militäroperationen, durchgeführt vom Iran, von Russland und China, hatten sich gegen staatliche Polizeikräfte, gegen das türkische Militär bzw. gegen eine Rebellengruppe gerichtet. Der vierte Angriff – kalendarisch der erste – hatte einem verdeckten Ermittler gegolten, der an einem Drogenfall arbeitete und auf offener Straße hinterrücks erstochen wurde.

Alle diese Fälle erschienen ganz unterschiedlich. Worin bestand die Verbindung? Sie konnte keine erkennen, aber sie war sich verdammt sicher, dass es eine gab.

Was hatten sie alle gemeinsam? Die Waffen waren es nicht, auch nicht die Opfer oder die Ziele. Sie alle unterschieden sich in vielerlei Hinsicht. Und doch verband sie etwas. Davon war sie überzeugt. Nur was?

Denk nach, verdammt!

Ihr Mann, Ed, mittlerweile im Ruhestand, war der Kopfmensch in der Familie. Schon als junger Mann wortkarg und kühl bis ins Mark, war er stets objektiv und analytisch geblieben, wenn es schwierig wurde. Sie war diejenige gewesen, die immer mit der Pistole in der Hand über eine Mauer oder durch ein Fenster klettern wollte, was ihr den Spitznamen »Cowboy« einbrachte, bis sie damit aufhörte.

Aber schon damals war ihr klar gewesen, dass Geheimdienstarbeit, wie Wissenschaft, hauptsächlich im Beobachten bestand. Aus Beobachtungen ließen sich Vergleiche ziehen und aus Vergleichen Schlüsse. Worin glichen sich die Dinge? Wodurch unterschieden sie sich? Die Fähigkeit zur Kategorisierung reichte bis zur Genesis zurück, als Gott zu Adam sagte, er solle den Tieren Namen geben.

Foley hatte alle Unterschiede zwischen diesen Vorfällen herausgearbeitet. Aber worin bestand ihre Gemeinsamkeit? Die Argentinier waren in eine Falle gelockt und dann vom Himmel gepustet worden. Die Türken waren mit einer Langstreckenrakete ausgelöscht, die NFLA-Kämpfer von einem Bodenangriff im Schlaf überrascht worden. Und der BKA-Agent war einem fingierten Raubüberfall zum Opfer gefallen.

Wenn es eine Ähnlichkeit zwischen den vier Angriffen gab, dann die, dass keiner ohne bestimmte Informationen möglich gewesen wäre.

Nun ja. Galt das nicht für jede Operation?

Schon, aber die Informationen, die diese Operationen erfordert hatten, waren sehr spezieller Natur.

Was war die Quelle? Könnten alle vier Attacken mit einer einzigen Informationsquelle im Zusammenhang stehen?

Nein. Wie denn?

Es passte einfach nicht zusammen.

»Du wirst zu alt für so was, Mary Pat«, sagte sie sich. Vielleicht hatte Ed ja recht. Vielleicht wurde es Zeit, mit dem Golfen anzufangen und mit ihm und seinen Freunden im Club zu spielen.

Bei der Vorstellung schüttelte sie den Kopf.

Noch nicht, mein Mädel.

Noch nicht.

Sie griff zum Telefon und rief ihren alten Freund Jesse Benson an, den National Counterintelligence Executive (NCIX) der CIA und besten Zahlenknacker in der Branche. Er war nach einer doppelten Knieprothesen-OP zwar noch in der Reha, arbeitete aber bereits wieder. Sie setzte ihn kurz ins Bild und schickte ihm einen Link zu den vier Berichten.

»Jesse, ich kann den Rauch riechen, aber das Feuer nicht sehen.«

»Bis wann brauchst du eine Antwort?«

»Am besten bis gestern. Aber schnellstmöglich genügt. Ich habe ein ungutes Gefühl bei der Sache.«

»Dann kümmere ich mich persönlich darum, Mary Pat.«

»Ich habe gehofft, dass du das sagen würdest. Wie wär's, wenn du mit Melinda mal wieder zum Essen kommst? Wir haben uns ewig nicht gesehen.«

»Lass mich das für dich erledigen, dann checken wir unsere Terminkalender.«

»Danke, Jesse.«

Sie legte auf. Wenn jemand in Rekordzeit ein Kaninchen aus dem Zylinder zaubern konnte, dann Jesse.

Sie hoffte nur, dass das Kaninchen nicht mit C4-Sprengstoff nebst Zeitzünder vollgestopft war und explodierte, bevor Jesses Zauber wirkte.

# 66

## SAN FRANCISCO, KALIFORNIEN

Lawrence Fung sah nach, ob es Radarfallen gab. Die Luft war rein.

Er stieg aufs Gaspedal, und der 450-PS-Motor trieb den Porsche 911 Targa 4S folgsam über das Tempolimit hinaus.

Mit dem Wagen den kurvenreichen Pacific Coast Highway entlangzuflitzen war gefährlich und aufregend: genau das, was er sich für jede Sekunde seines Lebens wünschen würde. Für den Anruf, den er ein paar Stunden zuvor erhalten hatte, galt genau dasselbe. Fung wusste nicht, ob er einer glänzenden Zukunft oder einem verheerenden Crash entgegenraste.

Dahms Einladung zu einem privaten Dinner in seinem Lustschloss in Martin County markierte eine erstaunliche Wendung. Das war ungefähr so, wie wenn man gebeten wurde, mit Mariah Carey ein Duett zu singen oder mit LeBron James eins gegen eins zu spielen. Dahm war der strahlendste Stern am Silicon-Valley-Firmament. Es war eine Einladung auf den Olymp, um mit Apoll, dem Gott des Lichts und der schönen Künste, zu speisen.

Fung war schon mehrfach in seinem Haus gewesen, allerdings immer im Rahmen eines größeren, gesellschaftlichen Events. Dahm war berühmt für seine bacchantischen, als perfekt inszenierte Networking-Veranstaltungen getarnten Feste, die durch Unmengen an hochpreisigen Spirituosen und erstklassigem Marihuana befeuert wurden. Sein letzter Partybesuch bei Dahm lag mehrere Monate zurück. Er war mit Torré dort gewesen. Jähe Sehnsucht überkam ihn, doch er schob sie beiseite. Er musste sich konzentrieren.

Allein in Dahms Haus eingeladen zu werden, war eine besondere Ehre. Aber sie ergab keinen Sinn. Warum jetzt? Warum so kurzfristig? Trotz seines guten Aussehens und seines Charismas ließ sich Dahm von niemandem etwas vormachen – er war auf seine Art ein echtes Genie. Seine unzähligen sexuellen Eroberungen waren sorgfältige Tarnung, wie Fung vermutete. Er gab sich als Freigeist und hedonistischer Playboy, doch in Wirklichkeit war er ein schlauer und kontrollierter Kopf. Er kannte nur eine große Liebe, nämlich die zu sich selbst und zu der Firma, die er aufgebaut hatte. Jeder, der ihn oder sein Reich bedrohte, wurde rücksichtslos vernichtet. Dahm hatte Karrieren zerstört, keine Frage. Und Fung wusste von mindestens einem Konkurrenten, der einfach verschwunden war; ob er gekauft oder umgelegt worden war, wusste niemand so genau.

Wenn Dahm ihn verdächtigte, Informationen über die IC-Cloud durchzustechen, war er so oder so geliefert, darüber war sich Fung im Klaren. Nur: Wie hätte Dahm davon erfahren können?

Als die auf einer Klippe gelegene Villa in Sicht kam, fragte er sich unwillkürlich, ob ihn heute Abend eine Verführung oder eine Hinrichtung erwartete.

Dahms Leibkoch und Sommelier enttäuschte nicht. Die beiden genossen ein fürstliches Essen, bestehend aus gegrilltem Filet vom Wagyū-Rind, erntefrischem Biogemüse und Fondant-Kartoffeln mit Knoblauch und Thymian und begleitet von einem Cabernet Sauvignon Napa Valley Reserve. Sie speisten neben dem Infinitypool mit Blick auf den Atlantik, von einer Feuerschale aus Stein vor dem leicht kühlen Wind geschützt.

Das Gespräch war zwanglos und geistreich und drehte sich um ihre Favoriten unter den lokalen Indie-Bands, Filme des italienischen Neorealismus, Pop-up-Restaurants und Urlaubsziele. Als das opulente Mahl beendet war und ein zweite Flasche Wein die Stimmung weiter hob, wurde Dahms strahlendes Lächeln mit einem Mal sanfter. Ein kurzer Fingerzeig, und der reizende junge Diener entschwand. Jetzt waren sie allein.

»Ich freue mich so, dass wir das endlich gemacht haben«, begann Dahm. »Nicht zu fassen, dass wir so lange gebraucht haben, um zusammenzukommen.«

»Es war ein wunderbarer Abend. Ich kann Ihnen gar nicht genug danken.«

»Unsinn. Ich habe Ihnen zu danken. Sie sind einer meiner wichtigsten Leute und machen einen der wichtigsten Jobs. Ohne Sie wäre CloudServe nicht da, wo es heute steht.«

»Ich schwimme nur in Amandas Kielwasser. Sie ist der eigentliche Rockstar.«

Dahm schnaubte. »Ja, gut. Amanda ist brillant, keine Frage. Aber ich könnte mir vorstellen, dass es schwer ist, unter ihr zu arbeiten.« Er trank noch einen Schluck Wein.

»Sie hat mir eine Menge beigebracht, aber ja, Amanda ist … eigen, ganz sie selbst.«

»Sie sind viel zu klug und, wie ich vermute, zu ehrgeizig, um eine Nummer zwei zu bleiben. Wie sehen Ihre langfristigen Pläne aus?«

»Ich liebe meinen Job bei CloudServe. Mein Nahziel ist eine weitere Beförderung.«

»Und danach?«

»Sie wissen doch, was man über Rockstars sagt? Man will entweder einer von ihnen sein oder sie ficken.«

Fung bereute die Bemerkung augenblicklich. Der Wein hatte ihm die Zunge gelöst. Aber es stimmte. Dahm war tatsächlich der ultimative Rockstar. Er wollte genauso sein wie er.

Und er wollte …

»Vorsicht mit dem, was Sie sich wünschen.« Dahm lächelte. »Es ist einsam an der Spitze, und von dort oben geht es nur noch in eine Richtung.« Er schenkte Fung und sich nach.

»Dieses Risiko nehme ich gerne in Kauf.«

»Das freut mich zu hören. Denn ehrlich gesagt, Sie machen mir Sorgen.«

Fung geriet in Panik. »Wieso?«

»Sie sind zu intelligent, um in einem Unternehmen zu bleiben, selbst in einem so dynamischen wie meinem.« Dahm lehnte sich zu ihm herüber. »Ich habe Sie eingeladen, weil ich Sie als Bedrohung betrachte.«

»Mich? Wieso?«

»Weil ich mich selbst in Ihnen sehe. Derselbe hungrige Blick, dasselbe Feuer im Bauch. Sie gehen bereitwillig jedes Risiko ein, nur um die Grenzen auszutesten, die Ihnen andere, weniger kluge Köpfe, setzen möchten. Sie wissen um Ihre Größe und die Ketten der Mittelmäßigkeit, mit denen andere Sie fesseln würden.«

Fung nahm einen Schluck Wein und musterte Dahm über den Rand des Glases hinweg. Die Komplimente, die er ihm machte, versetzten ihn in einen Endorphinrausch, wie er ihn noch nie erlebt hatte. Besser als der erste Kuss. Besser als …

Wohin sollte das noch führen?

»Die Gesellschaft hat Regeln, der Staat hat Regeln. Das ist alles Bullshit«, fuhr Dahm fort. »Will man das eigene Potenzial ausschöpfen, muss man diese Konventionen sprengen. Nationalismus, Patriotismus, Progressivismus – alle diese Ismen sind nur Fesseln, die uns die Pseudogenies auferlegen, um uns von der Sonne fernzuhalten. Finden Sie nicht auch?«

Fung witterte hier höchste Gefahr. Aber möglicherweise auch eine Chance. »Ich bin Amerika dankbar dafür, was es für meine Familie und mich getan hat.«

»Ich auch. Ich bin nämlich in Holland geboren, müssen Sie wissen, aber meine Eltern sind in dieses Land eingewandert, da war ich erst zwei. Sie und ich sind hungrig, weil wir Einwanderer sind oder Kinder von Einwanderern.«

»Das ist es doch, was Amerika groß macht, oder? Der ständige Zustrom hungriger, ehrgeiziger Einwanderer.«

»Besonders von Chinesen und anderen Asiaten. Übrigens, die meisten Leute wissen es nicht, aber mein Vater wurde in Indonesien geboren, das zu der Zeit noch Niederländisch-Indien hieß. Er war halb Holländer, halb Chinese.«

»Ach wirklich? Faszinierend.«

»Und obwohl ich wie Sie dankbar bin für die Chancen, die mir dieses Land geboten hat, liegt doch klar auf der Hand, dass die Zukunft China gehört, finden Sie nicht auch?«

Fung betrachtete das gut aussehende Gesicht über den Tisch hinweg. Die tiefblauen Augen schienen ihn zu verschlingen. Wie die eines Liebhabers. Oder die eines Killers. Fung war sich nicht sicher.

»Doch«, stimmte er zu. »Die westlichen Demokratien scheinen in den letzten Zügen zu liegen. Das chinesische Modell wirkt stabiler und dynamischer.«

»Genau. Und nebenbei bemerkt, zur Hölle mit allen Regierungen, auch der chinesischen. Gesetze sind nur Instrumente der wenigen Mächtigen, um den Rest von uns auf Linie zu halten.«

»Manchmal kommt es einem in der Tat so vor.«

»So, nun wissen Sie, warum mein Fokus auf China liegt. CloudServe muss aggressiv expandieren, bevor es zu spät ist, und Sie halte ich für den Mann, der uns dabei helfen kann.«

»Warum? Weil ich ethnischer Chinese bin?«

»Ja. Aber ein brillanter und hochmotivierter ethnischer Chinese, der die Sprache und die Kultur kennt und obendrein als Hacker über das perfekte Rüstzeug für diese Aufgabe verfügt.«

Fungs Blutdruck stieg. *Wohin soll das führen?*

»Sie leiten das IC-Cloud-Red-Team, und das bedeutet, dass Sie Führungsqualitäten besitzen, und was am wichtigsten ist, Sie denken wie ein Hacker.« Dahm lachte. »Es würde mir todsicher nicht gefallen, wenn Sie es auf mich abgesehen hätten.«

Fungs Alarmglocken schrillten.

»Was genau schlagen Sie vor?«

»Ich möchte, dass Sie ein eigenes, auf China fokussiertes Unternehmen für Cybersicherheit gründen. Es von Grund auf aufbauen. Es wird Ihr Unternehmen sein, Ihre Vision, Ihr Baby, aber an CloudServe gebunden, zwecks Schutz und Unterstützung.«

»Zu welchem Zweck? Um die Chinesen zu hacken – oder die Amerikaner?«

»Beide selbstverständlich. Aber ganz legal. Sie werden den Regierungen beider Länder ein Angebot unterbreiten, wie sie jedes System, und zwar überall, gefahrlos und risikolos auf Schwachstellen überprüfen können. Damit ist unbegrenzt viel Geld zu verdienen.«

»Ich bin überwältigt. Ich weiß nicht, was ich sagen soll.«

Dahm lehnte sich zurück. »Lassen Sie mich ganz ehrlich zu Ihnen sein. Würden Sie irgendwann losziehen und Ihre eigene Firma gründen, was Sie auf jeden Fall tun würden, würde es früher oder später zwischen uns zum Krieg gekommen, und ich würde alles in meiner Macht Stehende tun, um Sie zu vernichten – unternehmerisch gesprochen, versteht sich. Wir sind ja schließlich keine Mörder, nicht wahr?« Er lächelte verschmitzt.

Fungs Augen weiteten sich. »Das will ich doch hoffen.«

»Stattdessen ziehe ich es vor, hier und jetzt eine Allianz zu schmieden. Ich möchte, dass Sie ihre kühnsten Träume verwirklichen, aber ich möchte auch, dass Sie es als mein Partner tun, nicht als mein Konkurrent. Was sagen Sie dazu?«

»Für mich geht damit ein Traum in Erfüllung. Ich kann es noch immer nicht fassen.«

»Da mir der Verwaltungsrat von CloudServe und die Börsenaufsicht im Nacken sitzen, müssen Sie das Kapital natürlich selbst beschaffen. Es werden Millionen nötig sein. Aber das wird Ihnen nicht schwerfallen, oder?«

Wieder war Fung verwirrt, begeistert und panisch. Worauf wollte Dahm hinaus?

Für Fung galt dasselbe wie für CloudServe – fantastischer Cashflow, aber stets am Rande der Pleite. Wäre Dahm darüber im Bilde, würde dieses Gespräch nicht stattfinden. Oder doch? CHIBI wusste Bescheid und machte sich seine Schwachstellen zunutze. Machte Dahm dasselbe wie CHIBI?

Moment mal. Was? Nein. Das konnte nicht sein. Oder doch?

»Ich bin nicht gerade ein Risikokapitalgeber, Elias. Ich weiß nicht, wie Sie darauf kommen, dass ich so viel Geld auftreiben könnte.«

»Sie haben mehrere Einhorn-Start-ups mit aufgebaut – gewiss, sie sind pleitegegangen, aber sie waren gute Adressen. In eine hatte ich sogar ein wenig investiert. Sie müssen sich nur wieder an die Investoren wenden, die diese Projekte unterstützt haben, und zwar mit einer virtuellen Absichtserklärung meinerseits, dann wird das Geld schon fließen. Was meinen Sie?«

»Ich fühlte mich geschmeichelt. Alles in mir sagt, dass ich die Gelegenheit beim Schopf packen soll. Macht es Ihnen etwas aus, wenn ich um einen Tag Bedenkzeit bitte?«

»Ganz und gar nicht«, antwortete Dahm. Er stand auf und streckte seine sportlichen 193 Zentimeter. »Wie wär's jetzt mit dem Nachtisch?«

»Gerne.«

»Wunderbar. Ich bin gleich zurück.«

Darauf verschwand Dahm im Haus.

Fung nippte an seinem Wein, als plötzlich Roberto erschien, muskulös wie ein Schwimmer und nur mit einer Badehose und einem Lächeln bekleidet.

Der große Brasilianer legte Fung eine vertraute Hand auf die Schulter. »Ich hoffe, du bist hungrig, denn ich bin der Nachtisch.«

Fung stellte das Weinglas ab.

Roberto trat an den Rand des Infinitypools, der nur wenige Schritte entfernt war.

»Willst du dich mir anschließen?« Er zog die Badehose aus.

Fung starrte den Adonis an, der wie aus Marmor gehauen vor ihm stand. Seine Verwirrung verwandelte sich in Lust.

Woher wusste Dahm von Roberto, seinem Favoriten?

Das war doch nicht möglich. Oder doch?

Nein.

Aber CHIBI wusste von ihm.

»Eine Runde Schwimmen? Ja, klingt verlockend.«

# 67

## ALEXANDRIA, VIRGINIA

Jack saß auf seiner Couch und stierte, eine halb leere Flasche Bier in der Hand, ins Leere. Was wenige Tage zuvor in der Ostsee geschehen war, verfolgte ihn wie ein nie endenderAlbtraum.

Auf dem Rücken im kalten Meer treibend, gefühllos vor Kälte und entkräftet, hatte er die Augen geschlossen und sich dem Schlaf ergeben, der nach ihm griff, wohl wissend, dass er nie wieder aufwachen würde.

Doch jetzt war er hier, hellwach und am Leben. Seine Nerven waren angegriffen und sein Herz gebrochen. Wut, Trauer und Schuldgefühle betäubten seine Sinne wie das kalte Wasser der Ostsee in jener Nacht. Lilianas entsetztes, in der unbarmherzigen Dunkelheit verschwindendes Gesicht zog in Endlosschleife vor seinem geistigen Auge vorüber. Als er in dem polnischen Krankenhaus lag, hatte er einen Moment lang geglaubt, er sei tatsächlich gestorben, und diese immer wiederkehrende Vorstellung war seine persönliche Hölle.

Ein Klopfen an der Wohnungstür stoppte die Endlosschleife und holte ihn von der Couch.

»Hallo, mein Junge. Was dagegen, wenn ich reinkomme?«

John Clark stand in der Tür, nur wenig größer als Jack, aber schmaler gebaut. Der ehemalige SEAL war sein Chef im Campus und zudem ein enger Freund. Obwohl er bereits jenseits der siebzig war, trainierte er noch mit dem von ihm geleiteten Team, weshalb er auch gut und gerne zwanzig Jahre jünger aussah, als er tatsächlich war.

Jacks Körpersprache signalisierte *verschwinde*. Trotzdem winkte er ihn mit der Bierflasche herein.

»Nein. Natürlich nicht. Komm rein.«

Clark sah die Flasche. »Ich trinke dasselbe wie du.«

Jack schlurfte in die Küche, fischte ein Bier aus dem Kühlschrank und reichte es Clark.

Clark öffnete die Flasche und stieß mit Jack an, dass es klirrte. »Wie ich höre, ist bei dir medizinisch alles in Ordnung.« Er nahm einen Schluck.

»Sagen jedenfalls die Ärzte.«

»Du siehst gut aus. Vielleicht etwas abgespannt.«

»Ich habe letzte Nacht nicht viel geschlafen. Aber sonst geht es mir gut.«

»Könntest du das deinem alten Herrn sagen? Er hat mich heute angerufen.«

Jacks Augen verengten sich. »Ich habe ihm eine SMS geschickt.«

»Das ist nicht dasselbe. Deine Eltern haben gehofft, dass du vorbeischaust. Sie würden dich gern in den Arm nehmen und sich persönlich davon überzeugen.«

Jack ging ins Wohnzimmer zurück und ließ sich auf die Couch fallen. Clark nahm einen Stuhl und noch einen Schluck Bier.

»Es ist eine Sache, wenn du deinen Vater nicht anrufst, aber mit deiner Mutter solltest du wirklich sprechen. Glaub mir.«

Jack schüttelte frustriert den Kopf. Der Präsident der Vereinigten Staaten schickte ihm einen der besten Krieger, den dieses Land jemals hervorgebracht hatte, nur um ihn dazu zu bewegen, seine Mami anzurufen?

»Sie wissen, dass ich okay bin. Ich bin noch nicht bereit,

darüber zu reden.« Er sah Clark fest in die Augen. »Mit niemandem.«

»Ich verstehe, mein Junge«, sagte Clark, fuhr aber trotzdem fort: »Ich habe den Bericht gelesen, den Lisanne erstellt hat. Du kannst von Glück sagen, dass du noch am Leben bist.«

Der Bericht war Clark an die Nieren gegangen. Jack müsste eigentlich tot sein. Wenn dieser polnische Fischer seinen Motor zehn Minuten früher repariert hätte und zum Hafen zurückgefahren wäre, hätte er Jack niemals bemerkt. Er hatte ihn in Decken gewickelt und gerade noch rechtzeitig in ein Krankenhaus an der Küste gebracht. Dort hatte man ihn mit warmer Kochsalzlösung vollgepumpt und seinen Körper wieder auf Normaltemperatur gebracht, bevor bleibende Schäden entstanden.

»Du solltest dem da oben dankbar sein, Jack. Und nicht in der Wohnung rumhängen und dich selbst bemitleiden.«

Jack presste die Kiefer zusammen. »Du weißt ja nicht, was in jener Nacht passiert ist.«

»Dann klär mich auf.«

»Glück ist nicht der einzige Grund, warum ich noch am Leben bin. Der Bastard wusste, dass ich für Gerry Hendley arbeite.«

»Wie konnte er das wissen?«

»Liliana muss ihnen gesagt haben, dass sie mein Leben schonen sollen.«

»Es hat funktioniert.«

»Aber ihres hat es nicht gerettet.«

»Das ist nicht deine Schuld. Du hast dein Möglichstes getan und dein Leben riskiert, um ihres zu retten.«

»Du verstehst nicht …«

»Und ob ich verstehe!«

Im Krieg war Clark einmal gezwungen worden, mitanzusehen, wie die Mitglieder einer vietnamesischen Familie nacheinander abgeschlachtet wurden, bis er beschloss, gegen seine Befehle zu handeln. Er stoppte das Morden, wurde dafür aber niedergeschossen und wäre beinahe krepiert.

»Du kannst immer nur dein Bestes geben, mehr nicht. Wie es ausgeht, liegt nicht in deiner Hand.«

»Sie wurde erwischt, als sie versucht hat, mich zu schützen.«

»Das war ihre Aufgabe, und ich würde sagen, sie hat einen guten Job gemacht, denn du sitzt hier, atmest und bemitleidest dich selbst.«

»Ich hätte sie aus der Operation heraushalten sollen. Ich hätte allein und ohne ihr Wissen da reingehen sollen.«

»Warum hast du es nicht getan?«

»Sie war ein Profi. Ich habe nicht damit gerechnet, dass es Probleme geben würde. Ich habe gern mit ihr zusammengearbeitet. Und es war ja auch ihr Fall.«

»Hast du sie gezwungen reinzugehen? Hast du sie belogen, bestochen oder in irgendeiner Weise bedroht, damit sie reingeht?«

»Nein, natürlich nicht.«

»Dann sehe ich das Problem nicht. Sie hat ihren Job gemacht und du deinen. Junge, du weißt doch inzwischen, dass in unserem Beruf nicht alles eitel Sonnenschein ist. Und der schlimmste Feind, mit dem wir es zu tun haben, ist nicht der da draußen, sondern der Typ, der uns jeden Morgen aus dem Spiegel entgegenblickt. Du musst das in den Griff kriegen, Jack.«

»Sie hatte ein Kind. Einen kleinen Jungen. Tomasz.«

Das Bild, wie sie seinen Namen schreiend in der Dunkelheit versank, schoss ihm wieder durch den Kopf. Er ertränkte es in einem langen Schluck Bier, mit dem er die Flasche leerte.

»Sein Vater wurde vor ein paar Jahren in Afghanistan getötet und jetzt das. Es ist so verdammt unfair.«

»Ich weiß. Und ich habe keine Ahnung, wie man das alles

auf dieser Seite des Himmels auseinanderklamüsern soll. Deswegen überlasse ich den metaphysischen Kram den Priestern. Ich kann nicht kontrollieren, was nicht zu kontrollieren ist. Und übrigens: Dank deinem Anruf aus dem Krankenhaus sind der Junge und seine Großmutter in ein sicheres Haus in Polen gebracht worden. Also hör auf, dir in den Arsch zu treten.«

»Ja. Ein Telefonanruf. Eine wahre Heldentat.«

»Falls es dich interessiert: Dein Vater hat seine Kontakte spielen lassen. Die Briten schicken ein Tiefwasser-Tauchboot zu der Stelle, die uns der polnische Fischer bezeichnet hat. Seine Angaben waren nicht besonders präzise, aber mit etwas Glück finden sie deine Freundin und können sie zu ihrer Familie bringen, damit sie ein anständiges Begräbnis bekommt.«

Jacks Miene verdüsterte sich. »Ja, das wäre zumindest etwas.«

Eine Weile saßen sie schweigend da. Clark sah zu, wie Jack immer tiefer in sein Loch fiel.

»Der Typ, den du in die Irre geschickt hast. Wie hieß der noch mal?«

»Goralski.«

»Ja, richtig. Er ist in Düsseldorf gelandet und dort geschnappt worden, hat aber der Polizei nichts erzählt. Ein teurer Anwalt hat ihn vor ein paar Stunden rausgeholt. Sie konnten ihn nicht festhalten, denn er hatte alle behördlichen Genehmigungen für sein Treiben, und anscheinend verstößt es da drüben nicht gegen das Gesetz, jemanden zu beschatten.« Er kicherte. »Die Nummer, die du mit ihm abgezogen hast, war ganz schön clever, mein Junge.«

»Was ist mit Christopher Gage?«

»Er wurde befragt, aber auf die sanfte Tour, wegen seiner Stiefmutter, der Senatorin. Er hat ein Alibi für die fragliche Nacht, und er hat ausgesagt, dass er keine Ahnung habe, was in dem Lagerhaus vorgegangen sei – er habe es lediglich vermietet. Nach Auskunft der Leute von der Botschaft schien er ehrlich überrascht und aufgebracht, als er hörte, was mit dir und der Frau passiert war. Und wenn er dich nicht bedroht hat oder du ihn weder in der Lagerhalle noch auf dem Boot gesehen hast, ist da nichts mehr zu machen – unschuldig bis zum Beweis des Gegenteils.«

»Ich weiß, wer der Schuldige ist.«

»Du meinst den Fallschirmjäger von der Fremdenlegion?«

»Ich werde dem Kerl das Herz aus dem Leib schneiden.«

»Erst musst du ihn finden.«

»Das dürfte nicht so schwer sein. Ich habe im Flieger darüber nachgedacht und zwischen meinen Nickerchen ein paar Nachforschungen angestellt. Die Tätowierung, die ich gesehen habe, verweist auf das zweite Fallschirmjäger-Regiment der französischen Fremdenlegion. Das Regiment umfasst tausenddreihundert Offiziere und Mannschaften. In so einer Eliteeinheit dürfte es in den letzten siebzehn Jahren nicht viele blonde Jungs zwischen achtzehn und fünfunddreißig gegeben haben.«

»Das ist immerhin ein Anfang. Ich werde dich unterstützen, so gut ich kann.«

»Ich brauche Gavin und seine Hacker-Künste. Steht er noch zur Verfügung?«

»Gerry hat mir gesagt, dass er morgen früh wieder anfängt. Er wird sich bestimmt gleich dahinterklemmen.«

Jack stand auf, um Biernachschub zu holen. »Willst du noch eins?«

»Ich bin noch mit dem beschäftigt.«

Jack riss die Kühlschranktür auf. »Läuft die Suche nach der *Baltic Princess* noch?«

»Ja. Sie ist irgendwo mitten in der Wüste Gobi.«

Jack runzelte die Stirn, während er den Deckel der Flasche abschraubte. »Wie meinst du das?«

»Das Schiff hat mittels Spoofing seinen Standort verschleiert. Unsere Leute haben versucht, sein AIS-Signal zu empfangen, aber es muss abgeschaltet worden sein, denn niemand hat es auf den Schirm gekriegt. Doch vor einer Stunde ist das Signal des Schiffs in der Wüste Gobi aufgetaucht. Irgendein Witzbold muss den Transponder ausgebaut, in ein Flugzeug verfrachtet und dann per Kamel dorthin geschafft haben, nur um uns den Stinkefinger zu zeigen.«

»Na toll.« Jack nahm nachdenklich einen langen Zug von seinem Bier.

Clark sah ihm an, wie es hinter seiner Stirn arbeitete. »Und? Wie geht's jetzt weiter?«

»Ich hab noch etwas zu erledigen. Ich muss mir beweisen, dass ich ein Versprechen halten kann und nicht drauf scheiße.«

»Weiß Gerry davon?«

»Er weiß, dass ich den Trip geplant hatte, als er mich nach Polen geschickt hat.«

»Wann willst du los?«

»Morgen.«

»Wie lange wirst du wegbleiben?«

»Einen Tag hin. Maximal einen Tag dort. Einen Tag zurück. Höchstens drei Tage.«

»Brauchst du einen von uns zur Unterstützung?«

»Nein. Das ist kein Einsatz. Es handelt sich um einen Gefallen für einen alten Freund, der vor zwei Wochen gestorben ist. Ich muss es tun.«

»Dann wirst du also einem Freund einen Gefallen erweisen, aber für deine Mutter willst du nicht das Richtige tun?«

»Ich kann im Moment einfach nicht darüber reden. Ich muss es erst verarbeiten.«

»Das leuchtet ein. Du kannst sie aber trotzdem anrufen und ihr sagen, dass alles in Ordnung ist und dass du in ein paar Tagen vorbeischauen wirst.«

Clark konnte einen Vorschlag in einen Befehl verwandeln, ohne dass es den Anschein hatte.

Außerdem hatte er recht, wie Jack sich eingestand.

Er würde seine Mom anrufen, dann die letzten Reisevorbereitungen treffen. Ein Besuch in der »Pfarrei«, wie sein Vater die kostenlose Sozialwohnung namens Weißes Haus nannte, würde warten müssen, bis er mit Cory im Reinen war und den Kopf wieder frei hatte.

Danach würde er auf die Jagd gehen.

# 68

## WASHINGTON, D.C.

Es war schon spät. Ed schlief tief und fest, und Mary Pat Foleys rasende Kopfschmerzen wurden nur noch schlimmer, als sie noch einmal Jesse Bensons Bericht las, den sie vor einer Viertelstunde auf digitalem Weg erhalten hatte.

Sie schöpfte keinen Trost aus der Tatsache, dass sie mit ihrem Instinkt richtig gelegen hatte, aber es hatte immerhin einen Supercomputer der CIA mit KI-Analyse-Software gebraucht, um ihr Bauchgefühl mit harten Fakten zu untermauern.

Benson ging in seinem Bericht sogar noch einen Schritt weiter. Er glaubte, dass den vier Vorfällen ein fünfter vorausgegangen sei, der ebenfalls dazugehöre – die Liquidierung eines chinesischen Agenten, der im Quantum-Science-Satellite-Programm in Hefei gearbeitet hatte.

Die statistische Analyse der fünf Attacken enthüllte ein kaum wahrnehmbares Muster. Bei allen fünf gab es eine Verbindung zu einem bestimmten, vom National Reconnaissance Office betriebenen Kommunikationssatelliten der CIA. Zugriff auf diesen Satelliten bedeutete Zugriff auf die gesamte westliche Geheimdienst-Community – oder jedenfalls auf den Nachrichtenverkehr, der über diesen speziellen Vogel abgewickelt wurde.

Ebenso beunruhigend war der Name des Unternehmens, das ihn in die Umlaufbahn gebracht hatte: Elias Dahms Space-

Serve. Und noch besorgniserregender war der Umstand, dass dessen Muttergesellschaft, CloudServe, für die Sicherheit der Verbindung zwischen dem Satelliten und der IC-Cloud zuständig gewesen war. Die Firma hatte offensichtlich Mist gebaut.

Aber was war jetzt zu tun?

Die IC hatte ihre gesamten Daten und Nachrichten in die Cloud ausgelagert, um die Cyber-Sicherheit zu verbessern. Und jetzt entpuppte sich ausgerechnet die Cloud als die Schwachstelle im Sicherheitssystem. Würde sie allgemeinen Alarm schlagen, würde sie das gesamte Cloud-Programm in Gefahr bringen oder, noch schlimmer, die IC selbst in einen Zustand der Lähmung versetzen. Es gab nur ein Mittel, ein leckgeschlagenes Schiff vor dem Sinken zu bewahren: Man musste die Schotten dichtmachen, damit keine weiteren Teile des Schiffes überflutet wurden und der Schaden möglichst begrenzt blieb.

Dasselbe Mittel würde auch hier Anwendung finden. Geheimdienstbehörden würden sich abschotten wollen, um weiteren Datenlecks vorzubeugen, aber das würde dem Zweck der Cloud zuwiderlaufen, nämlich den Informationsfluss innerhalb der Community zu verbessern.

Die andere Herausforderung war das Fehlen genauer Daten. Bensons Analyse deutete stark darauf hin – ohne allerdings den Beweis dafür zu liefern –, dass der Kommunikationssatellit das Verbindungsglied und mithin die undichte Stelle im System war. Aber wer zapfte den Satelliten an? Und wie stellte er es an? Wie lange ging das schon so? Hatten auch andere Zugriff? Waren auch andere Satelliten gefährdet? War die Verbindung zwischen Cloud- und SpaceServe ein Zufall? Wurde der Satellit gehackt oder die Cloud selbst?

Hundert andere Fragen schossen ihr durch den Kopf, aber ohne handfeste Details kam dabei nichts Brauchbares heraus. Wenn das Schiff ein Leck hatte, mussten sie die genaue Stelle finden und feststellen, wie groß es war, um es stopfen zu können.

Foley brauchte mehr Informationen, und die Person, die sie am ehesten liefern konnte, war Amanda Watson, die Chefin des IC-Cloud-Sicherheitsteams. Watson hatte Foley schwer beeindruckt: eine intelligente, junge Patriotin, die sich in einem männerdominierten, progressiven Milieu behauptete, das nicht gerade bekannt dafür war, die amerikanische Flagge hoch zu halten. Und wichtiger noch: Sie selbst hatte einen Großteil der Cloud-Software und das IC-Cloud-Sicherheitsprogramm entwickelt. Wenn jemand in der Lage war, ihre Fragen zu beantworten, dann Amanda.

Foley schickte ihrer Chefsekretärin eine E-Mail mit der Anweisung, einen möglichst zeitnahen Termin für ein gesichertes Gespräch mit Ms. Watson zu vereinbaren.

# 69

## ALEXANDRIA, VIRGINIA

Jack packte nur einen kleinen Rucksack.

Er würde ja nur drei Tage fortbleiben, und schlimmstenfalls konnte er seine Klamotten in einem Fluss oder so waschen. Oder besser noch, einen auf Jack Reacher machen und vor Ort irgendwelche billigen Sachen kaufen, statt sich mit Waschen abzumühen.

Der Uber-Fahrer war ein höflicher junger afghanischer Einwanderer namens Mohammad, der als Übersetzer für die U.S. Army gearbeitet hatte. Er holte ihn vor seiner Wohnung ab und fuhr ihn durch den dichten Berufsverkehr zum Dulles International. Es war kurz nach fünf.

Die beiden Männer bemerkten weder den verbeulten blauen Toyota Corolla, der ihnen mit Abstand folgte, noch den Mann, der ihn fuhr, einen ehemaligen Pinkerton-Mitarbeiter mit aknenarbigem Gesicht namens Tyler, der seine blutunterlaufenen Augen hinter einer Oakley-Sonnenbrille verbarg. Tyler war fest entschlossen, an Jack Ryan dranzubleiben. Er wollte seine neue Chefin Sandra Kyle beeindrucken, nachdem er bei der Beschattung ein paar Tage zuvor John Clark aus den Augen verloren hatte. Jetzt auf Ryan angesetzt, konnte er zeigen, was er draufhatte.

Der Uber-Fahrer setzte Jack mit einem handgepäcktauglichen

Rucksack vor Eingang 6 im Ankunftsbereich des Dulles International Airport ab und raste davon. Tyler gelang es, ein Foto von Jack und dem Kennzeichen des Taxis zu machen, bevor er sich wieder in den Verkehr einfädelte.

Er schickte Kyle seine Fotos, bevor er sie anrief. Sie rief umgehend selbst an.

Er konnte ihr nicht sagen, mit welcher Airline Jack fliegen wollte oder wohin. Ihm ins Gebäude zu folgen hätte nur Sinn gemacht, wenn Jack die Absicht gehabt hätte, sich am Schalter ein Ticket zu kaufen, und das war höchst unwahrscheinlich. Er würde einfach die Sicherheitskontrolle passieren und in einem der beiden wahnsinnig langen Terminalgebäude verschwinden, in die ihm niemand ohne Ticket folgen konnte.

Da Ryan nur ein Handgepäckstück bei sich trug, nahm er zweifellos einen Inlandsflug, der in den nächsten ein, zwei Stunden ging. Tyler musste allerdings zugeben, dass ihnen dieser Hinweis nicht wirklich weiterhalf. Innerhalb dieses zweistündigen Fensters starteten mehrere Hundert Maschinen in alle Himmelsrichtungen und stellten eine Verbindung zum Rest der Welt her.

Um seinen Diensteifer unter Beweis zu stellen, bat er um die Erlaubnis, den Afghanen später am Abend zu befragen, vorzugsweise in dessen Haus, während er seiner jungen Frau eine Pistole an den Kopf hielt. »Das kapiert so ein Stammesmensch«, versicherte er.

Kyle gab ihm grünes Licht und versprach, ihm innerhalb einer Stunde die Adresse des Afghanen zu schicken.

Inzwischen hatte der beleibte Ex-Pinkerton-Detektiv mächtig Durst bekommen. In der U-Bahn herrschte um diese Tageszeit totales Chaos, doch zwanzig Minuten später hatte er es geschafft und betrat einen belebten irischen Pub, den er häufiger besuchte.

Tyler erklomm seinen Lieblingshocker, und schon im nächsten Moment wurden ein Jameson-Whiskey und ein kühles PBR vom Fass vor ihm auf die Bar gestellt. Zwei gescheiterte Ehen hatten ihn sein Haus und seine Pension gekostet. Aber wenigstens erhielt er die miesen Tagessätze, die Kyle ihm zahlte, bar auf die Hand, sodass er sie nicht versteuern musste und, was noch wichtiger war, Lohnpfändungen durch die Anwälte seiner Ex-Frauen, diese Blutsauger, entging. Ein paar Ausflüge ins O'Hare's jede Woche waren sein einziger Trost, und der Typ hinter dem Tresen – ein ehemaliger Cop – berechnete ihm nur den halben Preis, zum Dank für ein paar entlarvende Fotos, die Tyler von seiner Frau gemacht hatte, mit der er in einem hässlichen Sorgerechtsstreit lag.

Die zweite Runde kam in dem Moment, als ein dunkeläugiger Mexikaner in seinem Alter auf dem Hocker neben ihm Platz nahm. Sie grüßten einander mit einem stummen Nicken, bevor der Barkeeper fragte: »Was darf's sein?« Der Mexikaner bestellte ein Mineralwasser.

Tyler unterdrückte ein Grinsen und kippte den Whiskey. Wozu Mineralwasser bestellen? Er trank das Bier ex und wischte sich, das vertraute Brennen in der Kehle genießend, den Schaum vom Mund.

Er stand auf, zog einen Zehner aus der Brieftasche und warf ihn auf den Tresen.

»Setzen Sie sich.« Der Mexikaner sprach zu seinem Mineralwasser.

Tyler traute seinen Ohren nicht. »Wie bitte?«

»Sind Sie taub? Ich habe gesagt, Sie sollen sich setzen.«

Der Mexikaner wandte sich ihm zu. Ding Chavez war einen halben Kopf kleiner als Tyler, aber der Blick, mit dem er Tyler durchbohrte, ließ erahnen, dass nicht mit ihm zu spaßen war.

»Ich sage es nicht noch mal.«

Tyler schwankte auf der Stelle und wog in seinem alkoholumnebelten Hirn seine Optionen ab.

»Sie bezahlen?«

»Klar.«

Der dicke Mann setzte sich und bestellte per Wink noch ein Gedeck.

»Was wollen Sie wissen?«, fragte Tyler.

»Warum beschatten Sie Leute von Hendley Associates?«

»Was geht Sie das an?«

»Die Schaufel in meinem Kofferraum hält es für wichtig.«

Tyler hätte fast in die Hose gemacht. Dieser Dreckskerl meinte es ernst. »Ich muss mal pinkeln gehen.«

Ding nippte an seinem Mineralwasser. »Erst wird geredet, dann gepinkelt.«

»Ich muss aber wirklich.«

»Dann reden Sie schnell, wenn Sie sich nicht bepissen wollen. Mir ist das egal. Aber Sie rühren sich nicht vom Fleck.«

Tyler redete, die Zunge gelöst von zwei weiteren Gedecken und der Aussicht, den Abend auf dem Rücken liegend im kalten Boden zu beschließen, das Gesicht bedeckt mit frisch geschaufelter Erde.

## WASHINGTON, D.C.

Amanda Watson erbleichte, als müsste sie sich gleich übergeben.

Mary Pat Foley war über eine sichere und verschlüsselte Videokonferenz-Leitung mit der CloudServe-Managerin in ihrem Büro in San Francisco verbunden.

»Ich weiß nicht, was ich sagen soll, Madame Director.«

»Zunächst mal: Meine Freunde nennen mich Mary Pat.« Die DNI musste Watson Gelegenheit geben, sich wieder zu sammeln und zu beruhigen. Foley konnte die Schuldgefühle und die Verlegenheit nur ahnen, die sie in diesem Moment empfinden musste.

»Nun, Mary Pat, hätten Sie mir nicht Ihre Analyse geschickt, hätte ich gesagt, das kann nicht sein. Das wäre meine erste Reaktion gewesen. Aber die Fakten sind verdammt überzeugend. Es wäre ein Leichtes für mich, die Sache als ein Satelliten- und Hardware-Problem abzutun, aber mein Gefühl sagt mir, dass mehr dahintersteckt.«

»Dann sind wir schon zwei. Deshalb habe ich Sie kontaktiert. Ich denke, Sie verstehen mein Dilemma. Ohne konkrete Anhaltspunkte kann ich nicht herausfinden, wer hinter den Datenlecks steckt, geschweige denn seinen Skalp an die Wand nageln.«

Watson lehnte sich in ihrem Stuhl zurück und kniff nachdenklich die Augen zusammen.

»Ihr Bericht wurmt mich deshalb so, weil ich vor ein paar Monaten den Eindruck hatte, dass ein Teil ebendieses Satelliten-Uplink-Codes Probleme machte. Sie müssen wissen, dass wir permanent nach Schwachstellen in unseren Systemen suchen. Ich habe meinen besten Mann drangesetzt. Er hat tatsächlich auch eine Sicherheitslücke gefunden, aber gesagt, sie sei nur minimal und nie ausgenutzt worden, soweit er es beurteilen könne. Er hat sie geschlossen, und wir haben weitergemacht.«

»Ist es möglich, dass er etwas übersehen hat – eine andere Schwachstelle vielleicht?«

»Nein, nachdem er die Lücke gestopft hatte, haben wir das System auf Herz und Nieren geprüft. Es war unangreifbar.«

Foley seufzte. Hinter den größten Spionageskandalen der Geschichte hatten nie ausländische Agenten gesteckt, sondern amerikanische Verräter. Aldrich Ames hatte ebenso im Dienst der CIA gestanden wie Edward Snowden, bevor er zu einer privaten Partnerfirma der NSA wechselte. Robert Hanssen hatte dem FBI angehört, Pollard und Walker der Navy. Es war mehr als wahrscheinlich, dass auch diesmal ein Insider am Werk war. »Ich frage nur ungern, aber vertrauen Sie Ihrem Mann in dieser Sache?«

Watson runzelte die Stirn. »Interessant, dass Sie das fragen. Larry Fung gehört zu den intelligentesten Leuten, mit denen ich je zusammengearbeitet habe. Bis vor Kurzem hätte ich die Hand für ihn ins Feuer gelegt.«

»Was hat Ihre Meinung geändert?«

Watson schüttelte den Kopf, wie angewidert von sich selbst.

»Er hat jede interne Sicherheitsüberprüfung bestanden und besitzt eine gültige Top-Secret-Sicherheitsfreigabe, also besteht doch kein Grund, ihn zu verdächtigen, oder? Doch aus den Briefings zum Thema Spionageabwehr weiß ich, dass man auf bestimmte Verhaltensauffälligkeiten achten soll – und auf alles, was mit nachrichtendienstlicher Abschöpfung zu tun hat. Na jedenfalls spielt der Typ gerne den Märtyrer und wirft meines Wissens mit Geld nur so um sich.«

»Ich dachte, ihr im Silicon Valley schwimmt alle im Geld.«

»Wir verdienen sehr gut, aber nicht so viel, wie Sie denken – und nach Abzug der Steuern bleibt nur etwas mehr als die Hälfte. Ein Großteil der Bezahlung erfolgt in Aktienoptionen, und in dieser Hinsicht ist Elias mir und besonders Larry gegenüber sehr großzügig gewesen. Das Problem ist nur, wie er die von uns unterschriebenen Geheimhaltungsvereinbarungen und Wettbewerbsklauseln absichert. Er hat unseren Aktienanteil auf fünf Jahre treuhänderisch hinterlegt und blockiert.«

»Ist das legal?«

»Legal? Ja, aber unmoralisch. Auf jeden Fall effektiv. Deshalb muss Larry eine ganze Weile warten, bevor er sein Cloud-Serve-Lotterielos zu Geld machen kann.«

»Geld ist ein starkes Motiv. Aber auch andere Beweggründe können ausschlaggebend sein: Ideologie, Druck durch Erpressung, Narzissmus.«

»Deshalb habe ich vor ein paar Tagen angefangen, etwas herumzuschnüffeln. Ich habe nichts gefunden und ihn auch nie bei etwas Fragwürdigem ertappt. Doch auf der anderen Seite ist er so verdammt clever, dass er seine Spuren verwischen kann, und das würde er ja auch tun, wenn er nichts Gutes im Sinn hätte. Ich kenne den Mann. Er geht methodisch vor, ist umsichtig und genau.«

»Wissen Sie, wie sich das anhört? Als wäre die Tatsache, dass Sie nichts gegen ihn finden konnten, der beste Beweis für seine Schuld.«

»Ich weiß, es klingt lächerlich, und deshalb hatte ich meine Bedenken schließlich auch über Bord geworfen. Aber dann kam Ihr Bericht, und dass er genau das Problem anspricht, an dem Larry gearbeitet hat, hat mir einen Schauer über den Rücken gejagt. Und bei der Rumschnüffelei, von der ich gesprochen habe, habe ich entdeckt, dass von meinem Computer aus die NRO-Workstation durchsucht wurde, die Sie in Ihrem Bericht erwähnen. Das Problem ist nur: Ich habe auf diese Workstation nie zugegriffen. Ich habe den fraglichen Tag und Zeitpunkt überprüft und schon an meinem Verstand gezweifelt, bis ich mir meine Uber-Quittung von dem Abend angesehen habe. Tatsache ist: Jemand hat meinen Computer dazu benutzt, sich ohne mein Wissen die NRO-Workstation anzusehen.«

»Und Sie haben Fung im Verdacht?«

»Ihr Bericht bestätigt es so gut wie. Er war an jenem Abend die letzte Person, die sich nach mir noch im Büro aufhielt. Wüsste ich es nicht besser, würde ich sagen, er wollte meine digitalen Fingerabdrücke im Rechner hinterlassen für den Fall, dass es Probleme geben sollte.«

»Ist Ihr Computer nicht biometrisch gesichert?«

»Doch, aber das Red Team hat ein Gerät namens PassPrint entwickelt, mit dem es solche Schutzvorkehrungen überwinden kann und …«

Watson schloss die Augen. »Ich bin ja so eine Idiotin.«

»Was ist?«

»Larry war der Verantwortliche, der das Projekt geleitet hat.«

»Wie wollen Sie jetzt weiter vorgehen?«

»Als Erstes würde ich gerne noch mal die Satelliten-Software durchchecken und eine neue Diagnose durchführen. Wir müssen unbedingt handfeste Beweise dafür finden, dass es wirklich ein Problem gibt. Ich möchte die Leistung Ihrer Leute nicht kleinreden, aber Korrelation ist kein Beweis. Ich möchte der Sache auf den Grund gehen, und wenn mir das gelingt, werden sich vielleicht neue Hinweise ergeben.«

»Wie lange brauchen Sie? Die Zeit läuft gegen uns.«

»Spätestens bis Büroschluss werde ich etwas für Sie haben.«

»Gut. Während Sie der Sache nachgehen, werde ich ein paar von meinen Leuten diskrete Erkundigungen über Mr. Fung einziehen lassen.«

»Ja, bitte tun Sie das, und ›diskret‹ ist hier das Schlüsselwort. Er ist unschuldig bis zum Beweis des Gegenteils. Wenn wir uns in ihm irren und er dahinterkommt, was wir tun, wird er außer sich sein, und ich werde völlig unnötig einen meiner besten Leute verlieren. Und was noch schlimmer ist: Er wird es überall in der Stadt herumerzählen und unseren Ruf ruinieren. Uns vielleicht sogar verklagen.«

»Ich verstehe vollkommen. Wir werden das Ganze unterm Deckel halten. Ich freue mich darauf, bis Büroschluss von Ihnen zu hören.«

»Das werden Sie. Und halten Sie mich bitte auf dem Laufenden, wenn Sie etwas über Larry herausfinden.«

»Sie haben mein Wort«, versprach Foley.

Das Videotelefonat endete, und Mary Pat schrieb eine Nachricht an den Direktor der NSA-Abteilung Spionageabwehr, in den Medien oft als *Q Group* bezeichnet, und bat ihn um Unterstützung im Fall Fung.

CHIBI las den Nachrichtenverkehr zwischen Foley und *Q Group* ein paar Stunden später höchst amüsiert.

# 70

## CIELO SANTO, PERU

Der Nachtflug von Dulles zum Flughafen Jorge Chávez in Lima war der schnellste, den Jack finden konnte, obwohl er mit einer Zwischenlandung in Dallas verbunden war. Sein einziges Gepäckstück war ein handgepäcktauglicher Rucksack, der nur das Nötigste enthielt.

Nach dem Verlassen der Maschine, die kurz nach fünf Uhr früh landete, ging er auf die Herrentoilette und spritzte sich kaltes Wasser ins Gesicht. Anschließend besorgte er sich einen schwarzen Starbucks-Kaffee im Venti-Becher und musste bis sieben warten, ehe er in ein Kleinflugzeug steigen konnte, das eine Stunde später auf einem Regionalflugplatz bei Anta in der nördlich von Lima gelegenen Provinz Carhuaz landete.

In der bunten und blitzsauberen Kleinstadt mit wenigen Tausend Einwohnern suchte Jack einen Laden auf, den er im Internet entdeckt hatte, und kaufte sich ein winziges, aber brauchbares Taschenmesser und ein Einwegfeuerzeug, beides hatte er nicht mit ins Flugzeug nehmen können. Er befand sich hier auf rund zweitausendfünfhundert Meter Höhe, und es war deutlich kühler als in Lima. Hinter den Hügeln, die den Ort umgaben, ragte in der Ferne ein schneebedeckter Gipfel empor.

In Anta stieg er in einen bunt bemalten GMC-Schulbus, der die lange, gewundene Straße in die Anden hinauffuhr. Der Bus war voll mit Einheimischen, hauptsächlich Arbeitern, nach ihren schwieligen Händen, abgetragenen Kleidern und spärlichen Habseligkeiten zu urteilen. Von kleiner Statur, mit dunklen, mandelförmigen Augen und scharfen, breiten Nasen, fuhren die indigenen Quechua Schulter an Schulter in grimmigem Schweigen. Jacks Sitznachbar blieb die ganze Fahrt über stumm wie ein Fisch und starrte aus dem Fenster. Jack störte das nicht. Ihm war ohnehin nicht nach Reden zumute.

Nach der Hälfte der vierstündigen Fahrt verdunkelte sich der blaue Himmel, und sintflutartiger Regen überraschte Jack. Laut seiner kurzen Internetrecherche war jetzt keine Regenzeit. Eigentlich stand in Peru der Sommer vor der Tür, doch die Kälte ließ vermuten, dass die Berge davon noch nichts mitbekommen hatten.

Der steiler werdende Anstieg machte dem Motor zu schaffen, und der Bus rumpelte über die Steine, die zusammen mit Schlamm auf die Straße gespült worden waren. Die Scheibenwischer arbeiteten wie wild gegen die Wassermassen an, die gegen die Windschutzscheibe klatschten, und die tief hängenden Wolken verhüllten die atemberaubende Schönheit der Anden.

Kurz nach Mittag kam der Bus an der Endstation in Cielo Santo, Jacks Fahrtziel, quietschend zum Stehen. Der Fahrer stellte den lärmenden Achtzylindermotor ab. Niemand sprach.

Im Stehen war Jack anderthalb Köpfe größer als die Männer vor und hinter ihm, und nur Zentimeter über seiner Baseball-Mütze trommelte der Regen aufs Dach. Er zog seinen Einweg-Regenponcho an und trottete hinter den anderen her, die aus dem Bus stiegen und in Dantes Höllenkreisen landeten.

Jack hatte Cielo Santo auf keiner Karte gefunden, aber Cory hatte ihn vorgewarnt. Das einstmals malerische Bergdorf, das sich auf halbem Weg zwischen den aufragenden Zwillingsgipfeln La Hermana Alta und El Hermano Gordo an den Fuß des

Berges schmiegte, lag in annähernd viertausend Meter Höhe und nur rund hundertsechzig Kilometer vom Pazifischen Ozean entfernt, was typisch war für Perus dramatische Topografie.

Laut Cory hatte ein Goldrausch in den 1940er-Jahren die Einwohnerzahl auf mehrere Tausend explodieren lassen und dafür gesorgt, dass viele neue Häuser gebaut wurden, darunter auch mindestens ein Hotel, La Vicuña Roja. Als das Gold in den Sechzigern zur Neige ging und die Regierung in den Neunzigern den weiteren Abbau in der Region verbot, waren die Goldgräber gegangen und die Abenteuerurlauber gekommen, unter ihnen Corys Vater, der als junger Mann die Zwillingsgipfel bestiegen hatte.

Jack stand unter dem Stahldach des Busbahnhofs – einer Tankstelle – und blickte in den prasselnden Regen hinaus. Im Gegensatz zu den sauberen und ordentlichen Dörfern wie Anta, die er bisher gesehen hatte, war Cielo Santo ein heruntergekommenes Kaff.

Die Straße, die er einsehen konnte, war von baufälligen zwei- und dreistöckigen Häusern gesäumt, an denen der Rost und der Zahn der Zeit nagten und über denen sich ein Gewirr aus behelfsmäßigen Stromleitungen spannte. Der Regen hatte weder dort, wo er stand, den Dieselgestank vertrieben, noch hatte er den Müll und Urin aus der Gasse hinter ihm fortgespült.

Dutzende Quechua mit dunklen Gesichtern in Ponchos und Regenkleidung standen in kleinen Gruppen unter undichten Markisen oder hasteten die matschige, müllübersäte Straße rauf und runter. Andere trugen Bauarbeiterhelme und schwere Gummistiefel und schleppten Werkzeug und Plastikeimer wie Bergleute. Jack hatte gelesen, dass angesichts der schlechten Wirtschaftslage viele Peruaner – hauptsächlich Quechua und Mestizen – in ihrer Verzweiflung illegalen Bergbau betrieben, der überall in den Anden blühte. Dabei wurden Abraumhalden durchstöbert oder Versuche unternommen, verlassene Gold- und Silberminen wie die in den Bergen oberhalb der Stadt wieder in Betrieb zu nehmen.

Cory hatte ihm den Weg zu dem Hotel La Vicuña Roja beschrieben, in dem sein Vater vor Jahrzehnten abgestiegen war. Cory hatte alles für Jack zu Papier gebracht, aber der Ton seiner Totenbettstimme trug schwer unter der Last eines nicht eingelösten Versprechens, das er seinem Vater gegeben hatte, nämlich gemeinsam die Hermana zu besteigen. Die beiden hatten zusammen ein Dutzend Berge in Amerika erklettert, bevor sein Vater starb, als Cory noch aufs College ging. Sein tragischer Tod hatte ihre Pläne zunichtegemacht, zusammen nach Peru zu reisen und eine Trekkingtour zu unternehmen, die auch auf die Hermana bei Cielo Santo führen sollte, wo der Vater eine Zeit lang gelebt hatte.

Jack tastete zum tausendsten Mal nach dem hohlen Holzamulett, das um seinen Hals hing, eine unbewusste Geste, um sich zu vergewissern, dass Corys Asche noch da war, aber auch um wieder den Kontakt zu seinem toten Freund herzustellen. Jack trug zudem ein verblasstes Polaroid-Foto bei sich, das Corys Vater zeigte, wie er auf dem Gipfel stand. Jack hatte den Auftrag, Corys Asche auf den Gipfel der Hermana zu tragen, dort zu verstreuen, um auf diese Weise Corys Versprechen an seinen Vater einzulösen, den Berg eines Tages gemeinsam zu besteigen, und dann das Foto an der Stelle zu vergraben, wo sein Vater gestanden hatte.

Jack hatte gelobt, Corys Versprechen einzulösen, und war entschlossen, sich durch nichts davon abbringen zu lassen.

Nach Corys Schätzung würde Jack fünf Stunden für den steilen Aufstieg benötigen, der meist einem schroffen Trail folgte und auf den letzten 100 Metern in eine leichte Kletterpartie über Granitblöcke überging.

Sein Plan war, um ein Uhr aufzubrechen und bei Sonnenuntergang den Gipfel zu erreichen, dann mit Taschenlampe den Rückweg anzutreten und am nächsten Tag mit dem Mittagsbus wieder nach Anta hinunterzufahren, dorthin zurückzufliegen, wo er hergekommen war, und am übernächsten Tag gegen 15 Uhr in Washington, D.C. zu landen.

Es war ein guter Plan.

Bis ihn der Regen durchkreuzte.

# 71

Jack kämpfte sich von der Tankstelle zum Hotel durch, vorbei an notdürftigen Wellblechhütten, wobei er durch Pfützen waten und über ein paar Betrunkene hinwegsteigen musste, die in den Gassen lagen. Gehwege gab es in diesem beschissenen Shangri-La nicht.

Das Schild des Vicuña Roja zeigte das, was der Name versprach – ein handgemaltes rotes Tier, das einem Lama, seinem größeren, domestizierten Verwandten, sehr ähnlich sah. Jacks ursprünglicher Plan hatte einen Besuch hier ausgeschlossen, da ihm aber der Regen einen Strich durch die Rechnung machte, beschloss er, hier zu übernachten, da er nicht glaubte, anderswo ein Zimmer zu finden. Er ging hinein. Irgendwo in der Ferne zerschnitten die schweren Rotorblätter eines Hubschraubers die Luft.

Das Erdgeschoss des Hotels nahm eine schäbige, kleine Bar ein, in der es trist und dunkel war und nach Zigarrenrauch stank. Waylon Jennings quäkte aus den Lautsprechern der Musicbox. Verstaubte Trophäen in Gestalt ausgestopfter Regenbogenforellen, Gänse und Enten schmückten die nikotingelben Wände.

Hinter dem Tresen stand ein Angloamerikaner, der, an die Theke gelehnt, in eine Zeitung starrte und an einem Whiskey nippte. In einem Aschenbecher neben ihm glomm eine Zigarre.

Jack hatte sich draußen so gut es ging den Regen aus den Kleidern geschüttelt, tropfte aber trotzdem den verblichenen Vinylboden voll.

Eine schlecht geschminkte Mestizin in einem zu engen Kleid und mit der Figur eines Weihnachtsschinkens saß in der hinteren Ecke neben einem Quechua, der, die Arme über dem runden Bauch verschränkt, mit verquollenen Augen und grüblerischer Miene die Wand anstarrte. Große Flaschen mit peruanischem Bier standen vor ihnen auf dem Tisch. Die Frau ließ für Jack ein kokettes Lächeln zwischen dick aufgetragenem roten Lippenstift hervorblitzen, doch er lehnte mit einem höflichen Lächeln und leichten Kopfschütteln ab.

Ein weiterer Gast in einem billigen Anzug und Cowboystiefeln lag in der anderen Ecke halb auf dem Tisch und schnarchte auf seinen verschränkten Armen. Eine halb leere Flasche süßen, klaren Piscos stand neben seinem Kopf.

Jack trat auf den Barkeeper zu, der noch über eine Zeitung gebeugt war. Sein langes dunkles Haar und sein Bart waren von grauen Strähnen durchzogen. Er faltete die Zeitung zusammen, richtete sich auf und nahm mit seinen scharfen, braunen Augen eine rasche Musterung vor.

»Amerikaner?« Es war nicht wirklich eine Frage.

»Ist das so offensichtlich?« Jack streckte ihm die Hand hin. »Ich heiße Jack.«

»Sands.« Er schlug ein. Ein fester Händedruck. Er war zwei, drei Zentimeter größer als Jack und schlanker, aber nicht im positiven Sinn. Die Krähenfüße um seine Augen waren tiefer, als sie hätten sein sollen. Geplatzte Äderchen um die Nase und Rosacea an der Stirn erzählten den Rest der Geschichte. Sands war Alkoholiker.

»Wo kommen Sie her, Jack?«

»Virginia.« Wann immer möglich vermied es Jack, Washington zu erwähnen, besonders gegenüber Fremden.

»War ich noch nie. Und was in aller Welt führt Sie in dieses Drecksloch am Arsch der Welt?«

»Meinen Sie die Bar oder die Stadt?«

Obwohl Alkoholiker, sah Sands durchaus so aus, als könnte er in einem Kampf seinen Mann stehen.

Zum Glück lachte er. »Das macht keinen Unterschied.« Wieder sah er Jack prüfend an. »Wer hierherkommt, hat eine Geschichte zu erzählen.«

»Möglich.« Jacks Augen verengten sich. Irgendwas lastete auf Sands wie eine bleierne Decke. »Aber die Leute, die hierbleiben, haben die besten.«

Dafür erntete er ein missbilligendes Lächeln. Der Blick des anderen senkte sich suchend, doch wonach er suchte, vermochte Jack nicht zu sagen.

»Schnappen Sie sich einen Hocker. Ich habe kaltes Bier und warmen Whiskey und alle Zeit der Welt. Was wollen Sie trinken?«

Normalerweise trank Jack nicht so früh am Tag, aber er war deprimiert und ärgerte sich darüber, dass er den Aufstieg wahrscheinlich verschieben musste.

»Bier.«

»Ein dunkles oder ein helles?«

»Ein nasses.«

»Kommt sofort, Kumpel.«

Sands griff nach unten, zog eine Flasche aus dem Eis und machte sie auf, während sich Jack einen Hocker heranzog.

Der Hubschrauber von vorhin dröhnte jetzt über ihnen. Sein lautes Knattern peitschte die Luft und rüttelte an den Fenstern. Er flog schnell vorüber.

»Was war das denn?«

»Ein Halo«, antwortete Sands. »Ein großer, russischer Vogel. Mi-26. Ein echt starker Transport-Hubschrauber.«

»Was macht der hier oben?«

»Schwere Sachen transportieren, schätze ich.«

»Für wen?«

»Für Leute, die schwere Sachen brauchen.«

Jack wollte nachhaken, besann sich dann aber anders.

»Ich schätze, ich werde ein Zimmer brauchen.«

»Stundenweise oder für die Nacht?«

»Für die Nacht. Haben Sie eins?«

Sands stellte das Cusqueña Dorada vor Jack hin. »Kommt drauf an. Haben Sie Kohle?«

»Ja.«

Sands grinste und entblößte gelbliche Raucherzähne. »Dann habe ich ein Zimmer. Wie lange bleiben Sie?«

»Hängt vom Regen ab.«

»Der soll heute Nacht aufhören.«

Jack stellte eine kurze Berechnung an. Wenn er morgen aufsteigen konnte, war er rechtzeitig zurück, um übermorgen den Mittagsbus zu nehmen. Sein Rückflugticket von Lima aus war unbefristet, er musste nur die Reservierung ändern.

»Zwei Nächte.«

»Das macht … fünfzig. Amerikanische.«

»Pro Nacht?«

»Zusammen.«

Jack erhob sein Bier. »Abgemacht.«

Sands stieß sein Whiskey-Glas gegen Jacks Flasche. »Skol.«

Jack nahm einen großen Schluck, während Sands sein Glas in einem Zug leerte.

»Carlita, die Frau da hinten in der Ecke, kann Sie verwöhnen, Sie müssen ihrem Mann aber fünf amerikanische Dollar geben, wenn Sie sie ausprobieren wollen.«

»Nein danke.«

Sands goss sich noch einen ein und fragte dabei: »Und? Wie geht Ihre Geschichte?«

»Nichts Großes. Ich möchte auf die Hermana steigen, um die Asche eines Freundes zu verstreuen.«

»Das muss aber ein besonderer Freund gewesen sein, wenn Sie dafür den weiten Weg in dieses Kaff auf sich nehmen.«

»Na ja, er hat mir die Stadt nicht ganz so beschrieben, wie sie ist. Ich vermute, dass das hier früher mal ein hübsches Fleckchen Erde war.«

»Bis vor fünf Jahren hat es hier wie auf einer Postkarte ausgesehen. Dann hat der illegale Goldabbau am Gordo angefangen, und seitdem haben wir hier die Scheiße, die Sie überall sehen. Arme Schlucker strömen wie Ameisen in die Minen. Ohne Ausbildung, ohne Ausrüstung, außer vielleicht einem Helm oder einem Pickel. Wenn sie Glück haben, kratzen sie in ein, zwei Wochen ein paar Unzen heraus, aber die meisten haben kein Glück. Und die wenigen Glückspilze bekommen wahrscheinlich irgendwann von einem Banditen, der zu faul oder zu feige ist, um selbst in die Schächte runterzusteigen, ein Messer zwischen die Rippen.«

»Warum tun die Behörden nichts dagegen?«

»Menschen, die fleißig nach Gold graben, sind zu müde, um Krawall zu machen, und zu abgelenkt für eine Revolution.« Er trank einen Schluck Whiskey.

»Jammerschade. Die Gegend ist wirklich schön.«

»Früher habe ich Touren mit Guides veranstaltet. Wir haben hier einen See, in dem gab es die schönsten Forellen, die Sie je gesehen haben, aber das Quecksilber und die anderen Chemikalien, die ins Wasser gelangen, haben sie vergiftet. Ich habe hier seit Jahren keine Touristen mehr gesehen, schon gar keine Amerikaner. Es ist irgendwie schön, mal wieder heimatliche Klänge zu hören.«

Jack ließ den Blick durch die Bar schweifen. Im Regal hinter Sands entdeckte er ein Schnapsglas mit einem vertrauten Wappen und Wahlspruch.

»›*Sua sponte*‹«, sagte er. »Aus eigenem Antrieb.«

Sands zog überrascht die Stirn kraus. »Waren Sie im Fünfundsiebzigsten?«

»Ich? Nein. Ich habe meine Dienstzeit in teuren Privatschulen mit Jesuiten abgerissen, die uns Latein eingebläut haben, als wären wir Packesel.«

Das trug ihm ein weiteres Kichern von Sands ein.

»Aber *Sie* waren ein Ranger«, sagte Jack.

Sands kniff die Augen zusammen. »Warum sagen Sie das?«

»Weil Sie nicht wie ein Ordensbruder aussehen.« Jack deutete mit dem Kopf auf das Schnapsglas.

»Aha«, sagte Sands und musterte Jack von Neuem. »Sie waren nicht bei den Rangers, aber Sie sehen aus, als hätten Sie gedient.«

»Nein, aber Freunde von mir, und mein Vater war bei den Marines. Wo waren Sie im Einsatz?«

»Da, wo sie mich hingeschickt haben.« Seine Miene verdunkelte sich, und einen Moment lang verlor er sich in einer Erinnerung.

»Ein Freund von mir war bei den Rangers. Ein echt netter Kerl namens Jankowski.«

»Midas Jankowski?«, fragte Sands ungläubig.

Jack lächelte, nicht minder überrascht. »Ja.«

Sands fuhr sich mit der Hand durch die langen Haare. »Mann, der Teufelskerl hat mir mehr als einmal den Arsch gerettet. Wie geht's ihm?«

»Er ist ein zäher Bursche, wie jeder Ranger, den ich kennengelernt habe.«

*Abgesehen von dir vielleicht,* dachte Jack und trank sein Bier aus.

Sands drehte sich um, nahm das Ranger-Schnapsglas aus dem Regal, wischte es mit einem Lappen aus und goss Whiskey hinein. Er schob das Glas zu Jack hinüber und erhob sein eigenes.

»Auf Midas.«

»Auf Midas.«

Sie stießen miteinander an und kippten den Whiskey hinunter.

»Wenn Sie ihn das nächste Mal treffen, sagen Sie ihm …« Sands' Augen bekamen einen glasigen Glanz.

»Was? Was soll ich ihm sagen?«

»Nichts. Lassen Sie's.«

Sands schenkte sich noch mal das Glas voll, leerte es in einem Zug und knallte es auf den Tresen, mit den Gedanken in einer anderen Zeit.

Bier und Whiskey waren nicht unbedingt das Richtige für Jacks leeren Magen. Und möglicherweise lag es am Alkohol, dass er plötzlich tiefes Mitleid mit dem Ex-Ranger bekam, der schon bessere Tage gesehen hatte. Irgendetwas fraß den Mann innerlich auf, zusätzlich zu dem Schnaps, in dem er es zu ertränken versuchte. Irgendwelche Schuldgefühle, die ihm den Schlaf raubten, vermutete Jack, nach den Ringen unter seinen großen, traurigen Augen zu urteilen.

Ein Schauder lief Jack über den Rücken. Einen flüchtigen Moment lang fragte er sich, ob er nicht vielleicht in einen Spiegel blickte und sein zukünftiges Ich sah.

»Noch einen Whiskey«, sagte er.

Sands fuhr aus seiner Erstarrung hoch und füllte Jacks Glas und seines gleich mit.

»So, ich habe Ihnen meine Geschichte erzählt. Was ist mit Ihrer?«, fragte Jack.

»Einen Scheiß haben Sie mir erzählt. Außerdem haben wir Barkeeper eine eiserne Regel. Wir reden nicht, wir hören zu.« Er schüttete den Whiskey hinunter.

Jack ließ den Blick wieder durch die Bar schweifen. »Wenn das Geschäft mit den Touristen so schlecht läuft, warum sind Sie dann noch hier?«

Sands zuckte mit den Schultern. »Wo sollte ich denn hin? Ich habe niemanden. Außerdem ist ein Ort wie der andere.«

*Was nichts anderes bedeutet, als dass man vor sich selbst nicht davonlaufen kann,* dachte Jack.

Sands fügte hinzu: »Außerdem gehört das Haus mir, und *my home is my castle.«*

»Was haben Sie dafür bezahlt?«

»Ich habe es beim Pokern gewonnen, schon eine Weile her.« Sands grinste. »Aber vielleicht habe ich auch verloren.«

»Sie waren also Tour-Guide. Was hat Sie ursprünglich hierher verschlagen?«, fragte Jack und führte das Glas zum Mund.

Sands' Miene trübte sich, doch er fing sich gleich wieder. »So was Ähnliches.«

»Aber wenn Sie Tour-Guide waren, haben Sie dann vielleicht ein Karte, auf die ich einen Blick werfen kann? Ich muss wissen, wie ich auf die Hermana komme.«

»Tut mir leid, Kumpel. Der Berg ist gesperrt. Felsstürze und giftige Chemikalien, die man da oben beim Goldabbau eingesetzt hat. Das ist verdammt gefährlich.«

»Das Risiko gehe ich ein.«

»Nein, das werden Sie nicht. Es gibt keinen Weg nach oben. Glauben Sie mir. Ihr Freund wird den Unterschied nicht merken, wenn Sie seine Asche auf einem anderen Berg hier in der Gegend verstreuen.«

»Er nicht, aber ich.« Er trank sein Glas leer.

In Sands' Augen blitzte Zustimmung auf, doch dann sagte er: »Versprechen sind wie Fürze. Jeder produziert welche, keiner hält sie.«

Jack erstarrte. »Nicht in meiner Familie.«

»Hören Sie, Jack. Zehn Kilometer von hier ist ein Berg, der haut Sie aus den Socken, und Ihr Freund wird ihn lieben. Ich fahre Sie morgen hin.«

»Danke, aber ich verzichte.«

»Im Ernst, mein Junge. Auf der Hermana erwartet Sie nur üble Scheiße, die Sie bestimmt nicht erleben wollen. Ich sage Ihnen, bleiben Sie da weg.«

Jack streckte sich und gähnte. Er war ganz steif vom langen Sitzen im Bus und jetzt hier auf dem Barhocker. Er musste aufstehen und sich ein wenig bewegen. »Was schulde ich Ihnen für das Bier und den Whiskey?«

»Die Runde geht aufs Haus. Sonst einen Dollar für ein Bier, zwei für einen Whiskey, amerikanische.«

»Danke.«

»Geben Sie mir dreißig Minuten, dann habe ich Ihr Zimmer hergerichtet. Falls Sie Hunger haben, um die Ecke gibt es ein Lokal, in dem man leidlich essen kann. Das Meerschweinchen ist ausgezeichnet, falls Sie auf gegrillte Nager stehen. Ich persönlich ziehe *bisteca con huevos* vor.«

Der Betrunkene an dem einen Tisch gab plötzlich einen spanischen Kraftausdruck von sich, schreckte aus einem Albtraum hoch und ließ in einem imaginären Kampf die Fäuste fliegen. Er traf die Pisco-Flasche, die zu Boden fiel, zerbrach und die Hure und ihren Zuhälter-Gatten erschreckte.

»Ach, leck mich doch«, knurrte Sands und schoss mit einem Handtuch in der Hand hinter dem Tresen hervor. Wüste spanische Flüche ausstoßend, lief er zu dem Betrunkenen, der seine Unschuld beteuerte.

Jack nahm das als Aufforderung zu gehen, um frische Luft zu schnappen und den Kopf wieder frei zu bekommen.

# 72

## WASHINGTON, D.C.

Gerry Hendley war seit annähernd zwei Jahrzehnten kein US-Senator mehr, doch auf dem Capitol Hill immer noch eine Legende. Außerdem verschaffte ihm seine enge Freundschaft zu Präsident Ryan jenen Einfluss und Respekt, nach dem im Washingtoner Sumpf zwar jeder gierte, den aber kaum einer jemals erlangte.

Hendleys unbestreitbare Verdienste als ehrlicher politischer Makler und sein in der skrupellosen Finanzwelt rechtmäßig erworbener Reichtum bewiesen, dass auf sein Urteilsvermögen Verlass und er selbst ein wertvoller Verbündeter war, besonders in einem Präsidentschaftswahlkampf, was auch der Grund war, warum sich Senatorin Dixon sofort bereit erklärte, ihn so kurzfristig in ihrem Büro zu empfangen.

»Gerry, wie schön, Sie zu sehen«, sagte sie und kam hinter ihrem Schreibtisch hervor, während ihre Assistentin von draußen die Tür schloss. Sie streckte Gerry die Hand hin, und er ergriff sie mit beiden. Er drückte sie sanft. Sein Lächeln erstarb.

»Stimmt was nicht?«, fragte Dixon.

»Sandra Kyle. Erzählen Sie mir von ihr.«

»Eine alte Freundin. Früher bei der Capitol Police. Ihr gehört ein Schießstand, den ich regelmäßig besuche.«

»Warum lässt sie meine Leute beschatten?«

»Woher soll ich das wissen?«

»Weil Sie es veranlasst haben.« Er ließ ihre Hand los. Sie flüchtete hinter den Schreibtisch.

»Ich habe keine blasse Ahnung, wovon Sie reden.«

»Ein Mann namens Tyler arbeitet für sie, und er hat Jack beschattet. Tyler hat einem Freund von mir erzählt, dass er auf Anweisung von Kyle gehandelt habe und dass Kyle behauptet habe, sie arbeite im Auftrag von jemandem ›mit sehr viel Einfluss‹ in Washington, D.C.«

»Damit können eine Menge Leute gemeint sein«, sagte Dixon und nahm am Schreibtisch Platz. »Sogar Sie.«

»Ich bin es aber nicht. Was geht hier vor?«

»Ehrlich, ich weiß es nicht. Ab und zu beauftrage ich sie, politische Gegner ein wenig unter die Lupe zu nehmen. Wenn man einem potenziellen Kontrahenten Fotos zeigt, auf denen er sein jamaikanisches Au-pair-Mädchen vögelt, hat das einschneidende Auswirkungen auf seine Wahlkampfpläne. Kommen Sie, Gerry. Sie wissen doch, wie das Spiel läuft.«

»Was hat das mit Jack junior zu tun? Er kandidiert für kein Amt.«

»Wie gesagt, ich weiß es nicht. Irgendwas muss sie in diese Richtung geführt haben.«

Gerry sah sich im Büro um. An den Wänden hingen all die üblichen Fotos, Plaketten und Verdiensturkunden, wie sie vor Jahren auch sein Büro geschmückt hatten. »Ich liebe dieses Spiel, Deb, genau wie Sie. Manchmal vermisse ich es sogar. Es erstaunt Sie vielleicht, wenn ich Ihnen sage, dass Sie meines Erachtens das Zeug zu einer erfolgreichen Präsidentin haben.«

Gerry trat an den Schreibtisch, setzte sich auf die Ecke und beugte sich zu ihr hinüber. »Ich kann Ihnen helfen, Deb, ich kann Sie aber auch fertigmachen. Und so wahr mir Gott helfe, wenn Sie etwas tun, was Jack junior in irgendeiner Form schadet, werde ich Sie so fertigmachen, dass Sie wünschen, Sie wären nie geboren worden.«

»Ist das jetzt eine Drohung von Ihnen oder von Präsident Ryan?«

Gerry erhob sich. »Er weiß nicht, dass ich hier bin. Aber Sie wissen jetzt Bescheid. Wenn Sie etwas gegen Präsident Ryan finden, nur zu. In der Politik ist alles erlaubt. Aber lassen Sie die Familie eines Mannes aus dem Spiel, vor allem seine Kinder.«

Das Pathos in Gerrys Stimme brachte eine Saite in ihrem kinderlosen Herzen zum Schwingen. Der Mann hatte seine gesamte Familie verloren, und sie wusste, dass die Ryans jetzt für ihn wie seine eigene waren.

Dixon griff zum Telefon. »Ich werde Kyle sofort anrufen und zurückpfeifen.«

»Tun Sie das.«

Gerrys Gesicht nahm einen freundlichen Ausdruck an und zeigte das Lächeln eines bodenständigen Politikers vom Land.

»Und viel Erfolg in Ihrem Wahlkampf, Senatorin. Ich werde ihn verfolgen.«

## CIELO SANTO, PERU

Jack stand, den Rucksack auf dem Rücken, unter dem überdachten Vorbau des Vicuña Roja, lauschte dem Regen, der auf das Wellblech prasselte, und blickte in die Fluten aus Schlamm und menschlichem Elend, die an ihm vorbeirauschten. Sands' Flucherei nahm ein Ende, als er den Betrunkenen am Ellbogen aus der Tür bugsierte und die Straße hinunter wies. Der Mann dankte ihm auf Spanisch und torkelte auf wackligen Beinen nach Hause.

»Der Bürgermeister unserer schönen Stadt«, brummte Sands auf dem Weg nach drinnen. »Eine arme Sau.«

Jack beschloss, sich ein wenig im Ort umzusehen, machte sich aber nicht die Mühe, wegen des Regens von Vordach zu Vordach zu flitzen. Es war ihm egal, wenn er nass wurde. Hatte er seit Lilianas Tod bereits mit einer Depression zu kämpfen, so hatte ihn Sands' Warnung vor dem Berg obendrein wütend gemacht.

Der Rest der Straße bestand aus einer Reihe kleiner Läden, überfüllten Mietshäusern und improvisierten Behausungen. Ein endloser Strom von verdreckten Minenarbeitern und ihren Frauen zog durch die schlammige Straße. Gruppen von Betrunkenen und Drogensüchtigen bevölkerten die Seitengassen. Sie standen entweder im Regen oder lagen unter Plastikplanen, die an zwischen den Häusern gespannten Seilen hingen. Der Gestank nach Fäkalien, verbranntem Holz und altem Kochfett verfolgte ihn auf Schritt und Tritt. Was dieser Ort jemals an Schönheit und Charme besessen hatte, war von drückender Armut und Hoffnungslosigkeit verschlungen worden. Jacks ohnehin schon schlechte Laune wurde noch schlechter. Er beschloss umzukehren.

Als er sich wieder Sands' Bar näherte, kam an der Tankstelle gerade ein Bus ohne Kennzeichen zum Stehen. Die Tür schwang auf, und ein bärtiger Latino stieg aus. Er spähte die Straße rauf und runter. Jack fing kurz seinen Blick auf, ehe sich der Mann abwandte und eine Zapfsäule ansteuerte.

Da sprang plötzlich ein Quechua im Teenageralter aus der offenen Bustür und kam in Jacks Richtung gerannt, das Gesicht eine Maske des Schreckens.

Der Mann an der Zapfsäule schrie *»¡Alto!«* und zog eine Pistole unter seiner Regenjacke hervor.

Jack wollte dem verängstigten Jungen gerade entgegenlaufen, da packte ihn eine starke Hand an der Schulter und drehte ihn herum.

»Halten Sie sich da raus«, knurrte Sands.

»Aber der Junge …«

Hinter ihm krachte ein Schuss.

Jack fuhr herum und sah gerade noch, wie der Junge rutschend im Schlamm stehen blieb und seine zitternden Hände in die Höhe streckte. Der Mann, der in die Luft geschossen hatte, packte ihn im Genick und schleppte ihn zum Bus zurück.

»Das ist doch Scheiße«, sagte Jack und riss sich von Sands los. Darauf umschlang ihn Sands mit beiden Händen und zog ihn an sich.

»Wenn Sie sich abknallen lassen, hilft das weder dem Jungen noch sonst jemandem in dem Bus, und auch nicht Ihrem Freund, den Sie um den Hals hängen haben! Kapiert?«

Jack wollte ihm eine reinhauen, dass es ihn auf den Arsch setzte, und dem Jungen hinterher, aber dann meldete sich Clarks Stimme in seinem Hinterkopf und mahnte ihn zur Zurückhaltung.

Ein zweiter Mann mit einem kurzläufigen Karabiner pflanzte sich vor dem Bus auf, während der andere mit der Pistole den Jungen die Stufen hinaufzerrte.

Sands löste seinen Griff. Jack funkelte den Ex-Ranger wütend an.

»Können Sie mir verraten, was das alles soll?«

»Gehen Sie was essen und anschließend ins Bett, und morgen fahren Sie wieder nach Hause. Hier gibt es nichts für Sie außer Armut und eventuell eine Kugel in den Hinterkopf.«

# 73

Jack befolgte zähneknirschend Sands' Rat und schlug den Weg zu dem Restaurant ein, das er ihm empfohlen hatte. Es lag im besten Teil der Stadt, was allerdings nicht viel hieß. Doch das Lokal selbst war sauber und das Steak mit Rührei gut – besser, als er zu hoffen gewagt hatte –, nur gelang es ihm nicht, wenigstens vorübergehend seine Sorgen oder das Höllenszenario da draußen zu vergessen. Was immer in diesem Bus mit dem Jungen geschehen mochte, es war nicht richtig, aber im Moment konnte er nichts dagegen tun.

Er dachte daran, über sein Handy die amerikanische Botschaft anzurufen, doch abgesehen davon, dass er hier gar kein Netz hatte, was hätte er schon sagen können? »Ich habe gesehen, wie ein Mann einen Jungen gepackt und mit einer Pistole bedroht hat?«

Mehr hatte er nicht zu bieten, keine Anhaltspunkte, keine Beweise, nicht einmal ein Autokennzeichen. Und was könnte das State Department schon tun? Der Arm der lokalen Behörden reichte offensichtlich nicht bis in diesen Ort. Vielleicht konnte er etwas herausbekommen, wenn er wieder in Lima war.

Trotzdem fühlte er sich zum Kotzen, doch ihm blieb keine andere Wahl. Der arme Junge war total verängstigt gewesen, aber nach dem wenigen, was Jack wusste, konnte er ebenso gut ein Krimineller sein, der in einem Polizeibus transportiert wurde.

Vielleicht hatte Sands ja recht.

»Du Versager«, murmelte er vor sich hin, als er die Gabel auf den Teller legte. Er hatte bei Liliana versagt, und er hatte bei dem Jungen versagt.

In beiden Fällen hatte er nichts tun können. Ja. Das hatte er kapiert.

Beschissen war es trotzdem.

Jack kehrte in die Bar zurück. Der Regen hatte nachgelassen und war in einen feinen Sprühnebel übergegangen. Mit etwas Glück würde er bald ganz aufhören.

Von Selbstvorwürfen bekommt jeder Mann Durst, vor allem, wenn das Blut Unschuldiger an seinen Händen klebte. Er schüttelte den Regen ab und trat ein.

Die dicke Mestizin lächelte ihn wieder an, gleichzeitig Hoffnung und Verzweiflung in den Augen, doch Jack ignorierte sie. Ihr Begleiter war nicht mehr da.

Jack besann sich anders.

Er ging zu ihrem Tisch. Ihr Gesicht erhellte sich vor Überraschung. Er zückte seine Brieftasche und warf ihr einen Hundert-Soles-Schein hin. Sie stand beflissen auf, um dem großen Amerikaner in einem Zimmer im Obergeschoss zu Diensten zu sein, doch Jack gab ihr durch einen Wink zu verstehen, dass sie sich wieder setzen solle. »Nimm dir den Abend frei, Süße. Auf meine Kosten.«

Sie verstand kein Wort. Verwirrt blickte sie zu Sands, der hinter der Bar in einem Taschenbuch las. Er schüttelte den Kopf und sagte etwas auf Quechua. Stirnrunzelnd schnappte sie sich den Geldschein und stürmte an Jack vorbei in die kühle, feuchte Nacht hinaus, ob verärgert oder dankbar, konnte er nicht sagen.

Vielleicht beides.

*Shit*. Er konnte nichts richtig machen.

Er schlenderte zum Tresen und setzte sich auf einen Hocker. Er und Sands waren die Einzigen in der Kneipe.

»Bier oder Whiskey?«, fragte Sands und legte das Buch weg. Steinbecks *Die Reise mit Charley*. Ein Pudel und ein Pick-up-Camper.

»Beides.«

Sands grinste. »Gute Wahl.«

Sands ließ Flaschen und Gläser auffahren, und dann tranken sie, fachsimpelten über Football und landeten schließlich bei den Aussichten von Jacks Redskins und Sands' Chicago Bears auf den Gewinn des Super Bowl. Von Football kamen sie auf Baseball, und als die Wirkung des Alkohols einsetzte, machten sie einen Schlenker zu Steinbeck – das Buch lag noch auf dem Tresen – und kamen irgendwie auf die Lake Poets, speziell William Wordsworth, zu sprechen.

Dann versiegte die Unterhaltung, und die beiden Männer saßen schweigend da, beide über Sünden brütend, die sie sich nicht eingestanden, einer ein Spiegelbild des anderen – die Vergangenheit auf der einen, die Zukunft auf der anderen Seite.

Ein paar Runden später platzten zwei Männer in die Bar. Sie hatten den wiegenden Gang und die selbstbewusste Lockerheit von Leuten, die mit Schwierigkeiten umzugehen wussten. Einer war der Bärtige mit der Pistole aus dem Bus. Der andere war größer, Jack kannte ihn nicht.

Sie grüßten Sands mit einem stummen Nicken und setzten sich auf Hocker am anderen Ende des Tresens. Jack bemerkte die Pistolen in ihren OWB-Holstern.

»*¿Qué quieren beber?*«, fragte Sands.

»*Cerveza*«, antwortete der Kleinere.

»Kommt sofort.«

Sands öffnete zwei Flaschen Bier und stellte sie vor die bewaffneten Gäste hin. Er rührte sich nicht. Die drei Männer starrten einander an. Schließlich schaute der Größere zu Jack herüber, musterte ihn kurz und blickte wieder zu Sands. Sands beugte sich über den Tresen zu den beiden hinüber und flüsterte etwas auf Spanisch, das Jack nicht verstehen konnte.

Sands richtete sich wieder auf und kam dann zu Jack herüber.

»Noch ein Gedeck?«

Jack senkte die Stimme. »Das ist der Typ aus dem Bus von heute Nachmittag.«

Sands lehnte sich auf die Ellbogen vor, brachte seine rote Nase fast auf Tuchfühlung mit Jacks Gesicht und hüllte ihn in seine Alkoholfahne.

»Sie haben nichts gesehen. Sie wissen von nichts, und Sie werden auch keinen Scheiß anstellen. Kapiert?«

Jack wollte sich den beiden anderen zuwenden. Sands legte ihm fest die Hand auf den Unterarm.

»Was würde Ihnen Midas sagen, wenn er jetzt hier wäre?«

Jack stutzte, und Sands' Griff verstärkte sich. »Jack, hören Sie zu. Sie haben keine Waffe, die schon. Das sind harte Hombres, mit denen man sich besser nicht anlegt. Glauben Sie mir.«

Jack war betrunken, aber nicht so sehr, dass er die Warnung nicht ernst genommen hätte. Er nickte kurz, doch heiße Scham kroch ihm den Hals herauf.

Die beiden Männer standen auf. Der Kleinere warf Geldstücke auf den Tresen, wedelte mit der Hand über dem Kopf, wie um *Adiós* zu sagen, und die beiden verschwanden in der Nacht.

»Was war das jetzt?«

»Eine freundliche Aufforderung, aus der Stadt zu verschwinden. Ich rate Ihnen, sie zu befolgen.«

*Aha, eine freundliche Aufforderung. Aber von denen oder von dir?*, fragte sich Jack.

Die drei Männer kannten sich offensichtlich. Gut möglich, dass Sands sie angerufen hatte, während er im Restaurant war.

»Ich fahre morgen.« Jack stand auf und griff nach seiner Brieftasche. Alles drehte sich um ihn. Ihm war schlecht, aber nicht vom Alkohol.

»Lassen Sie stecken. Ich setze es auf Ihre Rechnung, und Sie bezahlen, bevor Sie in den Bus steigen. Besser noch, ich fahre Sie in meinem Jeep den Berg runter. Ich muss sowieso in die Richtung, um Nachschub zu holen.«

»Ich nehme den Bus. Wo ist mein Zimmer?« Jack ergriff seinen Rucksack, benebelt und müde.

»Folgen Sie mir.«

## 74

## SAN FRANCISCO, KALIFORNIEN

Fung hatte Dahms Angebot selbstverständlich angenommen. Die Chance, ein eigenes Imperium aufzubauen, war zu unwiderstehlich.

Er stand am großen Panoramafenster seiner Wohnung mit Blick auf die Bucht. Jüngere und weniger talentierte Männer als er waren bereits Milliardäre. Warum sollte er nicht die gleichen Höhen erreichen? Ja, warum denn eigentlich nicht?

Vielleicht würde ihn sein Vater dann endlich akzeptieren.

Sein Privathandy riss ihn aus den Gedanken. Eine unbekannte Nummer. Ein Anruf, keine Textnachricht. Ein Kribbeln im Rücken verriet ihm, wer dran war.

»Ja?«

Eine elektronisch verzerrte Stimme, männlich und fremd. »Hier ist CHIBI. Lawrence, wir haben ein Problem.«

Fung erschrak. »O Gott.«

Es konnte sich nur um eines handeln.

»Ich habe Grund zu der Annahme, dass man Ihnen auf die Schliche gekommen ist. Wir müssen sofort etwas unternehmen.«

Fung zitterte. Vor diesem Moment hatte er sich seit Monaten gefürchtet.

Er versuchte, sich zu beruhigen und einen klaren Kopf zu bekommen. Genau für diesen Fall hatte er doch Vorkehrungen getroffen.

Er wurde Zeit, von ihnen Gebrauch zu machen. Gefälschter Pass, Konten auf den Kaimaninseln, ein Bug-out-Bag mit wichtigen Papieren, Goldmünzen …

»Hören Sie mir zu, Lawrence?«

»Wie eng hat sich die Schlinge schon zugezogen?«

»Sie haben keine vierundzwanzig Stunden mehr. Soweit ich weiß, sind sie schon auf dem Weg zu Ihrer Wohnung.«

Es klingelte an Fungs Tür. Er hätte sich fast zu Tode erschreckt.

»Sie sind da!«

»Nein, ich habe mir die Freiheit genommen, Ihnen eine meiner besten Agentinnen zu schicken. Lassen Sie sie herein und befolgen Sie genauestens ihre Anweisungen.«

»Sie wollen mich in die chinesische Botschaft bringen lassen, richtig? Dort wäre ich sicher.«

»Dort wartet schon das FBI auf Sie.«

»O nein!«

»Keine Sorge. Ich habe das alles vorausgesehen. Ich habe einen Plan. Aber Sie müssen mir vertrauen.«

Fungs Hirn stellte blitzschnell eine Überlegung an – für den Fall, dass etwas schiefging, hatte er ein anderes Szenario durchgespielt. Er könnte gegen CHIBI aussagen, wenn er seine Vergehen gestand, und den Behörden sogar zeigen, wie sie sich vor Leuten wie ihm schützen konnten. Dann würden sie beide Augen zudrücken. Zum Teufel, sie würden ihm sogar gutes Geld dafür zahlen, dass er sie vor Milliardenverlusten durch Cyberkriminalität bewahrte.

Wieder klingelte es an der Tür.

»Lawrence, jetzt ist nicht die Zeit zum Improvisieren. Wenn Sie mich Ihnen jetzt nicht helfen lassen, müssen Sie die Konsequenzen tragen.«

»Woher weiß ich, dass Sie nicht nur versuchen, sich selbst zu schützen?«

»Lawrence, wie können Sie so etwas sagen? Sie sind mein wichtigster Agent, und ich möchte Sie auf keinen Fall verlieren. Aber Sie sind auch mein Freund. Sie können mir vertrauen.«

»Ich weiß nur nicht, was ich tun soll.«

»Denken Sie an Ihre Eltern. Denken Sie an Torré. Wie wollen Sie ihnen helfen, wenn Sie wegen Hochverrats gehängt werden?«

»O Mann …«

Fung holte langsam tief Luft. CHIBI hatte recht. Durch eine Verhaftung würde er Schande über seine Eltern bringen, und der arme Torré wäre ohne ihn hoffnungslos verloren. CHIBI war seine beste Option. Seine einzige Option.

Er ging zur Tür.

»Ich mache jetzt auf.«

»Ausgezeichnet. Bald sind Sie Ihre Sorgen los.«

Fung riss die Tür auf.

Eine junge Chinesin mit Sonnenbrille und schickem Anzug stand vor der Tür, in den lederbehandschuhten Händen eine Laptoptasche und einen Aktenkoffer aus Aluminium.

»Tun Sie genau, was sie sagt«, sagte CHIBI.

»Das werde ich.«

Und das tat er auch.

## CIELO SANTO, PERU

Jack schlief wie ein Toter in dem durchgelegenen Hotelbett, wie betäubt von Sands' billigem Whiskey und Bier, denen er so kräftig zugesprochen hatte.

Er träumte zu fallen, bis er mit dem Gesicht auf dem Fußboden aufschlug. Er erwachte von dem scharfen Schmerz und spürte im nächsten Moment, wie sich ein Stiefel in seine Rippen rammte. Er stöhnte und krümmte sich instinktiv zusammen.

Ein zweiter Tritt in den Bauch veranlasste ihn, nach dem anderen Fuß zu greifen, der neben seinem Gesicht auf dem Boden stand. Ein harter Faustschlag auf die Wange stoppte ihn jäh, dann pressten zwei andere Hände seine Schultern gegen den Boden. Jemand drückte ihm ein Tuch aufs Gesicht, bis der süßliche Chloroformgeruch in seinen Nasenhöhlen dafür sorgte, dass bei ihm die Lichter ausgingen.

# 75

Jack zwang sich, die Augen zu öffnen.

Er lag mit dem Gesicht auf dem schmutzigen Hotelteppich. Sein Schädel brummte, und seine Rippen schmerzten bei jedem Atemzug. Seine Sinne waren von dem Zeug vernebelt, das ihn ausgeknockt hatte.

Er rappelte sich mühsam auf und setzte sich auf das knarrende Bett. Grelles Sonnenlicht brachte ihn zum Blinzeln, doch er konnte sehen, dass sein Zimmer verwüstet worden war.

*Wie spät ist es?*

Er griff nach seiner Uhr auf dem Nachttisch. Sie war weg. Sein Handy auch. Er durchsuchte seine Taschen. *Scheiße.*

Er stand auf und sah sich nach seinem Rucksack um. Er konnte ihn nirgends entdecken.

Er riss die Schranktür auf. Nur alte Drahtkleiderbügel und das zurückgelassene Hemd eines anderen.

Er sank auf die Knie und warf einen Blick unters Bett. Nichts.

Er stürzte ins Badezimmer. Ebenfalls Fehlanzeige.

Er war weg.

*Verdammt*. Da war alles drin.

Er blickte hinab auf seine Füße, an denen er nur noch Socken trug.

*Die Arschlöcher haben mir sogar die Wanderstiefel geklaut.*

Er tastete nach seiner Brieftasche.
Fort.
Panisch griff er nach Corys Asche an seinem Hals.
Fort!
Wut und Übelkeit überkamen ihn.
Er knurrte durch die zusammengebissenen Zähne.
*Scheißkerle!*
Die Wut richtete sich nach innen.
Versetzte ihm einen Tiefschlag.
Er hatte alles vermasselt.
Schon wieder.

Jack lief zu dem mit Zigarettenbrandlöchern übersäten Nachttisch auf der anderen Seite des Betts. Eine alte Flip-Clock zeigte 11.35 Uhr. Der Bus, der nach Anta zurückfuhr, musste jede Minute ankommen.

Doch was ihm sofort ins Auge stach: Neben der Uhr lagen sein Pass und sein Busticket für die Rückfahrt.

Botschaft angekommen.

*Yankee, go home.*

Neben dem Pass bemerkte er ein Stück zusammengeknülltes Papier. Er wusste, was es war, noch bevor er es auseinander strich. Er versuchte, das Foto von Corys Vater auf dem Gipfel der Hermana Alta wieder zu glätten, doch es war ruiniert.

Er steckte das zerknitterte Polaroid in die Hosentasche, schlurfte in das kleine Badezimmer mit den schmutzigen Fliesen und spritzte sich an dem rostigen Waschbecken Wasser ins schmerzende Gesicht. Ein Blick in den halb blinden, gesprungenen Spiegel klärte ihn darüber auf, dass er ein blaues Auge, eine geschwollene Wange und eine dicke, aufgeplatzte Lippe hatte, was den metallischen Geschmack nach Blut in seinem Mund erklärte.

Er begrub das Gesicht in den hohlen Händen und wusch

sich mit dem kalten Wasser, um einen klaren Kopf zu bekommen. Dann legte er die Hände erneut zusammen und trank, bis sein brennender Durst gelöscht war. Er trocknete sich das Gesicht mit einem papierdünnen Handtuch ab und strich seine verfilzten Haare glatt. Seine Blase schmerzte. Er pinkelte, wusch sich die Hände und spülte sich den Mund mit Leitungswasser aus, da zusammen mit allem anderen auch seine Zahnbürste gestohlen worden war.

Vom Wasser, das auf den Boden gespritzt war, waren seine Socken nass geworden. Wie zum Teufel sollte er hier ohne Schuhe klarkommen, geschweige denn ohne Geld?

Er nahm den Pass und das Busticket vom Nachttisch und zog die Zimmertür auf. Er spähte den Flur hinauf und hinunter – ein halbes Dutzend Zimmer auf jeder Seite und eine Tür am hinteren Ende. Wahrscheinlich eine Abstellkammer.

Jack huschte so leise wie möglich über den fleckigen Flurteppich und öffnete die Tür. Richtig, eine Abstellkammer. Vollgestopft mit Handtüchern, einzeln verpackten kleinen Seifenstücken und Toilettenpapier, das Schleifpapier mit 200er Körnung nicht unähnlich war. Dazu kamen ein Besen, ein Eimer, ein Wischmopp, Lappen und eine altmodische Handkehrmaschine. Ohne allzu große Hoffnung wühlte er in den Sachen.

*Da.*

Ein Paar ausgelatschte braune Budapester. Er pustete den Staub herunter und rannte in sein Zimmer zurück, wo er sich aufs Bett hockte und mit den nassen Socken in die Schuhe schlüpfte. Sie drückten, aber in der Not frisst der Teufel Fliegen, rief er sich in Erinnerung. Er lockerte die Schnürsenkel so weit wie möglich und band sie zu. Das müsste gehen.

Da fiel ihm auf, dass sie ihm auch die Jacke gestohlen hatten.

Die Ziffern an der alten Flip-Clock ruckten mit einem metallischen Klicken weiter.

*Zeit zu gehen.*

Jack stieg die einzige Treppe hinunter. Die Bar war leer, von Sands nichts zu sehen.

Natürlich nicht.

*Verfluchter Verräter. Nichtsnutziger Säufer.*

Vom Alkohol ein flaues Gefühl im Magen und stinksauer wegen der Prügel, die er bezogen hatte, trat Jack hinaus ins Tageslicht. Der Himmel war bewölkt, die Luft kühl.

Aber wenigstens regnete es nicht.

Genau in diesem Augenblick kam der Bus aus Anta in die Stadt gerollt und näherte sich mit stöhnendem Motor und quietschender Federung der Tankstelle. Wieder eine Busladung von Goldsuchern. Er schlug den Weg dorthin ein.

Die Fahrgäste waren ausgestiegen, als er ankam, und der Fahrer tankte den Bus auf. Jack reihte sich in die Schlange von einem halben Dutzend Einheimischen ein, niedergeschlagene, ausgezehrte und schmutzige Leute, deren Träume von Goldschätzen an der bitteren Realität dieses grausamen Ortes zerschellt waren.

Nach dem Tanken bezahlte der Fahrer beim Tankwart, stieg in den Bus und ließ den Motor an. Am Rande seines Gesichtsfeldes bemerkte Jack die beiden Männer, die er am Vorabend in der Bar gesehen hatte. Sie beobachteten ihn und den Bus aus der Ferne. Was ihn nicht weiter überraschte.

Der Bus vollführte eine 180-Grad-Wende und fuhr wieder den Berg hinunter, vorbei an Sands, der mit verschränkten Armen und wachsamem Blick an der letzten Straßenecke stand. Jack hätte nicht übel Lust gehabt, aus dem Bus zu springen und dem versoffenen Kerl eine Abreibung zu verpassen. Doch die Miene des Ex-Rangers hielt ihn zurück. Sie drückte Mitleid aus, entweder mit Jack oder mit sich selbst.

Wie auch immer, das spielte jetzt keine Rolle. Sands und seine Kumpane hatten gesehen, dass sie gewonnen hatten. Jack saß im Bus.

Jack hatte es nicht auf den Gipfel des Berges geschafft, und selbst wenn er ihn doch noch besteigen würde, hätte er keine Asche mehr, die er dort verstreuen könnte. Was ein einfacher und letzter Freundschaftsdienst hätte werden sollen, war ein bitterer Fehlschlag geworden, der Jacks ohnehin schon übermäßige Schuldgefühle wegen Lilianas Tod und des tragischen Schicksals ihres verwaisten Sohnes noch verstärkte.

Verletzt, müde und auf der ganzen Linie besiegt, begriff Jack, dass es Zeit wurde, von hier zu verschwinden.

# 76

Jack schätzte, dass der Bus die Stadt vor zehn Minuten verlassen hatte.

Das reichte.

Er ging nach vorn und bat den Fahrer in seinem gebrochenen Spanisch, kurz anzuhalten. Der Fahrer weigerte sich. Darauf zog Jack den Absolventenring der Georgetown University, seine letzte Habe, vom Finger und reichte ihn dem Mann. Der zeigte ein Zahnlückenlächeln, das die ledrige Haut um seine schwarzen Augen in Falten legte. Er steckte den Ring ein, fuhr rechts ran und öffnete die Türen.

Jack sprang hinaus und quetschte sich bei der Landung in den zu engen Schuhen die Zehen. Die Türen schlugen hinter ihm zu, und der Bus rauschte davon, während Jack sich umdrehte und wieder bergauf in Richtung Cielo Santo stapfte.

Es war ein verdammt langer Weg dorthin und dann hinauf auf die Hermana, aber er würde ihn gehen, egal, was passierte. Wenn er schon nicht Corys Asche auf dem Berg verstreuen konnte, wie er versprochen hatte, so wollte er doch wenigstens das Foto oben vergraben. Wenn er wieder zu Hause war, würde er Corys Grab besuchen und ihm alles erklären und ihn für sein Versagen um Verzeihung bitten. Aber Cory würde ihm ganz sicher nicht vergeben, wenn er es nicht wenigstens versuchte.

Jack hatte keinen genauen Plan. Sands und die beiden Arschlöcher, die ihn beklaut hatten, hatten ihn wegfahren sehen, deshalb dürften sie nicht damit rechnen, dass er zurückkam, geschweige denn auf den Berg kletterte. Er hatte den Einstieg in den Trail gestern Abend beim Essen auf einer alten Landkarte gefunden, die in dem Restaurant an der Wand hing, und so brauchte er in dieser Hinsicht keine Hilfe von Sands. Wenn er sich beeilte, konnte er vor Einbruch der Dunkelheit auf dem Gipfel sein. Dann schleunigst wieder runter, noch bei Dämmerung durch die schwierigste Passage. Für den restlichen Abstieg würde der Halbmond genug Licht spenden, solange keine neuen Wolken aufzogen, womit nicht zu rechnen war. Anschließend würde er sich überlegen, wie er nach Lima zurückkam.

Als Jack die Stadt erreichte, hatte er die ersten Blasen an den Füßen. Sands war verschwunden, und auch von den beiden Schlägern war nichts zu sehen. Da er keine Ahnung hatte, wer sonst noch in der Stadt mit den Typen verbandelt war, mied er die offenen Straßen. Zwanzig Minuten später war er am Stadtrand und in der Nähe des Trails. Er bemerkte zwei Männer, die Pistolen an der Hüfte trugen und Zigaretten rauchten. Offensichtlich bewachten sie den Zugang zu dem schmalen Bergpfad. Sie saßen auf grünen Plastikstühlen, spielten Karten, lachten und fluchten.

Ein paar knorrige Quenual-Bäume auf der einen Straßenseite boten Deckung. Jack schlich unterhalb der Straße um die Wachleute herum und kletterte dann einen steilen, bröckeligen Hang hinauf, auf dem er immer wieder ins Rutschen kam, bis er etwa eine halbe Meile weiter oben und außerhalb ihrer Sichtweite wieder auf den Trail gelangte.

Obwohl von dem kurzen Aufstieg jetzt schon erschöpft und in der trockenen Luft am Verdursten, marschierte Jack weiter.

Dann war er endlich aus dem Drecksloch, das sich Cielo Santo nannte, heraus und auf dem Trail, der auf den Granitberg führte, dessen nach oben abgeflachter Gipfel hoch emporragte. Die höheren Gipfel um ihn herum waren mit blendend weißem Schnee bedeckt. Sie boten einen herrlichen Anblick, der ihn an die Julischen Alpen in Slowenien erinnerte, die er letztes Jahr besucht hatte.

Die Hermana Alta musste nach seiner Schätzung gut 4500 Meter hoch sein. Die dünne, kühle Luft war noch dünner und kühler geworden, seit er aus dem Bus gesprungen war. Er spürte schon jetzt leichten Schwindel. In dieser Höhe bestand die Gefahr von Höhenkrankheit, zumindest in einer milden Form. Das Tröstliche dabei war, dass er katerbedingt und wegen der Prügel, die er bezogen hatte, bereits unter ihren Symptomen litt – Muskelschmerzen, Kopfweh und Übelkeit.

Wie viel schlimmer konnte es denn noch werden?

Jack legte einen Zahn zu. Er konnte von Glück sagen, wenn er in fünf Stunden auf dem Gipfel stand, und wenn nicht, würde er trotzdem nicht umkehren, selbst wenn er im Dunkeln weiterklettern musste.

Je höher er kam, desto steiler und schmaler wurde der Trail, obwohl die Felsen und Granitblöcke, die ihn flankierten, immer größer wurden. Die Stellen, an denen Pflanzen mit langen, grünen Blättern wie Palmwedel wuchsen, wurden kleiner und seltener. Die krummen Quenual-Bäume waren komplett verschwunden.

Nach dreißig Minuten auf dem Trail hatte er das Gefühl, durch Sirup zu waten, und in seinem mit Sauerstoff unterversorgten Hirn tobte ein wilder Schmerz. Doch das trieb ihn nur noch mehr an. Jeder Schritt eine Buße für die Fehler der Vergangenheit, jeder Tritt die Chance, vor den Schuldgefühlen davonzulaufen, die an seiner Seele nagten.

Ohne Wasser und Proviant und gepeinigt von den Schmerzen, die ihm die geprellten Rippen bei jedem Atemzug bereiteten, erkannte Jack plötzlich, dass er es mit ziemlicher Wahrscheinlichkeit gar nicht bis zum Gipfel schaffen würde.

Ein lauter Knall erschütterte den Himmel, scharf wie von einer Artilleriegranate, so deutlich spürte er den Schalldruck. Ein gezackter Blitz zerriss den Himmel.

Und dann setzte eiskalter Regen ein.

Das wenige, was er an Regenzeug besessen hatte, war zusammen mit dem Rucksack gestohlen worden. Schon nach wenigen Augenblicken war er nass bis auf die Haut und durchgefroren bis auf die Knochen.

Er stapfte weiter.

# 77

## WASHINGTON, D.C.

Die *Q Group*, die NSA-Abteilung Spionageabwehr, litt noch schwer unter den Nachwirkungen des Snowden-Fiaskos. Sie hatten die Spur des Verräters bis nach Hongkong verfolgt, ihn dort aber nicht gefunden, obwohl er in einem Hotel nur wenige Blocks von der US-Botschaft entfernt wohnte und einem Journalisten sein Herz ausschüttete, bevor er nach Russland entkam.

Der Direktor der Q Group wollte unter allen Umständen verhindern, dass sich dasselbe mit Fung wiederholte.

DCI Foleys Anruf hatte die gesamte Abteilung in Alarmstimmung versetzt. Sie betrauten ihre beste Spürnase, Lynette Fortson, die eigentlich in einem Monat in den Vorruhestand gehen sollte, mit der Leitung der Ermittlungen, die Wochen, Monate oder sogar Jahre in Anspruch nehmen konnten. Es gab niemanden, der besser war, und es verstand sich von selbst, dass sie erst aus dem Dienst scheiden würde, wenn Fung gefasst und verhört war, geplanter Ruhestand hin oder her.

Als Erstes setzte sie zusammen mit einem FISA-Richter, der Angelegenheiten der nationalen Sicherheit gegenüber besonders aufgeschlossen war, die erforderlichen Dokumente auf. Diese Dokumente stützten sich auf die Daten, die Jesse Bensons Büro bereitgestellt hatte, und auf Amanda Watsons eidesstattliche

Erklärungen hinsichtlich ihrer starken Bedenken in Bezug auf Lawrence Fung.

Wenn Fung clever genug war, sich Zugriff auf die IC-Cloud zu verschaffen, ohne erwischt zu werden, hatte er wahrscheinlich auch ein Frühwarnsystem installiert, das ihn alarmierte, wenn ihm die NSA – oder ein anderer Nachrichtendienst – auf die Schliche kam. Fortson ging es auf die altmodische Art an: nur Telefonate und Kuriere.

An Fungs Stelle wäre ihr erster Gedanke, in ein Land zu fliehen, das keinen Auslieferungsvertrag mit den Vereinigten Staaten hatte. Derzeit waren das über 70 Staaten, darunter auch Russland, wohin sich Snowden abgesetzt hatte. Der Vatikan kam wohl eher nicht infrage, ebenso wenig China, denn das erschien zu naheliegend. Auch Burkina Faso, der Jemen und ein paar andere Horrorstaaten standen auf der Liste. Wenn sie er wäre, würde sie nach Andorra gehen, ein kleines Stück vom Paradies in den Pyrenäen, eingekeilt zwischen Frankreich und Spanien. Es war unmöglich zu sagen, wofür er sich entscheiden würde. Fahndungsmeldungen gingen an private und öffentliche Fluggesellschaften sowie an alle TSA-Passkontrollstellen, die mit Gesichtserkennung arbeiteten. Sie konnte nur hoffen, dass Fung nicht auch die Prioritätsalarme der Transportsicherheitsbehörde überwachte, aber das Risiko ging sie bereitwillig ein.

Ihre Bedenken erwiesen sich als völlig unnötig.

Sie erhielt einen Anruf von dem Team in Kalifornien. Lawrence Fung war in einer Hütte am Lake Arrowhead tot aufgefunden worden. Selbstmord, nach einem Abschiedsbrief auf seinem Laptop zu urteilen, in dem er auch ein Geständnis ablegte und beschrieb, wie er seine Verbrechen begangen hatte.

Eine vorläufige Untersuchung des forensischen Datenanalysten vor Ort ergab, dass sich auf Fungs Laptop die erforderlichen Links zum Portal des Kommunikationssatelliten befanden, zu dem er sich Zugang verschafft hatte, und weitere Daten, die sein Geständnis stützten.

Als Erstes würde Fortson Foley anrufen, um ihr die gute Nachricht mitzuteilen. Der erfolgreiche Abschluss des Falls Fung war die ruhmreiche Krönung von Fortsons ohnehin schon bemerkenswerter Karriere.

Als Zweites würde sie ihren Mann anrufen, damit er das Wohnmobil startklar machte. Die Pläne für den Ruhestand waren wieder aktuell, und in Idaho wartete ein neugeborener Enkel, den sie beide unbedingt kennenlernen wollten.

## AN DEN HÄNGEN DER HERMANA ALTA IN DEN PERUANISCHEN ANDEN

Jacks unter Sauerstoffmangel leidendes Gehirn pochte bei jedem Herzschlag, und seine Lunge rang nach Luft wie ein Fisch auf dem Trockenen. Er delirierte leicht vom Hyperventilieren. Sein Gedankenkarussell lief auf Hochtouren, Schuld und Bedauern nagten an seinem Herzen.

Der Gedanke an den Tod seines Cousins Brian Caruso und Sam Driscolls – zwei seiner besten Freunde beim Campus – stürzte ihn wieder in tiefe Trauer. Er vermisste die beiden jeden Tag. Er hatte plötzlich den aufopferungsvollen Tod von Paul Brown in Singapur vor Augen, was einen neuen Anfall von Selbsthass auslöste. Nicht der schwergewichtige Wirtschaftsprüfer, sondern er selbst hätte in jener Nacht eigentlich sterben sollen. Doch es waren die ständig wiederkehrenden Bilder von Lilianas Ertrinken, die ihn auf Schritt und Tritt verfolgten, ihr letzter, verzweifelter Schrei nach ihrem Sohn, der in seinem Kopf widerhallte. Er war dankbar für die Schmerzen, die seinen Körper peinigten, denn jeder qualvolle Schritt stumpfte ihn gegen seine seelischen Qualen ab. Auch halfen die Schmerzen gegen die zunehmende Kälte.

Wolken verwehrten ihm das bisschen Wärme, das die Sonne spendete. Der Regen hatte zwar endlich aufgehört, doch dunkle, schwere Wolken kündigten weiteren an, und zwar bald.

Da die Sonne verdeckt war und er keine Uhr hatte, konnte er nur raten, wie spät es war. Er hatte das Gefühl, schon seit zwei Wochen zu marschieren, doch wahrscheinlich waren es nur zwei Stunden. Er gelangte immer höher. Der Trail führte jetzt über einen schmalen Grat. Die steilen Hänge links und rechts waren bis hinunter ins Tal mit Geröll übersät. Jack schätzte, dass etwa die Hälfte der Strecke hinter ihm lag. Er würde den Gipfel also erst nach Sonnenuntergang erreichen, aber das war okay, erst recht, wenn die Wolken sich verzogen und der Mond ihm beim Abstieg den Weg leuchtete.

Und wenn nicht? Na ja, irgendwie würde er es schon schaffen. Wenn David Goggins in 17 Stunden 4025 Klimmzüge schaffte und Ultramarathons von über 150 Kilometern absolvierte, dann konnte er doch noch ein paar Stunden hier oben herumspazieren, verdammt noch mal.

Zum ersten Mal fragte sich Jack, ob er seine physischen Grenzen überschritten hatte. Erschöpft und von Schüttelfrost geplagt, hatte er noch zwei weitere Stunden vor sich und dann den fünfstündigen Abstieg im Dunkeln ohne Wasser. Er begann zu verzweifeln. Nicht weil er sterben könnte – was gut möglich war, vor allem wenn die Temperatur noch weiter sank –, sondern weil die Gefahr bestand, dass er den Gipfel nicht erreichte und seine Aufgabe nicht zu Ende bringen konnte.

Etwas sagte ihm, dass das ein blöder Gedanke sei, der Cory gar nicht gefallen würde.

*Aber geht es hier überhaupt noch um Cory?*

Ein Schrei ertönte von weiter oben und riss Jack aus seinem Delirium. Er hob den Kopf und erblickte ein junges Mädchen, das ihn, schmutzig und dunkelhaarig, aus weit aufgerissenen, angsterfüllten Augen anstarrte.

Bevor er ihr etwas zurufen konnte, sprang sie vom Trail auf den Hang und lief heulend und wimmernd, halb stolpernd, halb rutschend, Richtung Tal.

In der nächsten Sekunde tauchte wie aus dem Nichts ein tropfenförmiger OH-6 Cayuse am Himmel auf, dessen knatternde Rotoren die Luft durchschnitten.

Der Hubschrauber stieß auf das Mädchen herab.

Ein Maschinengewehr feuerte. Kugeln schlugen rings um das Mädchen ein und fällten es schließlich in vollem Lauf. Es stürzte wie eine Stoffpuppe mit dem Gesicht nach unten zu Boden und blieb mit verdrehten Gliedern im Gras zwischen den Felsen liegen. Der Cayuse schwebte noch eine Weile über der Stelle, dann jagte er davon, zurück zum Gipfel der Hermana Alta.

Jack rannte vom Trail zu dem Mädchen hinunter. Seine müden, kraftlosen Beine trugen ihn nur mit Mühe den Steilhang hinab. Auf halber Strecke stolperte er über einen Stein, schlug der Länge nach hin und stieß mit dem Arm gegen einen anderen Stein. Er stöhnte vor Schmerz, rappelte sich aber wieder auf und rannte weiter, betend, das Mädchen möge noch leben.

Er sank neben dem blutüberströmten Körper nieder. Das Gesicht war unversehrt, die Augen starrten gen Himmel. Jack tastete nach einem Puls, aber er wusste, noch bevor er sie berührte, dass sie tot war.

Jack weinte.

Das Mädchen war, abgesehen von den Schusswunden, schwer misshandelt worden. An seinen schwieligen Fingern waren die Nägel ausgerissen, das Fleisch war mit verschorften Wunden und Blutergüssen übersät. Sie war in panischer Angst vom Gipfel geflohen und hätte entkommen können, wenn sie auf dem Trail geblieben wäre und sich zwischen Felsblöcken versteckt hätte. Aber dann hatte sie ihn gesehen und gedacht, er sei hinter ihr her wie die anderen.

In gewisser Weise war das Mädchen seinetwegen gestorben.

Jack spähte zum Gipfel hinauf.

Wer immer es getötet hatte, er war da oben.

Etwas in seinem Innern zerbrach.

Er stand auf, zitternd vor Wut.

Plötzlich fokussierten sich seine Gedanken auf ein einziges, klares Ziel.

Als hätte sein ganzes Leben auf diesen Augenblick hingeführt.

Und wenn es sein letzter sein sollte, dann sollte es eben so sein.

Jemand musste bezahlen.

Für all das Böse und all das Leid und die ganze Hölle auf Erden, oder zumindest für den Anteil, den er daran hatte.

Hier und jetzt.

Er wusste, dass er keine Chance hatte. Er hatte keine Waffe, nichts zu essen, keine Kraft.

Er konnte nur eines tun.

Trotzdem kämpfen wie ein Löwe.

# 78

## CYBERSPACE

CHIBIs Computer erhielt die letzte von vier Bestätigungen. Angesichts von vier – na ja, eigentlich fünf – Machbarkeitsnachweisen erkannte jetzt jeder der vier Bieter – der Iran, China, Russland und das Eiserne Syndikat – den Wert dessen, was zur Versteigerung stand.

Der Zeitpunkt war festgelegt – heute in zwei Tagen –, ebenso Ort und Rahmen. Alles war nach Plan gelaufen.

Wie hoch die Gebote gehen würden, ließ sich nur vermuten. Aber das war ja der Witz bei einer blinden Auktion. Welchen Preis waren Amerikas erbittertste Feinde dafür zu zahlen bereit, dass sie unbegrenzten und nicht nachweisbaren Zugriff auf das gesamte Wissen der westlichen Nachrichtendienste in Vergangenheit und Gegenwart bekamen und zwar rund um die Uhr, an sieben Tagen in der Woche?

Eine Milliarde? Zehn Milliarden?

Mehr?

Wie hoch die Gebote auch gehen mochten – nach oben waren wahrlich keine Grenzen gesetzt –, alles würde in CHIBIs digitaler Tasche landen.

Mehr als genug Geld, um zu verschwinden, sich neu zu erfinden, mit einem neuen Gesicht, einem neuen Körper in einer neuen Wirklichkeit wieder aufzuerstehen.

Good-bye, CloudServe.

## AN DEN HÄNGEN DER HERMANA ALTA IN DEN PERUANISCHEN ANDEN

Jack kletterte wieder den Hang hinauf, zurück auf den Trail.

Der Cayuse war verschwunden und außer Hörweite; ob er wieder auf der Bergkuppe gelandet oder fortgeflogen war, ließ sich nicht sagen. Er konnte jederzeit wieder auftauchen, und der Trail wurde wahrscheinlich überwacht. Tief geduckt und jede mögliche Deckung nutzend, schlüpfte Jack an den zerklüfteten Felsbrocken vorbei, zwischen denen sich der Pfad jetzt hindurchschlängelte.

Von weiter oben drang ein Knirschen an sein Ohr – schwere Stiefel auf steinigem Boden. Es kam näher. Bestimmt jemand, der heruntergeschickt worden war, um sich vom Tod des Mädchens zu überzeugen und seine Leiche zu beseitigen. Jack schlüpfte hinter einen Felsblock neben dem Pfad und hielt den Atem an.

Eine Stimme krächzte aus einem Funkgerät, dann war das Knirschen auf seiner Höhe. Jacks Schlag war perfekt getimt. Der kantige, überfaustgroße Stein in seiner Hand krachte so hart gegen die Schläfe des bärtigen Mannes, dass heißes Blut in Jacks taubes Gesicht spritzte.

Der Bärtige stürzte mit dem Gesicht voraus zu Boden und war tot, noch bevor seine Stirn gegen einen spitzen, aus dem Boden ragenden Stein schlug und aufplatzte.

Jack zog den Toten rasch hinter den Felsblock, hinter dem er sich versteckt hatte, falls ein zweiter Mann folgte oder von oben jemand den Pfad beobachtete.

Der Bärtige war ungefähr so groß wie Jack – oder sogar etwas größer. Das traf sich gut. Er zog dem Mann die Tarnjacke aus, schlüpfte selbst hinein und stülpte sich seine schwarze Strickmütze über. Der Wind war stärker und kühler geworden und wälzte schwarze Wolken über den Spätnachmittagshimmel.

Jack sicherte die 10-mm-Glock des Toten und steckte sie zusammen mit den beiden Magazinen, die er bei ihm fand, in die Jackentasche. Dann schnürte er ihm rasch die Stiefel auf und zog sie ihm aus. Als Nächstes schlüpfte er aus seinen nassen Socken und in die trockenen, aber stinkenden Wollsocken des Mannes. Dann probierte er einen Stiefel an. Sein geschwollener, mit Blasen bedeckter Fuß passte nahezu perfekt hinein.

Er stieg in den anderen Stiefel, ergriff das Handfunkgerät und spähte nach oben. Stimmen plapperten aus dem Lautsprecher, vorwiegend auf Englisch mit Akzent.

Er hörte, wie ein Name – Rodrigo – gerufen wurde, drei oder vier Mal. Das musste der Name des Kerls sein, den er getötet hatte. Jack hob das Funkgerät hoch, erweckte durch ständiges Drücken und Loslassen der Sprechtaste den Anschein, als wäre es kaputt, und murmelte dazu irgendwelches Kauderwelsch, bis er die Antwort hörte: »Scheißfunkgeräte. Aber egal. Beweg deinen Arsch hier rauf. Es wird bald regnen. Ende.«

*Rodrigo wird der Regen jetzt nichts mehr ausmachen,* dachte Jack.

*Und bald wird sich auch das Arschloch am anderen Funkgerät deswegen keine Sorgen mehr machen müssen.*

Nichts hatte sich geändert. Tatsächlich war alles noch schlimmer geworden.

Die Temperatur war weiter gefallen, der Trail noch steiler, und die letzten 300 Meter waren genauso, wie Cory vorausgesagt hatte – ein schroffer Aufstieg, bei dem er sich über zerklüftete Granitfelsen hangeln musste.

Aber seine neue Aufgabe hatte ungeahnte Energien in ihm freigesetzt und wirkte wie ein Adrenalinschub, der ihn trotz seiner schmerzenden Blasen Schritt um Schritt den Berg hinauftrieb. Jetzt ging es nur noch darum, das, was da oben vorging, zu stoppen, und das ermordete Mädchen zu rächen. Ihm war klar, dass er die Vergangenheit nicht ändern konnte, wenn er Menschen tötete, aber vielleicht konnte er die Zukunft für jemanden da oben verändern – wenn er Erfolg hatte.

Wenn nicht, war der Tod seine Buße.

Ihm sollte beides recht sein.

Der leichte Regen, der vor einer halben Stunde eingesetzt hatte, war in Graupel übergegangen, der flüsternd über seine Jacke strich. Er zählte ein gutes Dutzend verschiedene Stimmen im Funkgerät, wahrscheinlich lauter Auftragskiller wie der, den er bereits getötet hatte. Er schaltete das Funkgerät aus. Jetzt galt es, keinen unnötigen Lärm mehr zu machen.

Mittlerweile war es dunkel geworden. Der Halbmond hatte sich hinter dichten Wolken verkrochen, spendete aber noch so viel Licht, dass Jack wenigstens ein paar Schritte weit sehen konnte. Etwa 30 Meter trennten ihn noch von der Bergkuppe. Oben brummten Dieselmotoren, die wohl den Strom für die Glühlampen lieferten, die oberhalb der Felsen brannten. Günstig für Jack. Der erste Wachposten, den er entdeckte, hob sich deutlich gegen das Generatorlicht ab, das nicht bis zu ihm herunterreichte.

Der Posten rauchte gelangweilt eine Zigarette. Jack kletterte vorsichtig weiter, tastete sich mit seinen kalten Händen über den schlüpfrigen Granit und achtete darauf, keine Steine loszutreten, die ihn verraten könnten. Gleichzeitig arbeitete er sich etwa 30 Meter weiter nach links, um aus dem Blickfeld des Mannes zu geraten. Oben angekommen, spähte er zwischen den Felsen hindurch.

Seine Hoffnung sank.

Die flache Bergkuppe beherbergte einen vorübergehenden Minenbetrieb. Genauer gesagt, einen wiederbelebten. Neue

Gerätschaften standen verstreut zwischen alten Anlageteilen – verrosteten Blechdächern, verwittertem Bauholz. Das ganze Gelände war ungefähr so lang wie zwei und so breit wie drei Fußballfelder.

An einem Ende bemerkte Jack eine Holzkonstruktion, mit der eine Art Schacht überbaut war. Dutzende von Minenarbeitern wuselten umher, schleppten schwere Säcke, die aus dem Schacht herausgehoben wurden, oder schoben mit Schutt beladene Schubkarren zu Sortier- und Waschtischen. Ganz in der Nähe standen zwei Wachleute mit Gewehren schimpfend und schwatzend im Eingang einer Höhle, die ihnen Schutz vor dem Eisregen bot.

Am anderen Ende des Lagers reihten sich ein halbes Dutzend Baracken, Unterkünfte für die Wachmannschaft, vermutete Jack. Eine davon war hell erleuchtet. Ein Ofenrohr auf dem Dach verriet ihm, dass es sich wahrscheinlich um die Kantine handelte. Ein großer stählerner Propangastank hinter dem Holzbau bestärkte ihn in dieser Annahme. Ein riesiger Schuppen, kaum mehr als ein verrostetes Wellblechdach auf Pfählen, diente möglicherweise als Gerätelager, oder auch als Unterkunft für Menschen, die schlimmer als Vieh behandelt wurden.

Jack sah sich vorsichtig weiter um. Er entdeckte Sauerstoff- und Acetylenflaschen zum Schweißen, verschiedenste Werkzeuge und Plastiktanks für Wasser und Diesel. Sogar einen Bobcat-Minibagger. All das konnte mit dem großen russischen Hubschrauber, den er gestern gesehen hatte, hier heraufgeflogen worden sein.

Jemand schrie. Jack wandte den Kopf. Ein Wachmann zog lachend eine junge Frau an den Haaren in eine Baracke. Ein Kollege von ihm pfiff und feuerte ihn lautstark an, auf Ukrainisch.

Jeder Muskel in Jacks Körper spannte sich an. Am liebsten

wäre er gleich losgestürmt. Doch nicht einmal seine Wut konnte vergessen machen, was er sich antrainiert hatte. Er musste sich gedulden, bis er seine Gegner gezählt hatte, dann einen Plan fassen.

Erst dann war es so weit.

# 79

Der leichte Eisregen war in einen wärmeren Schauer übergegangen. Ein schneidender Wind fegte über das Gipfelplateau.

42 Minenarbeiter in Lumpen scharten sich zitternd um einen Kochtopf, dessen Inhalt auf einem notdürftigen Gasbrenner in dem großen Schuppen köchelte. Ein einzelner Wächter lungerte in der Nähe herum. Eine indigene Frau schöpfte den Eintopf in die Blechnäpfe der Arbeiter, die an ihr vorbeischlurften und sich dann erschöpft zum Essen auf den kalten, harten Boden setzten.

Jack kauerte, hinter Felsen versteckt, am Rand des Plateaus. Einen Plan hatte er gefasst. Es fehlte nur noch eine passende Gelegenheit.

Plötzlich kam sie.

Eine Essensglocke ertönte auf den Eingangsstufen der Kantine. Acht bewaffnete Männer schlenderten in Richtung Baracke.

Bis jetzt hatte Jack zwanzig Männer gezählt, die das Gelände bewachten. Seine Chancen standen gleich null.

Doch er hatte keine Wahl.

Zeit zum Losschlagen.

Steaks brutzelten auf dem Grill, und der süßliche Geruch von verbranntem Fett und Zigaretten erfüllte die Baracke. Die acht Wachleute saßen an Tischen in der beengten, aber warmen

Kantine, schwatzten, rauchten, aßen Steaks mit Pintobohnen und spülten mit Limonade aus Dosen nach. Der Regen trommelte auf das Blechdach.

Der Koch, ein Deserteur der Canadian Army, drehte mit einem Tablett, auf dem weitere Steaks lagen, die Runde, gabelte welche auf Teller, wenn Nachfrage bestand, und machte sich zur Zielscheibe launiger Witze über sein Essen.

Ein einzelner Schuss aus einer 10-mm-Pistole ertönte, und in der nächsten Sekunde explodierte der Propangastank draußen hinter der dünnen Barackenwand. Die Wachleute, die nicht sofort durch die gewaltige Explosion starben, wurden von Stahlsplittern schwer verletzt oder verbrannten bei lebendigem Leib.

Drei weitere Schüsse legten den Generator lahm, der die Lampen mit Strom versorgte. Im Camp wurde es dunkel. Nur die brennende Kantine sorgte noch für Licht.

Aufgeschreckt durch die Gasexplosion, kam ein Wachmann in Unterhosen aus einer benachbarten Baracke gestürmt. Er wurde im Laufen mit einem einzigen Schuss aus Jacks 10-mm-Glock niedergestreckt.

Der Chef der Wachmannschaft stand im dunklen Eingang der Höhle und versuchte, sich ein Bild von der Lage zu machen. Wer waren die Angreifer? Wie viele waren es? Aus welcher Richtung kamen sie?

Er forderte über Funk Lageberichte an, aber niemand antwortete.

*»Merde«,* fluchte er.

Die lodernden Flammen griffen von der Kantine auf die benachbarten Baracken über. Die Feuersbrunst tauchte das gesamte Lager in ein orangefarbenes Flackern, und die heißen Wellblechdächer zischten im Regen.

Zwei weitere Pistolenschüsse durchbrachen das Prasseln des

Regens. Sauerstoffflaschen explodierten in dem Moment, als drei Männer an ihnen vorbeirannten, wie Artilleriegranaten und zerfetzten ihre Leiber.

Plötzlich rief einer der Wachleute etwas auf Deutsch und gab aus seinem Sturmgewehr, einem Steyr AUG 5.56 x 45-mm-Bullpup, drei Feuerstöße zu jeweils drei Schuss ab. Worauf, konnte sein Chef nicht sehen.

Zwei Mündungsblitze aus einer Pistole 30 Meter hinter dem Wachmann waren die Antwort. Der groß gewachsene Deutsche fiel rücklings in den Schmutz.

Der Chef musste unwillkürlich lachen.

Er wusste genau, wer da draußen war.

Dreißig Sekunden später schrie ein anderer Wachmann mit Poncho und Boonie-Hut, der eine Schrotflinte Benelli M1014 mit Pistolengriff trug, vor Schmerz auf, als eine Klinge seine Wirbelsäule durchtrennte und zwar dort, wo sie mit der Schädelbasis verbunden war.

Der Tote fiel hinter einen der großen Sortiertische.

Jack zog ihm den Poncho aus und streifte ihn über, dann setzte er sich seinen Hut auf, ergriff die halbautomatische Schrotflinte und rannte zurück zu dem Bobcat, um dort Deckung zu suchen. Drei Wachleute waren hinter einer der Baracken, die nicht in Brand geraten waren, in Deckung gegangen, um sich in einem weiten Bogen von hinten anzuschleichen.

Darauf vertrauend, dass er mit dem Poncho, dem Hut und der Benelli als Wachmann durchging, rannte Jack quer über das Gelände, schlüpfte hinter die Baracke und rief den anderen zu: »He, ihr Arschlöcher!«

Die drei Männer fuhren gleichzeitig herum. Zwei von ihnen kannte Jack aus der Bar. Bevor sie ihre Waffen heben konnten, pustete er sie in weniger als zwei Sekunden mit acht Ladungen Null-Null-Schrot von den Beinen. Als ihre zerfetzten Leiber in den Schmutz sanken, kringelte immer noch Rauch aus dem Lauf der Benelli.

»JACK RYAN? KÖNNEN SIE MICH HÖREN?«

Jack warf die Schrotflinte weg, da er keine Munition mehr dafür hatte, und zückte die Glock. Wenn er richtig gezählt hatte, waren noch drei Wachleute übrig. Er schlich bis zur Ecke der Baracke.

»JACK RYAN. LETZTE CHANCE FÜR DIESE FRAU. KOMMEN SIE JETZT RAUS, SONST ERSCHIESSE ICH SIE.«

Die Stimme kam ihm bekannt vor. Ein Europäer.

Jack spähte um die Ecke. Der Regen beeinträchtigte die Sicht.

Im flackernden Feuerschein konnte er einen Mann ausmachen, der einer Frau, die vor ihm in einer Pfütze kniete, eine Pistole an den Kopf hielt. Neben dem Mann mit der Pistole knieten ein Dutzend Minenarbeiter im Dreck, die ein zweiter Bewaffneter mit einem Gewehr bedrohte. Und hinter ihnen, in dem Schuppen, kauerten dicht gedrängt die restlichen Arbeiter, die der dritte Wachmann in Schach hielt.

»Jack! Ich sehe Sie. Sie haben drei Sekunden, oder die Frau stirbt. Eins … zwei …«

*Verdammt.*

Wenn er vortrat, legten sie ihn um. Keine Frage.

Aber wenn er es nicht tat, würde die Frau sterben und alle anderen, die auf den Knien lagen, ebenfalls.

Wieder überkam ihn unbändige Wut. Er saß in der Falle. Aber er hatte keine Wahl.

»Warten Sie! Ich komme raus.«

Jack hob die Hände hoch, mitsamt der Glock. Er ging auf den Mann mit der Pistole zu.

Eine LED-Taschenlampe flammte auf und blendete ihn, als ihr Strahl über ihn hinwegstrich.

»Lassen Sie die Pistole fallen, Jack. Und gehen Sie weiter.«

Jack warf sie zur Seite. Er kam immer näher. Der Regen klatschte ohrenbetäubend laut auf seinen Boonie-Hut.

Jack traute seinen Augen nicht.

»Jack Ryan. So wie Sie sich verhalten, könnte man meinen, wir wären uns schon mal begegnet.« Der Mann kratzte sich mit dem Lauf seiner Pistole im bartlosen Gesicht.

Jack war sich sicher.

Nur dass die Tätowierung an der falschen Stelle saß. Der geflügelte Arm mit dem Schwert prangte auf seinem Handrücken statt auf seinem Unterarm.

Doch es war das Gesicht des Scheißkerls, der Liliana umgebracht hatte.

Oder doch nicht?

Nicht ganz. Nur eine große Ähnlichkeit. Ein Zwillingsbruder oder ein enger Verwandter?

»Nein, wir sind uns nie begegnet. Woher kennen Sie mich?«

Der Mann – der ebenfalls Cluzet hieß wie sein jüngerer Bruder – antwortete: »Ihr Freund Sands hat Sie verpfiffen.«

Cluzet sah Jacks Reaktion. »Seien Sie dem alten Säufer nicht böse. Er hat Ihnen das Leben gerettet. Meine Männer sollten Sie eigentlich töten, aber Sands sagte, Sie seien ein amerikanischer Tourist und hätten neugierige und einflussreiche Freunde. Ein Jammer, dass Sie nicht weggefahren sind.«

»Ich werde mich bei ihm bedanken, wenn ich ihn sehe.«

Cluzet grinste. »Das bezweifele ich.«

»Diese Tätowierung. Wo habe ich die schon mal gesehen?«

Cluzet drehte die geladene Pistole in seiner Hand und hielt die Tätowierung besser ins Licht. »Französische Fremdenlegion. Zweites Fallschirmjägerregiment.«

»Ist das ein Rubbel-Tattoo aus einer Cornflakes-Packung? Oder hat Ihnen Ihr Liebster das Ding spendiert?«

Cluzet brüllte vor Lachen. »Ein echter Komiker und was für ein Killer! Sie haben heute Abend ein paar richtig harte Jungs kaltgemacht, Jack. Das war kein Kinderspiel. Ich bin beeindruckt.«

Er trat auf Jack zu. Regen tropfte ihm von Nase und Kinn. »Sie sind einer von der knallharten Sorte, stimmt's, Jack?«

Er kam noch näher. Bis sie fast Nase an Nase voreinander standen.

»Glauben Sie, Sie können auch mich töten?«

Jack holte zum Schlag aus, aber er war total ausgelaugt. Der Adrenalinschub der letzten Viertelstunde war komplett verebbt und hatte ihm die letzten Kräfte geraubt.

Cluzet wich der laschen Geraden locker aus und konterte mit einem wuchtigen Schlag in die Rippen, der Jack nach vorn einknicken ließ.

Jack sackte in die Knie.

Cluzet drückte ihm die Mündung seiner Pistole an den Kopf.

»Tut mir leid«, flüsterte Jack.

Leid um das Mädchen weiter unten am Berg, um Liliana und um all die anderen, bei denen er im Lauf der Jahre versagt hatte.

Besonders um seinen Vater.

Cluzet lachte und betätigte den Abzug.

Der Knall neben seinem Kopf bohrte sich wie ein glühender Nagel in sein Trommelfell. Seine pochenden Kopfschmerzen wurden davon noch schlimmer, und ein schrilles Kreischen schnitt in sein Hirn wie ein schlechtes Funksignal.

Das 9-mm-Geschoss schlug neben Jack ein, ohne Schaden anzurichten. Er hatte nicht mit der Wimper gezuckt, allerdings nur, weil er so verdammt müde war.

»Fesselt ihn«, befahl Cluzet den beiden Männern, die sich in diesem Moment näherten. Jack schaute auf und begriff, dass er sich verzählt hatte. Nicht drei, sondern fünf Männer waren übrig geblieben.

»Was ist mit ihnen?«, fragte Jack und deutete mit dem Kopf auf die Arbeiter, die noch im Dreck knieten.

»Die haben heute Nacht noch zu arbeiten.«

Cluzet beugte sich zu Jacks anderem Ohr herunter. »Aber morgen früh werden alle sterben. Wir nehmen eine neue Mine in Betrieb. Die hier hat ihre Schuldigkeit getan und die Leute auch.«

Er grinste Jack ins Gesicht, um ihn zu reizen. Doch Jack hatte nur Augen für Corys hölzernes Amulett, das um den Hals des Mannes hing.

# 80

Jack saß mit ausgestreckten Beinen an der Höhlenwand, klatschnass, die Hände auf den Rücken gefesselt, die Füße mit einem Strick verschnürt. Eine Benzinlaterne erhellte den Raum. Draußen regnete es unvermindert in Strömen. Einer von Cluzets vier Männern stand am Eingang und kehrte ihm den Rücken zu.

Cluzet hatte Jack gesagt, dass am Morgen der schwere russische Hubschrauber kommen und sie zu dem in internationalen Gewässern liegenden Schiff bringen werde, das die hier in den Bergen abgebaute kostbare Fracht beförderte.

»Und dann?«

»Werden Sie entweder eine sehr lange Reise antreten oder, weil Sie heute Nacht so viel Ärger gemacht haben, eine sehr kurze«, antwortete Cluzet grinsend, bevor er wieder in den Regen hinausging und den Amerikaner seinem Schicksal überließ.

Jack war aus dem Spiel, gefesselt und gedemütigt, ohne jeden Trumpf in der Hinterhand.

Er rief den Wachmann an, einen schmalschultrigen Möchtegern-Che-Guevara mit Zottelbart.

»He, ich muss mal pinkeln.«

»Dann pinkle«, rief der Wächter über die Schulter zurück.

»Komm schon, Mann. Du hast doch die Knarre. Ich lauf dir nicht weg.«

Der Mann drehte sich um. Hass troff aus seinen müden Augen. Jack hatte heute Nacht mehrere Freunde von ihm getötet.

»Pinkle in die Hose, *singao.*«

»Komm, hilf mir auf. Ich kann doch nicht weglaufen, gefesselt, wie ich bin.«

»Selbst wenn du stehst, wie willst du denn mit den gebundenen Händen pinkeln?«

Jack zuckte mit den Schultern. »Na ja, wenn du nett bist, darfst du ihn für mich halten. Aber du wirst beide Hände brauchen, wenn du verstehst, was ich meine.«

Der Mann kam auf ihn zugestürmt und holte mit dem Fuß aus, um gegen sein Gesicht zu treten wie gegen einen Fußball. Jack konnte sich gerade noch wegducken. Der Stiefel des Wachmanns krachte gegen die Felswand und brachte ihn aus dem Gleichgewicht. Jack sah seine Chance. Er rollte seine zwei Zentner wie einen Baumstamm gegen das Bein des Mannes, das noch Bodenhaftung hatte. Das brachte den Mann noch mehr aus dem Gleichgewicht, aber nicht zu Fall. Er taumelte rückwärts.

Jacks Plan, dem Typ eine Kopfnuss zu verpassen und dann irgendwie die Fesseln loszuwerden, war im Arsch.

Wie auch er selbst.

Der Wachmann brüllte und wollte gerade ein zweites Mal nach Jacks ungeschütztem Gesicht treten, da legte sich eine starke Hand um seine Stirn und riss ihn zurück. Das Entsetzen in seinem Gesicht wich der Todesangst, als eine Drop-Point-Klinge seinen Hals durchbohrte und wie eine stählerne Zunge unter dem Kehlkopf hervortrat. Er röchelte und rang nach Luft, griff nach der Wunde, während er zu Boden sank, und ertrank im eigenen Blut.

Sands ging neben ihm in die Knie und drückte seinen Kopf gegen den Boden. Dann stieß er ihm die blutige Klinge ein zweites Mal in den Hals und durchtrennte die Wirbelsäule, um ein Ende zu machen.

Er sagte: »Tut mir leid, Kleiner. Ist schon eine Weile her.«

Der ehemalige Ranger trug eine abgewetzte Wanderjacke und eine verblichene Browning-Baseballmütze, die beide vor Nässe trieften.

Jack kniff die Augen zusammen. »Was zum Teufel …«

Sands wischte das blutige Ka-Bar an der Jacke des Toten ab, ging zu Jack hinüber, zerschnitt die Fesseln an seinen Händen und Füßen und löschte die Benzinlaterne.

»Was machen Sie hier, Sands?«

»Einen Spaziergang. Ich genieße die Nachtluft.«

»Ich verstehe nicht.«

»Wir haben jetzt keine Zeit für Gefühlsduseleien, mein Junge. Wir müssen schleunigst hier weg.« Sands zückte eine Pistole, eine schwere Ganzstahl-Beretta 92FS.

»Noch nicht.«

Jack bückte sich und hob die Waffe des Toten auf, ein AK-103 mit Klappschaft. »Die wollen morgen früh die Minenarbeiter umbringen.«

»Jetzt bringen wir Sie erst mal vom Berg runter.«

Jack richtete sich wieder auf, prüfte die Waffe und lud sie durch. »Lassen Sie sich nicht aufhalten.«

»Ich gehe nicht ohne Sie.«

»Dann folgen Sie mir.«

Jack und Sands erkundeten das Bergbaucamp. Jemand hatte den Dieselgenerator wieder zum Laufen gebracht. Die Lichter brannten. Das war nicht gut.

Die Minenarbeiter mussten wieder arbeiten, trugen Geräte zusammen und zerlegten sie, löschten die restlichen Brände und taten alles andere, was ihnen mit vorgehaltenen Gewehren befohlen wurde.

Jack und Sands nahmen sich Zeit und schlichen außen um das Gelände herum, möglichst weit abseits vom Licht. Das Rauschen des Dauerregens und das Knattern des Dieselmotors übertönten die Geräusche, die sie machten, doch die kalte Luft verwandelte ihren Atem in weißen Dampf.

Den ersten Wachmann überraschten sie beim Pinkeln. Sands packte seinen Schädel und riss ihn ruckartig herum. Mit einem dumpfen Knacken brach das Genick des Mannes.

Sein Partner war der Nächste. Jack schmetterte ihm sein Gewehr an den Hinterkopf, und als er am Boden lag, schnitt ihm Sands die Kehle durch.

Dann liefen sie quer über das Gelände zu der Stelle, wo Cluzet und der letzte Wachmann eine Gruppe von Arbeitern bewachten, die abgebautes Material in Säcke füllten.

Sands feuerte dem Wachmann mit seiner Beretta zwei 9-mm-Geschosse in die Stirn.

»Denken Sie nicht einmal daran«, sagte Jack, als der Franzose nach seiner Pistole griff.

Cluzets tätowierte Hand erstarrte. Er lächelte, als Jack und Sands ins Licht traten, die ein Gewehr und eine Pistole auf ihn gerichtet hielten.

»Können Sie uns etwas zu all dem hier sagen?«, fragte Jack und zog die Pistole aus Cluzets Holster.

»Ich bin ein vielbeschäftigter Mann, der dafür bezahlt wird, dass er einen Job macht, das ist alles.«

»Und unschuldige Menschen umzubringen gehört zu Ihren Aufgaben?«

»Wer ist denn in dieser gottverlassenen Welt schon unschuldig? Und lebend kommt sowieso keiner davon.«

»Na großartig, ein Philosophenarsch«, sagte Sands.

Cluzet wandte sich ihm zu. »Ich hätte nicht gedacht, dass noch so viel Mumm in Ihnen steckt. Das ist wirklich eine Nacht voller Überraschungen.« Er grinste breit.

Sands' Pistole bellte. Der Kopf des Franzosen flog nach hinten, das Grinsen noch im Gesicht. Er kippte um und landete mit dem Rücken und weit ausgebreiteten Armen im Dreck.

»Wir hätten ihn befragen können.«

»Ja, hätten wir können«, räumte Sands ein und steckte seine Waffe weg. »Können wir jetzt gehen?«

»Was ist mit ihnen?« Jack deutete mit dem Kopf auf die Arbeiter, die sich erschrocken zu Boden geworfen hatten oder hinter Arbeitsgerät in Deckung gegangen waren, als sie die Schüsse hörten.

Sands seufzte. »Bringen wir Ordnung in den Haufen. Sehen Sie zu, ob Sie in einer der Baracken ein Satellitentelefon oder Funkgerät finden, und ich rede solange mit den Leuten.« Sands stapfte auf eine Gruppe von Arbeitern zu und redete in freundlichem und beruhigendem Ton auf sie ein.

Jack musste zuerst etwas anderes erledigen.

Er trat zu dem leblosen Cluzet und riss ihm Corys Amulett vom Hals.

Er hatte noch ein Versprechen einzulösen.

# 81

Jack trank so viel Wasser aus dem Vorratstank, dass man damit ein Aquarium hätte füllen können, dann ging er zu der unbeschädigten Baracke, in der das Büro untergebracht war. Er fand ein vollständig aufgeladenes Satellitentelefon. Ein Telefonat mit Gerry brachte alles ins Rollen, selbst der Präsident wurde informiert.

In der folgenden Stunde kümmerten sich Jack und Sands um die Minenarbeiter, holten sie aus dem Regen und pferchten sie in den verbliebenen Schlafbaracken der Wachleute zusammen. Sands warf die Heizungen an, und Jack verteilte warme Decken und trockene Kleidung.

Sands brachte in Erfahrung, dass all diese Menschen aus Kliniken in Lima, La Paz und ein paar anderen Großstädten stammten – Drogenabhängige, Alkoholiker und Prostituierte, die man mit dem Versprechen auf eine bessere Zukunft und lohnende Arbeit hierhergelockt hatte. Doch auf der Hermana angekommen, mussten sie hungern, wurden geschlagen, die Frauen unter ihnen immer wieder vergewaltigt. Wer nicht arbeiten wollte, musste sterben. Da sie Außenseiter der Gesellschaft waren, machte sich keine Behörde die Mühe, nach ihnen zu suchen.

Der Regen hörte kurz vor Tagesanbruch auf, als die ersten beiden Hubschrauber vom Typ MH-60R Seahawk (»Romeo«) dröhnend in Sichtweite kamen. Sie waren vom Flugdeck der

Belleau Wood (CG-74) gestartet, eines Lenkwaffenkreuzers der Ticonderoga-Klasse, der im Rahmen einer Lateinamerika-Mission der Vierten Flotte im Marinehafen von Lima lag.

Ausrüstung und Bewaffnung der Helikopter waren normalerweise auf die Bekämpfung von U-Booten ausgelegt. Da die Helikopter bei diesem Einsatz über ihre kritische Höhe hinausflogen, durften nur Freiwillige daran teilnehmen. Auf Befehl des Kapitäns waren die Kampfmittel entfernt und die beiden auf U-Boot-Abwehr spezialisierten Besatzungsmitglieder zu Hause gelassen worden. Stattdessen hatte sich in jeden Hubschrauber ein halbes Dutzend Spanisch sprechender Marines und Navy-Sanitäter mit Medizinbedarf, Decken und Lebensmittelrationen gequetscht.

»Ich habe Befehl vom Generalstabschef des Marine Corps persönlich, Sie in meinen Heli zu verfrachten, Sir«, schrie der Marine Lieutenant auf dem windgepeitschten Plateau gegen die im Leerlauf wummernden Turbinen an.

Jack zuckte mit den Schultern. »Tut mir leid, Lieutenant. Mein Vater war im Corps, ich nicht. Sie können dem General sagen, dass ich diesen Berg erst verlasse, wenn man diese Leute in Sicherheit gebracht hat.«

»Er hat mich schon vorgewarnt, dass Sie so was in der Art sagen würden.« Der Lieutenant lächelte. Sein Lance Corporal tippte an die Stinger-Rakete auf seiner Schulter. »Wir bleiben hier, bis die peruanische Luftwaffe eintrifft. Aber wenn einer der Hubschrauber auftaucht, von denen Sie erzählt haben, wird ihm Corporal Hernandez eine hochexplosive Grußkarte schicken.«

»Ich werde Sie beim Wort nehmen«, sagte Jack. »Aber jetzt muss ich mir erst mal eine Tasse Kaffee besorgen.«

Eine Stunde später blinzelten die ersten silbernen Sonnenstrahlen durch die tief hängenden Wolken.

*Der schönste Sonnenaufgang, den ich je gesehen habe,* dachte Jack. Hauptsächlich deshalb, weil er nicht erwartet hatte, ihn noch zu erleben.

Jack stand an der Stelle, wo Corys Vater vor so vielen Jahren gestanden hatte. Er öffnete das kleine Holzamulett und sprach ein stilles Gebet, während der leichte Wind die halbe Unze von Corys Asche über die Granitfelsen unter ihm verteilte, dann kniete er nieder und vergrub das zerknitterte Foto in der feuchten Erde.

Hinter ihm dröhnten zwei GE-Wellenturbinen, als der Helikopter vom Typ SH-3 Sea King der peruanischen Luftwaffe abhob und die letzten Minenarbeiter vom Berg brachte.

Sands und der Lieutenant der Marines nahten.

»Sind Sie jetzt zufrieden, Mr. Ryan?«, fragte der Lieutenant hoffnungsvoll. »Mein Kopf steckt schon halb in der Schlinge.«

»Ich bin startklar, wenn Sie es sind. He, eine Frage noch. Haben Sie zufällig ein Handy dabei?«

»Ja, Sir. Warum?« Er reichte es Jack.

»Ich muss unbedingt ein paar Fotos machen. Sie kriegen es gleich wieder. Fünf Minuten, höchstens.«

Der Lieutenant nickte und funkte im Weggehen zu einem der über ihnen kreisenden Seahawks hinauf, dass er sich darauf vorbereiten solle, HAMMER – so Jacks Codename – an Bord zu nehmen.

»Das haben Sie gut gemacht«, sagte Sands.

»Nicht gut genug, aber es muss reichen.«

Sie standen am Rand des Plateaus. Cielo Santo war ein schmutziger Fleck weit unter ihnen.

»Wir fliegen da runter und holen Ihre Sachen, dann nehmen wir meine Maschine in Lima und kehren in die Staaten zurück.«

»Nein, aber trotzdem danke.« Sands deutete den Berg hinunter Richtung Cielo Santo. »Ich werde da unten die Stellung halten. Vielleicht kann ich dabei helfen, die Situation für diese armen Leute zu verbessern.«

Jack verstand. Sands hatte ihm in der vergangenen Stunde etwas mehr von sich erzählt.

Die persönliche Höllenfahrt des Ex-Rangers hatte vor Jahren begonnen, als ein von ihm angeheuerter irakischer Übersetzer und dessen Familie brutal gefoltert und ermordet wurden, bevor Sands sie aus dem Land herausbringen konnte. Er hatte diesen Menschen versprochen, sie zu schützen, und machte sich zum Vorwurf, sie im Stich gelassen zu haben. An ihrer Ermordung war er zerbrochen. Er kümmerte sich um nichts mehr, am wenigsten um sich selbst, trieb sich in der Weltgeschichte herum und strandete schließlich in Cielo Santo.

Er hatte gewusst, dass auf der Hermana Alta irgendeine Schweinerei im Gang war, doch er schwor Jack, dass ihm keine Einzelheiten bekannt gewesen seien. »Hauptsächlich deshalb, weil es mir scheißegal war«, hatte er mit vor Scham heiserer Stimme zugegeben.

Jacks Anblick hatte ihn daran erinnert, wie er selbst einmal gewesen war. Und Jacks Entschlossenheit, ein Versprechen einzulösen, das er einem toten Freund gegeben hatte, hatte tief in ihm drin wieder etwas zum Leben erweckt, das er tot geglaubt hatte.

»Ich schulde Ihnen was«, sagte Sands.

»Ich denke, es ist genau anders rum.« Jack nickte in Richtung Cielo Santo. »Das wird nicht leicht.«

»Das ist das Gute nie. Aber Sie können mir einen Gefallen tun.«

»Gerne.«

»Sagen Sie Midas, dass Brick noch ein paar Patronen im Lauf hat, ja?«

# 82

## AN BORD DER G550 VON HENDLEY ASSOCIATES

Neben den Bereichen Logistik und Terminplanung war Lisanne Robertson auch für das Wohl der Campus-Crew und die Sicherheit des Flugzeugs verantwortlich, Aufgaben, für die sie sich in ihrer Zeit beim Marine Corps und im Police Department von Alexandria fit gemacht hatte.

Doch so gut sie sich in einem Kampf behaupten konnte, so gut kam sie auch in einer Bordküche zurecht. Während Jack in dem kleinen, aber adäquaten Badezimmer der Gulfstream duschte und frische Sachen anzog, kam Lisanne seiner Bitte nach und machte ihm etwas zu essen: Waffeln, Eier und Speck.

In Erinnerung an Clarks Besuch in seiner Wohnung ein paar Tage zuvor – der gefühlt eher Jahre zurücklag, nach den Schmerzen zu urteilen, die er am ganzen Körper hatte – rief er als Erstes seinen Vater auf dessen Privatnummer an und versicherte dem alten Herrn, dass er zwar müde, sonst aber wohlauf sei und noch am selben Abend wieder in den Staaten sein werde.

Sein zweiter Anruf galt Gavin Biery, dem IT-Genie des Campus. »Hast du die Fotos bekommen, die ich dir geschickt habe?«, fragte Jack. Mit dem Handy des Lieutenants hatte er den toten französischen Söldner und das Fallschirmjäger-Tattoo der Fremdenlegion auf seiner Hand fotografiert und an Biery weitergeleitet.

»Na klar. Hat mir geholfen, die Trefferliste bei meiner Suche von 327 auf nur zwei zu reduzieren. Beide heißen mit Nachnamen Cluzet. Und du hast richtig vermutet, es sind Brüder, nur elf Monate auseinander.«

»Ich weiß, dass einer von ihnen jetzt in einem Kühlfach in der Pathologie von Lima liegt. Wo steckt der andere *enculé?«*

»Ich arbeite dran. Ich muss noch ein paar Datenbanken durchforsten. Bis du wieder im Büro bist, dürfte ich die Antwort haben.«

Jack dankte Gavin dafür, dass er wieder einmal seine digitale Trickkiste auspackte, und legte auf.

Lisanne brachte ein Tablett mit dampfend heißen Speisen und eiskaltem, frisch gepressten Orangensaft zu seinem Sitz, doch Jack war bereits eingeschlafen und schnarchte wie eine Kettensäge. Sie stellte das Tablett ab, breitete ein Tuch darüber, setzte sich in den Sitz ihm gegenüber und wachte über ihren erschöpften Passagier.

## SAN FRANCISCO, KALIFORNIEN

Die Bombardier Global 8000 von CloudServe hob um 17 Uhr Pazifischer Standardzeit ab. Obwohl die Maschine bis zu 17 Passagiere fasste, befanden sich heute neben der Crew nur Elias Dahm und Amanda Watson an Bord. Von San Francisco aus hätten sie ohne Auftanken bis nach Sydney oder Moskau fliegen können, doch laut Flugplan ging es nur nach London Heathrow, wo sie morgen um 12 Uhr Ortszeit eintreffen würden, pünktlich zum Beginn der TechWorld-Konferenz.

Watson war dankbar dafür, dass der Innenraum der Bombardier in geräumige Suiten aufgeteilt war. Elias hatte sich bereits in seine zurückgezogen, wohl um an seiner Rede zu schreiben. Er war in einer merkwürdig gereizten Stimmung im Charterterminal eingetroffen, hatte sie und die Besatzung im Gegensatz zu sonst nur flüchtig gegrüßt. Sie vermutete, dass er noch über das Desaster in Franzosisch-Guayana nachgrübelte, aber seine Stimmungen waren so schwer zu lesen wie Kierkegaard.

Es hätte weitaus schlimmer für ihn ausgehen können. Watson hatte Foley nur mit Mühe dazu überreden können, über die Sache mit Fung vorerst Stillschweigen zu bewahren. Ihr Argument: Je weniger Leute davon wüssten, desto besser. Sie hatte Foley versprochen, Elias sofort nach der Konferenz zu informieren, was ja nur eine Verzögerung von ein paar Tagen war.

»Und offen gesagt, Mary Pat, brauche ich in London einen konzentrierten Elias. Es ist für uns die wichtigste Veranstaltung im Jahr. Er wird ausrasten, wenn er es erfährt.«

Foley verstand ihre Bedenken und willigte widerstrebend ein, aber nur weil Watson sie als Erste auf Fungs Spur gebracht hatte. »Ich möchte, dass Sie beide am Tag Ihrer Rückkehr aus London zu mir ins Büro kommen.«

»Wir werden kommen. Sie haben mein Wort.«

Watson war froh, dass sich Dahm zurückgezogen hatte, denn es war ein langer Flug. Nach dem Essen würde sie ihren Bericht für Foley fertig machen und sich dann hinlegen. Nach den Ereignissen der letzten Tage konnte sie einen erholsamen Schlaf gebrauchen. Bei der wichtigsten Branchenkonferenz der Welt musste sie ausgeruht sein.

Sie hatte das Gefühl, dass ihnen in London bewegte Tage bevorstanden.

ALEXANDRIA, VIRGINIA

Jack fühlte sich überhaupt nicht wie einer, aber Clark und die übrigen Campus-Agenten – Ding, Dom, Midas, Adara und Gavin – empfingen ihn im Hangar von Hendley Associates wie einen heimkehrenden Lokalhelden. Sie strahlten ihn an, nahmen ihn reihum in die Arme und klopften ihm auf den Rücken.

Der Campus war über die Ereignisse der letzten vierundzwanzig Stunden informiert worden, auch über die erfolgreiche Evakuierung aller zweiundvierzig Minenarbeiter von der Hermana Alta und ihre Einlieferung in Krankenhäuser.

Clark fiel auf, dass sich der junge Ryan seit ihrem letzten Gespräch verändert hatte. Er war still, aber bei guter Laune. Offensichtlich hatte Jack einen ausgiebigen Blick in den Spiegel geworfen, über den sie in seiner Wohnung gesprochen hatten, und da unten in Peru alles zu seiner Zufriedenheit erledigt.

»Irgendwas Neues zu Cluzet?«, fragte Jack Gavin, der gerade ein XXL-Snickers mampfte.

»Ja, allerdings. Du erinnerst dich an das Eiserne Syndikat, die Organisation, die letztes Jahr hinter dir her war? Ich sollte sie auf Clarks Anweisung im Auge behalten. Und nun bin ich auf ein internes Memo von Interpol gestoßen, das die Brüder Cluzet mit dem Syndikat in Verbindung bringt, dank dieser ausgefallenen Tattoos.«

»Dann hast du Interpol kontaktiert, um etwas über ihn zu erfahren?«

Clark antwortete: »Wir haben es erwogen. Aber das Eiserne Syndikat ist weltweit aktiv. Es hat in jeder größeren Sicherheitsbehörde Agenten und Spitzel platziert. Deshalb halten wir es für besser, wenn wir ihn auf eigene Faust jagen. Vielleicht können wir Beweismaterial sammeln und dazu beitragen, die Geheimnisse um diese Organisation zu lüften.«

Jack hatte die globale Bedrohungsanalyse der nationalen Sicherheitsdienste gelesen. Darin wurde das organisierte Verbrechen, das weltweit zwei Billionen Dollar umsetzte, als ernste Bedrohung für die Sicherheit Amerikas eingestuft. Er wollte Cluzet zur Strecke bringen, aber natürlich hätte er nichts dagegen, wenn man bei der Gelegenheit auch das Eiserne Syndikat zerschlagen könnte.

»Wenn wir nicht zu Interpol gehen, ist unsere einzige Chance, Cluzet zu finden, der Tscheche.«

»Genau deshalb sind wir hier«, sagte Clark.

»Wo ist er im Moment?«

»Zu Hause, in Tschechien.«

»Er macht es uns ziemlich einfach, oder?«, fragte Jack.

»›Ein Hund kehrt immer zu dem zurück, was er erbrochen hat‹, heißt es in der Bibel«, bemerkte Gavin und wischte sich Schokolade von den Lippen.

»Und wie mir scheint, vertraut ihr auch nicht darauf, dass die tschechische Regierung ihn sich für uns vornimmt.«

»Ich halte es für besser, wenn wir selbst mit ihm reden. Ich wäre untröstlich, wenn der alte Sack aus Versehen eine Kugel ins Gesicht bekommt und seine Geheimnisse mit ins Grab nimmt, weil wir den falschen Leuten einen Tipp gegeben haben.«

»Dann reden wir doch mit ihm.«

»Wir sind schon am Planen. Willst du mit?«

»Das fragst du noch?«

»Es wird wieder ein langer Flug.«

»Ich kann die Meilen gebrauchen.«

»Bist du hundertprozentig fit? Die Sache könnte etwas haarig werden.«

Jack kniff die Augen zusammen. »Denk nicht mal dran, mich außen vor zu lassen.«

Clark sah die Entschlossenheit in seinen Augen. Und er verstand sie auch. In ihm selbst hatte dasselbc Feuer gebrannt, als er vor vier Jahrzehnten für den Mord an Pamela Madden blutige Rache genommen hatte. Er deutete mit dem Daumen über seine Schulter. In der Ecke des Hangars war Ausrüstung für eine Mission gestapelt. Etwas Ernstes stand bevor.

»Ich hab deine Sachen mitgebracht, nur für den Fall. Wir

brechen gleich auf. Der Flieger startet, sobald er aufgetankt ist und alle Checks abgeschlossen sind. Die Einsatzbesprechung machen wir unterwegs.«

»Danke. Ich weiß das zu schätzen.«

»Du hast es verdient, mein Junge. Du hast da unten einen Riesenjob gemacht.«

Alle in der Runde nickten.

»Nein«, sagte Jack. »Der Job ist erst angelaufen. Jetzt wird es Zeit, ihn zu Ende zu bringen.«

# 83

## WASHINGTON, D.C.

Fall abgeschlossen.

Fortson von der Q Group hatte Zustimmung signalisiert, ebenso die Leiter sämtlicher IT-Abteilungen der Geheimdienstbehörden. Und auch Watson.

Foley seufzte erleichtert. Die Nachrichtendienste waren noch mal davongekommen. Knapp an einer Katastrophe vorbeigeschlittert. Einen schrecklichen Moment lang hatte sie ernsthaft daran gedacht, die ganze IC-Cloud zu schließen, die derzeit täglich 1000 Terabytes an Video- und Audioüberwachungsdaten sowie Billionen Metadaten von Telefon- und Internetverbindungen aus aller Welt verarbeitete. Das Sammeln und Verarbeiten nachrichtendienstlicher Informationen, wie es gegenwärtig praktiziert wurde, wäre zum Erliegen gekommen. Der Schaden für die Glaubwürdigkeit der amerikanischen Nachrichtendienste wäre verheerend und womöglich nie wiedergutzumachen gewesen. Kein Verbündeter hätte den Vereinigten Staaten jemals wieder vertraut.

Zum Glück war die undichte Stelle geschlossen worden.

Fung war ein Einzeltäter gewesen, und Umfang und Dauer des Schadens waren klar begrenzt geblieben. Die forensische Untersuchung seines Laptops war abgeschlossen und bestätigte Fortsons anfängliche Vermutungen. Watson schloss unverzüglich und heimlich die Lücke, die Fung ins Sicherheitssystem des CIA-Kommunikationssatelliten gerissen hatte.

Dann half sie bei der Entwicklung eines geheimen Sicherheitsaudits und suchte intensiv nach weiteren Anzeichen für Datenlecks in der IC-Cloud. Falls ein Dritter die Cloud gehackt hatte und mitbekam, was sie vorhatten, würde er abtauchen. Die größere Herausforderung bestand darin, die IC-Cloud am Laufen zu halten, solange die Ermittlungen andauerten. Zu viele andere wichtige, aktuelle Projekte standen auf dem Spiel, und selbst der geringste Hinweis auf ein Datenleck würde ihre Verbündeten – besonders die Five-Eyes-Länder – in Panik versetzen.

Foley war dankbar für die Herkulesarbeit, die Watson leistete. Nach den Zeitstempeln ihrer Anrufe, Textnachrichten und E-Mails zu urteilen, hatte sie achtundvierzig Stunden lang rund um die Uhr gearbeitet. Jetzt war sie auf einer Konferenz in London, hatte aber versprochen, dass sie jederzeit zu erreichen sei, falls sie gebraucht würde.

Watson war sich mit allen Experten darin einig, dass Fung eine Art Zufallstreffer gelandet habe und die von ihm entdeckte Schwachstelle kein Indiz für ein größeres Sicherheitsproblem sei. Die Nachricht von Fungs Verrat hatte sie besonders schwer getroffen. Sie kreidete ihn sich als persönliches und berufliches Versagen an. Und in einem gewissen Sinne hatte sie damit auch recht. Aber Foley traf nicht weniger Schuld. Alles war unter ihrer Aufsicht geschehen.

Was sie am meisten umtrieb, war die Frage, wie es Fung gelungen war, die regelmäßigen Sicherheitsüberprüfungen zu bestehen, denen wichtige IC-Dienstleiter unterzogen wurden. Waren sie nicht so häufig und so gründlich durchgeführt worden, wie sie angenommen hatte? Oder hatte man sich zu sehr auf Lügendetektor-Tests verlassen – die sich mit gezieltem Training austricksen ließen? Sie würde das Problem angehen müssen, sobald sich der Staub etwas gelegt hatte.

Im Moment blieben Foley nur noch zwei Dinge zu tun: Sie musste einen Kurzbericht über den Fall Fung verfassen und den Präsidenten anrufen. Als ehemaliger Nationaler Sicherheitsberater und stellvertretender CIA-Direktor würde er die Schwere der Krise ermessen können und es zu schätzen wissen, wie schnell sie gelöst worden war.

In seiner Eigenschaft als Präsident würde er wahrscheinlich alles andere als erfreut sein, aber Foley hielt nichts davon, Probleme unter den Teppich zu kehren.

Transparenz was das beste Mittel gegen Fehlverhalten, besonders in ihrem Gewerbe.

## BEZIRK KLATOVY, REGION PLZEŇSKÝ KRAJ, TSCHECHIEN

Der Lauf von Clarks Colt .45 drückte gegen das Knie des Tschechen, der in seinem Lieblingsbürostuhl mit hoher Rückenlehne saß. Wie überall in seiner großen Jagdhütte hingen auch hier Trophäen von Wild an den Holzwänden, das er im umliegenden Wald erlegt hatte.

»Ach ja, Mr. Clark? So dramatisch?«

»Letzte Chance, Freundchen. Wenn Sie jemals wieder Cha-Cha-Cha tanzen wollen, sagen Sie mir besser, wo ich Cluzet finde.«

Mit im Raum waren Jack, eine Glock 19 in der Hand, und Gavin, der bereits im Laptop des Gangsters stöberte.

»Das kennen wir doch zur Genüge. Wenn ich es Ihnen sage, erschießen Sie mich trotzdem.«

»Wir wollen nur Cluzet«, sagte Jack. »Nicht Sie.«

»Haben Sie das auch meinen Wachleuten draußen erzählt, bevor Sie sie umgelegt haben?«

»Sie haben nicht kooperiert«, erwiderte Jack. »Das hat sie zu Kollateralschäden gemacht. Jetzt ist die Wahl an Ihnen.«

Die eulenhaften Augen hinter den Brillengläsern musterten Jacks Gesicht. »Sie haben eine persönliche Rechnung mit Cluzet zu begleichen, stimmt's?«

Jack sprang vor und drückte ihm den Lauf seiner Waffe gegen den Schädel, wobei er ihm die Brille von der Nase schlug. »Wo ist Cluzet?«

»Jack …«

»Letzte Chance, du Arschloch!«

Der Tscheche sah die mörderische Wut in Jacks Augen. »Ich bin kein Mikromanager. Ich habe wirklich keine Ahnung.«

»Dann gibt es für Sie keinen Grund mehr, noch länger Platz auf dem Planeten zu verschwenden.« Jacks Finger glitt zum Abzug.

»Nein! Warten Sie. Vielleicht habe ich etwas Wertvolleres als Cluzet zu bieten.«

Clark schob Jacks Pistole von der Stirn des alten Mannes weg. »Was denn zum Beispiel?«

»Ihr Land hat ein Problem. Ein sehr großes Problem. Ein Problem, das nur ich lösen kann. Aber dazu werde ich mit Direktorin Foley sprechen müssen.«

»Haben Sie jetzt komplett den Verstand verloren?«, sagte Jack.

»Warum Direktorin Foley?«, fragte Clark.

»Glauben Sie mir, sie wird hören wollen, was ich zu sagen habe.«

## WASHINGTON, D.C.

Mary Pat Foley runzelte verwirrt die Stirn, als der Tscheche ihr von dem Mord an dem BKA-Ermittler in Berlin erzählte. Und dass dabei alles auf Informationen basiert habe, die ihm CHIBI geliefert habe.

»Ich bedaure, Ihnen sagen zu müssen, dass CHIBI tot ist. Er hat sich umgebracht. Das Datenleck ist geschlossen.«

»Das kann nicht sein«, sagte der Tscheche am Telefon. »Mein Bevollmächtigter trifft sich morgen mit ihm. Die Bestätigung ist vor einer Stunde eingetroffen.«

Das Blut wich aus Foleys Gesicht.

Der Tscheche führte den Gedanken für sie zu Ende. »Sie sollten glauben, dass das Leck geschlossen ist. Was für eine Leiche man Ihnen da auch präsentiert hat, es war ein Trick, und nach dem Klang Ihrer Stimme zu urteilen, hat er hervorragend funktioniert.«

Fünfzehn Minuten später gab der Tscheche mit einem triumphierenden Grinsen Clark das Telefon zurück.

»Mr. Clark, hier Mary Pat. Ich fürchte, wir müssen auf seine Bedingungen eingehen. Vollständige Straffreiheit im Austausch gegen diesen Algorithmus-Schlüssel.«

»Trauen Sie ihm, Ma'am?«

»Leider ja.« Was er über den Mord an dem BKA-Mann wusste, genügte ihr als Beweis.

»Und nun?«

»Sie müssen sich etwas gedulden. Ich werde Sie zu einer Telefonkonferenz zuschalten. Ich habe da eine Idee. Ich rufe Sie in zwanzig Minuten zurück. Und tun Sie ihm nichts.«

»Wenn Sie darauf bestehen, Ma'am.«

Der Tscheche lehnte sich in seinem Stuhl zurück, zufrieden, dass er dem Tod wieder mal ein Schnippchen geschlagen hatte.

Clark hätte dem Alten das Grinsen am liebsten mit dem Handrücken aus dem Gesicht gewischt, doch er hatte seine Befehle. Und er musste zugeben, dass der Tscheche sie ausgetrickst hatte. Er hatte Foley von einem Mann namens CHIBI erzählt und von einer geheimen, stillen Auktion, die morgen Abend in London stattfinden sollte. Jeder Bieter, vertreten durch einen

Bevollmächtigten, durfte dabei nur ein Gebot abgeben. Der Höchstbietende würde einen besonderen Algorithmus-Schlüssel erhalten, mit dem sich die gesamte IC-Cloud öffnen ließ – ohne dass die Geheimdienstgemeinde jemals davon erfuhr.

Als Gegenleistung für sein Leben versprach ihnen der Tscheche das verschlüsselte Passwort, das seinem Bevollmächtigten das Mitbieten ermöglichte. »Sie wissen nicht, wer kommt. Zur Identifizierung genügt das Passwort.«

Clark war kein Sicherheitsexperte, doch als Gavin entgeistert die Kinnlade fallen ließ, wusste er, dass die Sache sehr ernst war.

»Hören Sie«, sagte er zum Tschechen, »wenn Sie uns hier verscheißern, werden Sie sich wünschen, ich hätte Ihnen von Jack das Hirn wegpusten lassen.«

»Ich bin nichts und niemandem verpflichtet außer mir, Mr. Clark. Mein inniger Wunsch nach Selbsterhaltung ist Ihre beste Garantie.«

Dom und Adara bewachten den Tschechen in einem anderen Raum, während Gavin, Clark, Jack, Mary Pat und zwei Cyber-Cracks von der NSA miteinander über Clarks Handy telefonierten.

Der Plan, den sie sich ausdachten, war unausgegoren und nicht übermäßig erfolgversprechend.

Doch er war ihre einzige Chance.

Und alles hing jetzt von Gavin Biery ab.

# 84

## LONDON, UK

Die TechWorld-Konferenz fand in einem hoch aufragenden Glasturm statt, der ein Hotel und ein Konferenzzentrum beherbergte und im Londoner Stadtteil Canary Wharf nahe der Themse lag.

Gavin trug einen eilends in der Savile Row erworbenen Anzug. Er saß zusammen mit Clark und Adara hinten in einem gemieteten Van. Midas saß am Steuer. Dom und Ding waren noch in Tschechien und hielten den alten Gangster unter Verschluss, bis der Einsatz beendet war und er wieder freigelassen wurde – eine Entscheidung, die Clark nicht gutheißen konnte, aber auch nicht anfocht, da er nicht darüber zu befinden hatte.

Jack und Foley waren bereits im Hotel. Foley war mit ihrem hastig zusammengestellten Team die Nacht durchgeflogen und am frühen Morgen mit ihrem Regierungsjet eingetroffen.

»Du schwitzt ja wie ein Weltmeister«, sagte Adara und tupfte Gavins fülliges Gesicht mit seinem Taschentuch ab. »Du könntest einen Kurzschluss im Mikro verursachen.«

»Echt?«

»Nur ein Scherz«, sagte Adara. »Alles wird gut gehen.«

»Hör mal, Gav. Für jemanden wie dich ist das doch ein Kinderspiel«, sagte Clark im Bemühen, seinen Mann zu beruhigen. »Ein Hochhaus voller Computer-Genies, die sich über Bits und Bytes auslassen. Und so viele kostenlose Cocktail-Würstchen und Limos, wie du dir nur wünschen kannst.«

»Nur … ich bin eigentlich kein Feldagent.«

»Aber du wolltest immer einer werden. Und du bist doch schon einige Mal mit uns draußen gewesen. Du schaffst das schon«, versicherte ihm Adara.

»Aber diesmal ist es sehr, sehr wichtig. Und ich bin nicht der IT-Support der Mission, sondern die *Mission.«*

»Und du wirst sie fertigmachen«, sagte Clark.

Gavin erbleichte.

»Nur bildlich gesprochen. Hier geht es bloß um IT und um IT-Fachleute. Keine Kanonen, keine Schläger. Okay?«

»Okay.«

»Wir behalten dich die ganze Zeit im Auge«, sagte Adara und rückte seine Krawattennadel zurecht, in die eine Miniatur-Videokamera und ein Mikrofon eingebaut waren. »Und wir sind nie weiter als ein Stockwerk entfernt.«

Clark sah auf die Uhr. »Es wird Zeit.«

Gavin ging in dem Hotelzimmer auf und ab, das die Leute des Tschechen gemäß CHIBIs Anweisungen für die Konferenz reserviert hatten. Punkt 20 Uhr sollte CHIBIs Bevollmächtigter kommen. Gavin sollte sich mit dem verschlüsselten Kennwort des Tschechen ausweisen und ihm dann einen Umschlag mit dem Gebot des Tschechen überreichen.

Die technische Seite des Treffens bekümmerte Gavin nicht. Die war nicht schwieriger, als einen Zwanzigdollarschein aus einem Geldautomaten zu ziehen. Cool zu bleiben, das war die Herausforderung. Als wäre er wirklich ein schlimmer Finger und kein schwitzender, fetter Technikfreak, der einen auf Spion machte.

Gavin machte seine Atemübungen und versuchte, an seinen Lieblingsstrand zu denken. Als es an die Tür klopfte, fiel er fast in Ohnmacht.

»Komm schon, Gav, du packst das«, flüsterte er vor sich hin.

Er öffnete die Tür.

Er hätte sich fast in die Hose gemacht.

»Äh, bitte, treten Sie ein.«

CHIBI lächelte und kam herein. Gavin schloss die Tür.

»Stimmt was nicht?«

»Nein, alles in Ordnung.«

»Sie haben etwas für mich?«

»Ja.«

Er zog den USB-Stick des Tschechen aus der Hosentasche und steckte ihn in das Lesegerät in CHIBIs Hand.

»Ausgezeichnet. Und das Gebot?«

»Das Gebot? Aber natürlich.« Er griff in die Tasche und überreichte den versiegelten Umschlag.

CHIBI wandte sich zum Gehen und öffnete die Tür.

Draußen stand wutentbrannt Mary Pat Foley.

Sie gab Amanda Watson eine saftige Ohrfeige.

»Du verräterisches Miststück!«

# 85

Foley, Clark, Jack und Gavin standen um Watson herum, die, von Foleys Ohrfeige noch ganz rot im Gesicht, auf einem Stuhl saß.

»Wann und wo findet das nächste Treffen statt?«, fragte Foley.

Watson sah auf die Uhr. »In zehn Minuten, zwei Etagen höher.«

»Wie viele sind es noch?«

»Sie haben Glück. Das hier war das erste. Noch drei.«

»Okay, folgender Deal, kurz und schmerzlos: Sie tun genau, was ich Ihnen sage, und dafür werde ich Sie nicht höchstpersönlich vom Balkon im zehnten Stock werfen. Sind Sie damit einverstanden?«

»Das können Sie nicht tun.«

Foley beugte sich über den Stuhl bis dicht vor ihr Gesicht. »Legen Sie es nicht drauf an.«

Watson erbleichte.

»Was soll ich tun?«

Foley richtete sich auf. »Tun Sie genau das, was Sie geplant haben. Treffen Sie sich mit den drei anderen, sammeln Sie ihre Gebote ein. Aber dann sagen Sie ihnen Folgendes: Der Höchstbietende wird heute Abend eine Textnachricht erhalten, in der steht, dass er zu einer bestimmten Zeit zu einem Treffpunkt in London kommen soll, wo Sie ihm den Algorithmus-Schlüssel aushändigen werden. Haben wir uns verstanden?«

»Verstanden.«

Foley rief über die Schulter. »Jack?«

Jack trat vor und verkabelte Watson mit einem Bluetooth-Ohrhörer, der als Video- und Audiogerät benutzt werden konnte.

Jack fasste an seinen Ohrhörer. »Sagen Sie etwas.«

»Etwas.«

Jack nickte. »Laut und deutlich.«

Foley sagte: »Wenn das Mikro und die Kamera ausfallen, sind Sie tot. Wenn Sie uns auffliegen lassen, sind Sie tot. Wenn Sie Dummheiten machen und sich verraten, werden Sie einen qualvollen Tod sterben.«

»Ich werde es nicht vermasseln. Sie werden sehen.«

»Das werde ich allerdings«, sagte Foley. »Und jetzt setzen Sie Ihren jämmerlichen Arsch in Bewegung.«

Anderthalb Stunden später war Watson wieder in Gavins Zimmer und saß auf demselben Stuhl. Die anderen umringten Gavins Laptop und sahen sich noch einmal Watsons Video an. Sie hatten alles bereits live mitverfolgt, wollten sich aber vergewissern, dass Watson sie nicht reingelegt hatte.

»Und?«, fragte Watson.

»Glauben Sie, dass sie es Ihnen abgekauft haben?«, fragte Foley.

»*Sie* haben es mir doch abgekauft, oder?«

Foley biss unwillkürlich die Zähne zusammen. »Ja, wohl schon. Viele von uns sind Ihnen auf den Leim gegangen.«

»Ich habe Durst. Könnte ich einen Schluck Wasser oder so bekommen?«, fragte Watson.

Jack fischte eine Flasche Mineralwasser aus dem Minikühlschrank und reichte sie Watson. Sie schraubte sie auf.

»Warum haben Sie das getan?«, fragte Foley.

»Spielt das eine Rolle?« Watson trank einen Schluck.

»Sagen Sie es mir trotzdem.«

»Aus mehreren Gründen.«

»Wie zum Beispiel?«

»Zunächst einmal weil ich es konnte. Sämtliche westliche Geheimdienste auszutricksen stellte ich mir ungeheuer befriedigend vor.«

»Und? War es das? Ich meine, bis wir Sie auf frischer Tat ertappt haben?«

»Ja, absolut.«

Foley wandte sich an Clark. »Wenn ich Sie um Ihre Waffe bitte, lehnen Sie ab. Verstanden?«

»Ja, Ma'am.«

»Warum noch?«, fragte Foley.

»Elias Dahm.«

»Was ist mit ihm?«

»Während er draußen auf seinem Boot junge Praktikantinnen gevögelt hat, habe ich die Scheißfirma aufgebaut. Jeder kannte Elias Dahm. Er war der Rockstar. Mich hat man nie in eine Privatsuite beim Superbowl eingeladen oder gebeten, bei einem Spiel der Giants den ersten Ball zu werfen oder mit Oprah auf Maui rumzuhängen. Stattdessen hat man mich ständig mit Fragen gelöchert: ›Wo ist Elias?‹, ›Wie ist er denn so?‹, ›Könnten Sie ihn von mir grüßen?‹, ›Können Sie ihm sagen, dass ich ein großer Fan von ihm bin?‹ Ich hätte kotzen können.«

»Sie waren doch mal mit ihm liiert.«

»Ja, eine Zeit lang. Er hat mich dazu überredet, meinen Traumjob bei der NSA aufzugeben, und mir dafür sein Bett angeboten. Aber dann, als er mich an die Kette gelegt hatte, hat er sich anderweitig umgetan.«

»Nach Jüngeren, meinen Sie«, sagte Jack.

»Sie haben die Sicherheit der Vereinigten Staaten aufs Spiel gesetzt, weil Ihre Gefühle verletzt wurden?«, fragte Clark. Jack sah, dass ihm die Zornesröte ins Gesicht stieg.

»Warum sind Sie denn geblieben?«, fragte Foley.

»Hauptsächlich wegen der Aktienoptionen. Ich meine, Cloud-Serve war eigentlich meine Firma. Den Großteil der wichtigen Arbeit habe ich gemacht. Elias war nur ein Verkäufer. Wie ich Ihnen in unserem Gespräch über Fung gesagt habe, hat Elias uns alle an der kurzen Leine gehalten. Im Falle unseres Ausscheidens sollten die Aktienoptionen fünf Jahre auf einem Treuhandkonto verbleiben, als Absicherung der Geheimhaltungsvereinbarungen und Wettbewerbsklauseln, die wir unterzeichnet hatten. Hätten wir uns also im Unfrieden getrennt, hätten wir kein Geld verdienen können und alles verloren, wofür wir gearbeitet hatten.«

»Ihre Optionen müssen Millionen wert gewesen sein.«

»Mehrere Hundert Millionen.«

»Aber was Sie getan haben, hätte der Firma das Genick gebrochen, und Ihre Wertpapiere wären ins Bodenlose gefallen.«

»Deswegen die Auktion. Ich konnte die Firma vernichten und gleichzeitig reich werden.«

»Noch irgendwelche anderen Gründe?«, fragte Foley.

»Mein Bruder.«

»Der Ranger? Der im Einsatz umgekommen ist?«, fragte Jack.

»Er war mein Held, mein Leben. Und Ryan hat ihn getötet.«

»Wieso hat der Präsident Ihren Bruder getötet?«, fragte Foley.

Watsons kühle Gelassenheit schmolz dahin.

»Was um alles in der Welt hatte er in der Ukraine verloren? Warum hat er dort gekämpft? Oder in Afghanistan, im Irak, im Niger, auf den Philippinen?«

Ihre Wut stieg weiter an. »Wieso glaubt Ryan, dass Amerika die idiotischen Kriege aller anderen führen muss? Kriege, die wir überhaupt erst verursachen? Ich habe genug von diesem patriotischen und chauvinistischen Schwachsinn. Er führt nur dazu, dass gute Leute sterben. Und wofür? Sagen Sie mir, wofür, verdammt noch mal.«

»Ihr Bruder war Soldat«, sagte Clark. »Er hat einen Eid geschworen. Er hat Befehle befolgt. Vielleicht war er nicht einmal mit ihnen einverstanden. Zum Teufel, die meisten Uniformträger sind nicht mit ihnen einverstanden, zumindest nicht immer. Aber das bringt der Job mit sich. Und Ihr Bruder hat seinen Job gemacht. Er hat sein Leben für sein Land geopfert – ein Land, das Sie verraten haben.«

»Und das bedeutet, dass Sie sein Opfer verraten haben«, fügte Jack hinzu.

»Was ich noch immer nicht verstehe«, sagte Foley. »Wieso haben Sie beschlossen, persönlich zu dem Treffen hier in London zu gehen? Das war doch riskant.«

Watson drosselte ihren Atem und versuchte, ihre Fassung wiederzuerlangen. »Leuten zu vertrauen ist noch riskanter. Es war sicherer, alles selbst zu machen.«

»Fung haben Sie aber nicht umgebracht.«

»Nein.«

»Aber ich vermute, Sie haben jemanden damit beauftragt. Wahrscheinlich im Darknet. Und mit Bitcoin bezahlt, damit die Spur nicht bis zu Ihnen zurückverfolgt werden kann.«

Watson lächelte herausfordernd. »Das müssen Sie erst mal beweisen.«

»Die Mühe kann ich mir sparen. Freundlicherweise haben Sie ja den Müll für uns rausgebracht.«

Gavin, der am Schreibtisch saß, hob den Kopf. Er hatte alle Umschläge mit den Geboten geöffnet. »Sieht so aus, als hätten die Iraner das Höchstgebot abgegeben.«

Foley runzelte die Stirn. »Nicht die Chinesen?«

»China kommt knapp dahinter. Dritter ist Russland.«

»Die Sanktionen haben dem guten Yermilov anscheinend richtig wehgetan«, sagte Clark.

»Die Iraner haben offensichtlich weitere Geldgeber gefunden, die das Angebot noch verlockender machen«, sagte Jack. »Oder einen Haufen waffenfähiges Uran verkauft.«

Foley wandte sich an Watson. »Hätten Sie unseren nationalen Sicherheitsapparat den iranischen Mullahs ausgeliefert?«

Watson verkniff sich ein Grinsen. »Ich hatte vor, allen vier Bietern den Algorithmus-Schlüssel zu geben. Dann hätten sie nicht nur euch verarscht, sondern sich auch gegenseitig.«

»Und Sie hätten mit jedem Gebot Kasse gemacht«, sagte Jack, »und noch mehr Geld eingesackt.«

Watson lächelte. »Da haben Sie recht.«

»Irgendwann wären sie dahintergekommen und hätten Jagd auf Sie gemacht«, sagte Foley.

»Die hätten mich nie gefunden. Mit so viel Geld im Rücken.« Sie trank noch einen Schluck Wasser.

Foley sah auf die Uhr und sagte zu Clark: »In einer Stunde kommen die Iraner. Wir müssen weitermachen.« Und zu Watson: »Wir verkabeln Sie jetzt wieder, machen Sie also keine Dummheiten.«

Auf Foleys Anweisung hin wurde jeder der drei Bieter per SMS benachrichtigt, dass er den Zuschlag erhalten habe, und alle wurden zu unterschiedlichen Zeiten zu unterschiedlichen Orten in London bestellt, die Foley vorher festgelegt hatte.

Um Watson vor einer Entführung durch einen Bieter zu schützen, der sich ums Bezahlen drücken wollte, sollte Clark sie zu jedem Treffpunkt chauffieren und dabei Überwachungserkennungsrouten abfahren, um eine mögliche Beschattung auszuschließen, während das restliche Team in zwei weiteren Fahrzeugen für zusätzliche Rückendeckung sorgte.

Ebenso wenig durfte Foley zulassen, dass die drei Bieter sich gegenseitig verfolgten. Sie mobilisierte örtliche CIA-Agenten, um das zu verhindern. Ihr Plan würde nur funktionieren, wenn jeder von ihnen dachte, er allein hätte den Zuschlag erhalten.

Foley gab Watson drei USB-Sticks.

»Auf jedem ist ein Algorithmus-Schlüssel, der ihnen begrenzten Zugang zu einem kontrollierten Bereich der IC-Cloud ermöglicht. Wenn sie sich einloggen, werden sie feststellen, dass sie etwas für ihr Geld bekommen haben.«

»Lassen Sie mich raten. Sie haben noch etwas anderes auf die Sticks geladen.«

»Wenn sie sich mit unserer Cloud verbinden, werden wir uns mit ihnen verbinden. Wir sind es, die unbegrenzten Zugang zu *ihren* Computersystemen bekommen werden.«

»Cyber-Judo«, kicherte Gavin. »Echt cool.«

»Irgendwann werden sie merken, was Sie getan haben«, sagte Watson.

»Aber erst wenn wir ihre Keksdosen geplündert haben.«

»Und wenn ich meinen Teil der Abmachung einhalte und diesen Geheimdienst-Coup für Sie durchziehe, was springt dann für mich heraus?«

»Ein Verräterstrick, hoffe ich«, sagte Clark.

»Das bezweifele ich«, feixte Watson. »Frauen aufzuhängen ist heutzutage politisch nicht sehr korrekt.«

»Es gibt alternative Lösungen, die es nie in die Zeitung schaffen«, sagte Clark. »Glauben Sie mir.«

»Sie können aber auch mein Angebot annehmen«, sagte Foley.

»Nämlich?«

»Es wird Ihnen nicht gefallen. Aber besser als frühzeitig unter die Erde.«

Foley hatte recht. Watson gefiel es nicht.

Sie nahm es trotzdem an.

# 86

## 300 MEILEN WESTLICH DER AZOREN

Foley flog mit derselben Boeing C-40B, die sie am Vortag vom 89. Airlift Wing auf der Joint Base Andrews geliehen hatte, wieder zurück.

Die C-40B war die militärische Ausführung des Business-Jets 737–700, und wie die viel größere Air Force One des Präsidenten bot sie den 15 Cyberwar-Experten, die sie nach London gebracht hatte, die Möglichkeit zu verschlüsseltem Datenverkehr. Zusammen mit der eilends zusammengestellten Arbeitsgruppe bei der NSA hatten sie es geschafft, die drei Algorithmus-Schlüssel mit dem Virus zu bauen, zu testen und bereitzustellen, das Foley brauchte, um ihren Spionage-Coup durchzuführen, nämlich in die nachrichtendienstlichen Computersysteme der Chinesen, Russen und Iraner einzudringen.

Die Cyberwar-Experten – überwiegend Männer und Frauen zwischen zwanzig und vierzig – waren auf offensive Cyberoperationen spezialisiert. Mehrere zählten zu den Spitzenleuten verschiedener Cyber-Mission-Teams der Streitkräfte, die gemeinsam dem U.S. Cyber Command zuarbeiteten.

Der einzige Neuzugang auf der Passagierliste war Amanda Watson, in Handschellen und von zwei Personenschützern Foleys bewacht.

Watson versuchte Foley davon zu überzeugen, dass die Kenntnisse, die sie besaß, in fünf Jahren für fremde Regierungen vollkommen nutzlos sein würden.

Foley entgegnete, dass auf Hochverrat die Todesstrafe stehe.

Darauf beschrieb Watson detailliert das Geheimportal, das sie in die IC-Cloud eingebaut hatte und das sich mit dem von ihr versteigerten Algorithmus-Schlüssel öffnen ließ. Unter Aufsicht von Foleys besten Cyberkriegern führte sie im Flugzeug sogar eine erfolgreiche Demonstration durch.

Foleys bestes und letztes Angebot waren dreißig Jahre in einem Bundesgefängnis mit offenem Vollzug und der Möglichkeit zu gemeinnütziger Arbeit. Sie gab zu bedenken, dass das allemal besser sei als ein unangemeldeter Besuch John Clarks mitten in der Nacht.

Watson willigte ein.

»Direktorin Foley? Sie werden es nicht glauben«, sagte Sergeant Molly Honk, in deren Brille sich das blaue Leuchten des Computerbildschirms spiegelte. Ihr Babybauch war unter ihrem Kampfanzug für Schwangere kaum zu sehen.

»Was ist denn?«

Die kleine dreiundzwanzigjährige Air-Force-Soldatin strahlte. »Wir sind schon im iranischen Hauptrechner drin.«

»Die haben keine Zeit verschwendet«, rief Foley und dann, an den Steward neben der Bordküche gewandt:

»Ihr habt nicht zufällig Champagner an Bord?«

## 250 MEILEN WESTLICH DER AZOREN

Die G550 von Hendley Associates flog fast dieselbe Route und nur knapp sechs Minuten hinter Foleys Maschine.

Das Campus-Team besprach die Ereignisse der letzten Tage, tauschte Erfahrungen aus und diskutierte über mögliche weitere Aktionen, doch es war schwer, ohne hieb- und stichfeste Fakten Details festzulegen.

Fakten, die plötzlich zugänglich wurden, als Gavin aus dem hinteren Teil des Flugzeugs neben der Bordküche »Meine Güte!« rief.

Seit drei Stunden über den Laptop des Tschechen gebeugt und über das verschlüsselte Bordsystem via Satellit mit dem von ihm selbst eingerichteten Rechnernetz verbunden, war Gavin soeben auf eine Daten-Goldmine gestoßen.

»He, Jack! Komm mal rüber und sieh dir das an. Ich glaube, ich habe endlich eine Antwort auf deine Frage gefunden.«

Jack schlurfte nach hinten, ließ sich in den Sitz neben Gavin fallen und scrollte durch die Seiten mit Kontonummern, Einzahlungen und Quittungen. Dann klopfte er dem IT-Direktor auf die weiche, runde Schulter.

»Gavin Biery, unser Computer-Genie.«

Gavin strahlte vor Stolz.

Den restlichen Flug brachten die beiden damit zu, ein Dokument zu erstellen, das den Capitol Hill wie ein schweres Erdbeben erschüttern würde.

# 87

## WASHINGTON, D.C., OVAL OFFICE, WEISSES HAUS

Mr. President«, sagte Senatorin Dixon und lächelte wie bei einem Essen der Handelskammer.

Dixon war eine sehr attraktive Frau, wie Präsident Ryan schon bei früheren Gelegenheiten bemerkt hatte, doch ihre Arroganz schmälerte diesen Eindruck in seinen Augen erheblich.

»Senatorin, ich weiß es zu schätzen, dass Sie so kurzfristig kommen konnten.« Präsident Ryan deutete auf einen Stuhl. Sie nahm stattdessen auf einem der langen Chesterfield-Sofas Platz. Er bot ihr nichts zu trinken an.

»Es muss dringend sein, Jack, also bin ich gleich hergekommen. Ich stehe Ihnen gerne zu Diensten.«

*Du bist eher hergekommen, um für Vorhänge Maß zu nehmen,* dachte Ryan. *Freu dich bloß nicht zu früh.*

Er setzte sich auf einen Stuhl, einen Aktenordner in der Hand. Der Stuhl verschaffte ihm eine leicht erhöhte Position. Was nicht heißt, dass er die jetzt benötigt hätte.

»Wo ist denn Ihr Schoßhund, Arnie? Mir wird direkt etwas fehlen, wenn er nicht aufs Leder sabbert und an meinen Absätzen nagt.«

»Wir haben ein Problem, über das ich mit Ihnen sprechen möchte, und zwar unter vier Augen.«

Dixon deutete mit dem Finger zur Decke. »Dann wird unser Gespräch also nicht aufgenommen?«

»Niemals, ohne dass vorher um Erlaubnis gefragt wird, und heute frage ich nicht. Alles bleibt unter uns.«

Dixons Miene hellte sich auf. »Ich bin ganz Ohr.«

Ryan schlug den Ordner auf und reichte ihr einen daumendicken Bericht. »Auf der ersten Seite finden Sie eine Kurzzusammenfassung.«

Dixon nahm das Dokument vorsichtig in die Hand, die Augen fest auf Ryan gerichtet.

»Wie wär's, wenn Sie es mir kurz zusammenfassen? Das können Sie doch so gut.«

Ryan verkniff sich ein Lächeln. Sein Sohn Jack hatte ihm vor knapp einer Stunde, als sein Flugzeug landete, den Inhalt kurz zusammengefasst. Er und Gavin hatten eine erstklassige Dokumentation zusammengestellt, in der jedes Detail bis ins Kleinste aufgeführt war. Er war auf beide verdammt stolz.

»Dann komme ich gleich auf den Punkt. Ihr Sohn, Christopher Gage ...«

»Stiefsohn.«

»... steht mit einer international agierenden, kriminellen Organisation in Verbindung, die unter dem Namen Eisernes Syndikat bekannt ist. Außerdem kooperiert er mit einem chinesischen Staatsbürger namens Hu Peng, dessen Vater Direktor einer staatlichen Bank und hochrangiger Parteifunktionär ist. Die beiden betreiben einen bandenmäßigen, europaweiten Drogenhandel mit Chemikalien zur Heroinherstellung, weiterverarbeitetem Heroin und Methamphetaminen. Sie haben ihr Treiben durch diverse Scheinfirmen getarnt, die von BRI-Handelsverträgen profitieren, die Pengs Vater mit ausgehandelt hat.«

Sie blätterte durch die Seiten, las Zahlen.

»Das ist eine faszinierende Geschichte – klingt nach einem Roman von Clive Cussler. Aber selbst wenn sie stimmt, was hat sie mit mir zu tun? Ich stehe in keiner geschäftlichen oder finanziellen Beziehung zu meinem Stiefsohn. Wenn er sich irgendetwas von dem, was Sie vorbringen, hat zuschulden kommen lassen, dann ist das sein Problem, nicht meines.«

»Ach übrigens, wo steckt Christopher eigentlich? Wir haben ihn zu erreichen versucht, können ihn aber nicht ausfindig machen.«

»Ich habe keine Ahnung. Wie gesagt, seine Geschäfte sind seine Sache und gehen mich nichts an.«

Ryan lehnte sich zurück und legte, zufrieden lächelnd, die Fingerspitzen aneinander.

»Sie machen gute Miene zum bösen Spiel, Deborah. Ich denke, wir wissen beide, wie sehr das Ihrer Präsidentschaftskandidatur schaden wird, selbst wenn Sie vor dem Gesetz unschuldig sind, was Sie ja möglicherweise auch sind. Dieser Bericht deckt einen Sumpf auf, in dem Sie und Ihre Familie bis zum Hals drinstecken.«

»Mein Mann führt seine eigenen Geschäfte. Ich gebe eine separate Steuererklärung ab und mache sie jedes Jahr öffentlich und das seit nunmehr zwanzig Jahren. Ich habe nichts zu verbergen. Meine Angelegenheiten sind in Ordnung.«

»Dann sollten Sie Seite 37 des Berichts aufschlagen. Dort beginnt eine Aufstellung der Finanzkonten des Dixon Gage Charitable Trust, auf den Sie, wie ich weiß, sehr stolz sind.«

»Warum sollte ich das nicht sein? Wir haben wichtige Arbeit für Arme und Bedürftige auf der ganzen Welt geleistet, ganz zu schweigen von den tapferen Veteranen hier bei uns.«

»Und Christopher hat maßgeblich an der Arbeit der Stiftung mitgewirkt, nicht wahr?«

Dixon stutzte. »Ja, allerdings. Jahrelang. Er hat mir mehr als einmal gesagt, dass diese Arbeit sein Leben verändert hat.«

»Davon bin ich überzeugt.«

»Wie meinen Sie das?«

»Bedauerlicherweise hat Christopher Ihre Stiftung dazu benutzt, sein schmutziges Geld zu waschen und durch Einzahlungen Tausender fiktiver Spender Millionen von Dollar zu verdienen.«

»Ich kann nicht für die Herkunft anonymer Spendengelder verantwortlich gemacht werden.«

»Nein, aber damit ist die Geschichte noch nicht zu Ende. Christopher hat das schmutzige Geld dann in ›saubere‹ Projekte geschleust, besonders in Afghanistan, wo es kaum staatliche Aufsicht gibt und die Familie Peng zufälligerweise beträchtliche Mittel investiert hat. Christopher hat bei Scheinfirmen, die insgeheim ihm und Peng gehören, Waren und Dienstleistungen für die Stiftung eingekauft, und zwar zu exorbitanten Preisen. Das Geld für all die Brunnen und Schulen, die Ihre Stiftung, wie Sie glaubten, gebaut hat, ist in Wahrheit in die Taschen Ihres Sohns und Ihres Mannes geflossen und, wie sich jetzt herausstellt, in die von mindestens einem hohen Funktionär der Kommunistischen Partei Chinas.

Selbst wenn Sie vor Gericht beweisen können, dass Sie von all dem nichts gewusst haben, wird die öffentliche Meinung Sie schuldig sprechen, und schlimmer noch, Sie werden am Ende als die Dumme oder die Gelackmeierte dastehen.«

Dixons Puls rauschte in den Keller. Der arrogante Zug um ihre mit Botox geschönten Augen verschwand.

»Nicht gerade ideale Voraussetzungen für einen erfolgreichen Präsidentschaftswahlkampf«, schob Ryan hinterher, nur um Salz in die Wunde zu streuen.

»Es dürfte Ihnen schwerfallen, irgendwas davon vor Gericht zu verwenden. Ich bezweifle, dass Sie auf legalem Weg an die Informationen gekommen sind.«

*Netter Bluff, Senatorin. Gut, dass ich nie mit Ihnen gepokert habe.*

»Das Risiko werde ich eingehen. Selbst wenn wir vor Gericht

verlieren – und mein Justizminister ist vom Gegenteil überzeugt –, wird Ihr Ruf auf Jahre hinaus ruiniert sein. Und wir haben noch gar nicht richtig angefangen zu graben. Der Bericht kratzt nur an der Oberfläche.«

»Apropos Ruf. Ich habe Beweise für meine Vermutung, dass Ihr Sohn Jack, Gerry Hendley und damit indirekt auch Sie mit einer Organisation in Verbindung stehen, die fragwürdigen Aktivitäten nachgeht. Ich werde meine Informationen dazu verwenden, ein Amtsenthebungsverfahren gegen Sie in die Wege zu leiten.«

»Schon wieder die Chadwick-Geschichte? Wie ist sie denn für Sie ausgegangen?«

»Chadwick ist eine Idiotin. Ich nicht, und das wissen Sie.«

Ryan zuckte mit den Schultern. »Tun Sie, was Sie wollen. Ich werde sowieso nicht ewig Präsident bleiben.«

»Eine Untersuchung durch den Kongress könnte zu dem Ergebnis kommen, dass Sie und Ihre Partner Straftaten begangen haben, für die Sie strafrechtlich verfolgt werden können.«

»Theoretisch ja, aber ich bezweifele es. Und selbst wenn es dazu kommen sollte, also mal rein theoretisch, liegt möglicherweise irgendwo in einem Safe ein Stapel von Begnadigungen, die der Präsident genau für einen solchen Fall bereits unterzeichnet hat.«

Dixon ließ geschlagen die Schultern sinken. Sie stand auf und sagte mit nun leiserer Stimme:

»Tja, damit wäre wohl alles gesagt. Ich bin bereit, mein Amt niederzulegen, wenn Sie all diesen Unsinn fallen lassen.«

»Und womit würden Sie Ihren Rücktritt begründen?«

Dixon lächelte zynisch. »Um mehr Zeit für meine Familie zu haben, natürlich. Das sagen sie doch immer, oder?«

»Setzen Sie sich, Deborah. Wir sind noch nicht fertig.«

Sein Befehlston zwang sie zurück auf das Sofa.

»Es wird höchste Zeit, dass wir uns in diesem Land daran

erinnern, dass niemand über den Gesetzen steht, am wenigsten die Leute, die sie machen. Aus diesem Grund weise ich den Generalstaatsanwalt an, strafrechtlich gegen Ihre Familie vorzugehen, soweit dies nach geltendem Recht zulässig ist.«

»Jack …«

»Es sei denn, Sie erklären sich damit einverstanden.«

Ryan stand auf, nahm ein gebundenes Dokument vom Schreibtisch und reichte es Dixon. Er blieb stehen.

»Was ist das?«, fragte Dixon und schlug es auf.

»Ich habe genug von der Korruption, die diese Stadt belastet. Sie untergräbt das Vertrauen des amerikanischen Volkes in seine Regierung. Vertrauen ist das Band, das eine Demokratie zusammenhält, und ihr auf dem Capitol Hill macht dieses Vertrauen zunichte. Es werden viel zu viele Gesetze verabschiedet, von denen nur wenige auf Kosten der vielen profitieren.

Was ich Ihnen gegeben habe, ist ein Gesetzentwurf, der das Ziel hat, mit all dem aufzuräumen. Mit den Freundschafts-Deals, der Vetternwirtschaft, dem Drehtür-Lobbyismus und so weiter. Bringen Sie die Vorlage durch. Wenn ich sie nicht innerhalb der nächsten sechzig Tage in der jetzigen Form zum Unterzeichnen auf dem Schreibtisch habe, sehen wir uns vor Gericht wieder.«

»Und wenn ich das hinkriege? Was dann?«

»Dann vergesse ich den Bericht, den ich Ihnen gegeben habe. *Dann* können Sie zurücktreten und mehr Zeit mit Ihrer Familie verbringen. Was Sie danach tun wollen, liegt bei Ihnen.«

Dixon lächelte ein wenig. »Ihnen ist klar, dass ein Antikorruptionsgesetz wie dieses ein großartiges Programm für den Präsidentschaftswahlkampf wäre.«

Arnie hatte recht, dachte Ryan. Dixon war Ehrgeiz pur, selbst im Angesicht der Katastrophe.

»Sie mögen nicht auf der Gehaltsliste der Chinesen stehen, aber Sie haben den Polen-Vertrag gekippt, weil Sie nach deren

Pfeife tanzen. War das viele chinesische Geld, das Ihr Mann gemacht hat, der Grund für Ihren Sinneswandel oder etwas anderes?«

»Geld? Seien Sie nicht albern. Wichtig ist das, was Sunzi mit *shi* bezeichnet hat. Kennen Sie den Begriff?«

»Dynamik, Vorteil … Macht.«

Dixon schüttelte ungläubig den Kopf. »Der ewige Schulmeister. Dann wissen Sie ja auch, dass die Welt sich ändert und China die Zukunft ist.«

»Meine Zukunft ist das, was wir aus ihr machen, wenn wir den Mut dazu aufbringen. Als Präsident habe ich die Aufgabe, Veränderungen zu schaffen, und nicht, ihnen hinterherzulaufen.«

Dixon hob den schweren Ordner in die Höhe. »Woher weiß ich, dass Sie den Bericht nicht doch veröffentlichen, wenn ich Ihren Gesetzentwurf durchgebracht habe?«

»Wenn alles, was in dem Bericht steht, ans Licht käme, könnte es dem Land mehr schaden als Ihnen, und offen gesagt, das sind Sie nicht wert. Und zu Ihrer Frage: Wenn Sie das Gesetz durchgebracht haben, werde ich nichts von dem, worüber wir heute gesprochen haben, gegen Sie oder Ihre Familie verwenden. Darauf gebe ich Ihnen mein Wort, auch wenn mich die Vorstellung krank macht.«

In diesem Moment hasste Dixon Ryan mehr als jeden anderen Menschen, den sie jemals gekannt hatte.

Aber sie nahm seine Bedingungen an.

Denn sosehr sie ihn auch hasste, so wusste sie doch auch, dass Jack Ryan ein altmodischer Patriot und in der Tat ein Mann war, der sein Wort hielt.

# Epilog

## WASHINGTON, D.C.

Mit Präsident Ryans Segen und einer Exekutivorder in Händen nutzte Foley alle ihr zur Verfügung stehenden Mittel, um das Eiserne Syndikat zu zerschlagen, das nun als ernste Bedrohung der nationalen Sicherheit eingestuft war.

Innerhalb von Wochen wurden wichtige Agenten des Syndikats enttarnt und identifiziert. Foley setzte sich persönlich mit den Leitern chinesischer, russischer und iranischer Sicherheitsbehörden in Verbindung und gab ihnen die Namen der kriminellen Elemente in ihren jeweiligen Regierungen, um, wie sie ihnen versicherte, »die Flut des weltweiten Drogen- und Menschenhandels einzudämmen«.

Es war auch ein Trick, um sie von ihrem jüngsten Spionagecoup abzulenken – dem vielleicht größten in der jüngeren Geschichte.

Doch das Eiserne Syndikat hatte tiefe Wurzeln geschlagen. Sie auszureißen erwies sich als mühsames Unterfangen. Ermittler lieferten sich einen regelrechten Wettlauf mit den Bossen des Syndikats, die verzweifelt versuchten, undichte Stellen zu stopfen, Beweise zu beseitigen und Spuren zu verwischen.

Präsident Ryan und Foley machten sich auf ungewollte Konsequenzen gefasst.

Und sie kamen. Früher als angenommen.

# SAN FRANCISCO, KALIFORNIEN

Der Hammer der Konkursrichterin fiel.

CloudServe, das mächtigste Cloud-Unternehmen auf dem Planeten, existierte nicht mehr. Die kreisenden Geier würden bald die Überreste unter sich aufteilen.

Elias Dahms Verschwinden hatte überall im Silicon Valley und in Washington, D.C. die Alarmglocken schrillen lassen, wenn auch aus unterschiedlichen Gründen.

Einheimische vermuteten, dass Dahms Verschwinden mit dem Selbstmord Lawrence Fungs zusammenhing, dessen bewegtes Leben und finanzielle Probleme in einem ergreifenden Enthüllungsbericht detailliert ausgebreitet wurden, der sich auf namentlich nicht genannte Quellen in der Regierung stützte.

Die Einheimischen hatten nur zur Hälfte recht.

Das FBI befürchtete, Dahm könnte irgendwie in Watsons Komplott verwickelt gewesen sein, was sie selbst energisch bestritt, und sich ins Ausland abgesetzt haben, um einer Befragung zu entgehen, oder, schlimmer noch, bei einem strategischen Konkurrenten Amerikas Zuflucht gesucht haben.

Foley vermutete, Dahm sei einfach nur feige und drücke sich vor der Verantwortung für das Scheitern seines Traums.

Wochen vergingen, ehe eine neuseeländische Witwe, die allein über den Pazifik segelte, das Wrack von Dahms Jacht *Prometheus* sichtete. Ermittler kamen zu dem Ergebnis, dass sie in einem tropischen Sturm mit Wasser vollgelaufen und auseinandergebrochen war.

Dahms Leiche wurde nie gefunden.

## DANZIG, POLEN

Das Piratenschiff fuhr langsam mit Maschinenkraft, während die Teilnehmer der Themenfahrt an Deck heißen Glühwein schlürften und in der kühlen Luft fröstelten. »What shall we do with the drunken sailor« dröhnte auf Polnisch aus den Lautsprechern.

Zwei pensionierte Lehrer aus Knoxville, Tennessee, standen mit ihren Smartphones auf dem Vorderdeck und suchten auf TripAdvisor ein Fischrestaurant an der hell erleuchteten Uferpromenade der Mottlau.

Die beiden spürten einen dumpfen Schlag unter den Füßen, als das Piratenschiff einen schweren Gegenstand im Wasser rammte.

Das Besatzungsmitglied, das in einem Piratenhemd mit Puffärmeln neben ihnen stand, bedachte sie mit einem nervösen Blick und beugte sich dann über die Bordwand, um nachzusehen, was die Kollision verursacht hatte.

Eine Stunde später brachte ein Leichenwagen der Polizei die halb verwesten Leichen von Christopher Gage und Hu Peng weg, die mit Seilen aneinander gefesselt im selben Leinensack ertränkt worden waren.

## KARPATEN, RUMÄNIEN

Der Tscheche stand am Waldrand und sog die kühle, würzig nach Kiefern duftende Luft durch die Nase ein, seine Lieblingsflinte in der Hand, seinen besten Hund an der Seite. Ein Jagdführer hatte in der Umgebung einen kapitalen Keiler gesichtet, und es versprach ein perfekter Tag zu werden.

Er war seit Jahren nicht mehr so glücklich gewesen. Der Ruhestand, auch wenn es ein erzwungener war, gefiel ihm –

befreit von der Last, ein kriminelles Großunternehmen zu führen.

Sein Böhmischer Rauhbart begann wild zu bellen und reckte die bärtige Schnauze in Richtung einer Baumgruppe, die ein gutes Stück entfernt lag.

»Rexi! Braver Junge. Was siehst du denn?«

Der Tscheche hörte das vertraute Knacken, blieb aber reglos stehen. Tatsächlich hatte er damit schon seit Längerem gerechnet.

13 Gramm stahlummanteltes Blei schnitten ungefähr 600 Meter entfernt durch die Gebirgsluft. Die Kugel durchschlug sauber die Stirn des Tschechen, aber sein Hinterkopf explodierte in einer Wolke aus Blut, Knochen und Hirnmasse.

Seine Leiche fiel ins hohe Gras, und Rexi bellte und jaulte zu seinen Füßen.

Auf der anderen Seite der Lichtung zogen sich der Scharfschütze von der polnischen ABW und sein Spotter zu der Stelle zurück, wo sie abgeholt wurden. Heute Abend in ihrer Baracke würde der Wodka in Strömen fließen.

Foley hatte zwar eingewilligt, das Leben des Tschechen zu schonen, aber sie hatte nie versprochen, von seiner Verfolgung abzusehen oder den polnischen Behörden zu verschweigen, dass er indirekt für Lilianas Tod verantwortlich war.

Lilianas wahrer Mörder blieb den Polen unbekannt.

Aber nicht Jack.

## BENGASI, LIBYEN

Die Nachricht vom Tod seines Bruders hatte ihn eben erst erreicht.

Cluzet war nun schon seit mehreren Wochen auf der Flucht.

Er hatte sich in einer Wohnung in der vierten Etage eines

ausgebombten, sechsstöckigen Mietshauses verschanzt, das vor Jahrzehnten mit Ölgeld des Gaddafi-Regimes gebaut worden war. Gaddafis Tod und das darauffolgende Chaos hatten das reichste Land Afrikas innerhalb weniger Monate in eine anarchische Höllenlandschaft verwandelt, in der rivalisierende islamistische Gruppen, Drogenschmuggler und Schlepperbanden den Ton angaben. Mitten in diesem Chaos aus Gewalt und Tod hatte Cluzet schließlich eine Zuflucht gefunden – und Gleichgesinnte.

Die Wohnung, in der es nur zeitweise fließend Wasser und Strom gab, war zwar weniger ein Zuhause als eine Betonhöhle, in seiner momentanen, verzweifelten Lage aber dennoch von Nutzen für ihn, da feindliche Regierungen und auf Rache sinnende Gegner Jagd auf ihn machten. Ihr einziger Vorzug war der unverstellte Blick auf das Mittelmeer hinter der Küstenstraße.

Er hatte einem ehemaligen Kollegen vom Eisernen Syndikat, einem hier lebenden Waffenschieber namens Tóth, die Nachricht zukommen lassen, dass er in der Stadt sei und für »nasse Sachen« – für die er bekannt war – zur Verfügung stehe. Sein Freund wollte in ein paar Minuten hier sein. Er hatte ihm gute Neuigkeiten versprochen.

Glasscherben knirschten unter Cluzets Stiefeln, als er an das geborstene Fenster trat, das auf den Parkplatz und die Straße dahinter hinausging. Er blieb vorsichtig im Schatten. Man wusste nie, ob da draußen nicht jemand mit einem Präzisionsgewehr lauerte, in dem eine Kugel steckte, auf der sein Name stand.

Ein kühler Wind strich über seinen tätowierten Arm. In der Ferne echote ein kurzer Feuerstoß aus einer automatischen Waffe, ein alltägliches Geräusch in der zerstörten Küstenstadt.

Er ließ den Blick über den müllübersäten Parkplatz schweifen, den der morgendliche Regen unter Wasser gesetzt hatte.

Neben dem Nachbarhaus stand ein rostiger, kugeldurchlöcherter Wagen mit geplatzten Reifen, in dem eine ältere Frau hauste, die noch verzweifelter war als er.

Ein weißer Toyota Hilux kam die Straße entlang gerast. Hinter dem auf der Pritsche montierten 7.62-mm-Maschinengewehr stand ein Mann, der eine Sonnenbrille trug und sein Gesicht wie der Fahrer mit einem schwarz-weißen Palästinensertuch vermummt hatte.

Der Hilux hielt auf Cluzets Haus zu, und unter seinen Offroad-Reifen spritzten die in den Pfützen schwimmenden Zigarettenkippen und Getränkedosen hervor. Direkt unter Cluzets Balkon kam er schlitternd zum Stehen.

Sein Freund Tóth, ein dicker Ungar mit einer Messernarbe auf der Wange, sprang aus der Beifahrertür und landete mit den Stiefeln platschend im Dreckwasser. Sein rundes, bärtiges Gesicht war dem Franzosen zuliebe nicht vermummt.

»Cluzet!«

Der blonde Legionär trat aus dem Schatten hinaus auf den Balkon. »Tóth, du alter Fuchs! Du bist wirklich gekommen!«

»Natürlich! Warum denn nicht?«

»Es ist sehr riskant, mich zu kennen.«

Cluzets Blick wanderte zu dem Mann am Maschinengewehr, der ihn durch seine Sonnenbrille anstarrte. Er hatte sich nicht gerührt.

»Wir werden alle gejagt, mein Freund«, sagte Tóth. »Deswegen müssen wir zusammenhalten.«

»Ich brauche Arbeit. Was hast du für mich?«

Tóth stemmte die Hände in die breiten Hüften und schüttelte lächelnd den Kopf. »Ja, du brauchst Arbeit. Aber ich fürchte, vorher muss jemand anders mit dir reden.«

»Wer denn?«

»Ich, du Arschloch.«

Cluzet wirbelte herum und zog dabei seine SIG.

Jacks Glock feuerte zuerst und jagte zwei Kugeln in Cluzets Nasenrücken, die ihn auf der Stelle töteten.

Cluzets SIG feuerte, als seine Hand sich verkrampfte.

Das 9-mm-Geschoss fuhr nur Zentimeter neben Jacks Kopf in die abblätternde Farbe der schimmligen Wand.

Jack trat zu der Leiche, schoss noch zwei Kugeln in den blonden Kopf und dann zwei weitere in das leblose Herz, die es zerfetzten.

Zufrieden starrte er auf den Toten.

Er steckte die Waffe ins Holster zurück, trat auf den Balkon und blickte hinaus in die grenzenlose Weite des Meeres. Eine kreisende Möwe schrie in der Ferne.

Der Mann auf der Pritsche des Hilux nahm das Palästinensertuch ab.

»Alles in Ordnung, mein Junge?«, fragte Clark, auf das Maschinengewehr gelehnt.

Jack nickte.

»Ja. Alles gut.«